外国文学名著丛书

〔法〕罗曼·罗兰/著

约翰-克利斯朵夫 下

傅雷/译

“外国文学名著丛书”编委会

人民文学出版社
PEOPLE'S LITERATURE PUBLISHING HOUSE

第　三　册

卷六　安多纳德

耶南是法国那些几百年来驻守在内地的一角，保持着纯血统的旧家之一。虽然社会经过了那么多的变化，这等旧家在法国还比一般意料的为多。它们与乡土有多多少少连自己也不知道的，根深蒂固的联系，直要一桩极大的变故才能使它们脱离本土。这种依恋的情绪既没有理智的根据，也很少利害关系；至于为了史迹而引起思古之幽情，那也只是少数文人的事。羁縻人心的乃是从上智到下愚都有的一种潜在的、强有力的感觉，觉得自己几百年来成了这块土地的一分子，生活着这土地的生活，呼吸着这土地的气息，听到它的心跟自己的心在一起跳动，像两个睡在一张床上的人，感觉到它不可捉摸的颤抖，体会到它寒暑旦夕、阴晴昼晦的变化，以及万物的动静声息。而且用不着景色最秀美或生活最舒服的乡土，才能抓握人的心；便是最朴实、最寒素的地方，跟你的心说着体贴亲密的话的，也有同样的魔力。

这便是耶南一家所住的那个位于法国中部的省份。平坦而潮湿的土地，没有生气的古老的小城，在一条浑浊静止的运河中映出它黯淡的面目；四周是单调的田野、农田、草原、小溪、森林，随后又是单调的田野……没有一点胜景，没有一座纪念建筑，也没有一件古迹。什么都不能引人入胜，而一切都教你割舍不得。这种迷迷忽忽的气息有一股潜在的力：凡是初次领教的都会受不了而要反抗的，但世世代代受着这个影响的人再也摆脱不掉，他感染太深了；那种静止的景象，那种沉闷而和谐的空气，那种单调，对他自有一股魅力，一种深沉的甜美，在他是不以为意的，加以菲薄的，可是的确喜爱的，忘不了的。

耶南世代住在这个地方。远在十六世纪，就有姓耶南的人住在城里或四乡：因为照例有个叔祖伯祖之流的人，一生尽瘁于辑录家谱的工作，把那些无名的、勤勉的、微末不足道的人物的世系整理起来。开头只是些农夫、佃户、村子里的工匠，后来在乡下当了公证人的书记，慢慢地又当了公证人，终于住到县城里来。安东尼·耶南的父亲，奥古斯丁，做买卖的本领很高明，在城里办了个银行。他非常能干，像农夫一样的狡猾，顽强，做人挺规矩，可并不太拘泥，做事很勤，喜欢享受；因为嘻嘻哈哈的好挖苦人，什么话都直言不讳，也因为他富有资财，所以几十里周围的人都敬重他，怕他。他个子又矮又胖，精神抖擞，留着痘疤的大红脸上嵌着一对炯炯有神的小眼睛，从前出名是个好色的，至今也还有这个嗜好。他喜欢说些粗野的笑话，喜欢好吃好喝。最有意思的是看他吃饭：儿子以外，几个和他一流的老人陪着他：推事，公证人，本堂神父等，——（耶南老头儿是瞧不起教士的，但若这教士能够大嚼的话，他也乐意跟他一块儿大嚼）——都是些南方典型的结实的汉子。那时满屋子都是粗野的戏谑，大家把拳头往桌上乱敲，一阵阵地狂笑狂叫。快活的空气引得厨房里的仆役和街坊上的邻居都乐开了。

后来，在夏季很热的一天，老奥古斯丁只穿着件衬衣下地窖去装酒，得了肺炎。不出二十四小时，他就动身往他世界去了；他不大相信什么他世界，但像内地反对教会的布尔乔亚一样，在最后一分钟内还是办妥了所有的教会仪式，一则使家里的妇女不再噜苏，二则他对这些手续也无所谓……三则死后之事究竟也不可知……

儿子安东尼接了他的买卖。他也是个矮胖子，一张绯红的喜洋洋的脸，不留胡子，只留鬓角，说话急促而含糊，声音很响，常常有些剧烈而短促的小动作。他没有父亲那种理财的本领，但办事能力还不坏。银行因为历史悠久，正在一天天地发达，他只要按部就班地继续下去就行了。他在当地颇有善于经商的名气，虽然他对事业的成功并没多大贡献。他只是很有规律很肯用心罢了。做人很体面，到处受到应有的尊重，他殷勤，爽直，对某些人也许太亲狎了些，真情也流露得太多了些，有点儿平民气息，可是不论城里乡下，他人缘都很好。他虽不浪费金钱，却很滥用感情，动不动会流泪，看到什么灾难会真诚地难过，使受难的人感动。

像多数内地人一样，政治在他思想上占着很大的地位。他是表面上很激烈而骨子里很温和的老革命党，褊狭的自由主义者，爱国主义者，并且学着父亲的样反对教会。他是市参议员，像同僚们一样以捉弄本区的神父或本城妇女所崇拜的宣道师为乐。法国小城里的反教会的举动，永远是夫妇争执中的一个节目，是丈夫与妻子暗斗的一种借口，差不多没有一个家庭能够避免的。

安东尼·耶南对文学也很有抱负。跟他那一代的内地人一样，他颇受拉丁文学的熏陶，有些篇章能够背诵如流；而拉·封丹、布瓦洛、伏尔泰等的格言，十八世纪小品诗人的名句，他也记得不少，还写些摹仿他们的诗。他熟人中有这个癖的不止他一个；而这个癖也增加了他的声誉。大家传诵他的滑稽诗、四句诗、步韵诗、折句、讥讽诗、歌谣，有时是很唐突的，可是不乏风趣。口腹之欲的神秘在诗中也没有被遗忘。

这个壮健、快乐、活泼的矮个子，娶的太太和他性格完全不同。她是当地一个法官的女儿，叫做吕西·特·维廉哀。这家特·维廉哀其实只是特维廉哀，他们的姓像一块石子从上面往下滚的时候一分为二，变了特·维廉哀。① 他们世代都当法官，是法国老司法界中的人物，对于法律，责任，社会的礼法，个人的尤其是职业的尊严，看得很重，做人不但诚实不欺，而且还有些迂腐。在上一世纪里，他们受过吹毛求疵的扬山尼派的影响，至今除了对耶稣会派的轻蔑以外，还留下一点悲观和郁闷的气息。他们不从好的方面去看人生，非但不想克服人生的艰难，反而想加些上去，好让自己更有权利怨天尤人。吕西·特·维廉哀就有一部分这种性格，恰恰和她丈夫粗鲁豪放的乐天主义相反。她又瘦又高，比他高出一个头，身段长得很好，很会穿扮，可是大方而不很自然，使她永远显得——仿佛是故意的——比实在的年龄大；她非常贤淑，但对别人很严，不容许有任何过失，几乎也不容许有任何缺陷：大家认为她冷酷，骄傲。她对宗教很虔诚，为了这个，夫妇间常常争辩。但他们很相爱；尽管争辩，彼此都觉得少不了。至于实际的事务，两人都一样的不高明：他是因为不懂人情世故，

① 法国姓氏之前冠有“特”字，为贵族之标识。故特·维廉哀（即姓氏前冠有“特”字）与特维廉哀（特字根本即姓之一部分）所表示的出身完全不同。

一看到笑脸，一听到好话，就会上当；她是因为对于商业全无经验，从来不与闻，也不感兴趣。

他们有两个孩子：一个是女儿，叫做安多纳德，一个是儿子，叫做奥里维，比安多纳德小五岁。

安多纳德是个美丽的褐发姑娘，一张法国式的妩媚而忠厚的小圆脸，眼睛很精神，天庭饱满，下巴很细气，小鼻子长得笔直，——好似一个法国老肖像画家所说的，是“那种清秀的，很有格局的鼻子，有种微妙的小动作，使她显得神情生动，表示她说话或听人说话的时候心中很有点儿细密的思潮”。她从父亲那儿秉受着快乐的无愁无虑的脾气。

奥里维是个淡黄头发的娇弱的孩子，身材跟父亲一样矮小，性格却完全不同。小时候不断的疾病大大地损害了他的健康；虽然家里的人因之格外疼他，但虚弱的身体使他很早就成为一个悒郁寡欢的孩子，爱幻想，怕死，没有一点儿应付人生的能力。天生的怕见人，喜欢孤独，他不愿意和别的孩子做伴，觉得和他们在一起非常不舒服；他讨厌他们的游戏，打架，尤其受不了他们的凶横。他让他们打，并非因为没有勇气，而是因为胆怯，不敢自卫，怕伤害别人；要不是靠着父亲的地位，他可能被小朋友们磨折死的。他心肠很软，灵敏的感觉近乎病态：随便一句话，一个同情的表示，或是一句埋怨，就能使他大哭一场。比他健全得多的姊姊常常嘲笑他，叫他泪人儿。

两个孩子非常相爱；可是性情相差太远，混不到一块儿。他们各过各的生活，各有各的幻想。安多纳德越长越美；人家告诉她，她自己也知道，心里很高兴，编着些未来的梦。娇弱而悒郁的奥里维，一接触外界就觉得格格不入，便躲在他荒唐的小脑子里去胡思乱想。他像女孩子一样需要爱别人，也需要别人爱他。既然过着孤独生活，不跟年龄相仿的同伴往来，他便自己造出两三个幻想的朋友：一个叫做约翰，一个叫做哀蒂安，一个叫做法朗梭阿；他老是和他们在一起，所以从来不跟周围的人在一起。他睡得很少，空想极多。早晨，人家把他从床上拉起来，他往往把赤裸的两腿挂在床外，出神了；再不然他会把两只袜子套在一只脚上。双手浸在脸盆里，他也会出神的。在书桌上写字或温课的当口，他又会几小时地胡思乱想；随后他忽然惊醒过来，发觉什么也没做。在饭桌上，人家和他说话，他会吃了一惊，过了两分钟才回答；而回答了半句又不知自己要说些什么。他迷迷懵懵地听着自己的念头在胸中窃窃私语，过着内地那种度日如年的单调的岁月，被一些亲切的感觉催眠了。——空荡荡的大屋子只住了一半；有的是可怕而挺大的地窖和阁楼，上了锁的神秘的空房，百叶窗都关了，家具，镜子，烛台，都遮着布；祖先画像上的笑容老是在他的脑子里；还有帝政时代的版画，题材都是轻佻的与有德的故事。外边，马蹄匠在对门打铁，锤子一下轻一下重，呼吸艰难的风箱在喘气，马蹄受着熏炙发出一股怪味道；洗衣妇蹲在河边捣衣；屠夫在隔壁屋子里砍肉；街上走过一匹马，蹄声嘚嘚；水龙头轧轧地响；河上的转桥转来转去，装着木料的沉重的船，被纤绳拉着在砌得很高的花坛前面缓缓驶过。铺着石板的小院子有块方形的泥地，长着两株紫丁香，四周是一大堆风吕草和喇叭花，临河的平台上，大木盆里种着月桂和开花的榴树。有时邻近的广场上有赶集的喧闹声，猪叫声，乡下人穿着耀眼的蓝色上衣。……星期日在教堂里，歌咏队连声音都唱不准，老教士做着弥撒快睡着了；全家在车站大路上散步，一路跟别人(他们也以为全家散步是必不可少的节目)脱帽招呼,——直走到大太阳的田里,看不见的云雀在上空盘旋,——或者沿着明净的,死水似的河走去,两旁的白杨瑟瑟缩缩地发抖;……然后是丰盛的晚餐,东西多得吃不完;大家头头是道,津津有味地谈着吃喝的问题;因为在座的都是行家,而讲究吃喝在内地是桩大事,是名副其实的艺术。大家也谈到商情,说些笑话,还夹着一些关于疾病的议论,牵涉无穷的细节……而这孩子坐在一角,不声不响像头小耗子,尽管咬嚼,可并不怎么吃东西,拼命伸着耳朵听。他把大人的话句句听着,凡是听不大清的,便用想象去补充。像旧家的儿童一样给几百年的印象刻得太深了,他有种奇特的天赋,能够猜到他还从来不曾有过而不大了解的思想。——还有那厨房,充满着神秘的血腥和各种味道;老妈子讲着奇怪而可怕的故事……最后是晚上,蝙蝠悄悄地飞来飞去,妖形怪状的东西教人害怕,那是他明知在这座老屋子里到处蠢动的,例如大耗子和多毛的大蜘蛛等。随后是跪在床前的祈祷,根本不听自己说些什么;隔壁救济院里响起声音不平匀的钟声,那是女修士们睡觉的钟;——然后是雪白的床,给他躺着做梦的岛……

一年最好的时节是春秋两季在离城几里的别庄中过的日子。那边,一个人都看不到,尽可以称心如意的幻想。像多数小布尔乔亚的子弟一样,两个孩子是不跟平民接触的,他们对仆役和长工还有点儿恐惧,有点儿厌恶。他们秉受了母亲的贵族脾气,——其实主要是布尔乔亚脾气,——瞧不起劳力的工人。奥里维成天骑在一株槐树的枝头读着奇妙的故事:美丽的神话,缪查或奥诺埃夫人的童话,《天方夜谭》,或是游记体的小说,因为法国内地的青年常常渴想遥远的世界,做着漫游海外的梦。一个小树林把屋子遮掉了，于是他自以为在很远的地方。但他知道离家很近，心里很高兴：因为他不大喜欢独自走远，他已经在大自然中迷失了。四周尽是树木，从树叶的空隙里可以看见远处黄黄的葡萄藤，杂色的母牛在草原上啮草，迟缓的鸣声冲破田野的静寂。尖锐的鸡啼在农庄间遥相呼应。仓屋里传出节奏不均的捣杵声。成千成万的生灵在这个恬静的天地中活跃。奥里维不大放心地瞧着一行老是匆匆忙忙的蚂蚁，满载而归的蜜蜂像管风琴的管子一般轰轰地响着，漂亮的蠢头蠢脑的黄蜂到处乱撞，——所有这些忙碌的小虫似乎都急于要到一个地方去……哪儿呢？它们不知道。无论哪里都好！只要是到一个地方……奥里维处在这个盲目而满是敌人的宇宙内打了一个寒噤。他像一头小兔子，听到松实落地或枯枝折断的声音就会发抖……花园的那一头，安多纳德发疯似的荡着秋千，把架上的铁钩摇得吱咯吱咯地响，奥里维听到这个才放了心。

她也在做梦，不过依着她的方式。她成天在园子里搜索，又贪嘴，又好奇，笑嘻嘻的像画眉般啄些葡萄，偷偷地采一只桃子，爬上枣树，或是在走过的时候轻轻摇几下，让小黄梅像雨点似的掉下来，入口即化，跟香蜜一样。再不然她就不顾禁令去采花：一眨眼她就把从早上起就在打主意的一朵蔷薇摘到手，往花园深处的夹道中一溜。于是她把小鼻子竭力往醉人的花心中嗅着，吻着，咬着，吮着；随后把赃物揣在怀里，放在她不胜奇怪的眼看在敞开着的衬衣底下膨大起来的一对小乳房中间……还有一件被禁止的，挺有意思的乐事，就是脱了鞋袜，赤着脚踏在小径的凉快的细沙上、潮湿的草地上，踩在阴处冰冷的，或是给太阳晒得滚热的石板上；再不然她走入林边的小溪，用脚，用腿，用膝盖，去接触水、泥土、日光。躺在柏树荫下，她瞧着在阳光中照得通明的手，心不在焉地尽吻着细腻丰满的手臂上像缎子一般的皮肤；她用蔓藤和橡树叶做成冠冕、项链，和裙子，再加上蓝蓟，红的伏牛花，和带着青的柏实的树枝作点缀。她把自己装成一个野蛮的小公主。然后她自个儿绕着小喷水池跳舞，伸着胳膊拼命地打转，直转到头晕眼花，才往草地上倒下，把脸钻在草里，莫名其妙地纵声狂笑，不能自已。

两个孩子就是这样地消磨他们的日子，只隔着几步路，却各管各的，——除非安多纳德走过的时候想要弄一下兄弟，抓一把松针扔在他鼻子上，或是摇他的树，威吓他要把他摔下来，或是冷不防扑在他身上吓他，嘴里叫着："呜！呜！……"

她有时拼命要跟他淘气，哄他说母亲在叫他，要他从树上爬下来。赶到他下来了，她却上去占了他的位置不肯走了。于是奥里维叽叽咕咕，说要去告她。可是安多纳德决不会永远待在树上：她连安静两分钟都办不到。骑在树上把奥里维戏弄够了，气够了，看他快要哭出来了，她就爬下来，扑在他身上，笑着摇他的身子，喊他"小傻瓜"，把他摔在地下，拿一把草擦他的鼻子。他勉强挣扎，可不是她的对手，于是他仰天躺着，一动不动，像条黄金虫，细瘦的胳膊被安多纳德结实的手按在草地里，装着一副可怜的屈服的脸。这时安多纳德忍不住了，看着他打败而认输的神气放声大笑，突然把他拥抱了，撒手了，——但临走仍不免用一把青草塞在他嘴里表示告别，那是他痛恨的，只得拼命地吐，抹着嘴巴，愤愤地叫嚷，她却笑着赶紧溜了。

她老是笑着，夜里睡着的时候还在笑。奥里维在隔壁屋子里醒着,正在编故事,听到她的傻笑和在静悄悄的夜里断断续续地说梦话,常常吓了一跳。外边,风把树吹得簌簌地响,一只猫头鹰在哭;远远的,在树林深处的农庄里,狗狺狺地叫着。在半明半暗的夜色中,奥里维看见重甸甸黑沉沉的柏树枝像幽灵一般在窗前摇曳,那时安多纳德的笑声倒是让他松了口气。

两个孩子笃信宗教,尤其是奥里维。父亲公然反对教会的言论使他们听了骇然;但他让他们自由;骨子里他像多数不信教的布尔乔亚一样,觉得有家族代他信仰也不坏:在敌方有些盟友总是好的;将来的事,我们也没把握。并且他虽不信教,还是相信有神的,预备到必要的时候把神父请来,像他父亲一样办法:那即使不会有什么好处,也不见得有害;一个人不一定因为相信家里要着火才去保火险的。

病态的奥里维很有点神秘的倾向。有时他觉得自己不存在了。又温柔,又轻信,他需要一个依傍。平日忏悔的时候他体验到一种痛苦的快感,觉得把自己交托给无形的朋友非常舒服;他老是对你张着臂抱,你可以尽情倾诉,他什么都懂得,什么都原谅;在这种谦卑与爱的空气中洗过了澡,灵魂净化了,得到了休息。奥里维觉得信仰这回事那么自然,不懂别人怎么会怀疑;他想,那要不是由于人家的恶意,便是上帝特意惩罚他们。他暗中祈祷,求上帝开恩,点醒父亲。有一天在乡下参观一所教堂,奥里维看见父亲划了个十字,不禁大为快慰。在他心中,《圣徒行述》是和儿童故事混在一起的。他小时候认为两者都一样的真实。童话中嘴唇破裂的史格白克,多嘴的理发匠,驼背嘉斯伽,他都是很熟的;在乡间散步的时候，他常常留神找那黑色的啄木鸟，嘴里衔着觅宝人的神奇的草根，而迦南与福地，经过儿童的想象也就成为蒲尔乔或贝里①区域的地方了。当地一个圆形的山冈，顶上矗立着一株小树好像枯萎的羽毛一般，在他眼里仿佛就是亚伯拉罕燃起火把的山头。麦田尽处，有一堆枯萎的丛树，他认为就是上帝显灵的燃烧的荆棘②，因为年代久远而熄灭了的。后来到了不再相信神话的年纪，他仍旧喜欢拿那些点缀他的信心的通俗传说来陶醉自己，觉得其乐无穷；他即使并不真的受这些传说之骗，心里却极愿意受骗。因此有个很久的时期，他在复活节以前的星期六留着神，想看那些在星期四飞出去的钟从罗马带着小幡飞回来。后来，他终于懂得那不是真的，但听到教堂的钟声仍不免仰着鼻子向天空呆望；有一回他似乎看到——虽然明知不可能——有一口钟系着蓝丝带在屋顶上飞过。

他极需要浸在这个传说与信仰的世界里。他逃避人生，逃避自己。因为长得又瘦又苍白，身体娇弱，他非常痛苦，听人提到他这个情形就受不了。他天生的悲观，那没有问题是从母亲方面来的，而悲观主义在这个病态的孩子身上特别容易生长。他自己可不觉得，以为所有的人都和他一样。这十岁的孩子在休息时间不到园子里去玩，反而关在自己房里，一边吃点心，一边写他的遗嘱。

他写得很多，每晚都要偷偷地写日记，——也不知道为什

① 迦南为《圣经》上巴勒斯坦之古名，福地为其别名。蒲尔乔与贝里均法国地名。

② 据《旧约·出埃及记》第三章，上帝化身为燃烧的荆棘，向摩西启示他的使命。本书卷九《燃烧的荆棘》题名即用此义。

么要写，因为他除了废话以外，没有什么可说的。写作在他是一种遗传的癖好，是法国内地的布尔乔亚——这个毁灭不掉的古老的种族，——几百年相传下来的需要，每天写着日记，直到老死，用着一种愚蠢的，几乎是英雄式的耐性，把每天的所见所闻、所作所为、所饮所食，详详细细记录下来。而且只为自己，不为别人。他知道谁也不会读到这些东西，自己写过以后也永远不会再看的。

音乐对于他像信仰一样是避难所，可以躲掉白天太剧烈的光明。姊弟俩都有音乐家的心灵，——尤其是奥里维从母亲那里秉有这种天赋。趣味是并不高明的。没有一个人能在这方面指导他们：内地人听到的音乐不过是本地的铜管乐队所奏的进行曲或是——逢到什么节日——阿唐的乐曲，教堂里的管风琴所奏的浪漫曲，中产阶级的小姐们在音没校准的钢琴上所弹的圆舞曲或波尔卡，通俗歌剧的序曲，莫扎特的两三支奏鸣曲，——老是那几支，弹错的音符也老是那几个。家里招待宾客的时候，那就是晚会节目中的一部分。吃过夜饭，凡是能弹琴的都被请出来献技：他们先红着脸推辞，终于拗不过大家的请求，便背一个他们拿手的曲子。在场的人个个赞美艺术家的记忆力和完满的技巧。

差不多每次晚会都得来一下的这套玩意儿，把两个孩子对于晚餐的乐趣完全给破坏了。要是两人合奏什么巴尚的《中国旅行》或韦伯的小曲，他们因为彼此搭配得很好而还不怎么害怕。可是要他们独奏，那简直是受罪了。照例安多纳德总比较勇敢。她固然觉得厌烦得要死，但明知逃不了，也就毅然决然地在钢琴前面坐下，开始弹她的回旋曲，乱七八糟的,把这一段搞糊涂了,那一段又弹错了,然后停下来掉过头去向大家笑了笑:"啊！我记不得了……"

说完了她跳过几拍子重新开始,一口气弹完了。然后,她因为大功告成而很快活,在客人的赞叹声中回到座位上,又笑着说:"弹错的音很多呢！……"

可是奥里维的脾气没有这么好说话。他受不了在人前献技,成为大众注意的目标。当着别人说话,他已经够痛苦了。演奏,尤其为那些不爱音乐,——(他看得很明白)——甚至对音乐觉得厌烦,而只为了习惯才请他演奏的人演奏,更使他觉得是种专制,为他竭力反抗而没用的。他拼命地拒绝。有些晚上,他竟溜之大吉,躲到一间黑房里或走廊里,甚至顾不得对蜘蛛的恐怖而一直逃到阁楼上。可是他越撑拒,别人的请求越迫切,话也更俏皮;同时又引起父母的责难,而他反抗得太放肆的时候还得挨几下巴掌。结果他仍旧得弹奏,——当然是弹得很坏了。过后,他因为弹得不好在夜里很伤心,因为他是真正爱音乐的。

小城里的趣味并非老是这么平庸。有过一个时期,两三个布尔乔亚家里的室内音乐还弄得不坏。耶南太太常常提到她的祖父,很热心地拉着大提琴,唱着格路克、达莱拉克,和裴尔东的歌曲。家里至今藏着一厚册乐谱和一本意大利歌谣。因为那可爱的老人像柏辽兹所说的安特列安先生一样"很喜欢格路克"。但柏辽兹立刻心酸地补充一句:"他也很喜欢皮吉尼。"①或许他更喜欢的倒是皮吉尼。总之,在外曾祖的收

① 格路克与皮吉尼为十八世纪两大意大利歌剧作者,在法国竞争甚烈,当时爱好音乐的人分为格路克派与皮吉尼派。

藏中，意大利歌曲占着绝大多数。那些作品便是小奥里维的音乐食粮。当然是没有多少实质的养料，有点像人们拼命塞给孩子吃的内地糖食，可能吃倒胃口，永远接受不了正当的食物。但奥里维嘴馋得很，绝没有倒胃的危险。正常的营养，人们是不给他的。没有面包，他就拿糕饼充饥。这样，契玛罗萨，巴西哀罗，罗西尼，就成为这个忧郁神秘的儿童的保姆，在应该喂他乳汁的时候把他灌了醇酒。

他常常自得其乐地独自弹琴。他已经深深地受到音乐的感染。对于所弹的东西，他不求了解，只知道消极的吟味。谁也没想到教他学和声；他自己也不在乎这个。一切与科学或科学精神有关的，在他家里完全是陌生的，尤其在母系方面。那些司法界中的人都是人文主义的头脑，遇到一个算题就弄昏了。他们提起一个进经纬局办事的远房兄弟，认为是个奇人。可是据说他结果还是为这种工作发了疯。内地旧家出身的布尔乔亚，思想很健全很实际，可是因为肚子塞得太饱，日子过得太单调而有些迷迷糊糊，以为自己的人情世故是了不得的法宝，只要靠了它，世界上没有一件解决不了的困难。他们差不多把科学家看做艺术家一流，比别人更有用，但不及别人高卓，因为艺术家至少是一无所用的；而一无所用就有点近于高雅。科学家却近乎要手艺的工人，——（这便是不大体面的地方）——更有学问而有些疯癫的工头；在纸上固然很能干，但一出他们数目字的工厂就完了！要没有通情达理的，富有人生经验与商业经验的人做科学家的领导，科学家决计干不出什么大事来的。

不幸的是，这种人生经验与商业经验并不像这般明理的人所想的那么可靠。他们所谓经验只是一些奉行故事的老例，所能应付的仅限于极少数极平易的事。倘若出了件意外，必须当机立断地处理的话，他们就没有办法了。

银行家耶南便是这一等人。因为什么事都跟意料的一模一样，都是依了内地生活的节奏准确地重演的，所以他从来没有在业务上遇到严重的困难。他接了父亲的事，可并没对这一行有什么特殊的才具；既然从他接手以后一切都很顺利，他就归功于自己的聪明。他常说一个人只要老实，认真，通情达理，就行了；他预备将来把自己的职位传给儿子，而并不问儿子的兴趣所在，正像他的父亲当初对付他一样。他也不替儿子作事业方面的准备，让孩子们自生自长，只要他们做个好人，尤其希望他们幸福，因为他非常地疼他们。因此他们对人生的战斗连一丝一毫的准备都没有，简直是暖室里的花。那有什么关系呢？他们不是永远可以这样过下去吗？在环境安定的内地，在他们有钱的、受人尊重的家庭里，有着一个慈爱的、快乐的、亲热的父亲，交游广阔，在地方上占着第一流的位置，生活真是太容易太光明了！

安多纳德十六岁。奥里维正要举行初领圣体的大典。神秘的梦想把他搅得昏昏沉沉。安多纳德听着醉人的希望唱着甜蜜的歌，好似四月里夜莺的歌声填满了青春的心窝。她感到身心像鲜花似的开放，知道自己长得俊美而又听到人家这么说，不由得非常快活。父亲的夸奖，不知顾忌的说话，尽够使她飘飘然。

他对着女儿出神；她的卖弄风情，照着镜子顾影自怜，无邪而狡狯的小手段，使他看了直乐。他抱她坐在膝上，拿爱情的题目跟她打趣，说她颠倒了多少男子，有多少人来向他请婚，把一个一个的姓名举出来：都是些老成的布尔乔亚，一个比一个老，一个比一个丑，把她急得大叫大嚷，继之以大笑，把手臂绕着父亲的脖子，脸贴着父亲的脸。他问她谁能有那个福气被她挑中：是那个为他家的老妈子称为丑八怪的检察官呢，还是那胖子公证人。她轻轻地打他几下，要他住嘴，或者拿手掩着他的嘴巴。他吻着她的小手，一边把她在膝上颠簸，一边唱着那支老山歌：

俏姑娘要什么？
是不是要一个丑老公？

她扑哧一声笑了，拈弄着父亲下巴底下的络腮胡子，接唱下去：

与其丑，还是美，
夫人，就请您做媒。

她打定主意要自己挑选。她知道她有钱，或者是将来有钱的，——父亲用各种口吻跟她说过了：她是“极有陪嫁的”。当地有儿子的大户人家已经在奉承她，在她周围安排了许多小手段，张着雪白的网预备捉那条美丽的小银鱼。但那条鱼对他们很可能成为四月里的糖鱼，①因为聪明的安多纳德把他们的伎俩都看在眼里，觉得好玩；她很愿意教人捉，可不愿意给人捉住。她小小的头脑里已经挑定了将来的丈夫。

当地的贵族——（通常每地只有一家，自称为外省诸侯的后裔，其实往往只是祖上买了国家的产业，②或是在十八世

① 西俗于四月一日以制成鱼形的可可糖馈赠儿童。

② 法国大革命后，教会产业大部分均公开标卖，入于中产阶级之手。

纪当过行政官，或是在拿破仑时代承包军需的）——叫做鲍尼凡，在离城几里以外有座宫堡，尖顶的塔盖着耀眼的石板，周围是大森林，中间还有好几口养鱼的池塘；他们正在向耶南家献殷勤。年轻的鲍尼凡对安多纳德很热心。他长得既漂亮，以年龄而论也相当强壮，相当胖。他整天只知道打猎，吃喝，睡觉；会骑马，会跳舞，举止也还文雅，并不比别人更蠢。他不时从古堡到城里来，穿着长靴，跨着马，或者坐着双轮马车；他借口生意上的事去拜访银行家，有时带一篓野味或一大束鲜花送给太太们。他借这种机会来追求耶南小姐。两人一同在花园里散步，他竭力巴结她，一边很愉快地和她谈天，一边拈着自己的须，把踢马刺蹬在阳台的石板上橐橐地响。安多纳德觉得他可爱极了。她的骄傲和她的心都是怪舒服的。童年初恋的岁月是多么温柔，她浸在里面陶醉了。奥里维却讨厌这个乡下绅士，因为他身强力壮，笨重，粗野，笑起来声音那么大，手像钳子一样，老是很轻蔑地把他叫做“小家伙……”，同时又拧他的面颊。他尤其恨——当然是不自觉的——那个陌生人爱他的姊姊……爱这个属于他一个人而不属于任何人的姊姊！……

然而大祸来了。那是几百年来胶着在同一方土地上，吸尽了它的浆汁的老布尔乔亚家庭，早晚都得碰到的。他们消消停停地在那儿打盹，自以为跟负载他们的土地同样不朽的了。但脚下的泥土早已死掉，他们的根须也没有了，禁不起人家一铲子就会倒下来的。那时，大家以为遭了厄运，遭了飞来横祸。殊不知要是树身坚固的话，厄运就不成其为厄运；或者祸患只像暴风一般的吹过，即使打断几根丫枝，也不至于动摇根本。

银行家耶南是个懦弱，轻信，而有些虚荣的人。他喜欢在眼睛里揉进点儿沙子，一厢情愿地把“实际”跟“表面”混为一谈。他乱花钱，花得很多，但由于世代相传的俭省的习惯和事后的懊悔，挥霍的程度——（他浪费了几方丈的木材而舍不得用一根火柴）——还不致使他的财产受到严重的损害。在商业方面，他也不知谨慎。朋友向他借钱，他从来不拒绝；而要做他的朋友也挺容易。他甚至没想到要人家写张收据；人欠的账目登记得不清不楚，人家不还，他决不讨。他对什么事都相信别人的善意，正如他认为别人也相信他的善意一样。虽然表面上很有决断，心直口快，其实他胆子很小，从来不敢回绝某些冒失鬼的请求，也不敢对他们有没有偿还的力量表示怀疑。这种作风是由于好心，也由于胆怯。他对谁都不愿意得罪，怕受到侮辱，所以永远让步。为了骗自己，他把这些事做得很热心，仿佛人家拿了他的钱是帮了他的忙。他差不多真的以为是这样了：他的自尊心与乐观的脾气很容易使他相信做的都是好买卖。

这种行事当然不会不博得债务人的好感：乡下人对他好极了，他们知道要他帮忙是永远没有问题的，也就不肯放过机会。但人们——连老实的在内——的感激是像果子一般应当及时采摘的。倘使让它在树上老了，就会霉烂。过了几个月，受过耶南先生好处的人，以为这好处是耶南先生应当给他们的；甚至他们还有一种倾向，认为耶南先生既然肯这样殷勤地帮忙，一定是有利可图。而一般有心人以为在赶集的日子拿一头野兔或一篮鸡子送了银行家，即使不能抵偿债务，至少情分是缴销了。

至此为止,为的不过是些小数目,并且跟耶南打交道的也是一批相当规矩的人:所以还没有什么大害,损失的钱——那是银行家对谁都不提一个字的,——也为数极微。但有一天耶南遇到一个办着大企业的阴谋家,探听到他的资源和随便放款的习惯,情形就不同了。那个架子十足的家伙,挂着荣誉团勋章,自称为朋友中间有两三个部长,一个总主教,一大批参议员,一群文艺界与金融界的知名人物,还认识一家极有势力的报馆;他有一种又威严又亲狎的口吻,对付他看中的人真是再适当没有。他为了证明身份所用的手段,其粗俗浅薄,只要是一个比耶南精明一些的人就会起疑的:他拿出一般阔朋友写给他的信,内容无非是普通的应酬,或是谢他的饭局,或是请他吃饭;因为法国人是从来不吝惜笔墨的,对一个认识了只有一小时的人既不会拒绝握手,也不会谢绝饭局,只要这个人有趣而不开口借钱,——其实便是借钱也行,倘使看见旁人也借给他的话。因此一个聪明人看到邻人有了钱觉得为难而想帮他解决的时候,一定会找到一头羊肯首先跳下水去,引其他的羊一齐下水。耶南先生大概就是第一头跳水的羊。他是那种柔顺的绵羊,天生给人家剪毛的。他被来客的交游广阔,花言巧语,奉承巴结,以及听了他的劝告而赚的第一批钱迷住了。他先用少数的款子去博,成功了;于是他下大注;终于把所有的钱,不但是自己的,并且连存户的都放了下去。他并不告诉他们;他以为胜券在握,想出其不意地教人看看他替大家挣了多少钱。

事业失败了。跟他有往来的一家巴黎商号在信里随便提起一句,说有一桩新的倒闭案,根本没想到耶南就是被害人之一:因为银行家从来没跟谁提过这事。他的轻举妄动简直不可想象，事先竟没有——似乎还故意避免——向消息灵通的人打听一下，把这桩事做得很秘密，一味相信自己的见识，以为永远不会错的，听了几句渺渺茫茫的情报就满足了。一个人一生常有这种糊涂事，仿佛到了某个时期非把自己弄得身败名裂不可；而且还怕有人来救，特意避免一切能够挽回大局的忠告，像发疯般迫不及待地往前直冲，好让自己称心如意地沉下去。

耶南奔到车站，不胜仓皇地搭上巴黎的火车。他要去找那个家伙，心里还希望消息不确，或者是夸张的。结果，人没有找到，祸事却证实了。他惊骇万状地回来，把一切都瞒着。外边还没有一个人知道。他想拖几个星期，便是拖几天也是好的；又凭着那种不可救药的乐观的脾气，竭力相信还有方法补救，即使不能挽回自己的损失，至少能补偿主顾们的。他做种种尝试，其忙乱与笨拙使他把可能成功的机会也糟掉了。借款到处遭了拒绝。在无可奈何的情形之下拿少数仅存的资源所做的投机事业，终于把他断送完了。而从此他的性情也完全改变。他嘴里一字不提，但变得易怒，暴躁，冷酷，忧郁得可怕。当着外人的面，他仍勉强装做快活，可是恶劣的心绪谁都看得很清楚：人家以为他身体不好。和自己人在一块的时候，他可不大留神了；他们马上觉得他瞒着什么严重的事。他简直变了一个人：忽而冲到一间屋里，在一件家具中乱翻，把纸片摔了一地，大发脾气，因为东西没找到，或是因为别人想帮助他。随后，他在乱东西中间发呆；人家问他找什么，也说不上来。他似乎不再关心妻子儿女了；或者在拥抱他们的时候眼中噙着泪。他吃不下，睡不着了。

耶南太太明明看到这是大祸将临的前夜；但她从来不过

问丈夫的买卖，一点儿都不懂。她问他，他态度粗暴地拒绝了。而她一气之下，也不再多问。但她只是莫名其妙的心惊胆战。

孩子们是想不到危险的。以安多纳德的聪明，不会不像母亲一般有所预感；但她一心要体味初恋的快乐，不愿意去想不安的事；她以为乌云自会消散的，——或者等到无可避免的时候再去看不迟。

对于苦闷的银行家的心绪最能了解的还是小奥里维。他感到父亲在那里痛苦，便暗地里和他一起痛苦。但他什么都不敢说：他一无所能，一无所知。再则，他也尽量避免去想那些悲哀的念头。像母亲和姊姊一样，他也有一种迷信的想法，认为我们不愿意看到的祸事也许是不会来的。那些可怜的人一受到威胁，便像鸵鸟似的把头藏在一块石头后面，以为这样祸患就找不到他们了。

摇动人心的流言开始传播了，说是银行的资本已经亏折殆尽。银行家在主顾面前装做泰然自若也没用，猜疑得最厉害的几个要求提取存款了。耶南觉得这一下可完了；他拼命声辩，表示因为人家不信任他而非常气愤，甚至和老主顾们大吵一场，使大家更加疑心。提款的要求纷至沓来。他一筹莫展，绝望之下，简直搅糊涂了。他做了一个短期旅行，带着最后一些钞票到邻近一个温泉浴场去赌博，一刻钟内就输得精光。

他的突然出门愈加使小城里的人着了慌，说他逃了；耶南太太费了多少口舌对付那些愤怒而不安的人，求他们耐着性子，赌咒说她丈夫一定回来的。他们不大相信这话，虽然心里极愿意相信。所以大家一知道他回来都觉得松了口气:许多人还以为自己多操心,以耶南他们的精明,即使出了乱子,也不至于没法弥缝。银行家的态度恰好证实这个印象。如今他看明白了只有一条路可走,便显得很疲乏,可是很镇静。下了火车,他在车站大道上跟遇到的几个朋友从从容容地谈天,谈着田里已经有几星期缺乏雨水,葡萄长得挺好,还提到晚报上所载的倒阁的消息。

到了家里,他对于妻子的慌张和急急告诉他出门后所发生的事,装做全不在意。她努力看他的脸色,想知道他这番出门有没有把那隐忧大患消除;但她逞着傲气不去动问,等他先说。他可绝口不提那桩双方都在痛苦的事,把妻子想跟他接近,逗他吐露衷曲的意念打消了。他只提到天气太热,身体困乏,说是头疼得要命;随后大家坐上桌子吃晚饭。

他说话很少,精神很疲倦,拧着眉头,担着心事,把手指弹着桌布,勉强吃些东西,也觉得受到人家的注意;他呆呆地望着两个孩子和他的妻子:孩子因为大家不说话而很胆怯;太太生了气,沉着脸,可仍旧偷觑着他所有的动作。晚餐快完了,他似乎清醒了些,逗着安多纳德与奥里维谈话,问他们在他出门的时期做了些什么;但他并没听他们的回答,只听到他们的声音,而且对他们视而不见。奥里维觉察到了:话说到一半就停住,不想再继续下去。安多纳德窘了一阵,又兴奋起来,唧唧呱呱地说个不休,把手放在父亲手上,或是拿肘子触他的手臂,要他留神听她的话。耶南一声不出,一忽儿瞧瞧安多纳德,一忽儿瞧瞧奥里维,额上的皱痕越来越深了。女儿的故事讲到一半,他支持不住了,站起来走向窗子,唯恐人家窥破他的心绪。孩子们折好饭巾,也站了起来。耶南太太打发他们到园子里玩去；不一会儿两人在花园的小径中尖声叫着，互相追逐了。耶南太太望了望背对着她的丈夫，沿着桌子走过去，仿佛找什么东西似的。她突然走近去，一方面感情冲动，一方面怕用人听到，所以嗄着嗓子问："安东尼，怎么啦？你一定心中有事……是的！你有些事瞒着……可是什么倒霉事儿？还是身体不舒服？"

但耶南仍旧把她支开了，不耐烦地耸耸肩，冷冷地回答："没事，没事，我告诉你！别跟我烦！"

她愤愤地走开了，气恼之下，暗中对自己说，不管丈夫遇到什么事，再也不操心了。

耶南走到花园里。安多纳德继续在那儿疯疯癫癫，要弄她的弟弟，硬要他一块儿奔跑。可是奥里维突然说不愿意再玩了，他肘子靠在阳台的栏杆上，站在离着父亲不远的地方。安多纳德还过来跟他淘气；他却很不高兴地把她推开；她说了几句不中听的话，看到没有什么可玩，也就走进屋子弹琴去了。

外面只剩下了耶南和奥里维。

"怎么啦，孩子？"父亲温柔地问，"干吗你不愿意再玩了呢？"

"我累了，爸爸。"

"好罢。那么咱们在凳上坐一会儿罢。"

他们坐下了。时方九月，夜色清明。喇叭花甜蜜的香味，跟花坛的墙脚下淡而腐败的河水味混在一起。浅黄的蛾绕着花打转，嗡嗡的声音像小纺车。对岸的邻人坐在屋前谈话，悠闲的语声在静寂中清晰可闻。屋子里，安多纳德弹着歌剧里的调子。耶南握着奥里维的手，抽着烟。黑影把父亲的脸慢慢地遮掉了,孩子只看见烟斗里一星星的火光,忽而熄了,忽而燃着了,终于完全熄灭。他们俩都不作声。奥里维问到几颗星的名字。耶南像所有内地的布尔乔亚一样不大懂得自然界的现象,除了几个无人不晓的大星宿外,一个都说不出来;但他假装孩子问的就是那熟悉的几个,便一个一个地说出名字。奥里维并不声辩:他只要听到人家轻轻地说出它们神秘的名字,就觉得有种乐趣。并且他的发问不是真的为了求知,而是本能地要借此跟父亲接近。他们不说话了。奥里维把头枕在椅子的靠背上,张着嘴,望着天上的星,迷迷糊糊地出了神:父亲手上的暖气把他渗透了。突然那只手颤抖起来。奥里维好不奇怪,便用着轻快的困倦的声音说:"噢!爸爸!你的手抖得多厉害!"

耶南把手抽回去了。

过了一会儿,小脑筋老在胡思乱想的奥里维又说:"你是不是也累了,爸爸?"

"是的,孩子。"

孩子声音很亲切地又道:"别太辛苦啊,爸爸。"

耶南把奥里维的头拉到胸前,紧紧地搂着,低声回答了一句:"可怜的孩子!……"

但奥里维的念头已经转到别处去了。钟楼上的大钟敲了八下。他挣脱了父亲,说:"我要看书去了。"每逢星期四,他可以在晚饭以后看书,直看到睡觉的时候:那是他最大的乐趣,无论什么事都不能使他牺牲一分钟的。

耶南让孩子走了,自己还在黑魆魆的阳台上来回踱步,随后也进了屋子。

房里,孩子与母亲都围聚在灯下。安多纳德在胸褡上缝一条丝带，嘴里不是说话就是哼唱，使奥里维大不高兴；他面前摆着书，拧着眉头，肘子靠在桌上，双手掩着耳朵。耶南太太一边补袜子，一边和老妈子谈话，——她在旁边背着白天的账目，借机会唠唠叨叨地说些闲话；她老是有些好玩的故事讲，那种滑稽的土话教大家听了忍俊不禁，安多纳德还学着玩儿。耶南静静地望着他们。谁也没注意他。他游移不定地站了一会儿，坐下来拿一册书随手翻了翻，又阖上了，重新站起；他简直没法待在这儿，便点起蜡烛，跟大家说了声再会，走近孩子，感情很冲动地亲吻他们：他们心不在焉地答应了一声，连望也不望他，——安多纳德心在活计上，奥里维心在书本上。奥里维连掩着耳朵的手都没拿下来，一边看书一边不胜厌烦地说了声再会；——他在看书的时候，哪怕家里有人掉在火里也不理会的。——耶南出去了，在隔壁屋里又待了一会儿。老妈子走了，耶南太太过来把被单放进柜子，只做不看见他。他迟疑了一会儿，终于走近来，说：

"请你原谅。我刚才对你说话很不客气。"

她心里很想对他说："可怜的人，我不恨你；但你究竟有什么事呢？把你的痛苦告诉给我听罢。"

可是她眼见有报复的机会，不由得要利用一下：

"别跟我烦！你对我多凶！把我看得连个用人都不如。"

她又恶狠狠地、愤愤不平地，把他的罪状说了一大堆。

他有气无力地做了个手势，苦笑一下，走开了。

谁也没听见枪声。只有到了第二天事情发觉之后，邻居们才记起半夜里听到静寂的街上啪的一声，好像抽着鞭子。过后，黑夜的平静又立刻罩在城上，把活人和死人一齐包裹了。

过了一两个钟点，耶南太太醒来，发觉丈夫不在身边，心里一急，马上起来把每间房都找遍了，然后下楼走到跟住宅相连的银行办公室去：在耶南的公事房中，她发现他坐在椅子里，身子伏在书桌上，鲜血还在一滴一滴地往地板上流。她大叫了一声，把手里的蜡烛掉在地下，晕了过去。家里的仆人们听见了，立刻赶来，把她扶起，忙着救护，同时把男主人的尸体移在一张床上。孩子们的卧室紧闭着。安多纳德睡得像天使一样。奥里维听见一片人声和脚声，很想知道是怎么回事；但他怕惊醒姊姊，便又睡了。

第二天早上，孩子们还没知道，城里已经在开始传播消息了，那是老妈子哭哭啼啼地出去说的。他们的母亲根本不能用什么思想，连健康都还有问题。家里只剩两个孩子孤零零地陪着死者。在那个刚出事的时期，他们的恐怖比痛苦还厉害。并且人家也不让他们安安静静地哭。从早上起，法院就派人来办手续。安多纳德躲在自己的房内，凭着少年人的自私心理，拼命教自己只想着一个念头，唯有那个念头才能帮助她把可怕的、使她喘不过气来的现实丢在一边：她想着她的男朋友，每个钟点都等着他来。他对她从来没像最近一次那么殷勤的：她认为他一定会赶来安慰她。——可是一个人也不来，连一个字条都没有，丝毫同情的表示都没有。反之，自杀的消息一传出去，银行的存户立刻赶上门来，拿出恶狠狠的面孔对着孤儿寡妇大叫大骂。

几天之内，一切都倒下来了：死了一个亲爱的人，失去了全部的家产、地位、名誉，和朋友。简直是总崩溃。他们赖以生存的条件一个都不存在了。母子三人对于身家清白这一点都看得很重，所以眼看自己无辜而出了件不名誉的事格外痛苦。三人之中被痛苦打击得最厉害的是安多纳德，因为她平时最不知道痛苦。耶南太太和奥里维，不管怎么伤心，对痛苦的滋味并不陌生；既然天生是悲观的，所以他们这一回只是失魂落魄而并不觉得出乎意料。两人一向把死看做一个避难所，尤其是现在：他们只希望死。当然这种屈服是可悲可痛的，但比起一个乐观、幸福、爱生活的青年人，突然之间陷入绝望的深渊，或是被逼到跟毛骨悚然的死亡照面的时候所感到的悲愤，究竟好多了。

安多纳德一下子发现了社会的丑恶。她的眼睛睁开了，看到了人生；她把父亲、母亲、兄弟，统统批判了一番。奥里维陪着母亲一起痛哭的时候，她却独自躲在一边让痛苦煎熬。她的绝望的小脑筋想着过去、现在、将来；她看到自己一无所有了，一无希望，一无靠傍：不用再想倚仗谁。

葬礼非常凄惨，而且丢人。教堂不能接受一个自杀的人的遗体。寡妇孤儿被他们昔日的朋友无情无义地遗弃了。只有两三个跑来临时露了一下脸；而他们那种窘相比根本不来的人更教人难堪，像是赏赐人家一种恩典，他们的沉默大有谴责、鄙薄，与怜悯的意味。家族方面是更要不得：没有一句安慰的话，反而来些狠毒的责备。银行家的自杀，不但不能平息大众的愤怒，而且被认为跟他的破产差不多一样的罪大恶极。布尔乔亚是不能原谅自杀的人的。倘若一个人不肯忍辱偷生而宁愿死，他们就认为形同禽兽；谁敢说“最不幸的莫如跟你们一起过活”，他们便不惜用最严厉的法律对付。

最懦怯的人也急于指责自杀的人懦怯。一个人捐弃了自己的生命，同时损害到他们的利益，使他们没法报复，他们尤其气愤。——至于可怜的耶南经过怎样的痛苦才出此下策，那是他们从来不去想的。他们恨不得要他受千百倍于此的痛苦。如今他既然溜之大吉，他们便回过来谴责他的家属。他们嘴里不说，知道那是不公平的，但做还是照样的做；因为他们非要拿一个人开刀不可。

除了悲泣以外什么事都做不了的耶南太太，听到人家攻击她的丈夫，立刻恢复了勇气。此刻她才发觉自己原来多么爱他。这三个前途茫茫的人，一致同意把母亲的奁赠和他们个人的产业完全放弃，拿去尽可能地偿还父亲的债务。而既然没法再待在当地，他们就决意上巴黎去。

动身的情形像逃亡一样。

第一天晚上，——(九月里一个凄凉的黄昏：田野消失在白茫茫的浓雾里，大路两旁，你慢慢往前走的时候，矗立着湿透的丛树的躯干，仿佛水中的植物)——他们一同上墓地去告别。新近翻掘过的墓穴四周，围着狭窄的石栏，三个人一齐跪在上面，悄悄地淌着眼泪：奥里维不住地抽噎；耶南太太无可奈何地擤着鼻涕。她竭力自苦，老想着她跟丈夫最后一面时说的话。——奥里维想着坐在阳台的凳子上跟父亲的谈话。安多纳德想着他们将来的遭遇。各人心里对这个断送了他们，断送了自己的可怜虫，没有一点埋怨的意思。可是安多纳德想着：“啊！亲爱的爸爸，我们要吃多少苦啊！”

雾慢慢地黯淡下来，潮气把他们浸透了。耶南太太流连不忍去。安多纳德看见奥里维打了个寒噤，便和母亲说：“妈妈，我冷。”

他们站起身来。将要离开的时候，耶南太太又最后一次回过头去，对坟墓说了声：

“可怜的朋友！”

他们在夜色中走出墓园。安多纳德牵着奥里维冰冷的手。

他们回到老屋。这是宿在老巢里的最后一夜了，——他们一向睡在这儿，生活在这儿，他们的祖先也生活在这儿：这些墙壁，这个家，这一小方土地，和家中所有的欢乐与痛苦都是息息相通，分不开的，它们仿佛成为家庭的一分子，成为大家生命中的一部分了，人们直要死了才会离开它们。

行李已经整好了。他们预备搭明天早上的第一班车，趁街坊上铺子还没开门的时候动身，免得引起人家的注意和恶意的议论。——他们需要彼此挨在一起，可是各人都不由自主地走进各人的卧房，一动不动地站着，也不想摘下帽子脱去外衣，摸着墙壁、家具，和一切即将分别的东西，把脑门贴在玻璃上，希望跟这些疼爱的东西多接触一会儿，把它们保留在心头。最后各人竭力排遣痛苦的念头，都集中到母亲屋里去——那是阖家团聚的房间，尽里头有深大的床位：从前吃过晚饭没有外客的时候，大家都是待在这里的。从前！……那他们觉得已经远得很了！——壁炉里生着小火，他们团团坐着，一言不发，随后跪在床前做了晚祷，很早就睡了，因为第二天黎明以前就得起身。可是他们都好久地睡不着。

清早四点光景，时时刻刻看着表的耶南太太，点着蜡烛起来了。安多纳德也没怎么睡，听到声音也起身了。只有奥里维睡得很熟。耶南太太心里很难过地望着他，不忍把他叫醒。她提着脚尖走开，吩咐安多纳德：“轻一点：让可怜的孩子在这儿好好地多享受几分钟罢！”

她们穿好衣服，把零星的包袱也收拾妥当。屋子周围依旧静悄悄的；在秋凉的夜里，所有的人，所有的动物，都格外贪恋他们温暖的睡眠。安多纳德牙齿打战：身子跟心都冰冻了。

外边寒气袭人，大门呀的一声开了。随身带着钥匙的老女仆，最后一次来侍候主人。她又矮又胖，气急得很，身子臃肿得有点不大方便，但以年龄而论还非常硬朗。她脸上围着块布，鼻子通红，眼泪汪汪地出现了，看到太太不等她来就起床了，厨房的炉子也生好了，大为不安。——她一进门，奥里维就醒了。可是他重新闭上眼睛，翻了一个身又睡了。安多纳德过来轻轻地把手放在弟弟的肩上，低声叫道："奥里维，我的小乖乖，时候到了。"

他叹了口气，睁开眼睛，看见姊姊的脸靠近着他的脸凄然微笑，摸着他的额角，嘴里说着："起来罢！"

他就起来了。

他们悄悄地走出屋子，像贼一样。各人手里拿着一个包袱。老妈子走在前面，推着一辆装载衣箱的小车。他们差不多把所有的东西都留下，除了身上穿的，只带着几件随身衣服。一些可怜的纪念物另外交给慢车运：无非是几册书、几幅肖像、古式的座钟，它的摆动似乎就是他们生命的脉搏……晨风峭厉，城里谁也没起来；护窗关着，街上空荡荡的。他们一声不出，只有老妈子在那里唠叨。耶南太太竭力想把最后一次见到的，使她回想起过去生活的形象，深深地刻在心上。

到了车站，她心里虽然很想买三等票，可是为了面子攸关，依旧买了二等；她受不了在认识她的两三个站员前面露出窘相。她急急忙忙扑入一间空的车厢，和孩子们躲起来。他们掩在窗帘后面，唯恐看到什么熟人的脸。可是一个人也没出现:他们动身的时候,城里的人都还不曾醒,车厢是空的;只有三四个乡下人,和几条把头伸在车栅上面悲鸣的牛。等了好久,才听到机车长啸一声,车身在朝雾中开始蠕动了。三个流浪者揭开窗帘,把脸贴在窗上,对着小城最后地瞧一眼。哥特式的塔尖在雾气中隐约莫辨,山岗上都是干草堆,草地上盖着雪白的霜,冒着水汽:这已经是遥远的、梦中的风景,几乎不是现实的了。等到列车拐了弯,到岔道上走入另一条铁轨,所有的景色完全望不到了,再没被人瞧见的危险时,他们便忍不住了。耶南太太把手帕掩着嘴巴抽噎着。奥里维扑在母亲身上,把头枕着她的膝盖,淌着泪吻她的手。安多纳德坐在车厢那一头,向着窗子悄悄地哭着。每个人的哭有每个人的理由。耶南太太和奥里维只想着丢掉的一切。安多纳德却特别想到以后的遭遇:她埋怨自己不该这样,很愿意教自己浸在往事里……——但她瞻望前途是对的:她比母亲与兄弟把事情看得更准确,不像他们对巴黎存着种种的幻想。安多纳德自己也没料到将来的遭遇。他们从来没到过京城。耶南太太有个姊姊在巴黎,丈夫是个有钱的法官;她这番就预备去求她帮忙。同时她相信凭着孩子们所受的教育和天分——在这一点上她像所有的母亲一样估计错了,——不难在巴黎找个体面的职业维持生计。

一到巴黎,印象就很恶劣。在车站上,行李房的拥挤和出口处水泄不通的车马把他们弄得狼狈不堪。天下着雨。找不到一辆车。他们走了很多路,沉重的包裹压得他们手臂酸痛,不得不在街中心停下,大有被车马压死或溅满一身污泥的危险。他们尽管招呼,没有一个车夫答应;后来终于有辆肮脏透顶的破车停了下来。他们把包裹递上去的时候,一卷被褥掉在泥浆里。车夫和扛衣箱的脚夫欺他们人地生疏,敲了一笔双倍的价钱。耶南太太给了车夫一个又坏又贵的旅馆的名字,那是内地客人下榻的地方,因为他们的祖父在三十年前住过,所以他们不管怎么不舒服还是到这儿来寄宿。他们在这里又被敲了一笔竹杠;人家推说是客满了,教他们挤在一个小房间里,算了他们三个房间的钱。吃晚饭的时候,他们想省一些,不到食堂去,只叫了一些简单的菜,结果是没吃饱而价钱一样的贵。他们刚到巴黎就大失所望。住旅馆的第一夜,挤在没有空气的屋子里怎么也睡不着觉:忽而热,忽而冷,不能呼吸;走廊里的脚声,关门声,电铃声,使他们时时刻刻的惊跳,车马和重货车的声响把他们头都涨疼了。他们跑到这可怕的城里来,茫无所措,只是吓坏了。

第二天,耶南太太赶到姊姊家去,姊姊在沃斯门大街上住着一个华丽的公寓。她嘴里不说,心里却巴望人家在他们没解决困难以前请他们住到那边去。但第一次的招待就使她不敢再存什么希望。波依埃-特洛姆夫妇两个对于这家亲戚的破产大为愤慨。尤其是那个女的,唯恐受到牵连,妨害丈夫的前程;现在这个败落的家庭还要投上门来进一步地拖累他们,她更认为岂有此理了。做法官的丈夫也是一样想法,但他为人相当忠厚,要不是被妻子盯着,也许还乐于帮忙;可是他心里也愿意妻子那么办。波依埃-特洛姆太太用着冷冰冰的态度招待她的妹妹;耶南太太不由得大吃一惊,勉强捺着傲气,明白说出处境的艰难和对波依埃家的希望。他们只做不听见,甚至也不留他们吃晚饭,却是非常客套地约耶南一家在周末去吃饭。而这还不是出之于波依埃太太之口,倒是那法官觉得妻子的态度教人太难堪了,想借此缓和一下:他装做很随和,但显而易见不十分真诚,并且很自私。——可怜耶南母子们回到旅馆,对这初次的访问简直不敢交换一下意见。

以后的几天,他们在巴黎奔东奔西,想找个公寓,爬着一层又一层的楼梯累死了。住得那么挤的军营式的屋子,肮脏的楼梯,没有阳光的房间,对于住惯内地大屋子的人格外显得凄惨。他们越来越觉得受压迫。走在街上,进铺子,上饭店,他们老是慌忙失措,受人愚弄。他们似乎有种触手成金的本领,想买的东西都是贵得惊人。他们笨拙到不可思议的程度,没有一点自卫的力量。

耶南太太尽管对姊姊已经不存奢望,但对那顿被请而还没去吃的饭,仍旧一厢情愿地抱着许多幻想。他们一边穿扮一边心中乱跳。人家对付他们的态度是把他们当做外客而不是至亲。——并且除了客套以外,主人也并没为这顿饭破费什么。孩子们见到了跟他们年纪相仿的表兄弟姊妹,也不比他们的父母更和气。衣着漂亮而卖弄风情的女孩子,拿出傲慢而有礼的态度,装腔作势,跟他们胡扯一阵,使他们大为狼狈。男孩子因为陪着这些穷亲戚吃饭觉得受罪,尽量装出不高兴的模样。波依埃-特洛姆太太直僵僵地坐在椅子里,仿佛老是在教训姊妹。连让菜的神气也是这样。波依埃-特洛姆先生说些无聊的话,免得人家提及正事。谈的无非是吃的东西,唯恐牵涉到什么亲切的与危险的题目。耶南太太鼓足勇气,想把话扯上她心中念念不忘的问题:波依埃-特洛姆太太却直截了当地用一句毫无意义的话把她打断了。她也就没勇气再说了。

饭后,她教女儿弹一会儿琴,显显本领。小姑娘又窘又不高兴，弹得坏极了。波依埃他们厌烦得要死，只等她弹完。波依埃太太含讥带讽地抿了抿嘴唇，望着自己的女儿；随后，因为音乐老是不完，便跟耶南太太谈些不相干的事。安多纳德完全搅糊涂了，不胜惊骇地发觉自己弹到某一段忽然又回到了头上去；既然没法解决，她便决定不再往下弹，痛快敲了头两个不准确而第三个完全错误的和弦停了下来。波依埃先生喊了声："好极了！"马上叫人端咖啡来。

波依埃太太说她的女儿跟着比诺①学琴。而那位"跟比诺学琴的"小姐接着说："你弹得很好，我的小乖乖……"然后问安多纳德是在哪儿学的。

大家继续谈天。客厅里的小古董跟主妇们的装束都谈完了。耶南太太再三地想："是时候了，我应当说呀……"

想到这个，她身子都抽搐了。正当她迸足勇气，下了决心的时候，波依埃太太随便用着一种并不想表示歉意的口吻说，他们很抱歉，应当在九点半左右出门：为了一个不能改期的约会……耶南他们气恼之下，立刻起身预备走了。主人装做挽留的神气。可是过了一刻钟，有人打铃，仆役通报说是住在下层的邻居来了。波依埃跟妻子递了个眼色，急急忙忙和仆人咬了一会儿耳朵。波依埃含糊其词地请耶南一家到隔壁屋里去坐。（他不愿意给朋友们知道有这门不名誉的亲戚在家。）他们被丢在没有生火的屋子里。孩子们对着这种羞辱大为愤慨。安多纳德眼中含着泪说要走了。母亲先还不答应，后来等得太久了，便也下了决心。他们走到穿堂，波依埃得到仆役通知，赶紧出来说几句俗套表示歉意，假装挽留他们，但显而

① 比诺（1852—1914）为法国有名的钢琴家兼作曲家。

易见巴不得他们快点走。他帮着他们穿大衣,笑容可掬的,忙着握手,低声说些好话,把他们连推带送地打发到门外。——回到旅馆,孩子们气得哭了。安多纳德跺着脚,发誓永远不再上这些人家里去的了。

耶南太太在植物园附近租了一个四层楼上的公寓。卧房临着一个黑洞洞的天井,四面是斑驳的高墙,餐室和客厅——(因为耶南太太一定要有个客厅)——临着一条嘈杂的街,整天有蒸汽街车和往伊佛莱公墓去的柩车走过。衣衫褴褛的意大利人,下流的孩子们,游手好闲的在路旁凳子上坐着,或是剧烈的争吵。为了这些喧闹的声音,没法开窗;傍晚从外边回来的时候,你必得在忙乱而发臭的人堆里挤,穿过一些泥泞而拥塞的街道,走过一家开在邻屋底层的下等酒店,门口站着些高大瞌睡的姑娘,黄黄的头发,脸涂得像石膏一般,用着下流的目光盯着行人。

耶南一家仅有的一点儿钱消耗得很快。每天晚上,他们不胜忧急地发觉荷包的漏洞越来越大了。他们想法子撙节,可是不会:节约是种学问,倘使你不是从小习惯的话,就得靠多少年的磨炼去学。天生不知俭省的人而勉强求俭省,只是白费时间:只要遇到一个花钱的机会,他们就让步了;心里老是想:"等下次再省罢";而要是偶然挣了或自以为挣了一些小钱的时候,又马上把这笔盈余花掉,结果是花费的比挣来的超过十倍。

过了几星期,耶南他们的财源都搞光了。耶南太太不得不把剩下的一点儿自尊心丢开,瞒着孩子去向波依埃借钱。她想法跟他在公事房里单独见面,求他在他们没有找到一个位置来解决生计之前,借一笔小款子。波依埃是个软心肠的,还相当讲人情，先用延宕的手段推诿了一番，终于让步了。在一时感情冲动而心不由主的情形之下，他居然借给她二百法郎，过后又立刻后悔，——尤其当他不得不告诉太太，而她对于丈夫的懦弱和妹妹的耍手段表示大为气恼的时候。

耶南母女天天在巴黎城中奔走，想谋个位置：耶南太太像内地有钱的布尔乔亚一样有种成见，认为除了所谓“自由职业”——大概是因为这种职业可以令人饿死，所以叫做自由——之外，任何旁的职业对她和她的儿女都有失身份。连家庭教师的位置，她都不愿意让女儿担任。在她心目中，只有公家的差事才不失体面。而要希望奥里维当个教员，先得设法完成他的教育。至于安多纳德，耶南太太很想替她在学校里谋个教职，或是进国立音乐院去得一个钢琴奖。但她所探问的学校有的是教员，资格都比她那个只有初级文凭的女儿强得多；至于音乐，那么得承认安多纳德的天分极其平常，多多少少比她优秀的人都还没法出头呢。他们发现巴黎逼着大大小小的人才为了生活做着可怕的斗争与无益的消耗。

两个孩子垂头丧气，甚至把自己看得一文不值，平庸到极点；他们硬要自己相信这一点，并且向母亲证明。奥里维在内地中学里不费多大气力已经是数一数二的角色，到这儿却是被种种磨难搅昏了，把所有的聪明都吓跑了。人家把他送进一所中学，居然弄到一份助学金。但他初期的成绩恶劣至极，助学金被取消了。他自以为愚蠢无比。同时他又讨厌巴黎，讨厌那些熙熙攘攘的人，讨厌下流的同学，卑鄙的谈话，以及某些同伴向他所作的可耻的建议。他甚至没勇气对他们说出他的轻蔑，仅仅想到他们的堕落，就觉得自己被玷污了。他跟母亲与姊姊每天晚上做着热烈的祈祷，算是唯一的安慰。他们奔波了一天所碰到的失望与委屈，对于这些无邪的心简直是种污辱，彼此连谈都不敢谈起。但是和巴黎潜伏着的无神主义接触之下，奥里维的信心不知不觉地开始崩溃了，仿佛新刷的石灰一淋着雨就在墙上掉下来。他虽然继续信仰，但在他周围，上帝已经死了。

母亲与姊姊仍旧奔来奔去，一无结果。耶南太太又去看波依埃夫妇。他们为了摆脱她，给她找了两个位置：为耶南太太的是替一位往南方过冬的老太太当伴读；为安多纳德的是到住在乡下的法国西部人家当家庭教师，报酬都还不差。耶南太太可是拒绝了。除了她自己去服侍人家的屈辱以外，她更受不了的是她的女儿也要逼上这条路，并且还得跟她分离。不管他们如何不幸，而且正因为不幸，他们要苦守在一处。——波依埃太太听了这话大不高兴。她说一个人没法生活的时候，不能再挑剔。耶南太太忍不住责备她没心肝。波依埃太太就对于破产和耶南太太欠她的钱说了一大篇难听的话。赶到分手的时候，姊妹俩竟变成死冤家。一切的关系都断绝了。耶南太太一心一意只想把借的款子还清，可是办不到。

劳而无功的奔走还是继续着。耶南太太去访问本省的众议员和参议员，都是以前耶南常常帮忙的，结果到处碰到一副忘恩负义和自私自利的面孔。众议员对她的信置之不复，她上门去，仆人又回说不在家。参议员却用着一种教人受不了的怜惜的口吻提到她的处境，说都是“那该死的耶南”一手造成的，同时对他的自杀又说了许多难堪的话。耶南太太替丈夫辩护了几句。参议员回答说，他知道银行家不是欺诈，而是荒唐,说他是个饭桶,是个糊涂虫,什么事都自作聪明,不跟任何人商量,不听任何人的劝告。要是他只害了自己倒也罢了:那是他活该!可是,——不说连累别人,——光是把他的妻子儿女害到这步田地,丢下他们让他们自寻生路……那可只有耶南太太能够原谅他了,如果她是一个圣者的话;但他,参议员,他不是个圣者——(s,a,i,n,t,)——只是个健全的人——(s,a,i,n,)①——一个健全的、明理的、会思考的人,他可没有丝毫宽恕他的理由。一个人在这种情形中自杀简直是混账到极点。唯一可以替耶南辩护的理由,就是这桩事不能完全教他负责。讲到这儿,他向耶南太太道歉,说他对她丈夫的批评未免激烈了一些:而这是因为他对她表示同情的缘故;接着他打开抽屉,拿出一张五十法郎的钞票,——算做布施,——被她拒绝了。

她到一个大机关里去谋个职位,手段可十分笨拙,而且是有头无尾的。她迸足了勇气才奔走了一次,回来却垂头丧气,几天之内再没气力动弹;赶到她再去问讯的时候,已经太晚了。她在教会方面也没能得到什么帮助,或是因为他们觉得无利可图,或是因为不愿意理睬一个家长从前是出名反对教会而现在身败名裂的家庭。耶南太太千辛万苦,好容易谋到一所修道院里教钢琴的职位,——极乏味而报酬极少的差事。为了多挣一些钱,她又在晚上替文件代办所做些抄写工作。可是人家对她很严。她的书法和疏忽,尽管用心还是要脱落字句,甚至整行的漏掉,——(她心里想着多少旁的事!)——

① 原文特意将此二字字母分别写。按“圣者”与“健全”二词,法语读音完全相同,此处有意作双关语。

使她受到很不客气的埋怨。她往往眼睛干涩作痛,四肢酸麻地做到半夜,而抄件还是要被退回来,那时她就失魂落魄地回家,整天地抽抽搭搭,不知道怎么办。她多年以前就有心脏病,经过这些磨难,病更加深了,使她有种种恐怖的预感。她有时很痛苦,透不过气来,仿佛要死过去了。她出门的时候身边老带着字条,写着自己的姓名住址,恐防会倒在路上。要是她死了,那怎么办呢?安多纳德尽量支持她,装出她本来没有的那种镇静的态度;她要母亲保养身体,让她去代替工作。可是耶南太太迸着最后一些傲气,无论如何不肯让女儿去受她所受的屈辱。

她尽管做得筋疲力尽,省吃俭用,仍是无济于事:挣的钱不够养活他们,非把留着的一些首饰变卖不可。而最糟的是这笔派了多少用途的钱,在耶南太太拿到手的当天就给偷去了。老是糊里糊涂的可怜的妇人,因为第二天是安多纳德的节日,想买件小小的礼物给她,顺路走进便宜百货公司。她把钱袋紧紧抓在手里,唯恐丢掉。为了要仔细看一件东西,她随手把钱袋往柜台上一放;过了一会儿想去拿回来,已经不见了。——这是最后一下的打击。

不多几天以后,八月将尽,正是一个闷热的晚上,——一股热腾腾的水汽重甸甸地罩在城上,——耶南太太把一篇紧急的抄件送往文件代办所回来。因为过了晚饭时间,又想节省三个铜子的车钱而怕孩子们揪心,她赶路太急了些,走得非常疲倦。爬上四层楼,她已经不能开口,不能呼吸了。像这种模样的回家是常有的事,孩子们已经不以为意了。她硬撑着和他们马上吃饭。大家都为了天气太热吃不下东西,勉强吃了些肉,喝了几口淡而无味的水。他们都不出声,一来没心思说话,二来特意让母亲歇一歇,——他们一齐望着窗子。

突然,耶南太太舞动着手,拼命抓着桌子,瞪着孩子,哼了几声,身子往下倒了。安多纳德和奥里维赶上去刚好把她扶住。他们俩发疯般叫着:"妈妈! 我的小妈妈!"

可是她不回答。他们一下子没了主意。安多纳德抽搐着,紧紧搂着母亲,拥抱她,呼唤她。奥里维开着门大喊:"救命!"

看门女人爬上楼来,看到这个情形,便去找了个附近的医生。但医生到的时候,她已经完了。还算耶南太太的运气,死得这么快;可是她最后几秒钟看着自己死去,把孩子们孤零零地丢在苦海里的感触,谁又能知道呢?……

孩子们孤零零地受着惨祸的惊恐,孤零零地哭着,孤零零地料理可怕的后事。看门女人心地很好,帮了他们一点忙;耶南太太教课的修道院方面,只冷冷地说了几句惋惜的话。

母亲刚死的时期,两人简直是绝望到无可形容。但使他们得救的便是这过度的绝望,因为奥里维抽风抽得很厉害,使安多纳德只想着兄弟,把自身的痛苦忘了一部分;而她的深切的友爱也感动了奥里维,不至于因痛苦而有什么危险的冲动。两人拥抱着,坐在亡母的灵床旁边,在守夜灯的微弱的光线之下,奥里维喃喃地说应当死,两人一同死,立刻就死;他一边说一边指着窗口。安多纳德也有这种可怕的愿望;但她还是拼命地挣扎,要活下去……

"活着有什么用呢?"

"为了她呀,"安多纳德指着母亲,"她永远跟我们在一起。你想想罢……她为我们受了多少罪,我们不能使她再受一桩最苦的苦难:看到我们穷途潦倒地惨死……”她又接着很兴奋地说,“……啊！而且一个人不应该这样畏缩！我不愿意！我要反抗！我一定要你有一天能够幸福!”

“永远不会的了!”

“会的,你将来会幸福的。我们受的苦难太多了。物极必反,不会老是苦下去的。你能打出一条路来,你能有个家庭,你会幸福:我一定要你这样,我一定要!”

“怎么过活呢？咱们永远不能……”

“一定能够的。怎么办吗？先得撑到你能够谋生的时候。一切都归我负责。你瞧着罢,我一定做到。啊！要是妈妈让我做的话,我早已……”

“你去做些什么呢？我不愿意你干屈辱的事。并且你也不能……”

“怎么不能？……靠自己的工作糊口,只要是清清白白的,有什么屈辱！你别操心,我求你！你瞧着罢,没有什么做不到的事,你将来会幸福的,咱们都会幸福的,奥里维,母亲也要为了我们而高兴呢……”

跟在母亲灵柩后边的只有两个孩子。他们一致同意不去通知波依埃:这一份人家在他们心中早已不存在了,他们对母亲多么狠心,连她的死也是他们促成的。看门女人问他们可有别的亲属的时候,他们回答说:“一个也没有。”

在空荡荡的墓穴前面,他们手牵着手祷告。他们在绝望中逞着傲气,宁愿孤独而不愿意看到那些无情而虚伪的亲戚。——两人走回家;一路上跟他们挤来挤去的都是一般对于他们的丧事,他们的思想,他们的生命漠不关心而只有语言相同的群众。安多纳德让奥里维搀着手臂。

他们在同一所屋子里换了最高层的一个极小的公寓。——只有两间顶楼底下的卧室，一间给他们做餐室用的极小的穿堂，和一间像壁橱般大的厨房。换一个区域，他们或许能找到比较好一些的住所；但在这儿他们觉得仍旧跟亡母在一起。看门女人对他们很表同情；可是不久她也管着自己的事，谁也不理会他们了。屋子里没有一个房客认识他们；他们也不知道住在旁边的是谁。

修道院居然答应安多纳德接替她母亲教琴。她还想找些别的教课的事。她唯一的念头是教养弟弟，直到他进高等师范为止。这计划是她独自决定的，她研究高师的课程，到处打听，也征求奥里维的意见，——可是他毫无意见，她已经为他选择好了。一朝进了高师，他一生不用再愁生活，前途有望了。所以非要他达到这一步不可，无论如何都得活到那个时候。那不过是五六个辛苦的年头：一定能撑到的。这个意念给了安多纳德很大的勇气，使她整个身心都振作起来。她明白看到摆在她前面的是孤独艰苦的生活，唯有靠着“超拔兄弟”的热情才能挨受的。她打定主意倘若自己得不到幸福，至少要使兄弟幸福！……这个还没足十八岁的轻佻而温柔的姑娘，被她那英勇的决心改变了：她心中藏着一股献身的热诚和奋斗的傲气，不但谁都没想到，连她自己也没料到。女子在这个烦闷的年龄，有如万物骚动的初春，爱的力量充塞着整个身心，像一条潜藏的溪水在泥土下面流着，把它包裹，浸润，永远和它在一起纠缠；同时爱情也能化为种种形式，它只想献身给别人，给人家做养料：只要有一点儿借口就行了，它的无邪与深刻的肉感准备随时蜕化为牺牲。爱情使安多纳德做了友爱的俘虏。

她的弟弟因为没有这样的热情,精神上就没有这种倚傍。并且那是人家献身于他而非他献身于人,——这当然更方便更甜蜜,只要你是爱那个为你牺牲的人的。可是相反,他眼看姊姊为了他而筋疲力尽,心里非常难过。她回答说:"啊! 好孩子! ……难道你不看见我就靠这个生活吗? 要没有你给我的辛苦,活着还有什么意思?"

他很明白这个。处在安多纳德的地位,他也会把这种甘心情愿的劳苦看得很重的;但人家为了自己而受罪,他的傲气与心灵就大为痛苦了。并且,一个像他这样懦弱的人,要负起别人强迫他担负的责任,非成功不可的责任,——既然姊姊把自己的一生在他身上孤注一掷,——真是多么沉重啊! 想到这点,他就受不了,他非但不加倍地鼓起勇气,反而有时弄得垂头丧气。可是她逼着他无论如何要挣扎,要工作,要生存:那是他没有姊姊的督促决计办不到的。他大有甘心战败的倾向——也许还有自杀的倾向;——要不是姊姊硬要他奋发有为,追求幸福的话,或许他早已完了。他因为自己的天性受了抑制而很苦闷;但这抑制就是他的救星。他也在经历一个转变的年龄:在此可怕的时期,成千累万的青年都因为一时糊涂,被两三年的疯狂把一生断送了。倘若他有胡思乱想的时间,恐怕早走上了不是灰心,便是放荡的路:他每逢反躬自省的时候,病态的幻想,对生活,对巴黎,对那些挤在一块儿腐化的千千万万的生灵的厌恶,就来占据他的心灵。可是一看到姊姊,噩梦就醒了;既然她为了他而活着,他也就活下去了,他将来也就会幸福了,虽然自己并不求幸福……

这样,他们的生活就靠一股热烈的信仰,而这信仰又是靠苦行、宗教,和高尚的志愿促成的。两个孩子所有的生命力都倾向着独一无二的目标,就是奥里维的成功。任何工作任何屈辱,安多纳德都能忍受:她当着家庭教师,差不多被人看做仆役,像老妈子一样地带学生去散步,在街上闲荡几小时,名目是教他们学德语。这些精神的痛苦与肉体的疲劳,使她的傲气和对兄弟的友爱都得到一种安慰。

她筋疲力尽地回家,还得照管奥里维。他白天在中学里寄一顿中饭,到傍晚才回来。她在煤气灶上或酒精灯上预备晚饭。奥里维从来不觉得肚子饿,对什么都没胃口,尤其是肉类;只能强迫他吃一点,或是想法替他做些心爱的菜;而可怜的安多纳德又不是个高明的厨娘!她花尽了气力,结果只听到兄弟说她的烹调不堪入口。一般笨拙的青年主妇,因为不善烹饪常常使生活暗中受到影响,连睡觉都睡不好,——直要对着炉灶不声不响地失望了多少次,才能懂得一些做菜的诀窍。

吃过晚饭,她把少数的碗盏洗完了,——(他要帮她,她可不许)——便像慈母一样地监督兄弟的功课。她教他背书,查看他的卷子,甚至也帮他准备,可老是留着神,不让这多疑的家伙生气。他们坐在一张独一无二的桌子、吃饭与写字两用的桌子旁边:他做他的功课;她不是缝东西,便是抄写文件;等他睡了,再替他整理衣服或做自己的活儿。

虽然生计这样艰难,他们还是决定把所能积蓄起来的一些钱先去偿还母亲欠波依埃家的债。那并非因为波依埃他们是怎么凶恶的债主:他们已经无声无臭,再也不想到那笔他们认为丢定了的钱了;并且能够花这个代价摆脱了拖累人的亲戚,他们也很高兴。可是两个孩子的傲气与孝心,觉得母亲对他们瞧不起的人有所负欠是很难过的。他们尽量的节省：在娱乐上，衣着上，食物上，省下钱来，想积成二百法郎，——那对他们是一个了不得的大数目。安多纳德想由她一个人来熬苦。但兄弟一朝看出了她的用意，无论如何要跟她采取一致行动。他们为了这件事含辛茹苦，赶到每天能积下几个铜子，两人就很快活了。

节衣缩食，一个钱一个钱地省着，三年之中居然积满了那个数目。那真是他们极大的喜悦……一天晚上，安多纳德跑到波依埃家去。他们对她很不客气，以为她又要来干求了，便先下手为强，冷冷地责备她不通消息，连母亲的死讯也不报告，直要用到他们的时候才来。她打断了他们的话，说她并没意思打搅他们，只是来偿还以前的债务的；说罢她把两张钞票放在桌上，要求给她一张收据。他们的态度马上变了，假装不愿意收那笔钱，对她突然之间亲热起来，很像一个债主看见几年以前的债务人，把他早已置之脑后的欠款给送了来。他们探问姊弟两个住在哪儿，怎么过活的。她不回答这些问题，只催着要收据，说有事在身，不能多留；然后她冷冷地行了礼，走了。波依埃夫妇看到这个女孩子的忘恩负义不由得气坏了。

这桩心事放下了，安多纳德依旧过着同样清苦的生活，但如今是为奥里维了。唯恐他知道，她瞒得更紧。她舍不得穿着，有时甚至于饿着肚子省下钱来，花在兄弟的装饰上、娱乐上，使他的生活有些调剂，能不时到音乐会去或歌剧院去，——那是奥里维最大的快乐。他很不愿意自个儿去，但她自会想出种种不去的借口来减轻他的不安；她推说身子累了，不想出去，或竟说不喜欢去。他明明知道这都是为了爱他而扯的谎；可是小孩子的自私心理占了上风，便独自上戏院去了，一到那儿却又难过起来；他一边看戏，一边老在心里嘀咕：乐趣都给破坏了。有一个星期日，她打发他上夏德莱戏院去听音乐，过了半小时他回来了，告诉姊姊说走到圣·米希桥就没有再走的勇气：他对音乐会已经不感兴趣；不跟她一块儿享受，他太痛苦了。安多纳德听了非常安慰，虽然兄弟为她而牺牲了星期日的消遣使她很遗憾。但奥里维并不后悔：他回到家中看见姊姊脸上快乐的光彩，那是她掩饰不了的，就觉得比听到世界上最美的音乐还要愉快。那天下午，他们面对面坐在窗子旁边，他拿着书，她拿着活计，但一个并不看书，一个也并不做活，只谈着些对他们毫不相干的废话。这样甜蜜的星期日，他们还从来不曾有过；姊弟俩决定以后再不为了音乐会而分离了：要他们独自享乐是决计办不到的。

她暗中省下的钱居然能够替奥里维租一架钢琴，使他喜出望外；而且以租赁的方式，过了若干年月，那架琴可以完全归他们所有。这样她又凭空添了一个沉重的担子。到期应付的款子对她简直是个噩梦；为了张罗这笔钱，她把身子都磨坏了。但这桩傻事为他们添了不知多少幸福。在这个艰苦的生涯中，音乐好比他们的天堂。他们沉浸在里头，把世界上其余的一切都给忘了。但那也不是没有危险的。音乐是现代许多强烈的溶解剂的一种。那种像暖室般催眠的气氛，或是像秋天般刺激神经的情调，往往使感官过于兴奋而意志消沉。但对于像安多纳德那样操劳过度而没有一点乐趣的人，音乐的确能使她松动一下。毫无休息地忙了一个星期，音乐会可以说是唯一的安慰。两人就靠着怀念过去的音乐会与企望下次的音乐会过活，靠着那超乎时间，远离巴黎的两三个钟点过活。他们冒着雨雪风寒，在场外紧紧地偎依着，心中还怕买不到座位，等了许多时间才挤入戏院，坐上又窄又黑的位置，在喧哗嘈杂的人海中迷失了。他们窒息着，被人紧挤着，又热又不舒服，难受到极点；——可是他们多快乐，为自己的快乐而快乐，为别人的快乐而快乐，为了觉得贝多芬与瓦格纳伟大的心灵中所奔泻的光、力、爱，也在自己心中奔泻而快乐，为了看到兄弟或姊姊那张困倦与早经忧患而变得苍白的脸突然闪出点光辉而快乐。安多纳德四肢无力，软瘫了，好像被母亲紧紧搂在怀里一样，她蹲在甜美温暖的窝里悄悄地哭了。奥里维握着她的手。谁也没注意他们。但在阴暗的大厅里，躲在音乐的慈爱的翅膀底下的，受伤的心灵何止他们两个呢。

安多纳德还有宗教支持。她很诚心，每天做着长久而热烈的祷告，每星期日去望弥撒。她遭了横祸，却始终相信基督的爱，相信他跟你一起受苦，将来有一天会安慰你。可是她精神上和死者的关系比和神明的关系更加密切，她受到磨难的时候总想到他们。但她理性很强，独往独来，跟旁的旧教徒不相往还；他们对她也不大好，认为她有邪气，差不多是自由思想者，或正在往这条路上去；因为依着纯粹法国女孩子的性格，她决不肯放弃她自由的判断，她的信仰是为了爱，而非为了像下贱的牲畜一般服从。

奥里维可不再信仰了。从初到巴黎的几个月起，他的信心就慢慢地开始瓦解，终于完全崩溃。他因之大为痛苦，因为只有强者或俗物才能没有信仰，而他既不够强，也不够俗，所以经过好几次剧烈的苦闷。他的心依旧保持着神秘的气息；虽没有了信仰，跟他的思想最接近的究竟还是姊姊的思想。他们俩都生活在宗教气氛里。分离了整整一天之后，晚上回到家里，狭小的寓所对他们无异大海中的港埠，安全的托庇所，尽管又冷又寒酸，可是纯洁的。在这儿，他们觉得跟巴黎的腐败气息完全隔离了……

他们不大谈到自己所做的事：一个人筋疲力尽地回来，再没心思把好容易挨过的一天重新温一遍。他们本能地想忘掉白天的情形。尤其在刚回家的时候，他们一块儿吃着晚饭，尽量避免彼此问询，只用眼睛来打招呼，有时一顿饭吃完了也没交换一句话。奥里维对着饭菜发呆，像小时候一样。安多纳德便温柔地摩着他的手，微笑着说："喂，拿出点勇气来！"

他就笑了笑，赶紧吃饭。整个晚餐的时间，谁都不想开口。他们极需要静默。直要休息够了，被对方体贴入微的爱渗透了，把白天所受的污辱淡忘了，他们话才多一些。

然后奥里维开始弹琴。安多纳德早已戒掉这个习惯，让他独自享受：因为那是他唯一的消遣，而他也尽量地借此陶醉。他在音乐方面很有天分：近于女性的气质，生来是为爱人家而不是为创造事业的性格，很能够和他弹的音乐在精神上打成一片，把细腻的层次都很忠实很热烈地表现出来，——至少在他软弱的手臂和短促的呼吸所容许的范围以内，因为像《特里斯坦》或贝多芬后期的奏鸣曲那样的作品，他没有气力对付。所以他更喜欢弹莫扎特和格路克的音乐，而那也是她最喜爱的。

有时她也唱歌，都是极简单的古老的调子。她的女中音嗓子，好像蒙着一层什么，调门低而微弱。她非常胆小，绝对不敢在别人面前唱，便是对奥里维也不免喉咙哽塞。她最喜欢贝多芬用苏格兰歌词谱成的一个曲子，叫做《忠实的琼尼》，极幽静而骨子里又极温柔的作品……就像她的为人。奥里维每次听了都禁不住要流泪。

她更喜欢听兄弟弹琴。她要把杂务赶紧做完,一方面开着厨房门,想听到奥里维的琴声;但不管她怎么小心,他老是抱怨她安放碗盏的声响。于是她把门关上,等到收拾完了,才来坐在一张矮凳上,并不靠近钢琴,——他弹琴的时候有人靠近就会受不了,——而是在壁炉前面,像一头小猫那样蹲着,背对着琴,眼睛瞅着壁炉内金黄的火舌在炭团上静静地吞吐,想着过去的种种,出神了。敲了九点,她得鼓着勇气提醒奥里维时间已到。要使他从幻想之中醒过来,要使她自己脱离缥缈的梦境,都不是容易的事。但奥里维晚上还有功课,并且又不宜于睡得太迟。他并不立刻听从,音乐完了以后,还要经过相当的时间才能工作。他的思想在别处飘浮,往往九点半过了还没有走出云雾。安多纳德坐在桌子对面做着活儿,明明知道他一事不做,可不敢多瞧他,免得露出监督的神气使他不耐烦。

他正在经历青春的转变时期,——幸福的时期,——喜欢过着懒洋洋的日子。额角长得很清秀;眼睛像女孩子的,放荡,天真,周围时常有个黑圈;一张阔大的嘴巴,嘴唇有点虚肿,挂着一副讥讽的、含糊的、心不在焉的、顽皮的笑容;过于浓密的头发直掉到眼前,在脑后的差不多像发髻一样,还有一簇挺倔强地在那里高耸着;——一条宽松的领带挂在脖子里,——(姊姊可是每天早上替他扣得好好的);上衣的纽扣是留不住的,虽然姊姊忙着替他缝上去;衬衣不用袖套;一双大手,腕部的骨头突得很出。他露出一副狡猾的、瞌睡的、爱舒服的神气,愣头傻脑的老半天望着天空,眼睛骨碌碌地把安多纳德屋里的东西一样样地瞧过来,——书桌是放在她屋里的,——瞧着小铁床和挂在床高头的象牙十字架,——瞧着父亲母亲的肖像,——瞧着一张旧照片,上面是故乡的钟楼与小河。等到眼睛转到姊姊身上,看她不声不响做着活儿,脸色那么苍白,他突然觉得她非常可怜而对自己非常恼恨,认为不应该闲荡,便振作精神,赶紧做他的功课,想找补那个损失的时间。

逢到放假的日子,他就看书。姊弟两人各看各的。虽然他们这样相爱,还是不能高声地一同念一本书。那会使他们觉得亵渎的。他们以为一册美妙的书是一桩秘密,只应当在静寂的心头细细地体会。遇到特别美的地方,他们就递给对方,指着那一节说:“你念罢!”

于是,一个念着的时候,另外一个已经念过的就睁着明亮的眼睛,瞧对方脸上的表情,跟他一同吟味。

他们往往对着书本不念:只顾把肘子撑在桌上谈天。越是夜深,他们越需要互相倾吐,而且心里的话也更容易说出来。奥里维抑郁不欢,老是需要把痛苦倾倒在另外一个人的心里,减轻一些自己的痛苦。他没有自信。安多纳德得给他勇气,帮助他对他自己斗争,而那是永无穷尽的,一天都免不了的斗争。奥里维说些悲苦的泄气话,说过以后觉得轻松了,可没想到这些话会不会压在姊姊心上。等到发觉的时候,已经太晚了:他消磨了她的勇气,把他的疑虑给了她。安多纳德面上绝对不露出来。天生是勇敢而快活的性格,她仍旧装做很高兴,其实她的快乐早已没有了。她有时困倦至极,受不了自我牺牲的生活。她排斥这种思想,也不愿意加以分析,但免不了受到影响。唯一的依傍是祈祷,除非在心灵枯竭的时候连祈祷都不可能,——这也是常有的事。那时她又烦躁又惶愧,只能不声不响地等待上帝的恩宠。这些苦闷,奥里维是从来没想到的。安多纳德往往借端躲开,或是关在自己屋里,等烦闷过去以后再出现;出现的时候她抱着隐痛,堆着笑容,比以前更温柔了,仿佛为了刚才的痛苦而不好意思。

他们的卧室是相连的。两张床靠在同一堵墙上:他们可以隔着墙低声谈话。睡不着的时候,两人便轻轻地敲着壁,问:“你睡熟没有?我睡不着啊。”

姊弟之间只隔着这么薄薄的一堵壁,仿佛是两个睡在一张床上的朋友。但由于一种本能的根深蒂固的贞洁观念,——两间屋子的门在夜里总是关严的,除非奥里维病了,而那也是常有的事。

他虚弱的身体并没好转,反而愈来愈坏,老是不舒服:不是喉头,便是胸部,不是头部,就是心脏;极轻微的感冒在他也能变成支气管炎;他害过猩红热,差点儿死掉;平时他也有种种重病的奇特的征象,幸而没发作:肺部与心部常有几处作痛。有一天医生说他很有心包炎或肺炎的可能;随后他们去请教一个著名的专科医生,又证实了那个疑惧。结果却太平无事。他的病其实是在神经方面,会变出许多出人意料的病象;慌张了几天,事情居然过去了,但把安多纳德折磨得太厉害了。为了忧急,她多少夜睡不着觉,常常起来到兄弟房门口去听他的呼吸,心惊胆战,以为他要死了,是的,她知道他必死无疑了:于是她浑身颤抖地跳起来,合着手,紧紧地握着,抽搐着,堵着嘴巴,不让自己叫出来:“噢,天啊!天啊!别把他带走啊!不,不,——你不能这样做!——我求你,求你!……噢!好妈妈!救救我啊!救救他,救他一命呀!……”

她全身都紧张了。

“啊!已经做了这么些,他快要成功、快要幸福的时候,难道要半路上倒下来吗？不，不，那是不行的，那太残忍了……”

奥里维紧跟着又使她担心别的事。

他像她一样老实，但意志薄弱，思想太自由，太复杂，对于明知道不正当的事，不免有些心摇意乱，抱着怀疑而宽容的态度，并且他抵抗不了肉欲的诱惑。安多纳德那么纯洁，一向不知道兄弟的心理变化。有一天她突然发觉了。

奥里维以为她不在家。往常她那时是在外边教课的；这一天正要出门的时候，接到了学生的请假信，她心里很快慰，虽然微薄的收入又少了几个法郎。她疲乏已极，躺在床上，觉得能于心无愧地休息一天很高兴。奥里维从学校回来，带着一个同学坐在隔壁屋里谈天。他们的话，句句都可以听到；他们以为没有旁人，便一点没有顾忌。安多纳德听着兄弟快乐的声音，自个儿微微笑着。过了一会儿，她忽然沉下脸来，身上的血都停止了。他们非常下流地说着脏话，似乎说得津津有味。她听见奥里维，她的小奥里维笑着；她也听见她认为无邪的嘴里说出许多淫猥的话，把她气得身子都凉了，心里的痛苦简直没法形容。他们娓娓不倦地谈了好久，而她也禁不住要听着。临了，他们出去了；屋子里只剩下安多纳德一个人。于是她哭了，觉得心中有些东西死了；理想中的兄弟的形象，——她的小乖乖的形象，——给污辱了：那对她真是致命的痛苦。但两人晚上相见的时候，她一字不提。他看出她哭过了，可不知道为什么，也不懂姊姊为什么对他改变态度。她直过了相当的时间才恢复常态。

但他给姊姊最痛苦的打击是他有一回终夜不归。她整夜地等着。那不但是她纯洁的道德受了伤害，而且她心灵最神秘最隐秘的地方也深感痛苦,——那儿颇有些可怕的情绪活动,但她特意蒙上一层幕,不让自己看到。

在奥里维方面,他主要是为争取自己的独立。他早上回来,打算只要姊姊有一言半语的埋怨,就老实不客气顶回去。他提着脚尖溜进屋子,怕把她惊醒。但她早已站在那儿等着,脸色苍白,眼睛红肿,显而易见是哭过了。她非但不责备他,反而不声不响地照料他的事,端整早点,预备他吃了上学。他看她一言不发,只是非常丧气,所有的举止态度就等于一场责备:那时他可支持不住了,扑在她膝下,把头藏在她的裙子里。姊弟俩一齐哭了。他万分羞愧,对着外边所过的一夜深表厌恶,觉得自己堕落了。他想开口,她却用手掩着他的嘴巴;他便吻着她的手。两人什么话都没说,彼此心里已经很了解。奥里维发誓要成为姊姊所希望的人物。可是安多纳德不能把心头的创伤忘得那么快;她像个大病初愈的人,还得相当时日才能复原。他们的关系有点儿不大自然。她的友爱始终很热烈,但是在兄弟心中看到了一些完全陌生而为她害怕的成分。

奥里维的变化所以使她格外惊骇,因为同时她还受着某些男人追逐。她傍晚回家,尤其是晚饭以后不得不去领取或送回抄件的时候,常常给人盯着,听到粗野的游词,使她痛苦得难以忍受。只要能带着兄弟同走,她就以强迫他散步为名把他带着;可是他不大愿意,而她也不敢坚持,不愿意妨害他的工作。她的童贞的、古板的脾气,和这些风俗格格不入。夜晚的巴黎对她好比一个森林,有许多妖形怪状的野兽侵袭她;一想到要走出自己的家,她心里就发颤。可是非出去不可。她不知道怎么对付,老是发急。而一转念间想到她的小奥里维也将要——或者已经——跟那些男人一样追着女人的时候，她回到家里简直没勇气伸出手来跟他招呼。她对于他有这种反感是他万万想不到的……

她长得并不怎么美，却很有点儿迷人的力量，能够吸引人家，虽然她绝对没有什么勾引人的动作。衣服极朴素，差不多老戴着孝，个子不甚高大，很窈窕，表情很细腻，不大出声，只悄悄地在人堆里穿过，唯恐引人注目，但那双困倦而温柔的眼睛，那张小小的、模样那么清秀的嘴巴，自有一种深邃的韵味，惹人注意。有时她发觉自己讨人喜欢，不禁有些惶愧，——可是心里也很高兴……一颗能感到别人好意的、平静的心中，不自觉的会有多少可爱而贞洁的风韵，谁能指点出来呢？那只在一些笨拙的动作、羞怯的躲躲闪闪的目光上有所表现；而这些又是多么好玩多么动人。惶乱的表情更增加了她的魅力。人家的欲念被她挑动了；既然她是一个清寒的没人保护的女孩子，别人也就毫无顾忌地对她明说了。

她有时到一般有钱的犹太人集会的拿端夫妇家去走动，那是她在教书的一个人家——拿端的朋友——认识的；她虽然那么孤僻，也不免去参加了两三次夜会。亚尔弗莱·拿端先生是巴黎的一个名教授，了不起的学者，同时又是个交际家，极有学问，也极其浮华，这种古怪的混合的人品在犹太社会中是常见的。而真实的好意与浮华的作风也在拿端太太心中占着相等的地位。夫妇俩都对安多纳德表示亲热的、真诚的，但有些间歇性的好感。——安多纳德在犹太人中倒比在旧教徒中得到更多的同情。固然他们缺点很多，但有一个很大的长处，而且是最重要的，就是富于生命力，富于人性；只要是有人性有生机的，他们无不关切。即使他们缺乏真正的热烈的同情,也永远有种好奇心,使他们肯探访一般比较有价值的心灵跟思想,不管那心灵和思想跟他们的如何不同。一般地说,他们并不怎么出力去帮助别人,因为同时感兴趣的事太多了,而且尽管自称为洒脱,其实他们对世俗的虚荣比谁都更留恋。但他们至少做了些事,而那在麻木不仁的现代社会里已经很了不起了。他们在社会上是行动的酵母,生命的原动力。——安多纳德在旧教徒中受尽了冷淡以后,看到拿端家对她的关切,不管怎么浮泛,也很感动。拿端太太约略看到了安多纳德笃于友爱的生活,对于她的仪表与操守的可爱都很赏识;她自命要做她的保护人。她没有儿女,但很喜欢年轻人,常常招待他们,再三约安多纳德上她家去,要她放弃那种孤独生活,找点儿消遣。她不难猜到安多纳德的孤僻一部分是由于境况不好,便有心拿些美丽的衣饰送给她,被高傲的安多纳德谢绝了;但这位恳切的保护人自有方法强迫她接受些小小的礼物,投合那无邪的女性的虚荣心。安多纳德又感激又惶愧,每隔许多时候,勉强去参加一次拿端太太家的夜会;因为年轻,她终于也觉得很愉快。

但在那个来往的人很杂而年轻人很多的场所,拿端太太所提拔的贫寒而美丽的女孩子,立刻成为两三个油滑少年的目标,以为轻而易举就可以得手。他们想利用她的羞怯来进攻,甚至彼此拿她赌东道。

终于她收到几封匿名信,——更准确地说是造了一个高贵的假名的信——先是热烈的情书,措辞迫切,把约会都定下了;接着又很快地来了几封更放肆的信威吓她,随后又来了信口谩骂与侮辱的信,赤裸裸地描写她身体上的某些部分,说出下流淫猥的话;写信的人想利用安多纳德的天真,恐吓她倘使不去赴约就要教她当众出丑。安多纳德因为招惹了这些是非，痛苦得哭了；而她身心清白的骄傲也大大地受了伤害。她不知道怎么摆脱，同时又不愿意告诉兄弟，免得他伤心而把事情搞得更严重。但她也没有朋友可以商量。向警察署告发吧，她又不愿意，怕事情张扬出去。然而无论如何得把它结束。她觉得光是不理不睬并不能保卫自己，那个坏蛋一定还要纠缠不清，不发现危险决不会罢休。

随后又来了一封最后通牒式的信，限她第二天到卢森堡美术馆去相会。她去了。——绞尽脑汁想过之后，她相信这个磨难她的男人一定是在拿端太太家遇见的。有一封信里隐隐约约提到的事就是在那边发生的。于是她要求拿端太太帮她一次忙，坐着车陪她到美术馆，请拿端太太在车上等着。到时，她进去了。在指定的图画前面，那坏蛋得意扬扬地走过来，装得非常殷勤地跟她谈话。她不声不响地直瞪着他。他把一套话说完了，又涎着脸问她为什么这样目不转睛地盯着他。她回答说：

"我在看一个没骨头的人怎样欺侮女人。"

对方听了这话毫不在意，反而装做亲狎的神气。她又说：

"你拿当众出丑的话威吓我。好吧，我现在就给你这个机会。你怎么样？"

她气得浑身颤抖，说话的声音很高，表示她预备教人注意。旁边的人已经在瞧他们了。他觉得什么都吓不倒她，便放低了声音。她最后一次又叫了声：

"哼，你这个没骨头的男人！"

说完了，她掉过身子就走。

他不愿意露出认输的神气，便跟着她走出美术馆。她径自走向等着的车子,突然打开车门。背后那个男子劈面撞见了拿端太太,拿端太太马上叫着他的姓氏招呼他,他一时手足无措,赶紧溜了。

安多纳德没有办法,只得把事情讲给这位女朋友听。但她只讲了个大概,因为她极不愿意把伤害她的贞洁的痛苦告诉一个外人。拿端太太埋怨她没有早通知她。安多纳德要求她对谁都别提。事情就至此为止;拿端太太也用不着对那个坏蛋下逐客令;因为从此他没有敢再露面。

差不多同时,安多纳德另外有一件性质完全不同的伤心事。

有个很规矩的男子,年纪四十上下,在远东当领事,回国来过几个月的假期,在拿端家遇到安多纳德,爱上了她。那次的会见是拿端太太瞒着安多纳德预先安排好的,因为她一厢情愿要替这位年轻朋友做媒。他是犹太人,长得并不好看;头有点儿秃了,背有点儿驼了;可是眼睛非常柔和,态度很亲切,因为自己也受过痛苦而很能够同情别人。安多纳德已经没有当年才子佳人的梦,不再是娇生惯养的孩子,把人生想作在美妙的日子和情人散散步那么回事了;如今她认为生活是一场艰苦的斗争,每天都得来过一次,永远不能休息一下,要不然,你年复一年,一寸一尺地苦苦挣来的,就可能在一刹那间前功尽弃。她觉得倘使能够在一个朋友的怀抱里躺一会儿,跟他共尝甘苦,由他来守望而让自己闭一会儿眼睛,一定是非常甜美的。她知道这都是梦想,可还没有勇气完全丢开这个梦。她心里很明白,一个没有陪嫁的姑娘在她那个社会里是毫无希望的。法国老派的布尔乔亚在婚姻上看重金钱是世界闻名的。这种贪心，便是犹太人也有所不及。犹太人中有钱的青年娶一个贫寒的姑娘，或有钱的少女热烈地追求一个聪明的男子，都不算什么稀罕的事。但在内地信奉旧教的法国布尔乔亚中间，所谓婚姻无非是追求金钱。而那些可怜虫又干些什么呢？他们只有些平凡的需要：只知道吃喝，打呵欠，睡觉，——节省。安多纳德认识这般人，那是从小见惯的。她戴了富贵的眼镜见过他们，也戴了贫穷的眼镜见过他们，已经对他们不存什么幻想了。所以那位男的向她求婚使她有点喜出望外。她先是并不爱他，后来却是慢慢地对他有种感激的心和深刻的温情。倘不是要跟他到远地方去，把弟弟丢下的话，她早就应允的了。但在那种条件之下，她拒绝了。那朋友虽然懂得她的拒绝是由于极高尚的理由，心里仍旧不能原谅她：他知道爱人有那些德性是极可贵的，但爱情的自私要爱人把这些德性也为自己牺牲。他便不再见她，动身之后也不再和她通信，音讯杳然地过了五六个月，——忽然有一天寄给她一张喜柬，原来他跟另外一个女子结婚了。

那对安多纳德是桩极大的伤心事。在多少悲苦之外再受一次悲苦，她唯有把自己的悲苦献给上帝；她硬要相信，因为忘了自己唯一的使命是献身给兄弟，所以应当受此惩罚。从此她就更一心一意地照顾兄弟。

她完全退出了社会，不再上拿端家去。自从她谢绝了那桩婚事以后，他们就对她很冷淡：他们也不承认她的理由。拿端太太断定这桩婚姻一定成功，将来也一定很圆满，此刻因安多纳德的缘故而一切都成泡影，未免伤害了她的自尊心。她认为安多纳德的顾虑当然是极有义气，但感伤色彩太浓了；所以她马上不再关心这位小朋友。她只知道帮助人家，不问人家同意不同意;这种心理上的需要此刻又找到了另外一个对象,让她能暂时发泄那关切与照拂人的感情。

奥里维完全不知道姊姊心中那页痛苦的罗曼史。他是个多情的、轻浮的少年,成天在幻想中过活。虽然他精神很活泼可爱,心也和安多纳德的一样温柔,但你要在什么事情上依靠他是没有把握的。他可以为了矛盾,消沉,闲荡,或是单相思而浪费几个月的精力。他常常想着一些俊俏的脸蛋,在什么交际场中见过一面而完全没注意到他的风骚的姑娘。他也能为了一段文字、一首诗、一阕音乐而出神,几个月的浸在里头,把正课都荒废了。非要有人时时刻刻的监督他不可,而且还得留神,不能使他发觉而着恼。他发起脾气来一向很可怕,会极度的紧张,精神上失掉平衡,浑身发抖,好似可能害肺病的人所常有的现象。医生并不把这种危险瞒着安多纳德。这株本来就很软弱的植物,从内地移植到巴黎之后,极需要清新的空气与美好的阳光。那可是安多纳德不能供给的。他们没有足够的钱,不能在假期中离开巴黎。至于假期以外的时间,两人有工作在身,到了星期日都已经困倦不堪,除掉赴音乐会,再没心思出门了。

可是在夏天,有些星期日,安多纳德仍旧打起精神把奥里维拉到郊外的森林中去散步。但林中全是一对对粗声大气的男女,音乐咖啡馆的歌曲,油腻的纸张:这当然不是使精神休息而净化的清幽的境界。傍晚回家的时候,又得坐着闷人的、低矮的、狭窄的、黑洞洞的郊区火车,满是笑声,歌声,粗野的谈话,难闻的气息,和烟草的味道。安多纳德与奥里维都是没有平民气质的,回到家中只觉得厌恶,丧气。奥里维要求安多纳德以后别再作这种散步;而安多纳德在某个时期内也没有这勇气了。但过了一晌,她还是要去,以为对于兄弟的健康是必需的,虽然她自己比奥里维更讨厌这种散步。每次新的尝试都不比上一次的更愉快;奥里维便狠狠地向她抱怨。结果两人只能关在闷塞的城里,对着牢狱式的院子想望田野。

中学的最后一年到了。学期终了便是高等师范的入学考试。而这也正是时候了。安多纳德已经累到极点。她预测兄弟一定能考上。中学里大家认为他是最优秀的投考生之一;所有的教员都称赞他的功课和聪明,唯一的缺点是思想没有纪律,不能按照计划做事。可是压在奥里维肩上的责任使他心慌意乱,考期近了,应付考试的能力越来越低了。一方面是极度的疲乏,一方面是怕考不上,而且胆小得近乎病态:这种种早就使他像瘫痪了一样。想到要当着大众站在许多考试委员前面,他就不由得浑身发抖。他永远受着胆小的累,轮到在教室里开口就脸红耳赤,喉咙都塞住了,最初只能在人家唤到他名字的时候答应一声。倘使无意中问他什么话,他倒还容易回答;要是预先知道要受到考问,他简直会吓昏的:一刻不停在那里胡思乱想的脑子,把将要临到的情形连细节都想象到了;而且越等得久,他越是被恐怖纠缠不清。他差不多没有一次考试不是至少考过两次的:因为考试以前的几夜,在梦中已经考过几次,把他的精力消耗完了,再也没法应付真正的考试。

然而他还到不了那个使他在夜里流冷汗的可怕的口试。①

① 法国学校考试通例,凡笔试不及格者即落第,无资格再受口试。

笔试的时候,一个关于哲学的题目,在平时他是很能发挥的,不料那天六个钟点之内竟写不上两页。最初几小时他脑子里空空如也,一点儿思想都没有,仿佛给一座漆黑的墙堵塞了。到最后一小时,那堵墙溶解了,墙缝里居然透出几道光来。他这才写了很美的几行,可是篇幅不够教人把他评定等第。安多纳德看他那样狼狈,料他没希望了,于是也跟他一样的垂头丧气,只是面上不露出来。并且她便是到了绝望的局面,也还能抱着无穷的希望。

奥里维落选了。

他懊丧到了极点。安多纳德勉强笑着,仿佛事情并不严重;但她的嘴唇在发抖。她安慰弟弟,说那是运气不好,容易补救的,下年一定能考取,名次还可以高一些。她可没有说,为了她,他这一年是应该考上的,她身心交困,恐怕不能再撑一年了。但她非撑不可。要是她在奥里维没考取以前就死了,他可能永远没勇气独自奋斗下去,结果不免给人生吞掉。

因此她把自己的疲乏藏起来,反而加倍地努力。她流着血汗让他在暑假中有些娱乐,希望开学以后他精神好一些,更能够发愤用功。可是到开学的时候,她小小的积蓄用完了,同时又丢了几处薪水最高的教职。

还要苦苦地撑一年!……两个孩子为了这最后的一关把自己搞得筋疲力尽。第一先得生活,找一些别的差事。拿端他们介绍安多纳德上德国去教书。这是她最不愿意接受的,可是眼前没有别的机会,又不能久待。六年以来姊弟俩从来没分离过一天;她简直没法想象,不看见他不听见他以后她怎么能生活。奥里维想到这点也不免心惊肉跳;但他什么话都不敢说:这桩苦难是他造成的;要是他考取了,安多纳德决不至于到这个田地;[1]所以他没有反对的权利,也没有资格提出他个人的悲戚作为问题;一切只能由她一个人决定。

分离以前的最后几天,两人不声不响地熬着痛苦,仿佛有一个快要死了;痛苦得实在受不了的时候,他们便躲起来。安多纳德想在奥里维的眼神中征求意见。要是他对她说:“别走啊!”她就可以不走,虽然是应当走。直到最后一刻,坐在把他们送上车站去的马车里,她还准备打消原意,她觉得没有勇气执行她的计划。只要他一句话,一句话!……可是他不说出来。他跟她一样的全身发僵。——她要他答应每天写信给她,什么都不能隐瞒,只要有点儿不安的事,就立刻叫她回来。

她走了。一方面,奥里维走进中学宿舍连心都凉了,——如今他变了寄宿生;——一方面安多纳德在火车里痛苦万分。他们俩夜里睁着眼睛,觉得每过一分钟就离得远一点,不由得彼此低声呼唤。

安多纳德想到将要投身进去的社会非常害怕。六年以来,她大大地改变了。从前她是多么大胆,什么都吓不倒的,现在却养成了静默与孤独的习惯,反而以脱离孤独生活为苦事。幸福的岁月过去了,嘻嘻哈哈的、快活的、多嘴的安多纳德也跟着消灭了。忧患使她变得孤僻。大概因为跟奥里维住在一起,所以她也感染到他羞怯的性情。除了对兄弟,她很不容易开口。什么都使她害怕,便是去拜访人也要心慌。一想到要去住在陌生人家,跟他们谈话,老是站在人面前的时候,

① 法国国立高等师范学生不但完全免费,而且还补贴少数零用。

她更急坏了。可怜的小姑娘并不比她的兄弟更喜欢教书:她很尽职,但并不相信自己的工作对人有什么好处可以自慰。她生来是为爱人而不是教育人的。可是谁也不在乎她的爱。

德国那个新的差事,比无论什么地方都更用不着她的爱。她在葛罗纳篷家教孩子们读法语,主人绝对不关切她。他们又傲慢又亲狎,又冷淡又爱管闲事,因为出了相当高的薪水,便以为给了她恩惠,对她尽可以为所欲为,把她看做一个比较高级的仆人,不让她有半点自由。她甚至没有私人的卧室:只睡在一间跟孩子们的卧室相连的小屋子内,夜里房门都是不能关的。她从来没有清静的时间。虽然那是每个人应有的神圣的权利,他们可不承认。她的快乐只有在精神上跟兄弟在一起,和他谈话;只要有片刻的自由,她就尽量利用。但人家还要和她争这片刻的时间。她才提笔,就有人在她房内打转,问她写什么。她看信的时候,人家又问她信上写些什么。他们用一种亲狎与嘲笑的神气,打听"小兄弟"的情形。于是她只得躲起来。她有时需要用怎样的手段,躲在怎样的屋角里去偷偷地看奥里维的信,真是说出来也教人脸红。倘若有封信随便丢在房里,毫无疑问是会被人偷看了的;既然除了衣箱之外没有一件可以关锁的东西,她就不得不把所有不愿意给人看到的纸张都带在身上:人家老是在搜索她的东西和她的内心,竭力想发掘她思想的秘密。并非葛罗纳篷一家关切这些事,而是认为既然出钱雇了她,她这个人就是属于他们的了。其实他们并无恶意:刺探旁人的私事在他们是根深蒂固的习惯;他们之间决不会因这些事生气的。

安多纳德可最难容忍这种间谍式的、无耻的勾当,使她一天不能有一小时逃过他们不知趣的目光。她用一种带点高傲的矜持的态度对付葛罗纳篷家里的人，教他们大不高兴。当然，他们自有些冠冕堂皇的理由为他们的好奇心作辩护，批评安多纳德不应该躲避他们。对一个住在他们家里，成为家庭的一分子，负责教育他们儿女的姑娘，他们觉得应该认识她的私生活：这是他们的责任！——（多少主妇对于仆人就是这种说法，她们的所谓责任，并非在于使仆役少吃一些苦少受一些难堪，而是在于禁止他们作任何娱乐。）——所以他们认为，安多纳德的不肯接受监督一定是有不可告人之事：一个清白的女孩子是什么都不用隐藏的。

因此安多纳德时时刻刻受着磨折，时时刻刻得保护自己：这样她就比平时更冷淡更深藏了。

弟弟每天都给她写一封十二页的长信；她也居然能每天写一封，——哪怕只是短短的几行。奥里维竭力装得很勇敢，不过分流露心中的悲苦。但事实上他苦闷得要死。他的生活一向跟姊姊的难解难分，如今和她分离之后，他的生命似乎只剩了一半：他的手脚，他的思想，都调动不来了；他不能散步，不能弹琴，不能工作，也不能不工作，不能梦想，——除非是梦想她。他从朝到晚埋头在书本里，可是一点工作都做不出来：他的念头总想着别处，不是苦闷，便是想念姊姊，或者一边想着上一天的来信，一边眼睛盯着钟，等着当天的信。信到了，他手指哆嗦着拆阅，因为他又快活又害怕。便是情书也不会使一个情人感情冲动到这个田地。像安多纳德一样，他也躲在一边读她的信，把所有的都带在身上，夜里拿最后收到的一封放在枕头下面，在想着亲爱的姊姊而翻来覆去睡不着的时候，常常用手摸一下，看看它是否在老地方。他觉得跟她离得多远！要是邮局耽误，把安多纳德的信晚一天送到，他就特别难过。他们中间隔了两天两夜了！……因为从来没出过门，他把空间与时间格外夸大。他的想象力老是在那里活动：“噢，上帝！要是她病倒的话！她总该见到他一面才死吧……昨天为什么她只写寥寥几行呢？……是不是病了？……是的，她病了……”那时他简直喘不过气来。——除此以外，他更怕自己孤苦伶仃地死，远离着她，死在这些不相干的人中间，在这可厌的中学里，在这个凄凉的巴黎。想到后来，他真的病了……“倘若写信去要她回来又怎么样呢？……”但他想到自己这样没有勇气就害羞。而且他一提笔，因为能够和她谈谈而快活极了，居然暂时忘了痛苦。他仿佛见到她，听到她：他把什么都告诉给她听：跟她住在一起的时候，他倒从来没对她说过这样亲切和热烈的话；他把她叫做“我的忠实的，勇敢的，至爱的好小姊姊”。那是真正的情书。

这些信使安多纳德沉浸在温情里头，唯有在读信的时间她才觉得有点空气可以呼吸。信要不在早上预期的时间收到，她就苦恼得什么似的。有两三次，葛罗纳篷他们为了大意，或是——谁知道？——为了恶意的要弄，直到晚上，有一次直到第二天早上才把信交给她，那时她竟急得发烧了。——元旦那天，两个孩子不约而同地想了同样的主意：花了很多钱彼此发了一通长电，在两方面同时送到。奥里维继续在功课方面与思想方面征求安多纳德的意见；安多纳德替他出主意，支持他，鼓励他。

其实她自己也不见得有多少勇气，住在这陌生地方闷死了，一个人也不认识，一个人也不关切她，除了一个才来不久而和她同样住不惯的教员的太太。那位好心的女人母性很强，看到两个各处一方而相爱的孩子那么痛苦，非常同情——

因为她向安多纳德探听到了一部分历史;——但她那样的粗声大气,那样的平庸,缺少机智,不识时务,把安多纳德贵族式的小灵魂吓得格外深藏了。因为对谁都不能吐露,她便把所有的烦恼都闷在肚里:而那是很重的担负。有时她自以为要倒下来了;但她咬咬嘴唇,重新向前。她的健康受了影响,瘦了许多。弟弟的信越来越消沉。有一次特别颓丧的时候,他竟写道:“你回来罢,回来罢!……”

可是信刚发出,他就觉得惭愧,又写了一封,声明前信作废,要求安多纳德别把那句话放在心上。他甚至装做很快乐,不需要姊姊。倘若给人看出他没有她便不能过活,他容易生气的性情也是受不了的。

这一点可瞒不过安多纳德;她看透他的思想,但不知道怎么办。有一天,她几乎真的要动身了,连行车时刻都到站上去问过了。随后,她觉得简直是胡闹:她在这儿挣的钱就是付奥里维的膳宿费的;两个人能撑多久就得撑多久。她没勇气打什么主意了:早上她很勇敢,但越到夜晚,精神越低落,只想逃了。她想念家乡,——想着那个对她多么残酷,可是埋着她过去所有的遗迹的家乡,——也想着弟弟的语言,为她用来表示心中的爱的语言。

那时恰好有个法国剧团路过那个德国小城。难得上戏院的安多纳德,——既没有时间,也没有兴致,——忽然渴想听一听法语,到法国去躲一下。其余的事,我们以前叙述过了。戏院已经客满。她遇到了一个不认识的青年音乐家约翰-克利斯朵夫,看到她失望的神气,邀她到他的包厢中去:她糊里糊涂地接受了。她和克利斯朵夫的露面引起了小城里许多闲话,立刻传到葛罗纳篷家里,而他们的存心是只要对这个法国少女有一点儿不利的猜疑就预备接受的，再加我们以前说过的那种情形，①他们被克利斯朵夫惹得气恼至极，便毫不客气地把安多纳德辞退了。

这颗贞洁而容易害羞的心灵，整个儿给手足之爱占据了，没有给任何卑污的思想沾染过，一朝懂得了人家指控她的罪名，简直羞愤欲死。但她并不恨克利斯朵夫，知道他跟她一样的无辜，虽然使她受累，用意是很好的：所以她很感激。她对于他的身世一无所知，只晓得他是个受到剧烈攻击的音乐家。她尽管不懂人情世故，但有种内心的直觉，因饱经忧患而变得非常敏锐，看出那个陪她看戏的同伴举动粗鲁，有点疯癫，可是性情和她一样戆直，并且慷慨豪侠，她只要想到他就觉得安慰。别人说克利斯朵夫的坏话，绝对不影响她的信心。自己是个被欺侮的，她认为他也是个被欺侮的，和她一样受着人们恶意的攻击，而且时期更长久。既然她惯于想着别人而忘掉自己，所以一想到克利斯朵夫也在受罪，她自身的悲苦倒反减淡了些。可是她无论如何不愿意和他再见或通信。清高与狷介的性情不许她那么做。她以为他决不会知道连累她的事，而且以她的好心，还希望他永远不知道。

她走了。火车开出一小时以后，她碰巧又跟从外埠回来的克利斯朵夫在中途相遇。

在并列在一起停了几分钟的车厢里，他们俩在静悄悄的夜里见到了，一句话也没说。他们能说些什么呢，除非是一些极平淡的话？而这种话，反而要亵渎彼此的同情与神秘的共鸣；那是除了心心相印以外别无根据的，说不出的感情。在这

① 参看卷四：《反抗》。——原注

最后一刹那，两个毫不相知的人互相望着，看到了平时跟他们一起生活的人从来没窥到的内心的隐秘。说话，亲吻，偎抱，都可以淡忘；但两颗灵魂一朝在过眼烟云的世态中遇到了，认识了以后，那感觉是永久不会消失的。安多纳德把它永远保存在心灵深处，——使她凄凉的心里能有一道朦胧的光明，像地狱里的微光。

她又跟奥里维团聚了。而她回来也正是时候了。他刚病着。这个神经质的骚动的孩子，老是怕在姊姊不在眼前的时候害病，——此刻真的病倒了，反而不肯写信告诉姊姊，免得她担忧。他只是在心里叫她，好像求一桩奇迹似的求着她。

奇迹出现的时候，他睡在中学的病房里发烧，胡思乱想。一见之下，他并不叫喊。他有过多少次的幻象，看见她进来……他在床上坐起，张着嘴，哆嗦着，以为又是一个幻象。赶到她挨着他在床上坐下，把他搂着，他倒在她怀中，嘴唇上感觉到娇嫩的面颊，手里感觉到那双在夜车里冻得冰冷的手，终于知道的确是姊姊，是他的小姊姊回来了，他就哭了出来。他只会哭，跟小时候一样是个“小傻瓜”。他把她紧紧搂着，唯恐她跑掉了。他们俩改变得多厉害！脸色多难看！……可是没关系，他们俩已经团聚：病房，学校，阴沉的天色，都变得光明了。两人彼此抓住了，不肯再松手了。她什么话还没说，他先要她发誓不再出门。没有问题，她决不会再走；离别真是太痛苦了；母亲说得对，无论什么总比分离好。便是穷，便是死，都还能忍受，只要大家在一起。

他们赶紧租了一个公寓。他们很想再住从前的那个，不管它多么丑；可是已经租出了。新的公寓也靠着一个院子，从墙高头可以望见一株小皂角树:他们立刻爱上了,把它当做田野里的一个朋友,也像他们一样给关在城市里。奥里维很快地恢复了健康,——而他的所谓健康,在一般强壮的人还是近于病的。——安多纳德在德国过的那些苦闷的日子,至少挣了一笔钱;她翻译的一册德语书被出版家接受了,更加多了些收入。钱的烦恼暂时没有了;一切都可以挺顺利,只要奥里维在学期终了能够考上。——可是考不上又怎么办呢?

一朝住在一块儿,恢复了过去那种甜蜜的生活,他们一心一意想着考试的事了。两人尽量的不提也是没用:无论如何避免不了。那个执着的念头到处跟着他们,便是在消遣的时候也是的:在音乐会里,它会在一曲中间突然浮现;夜里醒来,它又会像窟窿一般地张开嘴来吞噬他们。奥里维一方面竭力想解除姊姊的重负,报答她为他而牺牲了青春的恩德,一方面又怕落第以后无法避免的兵役:——那时考取高等学校的青年还可以免除兵役。他对于军营里——不管他看得对不对——肉体与精神方面的男风,心理方面的堕落,感到说不出的厌恶。他性格中所有贵族的与贞洁的气质都受不了兵役的义务,差不多宁可死的。保卫国家的大道理,时下已经成为普遍的信仰,人们很可以用这个名义来取笑,甚至指责奥里维的心理;可是只有瞎子才会否认那种心理!兼爱为名、粗俗其实的共同生活,强迫一般性情孤独的人所受的痛苦,可以说是最大的痛苦。

试期到了。奥里维差点儿不能进场:他非常地不舒服,对于不论考取与否都得经历的那种心惊胆战的境界害怕到极点,几乎希望自己真的病倒了。笔试的成绩还不差。但等待笔试榜揭晓的期间真是不好受。经过了大革命的国家实际是世界上最守旧的：根据它年代悠久的习惯，试期定在七月里一年之中最热的几天，仿佛故意要跟可怜的青年们为难，要他们在溽暑熏蒸的天气预备考试；而节目的繁重，恐怕没有一个典试委员知道其中的十分之一。在喧哗扰攘的七月十四①（那是教并不快活而需要清静的人受罪的狂欢节）的下一天，人们才披阅作文卷子。奥里维的公寓附近，广场上摆着赶集的杂耍摊，一天到晚，一夜到天亮，只听见气枪噼噼啪啪打靶的声音，让人骑着打转的木马呜呜地叫着，蒸汽琴呼哧呼哧地响着。热闹了八天之后，总统为了讨好民众，又特准延长半星期；那对他当然是没关系的：他又听不见！但安多纳德与奥里维被吵得头昏脑涨，不得不紧闭窗户，关在房内，掩着耳朵，竭力想逃避整天从窗隙里钻进来的声音，结果它们仍旧像刀子一般直钻到头里，使他们痛苦得浑身抽搐。

笔试及格以后，差不多立刻就是口试。奥里维要求安多纳德不要去旁听。她等在门外，比他哆嗦得更厉害。他从来不跟她说考得满意，不是把他在口试中回答的话使她发急，就是把没有回答的话使她揪心。

最后揭晓的日子到了。录取新生的榜是贴在巴黎大学文学院的走廊里的。安多纳德不肯让奥里维一个人去。出门的时候，他们暗暗地想：等会儿回来，事情已经分晓了，那时他们或许还要回过头来惋惜这个时间，因为这时虽然提心吊胆，可至少还存着希望。远远地望见了巴黎大学，他们都觉得腿软了。连那么勇敢的安多纳德也不禁对兄弟说："哎，别走得这么快呀……"

① 七月十四，为法国大革命爆发的日子，后定为法国国庆日。

奥里维瞧了瞧勉强堆着笑容的姊姊,回答道:“咱们在这张凳上坐一会儿好不好?”

他简直不想走到目的地了。但过了一忽,她握了握他的手:“没关系,弟弟,走罢。”

他们一时找不到那张榜,看了好几张都没有耶南的姓名。终于看到的时候,他们又弄不明白了,直看了好几遍,不敢相信。临了,知道那的确是真的,是他耶南被录取了,他们一句话都说不上来。两人立刻往家中奔去:她抓着他的胳膊,握着他的手腕,他靠在她身上:他们几乎连奔带跑的,周围的一切都看不见了,穿过大街险些儿被车马压死,彼此叫着:

“我的小弟弟!……我的小姊姊!……”

他们急急忙忙爬上楼梯。一进到屋里,两人马上投入彼此的怀抱。安多纳德牵着奥里维的手,把他带到父母的遗像前面,那是靠近卧床,在屋子的一角,对他们像圣殿一般的处所。她和他一齐跪下,悄悄地哭了。

安多纳德叫了一顿精美的晚饭。可是他们肚子不饿,一口都吃不下。晚上,奥里维一忽儿坐在姊姊膝下,一忽儿坐在姊姊膝上,像小孩子一样的要人怜爱。他们不大说话,累到极点,连快乐的气力都没有了。九点不到,他们就睡了,睡得像死人一样。

第二天,安多纳德头痛欲裂,但心上去掉了这么一个重担!奥里维也觉得破题儿第一遭能够呼吸了。他得救了,她把他救了,她完成了她的使命;而他也没辜负姊姊的期望!……——多少年来,多少年来,他们第一次可以让自己贪懒一下。到中午他们还躺在床上,谈着话,房门打开着,可以在一面镜子里瞧见彼此的快乐而累得有些虚肿的脸;他们笑着，送着飞吻，一忽儿又蒙眬入睡，瞧着对方睡着的模样；大家都懒洋洋地瘫倒了，除了吐几个温柔的单字以外简直没气力说话。

安多纳德从来没停止一个小钱一个小钱的积蓄，以备不时之需。她一向瞒着兄弟，不说出她预备给他一个意外的欣喜。录取的第二天，她宣布他们要到瑞士去住一个月，作为辛苦了几年的酬报。现在奥里维进了高师，有三年的公费，出了学校又有职业的保障，他们可以放肆一下，动用那笔积蓄了。奥里维一听这消息马上快活得叫起来。安多纳德可是更快活，——因兄弟的快活而快活，——因为可以看到她相思多年的田野而快活。

旅行的准备成为一桩大事，同时也成为无穷的乐事。他们动身的时候已是八月中了。他们不惯于旅行：头天晚上，奥里维就睡不着觉；火车上的那一夜，他也不能阖眼。他整天担心，怕错失火车。他们俩都急急忙忙，在站上给人家挤来挤去，踏进了一间二等车厢，连枕着手臂睡觉的地位都没有：——睡眠是号称民主的法国路局不给平民旅客享受的特权之一，为的让有钱的旅客能够独享这个权利而格外得意。——奥里维一刻都没闭上眼睛：他还不敢肯定有没有误搭火车，一路留神所有的站名。安多纳德半睡半醒，时时刻刻惊醒过来；车厢的震动使她的头摇晃不定。奥里维借着从车顶上照下来的黯淡的灯光瞅着她，看她脸色大变，不由得吃了一惊。眼眶陷了下去，嘴巴很疲倦地张着；皮色黄黄的，腮帮上东一处西一处地显着皱纹，深深地刻着居丧与失望的日子的痕迹：她神气又老又病。——她的确是太累了！她心里很想把行期延缓几天,可又不愿意使兄弟扫兴,竭力教自己相信没有什么病,只是疲劳过度,一到乡下就会复原的。啊!她多么怕在路上病倒!……她觉得他瞧着她,便勉强振作精神,睁开眼来,——睁开这双多年轻、多清澈、多明净的眼睛,但常常不由自主地要被苦闷的浊流障蔽一会儿,好似一堆云在湖上飘过。他又温柔又不安地低声问她身体怎么样;她握着他的手,回答说很好。她只要听到一个表示爱的字就振作了。

在多尔与蓬塔利哀之间,红光满天的曙色一照到苍白的田里,原野就仿佛醒过来了。高高兴兴的太阳——像他们一样从巴黎的街道、尘埃堆积的房屋、油腻的烟雾中间逃出来的太阳——照着大地,草原打着寒噤,被薄雾吐出来的一层乳白色的气雾包裹着。路上有的是小景致:村子里的小钟楼,眼梢里瞥见的一泓清水,在远处飘浮的蓝色的冈峦。火车停在静寂的乡间,阵阵的远风送来清脆动人的早祷的钟声;铁路高头,一群神气俨然的母牛站在土堆上出神。这种种都显得那么新鲜,引起安多纳德姊弟的注意。他们好似两株枯萎的树,饮着天上的甘露愉快极了。

然后是清晨,到了应当换车的瑞士关卡。平坦的田里只有一个小小的车站。大家因为一夜没睡,觉得有点儿恶心,清晨潮湿的空气又使人微微颤抖。四下里静悄悄的,天色清明,周围那些草原的气息冲进你的嘴巴,沾着你的舌头,沿着你的喉咙,像一条小溪似的流到你胸中。露天摆着一张桌子,大家站在那儿喝一杯提神的热咖啡,羼着带酪的牛乳,还有一股野花野草的香味。

他们搭上瑞士的火车,看了车上不同的设备高兴得像儿童一样。可是安多纳德累极了!她对于这种时时刻刻的不舒服觉得莫名其妙。为什么看到了这些多美多有趣的东西而并不怎么高兴呢？和兄弟作一次美妙的旅行，不用再为将来的生活操心，只顾欣赏她心爱的自然界：不是她多少年来梦想的吗？现在她是怎么回事呢？她埋怨自己，勉强教自己欣赏一切，看着兄弟天真的快乐强作欢容……

他们在土恩停下，预备第二天换车到山里去。可是在旅馆里，安多纳德晚上忽然发了高度的寒热，又是呕吐，又是头疼。奥里维慌了，心神不定地挨了一夜，天明就去请医生：——又是一笔意想不到的支出，对他们微薄的资源大有影响。——医生认为暂时并不怎么严重，不过是极度的劳顿，身体太亏了一点。继续上路是不可能了。医生要安多纳德整天躺在床上，并且说他们也许要在土恩多待一些日子。他们虽然难过，幸而事情没有意料中的严重，也就很安慰了。可是老远地跑来，关在简陋的旅馆里，卧房给太阳晒得像暖室一般，毕竟是够痛苦的。安多纳德劝兄弟出去散散步。他在旅馆外边走了一程，看见阿尔河的绿波，远远的天边又有白色的山峰在云端浮动，快活极了；但这快乐，他一个人没法消受，便匆匆回到姊姊房中，非常感动地把见到的风景告诉她；她奇怪他回来这么早，劝他再出去，他却像以前从夏德莱音乐会回来的时候一样的说：

"不，不，那太美了；我一个人看了心里会难受的……"

这种心绪是一向有的：他们知道，不跟对方在一起自己就不是个完全的人。但听到对方把这意思说出来总是怪舒服的。这句温柔的话给安多纳德的影响比什么药都灵验。她微微笑着，又喜悦，又困倦。——很舒畅地睡了一夜，她决意清早就走，不去通知医生，免得他劝阻。清新的空气和一同玩赏美景的快乐,居然使他们不致为了这个鲁莽的行动再付代价。两人平安无事地到了目的地;那是山中的一个小村,在什皮兹附近,临着土恩湖。

他们在一家小旅馆里待了三四星期。安多纳德没有再发烧;可是身体始终不硬朗。她只觉得脑袋重甸甸的支持不住,时时刻刻的不舒服,奥里维常常问到她的健康,只希望她的脸色不要那么苍白。可是他对着美丽的景色陶醉了,自然而然的把不愉快的思想撂在一边,所以听到她说身体很好,就很愿意信以为真,——虽然明知道事实并不如此。另一方面,她对于兄弟的快乐,清新的空气,尤其是对于休息,深深地感到快慰。经过了多少艰苦的年头而终于能休息一下,不是最愉快的事吗?

奥里维想把她拉着一同去散步,她心里也很高兴和他一块儿去;可是好几次,她勇敢地走了二十分钟,不得不停下,气透不过来了,心要停止跳动了。于是他只能自个儿向前,——虽然是并不辛苦的攀缘,她已经忐忑不安,直要他回来了才放心。或者两人出去随便遛遛:她抓着他的胳膊,迈着细步,谈着话;他尤其多嘴,一边笑,一边讲他将来的计划,说着傻话。走在半山腰,临着山谷,他们遥望白云倒映在静止不动的湖里,三三两两的小艇在那里漂浮,仿佛氽在池塘上的小虫;他们呼吸着温和的空气,听着远风送来一阵又一阵的牛羊颈上的铃声,带着干草与树脂的香味。两人一同梦想着过去,将来,和他们觉得所有的梦里头最渺茫而最迷人的现在。有时,安多纳德不由自主地感染了兄弟那种小孩子般的兴致:跟他追着玩儿,扑在草里打滚。有一天他居然看到她像从前一样地笑了,他们小时候那种女孩子的憨笑,无愁无虑的,像泉水般透明的,他多年没听见过的笑声。

但更多的时候,奥里维忍不住要去作长途的远足。过后他心里难受,埋怨自己不曾充分利用时间和姊姊作亲密的谈话。便是在旅馆里,他也往往把她一个人丢下。同寓有一群青年男女,奥里维先是不去交际,可是慢慢地受着他们吸引,终于加入了他们的团体。他素来缺少朋友,除掉姊姊之外,只认得一般中学里鄙俗的同学和他们的情妇,使他厌恶。一旦处在年纪相仿,又有教养,又可爱,又快活的青年男女中间,他觉得非常痛快。虽然性情孤僻,他也有天真的好奇心,有一颗多情的、贞洁而又肉感的心,看着女性眼里那朵小小的火焰着迷。而他本人尽管那么羞怯,也很能讨人喜欢。因为需要爱人家,被人家爱,他无意中就有了一种青春的妩媚,自然而然有些亲切的说话,举动,和体贴的表现,唯其笨拙才显得格外动人。他天生的富于同情心。虽是孤独生活养成了他讥讽的精神,容易看到人们的鄙俗与缺陷而觉得厌恶,——但跟那些人当面碰到了,他只看见他们的眼睛,从眼睛里看出一个有一天会死的生灵,像他一样只有一次生命,而也像他一样不久就要丧失生命的。于是他不由自主地对它感到一种温情,无论如何也不愿意去难为它。不管心里怎么样,他总觉得非跟对方和和气气不可。他是懦弱的,所以天生是讨一般人喜欢的;他们对于所有的缺陷,甚至所有的美德,都能原谅,——只除了一件:就是为一切德性之本的力。

安多纳德可不加入这个青年人的集团。她的体力,她的疲乏,表面上没有原因的精神的颓丧,使她瘫下去了。经过了那么多年的操心与劳苦,她被折磨得身心交瘁;姊弟的角色颠倒了:如今她觉得跟社会,跟一切,都离得很远了!……她不能再回到社会里去:所有那些谈话,那些喧闹,那些欢笑,大家所关切的那些小事,都使她厌烦,疲倦,甚至于气恼。她恨自己这种心情,很想学着别的姑娘们的样,对她们所关切的也关切,对她们所笑的也笑……可是办不到了!她的心给揪紧了,仿佛已经死了。晚上她守在屋里,往往连灯也不点,在暗中坐着;奥里维却在楼下客厅里,搞他那些已经习惯的谈情说爱的玩意儿。安多纳德直要听见他上楼,听见他和女友们笑着,絮聒着,在她们的房门口恋恋不舍地、一遍又一遍地说着再会的时候,她才会从迷惘的境界中醒来;那时,她在黑洞洞的屋子里微微笑着,起来捻开了电灯。兄弟的笑声使她精神振作了。

秋深了。太阳黯淡了。自然界萎谢了:在十月的云雾之下,颜色慢慢地褪了;高峰上已经盖了初雪,平原上已经罩了浓雾。游客动身了,先是一个一个的,随后是成群结队的。而看见朋友们走,——即使是不相干的,——又是多么凄凉;尤其是眼看恬静而甘美的夏天,那些在人生中好比水草般的时光消失的时候,令人格外伤悲。姊弟俩在一个阴沉的秋日,沿着山,往树林里作最后一次的散步。他们不出一声,黯然神往地幻想着,瑟缩地偎倚着,裹着衣领翻起的大氅,互相紧握着手指。潮湿的树林缄默无声,仿佛在悄悄地哭。林木深处,一头孤单的鸟温和地怯生生地叫着,它也觉得冬天快来了。轻绡似的雾里,远远传来羊群的铃声,呜呜咽咽的,好像从他们的心灵深处发出来的……

他们回到巴黎,都很伤感。安多纳德的身体始终没复原。

那时得置备奥里维带到学校去的被服了。安多纳德为此花掉了最后一笔积蓄,甚至还偷偷地卖去几件首饰。那有什么关系呢？将来他不是会还她的吗？——何况他现在进了学校，她自己用不着花什么钱了！……她不让自己想到他走了以后的情形：一边缝着被服，一边把她对兄弟的热情全部灌注在这个工作里头；同时她也预感到，这或许是她替他做的最后一件事了。

分别以前的几天，他们形影不离，唯恐虚度了一分一秒。最后一天晚上，他们睡得很迟，对着炉火，安多纳德坐在家中独一无二的安乐椅里，奥里维坐在她膝旁一张矮凳上，拿出他素来被宠惯的大孩子模样，惹人怜爱。对于将要开始的新生活，他觉得有些担心，也有些好奇。安多纳德想到他们的亲密从此完了，骇然自问将来怎么办。他似乎有心加强她的苦闷似的，这最后一晚的一举一动都比平时更温柔：他天真地撒娇，像一个快要出门的人把自己的优点与可爱的地方统统拿了出来。他坐在钢琴前面，久久不已地弹着她在莫扎特与格路克的作品中最喜爱的篇章，——那种缠绵悱恻，惆怅而高远的意境，正是他们过去的生涯的缩影。

分别的时间到了，安多纳德把奥里维送到校门口。她回到家中，又孤独了。但这一回和以前上德国去的情形不同，那次的离别与相会是可以由她做主的，只要她觉得支持不住就可以回来。这一回是她在家而他走了，那是长久的离别，终生的离别。可是她那么富于母性，初期只念念不忘地想着弟弟而没想到自己，想着他刚开始过着那么不同的新生活，受着老同学的欺侮，还有那些琐碎的烦恼，虽是无足重轻，但一个独居僻处而惯于为所爱的人担忧的人，特别会加以夸大。这种操心至少使她暂时忘了自身的寂寞。她已经想着明天上会客室去探望兄弟的那个半小时了。临时她早到了一刻钟。他对她很亲热,但一心一意地关切着他所见的新东西,觉得非常有趣。以后的几天,她始终抱着关切与温柔地心去看他;可是两人对这半小时会晤的反应,显而易见的不同起来。在她,那简直是她整个的生命。他当然很温柔地爱着安多纳德,却不能只想着她。有两三次,他到会客室来迟了一些。有一天她问他在学校里可厌烦,他竟回答说不。这些小事都像小刀一般扎着安多纳德的心。——她埋怨自己这种态度,认为自私;她明明知道,倘使他少不了她,或是她少不了他,她在人生中没有旁的目标的话,不但是荒唐,简直是不好的,违反自然的。是的,这一切她都知道。但知道又有什么相干?十年来她把整个的生命给了弟弟,到了今日还有什么办法?现在丧失了生活的唯一的目标,她便一无所有了。

她拿出勇气来想做些事,看看书,弄弄音乐,读些心爱的文章……天哪!没有了他,莎士比亚,贝多芬,显得多空虚!……——是的,那当然很美……可是他不在眼前了!倘使一个人不能用所爱者的眼睛去看,美丽的东西有什么意思?美,甚至于欢乐,有什么意思,倘使不能在别一颗心中去体味它们的话?

要是身体硬朗一些,她可能重新缔造她的生活,另外找一个目的。但她已经筋疲力尽。现在到了用不着咬紧牙关撑持到底的时候,意志涣散了……她倒下来了。在她身上酝酿了多年而一向被她的毅力压在那儿的疾病,从此抬头了。

孤零零地待在家里,她不胜悲苦地消磨着她的黄昏,没有气力把熄灭的炉火重新燃起,也没有气力上床睡觉,直坐到半夜,迷迷糊糊的,沉思遐想,打着寒战。她温着过去的生活,跟死了的人与破灭的幻象老是分不开;她那么沉痛地想着没有爱情的、虚度了的青春。那是一种暧昧的，自己不承认的痛苦……一个孩子在街上笑，一忽儿又在下一层楼上摇摇晃晃地学步，小脚一步步都踩在她心上！……有些疑虑，有些邪念，盘踞在她的心头；这个自私的、享乐的都市的气息，把她病弱的灵魂感染了。她压制着自己的遗憾，觉得自己的欲念可耻，不懂这些苦恼从何而来，以为是下劣的本能作祟。可怜的小奥菲利娅受着神秘的烦闷磨蚀，非常厌恶的觉得从她的心灵隐蔽的地方冒起一股犷野的、乱人心意的气息。她不能再工作，大部分的教职都辞掉了。她这个惯于早起的人有时竟睡到中午：起身与睡觉都没意义了；同时很少饮食，甚至于不饮不食。只有兄弟放假的日子，——星期四的下午和星期日一天——她才勉强装得跟从前一样。

他什么都没觉察，因为对新生活太感兴趣了，无心再观察姊姊。他正到了青年的某一个时期，对人不容易倾心相与，对于从前感动过而将来还要为之骚动的事非常冷淡。成年人对自然和人生，往往比二十岁的青年有更新鲜的印象，更天真的体验。所以有人说年轻人的心并不年轻，感觉也并不锐敏。那往往是错误的。他们的冷淡并非因为感觉迟钝，而是因为他们的心被热情、野心、欲念，和某些执着的念头淹没了。赶到肉体衰老之后，对人生无所期待的时候，无拘无束的感情才恢复它们的地位，而像小孩子一样的眼泪也会重新流出来。奥里维心中想着无数的小事情，尤其是一种荒唐的单相思缠着他，——（那是他永远有的）——使他对旁的事一概视若无睹，或者淡然置之。安多纳德不知道他的心理变化，只看见他跟自己日渐疏远。那也不完全是奥里维的错。有时他回家来，想到要看见她，跟她谈话而很高兴，可是一进门会立刻变得冷冰冰的。姊姊那种多操心的感情，一把死抓的狂热，过分的殷勤，过分的关切，使他苦闷得马上放弃了吐露衷曲的意思，甚至以为安多纳德失了常态。她往常用来对付他的知情识趣的态度完全没有了。但他并不加以深思，对她的问话，只直截了当地回答一个是或否。她愈想逗他说话，他愈沉默，或竟用一句粗暴的话得罪她。于是她也很难堪地缄默了。一天过去了，虚度了。——他才跨出家门踏上回校的路，就后悔自己的行动。夜里他想到使姊姊难过，不由得自怨自艾；有时一到学校就写一封热烈的信给她，——但第二天早上重新念了一遍，又把它撕掉了。安多纳德一点不知道这等情形，只以为他不爱她了。

她还有——即使不能说是最后一次的快乐——至少是青年的感情最后一次的激动，使她的心又苏醒过来，使爱的力量与对幸福的希望又无可奈何地奋发了一下。并且那也是荒唐的，和她安静的性格相反的。要不是在心烦意乱，大病前期的兴奋过度与迷蒙的状态中，她绝不会有这种情形。

她和兄弟在夏德莱戏院听音乐。他因为在一份小杂志上担任音乐批评，可以比当年坐着好一些的位置，但周围的群众倒反可厌。他们靠近台边，坐在两只弹簧凳上。① 那天有克利斯朵夫·克拉夫脱出场演奏。他们并不认识这位德国音乐家。但他一出台，她心里的血马上沸腾起来。虽然她困倦的眼睛不能清清楚楚地看见他，可是已经认出了她在德国受难时代的朋友。她从来没跟兄弟提过，便是她自己也不大想起：

① 法国戏院在每排固定座位的两端，备有弹簧凳（不用时可以翻起），作为临时加座之用。

那时以后，她全部的思想都给生活问题占据了。并且她是个极有理性的法国女子，不愿意承认那种没有来由而又没有前途的感情。她心中有一个深不可测的区域，藏着许多自己羞于见到的情愫；她明知有这些东西存在，可是不敢正视，因为对于不受理智监督的那个生命感到说不出的恐怖。

等到心情稍定的时候，她借着弟弟的手眼镜瞧了瞧克利斯朵夫，看到他站在指挥台上的侧影，认出他那副暴烈与孤僻的神气。他穿着一套极不称身的旧衣服。——安多纳德一声不出，浑身冰冷，眼看克利斯朵夫在这个可叹的音乐会里受着群众的侮辱。大家原来就不欢迎德国艺术家，此刻又觉得他的音乐非常沉闷。[①] 在一阕似乎太长的交响曲之后，他又出场弹几个钢琴曲子；群众的冷嘲热讽的态度，显然表示不大愿意再见他。他开始演奏了，好不厌烦的群众无可奈何地听着；最高一层的楼厅上有两个听众高声说着些很不客气的话，使场子里的人听了直乐。不料克利斯朵夫突然停下来，拿出像野孩子一样傲慢不逊的态度，用一只手弹着《玛尔勃罗上战场去》的调子，站起来对群众说："这才配你们的胃口！"

群众对于音乐家的用意先还不大明白，迟疑了一会儿，然后闹哄起来，有的嘘着，有的嚷着："道歉呀！非道歉不可！"人们气得满面通红，紧张得不得了，自以为真的愤慨了，那也许是事实；但更近于事实的是他们很高兴趁此机会放肆一下，大闹一阵，好似上了两小时课以后的中学生一样。

安多纳德没有气力动弹，似乎吓坏了，手指抽搐，把一只手套捻来捻去。从交响曲的最初几个音符起，她已经料到可

① 参看卷五：《节场》。——原注

能出事,觉得群众潜伏的恶意慢慢地在扩大,也看透克利斯朵夫的心情,断定他等不到完场就要发作的。她等着,越来越苦闷,恨不得去阻止他;但事情发生的经过简直和预料的一模一样,因此她受的打击跟受着宿命的打击没有分别,仿佛不是人力所能挽回的。她眼睛盯着克利斯朵夫,克利斯朵夫愤愤然瞪着呵斥他的群众,一刹那间他们的目光碰上了。克利斯朵夫的眼睛也许在一刹那间把她认出了,可是在当时狂乱的情绪中,他的头脑并没认出来,——他早已把她忘了,——接着他在大众的嘘斥声中不见了。

她想叫喊,想说话,可是像做着噩梦一般没法开口。等到看见勇敢的小兄弟,并没发觉她情绪激动而也在身旁分担着她的悲痛与愤慨,她才松了一口气。奥里维极有音乐天分,也有他自己的口味,决不受人拘束;只要爱好一件东西,他是敢冒天下之大不韪去爱的。听了克利斯朵夫的交响曲开头的几拍子,他就感觉到有些伟大的,生平从未遇到过的气息。他很热烈地、声音很低地自言自语:"啊,多美啊! 多美! ……"

姊姊听了,不知不觉地靠着他的身子,心里非常感激。交响曲奏完以后,他狂热地鼓掌,对群众的冷淡与讥讽表示抗议。等到全场骚乱的时候,他更气坏了:这胆怯的孩子居然站起身来,嚷着说克利斯朵夫是对的,他责问那些嘘斥的人,竟想跑过去跟他们打架。他的声音给场中的喧闹淹没了,人家用粗话骂他,说他混蛋。安多纳德眼见反抗是白费的,便抓着他的手臂,说:"住嘴,住嘴!"

他无可奈何地坐下,继续咆哮道:"丢人,丢人! 这些该死的家伙!"

她一声不出,难受极了;他以为她对那音乐无动于衷,便对她说:“安多纳德,难道你,你不觉得这个美吗?”

她点点头表示感觉到的。她始终愣在那里,打不起精神来。但乐队准备奏另外一个曲子的时候,她突然站起,恨恨地凑着兄弟的耳朵说:“走吧,我不愿意再看这些人了!”

他们匆匆忙忙走了。在街上,手搀着手,奥里维兴奋地说着话,安多纳德一声不出。

以后的几天,她独自坐在卧室里被某一种感情搅得迷迷糊糊,虽然她避免正视那感情,但它老是跟她的思想纠缠不清,像血在太阳穴中剧烈地跳动一样,使她非常难受。

过了一晌,奥里维拿来一册克利斯朵夫的歌集,刚在一家书铺里发现的。她随便翻开,看到有个曲子上面题着一句德文:“献给那个受我连累的女子”,下面还写着年月日。

她很记得那个日子。——心里一慌,她看不下去了,便放下集子,要奥里维弹给她听,自己却走进卧房,关上了门。奥里维对这种新的音乐只觉得满心欢喜,马上弹了,没注意到姊姊的激动。安多纳德坐在隔壁,竭力压着心跳。突然她到衣柜里找出她的小账簿,查她离开德国的日期和那神秘的日子。其实她早已知道了;一查之下,果然那是和克利斯朵夫一同看戏的晚上。于是她躺在床上,闭着眼,红着脸,合着手放在胸部,听着那心爱的音乐,感激到极点……啊!为什么她的头疼得这样厉害呢?

因为姊姊不出来,奥里维弹完了一曲便走进房里,发现她躺着。他问她是否不舒服。她回答说是累了,接着就起来陪他。他们谈着,但她对于他的问话并不立刻回答,好似从迷惘中突然惊醒过来。她笑了笑,红着脸,抱歉地说头疼得厉害,人有点儿糊涂了。奥里维走了。她要他把集子留下，然后自个儿坐到深夜，在钢琴前面看着乐谱，并不弹，只随便捺几个音，轻轻的，唯恐使邻居讨厌。多半的时候她也不看谱，只是胡思乱想，对于那个怜悯她而凭着神秘的直觉与慈悲窥到她心灵的人，抱着满腔的感激与温情。她没法固定自己的思想，只觉得又快乐又悲哀，——悲哀……啊！她的头疼得多厉害！

她整夜做着甜美而困人的梦！万分惆怅。白天，为了振作精神，她想出去遛遛。虽然她头痛还很剧烈，可是硬要自己有个目的，便到一家百货公司去买些东西。她根本没想着她所做的事，只想着克利斯朵夫，但自己不承认。赶到她筋疲力尽、凄怆欲绝地走出来，忽然瞧见克利斯朵夫在对面的人行道上走过。他也同时瞧见了她。她马上不假思索地向他伸出手去。这一回克利斯朵夫也停住脚步，认出了她。他已经走下人行道迎着安多纳德来了；安多纳德也迎着他走过去了。可是势如潮涌的群众把她推着挤着，像根草似的，街车的一匹马滑跌在泥泞的街上，在克利斯朵夫前面形成了一条堤岸，来往的车辆被阻塞了，成了个难解难分的局面。克利斯朵夫不顾一切地还想穿过来：不料夹在车马中间进退不得。他好容易走到看见安多纳德的地方，她已经不见了：她竭力想抵抗人潮而抵抗不住，也就灰了心，不再挣扎，觉得有股宿命的力量阻止她跟克利斯朵夫相会：而既然是命中注定的，又有什么办法？所以她从人堆里挤了出来，不想再回头走去。她忽然怕羞了：她敢对他说些什么呢，做何举动呢？他心目中又要把她看做怎么样呢？想到这些，她便溜回家了。

回到了家，她的心方始定下来。一进屋子，她在黑影里坐在桌子前面，连脱下帽子和手套的勇气都没有。她因为不能跟他说话而苦恼,同时心里又感到一道光明;黑影没有了,身上的病也没有了,只翻来覆去想着刚才的情形,又想到要是在另外一个情形之下又怎么样。她看见自己向克利斯朵夫伸手,看见克利斯朵夫认出了她而显得高兴的样子,于是她笑了,脸红了。她独自坐在黑暗的房里,对他又伸着手臂。那简直是不由自主的:她觉得自己要消灭了,本能地想抓住一个在身旁走过而非常慈悲地望着她的坚强的生命。她抱着一腔的温情与悲苦,在半夜里向他叫道:"救救我呀!救救我呀!"

她浑身滚热地起来点上灯火,拿着纸笔,给克利斯朵夫写了封信。要不是给疾病困住了,这个羞怯而高傲的少女永远不会想到写信给他的。她不知道写些什么,那时已经不能自主了。她叫他,跟他说她爱他……写到半中间,不觉骇然停下,想重新再写:可是热情已经退下去了,头里空荡荡的,像火一般地发烧,千辛万苦也不容易找到词句;她完全给疲倦压倒了,又觉得很难为情……这些能有什么用呢?这明明是骗自己,她不会把信寄出去的……而且即使愿意寄也不可能。她不知道克利斯朵夫的住址……可怜的克利斯朵夫!纵使他知道这些,对她存着一片好心,他又能帮什么忙?……太晚了!一切都是白费的了。一只窒息的鸟拼命拍着翅膀,做着最后的努力。她只有认命了……

她在桌子前面呆坐了好久,没法从麻痹状态中挣扎出来。等到她费尽气力,很勇敢地站起身子,已经过了半夜。她随手把信稿夹在架上一册书里,既没勇气把它藏起来,也没勇气把它撕掉。随后她睡了,打着寒战,身子滚热。谜底揭晓了:她觉得神的意志完成了。

于是她心里只有一片和平恬静的境界。

星期日早上,奥里维从学校回来,发现安多纳德躺在床上,神志有点昏迷。医生来了,断为急性肺病。

最后几天,安多纳德明白了自己的病情;早先使她害怕的精神骚动,如今被她把原因找出来了。可怜的姑娘老是为了近来的心绪暗中羞愧,一发觉那是疾病所致而不必由她负责,不禁大大地松了口气。她还有精神料理一些事,烧掉某些文件,写了一封信给拿端太太,恳求她在她……后的最初几星期,——(她不敢写下"死"这个字)——照顾她的弟弟。

医生毫无办法,病势太凶险,她的体力又被多年的劳苦磨坏了。

安多纳德非常镇静。自从她得悉自己不起之后,反而解脱了。她把过去所受的磨难一桩一桩地想起来;眼看自己大功告成,亲爱的奥里维得救了:她觉得说不出的快乐。她想道:"这是我的成绩。"

但她又责备自己的骄傲:"单靠我一个人是做不了的。那是上帝帮我的。"

于是她感谢上帝允许她活到今天,使她能够完成使命。她这时候离开世界固然非常悲伤,可是不敢抱怨;那等于忘了上帝的恩德了,因为他可能早几年召她去的。而要是她早死一年,情形又会变得怎么样呢?——想到这儿,她叹了口气,也就存着感激的心隐忍了。

她虽然呼吸艰难,可并不叫苦,——除非在昏昏沉沉睡着的当日,有时会像小孩子一般哼几声。这时她看人看事都用了乐天知命的心情。而一看到奥里维尤其欢喜不尽。她不开口，只动了动嘴唇叫他，要他把头靠在她枕上：然后四目相对，她默默地，长久地瞧着他。临了，她抬起身子，把他的头紧紧捧在手里，喊着：

“啊！奥里维！……奥里维！……”

她拿下脖子里的圣牌①，挂在兄弟颈上。她把奥里维付托给她的忏悔师、医生，付托给所有的人。旁人都觉得她从此是托生在兄弟身上了，逃到他的生命里去了，仿佛他是大海中的一座岛屿。有时，热情与信仰的神秘的激动使她陶醉了，忘了肉体的苦楚。悲哀一变而为欢乐，——神明的欢乐，——在她的嘴上，在她的眼睛里发出光辉。她再三说着：“我很快乐……”

她神志渐渐昏迷。最后一次清醒的时间，她扯动着嘴唇，念念有词。奥里维走到床头俯在她身上。她还认得他，对他有气无力地笑道，嘴唇还在那儿哆嗦，眼眶里含着热泪。人家听不见她想说的话……可是奥里维像抓住一缕呼吸似的听到了几句歌词，那是他们俩十分喜欢的，她为他常唱的一支老歌：

我将再来，我的亲爱的人儿，我将再来……

接着她又昏迷了……她离开了世界。

平时她不知不觉地感动了许多不认识的人，对她非常同情。便是在同一座屋子里，她连姓名都不知道的房客也是这样。奥里维受到许多完全陌生的人的慰问。安多纳德的葬礼

① 旧教徒往往以小圆银质胸章贴身悬挂。胸章上镌有耶稣或圣母像。

没有像她母亲的那样寂寞。奥里维的朋友，同学，她教过书的家庭，以及她不声不响见过的，彼此都不知道身世的，可是知道她的义气而佩服她的人，甚至也有些可怜的人，在她家做散工的女人，街坊上的小商人，都来送她到墓地。她去世的当天，奥里维就被拿端太太强邀了去，他已经痛苦得没有主意了。

他一生中的确只有这个时期才能担当这样一件祸事，——只有这个时间他才不至于整个儿被失望压倒。他才开始过一种新生活，处在一个集团中间，不由自主地受着大家推动。学校方面的作业与操心，求知的热诚，大大小小的考试，为了生活的奋斗，使他不能在精神上孤独起来躲在一边。为了这一点他大为痛苦；但幸亏如此他才得救。早一年或迟几年，他就完了。

然而他竭尽可能地躲在一边追念姊姊。他很伤心不能把他们共同生活的故居保留起来：他没有这笔钱。他希望那些似乎关切他的人能懂得他不能保存她的东西的悲哀。可是没有一个人懂得。他借了一点钱，再凑上替人家补习的学费，租了一个顶楼，把所能留下的姊姊的家具堆起来：她的床，她的桌子，她的靠椅。他把那个房间作为一个纪念她的圣地，逢到精神颓丧的日子，便去躲在那儿。他的同学以为他有什么外遇。其实他在这里待上几小时，想着她，手捧着脑袋：他只有她一张小小的照片，还是他们俩小时候一同拍的。他对着照片说着，哭着……她到哪儿去了呢？啊，只要她在世界上，哪怕在天涯海角，哪怕在什么到不了的地方，——他都要用着何等的热诚、何等快乐的心去寻访她，不管是怎么辛苦，也不管要跋涉几百年，只消每走一步能近她一步！……是的，即使他只有千分之一的希望能够遇到她……可是毫无办法。他多孤独！现在没有了她的爱，没有了她的指导与安慰，他对付人生的手段是多么笨拙多么幼稚！……谁要在世界上遇到过一次友爱的心，体会过肝胆相照的境界，就是尝到了天上人间的欢乐，——终生都要为之苦恼的欢乐……

> 对于一般懦弱而温柔的灵魂，最不幸的莫如尝到了一次最大的幸福。

在人生的初期就丧失了一个心爱的人固然悲痛，但还不及以后生机衰退的时候那么惨酷。奥里维正在青年时期；虽然天性悲观，遭遇不幸，究竟是需要生活的。似乎安多纳德临死之际把一部分的灵魂移交给兄弟了。他相信是这样。他虽不像姊姊那样有信仰，却也隐隐然相信姊姊并没完全死，而是像她所说的托生在他的心上。布勒塔尼一带有种信仰，说夭折的青年并不死：他们继续在生前居住的地方飘浮，直到应享的天年终了的时候。——这样，安多纳德仿佛继续在奥里维身旁长大。

他把她的纸张重新看了一遍。不幸她差不多把什么都烧了。而且她不是一个喜欢记录内心生活的人。揭露自己的思想，在她是会脸红的。她只有一本小日记簿，记着一些别人没法懂得的事，——不加说明地写了些日子，纪念她一生或悲或喜的琐碎事儿，那是她用不着写下细节就能全部想起来的。所有这些日子几乎都跟奥里维的生活有关。她也保存着他写给她的信，一封不缺。——不幸他没有那么细心：她写给他的差不多全部给丢了。他要那些信干什么呢？他以为姊姊是永远在身边的，温情的泉源是涓涓不绝的，永远可以浸润他的嘴唇与心；他当初毫无远见地浪费了他所得到的爱，现在却恨不得把它一点一滴地储藏起来……他随便翻着安多纳德的一册诗集，忽然看到一张破纸上有几个铅笔字：“奥里维，亲爱的奥里维！……”他看了差点儿晕倒。他号啕大哭，拼命吻着那张不可见的，在坟墓中和他说话的嘴巴。——从那天起，他把她所有的书都打开来，一页一页地找她有没有留下别的心腹话。他发现了她写给克利斯朵夫的信稿，才知道藏在她心里的略具雏形的罗曼史；他第一次窥见他从来不知道，也不想知道的她的感情生活，把她骚乱不宁的最后几天，被兄弟遗弃而向着不相识的朋友伸手乞援的心情，完全体验到了。她从来没和他说见过克利斯朵夫。他从信稿上才发觉他们以前在德国碰过面，克利斯朵夫曾经对姊姊很好，详细情形当然无法知道，只知道安多纳德至死没表白的感情是在那时发动的。

奥里维早已为了克利斯朵夫的音乐而喜欢克利斯朵夫，这一下对他更是说不出的爱好。她是爱过他的；奥里维觉得自己爱克利斯朵夫其实还是爱的她。他想尽方法去接近他，可不容易找到他的踪迹。克利斯朵夫经过了那次失败，在巴黎的茫茫人海中不见了；他退出了社会，谁也不注意他。过了几个月，奥里维偶然在街上遇见克利斯朵夫，正是大病初愈以后，毫无血色，形容憔悴。但他没勇气上前招呼，只远远地跟着，直到他住的地方。他想写信给他，又下不了决心。写什么好呢？奥里维不是单独一个人，精神上还有安多纳德和他在一起：她的爱情，她的贞洁的观念，都把他感染了；一想到姊姊爱过克利斯朵夫，他就脸红，仿佛自己就是安多纳德。另一方面，他的确想和他谈谈她的事。——可是不成。她的秘密把他的嘴巴给堵住了。

他设法要跟克利斯朵夫见面。凡是他认为克利斯朵夫可能去的地方,他都去。他热烈地希望跟他亲近。可是一见面,他又躲起来,唯恐被他发现了。

最后,他们共同参与一个朋友家的夜会,克利斯朵夫终于留神到他了。奥里维远远地站着,一句话也不说,只顾望着他。那天晚上,安多纳德一定是和奥里维在一起:因为克利斯朵夫在奥里维眼中看见了她;而且也的确是这个突然浮现的形象使克利斯朵夫穿过客厅,向陌生的年轻的使者走过去,去接受那幸福的死者的又凄凉又温柔的敬意。

卷七　户　　内

卷七初版序

多年以来，我在精神上跟不在眼前的识与不识的朋友们交谈，已经成了习惯，所以我今天觉得需要对他们高声倾吐一下。我决不能忘恩负义，不感谢他们对我的厚意。从我开始写《约翰-克利斯朵夫》这个冗长的故事起，我就是为他们写的，和他们一同写的。他们鼓励我，耐着性子陪着我，向我表示同情，使我感到温暖。即使我能给他们多少好处，他们给我的可是更多。我的作品是我们的思想结合起来的果实。

我开始执笔的时候，根本不敢希望同情我们的人会超过一小群朋友：我的野心只限于苏格拉底之家。① 然而年复一年，我觉得好恶相同、痛苦相同的弟兄们不知有多多少少，在巴黎犹如在内地，在法国以内犹如在法国以外。这一点，在克利斯朵夫吐露了他的和我的衷曲，表示他瞧不起节场的那一卷出版以后，我就明白了。我的著作所引起的回响，从来没有像这一卷那样迅速的。因为那不但是我的心声，同时是我朋友们的心声。他们很知道，《克利斯朵夫》不单是属于我的，而且也是属于他们的。我们把共同的灵魂大部分都灌输给

① 苏格拉底建造屋舍，人谓太小，苏格拉底回答：“只要它能容纳真正的朋友就行了。”

它了。

既然《克利斯朵夫》是属于读者的，我就应当向他们对这一卷有所解释。如在《节场》中一样，读者在此找不到小说式的情节，而本书主人翁的生涯似乎也中途停顿了。

因此我得说明这部作品是在什么情形之下着手的。

我那时是孤独的。像多少的法国人一样，我在一个精神上跟我敌对的世界里感到窒息；我要呼吸，我要反抗一种不健全的文明，反抗被一般僭称的优秀阶级毒害的思想，我想对那个优秀阶级说："你撒谎，你并不代表法兰西。"

要达到这个目的，我必须有一个眼目清明、心灵纯洁的主人翁，——他又必须有相当高尚的灵魂才能有说话的权利，有相当雄壮的声音才能教人听到他的话。我很耐性地造成了这样的一个主角。在我还没决定开始动笔以前，这件作品在我心头酝酿了十年；直到我把克利斯朵夫全部的行程认清楚了，克利斯朵夫才开始上路；《节场》中的某些篇章，《约翰-克利斯朵夫》全书最后的几卷，①都是在《黎明》以前或同时写的。在克利斯朵夫与奥里维身上反映出来的法国景象，自始就在本书中占着重要地位。所以，主人翁在人生的中途遇到一个高冈，一方面回顾一下才走过的山谷，一方面瞻望一番将要趱奔的前途的时候，希望读者不要认为作品越出了范围，而认为是一种预定的休止。

显而易见，这最后几卷（《节场》与《户内》）跟全书其他的部分同样不是小说，我从来没有意思写一部小说。那么这

① 特别是第九卷《燃烧的荆棘》中关于阿娜的部分。——原注

作品究竟是什么呢？是一首诗吗？——你们何必要有一个名字呢？你们看到一个人，会问他是一部小说或一首诗吗？我就是创造了一个人。一个人的生命决不能受一种文学形式的限制。它有它本身的规则。每个生命的方式是自然界一种力的方式。有些人的生命像沉静的湖，有些像白云飘荡的一望无极的天空，有些像丰腴富饶的平原，有些像断断续续的山峰。我觉得约翰-克利斯朵夫的生命像一条河；我在本书的最初几页就说过的。——而那条河在某些地段上似乎睡着了，只映出周围的田野跟天色。但它照旧在那里流动，变化；有时这种表面上的静止藏着一道湍激的急流，猛烈的气势要以后遇到阻碍的时候才会显出来。这便是《约翰-克利斯朵夫》全书中这一卷的形象。等到这条河积聚了长时期的力量，把两岸的思想吸收了以后，它将继续它的行程，——向汪洋大海进发，向我们大家归宿的地方进发。

罗曼·罗兰

一九〇九年一月

第 一 部

我有了一个朋友了！……找到了一颗灵魂，使你在苦恼中有所倚傍，有个温柔而安全的托身之地，使你在惊魂未定之时能够喘息一会儿：那是多么甜美啊！不再孤独了，也不必再昼夜警惕，目不交睫，而终于筋疲力尽，为敌所乘了！得一知己，把你整个的生命交托给他，——他也把整个的生命交托给你。终于能够休息了：你睡着的时候，他替你守卫，他睡着的时候，你替他守卫。能保护你所疼爱的人，像小孩子一般信赖你的人，岂不快乐！而更快乐的是倾心相许，剖腹相示，整个儿交给朋友支配。等你老了，累了，多年的人生重负使你感到厌倦的时候，你能够在朋友身上再生，恢复你的青春与朝气，用他的眼睛去体验万象更新的世界，用他的感官去抓住瞬息即逝的美景，用他的心灵去领略人生的壮美……便是受苦也和他一块儿受苦！……啊！只要能生死相共，便是痛苦也成为欢乐了！

我有了一个朋友了！他跟我隔得那么远，又那么近，永久在我心头。我把他占有了，他把我占有了。我的朋友是爱我的。“爱”把我们两人的灵魂交融为一了。

参加了罗孙家的夜会以后，克利斯朵夫第二天醒来，第一个念头就想到奥里维·耶南。他立刻想要跟他再见。八点还没到,他已经出门了。早上的天气温暖而有些郁闷。那是夏令早行的四月天:一缕酝酿阵雨的水汽在巴黎城上飘浮。

奥里维住在圣·日内维高冈下面的一条小街上,靠近植物园。屋子坐落在街上最窄的地方。楼梯在一个黑洞洞的院子的尽里头,有种种难闻的气味。踏级的拐弯很陡,靠壁有些倾斜,壁上都给涂得乱七八糟。三层楼上,一个乱发蓬松的妇人敞开着衬衣。听见上楼的脚步声开出门来,看见是克利斯朵夫便立刻很粗暴地把门关上了。每一层楼都有好几个公寓,从开裂的门缝里,你可以听见孩子们的吵闹。那是一群肮脏而极平凡的人,挤在低矮的屋内,外面只有一方令人作呕的院子。克利斯朵夫厌恶之下,心里想这些人不知受了什么诱惑,把至少还有空气可以呼吸的乡下丢了,也不知他们跑到巴黎来住在这坟墓一般的地方,能有什么好处。

他爬到了奥里维住的那一层。门铃的拉手是条打结的绳子。克利斯朵夫把它使劲拉了一下,铃声响处,好几家人家都打开了门。奥里维也出来开了门。他的素雅整齐的穿扮使克利斯朵夫大为惊奇;换了别的场合,克利斯朵夫决不会注意到这一点,但在这儿他感到一种出乎意料的愉快;奥里维的整洁,在这个恶浊的环境中教人觉得愉快和健康,头天晚上看了奥里维清明的眼神所感到的印象,又立刻回复过来。他向他伸出手去。奥里维慌慌张张地嘟囔着:

"怎么,你,你到这儿来!……"

克利斯朵夫一心想抓住这颗一刹那间慌忙失措的可爱的心灵,便对奥里维的问话笑而不答。他把奥里维往前推着,走进了那间卧室兼书房的独一无二的屋子。近窗靠墙摆着一张小铁床;克利斯朵夫看到床上放着一大堆枕头。三张椅子,一张黑漆桌子,一架小钢琴,几架图书,就把一间屋挤满了。屋子又窄,又矮,又黑;但主人那种清朗的眼神似乎有种反光照在屋子里。一切都很清洁,整齐,好像是出于一个女人之手;水瓶里插着几朵蔷薇,给室内添了几分春意,四壁挂着一些佛罗伦萨派的古画的照片。

"噢,你这是来……来看我吗?"奥里维真情洋溢地说着。

"嗳,我非来不可啊。"克利斯朵夫回答,"你,你是不会来看我的。"

"你以为我不会吗?"

奥里维紧跟着又说:"对,你说得不错。可并非是我不想去。"

"那么有什么阻碍把你拦住了?"

"我太想见你了。"

"这理由真是太妙了!"

"是啊,你可别见笑。我就怕你不怎么愿意见我。"

"我,我才不顾虑这个呢! 我想看你,我就来了。要是你不乐意,我自然会看出来的。"

"那你一定要眼光很好才行。"

他们彼此瞧着,笑了笑。

奥里维又说:"昨天我真蠢。我生怕你讨厌。我的胆小简直是一种病,连一句话都说不上来。"

"别抱怨了罢。你们贵国喜欢说话的人太多了;能够碰到一个不大出声的,便是为了胆小而不出声的,也教人高兴。"

克利斯朵夫笑了,很得意自己的俏皮。

"那么你是为了我的静默而来看我的了?"

"是的,为了你的静默,为了你那种静默的优点。静默也有好多种……我可喜欢你这一种,话不是说完了吗?"

"你仅仅见了我一面,怎么会对我发生好感?"

"那是我的事。我挑选朋友用不着多费时间,只要看到一张喜欢的脸,我马上会决定,马上会去找他,而且非找到不可。"

"你这样的追求朋友从来不会看错吗?"

"那是常有的事。"

"也许你这一回又看错了。"

"咱们慢慢瞧吧。"

"噢!那我就糟了。你会教我心都凉了的,只要一想到你在观察我,我就慌得手足无措了。"

克利斯朵夫又好奇又亲热地,瞧着那张容易冲动的脸一忽儿红一忽儿白。感情映在他的脸上好比云彩映在水里。

"多神经质的孩子!简直像女人一样。"克利斯朵夫心里想着,轻轻地碰了碰他的膝盖。

"得了罢,你以为我全副武装的来对付你吗?我最恨人家拿朋友做心理学实验。我所要求的是:两个人都应当无拘无束,开诚布公,没有不必要的害羞而永远把话闷在胸中,也不必怕自己前后矛盾,——今天喜欢的,明天尽可以不喜欢。这不是更有丈夫气,更光明磊落吗?"

奥里维肃然望着他,回答说:"没有问题,这是更有丈夫气。你是强者,我可不是的。"

"我敢断定你也是强者,不过是另外一种方式罢了。并且我现在正是要来帮助你成为强者,如果你愿意的话。我刚才已经声明过了，此刻我可以更坦白地补上一句，——（但并不担保以后的事）——我喜欢你。”

奥里维从脸上红起直红到耳朵，窘得一动也不能动，一句话都没有能回答。

克利斯朵夫把屋子扫了一眼：“你住的地方太不行了。没有别的屋子了吗？”

“还有一间堆东西的小屋子。”

“嘿！简直透不过气来。你怎么能在这里过活的？”

“慢慢也就惯了。”

“我可是永远不会惯的。”

克利斯朵夫解开背心，拼命地呼吸。

奥里维走去把窗子完全打开了。

“你住在城里一定是不舒服的，克拉夫脱先生。我可决不因为精力过剩而难受。我只需要一点点的空气，哪儿都能活下去。可是到了夏天，有些晚上连我也受不了。我看到那种日子快来了就害怕。我坐在床上，仿佛要死过去了。”

克利斯朵夫瞧着床上的一堆枕头，又瞧着奥里维疲倦的脸，似乎看到他在黑暗里挣扎的情形。

“那么离开这儿呀，”他说，“干吗要住在这个地方呢？”

奥里维耸耸肩膀，满不在乎地回答：“噢！这儿那儿，反正都是一样！……”

这时他们听到头顶上有沉重的脚步声，下一层楼上有尖锐的争吵声。墙壁每分钟都给街车震动得发抖。

“这种屋子！”克利斯朵夫继续说，“又脏又臭，又热又闷，只看见下贱悲惨的景象的屋子，你晚上怎么能踏进来？难道你不泄气吗？换了我，在这儿简直活不下去，宁可睡在桥底下的。”

“最初我也觉得痛苦,跟你一样厌恶这种环境。我记得小时候跟着大人去散步,只要走过肮脏的贫民区域,心里就作呕,有时还有些不敢说出来的可笑的恐怖。我想:要是此刻发生地震,我就得死在这儿,永远留在这儿;而这是我最怕的。那时我万万想不到有一天会甘心情愿住在这等地方,说不定还要死在这里。我当然不能太挑剔,可是心里是永远厌恶的,只能竭力不去想它。上楼的时候,我把眼睛、耳朵、鼻子,所有的感官都封闭起来,跟外界隔绝。并且,你瞧,从那个屋顶望出去,有一株皂角树。我坐在这边屋角里,让自己什么都瞧不见,只瞧见那株树;傍晚风吹树动的景致,使我觉得自己远在巴黎之外了;这些齿形的树叶簌簌摇曳,有时比森林中的风涛声还更优美动听呢。”

“是的,”克利斯朵夫说,“我知道你老是在出神;可是你不用你的幻想来创造一些别的生命,而仅仅用来对付生活的烦恼,不是浪费了吗?”

“大多数人的运命就是这样。你自己难道没有为了愤怒与斗争而浪费精力吗?”

“我的情形是不同的,我生来是为斗争的。瞧瞧我的胳膊跟手罢。跟人家搏斗是表示我健康。你哪,你可没有多大气力,我一眼就看出来了。”

奥里维凄然瞧着自己细弱的手腕:“是的,我身子弱得很,一向是这样的。有什么办法?总得生活啰。”

“你靠什么过活的?”

“教书。”

“教什么?”

“什么都教。替人补习拉丁文、希腊文、历史。我给人家预备中学毕业考试。在市立学校我还担任一门道德课。”

“什么课?”

“道德课。”

“见鬼!你们学校里教道德吗?”

“当然。”奥里维笑着说。

“你有什么话可以在讲堂上说到十分钟以上呢?”

“每星期我有十二个钟点呢。”

“那么你是教他们做坏事了?”

“为什么?”

“因为要人家知道什么叫做善,是用不着多费口舌的。”

“那么是不说为妙了?”

“对啦,不说为妙。不知道善恶不一定就不能为善。善不是一种学问,而是一种行为。只有一般神经衰弱的人才把道德讨论个不休。可是道德的最重要的规则便是不能神经衰弱。那些迂腐的家伙!他们好比手脚残废的人想要教我怎么走路。”

“那不是对你说的。你已经知道了,可是不知道的人多着呢!”

“那么让他们像小娃娃一样手脚并用地去爬吧,让他们自己去学走吧。但手脚并用也罢,不并用也罢,第一要他们会走。”

他在屋子里大踏步踱着,不到四步把整个房间走完了。走到钢琴前面,他站住了,揭开琴盖,随便翻了翻乐谱,把键盘抚弄了一会儿,说道:“弹些曲子给我听听。”

奥里维吓了一跳:“要我弹?多古怪的念头!”

“罗孙太太说你是很好的音乐家。来,来,弹罢。”

“在你面前弹吗?噢!那会教我羞死的。”

这个从心坎里发出来的天真的呼声,把克利斯朵夫听得笑了,奥里维自己也不好意思地笑了。

“在一个法国人说来,难道这能算一个理由吗?”

奥里维始终推辞:“可是为什么?为什么要我弹呢?”

“等会告诉你。你先弹罢。”

“弹什么呢?”

“随你。”

奥里维叹了口气,在钢琴前面坐下了,很柔顺地服从了这个自动挑中他的专制的朋友。他迟疑了半日,方始弹一曲莫扎特的 B 小调柔板,他先是手指发抖,连捺键子的气力都没有;后来胆子大了一些,自以为不过是复述莫扎特的话,可不知不觉地把自己的心灵透露了。音乐最容易暴露一个人的心事,泄露最隐秘的思想。在莫扎特那个伟大的曲子下面,克利斯朵夫发现了这个新朋友的真面目:他体会到凄凉高远的情调,羞怯而温柔的笑容,显出他是个神经质的、纯洁的、多情的、动不动会脸红的人。到了快终曲的时候,正当表现痛苦的爱情的乐句到了顶点而突然迸裂的时候,有种抑捺不住的贞洁的情绪使奥里维没法再往下弹;他手指哆嗦,没有声音,放下了手,说道:“我弹不下去了……”

站在后面的克利斯朵夫弯下身子,把中断的乐句弹完了,说:“现在我可听到你的心声了。”他抓着他两只手,把他瞧了好一会儿:“真怪!……我好像见过你的……好像已经认识你那么久那么清楚了。”

奥里维嘴唇发抖,差点儿要说出来,可是终于一句话也没说。

克利斯朵夫又把他瞧了一会儿，然后悄悄地笑了笑，走了。

他心花怒放地走下楼梯，半中间遇见两个丑八怪的孩子，一个捧着面包，一个拿着一瓶油。他亲热地把他们的腮帮拧了一下。门房沉着脸，他可向他笑笑。他走在街上低声唱着，不久进了卢森堡公园，拣着阴处的一条凳子躺下，闭上眼睛。没有一丝风，游人很少。喷水池的声音响一阵轻一阵。铺着细沙的路上偶尔有窸窸窣窣的声响。克利斯朵夫懒洋洋的，像一条晒着太阳的蜥蜴；树底下的阴影移过去了；但他连挣扎一下的气力都没有。他的思想在打转，却也没有意思把它固定；那些念头全都照着幸福的光辉。卢森堡宫的大钟响了，他也不理；过了一忽，他才发觉刚才敲的是十二点，便马上纵起身子，原来已经闲荡了两小时，错失了哀区脱的约会，一个早上都糟掉了。他笑着，打着唿哨回家，拿一个小贩叫喊的调子作了一支回旋曲。便是凄凉的旋律在他心中也带着快乐的气息。走过他住的那条街上的洗衣店，他照例瞧了瞧：那个头发茶褐色，皮肤没有光彩，热得满脸通红的姑娘在熨衣服，细长的胳膊直露到肩头，敞开着胸襟，跟往常一样很放肆地瞅了他一眼：破题儿第一遭，克利斯朵夫竟没有生气。他还在笑。进了屋子，先前留下的工作一件都找不到。他把帽子、上衣、背心，前后左右乱丢一阵，接着便开始工作，那股狠劲仿佛要征服世界似的。他把东一张西一张的音乐稿子捡起来，可是心不在这儿，只有眼睛在那里看着。过了几分钟，他又觉得飘飘然了，像在卢森堡公园里一样。他惊醒了两三回，想打起精神，可是没用。他嘻嘻哈哈地骂自己，站起身子把头往冷水里浸了一会儿，才清醒了些，重新坐在桌旁，一声不出，堆着一副渺茫的笑容，想着："这跟爱情有什么分别呢？"

他只敢悄悄地思索，似乎有些怕羞。他耸了耸肩膀，又想："爱是没有两种方式的……噢，不，的确有两种：一种是把整个的身心去爱人家，一种是只把自己浮表的一部分去爱人家。但愿我永远不要害上这种心灵的吝啬病！"

他不敢往下再想了，只对着内心的梦境微笑，久久不已。他在心里唱着：

你是我的，我才成为整个的我……

他拿起一张纸，静静地把心里唱的写了下来。

他们俩决意合租一个寓所。克利斯朵夫的意思是要立刻搬，不管租期还剩着一半而要损失一笔租金。比较谨慎的奥里维，虽然也愿意马上搬家，可劝他等双方的租期满了再说。克利斯朵夫不了解这种计算；他像许多没钱的人一样，损失点儿钱是满不在乎的。他以为奥里维手头比他更窘。有一天看到朋友穷困的情形吃了一惊，他立刻跑出去，过了两小时又回来，把从哀区脱那儿预支到的几枚五法郎的钱得意扬扬地摆在桌上。奥里维红着脸不肯收。克利斯朵夫一气之下，要把钱丢给一个在楼下院子里拉着琴要饭的意大利人，被奥里维拦住了。克利斯朵夫装着生气的样子走了，其实他是恨自己的笨拙，没法使奥里维接受。结果，朋友来了一封信，把他安慰了一番。凡是奥里维口头不敢表示的，都在信上表示了出来：他说出认识克利斯朵夫的快乐，说克利斯朵夫的好意使他多么感动。克利斯朵夫回了一封狂热的信，像十五岁时写给他的朋友奥多的一样，满纸都是热情跟傻话，用法语，德语，甚至也用音乐来作种种双关语。

他们终于把住的地方安顿好了。在蒙巴那斯区，靠近唐番广场，在一幢旧屋子的六层楼上，他们找到一个三间正屋带一个厨房的公寓；房间很小，朝着一个四面都是高墙的挺小的园子。在他们那一层，从对面一堵比较低矮的墙上望过去，可以瞧见一所修道院的大花园，那在巴黎还有不少，都是藏在一边，没人知道的。园子里荒凉的走道上，一个人都没有。比卢森堡公园里更高更密的古树，在阳光底下微微摆动；成群的鸟在歌唱；天刚亮就能听到山乌的笛声，接着是麻雀吵吵闹闹而有节奏的合唱。夏日的傍晚，燕雀的狂噪穿过暮霭，在天空回绕。月夜还有蛤蟆像滚珠一样的叫声，好比浮到池塘面上的气泡。倘使这幢旧屋子不是时时刻刻被沉重的车子震动，仿佛大地在高热度中发抖的话，你决计想不到住在巴黎。

有一间屋比其余的两间更大更好，两个朋友便互相推让，结果大家同意用抽签来决定。首先作这个提议的克利斯朵夫存了心，用了一种他素来觉得不会做的巧妙的手法，居然使自己没抽到那个好房间。

于是他们开始了一个完全幸福的时期。那不是专靠某一件事，而是同时靠所有的事的：他们所有的行动和思想都浸在幸福中间，幸福简直跟他们一分钟都不离开了。

在这个友谊的蜜月中，那些深邃而无声的欢乐，唯有“得一知己”的人才能体会。他们难得说话，也不大敢说话；只要能觉得彼此在一起，能交换一个眼风，一句话，证明他们虽然静默了好久而思想仍旧在一条路上就行了。用不着互相问讯，甚至也用不着互相瞧一眼，他们随时都能看到对方的形象。动了爱情的人都不知不觉地把爱人的灵魂作为自己的模型，一心一意地想不要得罪爱人，想教自己跟对方完全合二为一，所以他凭着一种神秘的、突如其来的直觉，能够窥到爱人的心的微妙的活动。朋友看朋友是透明的；他们彼此交换生命。双方的声音笑貌在那里互相摹仿，心灵也在那里互相摹仿，——直要等到那股深邃的力，那个民族的本性，有一天突然抬起头来把他们友谊的联系扯断了的时候才会显出裂痕。

克利斯朵夫放低了声音说话，放轻了脚步走路，唯恐扰乱了隔壁屋子里幽静的奥里维；友谊把他改变了：他有种从来没有的快乐、信赖、年轻的表情。他疼着奥里维。奥里维大可以对朋友作威作福，要不是他觉得不配受这样的爱而为之脸红的话：因为他自以为还不及克利斯朵夫，不知克利斯朵夫也跟他一样的谦卑。双方的这种谦卑是从友爱来的，给他们多添了一种甜蜜。一个人觉得自己在朋友心中占着那么重要的地位，即使自以为不够资格，也是最快乐的。因此他们俩都非常的感动和感激。

奥里维把自己的藏书放在克利斯朵夫的一起，不分彼此。他提到某一册的时候，不说"我的书"而说"我们的书"。只有一小部分东西，他保留着不作为公共财产：那是姊姊的遗物，或是跟她的往事有关的东西。克利斯朵夫被爱情磨炼得机警了，不久便注意到这种情形，可不明白为什么。他从来不敢向奥里维问起他的家属；只知道奥里维所有的亲人都已经故世；除了带点儿高傲的感情使他不愿意探听朋友的私事以外，他还怕触动朋友过去的悲痛。他羞怯得连对奥里维桌上的照片都不敢仔细瞧一眼，虽然心里很有这个愿望。那张相片上有一位正襟危坐的先生，一位太太，还有一个十二三岁的小姑娘，脚下坐着一条长毛大狗。

在新居住了两三个月，奥里维忽然受了些风寒，躺在床上。克利斯朵夫动了慈母一般的感情，又温柔又焦急地看护他；医生听到奥里维肺尖上有点儿发炎，嘱咐克利斯朵夫用碘摩擦病人的背。克利斯朵夫一本正经地做着这工作的时候，瞧见奥里维脖子里挂着一块圣牌。他知道奥里维对一切宗教信仰比他都摆脱得干净，当下表示很奇怪。奥里维脸一红，说道："那是件纪念物，是我可怜的安多纳德临死的时候戴着的。"

克利斯朵夫打了一个寒噤。安多纳德这个名字使他忽然心中一亮。

"安多纳德？"他问。

"是的，她是我的姊姊。"

克利斯朵夫反复念着："安多纳德……安多纳德·耶南……她是你的姊姊？……"他一边说，一边望着桌上的照片，"她不是很小就故世的吗？"

奥里维凄然笑了笑："这是一张小时候的照片。可怜我没有别的……她死的时候已经二十五岁了。"

"啊！"克利斯朵夫很激动地说，"她可是到过德国的？"

奥里维点点头。

克利斯朵夫抓着奥里维的手："那么我是认识她的啊！"

"我知道。"奥里维回答。

他勾着克利斯朵夫的脖子。

"可怜的姑娘！可怜的姑娘！"克利斯朵夫再三说着。

他们俩一齐哭了。

克利斯朵夫忽然想到了奥里维的病，便尽量安慰他，要他把手臂放进被窝，替他把被褥盖住肩头，像母亲一般替他抹着眼泪，坐在床头对他望着。

“对啦，对啦，”克利斯朵夫说，“怪不得我早认得你了，第一天晚上就认出你了。”

（不知他是对眼前这个朋友说，还是对那个已经死了的朋友说。）

“可是你，”他停了一会儿又说，“既然早知道了，干吗不对我说呢？”

安多纳德冥冥中借着奥里维的眼睛回答：

“我不能说。应当由你说的。”

两人沉默了一会儿；随后，在静悄悄的夜里，奥里维一动不动地躺在床上，向握着他的手的克利斯朵夫轻轻讲着安多纳德的一生；——可是那不该说的一段，连她自己也闭口不言的秘密，并没有说，——但也许克利斯朵夫已经知道了。

从此，他们俩都被安多纳德的精神包裹了。他们在一块儿的时候，她就跟他们在一块儿。他们甚至用不着想到她：两人都是以她的思想为思想的。她的爱是他们的两颗心相会的地方。

奥里维时常唤起她的形象：都是些零星的回忆，短短的轶事，让她那种羞怯而可爱的举动，年轻而端庄的笑容，深思而妩媚的情致，像一道微光似的透露出来。克利斯朵夫默默无言地听着，整个儿给这个看不见的朋友的光彩罩住了。因为天生的比别人容易吸收生机，他有时能在奥里维的说话中间听到深邃的回声，为奥里维自己所听不见的；而且那年轻的死者的生命，他也比奥里维更能够吸收。

在奥里维身边，他不知不觉代替了她的职位；笨拙的德国人居然会像安多纳德一样的殷勤，细心，做许多体贴周到的安排，教人看了感动。有时他竟弄不清是为了爱奥里维而爱安多纳德呢，还是为了爱安多纳德而爱奥里维。柔情牵动之下，他不声不响地到安多纳德墓上去供些花草。奥里维一向不知道，直到有一天在墓上发现了鲜花才觉察，可还不容易肯定是克利斯朵夫去过的。他怯生生地提到这问题，克利斯朵夫却粗声大气地把话岔开了。他不愿意奥里维知道；但有一天两人在公墓上碰到了。

另一方面，奥里维私下写信给克利斯朵夫的母亲，把克利斯朵夫的近况告诉她，说他对克利斯朵夫怎样的敬爱与钦佩。鲁意莎很笨拙很谦卑地回了信，表示感激涕零；她老是提到自己的儿子，口气像提到一个小孩子一样。

像情人似的经过了一个不大出声的时期以后，——经过了一个"心旷神怡的恬静，莫名其妙的欢乐"的时期以后，——两人的舌头松动了。他们几小时地摸索着，要在朋友的心中有点儿新发现。

他们俩性情那么不同，但本质都那么纯粹。他们因为如是其不同又如是其相同，所以相爱。

奥里维是娇弱，单薄，不能跟人生的艰苦搏斗的。一遇到阻碍，他便退缩，并非为了害怕，而是一小部分为了胆怯，一大部分为了不肯用强暴与粗鄙的手段去克服困难。他是靠替人补习功课，写些文艺的书来维持生活的，报酬照例是少得可怜。他也偶尔写些杂志文章，可从来不能自由发表意见，必须讨论他不大感兴趣的问题:——他感兴趣的题材,人家不要他写;他是诗人,人家却教他写评论;他懂得音乐,人家却要他谈画。他知道,关于这些问题他只能说些老生常谈:而这正是大众欢迎的;他不得不对平凡的人说些他们能懂的话。后来他厌恶到极点,不愿意再写了,只替一些小杂志写作。那些刊物虽没有稿费,但言论自由,所以是被许多青年真心爱护的。唯有在这等地方,他才能发表他值得留存的东西。

他为人温和有礼,表面上很有耐性,实际上却是非常敏感。一句略微过火的话就会使他气得热血奔腾;看到什么不公平的事,他会惊骇失措;他除了自己痛苦以外,还替别人痛苦。几百年前的某些丑恶的史实使他痛心疾首,仿佛当时遭人蹂躏的便是他自己。一想到遭受那些不幸的人的苦难,他脸色发白,浑身打战,苦恼到极点,可是他同情的人物已经跟他隔着几世纪了。要是他亲眼看到这一类的暴行,更是气得直打哆嗦,有时甚至会害病,睡不着觉。他外表的强作镇静,是因为知道自己一生气就会过火,可能说出别人不能原谅的话。那时人家恨他比恨素来性情暴烈的克利斯朵夫更厉害,因为奥里维冲动之下,似乎比克利斯朵夫更容易透露他隐秘的思想。而这是不错的。他的批判人,既没有克利斯朵夫那样盲目的夸张,也没有他那样一厢情愿的幻想,而是把事情看得非常清楚。这便是一般人最不能原谅的地方。他因此默不出声,知道争辩没用,就避免争辩。这种压制使他很痛苦。但他更痛苦的是自己的胆怯:为了胆怯,他有时竟不得不违反自己的思想,或者不敢坚持到底,或者还得向人道歉,好似那次为了讨论克利斯朵夫而跟吕西安·雷维-葛争吵的情形。他对人对己都打不定主意,常常为此苦闷。在比较更使性的少年时代，他不是极端兴奋，便是极端消沉，而转换的方式也非常突兀。他最快乐的时候，已经觉得悲哀在旁边等着他了。果然，他根本没看到悲哀是怎么来的，冷不防就给它抓住了。那时他不但烦恼，还要埋怨自己的烦恼，怀疑自己的言语、行为、诚实，站在别人的立场上攻击自己。他的心在胸中乱跳，可怜巴巴地挣扎着，快要窒息了。——自从安多纳德死后，也许是受了她的死亡之赐，受了在某些亲爱的亡人身上发出来的那种令人苏慰的光明之赐，好像黎明的微光把病人的眼睛与心灵都照得清明了一样，奥里维虽不能完全摆脱这些骚乱，至少能够隐忍而加以控制了。很少人想象得到这类内心的斗争，他把这个使自己感到屈辱的秘密藏在心里：一方面是软弱而骚动的身体，一方面是无挂无碍而清明宁静的智慧，虽不能完全控制那个骚乱，却也不致受它的害，——“在扰攘不息的心头始终保持着一片和平”。

这种智慧使克利斯朵夫大为惊异。那是他在奥里维的眼睛里看出来的。奥里维有的是直觉，有的是胸襟阔大的敏锐的好奇心，无所不包，无所不容，对什么都不恨，抱着广大的同情观照世界：这种清新的目光是最可贵的天赋，使他能够用一颗永远天真的心去体验宇宙间生生不息的现象。在这个内心的天地中，他觉得自己无挂无碍，广大无边，能够主宰一切了；他这才忘了自己的缺陷和肉体的痛苦。这个弱不禁风，随时可以奄然物化的身体，倘使你远远地用一种幽默而怜悯的态度去看它，的确另有一番风味。在这等情形中，一个人决不执着自己的生命，可是更热烈地执着一般的生命。奥里维把不愿意在行动方面消耗的精力全部灌注到爱情和智慧中去。他没有充分的活力单独生存。他是根藤萝，需要有个倚傍。把整个身心施舍给人家的时候，才是他生命最丰满的时候。那是女性的灵魂，永远需要爱别人，需要被别人爱。他生来是跟克利斯朵夫配在一起的。历史上有一般高贵的可爱的朋友，为大艺术家作护卫，同时也靠着大艺术家坚强的心灵而繁荣滋长的：例如贝尔脱拉费沃之于达·芬奇，加伐里哀之于弥盖朗琪罗；翁白尔同乡之于年轻的拉斐尔；哀尔·梵·琪尔特之于那个老而潦倒的伦勃朗。他们并没那些宗师的伟大；可是宗师所有高贵与纯洁的成分在那些朋友身上似乎更臻化境。他们是天才的最理想的伴侣。

他们的友谊对两人都有好处。有了朋友，生命才显出它全部的价值；一个人活着是为了朋友；保持自己生命的完整，不受时间侵蚀，也是为了朋友。

他们互相充实。奥里维头脑清明，身体虚弱。克利斯朵夫元气充沛，精神骚乱。一个是瞎子，一个是瘫子。合在一块儿，他们可是非常完满了。受了克利斯朵夫的熏陶，奥里维对阳光重新感到了兴趣；因为克利斯朵夫生气勃勃，身心康健，便是在痛苦、受难、憎恨的时候依旧能保持乐天的倾向；而这些他都灌输了一部分给奥里维。可是克利斯朵夫得之于奥里维的还远过于此。一般天才的通例，尽管有所给予，但他在爱情中所取的总远过于所给的，因为他是天才，而所谓天才一半就因为他能把周围的伟大都吸收过来而使自己更伟大。俗语说财富跟着富人跑。同样，力也是跟着强者走的。克利斯朵夫吸收了奥里维的思想来滋养自己，感染到他超然物外、洒脱自如的精神，和那种远大的目光，——静静地体验一切而控制一切的目光。但朋友的这些德性一朝移植到他这块更肥沃的土地上时，它们的发荣滋长变得格外有力了。

他们在对方的心灵中发掘出这些境界，对之赞叹不已。每个人贡献出无穷的富源，那是至此为止各人从来没意识到的全民族的精神财宝；奥里维所贡献的是法国人广博的修养，和参透心理的本领；克利斯朵夫所贡献的是德国人那种内在的音乐与体会自然的直觉。

克利斯朵夫不能了解奥里维怎么会是法国人。这位朋友跟他所见到的法国人多么不同！没有遇见他之前，克利斯朵夫几乎把吕西安·雷维-葛看做现代法兰西精神的典型，不知他实际上只是一幅漫画。看到了奥里维，他才发觉巴黎还有比吕西安·雷维-葛思想更自由，而仍不失其纯洁狷介的人。克利斯朵夫拼命跟奥里维辩，说他和他的姊姊不完全是法国人。

“可怜的朋友，”奥里维回答，“关于法国，你知道些什么呢？”

克利斯朵夫拿他从前为了要认识法国而耗费的精力作为辩论的根据；他把在史丹芬与罗孙家中碰到的法国人一个一个地背出来，都是些犹太人、比利时人、卢森堡人、美国人、俄国人，甚至也有几个真正的法国人。

“我早料到了，”奥里维回答，“你连一个法国人都没见到。你只看到一个堕落的社会，一些享乐的禽兽，根本不是法国人，仅仅是批浪子，政客，废物，他们所有的骚动只在法国的表面上飘过，跟法国连接触都没接触到。你只看见成千成万的黄蜂，被美丽的秋天与丰盛的果园吸引来的。你没注意到忙碌的蜂房，工作的都城，研究的热情。”

“对不起，”克利斯朵夫说，“我也见过你们优秀的知识阶级。”

“什么？两三打文人吗？那才妙呢！在这个时代，科学与行动变得这样重要，文学只能代表一个民族的最浮表的思想。何况以文学而论，你也只看到些戏剧，所谓高级的娱乐，替国际饭店的有钱的主顾定制的国际烹调。巴黎那些戏院吗？一个真正工作的人根本不知道里面是怎么回事。巴斯德一生也没看过十次戏！像所有的外国人一样，你太重视我们的小说，太重视大街上的戏院，太重视我们那班政客的掀风作浪了……要是你愿意，我可以让你看到一般从来不看小说的女人，从来不上戏院的巴黎姑娘，从来不关心政治的男子，——而这些全是知识分子呢。你既没看到我们的学者，也没看到我们的诗人。你既没看到我们没世无闻的孤高的艺术家，也没看到我们革命志士的热烈的火焰。最伟大的信徒，你一个没见过；最伟大的自由思想者，你也一个没见过。至于平民阶级更不必谈了！除了那个看护过你的可怜的女人，你对法国的平民又知道些什么？你哪儿看得到呢？住在二三层楼以上的巴黎人，你认识几个？① 你要是不认识那班人，你就不认识法兰西。在可怜的公寓中，在巴黎的顶楼下，在静悄悄的内地，有的是善良，真诚的人，庸庸碌碌地过着一辈子，老抓着一些严肃的思想，每天都做着自我牺牲。——法国无论哪个时代都有这小小的一群人，数量是不足道的，精神是伟大的，差不多没人知道，没有一点儿表面的行动，然而的确是法兰西的力量，默默无声而持久的力量。至于自命为优秀的阶级却

① 巴黎公寓的房租层次愈低愈贵，愈高愈便宜；故平民多住在二三层楼以上。二十世纪三十年代以前，巴黎房屋普遍都只有五六层。

在那里不断地腐烂，不断地新陈代谢……你一朝看到一个法国人不是为了追求幸福，不是为了以任何代价追求幸福而活着，而是为了完成或是效忠于他的信仰而活着，你便觉得奇怪。可是有成千成万的人，像我这样，比我更有价值，更虔诚，更谦卑，鞠躬尽瘁，死而后已地为了一个没有回音的上帝服务，为了一个理想而服务。你不认识那些卑微的人，省吃俭用，按部就班，勤劳不倦，安安静静的，心中却藏着一朵没有燃烧起来的火焰，——这是为了保卫乡土，跟自私的贵族抗争而牺牲的民众，是蓝眼睛的老伏朋①一流的人。你既不认识平民，也不认识优秀阶级。像我们忠实的朋友一样、像支持我们的伴侣一样的书，你有没有看过一本？你根本不知道，我们以多少的忠诚与信心培植着一批年轻的刊物。你可想到有些正人君子是我们的太阳，它的光华使无赖小人畏惧吗？他们不敢正面相搏，只有对它低头，以便用手段去暗算它。无赖小人是奴隶，而所谓奴隶倒是主人。你只认识奴才，没认识主人……你看着我们的斗争，以为是胡闹，因为你不了解它的意义。你只看见太阳的反光和影子，可没看见内在的太阳，没看见我们几百年的灵魂。你有没有想法去认识它？有没有窥见我们英勇的行为，巴黎公社时代的十字军？有没有把握到法兰西精神的悲壮的气息？有没有对巴斯加心中的深渊探着身子看过一眼？对于一个一千年来始终在活动在创造的民族，把它哥特式的艺术、十七世纪的文化、大革命的巨潮、传遍全世界的民族，——一个经过几十次磨炼而从来没死灭，而复活

① 伏朋(1633—1707)为法国平民出身的元帅与军事工程家，以防御战著称。晚年发表宣言，主张贵族应与平民平等纳税，以此失欢于路易十四。

了几十次的民族，怎么能横加诬蔑呢？你们都是一样的。你所有的同胞，到这儿来都只看见腐蚀我们的寄生虫，文坛、政界、金融界的冒险者和他们的供应商，他们的顾客，他们的娼妓：你们把这批吞噬法兰西的坏蛋作为批判法兰西的根据。你们之中一个都没想到被压制的真正的法国，藏在内地的那个生命的储藏库，那些埋头工作的民众，根本不理会眼前的主人怎么喧闹……你们对这些情形一无所知也是挺自然的，我不怪怨你们：你们怎么会知道呢？连法国人自己都不大认识法国。我们之中最优秀的都给封锁在我们自己的土地上。人家永远不会知道我们的痛苦：我们锲而不舍地抓着我们的民族精神，把从它那儿得到的光明当做神圣的宝物一般储存在心中，竭尽心力保护它不让狂风吹熄；——我们孤零零的，觉得周围尽是那些异族散布出来的乌烟瘴气，像一群苍蝇似的压在我们的思想上，留下可恶的蛆虫侵蚀我们的理智，污辱我们的心灵；——而应当负责保卫我们的人反而欺骗我们；我们的向导，我们的非愚即怯的批评家，只知道谄媚敌人，求敌人原谅他们生为我们的族类；——民众也遗弃我们，既不表示关切，甚至也不认识我们……我们有什么方法使民众认识呢？简直没法跟他们接近。啊！这才是最受不了的！我们明知道法国有成千累万的人思想都和我们的一样，明知道我们是代表他们说话，而竟没法教他们听见！敌人把什么都霸占了：报纸，杂志，戏院……报纸躲避思想，要不然就只接受那些为享乐作工具、为党派作武器的思想。党派社团把所有的路封锁了，只许自甘堕落的人通过。贫穷和过度的劳作把我们的精力消磨尽了。忙着搞钱的政客只关心那批能够收买的无产阶级。而冷酷自私的布尔乔亚又眼睁睁地看着我们死。我们的民众不知道我们：凡是和我们一样斗争的人，也像我们一样被静默包围着，不知道有我们，而我们也不知道有他们……可怕的巴黎！固然巴黎也做了些好事，把法兰西思想所有的力量都集中在一处。可是它做的坏事至少不亚于它做的好事；而且在我们这样的时代，便是善也会变成恶的。只要一个冒充的优秀阶级占据了巴黎，借了舆论大吹特吹，法国的声音就给压下去了。何况法国人自己还分辨不清；他们噤若寒蝉，怯生生地把自己的思想藏起来……从前我为此非常痛苦。现在，克利斯朵夫，我可是安心了。我明白了我的力量，明白了我民族的力量。我们只要等洪水退下去。法兰西的质地细致的花岗石决不会因之剥落的。在洪水带来的污泥之下，我可以教你摸到它。眼前，东一处西一处已经有些岩石的峰尖透到水面上来了。”

克利斯朵夫发现了理想主义那股气势伟大的力；当时法国的诗人，音乐家，学者，都受着这股力鼓动。当令的人尽管喧呼扰攘，宣传他们鄙俗的享乐主义，把法国思想界的呼声压倒；可是法国的思想界为了自己的身份，不屑跟市井无赖的叫嚣去对抗，只为着自己，为着它的上帝，继续唱它的热烈而含蓄的歌。它甚至为了躲避外界的喧扰，直退隐到它高塔上最深藏的地方。

诗人这个美丽的名词，久已被报纸与学会滥用，称呼那般追求名利的多嘴的家伙。但真正的诗人瞧不起鄙俗的辞藻与拘泥的写实主义，认为那只能浮光掠影地触及事物的表面而碰不到核心；他们守在灵魂的中心，耽溺着一种神秘的意境，那是形象与思想所向往的，它们像一道倾泻在湖内的急流，染上那内心生活的色彩。但这种为了另造一个世界而特别深藏的理想主义,大众是无法接受的。克利斯朵夫最初也不能领会。在叫嚣喧呼的节场以后,这情形未免太突兀了。好比在刺目的阳光底下经过了一番骚扰,忽然来了一片静悄悄的黑暗。他耳朵里乱响,什么都无从分辨。他先因为热爱生命,看了这对比非常不快。外边是热情的巨潮在震撼法国,震撼人类。而在艺术中间,初看竟没有一点骚乱的痕迹。克利斯朵夫问奥里维:

"你们为德莱弗斯事件①闹得天翻地覆;但经历过这漩涡的诗人在哪儿?有宗教情绪的人,此刻心中正作着几百年来最壮烈的斗争,教会的威权与良心的自由正在冲突。哪儿有个诗人反映这种悲痛的?劳工阶级预备作战;有些民族灭亡了,有些民族再生了,亚美尼亚人遭受屠杀,亚洲在千年长梦中醒来,把欧洲的掌钥人,莫斯科巨人推倒了;土耳其像亚当般睁眼见了天日;空间被人类征服了;古老的土地在我们脚下裂开,把整个民族吞下了……所有二十年来的奇迹,尽够写二十部史诗的材料,你们诗人的作品中,可有这些大火的痕迹?现实的诗歌,难道就只有他们没看见吗?"

"你耐性一点,朋友,"奥里维回答,"别说话,你先听着……"

世界的车轴声慢慢地隐没了;行动的巨轮在街上震撼的声音去远了。静寂的神妙的歌声清晰可辨了:

蜜蜂的声音:菩提树的香味……

① 德莱弗斯事件为一八九四至一九〇六年间轰动法国的大狱。德莱弗斯少校被诬通敌叛国,卒获平反。

风用它黄金般的嘴唇吹着大地……

柔和的雨声挟着蔷薇的幽香。

我们听见诗人的刀斧在柱头上雕出“最朴素的事物的庄严的姿态”;“用他的黄金笛,用他的紫檀箫”表现严肃与欢乐的生活;又为“一切阴影都是光明”的心灵,唱出它们宗教的喜悦与信仰的甘美……还有那抚慰你,向你微笑的酣畅的痛苦,“在它严峻的脸上,射出一道他世界的光芒……”以及那“睁着温柔的大眼的,清明恬静的死亡”。

这交响曲是许多纯粹的声音合起来的。其中没有一个可以跟高乃依与雨果的音响洪大的小号相比;但它们的合奏更深刻,层次更复杂。那是现代欧罗巴最丰富的音乐。

克利斯朵夫不作声了,奥里维对他说:“现在你明白没有?”

这时也轮到克利斯朵夫向奥里维做手势,要他住嘴了。他虽然喜欢更阳性的音乐,但听着心灵像森林像泉水般的喁语,也欣然领受了。大众尽管为了争一日之短长而互相厮杀,诗人依旧在讴歌天地的长春,和“美的景物所给人的甜美的慈爱”。人类在那里“惊呼悲号,在一块贫瘠黑暗的田里打转”的时候,千千万万的生灵互相争取一些血淋淋的自由的时候,泉水和森林却齐声唱着:“自由!自由!圣哉!圣哉!”

诗人并没自私自利地做着恬静的好梦。他们胸中不少悲壮的呼声,也不少骄傲的呼声,爱的呼声,沉痛的呼声。

这是如醉若狂的飓风,“挟着它暴厉的威力或是深邃的甘美”;是骚乱的力,是兴奋若狂的史诗,唱出群众的狂热,唱着人与人间,喘息不已的劳动者间的战斗:

如金如墨的脸庞在黑影与浓雾中显现，
肌肉紧张或收缩的背，
站在巨大的火焰与巨大的铁砧前面……
（锻炼着未来的城市。）

强烈而惨淡的光，照着“冷静的理智”，同时也映出一些孤独的心灵的悲壮的苦闷，他们以痛快淋漓的心情磨着自己。

这些理想主义者的许多特征，在德国人看来倒更近于德国式。但他们都爱好“法国式的隽永的谈吐”，诗中充满着希腊神话的气息。法国的风景与日常生活，在他们眼中都变了阿提卡海的景物。古代的灵魂似乎至今在二十世纪的法国人身上活着，他们还想脱下现代的衣衫，显出他们美丽的裸体。

所有这一类的诗歌都有种成熟了几百年的文明的香味，那是在欧洲任何别的地方找不到的。你只要闻过一次，就永远不会忘掉。它把世界各国的艺术家都吸引到法国来，变成法国诗人，并且是十足地道的法国诗人；而崇拜法国古典艺术的信徒，也没比盎格鲁·撒克逊人、佛兰德人和希腊人更热烈的了。

克利斯朵夫受着奥里维的指引，让法国诗神的精炼的美把他渗透了，虽然以他的趣味而论，这个贵族式的，被他认为太偏于灵智的女神，不及一个朴素的，健全的，结实的，并不喜欢那么推敲，但懂得热爱的民间女子可爱。

全部的法国艺术都有同样美妙的香味，好似秋天被太阳晒暖的树林中发出杨梅熟透的味道。音乐仿佛就是隐在草里的小小的杨梅。最初，克利斯朵夫因为在本国看惯了茂密的杂树，所以在这些微小的植物旁边走过而没有看见。现在清幽的香味使他回过头来了；靠着奥里维的帮助，他发现在那些僭称为音乐的荆棘与枯叶中间，另有一小群音乐家制作着精炼而质朴的艺术。在种满菜蔬的田里，在工厂的煤烟中间，在圣·特尼平原的中心，一群无愁无虑的野兽在一个圣洁的小树林中舞蹈。克利斯朵夫不胜惊奇地听着他们的笛声，又恬静又俏皮，跟他一向所听到的渺不相似：

我只要一支小小的芦苇，
就能使蔓长的野草呻吟，
整片的草原悲鸣，
温柔的杨柳呜咽，
还有那小溪也会低吟：
我只要一支小小的芦苇，
就能使森林合唱齐鸣……

那些钢琴小曲，那些歌，那些法国的室内音乐，素来是为德国艺术家不屑一顾的，克利斯朵夫自己也没注意到其中富有诗意的技巧；但在慵懒的风度与享乐气息之下，他开始看到一种为了求脱胎换骨而来的骚动与苦闷，——那是莱茵彼岸的人无从领会的。法国音乐家用着这种心情在他们荒芜的艺术园地中寻找能够孕育未来的种子。德国音乐家守着乃祖乃父的营地，认为在他们往日的胜利之后，世界的进化已经登峰造极；可是世界依旧在前进；而法国人就是首先出发的先锋队。他们发掘艺术的远大的前程，访求那已经熄灭的和方在升起的太阳，追寻那已经消逝的希腊，和酣睡了几百年，重新睁着大眼，抱着无穷的梦想的远东。西方音乐素来受着章法结构与古典规则的限制,至此才由法国艺术家来开放古代的调式;他们在凡尔赛池塘中灌入世界上所有的水:通俗的旋律与节奏,异国的与古代的音阶,新的或翻新的音程。在此以前,法国的印象派画家已经替眼睛开辟了一个新天地,——他们是发现光明的哥伦布;——现在法国音乐家竭力要征服音响的世界了;他们在听觉的神秘幽深的区域中走得更远,在内心的海洋里发现了崭新的陆地。可是他们很可能有了收获而不做出什么结果来。他们一向是替人开路的。

克利斯朵夫很佩服这个刚刚复活而已经走在前锋的音乐。这个文雅细巧的家伙多勇敢!克利斯朵夫以前指摘他的荒谬,现在可变得宽容了。要永远不会犯错误,只有一事不做。为了追求活泼泼的真理而犯的过失,比那陈腐的真理有希望多了。

不问结果如何,那种努力毕竟是了不起的。奥里维使克利斯朵夫看到了三十五年来完成的事业:人们花了多少精力把法国音乐从一八七〇以前的麻痹状态中救出来;那时法国没有自成一派的交响乐,没有深刻的修养,没有传统,没有大师,没有群众;一切都由柏辽兹一个人担当,而他还是郁郁不得志而死。如今克利斯朵夫对一般尽瘁于复兴大业的匠人感到敬意了;他不想再讥讽他们狭窄的美学或缺乏天才了。他们所创造的不只是作品而是整个的音乐民族。在锻炼法国新音乐的一切伟大的宗匠里头,赛查·法朗克对他特别显得可爱。他没看到自己惨淡经营的事业成功就死了;像德国的老许茨一样,他在法兰西艺术最黯淡的时期始终保持着他的信心和他的民族天才。在繁华的巴黎,这个纯洁的大师,音乐界的圣者,艰苦勤劳地过了一辈子,从来没有丧失清明的心地与耐性;他的坚忍的笑容使他的作品蒙上一层慈爱的光彩。

克利斯朵夫因为没参透法兰西深刻的生命,所以看到一个没有信仰的民族中间居然有一个虔诚的大艺术家,就认为是桩奇迹了。

可是奥里维微微耸着肩,问他在欧洲哪个国家,能找到一位感受浓厚的圣经气息的画家,可以跟那清教徒式的法朗梭阿·米莱相比的;——哪儿有一个学者比清明的巴斯德更加渗透热烈与谦卑的信仰的,——一朝他的精神像他自己所说的,“在悲怆惨痛的境界中”被“无穷”这个观念抓住之后,他便匍匐在地下,“哀求理智把他释放,因为他差不多和巴斯德一样要为了信仰而发狂了”。旧教教义既不妨碍米莱那种英勇的写实主义,也不妨碍巴斯德那种热烈的理智踏着稳健的步子,“走遍了原始的自然界,在无穷小的漆黑的天地中,①在生命发源的最隐蔽的地方摸索”。他们出身于内地,在内地的民众身上汲取他们的信仰,也就是一向潜伏在法国土地中的信仰;愚弄平民的政客尽管信口诬蔑也没用。奥里维对这个信仰认识很清楚,那是他生来就有的。

他又指点克利斯朵夫看到二十五年来旧教的革新运动。法国的基督教思想热烈的要跟理智、自由、生命融合起来;那些勇敢的教士,就像他们之中有一个说的,“受了一番人的洗礼”,主张旧教应该了解一切,跟所有正直的思想结合:因为“一切正直的思想,即使犯了错误,还是纯洁的,神圣的”。无数的青年教徒,一片诚心地祝望建立一个基督教共和国,自由,纯洁,博爱,容纳一切善意的人;虽然横遭诬蔑,被斥为异

① 巴斯德为近代研究细菌学之始祖,故言“无穷小”的天地。

端邪说，受尽左派右派——(尤其是右派)——的暗箭，这个小小的维新队伍依旧非常镇静，坚毅不屈地踏上艰难的前途，知道非洒尽血泪决不能在世界上有什么持久的成就。

法国其他的宗教，也受着同样活泼的理想主义与热烈的自由主义的激荡。新教和犹太教那些庞大而麻木的躯体，也受着新生命的刺激而颤抖了。大家争先恐后的努力，想创造一个自由人的宗教，对热情与理智的威力都不加压制。

这种宗教的狂热并非为宗教所独有；它是革命运动的灵魂。在这儿，它更多了一点悲壮的意味。克利斯朵夫一向只看到卑鄙的社会主义，——被政客们用来笼络群众，拿些幼稚的、鄙俗的幸福之梦，去诱惑那些饥饿的顾客的；而所谓幸福，据政客们说，是他们一朝有了政权就能利用科学来赐给大众的普遍的享乐。此刻克利斯朵夫看到，跟这个令人作呕的乐观主义相对的，还有一般领导工会的优秀分子所提倡的神秘而激烈的运动。他们所宣传的是“战争，从战争中为垂死的世界重新求得一种意义，一个目标，一宗理想”。这些伟大的革命家，痛恨那“布尔乔亚式的，商人化的，温和的，英国式的”社会主义，而另外提出一个壮烈的宇宙观，“它的规律是对抗”，它生存的条件是不断的牺牲。要是你能想象到被那些领袖驱向旧世界挑战的队伍，抱着以康德和尼采的理论同时见诸剧烈行动的神秘主义的话，那么这些高傲的革命志士就显得可惊了，——他们的如醉如狂的悲观气息，轰轰烈烈的英雄生活，对战争与牺牲的信仰，以战斗精神与宗教热诚而论，和条顿会①或日本武士道的理想完全相符。

① 条顿会为十二世纪时半军人半慈善性质的日耳曼团体。

可是这纯粹是法国的产物，那些人物是几百年来从未改变特征的法兰西民族。这类特征，克利斯朵夫借着奥里维的眼睛在执政时期的执政官与独裁者身上看到，在某些思想家、行动者，和大革命以前的改革家身上看到。加尔文派，扬山尼派，雅各宾党，工团主义者，都用着那种悲观的理想主义和自然斗争，不存幻想，也不灰心，像铁腕一般支撑着民族，往往也鞭挞民族。

克利斯朵夫一朝呼吸到这些神秘的斗争的气息，就开始懂得偏执狂的伟大，懂得为什么法国人对它这样的忠诚不贰，为什么别的更善于调和的民族不能了解。像所有的外国人一样，他最初只觉得法兰西共和国标榜在一切建筑物上的口号，①和法国人的专制思想对照之下非常可笑，便尽量地加以讥讽。现在他可第一次看见了他们所热爱的、富于战斗性的“自由”的意义，——看到了理智的刀光剑影。那并不像他先前所想的，对法国人只是一句好听的话，一个空洞的观念。在一个需要理智高于一切的民族，为理智的斗争自然也高于一切的斗争。固然这种斗争被一般自命为实际的民族认为荒谬，但是有什么关系？用深刻的眼光来看，那些为了征服世界，为了帝国或为了金钱的斗争，何尝不是同样的虚空？不论是哪种斗争，百万年后还不是同样的化为乌有？但要是人生的价值就靠着斗争的剧烈性，靠着为了一个崇高的理想而迸发全部的生命力，便是牺牲自己也在所不惜，那么，除了法国那些为了拥护理智或反对理智的永久的战斗以外，还有什么别的战斗更能为生命争光的？而凡是尝过这种辛辣的滋味的

① 法国公共建筑物上大半镌有大革命时期的口号：自由，平等，博爱。

人,对世所盛称的盎格鲁·撒克逊人的毫无生气的宽容,只觉得太平淡,太没有丈夫气。盎格鲁·撒克逊人是有补偿的,因为他们在别的地方可以发泄他们的精力。可是他们的民族的力量并不在于宽容,宽容只有在许多党派中间成为英勇的行为的时候,才成其为伟大。但在现代的欧洲,宽容往往只是麻木不仁,缺少信仰缺少生命的表现。英国人借着伏尔泰的一句名言,说"英国靠了信仰纷歧而得到的宽容",法国经过了大革命还没有能得到。——那是因为大革命时代的法国,比自称为有信仰的英国反而更有信仰。

像维吉尔带着但丁游地狱一样,奥里维带着克利斯朵夫看过了理想主义的钢铁志士,看过了为理智的战斗以后,直爬到山巅:那儿才有清明恬静的,真正超脱的,一小群法国的优秀人物。

他们可以说是世界上最超脱的人物。像停在宁静的天空的鸟一样的潇洒……在那个高度上,空气那么纯洁,那么稀薄,克利斯朵夫简直不容易呼吸。这儿你可以看到一般艺术家自命为神游于绝对自由的梦境中,——看到一般极端的主观主义者,像福楼拜一样瞧不起"相信万物是实有的伧夫";——看到一般思想家,以他们动荡的复杂的思想,摹仿着动荡不已的万物的波涛,"昼夜不息地流转着",哪儿都不愿意停留,哪儿都不会遇到稳固的陆地或岩石,像蒙丹所说的"不描写生命而只描绘过程,一天复一天,一秒复一秒的过程";——还有一般学者明知四大皆空,明知人类是在这个虚无中造出他的思想、他的上帝、他的艺术、他的科学的,可是他们继续创造世界和它的规则,创造那个昙花一现的梦境。他们并不向学问求安息，求幸福，甚至也不求真理：——因为他们没有得到真理的把握；——他们只是为学问而爱学问，因为它是美的，唯有它才是美的，真的。在思想的峰巅上，我们看到这些学者，热烈的怀疑主义者，不理会什么痛苦，什么幻灭，甚至连现实也不以为意，只顾闭着眼睛，听着许多心灵无声无息的合奏，听着数字与形式的微妙而壮丽的和声。这些大数学家，思想自由的哲学家，——世界上最严格最切实的头脑，——已经到了神秘的、入定的境界的极端；他们使周围都变成一片空虚，探着身子瞧着深渊，对于自己的目眩神迷感到一点儿醉意；他们欢欣鼓舞的，把思想的光彩在无边的黑夜中放射出来。

克利斯朵夫挨在他们身边也想瞧一下，只觉得天旋地转。他素来自命为自由，因为他除了自由的良知以外已经摆脱了所有的规则；但在这些连思想的一切绝对的规则，一切无可违拗的强制，一切生存的理由都摆脱干净的法国人旁边，他骇然发觉自己的自由原来是微不足道的。那么他们为什么还要活着呢？

"为了求自由呀，能够自由是最大的快乐。"奥里维回答。

可是这种自由使克利斯朵夫手足无措，甚至于企慕德国的极权主义和严格的纪律了；他说："你们的快乐是自欺欺人，是抽鸦片的人做的梦。你们醉心于自由，忘记了生命。个人的绝对自由是疯狂，一个国家的绝对自由是混乱……自由！自由！这个世界上谁是自由的？你们的共和国里谁是自由的？——还不是那班无耻之徒！你们最优秀的人可是被窒息的。你们只能做梦。不久恐怕连梦也做不成了。"

"那也没关系！"奥里维回答，"可怜的朋友，自由的乐趣，你是不能知道的。那的确值得用危险、痛苦,甚至生命去交换。自由,感到自己周围所有的心灵都是自由的,——连无耻之徒在内:那真是一种没法形容的乐趣;仿佛你的灵魂在无垠的太空游泳。这样以后,灵魂再不能在别处生活了。你尽管给我像帝国军营内那样的安全,秩序,完满的纪律,我都认为不相干。我会闷死的。我需要的是空气,是自由,越多越好!”

“世界是需要规律的,”克利斯朵夫说,“早晚必有个主子来到。”

可是奥里维带着讥讽的神气,用着比哀尔·特·雷多阿的话回答:

> 用尽尘世的方法去禁锢法国的言论自由,
> 其无效就等于想把太阳埋在地下或关在洞里。

克利斯朵夫对于极端自由的空气慢慢地觉得习惯了。在法国思想的高峰上,一般通体光明的心灵在幻想;克利斯朵夫从山顶上向脚下的山坡瞧去,只看见一群英勇的人为着一种活泼泼的信仰——不管是哪种信仰——在那里奋斗,永远想攀登高峰:他们向着愚昧、疾病、贫穷,发动神圣的战争,一片热诚地致力于发明,征服光明与天空;那是科学对自然的大规模的战斗;——在山坡上比较低一些的地方,一群静默的、意志坚强的男男女女,善良而谦卑的心灵,千辛万苦才爬到半山腰,因为不能再往上,只能抱残守缺,过着平凡的生活,暗中还是非常热烈地抱着牺牲精神;——山脚底下,在险峻的羊肠小径中,多少偏执狂的人,多少盲目的本能,为了一些抽象的思想拼命扯做一团,不知道在环绕他们的石壁之上还别有天地;——再往下去是一带卑湿的池沼和在污泥中打滚的牲畜了。可是沿着山坡,东一处西一处地开着些艺术的鲜花,音乐发出杨梅似的清香,诗人唱着如流水如鸣禽般的歌曲。

克利斯朵夫问奥里维:“你们的民众在哪儿呢?我只看见精华跟糟粕。”

奥里维回答说:“民众吗?他们种着自己的园地,完全不理会我们。每一群所谓优秀分子都想加以拉拢,他们可一概不理。从前他们至少还有点儿分心,听听政客们的花言巧语,现在却充耳不闻了。放弃选举权的人不知有几百万。那些政党尽管打得头破血流,民众可满不在乎,只要打架不打到他们的田里去:万一出了这种事,他们可恼了,不管什么党派,他们都迎头痛击。他们自己并不有所行动,只在工作与休息受到妨碍的时候起而反抗。对帝皇,对共和政府,对教士,对帮口,对社会主义者,民众所要求的只是不要让他们受到公共的危险,例如战争、混乱、疫疠等等,——同时让他们安安静静地种他们的园地。他们心里想:难道这些畜生不让我们安静吗?然而这些畜生竟是愚蠢不堪,把老实人缠个不休,非惹得他拿起镰刀来把他们逐出门外不止,——这便是我们的当局有一天会碰到的。从前,民众会给一些大事业煽动起来,将来也许还会有这种情形,虽然他们少年时代的疯狂久已过去;可是无论如何,他们的狂热决不持久;他们很快要回到几百年的老伙计——土地——那儿去的。使法国人留恋法国的是土地,而非法国的人民。多少不同的民族几百年来在这块土地上并肩工作,是土地把他们结合了的:土地才是他们热爱的对象。不管一生的祸福如何,他们老在那儿耕种;他们觉得土地上的一切连一小方泥土都是好的。”

克利斯朵夫极目所及，沿着大路，在池沼周围，在山崖的坡上，在战场与废墟中间，在法兰西的高山与平原上，一切都是耕种的土地：这是欧罗巴文明的大花园。它的可爱不但是由于土地的肥沃，并且也由于那个不知劳苦的民族，千百年来孜孜不倦地开垦，播种，使美好的土地更美好。

好古怪的民族！大家说他变化无常，他的性格可一点没有变。在中世纪哥特式的塑像上，奥里维敏锐的目光还能辨认出今日各行省的一切特征；正如在格鲁哀或杜蒙斯蒂哀的画笔下，他能认出现代交际社会或知识分子的疲倦而带点讥讽意味的面貌，在勒拿画上看出北部各州省的工人和农民的精神与明亮的目光。① 昔日的思想依旧在今日的心灵中流动。巴斯加的精神也依旧存在，不独于深思虔敬之士为然，即在庸碌的中产者或工团运动的革命党心中也有痕迹可循。高乃依与拉辛的作品对于民众始终是活的艺术；巴黎的一个小店员，会觉得路易十四时代的悲剧，比托尔斯泰的小说或易卜生的戏剧对他更接近。中世纪的歌，法国传说中的特里斯坦，对现代法国人的关系，比瓦格纳的《特里斯坦》更密切。十六世纪以来在法国花坛中不断开放的思想之花，不管怎么庞杂，究竟都是亲属，而且跟周围的别的花不同。

克利斯朵夫对法国的认识太肤浅了，捉摸不到它持久不变的面目。他在这个富丽的景色中最觉得奇怪的，是土地的四分五裂。正如奥里维所说的，各有各的园地；每一方园地都用墙壁、篱垣，以及种种的栅栏，和旁的园地分隔着。充其极

① 格鲁哀为十五至十六世纪法国宫廷画家；杜蒙斯蒂哀为十六至十七世纪时的宫廷画家。勒拿三兄弟为十六至十七世纪时名画家。

也不过偶尔有些公共的草原和树林,或者河这一边的居民不得不比对岸的居民彼此挤得紧一些。各人都关在自己家里;而这种不可侵犯的个人主义,经过了几世纪的毗邻生活以后,非但没减退,反而更强了,克利斯朵夫心里想:

“噢!他们这批人多孤独!”

以孤独而论,克利斯朵夫和奥里维住的屋子可以说是一个典型。那是一个社会的缩影,一个规矩老实、不怕辛苦的小法兰西,可是在它各个不同的分子中间毫无联系。一所摇摇欲坠的六层楼的老屋子,地板在脚底下格格地响,天花板已经被蛀坏了,雨水直打进克利斯朵夫和奥里维住的顶楼,使他们不得不找些工人来把屋顶胡乱修葺一下:克利斯朵夫听他们在头顶上工作,谈话。其中有一个使他觉得又好玩又讨厌:他一刻不停地自言自语,自个儿笑着,唱着,说些野话,傻话,一边不断地跟自己说话,一边不断地工作;他每做一件事总得在嘴里报告出来:“还得敲一只钉呢。我的工具到哪儿去了?好吧,我敲了。敲了两只。还得再敲一下!嘿,朋友,那不是行了吗?……”

克利斯朵夫弹琴的时候,他先静了一会儿,听着,随后又大声地打着唿哨;碰到曲子轻快流畅的段落,他重重地敲着锤子,在屋顶上打拍子。克利斯朵夫大怒之下,爬上凳子,从顶楼的天窗里伸出头去想骂他。可是一看见他骑在屋脊上,嘴里满衔着钉,嘻开着那张年轻老实的脸,克利斯朵夫不由得笑了出来,那工人也跟着笑了。克利斯朵夫忘了怨恨,开始跟他搭讪。临了,他记起爬上窗来的动机,便说:

“啊!我问你:我弹琴不会妨害你吗?”

他回答说不,但要求他别挑太慢的曲子弹,因为他跟着音乐的节拍,慢的曲子会耽误他的工作。他们像好朋友一般的分别了。克利斯朵夫六个月内和整幢屋子里的邻居说的话,还不及他一刻钟内跟这工匠谈的多。

每层楼上有两个公寓,一个是三间屋的,一个是两间屋的,根本没有仆人住的下房:每个家庭都自己动手,只有住在底层和二楼的是例外,他们的屋子也是由两个公寓合起来的。

跟克利斯朵夫和奥里维同样住在六楼上的邻居是一个姓高尔乃伊的神父,年纪四十左右,非常博学,思想很开通,胸襟很宽广,原来在一所大修院里教《圣经》,最近为了思想太新而受到罗马的处分。他接受了处分,虽然心里并没真正的屈服;他不出一声,既不想反抗,也不愿意听人家的劝告,把主张公布;他躲在一边,宁可坐视自己的思想崩溃而不肯把事情张扬出去。对于这一类隐忍的反抗者,克利斯朵夫是不能了解的。他想跟他谈话,但那教士客客气气的,冷冰冰的,绝对不提到他最关切的问题,他的傲气使他把自己活埋了。

下面一层,正好在两个朋友的公寓底下,住着一户人家;男的是工程师,叫做哀里·哀斯白闲,夫妇俩有两个七岁至十岁之间的女儿。他们都是优秀的可爱的人,老关在自己家里,尤其因为处境艰难而羞于见人。年轻的太太不辞劳苦地工作,但常常为了清寒而心里屈辱;她宁愿加倍地劳苦,只要不让人知道他们的窘况。这又是克利斯朵夫不容易领会的一种心情。他们是新教徒,法国东部出生。几年以前夫妇俩卷入了德莱弗斯事件的大风潮;为了这件案子,他们激动得差点儿发狂，正像七年中间①无数如醉若狂的法国人一样。他们为之牺牲了安宁、地位、社会关系，把多少亲切的友谊都斩断了，自己的身体也差不多完全搞坏了。他们几个月不能睡觉，不能饮食，翻来覆去地讨论着同样的论点，像疯子一样的固执。他们互相刺激，情绪越来越激昂：虽然胆小，怕闹笑话，却照旧参加示威运动，在会场上发言；回到家中，两人都恍恍惚惚的心儿乱跳；夜里他们俩一齐哭了。为了战斗，他们把热情与兴致消耗完了，等到胜利来到的时候已经没有那个劲再去体会胜利的快乐，没有精力再去应付生活。当初的希望那么高，牺牲的热情那么纯洁，以致后来的胜利比起他们所梦想的果实竟是近乎讽刺了。他们那么方正，认为世界上只有一条真理；所以早先所崇拜的英雄们此刻在政治上讨价还价，使他们感到悲苦的幻灭。他们一向以为斗争中的伴侣都是激于义愤，主张正义的，——可是一朝把敌人打倒了，他们立刻扑过去抢赃物，夺政权，争荣誉，争位置，也轮到他们来把正义踩在脚下了！只有极少数的人依旧忠于他们的信仰，始终贫穷，孤独，被所有的党派遗弃，同时他们也丢开所有的党派，无声无臭地退隐在一边，让悲哀与忧郁把他们磨着，对什么都不存希望，对人类厌恶到极点，对生活厌倦到极点。工程师哀斯白闲和他的妻子便是这一类的战败者。

他们在屋子里没有一点儿声音，怕打搅邻人，尤其因为他们时常被邻人打搅，而为了傲气不愿意声张。克利斯朵夫看到两个女孩子嘻嘻哈哈、蹦蹦跳跳的快活劲儿老是受到压制，觉得可怜。他是喜欢孩子的，在楼梯上一碰见她们就表示种

① 德莱弗斯事件前后经过七年方始结束。

种的亲热。女孩子们最初有些胆小,不久也跟克利斯朵夫混熟了,他永远有些笑话讲给她们听,或者分些糖果给她们吃。她们在父母面前提起他;他们先也并不领情;可是这个常常把钢琴声和砰砰訇訇搬动家具的声音惹他们厌烦的邻居,——(因为克利斯朵夫在房里透不过气来,老像一头关在笼子里的大熊一般踱来踱去)——凭着那副坦白的神气慢慢地把他们征服了。他们之间的谈话却不容易投机。克利斯朵夫的带点村野的态度,有时使哀里·哀斯白闲为之骇然。工程师很不愿意放弃平素的矜持,但对于一个眼神那么恳切、心情那么快活的人也没法抗拒。克利斯朵夫不时从邻人嘴里逼出几句心腹话。哀斯白闲兴趣很广,做事很有勇气,可是意志消沉,性情忧郁,处处隐忍。他有毅力担受艰苦的生活,可没有毅力改变生活。这种情形仿佛是他特意要证实自己的悲观主义。有人请他上巴西去担任一个工厂的经理,报酬很好,他可拒绝了,因为怕那边的气候损害家人的健康。

"那么为什么不把他们留在这儿,你自个儿去替他们挣笔家业呢?"克利斯朵夫说。

"把他们留在这儿!"工程师嚷道,"可见你是没有孩子的人。"

"倘使我有孩子,我还是一样的想法。"

"我才不呢!……而且要远离乡土!噢!我宁可在这儿吃苦的。"

克利斯朵夫觉得大家挨在一块儿受罪才算爱乡土、爱家属,未免古怪。可是奥里维很了解,他说:"你想想罢!冒着举目无亲、远离骨肉、客死他乡的危险!世界上还有什么事比这个更可怕的?何况生命这样的短促,忙忙碌碌真是何苦呢！……”

“难道一个人非永远想到死不可吗？”克利斯朵夫耸耸肩回答，“而且便是死了，也是为自己所爱的人求幸福死的，那岂不胜于束手待毙吗？”

同一层楼上，在五楼那个小一些的公寓里，住着一个电气工人，叫做奥贝。——他的不跟邻居往来可不是他的过失。这个从平民阶级中跳出来的人物，决不愿意再回到平民阶级中去。小个子，带着病容，脑门的模样长得狠巴巴的，眼睛上面横着一条皱裥，目光很有精神，直勾勾地瞧起人来像螺旋一样尖锐；淡黄色的短髭，有点讥讽意味的嘴巴，语调很低，声音像蒙着什么似的；脖子里裹着围巾，因为喉咙老是不舒服，再加上整天抽烟的刺激；行动急躁，颇有害肺病的人的脾气。他自高自大，喜欢挖苦，嘲弄，满肚皮的牢骚，骨子里却兴致很好，浮夸，天真，时时刻刻受着人生的愚弄。他是一个布尔乔亚的私生子，从来没见过父亲，而抚养他的母亲又是个教人没法尊敬的女人：他从小就看到无数凄惨的、下流的事，学过各种手艺，跑过法国许多地方。他千辛万苦地自修：历史，哲学，颓废派的诗，可以说无书不读；戏剧，画展，音乐会，时下的潮流可以说无所不知。他对于文学和布尔乔亚思想崇拜得不得了，简直是入了迷。他脑子里都是大革命初期使中产阶级如醉若狂的那些模糊而热烈的观念：相信理智是永远不会错的，进步是无穷尽的，——古话说得好：活到老，学到老；——相信幸福不久就会来的，科学是万能的，相信人即是神，而法兰西又是人类的先锋。他反对教会，认为所有的宗教——尤其是基督旧教——都顽固守旧，所有的教士都天生是进步的敌人。

社会主义,个人主义,排外主义,在他头脑里冲突不已。他精神上是人道主义者,气质上是专制主义者,事实上是无政府主义者。生性高傲,他知道自己缺少教育,所以说话非常谨慎,尽量吸收别人的话,但不愿意请教人家,以为有伤尊严。然而不论他多么聪明伶俐,聪明伶俐究竟不能完全补足他教育的缺陷。他一心想写作:像许多从来没下过功夫的法国人一样,文字倒颇有风格,自己也知道这一点;不幸思想很模糊。他把苦心孤诣写成的东西拿一部分给一个他崇拜的名记者看,被取笑了一场。经过这次羞辱以后,他对谁都不再提他的工作了,但仍继续写作:因为他需要发泄,并且那是他引为骄傲而快乐的事。他对自己一文不值的哲学思想和文章很满意,以为写得极有力量。至于挺有意思的现实生活的记载,他倒并不重视。他自命为哲学家,想写些社会剧和宣传思想的小说。凡是不能解决的问题,都被他毫不费力地解决了。他到处能发现新大陆,过后又发觉那些新大陆早已由前人发现了,便大失所望,心中很气,几乎要抱怨人家给他上当。他爱慕光荣,抱着一腔牺牲的热忱,因为不知道怎么应用而痛苦。他的梦想是要成为一个大文豪,厕身于作家之林,以为一个人有了作家的声望等于超凡入圣一样。可是他虽然需要对自己抱着种种幻想,他把事情看得很明白,知道自己毫无希望。他至少想生活在布尔乔亚思想的气氛中;远望之下,那气氛是非常光明的。这种无邪的愿望害了他,使他觉得为了地位关系不得不跟工人们来往真是难堪极了。既然他竭力想接近的中产社会对他闭门不纳,结果他便一个人都不来往。因为这个缘故,克利斯朵夫毫不费事就跟他接近了,并且还得赶快回避:要不然奥贝待在克利斯朵夫屋子里的时间,会比待在他自己屋里的时间还要多。他能找到一个艺术家谈谈音乐和戏剧,真是太高兴了。但我们可以想象得到,克利斯朵夫并不感到同样的兴趣:他更喜欢跟一个平民谈谈平民的事。那可是奥贝不愿意谈而且是完全隔膜了的。

一层一层地往下去,克利斯朵夫和邻居的关系自然越来越疏远。要他能踏进四楼的公寓,简直需要靠一种神奇的魔术才行。——四楼的一边住着两个女人,给年深月久的丧事磨得懵懵懂懂了。三十五岁的奚尔曼太太;死了丈夫和女儿之后,跟她年老而虔诚的婆婆杜门不出地住在一起。——四楼的另一边住着一个神秘的人物,看不出准确的年纪,大概有五六十岁,带着一个十来岁的小姑娘。他头发都秃了,胡子保养得很好,手长得很细气,说话很温和,举止大方。人家叫他做华德莱先生,说是无政府主义者,革命党,外国人,但说不清是俄罗斯人还是比利时人。其实他是法国北方人,早已不是什么革命党,但还保存着过去的声名。参加过一八七一年的暴动,判了死刑,不知怎么逃过了,他十多年来走遍了欧洲。在巴黎骚动的时期和以后,在亡命的时期和回来以后,在从前的同志而现在握了政权的人中,在所有的革命党派中,他看到不知多少的丑事,便退出党派,心平气和地守着他清白的,可是一无用处的信念。他书看得很多,也写些带点煽动性的书,领导着——(据人家说)——印度和远东那一带的无政府运动,从事于世界革命,也从事于同样含有世界性而意义比较温和的研究工作:他要创造一种为普及音乐教育用的新的世界语。他跟公寓里的人都不来往,遇到了仅仅是挺有礼貌的招呼一下。他对克利斯朵夫倒肯说几句他记载音乐的新方法。

但这是克利斯朵夫最不感兴趣的：用什么符号来表示思想，他认为无足重轻；不管是哪一种语言，他都能运用。那位学者可毫不放松，又温和又固执地解释自己的学说；至于他其余的事，克利斯朵夫一点都没法知道。所以在楼梯上碰见他的时候，他只注意那老跟着他的女孩子：她长着淡黄头发，黄眼睛，苍白的脸，血色很不好，侧影很难看，身体很娇，病容满面，没有多大表情。他跟大家一样以为她是华德莱的女儿，其实是个孤儿，父母都是工人阶级；华德莱在她四五岁时父母染疫双亡之后把她抱养过来的。他对一般贫苦的儿童喜爱到极点，那简直是他的一种神秘的温情，像梵桑·特·保尔①的一样。因为不信任一切官办的慈善机关，也明白一般慈善团体的内容，所以他的救济事业是独自做的，瞒着别人，觉得另有一种愉快。他学了医，预备帮助人家。有一天他进到街坊上一个工人家里，看见有人病着，便给他们医治；他原来有些医药常识，此后更设法补充。看到儿童受苦在他是最受不了的。等到他替这些可怜的小生命解除了疾苦，瘦削的脸上重新浮起苍白的笑容，他才愉快极了，心都化开了。这是他尘世的天堂，而平时受他照顾的人给他的麻烦，他也忘了；因为他们难得感激他。门房的女人看到多少肮脏的脚踏上楼梯，常常气恼至极，说些尖刻的抱怨的话。房东对于这些穷苦工人——在他眼中就等于无政府党——的进进出出很不放心，对华德莱啧有烦言。他想搬家，又舍不得：他有些小地方很古怪，脾气又温和又固执，竟不把人家的话放在心上。

克利斯朵夫因为喜欢那女孩子，才得到华德莱一点信任。

① 梵桑·特·保尔为十七世纪时圣者，以救济孤儿著称于史。

对孩子的爱是他们两人的共同点。克利斯朵夫每次遇到那小姑娘,心里总不舒服,觉得她的相貌跟萨皮纳的小女儿有些相像。萨皮纳不但是他初恋的对象,她那个昙花一现的影子,那种幽静的风度,至今还藏在他心里。所以他很关切这个从来不跑不跳、脸色惨白的女孩子:她不大有声音,也没有年龄相仿的小朋友,老是孤零零的,静悄悄的,玩些没有动作没有声响的游戏,拿着个玩具的娃娃或一块木头之类,嘴唇轻轻地动着,自己编些故事。她对人又亲热又冷淡,有点儿生分的和捉摸不定的神气;但她的义父并没觉察,只知道一味地爱她。其实这种生分的和捉摸不定的神气,便是在我们亲生的儿女身上也不免。克利斯朵夫想把工程师的两个女孩子介绍给她。但哀斯白闲与华德莱双方都客客气气地,坚决地,谢绝了。这些家伙似乎非活埋自己,各自关在笼里不可。充其量,他们只能勉强相助;但各人心中还怕人家疑心是他自己要人帮忙;并且双方的自尊心和困难的境况都不相上下,所以谁也不愿意先有表示。

三楼上的大公寓差不多永远空着。房东把它留作自用,可是从来不住的。他以前是个商人,等到财产挣到了预定的数目,就把业务结束了。一年大部分的时间,他都不在巴黎;冬天在东南海滨的一个旅馆里避冬,夏天在诺曼底一个海水浴场上避暑,靠利息过日子,不花什么大钱,光看着别人的奢华也就满足了自己的欲望,同时也像那些奢华的人一样过着空虚无益的生活。

贴邻那个较小的公寓是租给没有孩子的亚诺夫妇的。丈夫年纪在四十至四十五岁之间，当着中学教员，整天忙着上课，温课，抄写，腾不出时间来写他的博士论文，[1]终于放弃了。比他年轻十岁的妻子，人很和气，极度的怕羞。两人都很聪明，博学，夫妻感情很好；可是他们一个熟人都没有，从来不出去走走：丈夫是为的太忙，妻子是为的太闲。但她是个贤德的女人，竭力压着愁闷，尽量找事做，不是看书，就是替丈夫预备笔记，誊清笔记，补衣服，做自己的衣服帽子。她很想不时去看看戏；可是亚诺没有兴趣：晚上他太累了。于是她也就算了。

他们俩最大的乐趣是音乐。那是他们极喜欢的。他不会弹琴，她会弹而不敢弹；她要是在人前演奏，哪怕在丈夫面前，也会像初学的小姑娘。但便是这么一点儿对他们已经足够了。格路克，莫扎特，贝多芬，都是他们的朋友；那些音乐家的生平，他们连细枝小节都知道，非常同情他们的痛苦。还有一块儿看些美妙的书也是一桩乐事。但现代的文学作品中，这一类的好东西太少了：作家对于一般不能替他们增加声名、金钱、快乐的读者是不放在心上的；而这批在社会上不露面的谦卑的群众，就从来不写什么文章，只知道不声不响的爱好。这道艺术的光，在那些老实与虔敬的心中差不多有种神圣的意味，足以使他们过着和平的，相当快乐的生活，虽然有些悲哀，——(那也并不冲突)——虽然非常孤独，而且也受过人生的伤害。他们俩的人品都远过于他们的地位。亚诺先生颇有思想，但既没空闲，也没勇气把它写下来。发表文章或出书都是太麻烦了，犯不上的，那完全是不必要的虚荣。他认为和

① 法国制度，大学毕业生欲得博士学位，尽可于就业后几年中提出。

他敬爱的思想家相形之下,自己太渺小了。他太爱好美妙的艺术品,不愿意再去“制造艺术”,觉得这种志愿狂妄可笑。他以为自己的职务是推广艺术品的流传,所以只管把他的思想灌输给学生:将来他们会写出书来的,——当然不会提到他啰。——没有一个人像他那样舍得买书。穷人总是最慷慨的:他们自己掏出钱来买,有钱的人却以为不能白到手书是有失面子的事。亚诺为了买书把所有的钱都花掉了:这是他的弱点,他的癖。他为之很不好意思,常常瞒着太太。可是她并不埋怨,她也会这样做的。——夫妇俩老是有些美妙的计划,预备积一笔款子去游历意大利,——那可永远是梦想了,他们也很明白,笑自己不会积蓄。亚诺很知足,觉得有这样一个心爱的妻子,再加自己勤劳的生活与内心的喜悦也就够了;难道对她会不够吗?——她说:是的,够了。她可不敢说出来,要是丈夫有点名气,使她沾些光,把她的生活给照耀一下,让她有些舒服的享受,岂不更好!内心的欢乐固然很美,但外面的光彩也能给你很大的喜悦……然而她一声不出,因为胆小;并且她知道即使他想求名,也没有把握:现在已经太晚了!……他们更遗憾的是没有孩子。这一点,两人也藏在肚里不说,倒反因之更相爱,似乎这一对可怜的人互相要求原谅。亚诺太太心极好,非常殷勤,很乐意和哀斯白闲太太来往,可是不敢:因为人家没有表示。至于结识克利斯朵夫,那是夫妇俩求之不得的:他遥远的乐声早已把他们听得入了迷。但他们无论如何不愿意首先发动,以为那是太唐突了。

住二楼公寓的是法列克斯·韦尔夫妇。这一对有钱的犹太人,无儿无女,一年倒有六个月住在巴黎乡下。虽然他们在这儿住了二十年——(这完全是住惯的缘故,因为他们很容易找一个跟他们的财富更相称的屋子),——却老是像过路的外方人,从来不跟邻居交谈一句话,人家关于他们的事也不比他们第一天搬来的时候知道得更多。这一点可不能成为不受批评的理由。正是相反:他们不讨人喜欢;当然他们也绝对不想讨人喜欢。其实他们的为人倒值得人家多知道一些:夫妇俩都是好人,而且绝顶聪明。六十岁左右的丈夫是一个亚述考古学家,为了中亚细亚的发掘享有盛名;像许多犹太人一样,他头脑开通,兴趣极广,决不以自己的专门学问为限;他平时注意着无数的事:美术,社会问题,一切现代思想界的运动。可是这些都控制不了他的精神,因为他觉得所有的学问都有意思,可没有为了任何一门入迷。他很聪明,太聪明了,太不受拘束了:这一只手建造起来的东西,老是预备用另一只手毁掉;因为他建设得很多,又有事业,又有理论,的确是精力过人。由于习惯,由于精神上需要活动,所以他虽不信自己的工作有什么用处,依旧不声不响地,极有耐性地,在学问方面下苦功。不幸他生在有钱的人家,没机会认识为生存而斗争的意义;并且自从他在近东做了几年发掘工作而感到厌倦之后,就没有接受任何公家的职位。但除了他自己的工作以外,他还是头脑很清楚地关切当前的问题,关切一些实际而立刻可以实行的社会改革,法国学校教育的改善,等等。他宣传思想,倡导潮流,推动那些大规模的文化机构,可是不久他就厌倦了。好几次,人家根据他的论点而发起了一个运动,他却极尽尖刻地批评这个运动,使那班受他鼓动的人大为惊骇。他并非故意如此,而是天性使然;他生来是神经质的,喜欢挖苦的,锐利无匹的目光一看到人物和事情的可笑就忍俊不禁。

既然世界上连最好的事、最好的人,在某一角度上看或是在放大镜下看,也难免有可笑的地方,他的嘲弄的心情也就不容易抑制了。这种脾气当然不能帮助他结交朋友。他心里却极想给人家一点好处,事实上也这么做;人家并不感激他;便是受到恩惠的人,因为觉得自己在他面前显得可笑,也不能原谅他。他不能多见人,否则就没法爱他们了。他不是愤世嫉俗的人,也没有那种自信可以当愤世嫉俗的角色。他一方面取笑社会,一方面在社会面前觉得胆小,同时心里还不敢断定社会一定是错的,自己一定是对的。他避免显得和别人过分的不同,竭力想教自己的态度与表面上的见解跟别人一样,可是没用;他不由自主地要批判他们,对一切夸大的、不自然的现象感觉得太清楚了,而且又不会隐藏他厌恶的心理。第一,他对犹太人的可笑,感觉特别灵敏,因为对他们认识更清楚;其次,虽然他胸襟旷达,不承认种族的界限,但别个种族的人往往用这个界限来限制他。——同时,不管行事如何,他和这个基督教的思想界也格格不入。为了这许多原因,他孤傲自处,只管埋头工作,深深地爱着他的妻子。

最糟的是连这位妻子都免不了受他讽刺。她是一个贤德的女人,喜欢活动,愿意帮助人家,老在那里做着慈善事业;性格远没有丈夫的复杂,极有意志,极有责任观念,——这观念虽有些顽固,抽象,可是标准很高。没有孩子,没有什么称心如意的事,没有热烈的爱情:她相当凄凉的一生全部建筑在道德信仰上,这信仰其实只是需要信仰的意志促成的。丈夫善于讥讽的天性,自然把她信仰中间自骗自的成分觑破了,不由得要拿她开玩笑。他的个性是许多矛盾混合起来的。他对责任所抱的观念,标准也不亚于他妻子的,同时又铁面无情的需要分析，批评，不受蒙蔽，把她的道德信仰一片片地肢解。殊不知这种行为是毁掉了妻子的立足点，消磨了她的勇气。当他发觉的时候，他比她更痛苦；可是祸已经闯下了。虽然如此，他们俩依旧相爱，工作，行善。但妻子的冷淡尊严的态度，不比丈夫喜欢讽刺的脾气更得人心；既然两人都很高傲，不肯宣布自己做的善事，也不肯宣布行善的意愿，大家就把他们的老成持重认为淡漠无情，把他们的孤独认为自私自利。而他们愈觉得别人对他们抱着这种观念，便愈不愿意设法去破除这观念，犹太人多半是粗鄙冒失的；相反，这对夫妇却为了过于持重——骨子里是藏着许多高傲的成分——而吃了亏。

比小花园高出几个石级的底下一层，住着一个退职的炮兵军官夏勃朗少校，以前是属于殖民地部队的。这个还年轻而强壮的军人，在苏丹和马达加斯加有过光荣的战绩，不知怎么突然把一切都丢了，住到这儿来，再也不提军队二字，整天翻着花坛，吹着笛子，——可是技巧永远没有进步，——骂骂政治，把他疼爱的女儿埋怨几句。她是个三十岁的女子，不十分美，但很可爱，很孝顺，为了侍奉父亲而没有出嫁。克利斯朵夫凭窗眺望的时候，常常看见他们，当然是更注意那个女儿。她下半天大部分时间都在花园里，不是缝东西，便是胡思乱想，或是收拾园子，高高兴兴地和一天到晚叽咕的父亲做伴。她用着安静清脆的声音、和善的语气，回答他的抱怨。他却老是在小径上迈着细步走来走去；过了一会儿，他进去了；她便坐在园子里的凳上，几小时地缝着东西，既不动弹，也不说话，脸上堆着一副渺渺茫茫的笑容。而那一无所事的军官，在屋子里拼命吹着那支刺耳的长笛，或是为了变化一下，笨拙地按着那架上气不接下气的风琴,呜啊呜的,教克利斯朵夫时而好笑,时而气恼,——看日子而定。

所有这些人物,各管各的住在这座花园紧闭的屋子里,吹不到一丝外界的风。唯有克利斯朵夫,因为需要发泄感情,也因为生命力太丰满了,用他那种又明察又盲目的同情心包裹着他们,他们可不知道。他不了解他们,也没法了解。他不像奥里维能洞察人的心理。但他爱着他们,自然而然地能够设身处地,站在他们的地位上。由于神秘的电流作用,他渐渐在心头感觉到,那些咫尺天涯的心灵有些什么暧昧的意识,体会到那个居丧的妇人的痛苦的麻痹状态,知道那教士、犹太人、工程师、革命党人,为了高傲而把思想藏在心里;他眼见信仰与温情的黯淡而柔和的火焰,无声无息地在亚诺夫妇心中烧着,平民出身的工匠天真地想望着光明,军官抑捺着反抗的心,做些毫无结果的事;还有那坐在紫丁香下出神的少女,他也领会到她乐天安命的恬静。但能够参透这些心灵的无声的音乐的,只有克利斯朵夫一人;他们是听不见的,各人都给自己的悲哀与幻梦淹没了。

可是大家都在那里工作:怀疑派的老学者,悲观的工程师,教士,无政府主义者,不管是骄傲的或是灰心的人,全都工作着。屋顶上更有那泥水匠在唱歌。

屋子周围,克利斯朵夫在最优秀的人中也发现同样的精神上的孤独,——即使在结成团体的时候也是如此。

奥里维把他常常发表文字的一份小杂志介绍给克利斯朵夫。它的名字叫做《伊索》,借用蒙丹的一段话作为它的箴言：

人家把伊索和别的两个奴隶一起送到市场上去卖。买主先问第一个能做些什么：他为了卖弄，把自己的本领说得天花乱坠；问到第二个，也是一样的回答，甚至还胜过前者。轮到伊索的时候，他回答：——我什么都不会，这两位已经把所有的事做完了；他们是无所不能的。

这纯粹是对蒙丹所谓"以知识骄人的自夸自大之徒"的"无耻"下一针砭。《伊索》同人中自称为怀疑派的，其实比别人抱着更深刻的信仰。但在群众眼里，这个讽刺的面具当然没有多大吸引力，反而把人弄糊涂了。你要群众跟着你走，非跟他讲些简单、明了、有力、肯定的教条不可。刚强有力的谎言，就比贫血的真理更能讨群众喜欢。至于怀疑主义，只有在骨子里藏着极粗浅的自然主义或是基督教的偶像崇拜的时候，才能使他们惬意。所以这份《伊索》杂志的傲慢的怀疑主义只能适应一小部分的人，因为只有这批少数人士才领会到他们坚毅的精神。但这股力量是完全不参加行动的。

他们可不顾虑这些。法国愈民主化，它的思想、艺术、科学，似乎愈贵族化。科学躲在术语后面，躲在它的殿堂里头，比十八世纪时更难接近了，除了对那些已经入门的人。艺术，——至少是尊重自己而尊重美的那种，——也是一样地对人深闭固拒，瞧不起群众。便是对于行动比对于美更关切的作家，重视道德思想甚于美学观念的文人，也有种没法形容的贵族气息。他们似乎要把内心的火焰保持纯洁，而不是把这火焰传递给别人；他们仿佛不求自己的思想得胜，而只求证实。

可是这等作家里头也有从事大众艺术的。在最真诚的人中,有些是宣传无政府主义的、含有破坏性的思想,——那种遥远的未来的真理,也许在一百年或两千年后是有益的,但目前只能折磨心灵,灼伤心灵;另外一批却写些沉痛的,或是挖苦的戏剧,没有幻象的,非常悲惨的。克利斯朵夫读过之后,觉得原来想把自己的痛苦忘掉几小时而来的观众,结果得到这样悒郁不欢的消遣,真是太可怜了。

“你们拿这个给大众吗?”他问,“那才是把他们活埋呢!”

“放心,”奥里维回答,“大众不会来的。”

“他们这才对啦!你们简直发疯,难道要把他们生活的勇气统统拿走吗?”

“为什么?让大众像我们一样知道事物的悲惨面,而仍旧打起精神来尽他们的责任,不是应当的吗?”

“打起精神?我不信。毫无乐趣却是一定的了。而一个人生活的乐趣给拿走以后,他也差不多完了。”

“有什么办法?我们总不能把真理歪曲。”

“可是也不能对所有的人把真理统统说出来。”

“这个话竟是你说的吗?你是永远求真理,自命为爱真理甚于一切的人!”

“是的,为我,还有为那些相当坚强而受得了的人,的确应当给他们真理。但对于另一些人,那简直是残忍,是胡闹。现在我看清楚了,我在本国的时候从来没想到。德国人不像你们这样的闹真理病:他们把生活看得太重,谨慎小心地只看着他们愿意看的事。你们不是这样,所以我喜欢你们:你们是勇敢的,直接爽快的,可是不近人情。你们自以为发掘出一项真理的时候,就得把它摔到社会上去,不问它会不会闯祸。你们倘若把自己的幸福为了爱真理而牺牲,我没有话说,我很敬重你们。但是为了爱真理而牺牲别人的幸福,那可不行!那太霸道了。应当爱真理甚于爱己,可是应当爱别人甚于爱真理。”

“难道因此就应当对别人扯谎吗?”

克利斯朵夫用歌德的几句话回答:

“凡是最高的真理,我们只能挑出能使社会得益的一部分来说。其余的,我们只能藏在心里;好像一颗隐蔽的太阳有种柔和的光晕似的,它们会在我们所有的行动上放出光彩。”

但这些顾虑不大能打动法国作家的心。他们不问手里的弓射出去的是“思想还是死亡”,或是两者都有。他们缺少爱。一个法国人有了思想,就硬要旁人接受。没有思想,他也同样要人接受。眼见做不到了,他便不愿意再有所行动。这是那般优秀人士不大管政治的主要原因。有信仰也罢,没信仰也罢,各人都深藏着。

有人做过种种尝试,想消灭这种个人主义,组织一些团体;但这种团体大半马上倾向于文学清谈,或者变成可笑的帮口。最优秀的都势不两立,以互相消灭为快。其中有些杰出之士,有精力,有信心,天生能联合与指导一般意志懦弱的人的。但各人有各人的队伍,决不肯跟别人的合并。他们组织什么会,什么社,发行杂志,所有的德性都齐备,只少一件,就是退让;没有一个团体肯对别的团体让步,它们互相争夺群众(其实也是为数极少而挺可怜的人),苟延残喘地存活了一些时候,终于一蹶不振地倒台了,而且并非由于敌人的打击,倒是——(教人看了最痛心的!)——由于自己的摧残。许多不同的职业,——文人,剧作家,诗人,散文家,教授,小学教员,新闻记者，——形成了无数的小阶级，而每个阶级又分化为许多小组，彼此深闭固拒。相互的了解是谈不到的。在法国，无论对什么事都不会全体一致；除非在“全体一致”成为传染病的时候，——这种时间极其难得，而那“一致”往往还是错误的：因为它是病态的。法国无论哪一种活动都受个人主义控制，科学方面是这样，商业方面也是这样，商人们的不能团结不能联合，全是个人主义从中作梗。这个人主义并没有蓬勃的生机，可是顽固，执着，处处退缩。孤独自立，不有求于人，不与人往来，怕相形之下会感到自己的无能，也不愿意孤高自傲的安静受到扰乱：凡是创办“超然的”杂志、“超然的”剧场、“超然的”团体的人，差不多心中全存着这种思想。而创办那些杂志、剧场、团体的唯一的意义，往往只因为不愿意跟别人在一起，不肯为了一桩共同的行动或思想而团结；还有彼此的猜忌或党派间的仇视，使实际上最应当互相谅解的人互相提防。

即使彼此契重的人物为了同一事业而结合的时候，像奥里维和办《伊索》杂志的那些同志，他们之间似乎也永远存着戒心，绝对没有流露真情的兴致，那在德国是极常见而极容易使人厌恶的。在这群青年中间，有一个①特别吸引克利斯朵夫，因为他有一股惊人的力量，是一个逻辑严密、意志强毅的作家，对道德观念抱着极大的热情，准备把整个世界连他自己一齐为这些观念牺牲；他为此创办了一份杂志，差不多是一个人编辑的。他发誓要向法国和欧洲提出一个纯洁、自由、英勇

① 即夏尔·班琪。——原注
（译者按，班琪即作者发表本书的杂志《半月刊》的主编。）

的法兰西的观念;他深信将来必有一日,大家会承认他所写的可以成为法国思想史上最大胆的篇幅中的一页;——这一点他是想得不错的。克利斯朵夫很愿意对他有更深的认识,和他来往。可是没有办法。虽然奥里维常常跟他接触,也只在有事的时候见面;他们绝对没有亲密的谈话,充其量不过交换一些抽象的思想,实际上也无所谓交换,而是两人在一块儿自言自语,因为各人都把思想藏在肚里。而这还是彼此契重的战斗同志呢。

这种矜持有许多原因,连他们自己都不容易分辨。先是过度的批评精神使他们把各人精神上的不同点看得太明白了,过度的理智又把这些不同点看得太重;其次,他们缺少强烈而天真的同情心,就是说缺少强烈的爱。也许还有别的原因,例如事业的重负,生活的艰难,思想的骚乱,使一个人到了晚上再没精力跟人作些友善的谈话。最后还有法国人不敢承认而老在胸中作梗的那个可怕的心理,以为大家不是同种同族,而是在不同的时代住到法国土地上来的不同的种族,尽管彼此有了关系,却很少共同的思想,——这一点,为了大家的利益原来就不应该常常想到。而最重要的阻碍是太醉心于自由,对它抱着如醉若狂的危险的热情:一个人尝到了自由的滋味,简直会牺牲一切。这种自由的孤独,因为是用多少年的艰苦换来的,所以特别宝贵。优秀人物孤独自处,免得受制于俗人。宗教的或政治的团体威逼你,种种压迫个人的重负加在你身上:家庭,舆论,国家,帮会,党派,学派;孤独便是对这些压迫的反动。倘若一个囚徒要越过二十道高墙才能逃出牢笼,那么,非身强力壮的人决不能毫无损伤的达到目的。对于一颗自由的意志,这的确是艰苦的考验。但是从这儿经历过来的，就会终生留下苦斗的痕迹和独立不羁的癖性，永远不能跟旁人融和的了。

除了高傲的孤独，还有一种是隐忍退让促成的孤独。法国多少老实人都把他们的慈悲、勇敢，和真挚的感情埋藏在心里。数不清的有理没理的理由使他们不愿意行动。在某些人是为了服从，为了胆怯，为了习惯性；在另一些人是为了怕舆论，怕闹笑话，怕抛头露面，怕人家把他们毫无作用的行为说是有作用的。这一个不参加政治的与社会的斗争，那一个不参加慈善事业，因为他们看到做事不认真或没有头脑的人太多了，也因为怕别人把他们看做跟走江湖的与糊涂虫没有分别。差不多所有的人都感觉厌恶，困倦；怕行动，怕痛苦，怕丑恶，怕闹笑话，怕出乱子，怕负责任；还有那“有什么用？”的心理，把今日多少法国人的意志都给消磨了。他们太聪明了，——没有气魄的聪明，——他们看到正反两方面的理由。他们缺少力量，缺少生气。一个人生气蓬勃的时候决不问为什么生活，只是为生活而生活，——为了生活是桩美妙的事而生活！

那般优秀的人，有的是可爱的普通的优点：人生观很温和，欲望很淡泊，爱家庭，爱乡土，遵守礼教，谨慎小心，不强制别人，不妨害别人，不轻易泄露感情，永远取着矜持的态度。所有这些可爱的动人的特点，在某种情形之下可以和恬静、勇敢、内心的欢乐，并行不悖，但跟法国民族的衰老与贫血也不无关系。

在克利斯朵夫和奥里维的屋子底下，那个四面围着高墙的幽美的园子便是小型法兰西的象征。那是一片跟外界隔绝的绿茵。有时,外边的狂风打着回旋降到园里,给坐在那儿出神的少女带来一些遥远的田野和大地的气息。

克利斯朵夫看到了法国潜藏的生机,觉得它不应该让卑鄙无耻的人压迫。沉默的优秀阶级躲在里头的那个半明半暗的境界,使他感到窒息。禁欲主义只有对一般没有牙齿的人才配。他却需要无限的空气,广大的群众,辉煌的太阳,千万生灵的爱,需要把他所爱的人紧紧地抱在怀里,把敌人碎为齑粉;他需要战斗,需要胜利。

"你能这样做,"奥里维说,"你是强者,你凭着你的缺点——(对不起!)——跟优点,生来是为战斗的。你的民族不是一个太贵族的民族,这是你的运气。行动不会使你厌恶。必要的时候你甚至会去干政治!……并且你用音乐写作又是了不得的幸运。人家不懂你的话,你什么都可以说。倘使人家知道你的音乐里有瞧不起他们的意思,有他们否认的信仰,也有对于他们竭力想扑灭的东西不断的颂赞,那么他们绝不会饶你,一定要阻挠,捣乱,使你为了和他们奋斗而把大部分的精力消耗完了,等到你胜利的时候,你已经没有完成事业的余力,你的生命也快告终了。成功的大人物是得力于别人的误解。人家佩服他们的地方正是跟他们的真面目相反的。"

"唉!"克利斯朵夫回答,"你们可没有认识你们那般大师的懦怯。我早先以为你是孤独的,所以我原谅你没有行动。但实际上你们思想相同的人不知有多少。你们比压迫你们的人强过百倍,你们的价值比他们的超过千倍,而竟甘心情愿对他们无耻的行为屈服!我真不了解你们。你们有着最美的国土,了不得的聪明,又最富于人情味,你们却丝毫不加利用,还让少数的坏蛋把你们控制，污辱，踩在脚下。喂，拿出你们的真面目来罢，怕什么！别等奇迹或是拿破仑来帮你们忙！起来罢，团结起来罢。你们大家都得动员，马上把屋子打扫干净。”

但奥里维耸耸肩膀，无精打采而又含讥带讽地说：“跟他们去火并吗？不，那不是我们的任务，我们有更好的事可以做。我最恨强暴。结果怎么样，我是太明白了。那些一事无成而满腹牢骚的老朽，保王党里的年轻的傻瓜，宣传暴行与仇恨的恶魔，会一齐霸占我的行动，加以玷污。你难道要我再喊蛮子滚出去或法国人的法国这一套仇恨的老口号码？”

“干吗不？”克利斯朵夫说。

“不，这都不是法国话。人家尽管把它们涂着爱国色彩到处宣传也是白费的。那只适用于一般野蛮的国家！我们的国家不是培养仇恨的国家。要肯定我们的民族性，并不在于否定别人或毁灭别人，而是在于把他们同化。不管是骚乱的北方人还是多嘴的南方人，都让他们来罢……”

“还有那含有毒素的东方？”

“连那含有毒素的东方也没关系：反正我们会吸收它，像吸收旁的一样，过去我们吸收的还不多吗？东方表示得意扬扬，我们中间有一部分人战战兢兢，都教我看了发笑。它以为把我们征服了，在我们的大街上、报纸上、杂志上、戏院舞台上、政治舞台上，耀武扬威。傻子！它才被我们征服呢。它滋养了我们，它自己可消灭了。高卢人的胃是强健的；两千年来被它消化的文明何止一个。我们受得起毒药的试验……你们德国人要怕，你们去怕罢！你们非纯粹不可，否则就没法存在。可是我们，主要的不在于纯粹而在于兼收并蓄。你们有一个皇帝,大不列颠也自称为帝国,但事实上真有帝国意味的倒是我们的拉丁民族的性格。我们是世界城的公民。"

"好得很,"克利斯朵夫说,"只要一个民族是健康的,在它年轻力壮的阶段,这一套都很好。但它的精力终有枯竭的一天,那时它就有被外来的巨潮淹没的危险。我们中间不妨老实说,你不觉得这种日子已经来到了吗?"

"这个话人家已经说了几百年了!但我们的历史每次都证明那是多虑。圣女贞德的时代,巴黎一片荒凉,豺狼出没;从那个时候到现在,我们受的考验简直数不清!今日的道德沦丧,淫乐无度,志气消沉,社会混乱,我都不放在心上。耐着点性子罢!要生存就得受苦。我很知道将来会有一个反动的潮流,——可是也不见得如何高明,结果也许搞出些同样胡闹的事:而今日靠浑水里摸鱼过日子的人,将来还是会叫叫嚷嚷的做领导……可是那有什么关系?这些运动并不接触到法兰西真正的民众。烂果子不会使果子树跟着烂的。它掉在地下就完了。在整个民族中间,所有那些人是太不足道了!他们死也罢,活也罢,跟我们有什么相干?难道值得我忙忙碌碌,去筑起堤岸,掀起革命来对付他们吗?现在的祸害不是一个制度造成的。这是奢侈带来的麻风病,是财富与聪明的寄生虫。它们会消灭的。"

"把你们腐蚀了以后。"

"对于这样一个民族,你不能绝望。它有那么一种潜在的德性,那么一股光明与理想主义的力,便是那些蚕食它破坏它的人也受到影响。甚至一般贪得无厌的政客也会受它诱惑。最平庸的人一旦握了政权,也感觉到国运的伟大;这国运把他们从小我中超脱出来,拿火把交给他们,叫他们一个一个地传递过去；而他们也跟着前人从事于消灭黑暗的神圣的斗争。民族的精神拖着他们；愿意也罢，不愿意也罢，他们都完成了他们所否定的上帝的意志……亲爱的国家，亲爱的国家，我对你的信心是永远不会动摇的！你所受的致命的考验，倒反使我感到，我们在世界上所负的使命是值得骄傲的。我绝对不愿意我的法兰西瑟瑟缩缩地关在一间病房里，不敢吹到外界的风。我不愿意病病歪歪的苟延残喘。一个人长大到我们这样的时候，倘使要停止长大，还不如痛快死掉。全世界的思想尽管扑到我们的思想中来罢！我决不害怕。潮水把肥沃的淤泥带给我们的土地，然后它会退下去的。”

“可怜的朋友，”克利斯朵夫说，“在它没退下去的期间，可不是有趣的啊。而且等到你的法兰西从尼罗河中浮起来的时候，你自己在哪儿呢？奋斗不是更好吗？除掉你早已认为命中注定的失败以外，又没别的危险。”

“不，我所冒的危险远过于失败。我可能丧失精神上的平静：那对我是比胜利更重要的。我不愿意恨。哪怕对我的敌人，我也要给他一个公平的待遇。我要在大家热情汹涌的浪潮中保持我清明的目光，我要了解一切，爱一切。”

但克利斯朵夫觉得用这种超然物外的心情去爱人生，和自甘灭亡的退让没有什么差别；他像安班陶克尔老人①一样，觉得胸中有一支颂歌在那里颂赞恨，颂赞与恨相连的爱，——垦殖大地的，在大地上播种的，内容丰富的爱。他不能赞同奥里维那种安安静静的宿命观；并且他不大敢相信一个绝对不

① 公元前五世纪时希腊的哲学家。

自卫的民族能够久存，所以恨不得唤起整个民族的健全的力，使全法国所有的老实人都奋臂而起。

你对一个人的了解，用一分钟的爱情能比几个月的观察更有成绩，同样，克利斯朵夫之于法国，八天内足不出户的跟奥里维亲密相聚的结果，比他用着一年的光阴，走遍巴黎，走遍文化的与政治的沙龙所知道的更多。在他觉得茫无所措的那个普遍的混乱中，朋友的心灵对他仿佛是大海中的一个岛，代表理智与精神恬静的境界。奥里维内心的和平所以格外动人，是因为它没有一点精神上的依傍，——因为他生活的境况是艰苦的，——（他穷，他孤独，他的国家又是这样的颓废）——因为他身体衰弱，近乎病态，非常的神经质。可见他清明的心境并非由于意志坚强——（他根本缺少意志）——而是从他的生命与种族的深处来的。在奥里维周围许多别的人身上，克利斯朵夫也窥见一道遥远的微光，体验到"万里无波的大海的沉静"；他自己素来是骚乱不宁的，拿出全部意志的力量才能使强烈的天性勉强得到一个平衡，现在这种隐藏的和谐，当然使他不胜艳羡了。

看到了法国的内情，他把过去对法国民族性所抱的观念全部推翻了。摆在他眼前的不复是那个快乐的、随和的、无愁无虑的、光芒四射的民族，而是一批含蓄的、孤独的心灵，表面上像蒙着一层明晃晃的水雾，颇有乐观的色彩，其实却是浸透了深刻而沉静的悲观气息，脑子里全是执着的念头，灵智的热情；——他们都是不可动摇的灵魂，只能加以毁灭而不能加以改变的。当然这仅仅限于法国的优秀阶级；但克利斯朵夫不懂它这种信心与坚忍刻苦的精神从哪儿来的。奥里维回答说：

“从失败①中得来的。是你们，克利斯朵夫，把我们重新锻炼了。唉，那当然不是没有痛苦的。你们想象不到，我们从小到大所经历的环境是怎样的凄惨。我们丧师辱国，跟死神照了面，暴力的威胁老是压在我们身上。我们的生命，我们的精神，我们的法兰西文明，十个世纪的伟大，——都操在一个不了解它、恨它、随时可以把它碎为齑粉的、强暴的征服者手里。可是我们就得为这些命运活下去！你想想吧，那些法国的孩子，生在蒙丧的家庭里，罩着战败的黑影，受着沮丧的思想熏陶；人家教养他们的目标是希望他们雪耻报仇，而那个报仇也许是玉石俱焚的，也许是完全空的：因为他们虽然年纪很小，早已懂得这个世界上没有正义，只有强权！这一类的发现，使儿童的心灵不是从此堕落就是从此长成。许多人都自暴自弃了；他们想：既然如此，何必奋斗？何必振作？一切都是空的。想也没用。还是享乐罢。——但凡是挣扎过来的人都是真金不怕火的；任何幻灭都不能动摇他们的信仰：因为他们一开始就知道信仰之路和幸福之路全然不同，而他们是不能选择的，只有往这条路走，别的都是死路。这样的自信不是一朝一夕所能养成的。你决不能以此期待那些十五岁左右的孩子。在得到这个信念之前，先得受尽悲痛，流尽眼泪。可是这样是好的，应得要这样……

噢！信仰，你这纯钢百炼的处女，

用你的枪尖把各个民族被压制的心开发出来罢！……”

① 作者假定本书中的人物都是一八七〇年以后长成的一代，故此处所谓“失败”即指普法战争一役。

克利斯朵夫默然握着奥里维的手。

“亲爱的克利斯朵夫，”奥里维说，“你们德国给了我们多少痛苦。”

克利斯朵夫差不多要道歉了，仿佛那是他做的事。

“别难过，”奥里维笑着说，“德国不由自主地给我们的益处，远过于害处。是你们把我们的理想主义重新燃烧起来的，是你们把我们对于科学与信仰的热爱激动起来的，是你们促成了法国的普及教育，刺激了巴斯德的创造力，使他单凭一个人的发明，就把五十亿的战争赔款给挣来了，是你们使我们的诗歌、绘画、音乐再生的；我们民族意识的觉醒也全靠你们的力量。我们为了爱信仰甚于爱幸福所做的努力已经得到酬报：因为我们在麻痹的世界上已经感觉到那精神的力量，我们对于这种力，甚至对于胜利，都不再怀疑了。你瞧，克利斯朵夫，我们虽然显得这样渺小，这样软弱，——跟德国的威力相比只是大海中的一滴水，——我们却相信那是把整个海洋染色的一滴水。马其顿一个小小的军团就会把欧罗巴大队武装的人民冲倒！”

弱不禁风的奥里维眼中闪着信仰的光，克利斯朵夫望着他说：

“可怜的娇弱的小法国人！你们比我们更强。”

“噢！失败对我们是有好处的，”奥里维又说了一遍，“我们得祝福灾难！我们决不会背弃它。我们是灾难之子。”

第二部

失败可以锻炼一般优秀的人物;它挑出一批心灵,把纯洁的和强壮的放在一边,使它们变得更纯洁更强壮;但它把其余的心灵加速它们的堕落,或是斩断它们飞跃的力量。一蹶不振的大众在这儿跟继续前进的优秀分子分开了。优秀分子知道这层,觉得很痛苦;便是最勇敢的人对于自己的缺少力量与孤立暗中也很难过。而最糟的是,他们不但跟大众分离,并且也跟自己人分离。大家各自为政地奋斗着。强者只想救出自己。"噢,人哪,你得自助!"他们并没想到这句格言的真正的意思是:"噢,人哪,你们得互助!"他们都缺少对人的信赖,缺少同情的流露,缺少共同行动的需要,——那是一个民族在胜利的时候才会有的,——缺少元气充沛的感觉,缺少攀登高峰的意念。

关于这种情形,克利斯朵夫和奥里维也知道一些。巴黎有的是能了解他们的心灵,屋子里有的是不相识而真可以做朋友的人,可是他们像在亚洲的沙漠中一样孤独。

两人的境况很苦,差不多没有什么固定的收入。克利斯朵夫只有替哀区脱抄谱和改编乐曲的工作。奥里维冒冒失失的辞退了教职。因为姊姊死后,他颓丧到极点,加上在拿端太太那个社会里有了一次痛苦的恋爱经验:——(他从来没跟克利斯朵夫提,因为不愿意泄露心中的苦恼;他的迷人的地方,一部分就是由于他跟最亲密的朋友也永远保持着那种幽密的神秘。)——在极需要沉默的精神颓唐的时期,教书的职务对他竟是一件没法忍受的苦工。他对于这个需要把自己的思想高声宣布出来,老是和群众混在一起的行业,毫无兴趣。要名副其实的做一个中学教员,必须有种使徒式的热情:而这是奥里维所没有的;至于大学的教席,必须经常接触群众,而这又是教一个像奥里维那样爱孤独的人感到痛苦的。他曾经作过两三次公开演讲,结果是怕羞得异乎寻常。他最厌恶抛头露面地站在讲坛上。他看到群众,感觉到群众,好像自己长着触角一样,他知道其中大多数是专为解闷而来的游手好闲的人;但娱乐大众的角色对他不是味儿。更糟的是,从讲台上说出来的话常常会把你的思想改头换面;而你一不留神,还会在举动、语调、态度上面,表示思想的方式上面,甚至在心理方面,变成做戏。演讲往往会碰到两个暗礁:不是流于可厌的喜剧,便是流于时髦的学究气。对着几百个不认识而不作声的人高声朗诵的独白,等于大众可穿而谁也不合式的现成衣服,在一个有些孤僻与高傲的艺术家心中,简直是虚伪得受不了。奥里维需要凝神默想,每说一句话都要使自己的思想表现得很完整,所以他把千辛万苦挣来的教职放弃了;同时因为没有姊姊再来阻拦他的沉思遐想,他便开始写作。他很天真地以为只要有艺术价值,这价值就很容易被人赏识的。

不久他可醒悟了。要发表一些东西简直不可能。因为热爱自由,所以他痛恨一切损害自由的东西,只能在互相敌对的政党把国土和舆论一齐割据的局势之下,过着孤独生活,好似一株没法喘息的植物。他对于一切文学社团也抱着同样孤立的态度,而他们也同样的排斥他。在这些地方,他没有,也不能有一个朋友。除了极少数真有志愿的人,或是醉心于研究学问的人,一般知识分子的心灵的冷酷、枯索、自私自利,使他不胜厌恶。一个人为了头脑——头脑又不大——而不惜使心灵萎缩,真是可悲的事。没有一点慈悲,只有那种聪明像藏在鞘里的利刃一般,这利刃说不定有天会直刺你的咽喉。你得时时刻刻地防着。交朋友也只能交一般爱好美的老实人,决不以此图利的,生活在艺术以外的人。艺术的气息是大多数人不能呼吸的。唯有极伟大的人才能生活在艺术中间而仍保持生命的源泉——爱。

奥里维只能靠自己。而这又是极脆弱的倚傍。任何钻谋他都受不了。他不肯为了自己的作品受一点委屈。看到一般青年作家卑躬屈节的趋奉某个著名的剧院经理,甘心忍受比对仆役更不客气的待遇,奥里维简直脸都红了。哪怕为了性命攸关的问题,他也不能这么做。他只把原稿从邮局里寄去,或是送往戏院或杂志的办公室,让它原封不动地放上几个月。有一天他偶然遇到一个中学时代的老同学,一个又懒又可爱的家伙,对他始终存着钦佩而感激的情意,因为奥里维从前很高兴而且很容易地替他做过枪手;他对于文学一窍不通,但文人倒认得不少,这就比深通文学有用得多;更因为他有钱,会交际,喜欢充风雅,他就听让那班文人利用。他在一个自己有股份的大杂志的秘书面前替奥里维说了句好话:人家立刻把压置了好久的原稿发掘出来,读了一遍;又经过了多少的踌躇,——(因为即使作品有价值,作者的名字可没有价值,社会上谁知道他这个人呢?)——终于决定接受了。奥里维一知道这个好消息,以为自己的苦难快完了,其实才不过是开头呢。

在巴黎要教人接受一件作品还不算太难,但要把它印出来是另外一件事。那就得等了,得成年累月的等,有时甚至要等一辈子,倘若你没有学会趋奉别人或麻烦别人的本领,不时趁那些小皇帝刚起床的时候去朝见,让他们想起有你这个人,明白你决意要随时随地跟他们纠缠的话。奥里维只知道坐在家里,在等待期间把精力消磨尽了。他至多写些信去,永远得不到回复。烦躁的结果,他不能工作了。那当然是胡闹,可是你不能用理智来解释。他等每一班的邮差,对着桌子呆坐,非常苦闷,只为了下楼去等信件才走出自己的屋子:满怀希望的目光,一瞧见门房那儿的信箱就立刻变成失望;他视而不见的在街上遛着,只想等会儿再来;等到最后一次邮班过了,除了上层的邻居沉重的脚声以外,屋子里都静下来的时候,他对于人家的那种冷淡感到窒息。他只求一句回音,只要一句就行了!难道他们连这样的施舍也靳而不与吗?那靳而不与的人可想不到自己会给他痛苦。各人都用自己的形象去看世界。心中没有生气的人所看到的宇宙是枯萎的宇宙;他们不会想到年轻的心中充满着期待、希望,和痛苦的呻吟;即使想到,他们也冷着心肠,带着倦于人世的意味,含讥带讽地把他们批判一阵。

终于作品出版了。奥里维等得那么久,看到作品问世已经没有乐趣可言:那对他已经是死东西了。可是他希望它在别人眼中还是活的。其中有些诗意和智慧的闪光,决不致无人注意。但社会上对这件作品完全保持静默。——他又写了两三篇论文。既然跟一切党派都没有关系,他始终遇到同样的静默,甚至于敌意。他只觉得莫名其妙。他挺天真地以为每个人对一件新的、即使是不十分好的作品，必定会表示好意。对一个发愿要使别人得到一些美、力或欢乐的人，大家不是应当感激的吗？可是他得到的只有冷淡或菲薄。他明明知道，他在作品中表现的思想不只是他一个人的，还有别人和他一般思想；殊不知那一类老实人并不读他的书，在文坛上也毫无说话的资格。便是有两三个读到他的文字，和他有同感，也永远不会对他说出来；他们用静默把自己封锁了。正如在选举的时候放弃投票一样，他们在艺术上也放弃权利；他们不看那些使他们受不了的书，不看他们厌恶的戏，却让敌人去投票选举他们的敌人，把一些只代表无耻的少数人的作品与思想捧上天去。

奥里维既不能依傍在精神上和他契合的人(因为他们不知道他)，就只能落在敌人手中，听凭与他的思想为敌的文人和受这种文人指挥的批评家摆布。

这些初期的接触使他心灵受伤了。他对于批评的敏感不下于老布鲁克纳，——新闻界的恶意所给他的痛苦使他不敢再让人家演奏他的作品。奥里维连老同事的支持都得不到。那些教育界的人因为职务关系，还能感觉到法国文化的传统，照理是能了解他的。但他们是服从纪律的，把精神整个儿交给工作的老实人，往往被吃力不讨好的职业磨得牢骚满腹，不能原谅奥里维与众独异的行为。因为是驯良的公务员，所以他们只有看到优越的才能跟优越的地位合二为一的时候才承认其优越。

在这等情形之下，只有两三条路可走：不是用强力摧破外界的壁垒，就是作可耻的妥协，或者是退一步只为自己写作。奥里维对第一第二条都办不到，便采取了最后一条。他为了生计,不得不忍着痛苦替人家补习功课,另外自个儿写些作品,——但因为没有见到天日的可能,作品也慢慢地变得没有血色,变成虚幻的,不现实的了。

在这种半明半暗的生活中,克利斯朵夫像暴风雨般突然闯了进来。他对于社会的卑鄙与奥里维的忍耐非常愤慨。

“难道你没有热血吗?”他嚷道,“你怎么能忍受这样的生活?你知道自己比这般畜生高明而让他们压迫吗?”

“怎么办呢?”奥里维说,“我不能自卫,要跟我瞧不起的人斗争,我简直受不了。我知道他们会不择手段,用所有的武器攻击我;我可是不能。我不但厌恶用他们那种恶毒的手段,而且还怕伤害他们。我小时候老老实实地让同伴们打。人家以为我懦弱,怕挨打。其实我对于打人比挨打更怕。有一天一个蛮横的家伙正在折磨我,旁边有人跟我说:喂,跟他拼了罢,把他肚子上踢一脚不就结了!——我听了这话大吃一惊,我是宁可挨打的。”

“你太没有热血了,”克利斯朵夫又说了一遍,“并且也是你们该死的基督教思想种的根!还有你们只剩了一些《教理问答》的宗教教育;经过割裂的《福音书》,淡而无味的,萎靡的《新约》……婆婆妈妈的慈悲,老是预备流眼泪的……可是你们的大革命,卢梭,罗伯斯庇尔,一八四八的革命……难道都忘了吗?我劝你每天早上念一段血淋淋的《旧约》罢。”

奥里维表示异议。他对于《旧约》有种天生的反感。这种心理可以追溯到他童年偷偷地翻着一部插图本的《圣经》的时代,那是人家从来不看,也不许儿童看的东西。其实禁止也是多余的。奥里维看不多时,马上又恼又丧气地把它阖上了,直到读了《伊里亚特》《奥德赛》,和《天方夜谭》那一类的书，才把看《圣经》的时候那种不愉快的印象抹掉。

“《伊里亚特》中的神，”奥里维说，“是一般长得很美，极有神通而缺点很多的人：我懂得他们，我或是爱他们，或是不爱他们；即使我不爱，也喜欢这种人；我有点儿偏疼他们。我像帕特洛克勒斯一样，愿意亲吻阿喀琉斯的受伤的脚。① 但《圣经》里的上帝是一个自大狂的老犹太人，狂怒的疯子，时时刻刻都在咒骂，威吓，像发疯的狼一般怒嗥，在云端里发狂。我不懂得他，不喜欢他，他的无穷的诅咒使我头痛，他的残暴使我惊骇：

对摩押的默示……

对大马色的默示……

对巴比伦的默示……

对埃及的默示……

对海旁旷野的默示……

对异象谷的默示……②

“那简直是个疯子，自以为一身兼审判官、检察官、刽子手，在自己监狱的庭院里把花和石子宣布死刑。这部杀气腾腾的书充满着顽强的恨意，令人气都喘不过来……——毁灭的叫喊……笼罩着摩勃地方的叫喊；到处可以听到他的怒吼……——他不时在尸横遍野、妇孺惨毙的屠杀中休息一会儿；于是他笑了，好像姚苏哀③军队中的老兵在围城之后坐在

① 帕特洛克勒斯与阿喀琉斯为希腊神话中的英雄，交情极密，皆参与特洛伊之役。

② 以上均为《旧约·以赛亚书》各章的摘要。

③ 姚苏哀为希伯来首领之一。

饭桌前面的狂笑：

> 万军之主耶和华给部下供张盛宴，让他们吃着肥肉，喝着陈酒。……主的剑上满着鲜血，涂着羊腰的油脂……①

“最要不得的是，这个上帝还用欺骗手段派先知去蒙蔽人类的眼睛，造成他使他们受苦的理由：

> ——去，把这个种族的心变硬，塞住他的耳目，不让他了解，不让他改变主张，不让他恢复健康。
>
> ——那么主啊，到哪时为止呢？
>
> ——到屋无居民，土地荒芜的时候……②

“真的，我从来没见过这样残暴的人！……

“当然，我不至于那么愚蠢，不了解这种语言的力量。但我不能把思想跟形式分离；倘使我对这个犹太上帝有时会低回赞叹，也只像我对老虎低回赞叹一样。莎士比亚专会制造妖魔鬼怪，也制造不出这样一个代表恨、代表神圣而有德的恨的角色。这部书真可怕。一切疯狂都是有传染性的；恨就是其中之一。而这种疯狂特别危险，因为它那残忍的骄傲还自命为能够澄清世界。英国使我发抖，因为它几百年来就浸淫着清教徒思想。幸而它和我隔着一个海峡。一个民族只要还在把《圣经》做养料，我就不相信他是完全开化的。”

“那么你应当怕我啰，”克利斯朵夫说，“我就是醉心于这种思想的。那等于猛狮的骨髓，强健的心的食粮。《福音书》

① 见《旧约·以赛亚书》第二十五章。

② 见《旧约·以赛亚书》第六章。

要没有《旧约》做它的解毒剂，便是一盘淡而无味的、不卫生的菜；要生存的民族必须拿《圣经》做骨干，我们应当奋斗，应当恨。”

“我就恨这个恨。”奥里维说。

“恐怕你连这种恨意都没有吧！”

“不错，我连这点儿恨的气力都没有。我不能不看到敌人的理由。我常常念着画家夏邓的话：要柔和！要柔和！”

“好一匹绵羊！”克利斯朵夫说，“可是你想做绵羊也没用。我要使你跳过壕沟，我要拼命拖着你向前。”

果然他把奥里维的事抓在手里，发动了论战。他开始并不十分高明。他不等人家把一句话说完就恼了；目的是为朋友辩护，结果反而对朋友不利；事后他发觉了，对于自己的笨拙觉得很难过。

奥里维也并不欠朋友的情。他也为了克利斯朵夫而跟人打架呢。虽然他怕斗争，虽然头脑清楚冷静，嘲笑一切极端的言语和行动，但一朝替克利斯朵夫辩护的时候，他可比克利斯朵夫和所有的人都更激烈。他头脑糊涂了。一个人在爱情中是应当会糊涂的。奥里维的确做到了这一点。——可是他比克利斯朵夫更巧妙。这个为了自己的事作风那么古板那么笨拙的青年，为了使朋友成功倒很有手段，甚至也能玩弄权术；他拿出惊人的毅力和机巧替克利斯朵夫争取朋友，有办法使音乐批评家与音乐爱好者对克利斯朵夫感兴趣。倘使要他为了自己去干求那些人，他一定会脸红的。

两人费了多少心力，结果也不容易改善他们的境况。相互的友爱使他们做了不少傻事。克利斯朵夫借了债私下替奥里维印一部诗集,不料一部也没卖掉。奥里维怂恿克利斯朵夫举行一次音乐会,临了是一个听众也没有。克利斯朵夫对着空无一人的场子,很勇敢地拿亨德尔的话安慰自己:“好极了!这样,音响的效果倒更好……”可是这种豪语并不能使他们把花的本钱收回。他们只得好不心酸的回家。

在这个艰难的情形中,唯一来帮助他们的是一个四十岁左右的犹太人,叫做泰台·莫克。他开着一家艺术照相馆,对自己的行业很感兴趣,识见很高,也花了不少巧思。但他除此以外还关心许多事,甚至把买卖都疏忽了。便是他专心于照相的时候,也仅仅是研究技术的改进,和印照片的新方法,那方法虽然巧妙,也难得成功,倒反浪费了不少钱。他读书极多,对于哲学、艺术、科学、政治,各方面的新思想无不留意;他感觉极灵,凡是别具一格的,有点力量的个性,他都会发掘出来,仿佛那些个性所隐藏的磁力会吸引他。奥里维的朋友都是和奥里维一样孤独,一样躲在一旁工作的,莫克在他们中间来来往往,成为一个联络人物,在他们不知不觉之间促成他们思想的交流。

奥里维要把莫克介绍给克利斯朵夫的时候,克利斯朵夫先表示拒绝;过去的经验使他不愿意再跟以色列族的人交往。奥里维笑着说,他对犹太人的认识并不比他对法国人的更高明。于是克利斯朵夫答应再试一下;可是他第一次看到泰台·莫克,就皱了皱眉头。莫克表面上犹太色彩特别浓,就像一般不喜欢他们的人所想象的那个模样:矮小,秃顶,身体长得很难看,鼻子臃肿,一双斜眼戴着一副大眼镜,脸上留着一簇乱七八糟的粗硬的黑胡子,多毛的手,很长的胳膊,短而弯曲的腿:活像一个腓尼基教里的上帝。但他眉宇之间有种那么慈爱的表情,把克利斯朵夫感动了。尤其莫克是很朴实的,不说一句废话:没有过分的恭维,只有非常识趣的一言半语。可是他最高兴帮别人的忙:人家还没开口,他已经把事情给办妥了。他常常来,甚至来得太密了些;而几乎每次都带着些好消息:不是为奥里维介绍写文章或教课的差事,就是为克利斯朵夫介绍学生。他从来不多耽留时间,竭力装得很随便。或许他已经觉察克利斯朵夫的不高兴;因为克利斯朵夫一看见那张一把大胡子的脸在门口出现,就要做出不耐烦的动作,但事后又对莫克的好心非常感激。

好心在犹太人身上并不少有:这是他们在所有的德行中最乐意承认的一种,即使他们并不实行。其实大多数人的好心都出之以消极的或无所谓的形式:宽容,淡漠,不愿意做坏事,含讥带讽的容忍,在他们都是好心的表现。莫克的好心却是很积极的。他永远预备为了什么人或事而鞠躬尽瘁:为他清寒的犹太教友,为亡命的俄国人,为各国的被压迫者,为不幸的艺术家,为一切的灾难,为一切慷慨的善举。他的荷包永远打开着,不论怎样不充裕,他总有方法掏出一些来;一文不名的时候,他会教别人掏出来;他从来不辞劳苦,不怕奔走,只要是为帮助别人。这些他都出之以很自然的态度。他的缺点便是表明自己老实与真诚的话说得太多了一些;但妙的是他的确老实,的确真诚。

克利斯朵夫对于莫克是同情与厌恶参半,有一回竟说了一句顽皮孩子的刻薄话;因为被莫克的好意感动了,他便亲热地抓着他的手说:

“啊!多可惜!……你身为犹太人真是太不幸了!”

奥里维吃了一惊，脸都红了，仿佛说的是他自己。他很难堪，竭力想把克利斯朵夫的话圆过来。

莫克笑了笑，带着凄凉而嘲弄的神气，静静地回答：

“更不幸的是生而为人。”

克利斯朵夫只觉得这句话是普通的牢骚；可是其中的悲观意味，比他所能想象的深刻得多；奥里维凭着细致的感觉立刻体会到了。除了大家认识的这个莫克以外，还有一个完全不同的，甚至在许多地方相反的莫克。他表面上的性格，是他把自己的天性长期压制的结果。这个好像很纯朴的人，骨子里很喜欢绕圈子，只要一不留神，就把简单的事搞得很复杂，使他最真实的感情也带点做作的嘲弄的性质。他面上很谦虚，有时甚至过分的自卑，实际上却非常骄傲，那是他知道得很清楚而痛自贬责的。他那种乐观，活动，时时刻刻的忙着帮助别人，都是一种掩饰，遮盖着根子很深的虚无主义，和不敢向自己瞧一眼的心情。莫克表示自己相信许多事：相信人类的进步，相信净化以后的犹太精神的前途，相信法兰西的使命是做一个新思想的战士，——他真心地把这三件事看做三位一体。——奥里维却看得很明白，对克利斯朵夫说：“其实他什么都不信。”

尽管莫克游戏人生，非常洒脱，他仍旧是个神经衰弱的人，不愿意看到内心的空虚。有时他精神上觉得一片虚无，半夜里突然呻吟着惊醒过来。好像在水里要抓住救命圈似的，他到处找一些借口让自己能够有所行动。

一个人生在一个太老的民族中间是需要付很大的代价的。他负担极重：有悠久的历史，有种种的考验，有令人厌倦的经验，有智慧方面与感情方面的失意，总之要有几百年的生活，——沉淀在这生活底下的是一些烦闷的渣滓。闪米特族的无穷的烦闷，和我们亚利安族的完全不同；我们的烦闷虽然也很痛苦，但至少有些确切的原因，原因消灭，烦闷也可以跟着消灭；而这原因大多是欲望不能满足。但在某些犹太人，往往连生机都被一种致命的毒素侵蚀了。他们没有欲望，没有兴趣，没有野心，没有爱，没有快乐。这些跟祖国的传统脱节的东方人，千百年来把精力消耗净尽，竭力想达到不动心的境界而达不到；他们始终没有失掉的——并非保持原状而是过分夸张了的，——只有思想，只有无穷的分析，使他们对什么都不觉得愉快，对一切行动都没有勇气。最有气魄的人也只是造出些角色来给自己扮演，而并不为自己打算。他们之中有些很聪明很严肃的人，往往对现实生活不关痛痒，一切都逢场作戏；——他们虽不承认有这个意思，但游戏人生的确是他们唯一的生活方式。

莫克也是个演员，可是自成一派。他成天忙着，为的要使自己麻木。但他的忙不像多半的人为了自私，而是为了别人。他对克利斯朵夫的忠诚是动人的，也是令人生厌的。克利斯朵夫有时对他很粗暴，过后又立刻后悔。莫克从来不恨克利斯朵夫。他无论碰到什么事都不会灰心。并非他对克利斯朵夫有怎么热烈的感情。他喜欢的是帮人家忙，而不一定是所帮的对象。对象仅仅是种借口，使他能做些好事，混过日子。

他花了那么大的劲，居然使哀区脱决心刊印克利斯朵夫的《大卫》和别的几件作品。哀区脱心里很契重克利斯朵夫的才具，但并不急于把他公诸大众。等到莫克预备把这部乐谱自己出钱托另一个出版家刊印了，哀区脱才为了争面子，自动接受下来。

有一回奥里维病倒了，钱用完了，境况非常困难，莫克竟会想到向法列克斯·韦尔，那个和两位朋友住在一幢屋子里的，有钱的考古学家去求援。莫克和韦尔是相识的，但彼此很少好感。他们俩性格太不同了；莫克这种骚动的、神秘的、激烈的性情，粗鲁的举止，或许会引起平静的、爱嘲弄的、举动文雅而思想保守的韦尔的讥讽。另一方面，他们骨子里也有共同点：对行动都没有什么深刻的兴趣，只靠顽强的机械的生命力支持着。但两人都不愿意感觉到这一点。他们只关心自己所扮的角色，而这些角色彼此并无接触。所以那天韦尔对莫克相当冷淡；莫克想把奥里维和克利斯朵夫的艺术计划打动韦尔的兴趣，韦尔却含讥带讽地表示怀疑。莫克老是醉心于这个或那个理想，早已使犹太社会看了好笑，同时认为他是个到处向人借钱的危险分子。但他凭着一贯的不灰心的作风，这一回也绝对不灰心；他一面坚持，一面提到克利斯朵夫和奥里维的友谊，居然使韦尔动心了。他觉察到这一点，便继续在这个题目上用功夫。

他的确挑动了对方的心。这个摆脱一切，没有朋友的老人，原来是把友谊看做神圣的。他一生最大的感情是对一个夭折的朋友的友谊。那是他内心的至宝，每次想起总觉得很安慰。他创立了一些事业，纪念这位朋友，把自己的著作题献给他。莫克说的克利斯朵夫与奥里维相互的友情使他大为感动。他的历史跟他们的颇有相像的地方。他所丧失的朋友当初对他是个长兄，是个青年时代的伴侣，他崇拜的指导者。一般年轻的犹太人，有的是智慧与慷慨的热情，在冷酷的环境中极感痛苦，想复兴他们的民族，再由他们的民族来复兴世界，他们鞠躬尽瘁地消耗着自己的精力，像火把一般在世界上照耀了几小时:韦尔的亡友便是这样的一个青年。他的火焰曾经使年轻的韦尔精神奋发。他在世的时候,韦尔始终跟着他在信仰的光轮中往前走着,——相信科学,相信精神的力量,相信未来的幸福。从朋友去世以后,懦弱而爱发牢骚的韦尔就让自己从理想主义的高峰直掉到《传道书》①那样的沙土里,那种气息是每个聪明的犹太人都有的,而且是随时预备把他们的聪明吞掉的。但他从来没忘了和朋友在一起的时候所过的光明的日子,把差不多已经隐灭的光彩始终保存在心里。他对谁都没提过这位朋友,连对他所爱的妻子在内:那是一件神圣的事。而这个被大家认为冷酷而毫无风趣的老人,到了暮年还在心里反复念着一个印度古代婆罗门高僧的又温婉又辛酸的句子:

"世界上受过毒害的树,还能产生比生命的甘泉更甜美的两个果子:一个是诗歌,一个是友谊。"

韦尔从此对克利斯朵夫和奥里维感到了兴趣。因为知道他们性情高傲,他就很识趣地向莫克要了一部奥里维最近出版的诗集。两位朋友并没采取什么行动,甚至想都没想到:他居然为这部作品弄到一笔学士院的奖金;而在他们艰苦的境况中,那也来得正是时候了。

克利斯朵夫知道了这个出乎意料的帮助是出之于一个他准备加以诋毁的人,就对于自己可能说的话或可能想的念头十分惭愧。虽然不喜欢拜访人家,他也勉强捺着性子去向韦尔道谢。但这番好意没有得到好结果。看到克利斯朵夫那种年轻人的热情,老韦尔笑傲人生的脾气不由自主地觉醒了;他

① 《旧约》中有一卷名《传道书》,大旨谓世事皆空,人生愚妄。

们俩并不投机。

那天克利斯朵夫访问了韦尔，又感激又气恼地回到顶楼上，发现莫克又来给奥里维一些新的帮助，同时又读到吕西安·雷维-葛写的一篇对他的音乐很不好的评论，——不是坦白的批评，而是冷言冷语的把克利斯朵夫跟他痛恨的三四流音乐家相提并论。

克利斯朵夫等莫克走了以后和奥里维说："你有没有注意到，我们老是跟犹太人打交道；而且只跟犹太人打交道！难道我们自己也得变成犹太人吗？仿佛我们是在勾引他们。敌人也罢，盟友也罢，我们到处只碰到他们。"

"那是因为他们比旁人更聪明，"奥里维说，"在我们法国，一个思想自由的人差不多只能跟犹太人谈谈什么新的和活生生的事。其余的人都抓着过去，不会动了。不幸，这个过去对犹太人是不存在的，至少他们的过去和我们的不同。所以我们跟他们只能谈论现在的事，跟我们同种的人只能谈昨天的事。你瞧，犹太人在各方面都有活动：商业，工业，教育，科学，慈善事业，艺术……"

"别提艺术。"克利斯朵夫说。

"我不说我对他们所做的事都有好感：我还常常讨厌呢。但至少他们是活的，懂得活着的人的。我们少不了他们。"

"别夸张，"克利斯朵夫带着取笑的口气说，"我就少得了他们。"

"对，你也许照旧能活下去。但要是你的生活与作品没法教大家认识的话（倘若没有他们，那是很可能的），你的生活又有什么意义？难道和我们同教的人会来帮助我们吗？旧教教会让它最优秀的子孙灭亡，绝对不救一下。凡是心灵深处真有宗教热忱的人,为上帝献身的人,如果胆敢不守旧教的规条,不承认罗马的威权,那么一般自称为的旧教徒不但立刻把他们视同陌路,抑且视同仇敌,不出一声地让他们落在共同的敌人手里。一颗自由的心灵,不管怎么伟大,倘使单有基督徒的精神而不肯服从,那么纵使他代表信仰中最纯洁最神圣的部分,一般的旧教徒也认为他是不相干的。他不盲不聋,要用自己的念头去思索;所以大家摒弃他,幸灾乐祸地看着他独自受苦,被敌人蹂躏,向他的弟兄们求救(他便是为了这般弟兄们的信仰而死的)。今日的基督旧教,它那种麻木不仁的力量真可以致人死命。它能宽恕敌人,可不能宽恕想唤醒它帮助它的人……可怜的克利斯朵夫,要是没有一小群思想自由的新教徒和犹太人,我们会变成怎么样?我们这批生为旧教徒而思想独往独来的人,我们的行动有什么用?在今日的欧洲,犹太人是一切善与恶中间最活跃的媒介,把思想的花粉随意散布出去。你的最凶狠的敌人和最早的朋友不是都在他们中间吗?"

"不错,"克利斯朵夫说,"他们曾经鼓励我,支持我,在战斗中说过使我振作精神的话,证明我还有人了解。当然这些朋友中很少始终如一的:他们的友谊只是一堆干草的火焰。可是也没关系!这道转瞬即逝的微光在漫漫长夜中已经了不起了。你说得对:咱们不能忘了他们的好处!"

"咱们尤其不能糊涂,"奥里维说,"不能再摧残我们那个陷于病态的文明,不能去攀折它几根最有生气的枝条。倘使不幸而犹太人被逐出欧洲的话,欧洲在智慧与行动方面就会变成贫弱,甚至有完全破产的危险。特别在我们法国,在这样一息仅存的情形之下,他们的放逐使我们的民族所受的打击,要比十七世纪时放逐新教徒的结果更可怕。没有问题,他们此刻占据的地位大大地超过了他们真正的价值。他们利用今日政治上跟道德上的混乱,还推波助澜,因为他们喜欢这种局面,因为他们觉得在其中得其所哉。至于像莫克一般最优秀的人,他们的错误,是在于真心把法国的命运和他们犹太人的梦想合二为一,那往往对我们害多利少。可是我们也不能责备他们由着他们的心意来改造法国,那表示他们爱法国。倘使他们的爱情是可怕的,我们只有起而自卫,教他们归到原位上去,他们的位置在我国是应当居于次要的。并非我认为他们的种族比我们的低劣,——(种族优越的问题是可笑而可厌的)——可是我们不能承认一个还没跟我们同化的异族,自命为对于我们的前途比我们自己认识更清楚。它觉得住在法国很舒服,那我也很高兴;但它决不能把法国变成一个犹太国!要是一个聪明而强有力的政府能把犹太人安放在他们的位置上,他们一定能成为最有效率的一分子,促成法兰西的伟大;而这是对他们和我们同样有利的。这些神经过敏的、骚动的、游移不定的人,需要一条能够控制他们的法律,需要一个刚强正直,能够压服他们的主宰。犹太人好比女人:肯听人驾驭的时候是极好的;但由她来统治就要不得了,不管对男人对女人都是如此,而接受这种统治更要教人笑话。"

尽管相爱,尽管因为相爱而能够心心相印,克利斯朵夫和奥里维究竟有些地方彼此不大了解,甚至觉得很不愉快。结交的初期,各人都留着神,只把自己跟朋友相像的地方拿出来,所以双方没觉察。可是久而久之,两个种族的形象浮到面上来了。他们有些小小的摩擦,凭着他们那样的友情也不能永远避免的摩擦。

在误会的时候，他们都搞糊涂了。奥里维的精神是信仰、自由、热情、讥讽、怀疑等等的混合物，克利斯朵夫永远摸不着它的公式。奥里维方面，对于克利斯朵夫的不懂得人的心理也觉得不痛快；他有那种读书人的贵族气息，不由得要笑这个强毅的、可是笨重的头脑，笑他的稚拙，笑他的浑然一片，不懂分析自己，受人欺骗，也受自己欺骗。克利斯朵夫的婆婆妈妈的感情，容易激动，容易粗声大气的流露衷曲，有时在奥里维看来是可厌的，甚至有点儿可笑的。除此以外，克利斯朵夫对于力的崇拜，德国人对于拳头的信仰，更是奥里维和他的同胞不甘信服的。

而克利斯朵夫也不能忍受奥里维的讥讽，常常会因之大怒；他受不了那种翻来覆去的推敲，无穷尽的分析，仿佛世界上没有绝对的是非，——在一个像奥里维这样看重节操的人，那是很奇怪的现象，但它的根源就在于他兼收并蓄的智慧：因为他的智慧不愿意对事情一笔抹煞，喜欢看到相反的思想。奥里维看事情，用的是一种历史的、俯瞰全景的观点；因为极需要彻底了解，所以同时看到正反两面：他一忽儿拥护正面，一忽儿拥护反面，看人家替哪方面辩护而定；结果连他自己也陷于矛盾，无怪克利斯朵夫看了莫名其妙了。可是在奥里维，这倒并不是喜欢跟别人抵触或标新立异，而是一种非满足不可的需要，需要公道，需要通情达理：他最恨成见，觉得非反抗不可。克利斯朵夫对于不道德的人物与行为，往往夸大事实，不假思索就加以批判，使奥里维听了很不舒服。他虽然和克利斯朵夫同样纯洁，天性究竟没有那么顽强，会受到外界的诱惑，濡染，接触。他反对克利斯朵夫的夸张，但他自己在相反的方面也一样夸张。这个思想上的缺点使他每天在朋友前面支持他的敌人。克利斯朵夫生气了，埋怨奥里维的诡辩和宽容。奥里维只是笑笑：他很知道因为没有自欺欺人的幻想才有这种宽容，也知道克利斯朵夫相信的事要比他多得多，而且接受得更彻底。克利斯朵夫是从来不向左右瞧一眼，只顾像野猪一般往前直冲的。他对于巴黎式的“慈悲”尤其厌恶。他说：

“他们宽恕坏蛋的时候，最大的理由是作恶的人本身已经够不幸了，或者说他们是不能负责的……可是第一，说作恶的人不幸是不确的。那简直是把可笑的、无聊的戏剧上的道德观念，荒谬的乐观主义，像史克里勃和加波①所宣传的那一套，拿来实行了。而史克里勃与加波，你们这两个伟大的巴黎人，最配你们那些享乐的，伪善的，幼稚的，懦怯的，不敢正视自己丑态的布尔乔亚社会……一个坏蛋很可能是个快乐的人，甚至比别人更多快乐的机会。至于说他不能负责，那又是胡说了。既然人的天性对于善恶都不加可否，因此也可以说是偏于恶的，那么一个人当然能够犯罪而同时是健全的。德不是天生的，是人造的。所以要由人去保卫它！人类社会是一小群比较坚强而伟大的分子建筑起来的。他们的责任是不让狼心狗肺的坏蛋毁坏他们惨淡经营的事业。”

这些思想实际上并不和奥里维的有多大分别；但因为奥里维本能的要求平衡，所以一听到战斗的话，就特别表示出游戏人生的态度。

① 史克里勃为十九世纪法国通俗戏剧作家，加波为法国近代新闻记者兼剧作家。

“别这样的忙乱，朋友，”他对克利斯朵夫说，“让世界灭亡罢。像《十日谈》里头的那些伙伴一样，正当佛罗伦萨城在蔷薇遍地、杉树成荫的山坡底下为黑死病毁灭的时候，我们且安安静静地欣赏一下思想的园林罢。”

他像拆卸机器一样整天地分析艺术、科学、思想，希望从中找出些隐藏的机轴；结果他变得极端的怀疑，一切现实的东西都变为精神的幻想，变为空中楼阁，比几何图形都更空虚，因为几何图形还能说是满足思想上的需要。克利斯朵夫愤慨之下，说道：

“机器走得很好；干吗把它拆开来呢？你可能把它搞坏的。而且你的成绩在哪儿？你要证明些什么？证明一切皆空，是不是？我也知道一切皆空。就因为我们到处受到虚无包围，我才奋斗。你说什么都不存在吗？我，我可是存在的。没有活动的意义吗？我就在活动。喜欢死亡的人，让他们死罢！我活着，我要活。我的生命在一只秤托里，思想又在另一只秤托里……思想，滚它的蛋！……”

他逞着暴烈的性子，讨论问题的时候不免出口伤人。他说过就后悔，恨不得把话收回来；但听的人已经受到伤害。奥里维是很敏感的，脸很嫩，话重了一些，尤其是出之于他所爱的人，他简直心都碎了。但他为了傲气，把这一点憋在肚里，只退一步做着反省的工夫。他也发觉他的朋友像所有的大艺术家一样，会突然之间流露出无意识的自私。他觉得自己的生命有时候在克利斯朵夫心目中还不及一阕美丽的音乐可贵：——（克利斯朵夫对他也不隐瞒这种思想。）——他了解克利斯朵夫，认为克利斯朵夫是对的；但他心里很难过。

并且，克利斯朵夫的天性中有各式各种骚乱不宁的成分，为奥里维摸不着头脑而很操心的。第一是那种突如其来的古怪而可怕的脾气。有些日子,克利斯朵夫不愿意说话,或者像魔鬼上了身似的只想伤害人。再不然他失踪了,你可以一整天大半夜的看不见他。有一次,他接连两天没回来。天知道他做些什么!他自己也不大清楚……其实是他的强烈的天性被狭窄的生活跟寓所拘囚着,好像关在鸡笼里,有时差点儿要爆裂了。朋友的镇静使他气恼,竟想加以伤害。他只得往外逃,用疲劳来折磨自己,在巴黎跟近郊四处乱跑,心中渺渺茫茫的希望有些奇遇,有时也真会碰到;他甚至希望闹些乱子,例如跟人打架什么的,把过于旺盛的精力发泄一下……奥里维因为身体娇弱,觉得那是不可能的。克利斯朵夫自己也不比他更了解。他从这种神思恍惚的境界中醒来,好比做了一个累人的梦,——对于做过的事和将来还会再做的事,有点儿惭愧,有点儿不安。可是那阵突如其来的疯狂过去以后,他好比雷雨以后的天空,没有一丝污点,晴明万里,威临一切。他对奥里维更温柔了,因为给了他痛苦而恼自己。他对两人之间那些小小的口角弄不明白了。错处并不都在他这方面,但他认为自己同样要负责;他埋怨自己的好胜心,觉得与其把朋友驳倒而证明自己有理,还不如跟他一起犯错误。

最糟的是他们在晚上发生误会,闹着别扭过夜,那是两个人都不舒服的。克利斯朵夫往往起床写一张字条塞在奥里维的房门底下,第二天一醒过来就向他道歉。或者他还等不到天亮,当夜就去敲门。奥里维跟他一样的睡不着。他明知克利斯朵夫是爱他的,并非故意要伤害他;但他需要听克利斯朵夫把这些意思亲口说出来。而克利斯朵夫果然说了:一切都过去了。那才多么快慰呢!这样他们才能睡着。

“啊！”奥里维叹道，“互相了解是多么困难！”

“难道非永远互相了解不可吗？”克利斯朵夫说，“我认为不必。只要相爱就行了。”

他们事后竭力以温柔而不安的心情加以补救的这些小争执，使他们格外相爱。吵了架，奥里维眼中立刻映出安多纳德的形象。于是两位朋友互相体贴到极点。克利斯朵夫每逢奥里维的节日，总得作一个曲子题赠给他，送点儿鲜花，糕饼，礼物，天知道是怎么买来的，因为他平常钱老是不够用。在奥里维方面，却是在夜里睁着倦眼偷偷地为克利斯朵夫抄写总谱。

两个朋友之间的误会从来不会怎么严重，只要没有第三者插进来。但那是免不了的：在这个世界上，爱管闲事而挑拨人家不和的人太多了。

奥里维也认识克利斯朵夫从前来往的史丹芬一家，受着高兰德吸引。克利斯朵夫当初没有在她那边遇到他，因为那时奥里维遭了姊姊的丧事，躲在家里。高兰德绝对不邀他去：她很喜欢奥里维，可不喜欢遭逢不幸的人；她说自己太容易感动，看到人家伤心会受不住，所以要等奥里维的悲伤淡下去。赶到她知道他已经痊愈而不至于再传染别人的时候，就设法招引他。奥里维用不着人家三邀四请。他是个狷介与浮华兼而有之的人，很容易入迷的，何况那时又爱着高兰德。他和克利斯朵夫说想再到她家里去，克利斯朵夫因为尊重朋友的自由，没有责备他，只是耸耸肩，带着取笑的神气回答说：“去罢，孩子，要是你觉得好玩的话。”

克利斯朵夫自己可决不跟着他去。他已经决意不和那些卖弄风情的姑娘来往。并非他厌恶女性：那才差得远呢。对于一般劳动的青年妇女，每天清早睁着倦眼，急匆匆的，老是迟到的往工场或办公室奔去的女工、职员、公务员，他都抱有好感。他觉得女人只有在活动的时候，挣取自己的面包和过着独立生活的时候，才有意思。他甚至觉得，唯有这样，女性的风韵，动作的轻盈，感官的灵敏，她的生命与意志的完整，才能完全显露出来。他瞧不起有闲的享乐的女子，认为那等于吃饱了东西的野兽，一方面在那里消化食物，一方面感到无聊，做着些不健全的梦。奥里维却是相反，他最喜欢女人"无所事事"的悠闲，喜欢她们花一般的娇艳，以为只要长得美，能够在周围散布香味，就算她们不白活了。他的观点是艺术家的观点，克利斯朵夫的观点却更富于人间性。克利斯朵夫和高兰德相反：越是深尝人世的痛苦的人，他越喜欢。他觉得自己跟他们有一股友爱的同情做联系。

高兰德自从知道了奥里维和克利斯朵夫的友谊以后，更想见一见奥里维：因为她要详细打听一下。克利斯朵夫那么傲慢地把她淡忘了使她有点儿气愤，虽然不想报复，——那是不值得的，——却很乐意跟他开个玩笑。这是东抓抓，西咬咬，想惹人注意的猫的玩意儿。凭她那种迷人的本领，她毫不费力就套出了奥里维的话。只要不跟人家在一起，谁也比不上奥里维的明察和不受欺骗；面对着一双可爱的媚眼，谁也比不上他的天真和轻信。高兰德对于他跟克利斯朵夫的友谊表示那么真诚的关切，所以他把他们的历史原原本本讲了出来，甚至把他从远处看了好玩而都归咎于自己的误会，也说了一部分。他也对高兰德说出克利斯朵夫的艺术计划，说出他对法国与法国人的某些——当然不是恭维的——批评。这些事情本身都没有什么关系，但高兰德立刻拿来张扬出去，还别出心裁地安排一下，为的使故事更动听，也为的把克利斯朵夫要弄一下。第一个听到她的心腹话的，当然是那个跟她形影不离的吕西安·雷维-葛，而他并没有保守秘密的理由，所以那些话就越来越添枝接叶地传布开去，把奥里维形容做一个牺牲者，说话之间对他有种轻侮的同情。两个角色既没有多少人认识，照理故事是不会引起谁的兴趣的；但巴黎人最喜欢管闲事。辗转相传，结果克利斯朵夫自己也有一天从罗孙太太嘴里听到了这些秘密。她在一个音乐会中遇到他，问他是不是真的和可怜的奥里维·耶南闹翻了，又问起他的工作，言语之间所提到的某些事，克利斯朵夫以为只有他跟奥里维两个人知道的。他向她追问消息的原委；她说是吕西安·雷维-葛告诉她的，而吕西安又是听奥里维自己说的。

这一下对克利斯朵夫简直是当头闷棍。生性暴躁，又不懂得怀疑，他压根儿不想向人家指出这件新闻的不近事实；他只看见一桩事：便是他向奥里维吐露的秘密被泄漏给吕西安·雷维-葛了。他不能在音乐会里再待下去，马上走了。周围只有一片空虚。他心里想着："我的朋友把我出卖了！……"

奥里维正在高兰德那里。克利斯朵夫把自己的卧室下了锁，使奥里维不能像平常一样在回来的时候跟他说一会儿闲话。果然他听见他回来了，把他的门推了推，在锁孔中轻轻地和他招呼了一声，他可是一动不动，在黑暗中坐在床上，双手捧着脑袋，反复不已地对自己说着："我的朋友把我出卖了！……"这样的直挨了大半夜。这时他才觉得自己怎样地爱着奥里维；因为他并不恨朋友的欺骗，只是自己痛苦。你所爱的人对你可以为所欲为，甚至可以不爱你。你没法恨他；既然他丢掉你，足见你不值得人家的爱，你只能恨自己。这便是致命的痛苦。

第二天早上看到奥里维的时候，他一句不提；他觉得那些责备的话，自己听了就受不住，——责备朋友滥用他的信任，把他的秘密给敌人利用等等，他一句也不能说。但他的脸色代他说了：神气是冷冰冰的，含有敌意的。奥里维看了大吃一惊，可是莫名其妙。他怯生生地试探克利斯朵夫对他有什么不满意。克利斯朵夫却粗暴地掉过头去，置之不理。奥里维也恼了，不出声了，只想着胸中的悲苦。那天他们整日没有再见面。

即使奥里维使克利斯朵夫受到百倍于此的痛苦，克利斯朵夫也不会报复，甚至也不大会想到自卫。对于他，奥里维是神圣的。但他胸中的愤懑必须对什么人发泄一下，而发泄的对象既然不可能是奥里维，就得轮到吕西安·雷维-葛了。依着他平素那种偏枉而激烈的性情，他把先前归咎于奥里维的过失立刻派在吕西安头上；他想到这样一个家伙居然能抢走他朋友的感情，像从前抢掉高兰德对他的友谊一样，就不由得妒火中烧。而那一天他又看到吕西安的一篇关于《菲德里奥》①的批评，愈加气坏了。吕西安冷嘲热讽地提到贝多芬，说剧中的女主角大可以得蒙底翁道德奖。这出歌剧的可笑的地方，甚至音乐方面的某些错误，克利斯朵夫比谁都看得清楚；他对于世所公认的大师们从来不盲目地崇拜。但他也并不自命为永远没有矛盾，像法国人那样始终合于逻辑。世界上有一般人很愿意挑自己所喜欢的人的错，可不答应别人那

① 《菲德里奥》（亦称《莱奥诺拉》）为贝多芬作的歌剧。

么做:克利斯朵夫便是这么一个人。并且克利斯朵夫的批评一个大艺术家,尽管尖刻,究竟是因为对艺术抱着热烈的信仰,爱护大师的光荣,不能忍受他有一丝一毫的瑕疵;吕西安的那一套却是想迎合群众的卑鄙心理,挖苦一个大人物来逗大家发笑:这两种批评当然是大不同的。何况克利斯朵夫虽然思想那么洒脱,还暗中认为有一种音乐是绝对不能触犯的:那不只是音乐而是更胜于音乐的音乐,是一颗伟大的仁慈的心灵的音乐,给你安慰,给你勇气,给你希望的音乐。贝多芬的作品便属于这一类;它现在受到一个卑鄙的家伙的侮辱,怪不得克利斯朵夫要义愤填膺了。那不光是一个艺术问题;一切使人生有点儿价值的东西:爱情,牺牲,道德,全部都牵涉到了。我们不能允许人家侵犯这些,正如不能允许人家侮辱一个为我们敬爱的女子;在这种情形之下,一个人当然要恨,要拼命了……而这个侮辱的人又不是别人,竟是克利斯朵夫最瞧不起的家伙,那更有什么话说!

碰巧当天晚上克利斯朵夫和那个人劈面遇到了。

为避免跟奥里维单独在一起,克利斯朵夫一反平时的习惯,上罗孙家参加晚会去了。人家要求他弹奏,他勉强答应下来。但过了一忽儿,他正聚精会神想着所奏的作品,忽然抬起眼睛,看到几步以外的人堆里,吕西安含讥带讽地在那儿打量他。他一个乐节没弹完就马上停住,站起身子,背对着钢琴。大家登时静了下来,都有点儿发窘。罗孙太太诧异之下,向克利斯朵夫走过去,勉强堆着笑容,很谨慎地问(因为她不敢断定作品是否真的完了):“您不弹下去了吗,克拉夫脱先生?”

“我弹完了。”他冷冷地回答。

他说过了就觉得措辞不大得体，但非但不因此检点，倒反更烦躁了。他并没注意到人家用着讥讽的态度看着他，径自走去坐在客厅的一角，可以望见吕西安的动作的地方。旁边坐着一个脸色红红、眼睛浅蓝、神气想睡觉的老将军，以为应当向克利斯朵夫恭维一番作品的特色。克利斯朵夫不胜厌烦地弯了弯身子，胡乱回答了几句。老人继续说着，非常有礼，堆着一副痴骇的柔和的笑脸；他想请克利斯朵夫解释怎么能背出这许多页音乐。克利斯朵夫恨不得一拳把老头儿打倒在椅子底下。他只想听吕西安的话，找机会斗他一斗。几分钟以来，他觉得自己要胡闹了，怎么也抑捺不住。——吕西安正在对几位太太尖着嗓子解释一般大艺术家的用意和秘密的思想。客厅里忽然静了一会儿，克利斯朵夫听见吕西安用着轻佻下流的隐喻，谈着瓦格纳和路易王①的交情。

"住嘴！"克利斯朵夫拍着旁边的桌子嚷道。

大家愕然回过头来。吕西安跟克利斯朵夫照了面，脸色有点儿发白：

"你这话是对我说的吗？"

"是对你这个狗种说的！"克利斯朵夫回答，接着又跳起来，说：

"难道你一定要把世界上所有伟大的东西糟蹋完吗？滚出去，坏蛋！要不然我就把你从窗里摔出去！"

他迎着他走过去。妇女们都尖声叫着闪开了。屋子里乱了一阵。克利斯朵夫立刻给人包围了。吕西安抬了抬身子，接着又坐了下去，恢复他那个随便的姿势。一个当差在旁边

① 指德国巴伐利亚王路易二世。

走过，吕西安轻轻地招呼他，给了他一张名片，然后又若无其事地继续谈话，可是眼皮很紧张地颤动着，眼睛睐个不住，向四下里瞧了瞧大家的神色。罗孙过来站在克利斯朵夫前面，抓着他的衣襟，把他推着向门口走去。克利斯朵夫又羞又愤，低着头，只看到面前那片雪白的硬衬衫，不禁莫名其妙地数着它发亮的纽扣；胖子罗孙的呼吸直吹到他的脸上。

"嗯，朋友，怎么啦？"罗孙说，"这算是哪一门？你检点检点吧！你知道这儿是什么地方？你不是疯了吗？"

"嘿！我再也不上你这儿来了！"克利斯朵夫说着，挣脱了对方的手，往门外走去。

大家很小心地闪过一边。在衣帽间里，一个当差的托着一个盘送过来，盘里放着吕西安·雷维-葛的名片。他糊里糊涂地拿着，高声念着；随后他突然气愤愤地在衣袋里找，掏出了半打左右的零碎东西，才捡出三四张褶皱的肮脏的名片：

"拿去！拿去！拿去！"他一边说一边把那些名片往盘里乱丢，猛烈的手势把其中的一张扔在了地下。

于是他走了。

奥里维对这件事一无所知。克利斯朵夫随便挑了两个证人：一个是音乐批评家丹沃斐·古耶，一个是瑞士某大学的私人教授①巴德博士，那是他有一晚在一家酒店里认识的，虽然不喜欢这个人，但可以和他谈谈本国的事。经过双方证人的协议，武器决定用手枪。克利斯朵夫是无论什么武器都不会

① 德国大学有"私人教授"一职，资格必须有博士学位；其薪给不由公家支付而由学生直接负担。瑞士是否亦有此制度，不详。

用的。古耶劝他到射击房中去练一练，克利斯朵夫可拒绝了；因为决斗要第二天才举行，他当时又埋头工作起来。

当然他的工作是心不在焉的，好像做着噩梦，听见一个模糊而固执的念头在耳朵里嗡嗡地响着……“讨厌，真讨厌！……什么事讨厌呢？——明天那场决斗啰……嘿，那不过是闹着玩儿的！……谁也打不着谁的……可也说不定……那么以后呢？……对啦，以后呢？那个畜生手指一捺就能结果我的性命……太笑话了！……明天，两天之内，我可能躺在这发臭的泥土底下……也罢！这儿也好，那儿也好……难道怕他不成？——可是，我明明觉得胸中有我自己的天地，在那里慢慢地长大，如今为了一桩无聊事儿把这天地断送，不是太胡闹吗？……这些现代的斗争，说是让敌我双方机会平等，真是见鬼！好一个平等，一个混蛋的性命，跟我的性命有同样的价值！干吗不用拳头或棍子来打一架呢？那倒还好玩。可是这冷冰冰的枪真不是味儿！……他对这一套当然是老手，我可从来没拿过什么手枪……他们说得不错：我应当去学一学……他想打死我吗？哼，我才要打死他呢。”

他奔下楼去。附近就有一家射击房：克利斯朵夫要了一支枪，叫人家指点他怎么拿。第一下，他险些儿把店里的管事打死；他重新来过，两次，三次，还是没有成绩；他不耐烦了，而结果是更坏。旁边有几个青年看着，笑着。他并不在意，只一味地固执，对于旁人的讪笑既那样的不在乎，意志又那样的坚决，使闲人看了也对他这种笨拙的耐性表示关切了。看的人中间有一个过来指点他几句。他平常性子那么暴烈，此刻却像孩子一般地听话，硬要制服自己的手，不让它发抖；他挺着身子，拧着眉，脸上流着汗，一声不出，有时候气愤愤地跳一下,然后又聚精会神地打靶子。他逗留了两小时,两小时以后,他竟然打中了靶子。不听指挥的肉体被意志降服了:那也教人看了佩服。最初笑他的人有些已经走了,有些慢慢地不出声了,却舍不得走开。等到克利斯朵夫走出铺子的时候,他们居然很亲热地跟他招呼。

回到家里,克利斯朵夫看到莫克很焦急地等着。莫克已经得悉吵架的事,想打听原因。虽然克利斯朵夫支吾其词的不愿意指责奥里维,莫克也终于猜到了。他很镇静,又深知两个朋友的为人,便断定奥里维在这件事里头是无辜的。他马上出去调查,毫不费事的就明白了所有的过错原来都是由于高兰德和吕西安·雷维-葛的多嘴。他急急忙忙地回来,把证据给克利斯朵夫看,以为这样可以阻止他去决斗了。可是相反:克利斯朵夫一知道是吕西安使他怀疑他的朋友的,便更加恨吕西安。莫克絮絮不休地劝阻他;他为了摆脱起见,便满口答应。可是他已经拿定主意,并且心里很高兴:他这是为了奥里维决斗,而不是为自己了!

车子穿进森林里的小路的时候,证人之中有一个说了一句感想,突然引起了克利斯朵夫的注意。他想研究一下那些人心里想些什么,结果觉得他们都对他不关痛痒。巴德教授在那里预算这件事几点钟可以完,能不能赶回去把他在国家图书馆手稿室开始的工作当天结束。因为他也是德国人,所以在克利斯朵夫的三个同伴中最关心决斗的结果。古耶既不理会克利斯朵夫,也不理会巴德,只跟于里安医生谈些淫猥的生理学问题。年轻的于里安是图卢兹人,从前和克利斯朵夫住在同一层楼上,常常向他借酒精灯、雨伞、咖啡杯等等,东西还来的时候没有一次不是打烂了的。为交换起见,他替克利斯朵夫义务诊病,把他做试验品,看着他的天真觉得好玩。表面上他像西班牙贵族一样的镇静,骨子里老是喜欢挖苦人。他对眼前这件事高兴得不得了,认为滑稽透顶。他料到克利斯朵夫的笨拙,先就乐死了。他最得意的是克利斯朵夫出了钱让他坐着车到森林里来玩一下。——这是三个人的头脑里最显明的思想;他们把事情看做一件不费分文的娱乐。谁也不拿什么决斗放在心上。并且他们对于一切可能发生的后果都很冷静地准备好了。

他们比对方先到。树林深处有家小客店。那是一个相当下流的娱乐场所,巴黎人常常到这儿来出卖他们的荣誉的。篱垣上开着野蔷薇;叶子古铜色的橡树荫下摆着几张小桌子。一张桌上坐着三个人,都是骑了自行车来的。一个是搽脂抹粉的女人,穿着短裤,脚上套着黑袜子;两个是穿法兰绒衣衫的男人,热得头昏脑涨,不时发出一些呜呜的声音,仿佛连话都不会说了。

车子一到,小客店里稍微忙乱了一阵。古耶跟这个店里的人已经认识多年,便自告奋勇去代办一切。巴德把克利斯朵夫拉到一个花棚底下,叫了啤酒。空气挺暖和,非常舒服,到处是蜜蜂的声音。克利斯朵夫忘了为什么到这儿来的。巴德倒空了瓶子,静了一会儿,说道:

“我想清楚了该怎么办。”

他一边喝着啤酒,一边又说:“时间还来得及:过后我可以上凡尔赛去。”

他们听见古耶为了场地的租金跟店里的主妇争得很凶。于里安也没有浪费时间:在那几位骑自行车的游客身旁走过的时候，大惊小怪的对女人裸露的大腿叫好，招来一大阵粗野的咒骂，于里安也老实不客气回敬他们。巴德轻轻地说："法国人都是无耻东西。兄弟，我祝贺你胜利。"

他拿酒杯和克利斯朵夫的碰了一下。克利斯朵夫却在那里胡思乱想：断片的乐句在脑海中飞过，好似一片和谐的虫声。他简直想睡觉了。

另外一辆车把小路上的细石子轧出沙沙的声音，克利斯朵夫一看见吕西安苍白的脸上照例堆着笑容，不由得又动了火。他站起来，后面跟着巴德。

吕西安戴着高领，把脖子都埋得看不见了，他穿扮非常讲究，恰好跟对方的衣衫不整成为对比。跟着下车的是勃洛克伯爵，那是以情妇众多，收藏古代圣体匣，和极端保王党的意见出名的体育家；——随后是雷翁·摩埃，又是一个时髦人物，靠了文学而当选的议员，靠了政治野心而成功的文学家，年轻，秃顶，胡子剃得精光，苍白而带黄的脸，长鼻子，圆眼睛，尖脑袋；——最后是爱麦虞限医生，很细腻的标准闪米特族，对人很客气，可是心里很冷淡；他是医学学士院会员，某医院院长，以渊博的著作和一种医药上的怀疑主义闻名的，老是用含讥带讽的同情心听病家诉苦，而并不想法给他们医治。

这些新到的人物殷勤地行着礼。克利斯朵夫对他们似理非理，可是他很不高兴地看到自己的证人对吕西安的证人非常巴结。于里安认识爱麦虞限，古耶认识摩埃；他们都笑容满面，礼貌周全的走拢来。摩埃冷冷地有礼地接待他们，爱麦虞限照例嘻嘻哈哈地挺随便。站在吕西安身旁的勃洛克伯爵，眼睛一扫就把对方几个人所有的常礼服跟衬衣估计了一下，和他的主人交换了几句印象，嘴巴差不多动都没动，——因为他们俩都是镇静而极有规矩的。

吕西安若无其事地等主持决斗的勃洛克伯爵发令。他把这件事认为只是一种简单的仪式。他打枪打得极好,知道敌人的笨拙,可不想利用自己的本领,趁证人们不注意的时候——(那也不大可能,当证人的总设法不让决斗发生严重的后果)——一枪击中敌人:因为他知道,最傻的莫如教一个敌人伤在自己手里,让大家以为他是个牺牲者;倒不如用另一种方式无声无息地把他毁掉,那才是聪明的办法。可是克利斯朵夫脱去了外衣,敞开着衬衫,露出粗大的脖子和结实的拳头,低着额角,一双眼睛恶狠狠地盯着吕西安,集中全身精力等着,满脸都是杀气;勃洛克伯爵在旁边把他打量了一番,心里想文明人要能消灭决斗的危险才好呢。

等到双方都发了两颗当然毫无结果的子弹,证人就赶来祝贺两位敌人。大家都已经有了面子,——但克利斯朵夫没有满足。他站在那儿,拿着手枪,不相信这算是完了。他很乐意像隔天在射击房中一样,一枪一枪尽打下去,到打中为止。他听到古耶要他向敌人伸手,又看到敌人堆着那永久的笑容向自己走过来,觉得这种喜剧可恨极了,立刻丢下武器,推开古耶,往着吕西安直扑过去。众人费尽气力才把他拦住,不让他用拳头来继续决斗。

吕西安走开了,证人们都围着克利斯朵夫。他却冲出圈子,不理他们的哗笑跟埋怨,径自大踏步往森林中跑去,一边高声地自言自语,一边做着愤恨的手势,也没想起自己的外衣和帽子都留在场地上,只顾往树林的深处走。他听见证人们笑着叫他;后来他们不耐烦了,不理他了。不久,车子远去的声音表示他们已经动身。他自个儿站在静悄悄的林中,怒气平了，扑下身子，在草地上躺下了。

过了一会儿，莫克赶到了小客店。他从清早起就在找克利斯朵夫。客店里的人说他的朋友跑到树林里去了。他就开始搜寻，披荆斩棘，到处呼唤；赶到听见克利斯朵夫的歌声，他又咕哝着走回头来，跟着声音的方向走，终于在一片空地上把克利斯朵夫找到了：原来他四肢朝天，像一头小牛似的在那儿打滚。克利斯朵夫很快活地跟他招呼，叫他"老朋友"。他告诉他说，敌人被他浑身打满了窟窿，像筛子一样；他又强迫莫克跳着玩儿，重重地拍着莫克的身子。天真的莫克虽然手脚不大灵活，也差不多和他玩得一样高兴。——他们手拉着手走到小客店，然后到邻近的站上搭火车回巴黎。

奥里维一点都不知道，只奇怪为什么克利斯朵夫对他那么温柔；这些忽冷忽热的变化使他心中纳闷。到第二天，他才从报上知道克利斯朵夫决斗的事。他一想起克利斯朵夫所冒的危险差点儿吓坏了。他追究决斗的原因，克利斯朵夫又不肯说，等到被逼不过了，才笑着回答：

"为了你呀。"

除此以外，奥里维再也套不出一句话。最后还是莫克把故事原原本本讲了出来。奥里维惊骇之下，跟高兰德绝交了，又求克利斯朵夫原谅他的莽撞。克利斯朵夫为了要弄莫克，很俏皮地把一支法国的老歌谣改了几个字代替回答。莫克也为了两个朋友的快乐而高兴极了。克利斯朵夫的歌谣是：

"我的乖乖，这教你提防……

那有闲而多嘴的姑娘，
那吹牛拍马的犹太人，
那无聊的朋友，

那亲狎的敌人，
还有那泄气的酒，

“你切勿上这些家伙的当！”

友谊恢复了。友谊破裂的威胁反而使友谊变得更可贵。过去一些小小的误会都消释了；便是两个朋友的不同的性格也对他们成为一种吸引力。克利斯朵夫把两个民族的灵魂在自己心中很和谐地结合了起来。他觉得自己的内心非常丰富，充实；而这种丰满的境界在他是照例用音乐来表达的。

奥里维听了惊叹不已。以他那种过分的批评精神，他几乎以为他所热爱的音乐已经发展到顶点。他常常有种病态的思想，认为一种文化进步到某个程度以后，必然要流于颓废，所以老是怕这个使他爱好生命的美妙的艺术会突然停顿，泉源枯竭。克利斯朵夫觉得这顾虑很可笑，拿出好辩的脾气，说在他以前世界上还一无成就，一切都得从头做起。奥里维提出法国音乐做反证，认为它已经到了尽善尽美、盛极而衰的地步，更无进步可言。克利斯朵夫耸耸肩，说道：

“法国音乐吗？……它还没诞生呢……你们在世界上有多少美妙的话可以说！你们真不是音乐家，要不然就不会见不到这些。啊！如果我是法国人的话！”

于是他举出一个法国人所能描写的一切：

“你们翻来覆去地搬弄一些跟你们不适合的体裁，适合你们民族性的事反而一件不做。你们是个典雅的民族，有的是浮华世界的诗意，有的是举止的美、态度的美、服饰的美，你们很能创造一种人家没法摹仿的艺术——富于诗意的舞蹈，而你们倒反不再制作芭蕾舞乐……——你们是一个诙谐机智的民族，而你们却不再写喜歌剧，或是只让不入流的音乐家去做。啊！如果我是法国人的话，我要把拉伯雷的作品谱成音乐，我要制作滑稽史诗……——你们是一个小说家的民族，你们却并不在音乐上施展小说家的天才，——居斯达夫·夏邦蒂哀的作品还谈不上这点。你们并不运用你们的分析心灵、参透个性的天赋。啊！如果我是法国人，我可以用音乐来制作肖像……（比方说，我能够替那静坐在下面花园中紫丁香旁边的姑娘写照）……我要用弦乐四重奏来表现你们司汤达的手腕……——你们是欧洲的第一个民主国，却没有平民戏剧、平民音乐。啊！如果我是法国人，我一定把你们的大革命谱为音乐：把七月十四，八月十日①，瓦尔米②，联欢大会③，以及所有的民众在音乐里表现出来！并非用那种浮夸的瓦格纳式的朗诵，而是用交响乐、合唱、舞蹈。……别说废话！我早听厌了。应当大刀阔斧地，在兼带合唱的大交响曲中写出大块文章的风景，荷马式的，《圣经》式的史诗，描写水，火，土地，光明的天，鼓舞人心的狂热，本能的活跃，民族的运命，节奏的胜利，仿佛一个世界之皇，驾驭着千万生灵，教千军万马出生入死……到处都是音乐，什么都是音乐！如果你们是音乐家，那么为你们所有的公共节目，所有的典礼，所有的工会，学生会，家庭庆祝，都可有个别的音乐……可是第一，倘若你们是音乐家，你们先得制作纯粹音乐，无所为而为的音乐，唯

① 一七九二年八月十日巴黎人民起义攻入王宫，废黜国王，摧毁了数百年来的封建君主制度。

② 瓦尔米为法国玛纳州中的一个市镇，一七九二年法人在此击败普鲁士人。

③ 一七九〇年七月十四日法国各州代表齐集巴黎，纪念攻下巴士底狱之第一周年，谓之联欢大会。

一的目的是使人温暖,使人呼吸,使人生活。你们得创造太阳!……你们的雨下得够了。你们的音乐使我伤风感冒。一切都是昏昏沉沉的:把你们的灯点起来罢……你们抱怨意大利的脏东西把你们的戏院给包围了,把你们的民众给征服了,把你们赶出了自己的家。这是你们自己的过失!民众被你们昏暗的艺术、神经衰弱的和声、繁琐沉闷的对位,搅得厌倦透了。他自然要扑向生命所在的地方,不管那生命粗野不粗野,——他们只要求生命!你们为什么要灭绝生命呢?你们的德彪西是一个大艺术家,但对你们是不卫生的。他促成你们的麻痹。你们需要人家用力把你们撼醒。”

“难道你要教我们走上施特劳斯的路吗?”

“那也不行。他会把你们毁掉的。要有我同胞们的胃口,才喝得下这种强烈的饮料。便是我的同胞也未必受得了……施特劳斯的《莎乐美》固然是杰作……我自己却并不想写这样的东西……我想到我可怜的老祖父和高脱弗烈特舅舅,他们讲起音乐的时候,用的是何等尊敬而温柔的口吻!唉!一个人有了神明般的力量而用在这等地方!……那是一颗烈焰飞腾的流星!一个伊索尔德,犹太的卖淫妇①。痛苦的兽性的淫欲。残杀,强奸,乱伦这一类狂热的欲望,在德国颓废的心灵深处咆哮……而你们却是在温柔乡中自杀……前者是野兽,后者是俘虏。人在哪里呢?……你们的德彪西是趣味高尚的天才;施特劳斯是趣味恶劣的天才。前者无味。后者可厌。一个有如一片银色的池塘消失在芦苇里,发出一种狂热的香味。一个有如溷浊的激流……而在这些水沫底

① 指理查德·施特劳斯歌剧中的莎乐美。

下，又是低级的意大利风格，新派的梅亚贝尔，下流的感情，在那里蒸发臭气……《莎乐美》是一件可怕的杰作！它是《伊索尔德》的女儿……可是《莎乐美》又会产生些什么呢？”

“是的，”奥里维说，“我很想走前半个世纪。这个奔向深渊的趋势，无论用什么方式都得教它停止：要就是悬崖勒马，要就是下坠深谷。那时我们才能够呼吸。谢谢老天，不管有没有音乐，大地照样会开花。这种违反人性的艺术，我们要它做什么？……西方的火已经快烧完了……不久……不久，别的光明将要从东方升起。”

“别再提你的东方了！”克利斯朵夫说，“西方还没有到山穷水尽的田地呢。你以为我会退让吗，我？我的前程还有好几百年呢。生命万岁！……欢乐万岁！……和我们的命运斗争罢，斗争万岁！扩大我们心胸的爱情万岁！温暖我们的信心，比爱情更甜蜜的友谊万岁！白天万岁！黑夜万岁！祝贺太阳！祝贺梦想与行动的神，祝贺创造音乐的神！胜利啊！……”

然后他在桌前坐下，把脑子里所想到的统统写下，再也不想到自己刚才的话了。

那时克利斯朵夫所有的力量完全平衡了。他不想讨论这一种音乐体裁或那一种音乐体裁的美学价值，也不殚精竭虑地去追求新奇；凡是可以用音乐来表现的题材，他用不着多费心力就找到了。对于他，什么都行。音乐像潮水一般地奔泻，克利斯朵夫竟来不及认出它表现哪一种感情。他只是快乐，因为能够尽量发泄而快乐，因为觉得天地万物的生命在他心中跳动而快乐。

这种快乐与丰富的生命力感染了他周围的人。

局处花园中的屋子对于他是太小了。隔壁原来有个修道院的大花园;清静的宽大的走道,上百年的古树,可以让他的心灵驰骋一下;但这种太美的景致是不能长久保持的。正对着克利斯朵夫的窗,人家正在盖一所六层楼的屋子,把远景挡住了,把他跟周围的环境隔绝了。他每日从早到晚只听见转动滑车、刮磨砖石、敲钉木板的声音。他在工人中又遇到那个盖屋的朋友,从前在屋顶上认识的。他们远远地点头。克利斯朵夫在街上碰到他,还带他上酒店去一块儿喝酒,使奥里维看了大为诧异。他可觉得这工人滑稽的唠叨和老是那么快活的兴致很好玩。但他照旧诅咒他跟他那群工人在前面筑起一堵高墙,夺去他的光明。奥里维并不怎么抱怨;他能适应这个坐井观天的环境,仿佛把它当做笛卡儿的火炉,被压迫的思想会从里面往天上飞去的。可是克利斯朵夫需要空气。既然被关在这个局促的地方,他就跟周围的心灵融成一片。他尽量把它们吸收,把它们谱成音乐。奥里维说他好像一个动了爱情的人。

"要是这样的话,"克利斯朵夫回答,"那么除了我的爱情以外,我便一无所见,一无所爱,对什么都不感兴趣的了。"

"那么你为什么这样高兴呢?"

"因为我健康,因为我胃口好。"

"幸福的克利斯朵夫!"奥里维叹着说,"你真应该把你的胃口分点儿给我们。"

健康是像疾病一样会传染的。第一个受到好处的是奥里维。他最缺少的是力。他躲避社会,因为社会的鄙俗使他厌恶。凭他广博的智慧和少有的艺术天分,他还是太细巧了,不能成为一个大艺术家。大艺术家不是一个吹毛求疵的人。健康的人最重视的是生活;特别是有天才的人,因为他比别人更需要生活。奥里维却逃避生活;他让自己在没有身体、没有皮肉、没有实质的诗情梦境中浮沉。像某些优秀人士一样,他需要在过去的时代中或是从来没存在过的时代中寻求美。生命的甘泉,仿佛今日的就不及过去的那么醉人!疲倦的灵魂不能直接接触生命,只能接受被过去的帘幕掩蔽的,或是出诸前人之口的生命。——克利斯朵夫的友谊慢慢地把奥里维从这些渺渺茫茫的艺术境界中拖了出来。阳光终于透进了他的灵魂深处。

工程师哀斯白闲也感染到克利斯朵夫的乐天主义。可是他的习惯并没改变,那是像痼疾一般牢不可拔的;并且我们也不能希望他一变而为精神抖擞,马上愿意到国外去挣家业。那对他是要求太高了。但他已经不是那么无精打采,对于久已放弃的研究工作,书本和科学,也重新感兴趣。要是有人告诉他,说他对于本行的兴致是克利斯朵夫给他提起来的,他一定会大吃一惊,而克利斯朵夫听了这话当然更要奇怪。

整幢屋子里和克利斯朵夫相交最快的是三层楼上的那对夫妇。在他们门外走过的时候,他好几次留神到里面的钢琴声,只要不当着人,亚诺太太的琴弹得很不错。以后他送了几张自己的音乐会门票给他们,他们非常感激。从此他就不时在晚上到他们家去坐一会儿。可是他再也听不到少妇的弹奏了:她太胆小,不敢当着人弹琴,便是独自在家,因为知道人家可以从楼梯上听到,也老是踏着节音板。但如今倒是克利斯朵夫弹给他们听,和他们长时间的讨论音乐。亚诺夫妇在这些谈话里表示出一股朝气,使克利斯朵夫大为高兴。他不信法国人对音乐竟会爱好到这个地步。

"因为,"奥里维说,"你一向只看见音乐家。"

"我知道,"克利斯朵夫回答,"音乐家是最不爱音乐的人;可是你不能教我相信像你们这一类的人在法国真有多少。"

"成千累万。"

"那么是一种传染病,是最近时兴的新潮流,对不对?"

"不,这不是一种时髦,"亚诺说,"要是一个人,听了乐器的美妙的和弦,或是听了温柔的歌声,而不知道欣赏,不知道感动,不会从头到脚的震颤,不会心旷神怡,不会超脱自我,那么这个人的心是不正的,丑恶的,堕落的;对于这种人,我们应当像对一个出身下贱的人一样的提防……"

"这话我听见过,"克利斯朵夫说,"那是我的朋友莎士比亚说的。"

"不,"亚诺很温和地回答,"那是在莎士比亚以前的我们的龙沙说的。你现在可看到爱好音乐的风气在法国并不是昨天才时兴的了。"

法国人的爱好音乐固然使克利斯朵夫奇怪,但法国人差不多和德国人爱好同样的音乐使克利斯朵夫更奇怪。在他先前所遇到的巴黎艺术界和时髦朋友中间,最得体的办法是把德国的大师当做外国的名流看待,一方面向他们表示钦佩,一方面把他们放在相当距离之外;大家最高兴的就是嘲笑格路克的粗笨、瓦格纳的野蛮,并且拿法国人的细腻跟他们作比较。事实上,克利斯朵夫甚至怀疑一个法国人能否了解那些照法国的演奏方式所演出的德国音乐。有一次他听了一个格路克音乐会回来大为气恼:那些乖巧的巴黎人简直把这个性情暴躁的老人搽脂抹粉了。他们替他化装,扎些丝带,用棉花来点缀他的节奏,把他的音乐染上印象派色彩和颓废淫猥的气息……可怜的格路克！他那么善于表白的心灵,纯洁的道德,赤裸裸的痛苦,都到哪儿去了？难道法国人感觉不到吗？——可是,此刻克利斯朵夫看到他的新朋友们对于德国的古典作家、旧歌谣和日耳曼民族性中间最有特性的部分,表示那么深刻那么温柔的爱,就不由得要问:他们不是素来认为这些德国人是外国人,而一个法国人只能爱法国艺术家的吗？

“不是的！”他们回答,“这是我们的批评家借了我们的名义说的。因为他们老跟着潮流走,就说我们也跟着潮流走。可是我们的不理会批评家,正如批评家的不理会我们一样。这般可笑的家伙居然想来教我们,教我们这批属于古老的法兰西族的法国人,说这个是法国的,那个不是法国的！……他们教我们说,我们的法兰西是只以拉穆——或拉辛——为代表的！仿佛贝多芬、莫扎特、格路克,都没到我们家里来过,没跟我们一起坐在我们所爱的人的床头,分担我们的忧苦,鼓动我们的希望……仿佛他们不是我们一家人！如果我们敢老实说出我们的思想,那么巴黎批评家所颂扬的某个法国艺术家,对我们倒真是外国人呢。”

“其实,”奥里维说,“倘使艺术真有什么疆界的话,倒不在于种族而在于阶级。我不知道是否真的有一种艺术叫做法国艺术,另外一种叫做德国艺术;但的确有一种有钱人的艺术跟一种没有钱的人的艺术。格路克是个了不起的布尔乔亚,他是属于我们这个阶级的。某个法国艺术家,这儿我不愿意指出他的姓名,却并不是:虽然他是布尔乔亚出身,但他以我们为羞,否认我们;而我们也否认他。”

奥里维说得很对。克利斯朵夫愈认识法国人,愈觉得法国的老实人和德国的老实人没有多大分别。亚诺夫妇使他想起他亲爱的老许茨:爱好艺术的心那么纯洁,没有我见,没有利害观念。为了纪念许茨,他也就喜欢他们了。

他觉得世界上的老实人不应当因种族不同而在精神上分疆划界,同时又觉得在同一种族之内,老实人也不应当为了思想不同而分什么畛域。他抱着这样的心情,无意之间使两个似乎最不能彼此了解的人,高尔乃伊神父与华德莱先生,相识了。

克利斯朵夫时常向两个人借书看,而且用着那种奥里维不以为然的随便的态度,把他们的书交换的转借给他们。高尔乃伊神父并不因此生气,他对别人的心灵有种直觉;他看出潜藏在年轻的邻居心中的宗教气息。一部从华德莱先生那边借来,而为三个人以各个不同的理由爱读的克鲁泡特金的著作,使他们精神上先就接近了。有一天他们俩偶尔在克利斯朵夫家里碰上了。克利斯朵夫先是怕两位客人彼此会说出不大客气的话。可是相反,他们一见之下竟非常殷勤,谈些没有危险的题目,交换旅行的感想和人生经验。他们发觉彼此都是仁厚长者,抱着《福音书》精神和想入非非的希望,虽然各人都是牢骚满腹,非常灰心。他们互相表示同情,但多少带点儿嘲弄的意味。这是一种心领神会的契合。他们从来不提到他们信仰的内容,平时很少相见,也不求相见;但遇到的时候都觉得很愉快。

以思想的洒脱而论,高尔乃伊神父并不亚于华德莱。这是克利斯朵夫意想不到的。他对于这种自由的虔诚的思想，慢慢地看出了它的伟大；他觉得这个教士所有的思想、行为、宇宙观，都渗透了坚强而恬静的神秘气息，没有一点儿骚乱的成分，只使他生活在基督身上，就跟——照他的信仰来说——基督生活在上帝身上一样。

他对什么都不否认，对无论哪一种表现生命的力都不否认。在他看来，一切的著作，古代的跟现代的，宗教的跟非宗教的，从摩西到裴德罗①，都是确实的，通神的，上帝的语言。《圣经》不过是其中最丰富的一部，有如教会是一群结合在神的身上的最优秀的弟兄；但《圣经》与教会并不把人的精神束缚在一条呆板固定的真理之内。基督教义是活的基督。世界的历史只是神的观念不断扩张的历史。犹太庙堂的颠覆，异教社会的崩溃，十字军的失败，鲍尼法斯八世②的受辱，伽利略的把陆地放在无垠的太空中间，王权的消灭，教会协定的废止：这一切在某一个时期都曾经把人心弄得彷徨无主。有的人拼命抓着倒下去的东西不肯放手；有的人随便抓了一块木板漂流出去。高尔乃伊神父只问自己："人在哪里呢？使他们生存的东西在哪里呢？"因为他相信："生命所在的地方就是神所在的地方。"——他为了这个缘故对克利斯朵夫很有好感。

在克利斯朵夫方面，他也觉得一颗伟大的虔诚的心有如美妙的音乐，在他心中唤起遥远而深沉的回声。凡是天性刚毅的人必有自强不息的能力，也就是生存的本能，挣扎图存的

① 裴德罗为法国近代大化学家、政治家。
② 鲍尼法斯八世为十三世纪时教皇，以反对法国国王向教会征税而受辱。

本能,好比把一条倾侧的船划了一桨,恢复它的平衡,使它冲刺出去;——因为有这种自强不息的力量,克利斯朵夫两年来被巴黎的肉欲主义所引起的厌恶与怀疑,反而使上帝在他心中复活了。并非他相信上帝。他始终否认上帝,但心中充满着上帝的精神。高尔乃伊神父微笑着和他说,他好似他的寄名神①一样,生活在上帝身上而自己不知道。

"那么怎么我看不见上帝的呢?"克利斯朵夫问。

"你好似成千累万的人一样:天天看见他而没想到是他;上帝用各种各样的形式显示给所有的人:——对于有些人就在日常生活中显示,好像对圣·比哀尔在加里莱那样;——对于另一些人,例如对你的朋友华德莱先生,就像对圣·多玛那样用人类的创伤与忧患来显示;——对于你,上帝是在你的理想的尊严中显示……你早晚会把他认出来的。"

"我永远不会让步,我精神上是自由的。"克利斯朵夫说。

"和上帝同在的时候,你更自由。"教士安安静静地回答。

可是克利斯朵夫不答应人家把他硬派为基督徒。他天真地热烈地抗辩,仿佛人家把他的思想题上这个或那个名字真有什么关系似的。高尔乃伊神父静静地听着他,带着一种教士所惯有的、人家不容易觉察的讥讽的意味,也抱着极大的慈悲心。他极有耐性,那是从他信仰的习惯来的。教会给他受的考验把他的耐性锻炼过了;虽然非常悲伤,经过很大的苦闷,他的耐性还没受到伤害。被上司压迫,一举一动都受到主教的监视,也被那些自由思想者在旁窥伺,——他们想利用他来做跟他的信心相反的事,——同教的教友与教外的敌人同

① 所谓寄名神即圣者克利斯朵夫。

样地不了解他，排斥他：这种种情形对他当然非常惨酷。他不能抗拒，因为应当服从。他也不能真心地服从，因为上司明明是错的。不说固然苦恼，说了而被人曲解也是苦恼。此外，还有你应当负责的别的心灵，你看着他们痛苦，等着你指导他们，援助他们……高尔乃伊神父为了他们，为了自己而痛苦，可是他忍下去了。他知道在那么长久的教会历史中，这些磨难的日子根本不算一回事。——但是沉默隐忍的结果使他把自己慢慢地消磨完了：他变得胆小，怕说话，连一点儿极小的活动都担任不了，最后竟入于麻痹状态。他觉得这情形很难过，可并不想振作。这次遇到克利斯朵夫，对他是个很大的帮助。这个邻居的朝气，热诚，对他天真恳挚的关心，有时不免唐突的问话，使他精神上得到很多好处。这是克利斯朵夫强迫他重新加入活人的队伍。

电机工人奥贝在克利斯朵夫那儿遇到高尔乃伊。他一看见教士，不由得浑身一震，不大能把厌恶的心理藏起去。便是在初见面的刺激过去以后，他跟这个没法下一定义的人在一起还是觉得很不自在。但他能和有教养的人谈话是挺高兴的，所以把反对教会的心情硬压下去了。他对于华德莱先生和高尔乃伊神父之间那种亲热的口吻非常诧异；同样使他惊奇的，是看到世界上竟会有一个民主派的教士和一个贵族派的革命党：那可把他所有的思想都搅糊涂了。他想来想去也没法把他们归类，因为他是需要把人归了类才能了解的。而要找到一个部门，能把这个读着阿那托·法朗士和勒南的著作，安安静静的，又公平又中肯的谈论这两位作家的教士放进去，的确不容易。关于科学的问题，高尔乃伊神父的原则是让那些懂得科学而非支配科学的人指导。他尊重权威；但他认为权威和科学不属于一个系统。肉,灵,爱,这是三个不同的系统,是神明的梯子的三个阶级。——当然奥贝体会不到这种精神境界。高尔乃伊神父声气柔和地告诉克利斯朵夫,说奥贝使他想起从前看见过的那种法国乡下人:——有个年轻的英国女子向他们问路。她说的是英语,他们不懂。他们跟她说法语,她也不懂。于是他们不胜同情地望着她,摇摇头,一边说一边重新做他们的工作:"真可惜!这姑娘人倒长得挺好看!……"

最初一个时期,奥贝对着教士和华德莱先生的学问和高雅的举止感到胆小,不敢出声,尽量把他们的谈话吞在肚里。慢慢地他也插嘴了;因为他很天真地需要听到自己说话。他发表些渺渺茫茫的空想。那两位很有礼貌地听着,暗中不免有点好笑。奥贝高兴之下,控制不了自己;他利用着,不久更滥用高尔乃伊神父的无穷尽的耐性。他对他朗诵自己呕尽心血的作品。教士无可奈何地听着,倒也不怎么厌烦:因为他所听的并不是对方说的话而是对方这个人。事后克利斯朵夫说他这样的受罪真是可怜,他却回答:"嗽!我不是也听别人的一套吗?"

奥贝对华德莱先生和高尔乃伊神父很感激;三个人不管彼此了解与否,居然很相爱,不知道为什么。他们觉得能这样地接近非常奇怪。那是出乎他们意料的。——原来是克利斯朵夫把他们结合了。

克利斯朵夫也拉拢了三个孩子做他的同党,那是哀斯白闲家的两个女孩子和华德莱先生的义女。他已经跟她们做了朋友,看她们那么孤独非常同情。他对她们中间每个人讲着她不认识的小朋友,久而久之引起了她们相见的愿望。她们互相在窗子里做手势，在楼梯上偷偷地交换一言半语。她们渴想交朋友的表示，再加上克利斯朵夫的帮助，居然使双方的家长答应她们在卢森堡公园相会。克利斯朵夫因为计划成功很高兴，在她们第一次约会的时候去看她们：发觉她们又窘又笨拙，不知道怎么对付这桩快乐事儿。他却是一下子就把她们的窘态给赶跑了，想出玩意儿来，提议大家奔跑，追逐；他自己也混在里头，仿佛只有十岁。公园里散步的人看着这大孩子一边嚷一边跑，被三个小姑娘追着，在树木中间绕来绕去。她们的父母却始终抱着猜疑的心思，不大乐意让卢森堡公园的集会多来几次，——因为在那种情形之下不容易监督孩子。——克利斯朵夫便设法教住在底层的夏勃朗少校请她们就在屋子下面的花园里玩。

一个碰巧的机会已经使克利斯朵夫和军官有了往来。——（碰巧的机会自会找到能够利用它的人。）——克利斯朵夫的书桌摆在近窗的地位。有一天，几页乐谱被风吹到下面的花园里去了。克利斯朵夫下楼去捡，照例秃着头，敞开着衣服。他以为只要跟仆人交涉一下就行了，不料开门的是军官的女儿。他略微愣了一愣，说明来意。她笑了笑，把他带进门去，一同到园子里。他捡齐了纸张，由她送出来的时候，恰好军官从外边回来，好不惊奇地望着这古怪的客人。女儿笑着把他们介绍了。

"啊！原来就是楼上的音乐家？好极了！咱们是同行。"

他说着，握着他的手。两人用一种友善的说笑的口气，谈着他们互相供应的音乐会，就是说克利斯朵夫的琴声和少校的笛声。克利斯朵夫想走了；可是军官留着他，越扯越远地谈着音乐问题。突然之间他停下来，说："来看我的加农。"

克利斯朵夫跟着他，心里想，要他克利斯朵夫来对法国炮队发表意见有什么用。但军官得意扬扬拿给他看的是音乐上的加农①，是他费尽心血写成的乐曲，可以从末尾看起，等于一种回文体；或者两人同时看：一个在正面看，一个在反面看。这位少校是多艺学校出身，一向有音乐嗜好；但他所爱于音乐的特别是那些难题；他觉得音乐——（有一部分的确如此）——是一种奇妙的思想的游戏；他竭力想出并且解决音乐结构上的谜，都是愈来愈古怪、愈来愈无用的玩意儿。他服务军中的时代，当然无暇培养这个癖；但自从退休之后，他全部的热情都放在这方面了；他为此所花的精力，不下于当年在非洲大沙漠中为追逐黑人或躲避他们的陷阱所花的精力。克利斯朵夫觉得这种谜很好玩，便提出了一个更复杂的。军官欢喜极了；他们互相比赛巧妙：你来一个我来一个地搞出了一大堆音乐谜。两人直玩得尽兴之后，克利斯朵夫才上楼。可是第二天清早，邻居已经送来一个新的难题，那是他费了半夜的工夫想出来的；克利斯朵夫拿来解答了。两人这样的继续比赛，直到有一天克利斯朵夫厌倦至极而认输了方始罢休：这一下，军官可乐死了。他认为这个胜利等于把德国打败了。他请克利斯朵夫去吃饭。克利斯朵夫老实不客气说他的音乐作品恶劣之至，而一听他在风琴上呜呜地奏着海顿的行板，又高声嚷着说受不了。克利斯朵夫这种率直的态度居然博得了夏勃朗的欢心。从此他们常常在一块儿谈天，但不再提到音乐了。克利斯朵夫对于这方面的废话完全不感兴趣，宁可把

① 加农（Canon）为近代的大炮，同时亦是一音乐术语，是一种轮唱曲（通译作“卡农”）。此处用谐音作双关语。

话题转到军队方面。那正是军官求之不得的。音乐对这个可怜的人不过是一种无可奈何的消遣;他心里其实非常苦闷。

于是他娓娓不倦地叙述出征非洲的经过。伟大的事迹,可以和比查尔跟高丹士的故事媲美。① 克利斯朵夫不胜惊愕地听着这篇奇妙而野蛮的史诗,不但在他是闻所未闻,便是在法国也差不多没人知道:二十年中间,少数的法国征略者在黑色的大陆上,被黑人的军队包围着,连最简单的行动工具都没有,他们消耗了多少英勇的精神,巧妙而大胆的行动,超人的毅力,跟胆怯的舆论和政府奋斗,违反了法国的志愿替法国征服了一片比它本身更广大的疆土。这件行动里头有一阵强烈的欢乐气息和血腥味道,让克利斯朵夫看到了一批现代冒险家的面貌。他们生在今日的法国不但是出人意料,并且也是今日的法国羞于承认的:政府为了自己的面子关系,特意把一重帷幕盖在他们身上。少校提高着嗓子讲到这些往事,兴高采烈的叙述大规模地围剿,以人为目标的行猎:在那个没有侥幸可图的国土里,他时而追逐土人,时而被土人追逐。他还在悲壮的故事中穿插一些有关地质的描写。克利斯朵夫听着他,望着他,眼看这样的壮士放弃了活动,成日搞着些可笑的玩意儿,觉得非常同情,心里想他怎么能过这种日子。他提出这一点问他。少校先是不大愿意向一个外国人解释心里的怨恨。但法国人大半是多嘴的,尤其在责备别人的时候:

"像他们现在这样的军队,教我去干什么?当水兵的搞着文学。当步兵的搞着社会学。他们无所不干,只除了打仗。

① 比查尔与高丹士均是十六世纪时西班牙冒险家:前者征服秘鲁,后者征服墨西哥。

他们连准备也不准备，只准备不打仗；他们把战争变成哲学问题……战争的哲学，嘿！……谈天说地，废话连篇，那可不是我的事。还不如回家写我的加农！”

他还有最大的苦闷不好意思说出来：特务使军官们互相猜忌，愚昧而凶恶的政客发些专横的命令，军队不得不干些卑鄙的警察工作，清理教堂，弹压罢工，被当权的政党——那些急进派的反对教会的小布尔乔亚——用来争权夺利，向全国的人民泄愤。这老非洲人也讨厌现在那个殖民地部队，大部分都是招的一批最要不得的分子，因为要满足别人的自私，——他们不愿意分担保卫“大法兰西”，保护海外的法兰西的荣誉和危险①……

克利斯朵夫当然用不着参与这些法国人的争执：那跟他毫不相干；但他对这个老军官很表同情。不论自己对战争是怎么看法，他总认为一个军队应当造成兵士，就像苹果树应当结苹果一样，也认为把政客、美学家、社会学家移植到军中去的确是荒唐的。可是他始终不明白这个刚强的人怎么会这样的退让。一个人不去制服他的敌人，便是自己最大的敌人。而一切比较有价值的法国人都是往后退的。——克利斯朵夫在军官的女儿身上也发现这种退让的精神，而且更令人感动。

她名字叫赛丽纳。细腻的头发梳得很讲究，把她的高爽的圆额角和尖尖的耳朵露在外面；脸很清瘦，下巴长得妩媚大方；美丽的黑眼睛神气很聪明，没有一点猜忌心，非常柔和，是那种近视的眼睛；鼻子稍微大了一些；上嘴唇角有颗小痣；沉

① 法国陆军中的殖民地部队，主要是招募壮丁编成的，因普通人都不愿意到国外去当兵。

静的笑容使她有点虚肿的下嘴唇怪可爱的往前突着。她天性仁厚,人也活泼,风雅,但一点好奇心都没有。她很少看书,新出的作品是完全不知道的,从来不上戏院,不出去旅行,——(那是当年旅行太多的父亲讨厌的)——不参加上流社会的慈善事业,——(那是父亲批评得一文不值的)——绝对不想研究什么,——(父亲嘲笑那些博学的女子)——难得离开那个围在高墙里头的像口大井般的园子。她并不怎么烦闷,尽量地找些事消磨日子,快快活活地忍受她的命运。在她身上和她周围的气氛中间(女人到处都会无意识地创造自己的气氛),颇有夏邓画上的气息。那是一种和暖的静寂的境界,是面貌与态度之间的安详,迷迷糊糊地关切着例行工作;——也是家常生活中的诗意,对于每天按时按刻的思想与举动,始终那么深切的爱好;——还有布尔乔亚的那种平凡的恬静,奉公守法,诚实不欺,安静的工作,安静的娱乐,可是照旧富有诗意。大方,健全,清白,纯洁,像面包,像香草;一派的正直与善良。人物的和平,旧屋的和平,笑盈盈的心灵的和平……

克利斯朵夫对人的亲切与信赖也博得了她的信赖,做了她的好朋友;他们的谈话毫无拘束;她常常奇怪自己怎么会答复他某些问题;她对他说了许多对谁也没说过的事。

"那是因为你并不怕我的缘故,"克利斯朵夫跟她解释,"咱们没有谈恋爱的危险:咱们朋友太好了,不会走上这条路的。"

"你多好!"她笑着回答。

那种带着恋爱意味的友谊,最配一般暧昧的、喜欢玩弄感情的人的胃口,但对于性格健全的她,好像对于克利斯朵夫一样是可厌的。他们只是亲切的伴侣。

有一天他问她，有些下午她坐在园子里的凳上，膝上放着活计，几小时的待着不动的时候做些什么。她红着脸分辩，说并没有几小时，不过偶尔有几分钟，“继续讲她的故事”罢了。

“什么故事？”

“自己编的故事。”

“你自己编的？噢！讲些给我听罢！”

她说他太好奇了。她只告诉他，她并不把自己做故事的主角。

那他可奇怪了：“既然编故事，那么替自己编些美丽的故事，想象一种更幸福的生活，不是挺自然的吗？”

“要是我这样做了，我会绝望的。”

她因为泄露了一些秘密的心事，脸红了；接着她又说：“我在园子里吹到一阵风就很快活。园子仿佛有了生气。而且倘使那阵风强劲峭厉，从远地方吹来的话，它给你带来多少消息！”

克利斯朵夫在她矜持的态度之下，咂摸到一种凄凉哀怨的心绪，为她平时用快活的性情以及她明知是无聊的活动遮盖着的。为什么她不把自己解放出来呢？像她这样的人不是极配过一种活动的、有益的生活吗？——她推说父亲疼她，舍不得她离开。克利斯朵夫说她父亲精神饱满，不需要她支持，这种性格的男人很可以自个儿过活，没有权利把她牺牲。她可替父亲辩护，为了孝心而扯谎，说并非他强留她在家里，而是她不忍心离开他。——这句话有一部分也是实在的。对于她，对于她的父亲，对于一切她周围的人，仿佛现状得永远继续下去，决不能有所变更。她有一个哥哥，已经结了婚，认为她代替他侍奉父亲是极自然的。他自己也只关心孩子。他疼爱他们的程度是绝对不让他们自主。为他，尤其是为他的妻子，这种爱变成一种自愿的枷锁，束缚自己的生命，限制自己的活动：似乎有了孩子以后，个人的生活就完了，应当永远放弃自己的发展。那个活泼、聪明、年轻的男子，已经在计算退休之前还得做多少年工作。——这一般好人甘心情愿让家人父子的感情把自己的志气消磨净尽；而重视家庭的空气在法国是那么浓厚，简直教人喘不过气来，尤其因为家庭已经减缩到最小限度：除了父母以外，只有一两个孩子。所谓感情只是一种畏缩的，一把死抓的爱，好似一个吝啬鬼紧紧抓着手里的黄金一样。

一件使克利斯朵夫对赛丽纳更感兴趣的偶然的事，让他看到了法国人这种感情的狭窄，对于生活的畏缩，连自己分内的东西都不敢拿下来。

哀斯白闲有一个年纪小十岁的兄弟，也是工程师。像不少中产阶级的人一样，他一方面很希望研究艺术，一方面又怕影响他布尔乔亚的前途。其实这也算不了难题，现在多数的艺术家都把这问题解决了，并没冒什么危险。可是一个人总得有志愿，而这一点毅力就不是每个人都能有；第一，他们先不敢肯定自己的志愿；而小康的生活慢慢地稳定之后，他们也就毫无反抗毫无声息地听其自然了。当然我们不责备他们，倘使本来可以成为安分守己的布尔乔亚，那自然不必做一个不入流的艺术家。不幸他们的幻灭往往在胸中留下一点愤懑的情绪：*一个多么伟大的艺术家在我身上死了*！① 平时一个人用所谓“达观”勉强把这种情绪遮盖着，但生活的确是给破

① 此系古罗马尼罗皇帝自杀前语。

坏了,直要到时间的磨蚀和新的烦恼把旧恨抹掉为止。这便是安特莱·哀斯白闲的情形。他很想从事于文学;但他的哥哥思想很固执,要他像自己一样投身于科学界。安特莱人很聪明,对于科学——或者文学——都还有中等的天分;他没有把握能成为一个艺术家,可是的确有把握能成为一个布尔乔亚;于是他让步了,先是暂时的(大家该明白所谓暂时是什么意思)顺从了哥哥的意志,进了中央工程学校;考进去的名次不高,出来的时候也是一样,从此他就干着工程师这一行,很认真,但毫无兴趣。当然,经过了这一番,他的一些艺术天分都丧失完了;所以他提到这事老带着自嘲自讽的口吻。

"而且,"他说,——(克利斯朵夫一听就听出奥里维的悲观气息)——"人生也不值得你为了错失一个前程而烦恼。多一个或少一个不高明的诗人有什么相干!"

弟兄俩很相爱;他们性格相同,可是很不投机。过去两人都是德莱弗斯党。但安特莱受了工团运动的吸引,是个反军国主义者;而哀里却是爱国主义者。

有时安特莱来看克利斯朵夫而不去探望他的哥哥,使克利斯朵夫觉得很奇怪,因为他跟安特莱谈不到有什么好感。安特莱一开口只会怨天尤人,——那是够讨厌的了;同时他也不听克利斯朵夫说的话。因此克利斯朵夫老实表示他的访问是多余的;对方却并不介意,似乎根本没有发觉。终于有一天,克利斯朵夫注意到客人靠在窗子上,一心一意地留神着楼下的花园而不大理会他的说话,才明白了这个谜。他当场揭穿了;安特莱也老实承认他是认识夏勃朗小姐的,他来看克利斯朵夫也的确是为了她。话一多,他又说出他们两人已经有长久的友谊,也许还不只是友谊。哀斯白闲一家跟少校他们是多年的旧交,一度非常亲密,后来为了政见而疏远了,从此不再往来。克利斯朵夫认为这是荒谬的。难道他们不能各有各的思想而继续相敬相爱吗?安特莱分辩说,他当然是胸襟宽大的,可是对于两三个问题他不能容忍别人的意见跟他的相反,例如德莱弗斯事件。说到这儿,他就不讲理了。那是当时的风气。克利斯朵夫知道这种风气,也就不跟他争;但他追问这件事是不是没有完了的一天,或者他的恨意是不是要天长地久地保持下去,牵连到我们的曾孙玄孙。安特莱听着笑了;他不回答克利斯朵夫的问话,却转过话题来赞美赛丽纳·夏勃朗,指责那父亲的自私,说他不该把女儿为自己牺牲。

"要是你爱她而她也爱你的话,你为什么不娶她呢?"克利斯朵夫问。

于是安特莱抱怨赛丽纳是个教会派。克利斯朵夫问这句话是什么意思。他说那是奉行宗教仪式,奴事上帝和上帝的僧侣。

"那对你有什么相干?"

"我不愿意我的妻子属于我以外的人。"

"怎么!你甚至对妻子的思想都忌妒吗?那么你比那个少校更自私了。"

"你这是唱高调。你自己会娶一个不喜欢音乐的太太吗,你?"

"我已经有过这经验了!"

"两人思想不同,怎么能一起过日子?"

"丢开你的思想罢!我可怜的朋友,一个人恋爱的时候,什么思想都不在乎的。要我所爱的女人像我一样的爱音乐,对我有什么作用?为我,她本身就是音乐!一个人像你一样有机会爱上一个姑娘而她也爱你的时候,那么让她相信她的,你相信你的。不是挺好吗?归根结底,你们俩的思想都同样地有价值。世界上只有一条真理:就是相爱。”

“你这是说的诗人的话。你没看到人生。为了思想不同而痛苦的夫妇,我看得太多了。”

“那表示他们相爱不深。一个人先得知道自己究竟要些什么。”

“意志并不是万能的。我便是要跟夏勃朗小姐结婚也不能。”

“让我听听你的理由行不行?”

安特莱便说出他的顾虑:自己地位还没有稳固,没有财产,身体不好。他怀疑自己究竟有没有权利结婚。那是多么重大的责任!……会不会造成你所爱的人的不幸?会不会使你自己痛苦?——何况将来还有儿女问题……最好还是等一等再说,——或者是根本放弃。

克利斯朵夫耸耸肩膀:“你的爱原来是这种方式的!如果她真有爱情,她一定很高兴为爱人鞠躬尽瘁。至于儿女,你们法国人真是可笑。你们要有把握使他们过着养尊处优的生活,不吃一点苦的时候,才肯把他们放到世界上来……见鬼!那跟你们有什么相干?你们只要给他们生命,使他们爱生命,有保卫生命的勇气就得了。其余的……他们活也罢,死也罢……那是各人的命运。难道放弃人生倒比碰碰人生的运气更好吗?”

克利斯朵夫这种健全的信心把安特莱感动了,可是不能使他下决心。他说:

“是的,也许……”

但他至此为止。像其余的人一样，他仿佛害上了不能有志愿不能有行动的软瘫病。

克利斯朵夫竭力想扫荡这种麻痹状态，那是他在大多数的法国朋友身上见到的；而奇怪的是他们尽管无精打采，却照旧不辞劳苦地，甚至于很兴奋地，忙着自己的工作。他在各个不同的中产社会里遇到的几乎全是牢骚满腹的人，厌恶秉政的当局跟他们腐败的思想，对于他们民族精神的受到污辱都觉得愤懑。而这并非个人的怨望，并非某些人或某个阶级被剥夺了政权与活动而发的牢骚，例如精力无处发泄的免职的公务员，或是躲在田庄上，像受伤的狮子般坐以待毙的贵族阶级的苦闷。这是一种精神上的反抗，潜在的，深刻的，普遍的：在军队里、司法界里、大学里、办公室里，在政府的一切重要机构中间，到处都有这种情绪。可是他们毫无动作。他们先就灰心了，老说着："无法可想，无法可想。"

于是他们战战兢兢地把自己的思想，谈话，回避着一切不愉快的事，努力在日常生活中找避难所。

要是他们仅仅脱离政治活动倒也罢了。但就在日常行动的范围里，那些老实人也都不愿意有所行动。他们含羞忍辱，跟他们瞧不起的坏蛋来往，避免和这批人斗争，认为是没用的。譬如说，克利斯朵夫所认识的那些艺术家，音乐家，为什么一声不出地让舆论界的小丑教训他们呢？其中有的是愚蠢无比的家伙，闹过多少大众皆知的，不学无术的笑话，而仍被认为大众皆知的权威。他们的文章跟书连写都不是自己写的；他们雇着书记；而那些可怜的饿鬼，为了衣食妻孥连出卖灵魂都愿意，倘使他们有灵魂的话。这种情形在巴黎是公开

的秘密。可是坏蛋继续高高在上地统治着,傲慢不逊地对待艺术家。克利斯朵夫读到他们某些评论,简直气得直嚷:

“噢!这班脓包!”

“你骂谁呀?”奥里维问,“老是骂节场上的那些鬼东西吗?”

“不,我是骂老实人。坏蛋们扯谎,抢劫,盗窃,凶杀:那是他们的本行。可是其余的人,一方面鄙薄坏蛋,一方面让坏蛋作恶的人,我更瞧不起。如果舆论界的同事,如果正直而有学问的批评家,如果被那些小丑戏弄的人,不是因为胆怯,因为怕连累自己,或是因为存着可耻的心和敌人默契,免得受到攻击,——如果不是为了这些理由而不声不响地纵容那些丑类,如果不让他们假借自己的名义与友谊做护身符,那么这种无耻的势力自然站不住的。无论什么事都是同样的毛病。我碰到过几十个正派的人,提到某个人的时候都说:‘他是个混账东西。’可是没有一个不称呼他‘亲爱的同行’,不跟他握手。他们都说:‘这种人太多了!’——是的,奴颜婢膝的人太多了。懦弱的好人太多了。”

“唉!你要我们怎么办呢?”

“你们自己去当警察呀!等什么?等老天来替你们处理吗?你瞧,这一回雪已经下了三天,把你们的街道拥塞了,把你们的巴黎弄成了一个泥洼。你们又干些什么?你们骂市政当局把你们丢在泥湫里。可是你们有没有试过想爬出来呢?真叫做天晓得!你们抱着胳膊发愣,连自扫门前雪的勇气都没有。没有一个人是尽责的,政府不尽政府的责任,私人不尽私人的责任:只互相推诿一阵了事。几百年君主制度的教育,养成了你们什么都不亲自动手的习惯,你们在等待奇迹出现之前，只会扯着脖子望着天。可是只有你们肯下决心行动，才是唯一可能的奇迹。你瞧，奥里维，你们的聪明跟品德尽够拿来转让给别人；可是你们缺少热血。第一应当由你来发动。你们的病既不在头脑，也不在心，而是在于你们的生机。它溜走了。”

“那有什么办法？得等它回来啊。”

“先要有志愿希望它回来！听见没有：要有志愿！为这一点，第一得吸收新鲜的空气。一个人既然不愿意走出家门，至少应当把他的屋子收拾干净。你们却是让节场上的乌烟瘴气把瘟疫带到家里来。你们的艺术跟思想三分之二被玷污了：你们却垂头丧气，连愤怒的情绪都鼓动不起来，差不多已经不以为奇了。这些荒唐的老实人中间，有几个吓坏了，甚至相信是自己错了，那班走江湖的倒是对的。你们《伊索》杂志的同人自命为不受任何事物的蒙蔽；我可在那儿碰到些可怜的青年，对于心里明明不喜欢的艺术，嘴上承认是喜欢的。他们因为像绵羊一般的懦弱，所以即使没有乐趣，也让自己麻醉了：结果他们在自骗自的情形之下烦闷得要死！”

克利斯朵夫像一阵风摇着酣睡的森林似的，又闯进那班游移不决的人堆里去。他并不想把自己的思想灌输给他们，只给他们一些毅力，要他们敢于有自己的思想。他说：

“你们太谦卑了。一个人最大的敌人是神经衰弱性的怀疑。宽容是可以的，而且是应当的。但决不能怀疑你所信为善与真的东西。凡是你相信的，你都应当保护。不问我们的力量怎么样，切不可退让。在这个世界上，最渺小的人和最强大的人同样有一种责任。而且——（那是他不知道的）——

他也有他的威势。别以为单枪匹马的反抗是白费的！敢肯定自己的信念就是一种力量。你们近年来已经看到好几个例子，政府和舆论都不得不顾虑到一个正人君子的意见来处理一件事情，而这正人君子的唯一的武器只有他那种精神的力量，百折不回的，公开向世人昭示的……

“如果你们问我，辛辛苦苦费这许多力量有什么用，奋斗有什么用……那么我告诉你们：——因为法兰西已经奄奄一息了——因为欧罗巴也奄奄一息了——因为我们的文明，人类以几千年的痛苦缔造起来的文明要崩溃了，要是我们不奋斗的话。国家遭了危险，欧罗巴这个大国遭了危险，——尤其是你们的，你们的法兰西小国，被你们的麻木不仁给扼杀了。它就死在你们每一股死去的精力中，死在你们每一缕隐忍的思想中，死在你们每一个人贫弱的意志中，死在你们每一滴枯涸的血中……起来罢！应当生活！是的，要是你们非死不可，也得站起来死。”

最困难的还不在于要他们行动，而在于要他们共同行动。在这一点上，他们是绝对劝不醒的。他们互相抱怨。最优秀的人是最固执的。克利斯朵夫在自己那幢屋子里就看到这种例子。法列克斯·韦尔，工程师哀斯白闲，少校夏勃朗，三个人彼此都不声不响地抱着敌意。可是在不同的政党或不同的民族旗帜之下，他们所愿望的其实是同样的东西。

韦尔先生和少校有许多地方可以意见相投。那个埋头书本，终年在思想中过生活的韦尔先生，原来对军事问题兴趣非常浓厚：这种古怪的情形在一般思想家是常有的。书生本色的老人崇拜着拿破仑，把凡是能令人回想到帝政时代那首史诗的纪念物和书籍,都搜罗在家里。韦尔像同时代的多少人一样,被那颗煊赫的太阳的遥远的光芒照得眼花了。他一一追溯当年的战役,把它们重新排演一番,研究行军的步骤;他是学士院与大学里的那一派室内战略家,不是解释奥斯特利茨一仗,便是纠正滑铁卢一役的错误。对于这种拿破仑迷,他第一个会诙谑百出的取笑;可是他仍不免为这些美妙的故事入迷,好比玩着游戏的小孩子。有些轶事甚至会使他流眼泪:他一发觉自己这样地动感情,便笑弯了腰,把自己叫做蠢老儿。其实,他的迷拿破仑并非为了爱国,乃是为了爱好奇妙的故事,爱好空中楼阁的活动。他的确是个爱国分子,比许多纯血种的法国人更爱法国。法国的反犹太主义者常常猜疑定居法国的犹太人,打击他们对法国的感情:这种行为简直愚蠢透了。一个家庭过了两三代以后,必然爱它居住的乡土;而犹太人除此以外还有特殊的理由,爱好这个在西方代表思想最前进最自由的民族。因为他们近百年来就在帮助这个民族往那个方向走,而所谓自由。一部分也是他们的成绩。所以看到什么封建势力威胁自由的时候,他们就会起来保卫它。破坏归化法国的民族与法国之间的感情,——有一群该死的疯子就希望这样,——等于帮助自己的敌人。

夏勃朗少校便是这一类头脑不清的爱国主义者,受着报纸的恐吓,以为所有定居在法国的外国民族都是潜伏的敌人;而他们虽然天生的好客,也硬教自己猜疑,憎恨,否认自己的民族有兼收并蓄、同化外来民族的泱泱大国的气度。所以夏勃朗认为对于二层楼上的房客是不应当理睬的,尽管心里很愿意认识他。另一方面,韦尔先生也很高兴和军官谈谈;但他知道对方的那一套国家主义,也就有点儿瞧不起他。

克利斯朵夫比少校更少理由对韦尔先生感兴趣。但他看着不公平的态度受不了。所以夏勃朗一攻击韦尔,他就跟他争辩。

有一天,少校照例叽叽咕咕地诅咒现状,克利斯朵夫和他说:“这得怪你们自己。你们全是往后退的。只要法国有什么事情不行,你们便逞着自己的脾气,吵吵嚷嚷地辞职了。仿佛你们把自己认输当做是有面子的。这样高兴打败仗的人,从来没见过。你是军人,请你告诉我,难道这能算一种作战的方式吗?”

“不是作战的问题,”少校回答,“我们不能拿法国做牺牲品而互相厮杀。但在这一类的斗争里头,就得说话,辩论,投票,跟多少无赖的人混在一起:那我是办不到的。”

“你真是灰心透了!在非洲你不是见得多了吗?”

“非洲的玩意儿哪有这些事情丑恶!在那边我们可以砍掉他们的脑袋!并且要战斗,先得有兵。在非洲我有我的狙击手。这儿我是孤掌难鸣。”

“可是好人并不少啊。”

“在哪儿?”

“到处都是。”

“那么他们在干什么?”

“跟你一样,他们一事不做,说是无法可想。”

“至少举出一个人来。”

“岂止一个,我随便就可以举出三个,而且都跟你住着一幢屋子。”

克利斯朵夫说出韦尔先生,——少校听了直嚷,——哀斯白闲夫妇,——他简直跳起来了:

“那个犹太人吗？那些德莱弗斯党吗？”

“德莱弗斯党？那有什么关系？”

“就是他们把法国断送了的。”

“他们跟你一样的爱法国。”

“要是真的，那么他们都是疯子，害人的疯子。”

“一个人不能对敌人公平一点吗？”

“跟那般明枪交战的、光明磊落的敌人，我当然能够。你瞧，现在我就在跟你这个德国人谈话。我看得起德国人，虽然心里很希望有朝一日能把我们吃的亏加利奉还他们。可是你说的那些内奸，情形就不同了：他们用的是暗箭，是不健全的观念，含有毒素的人道主义……”

“对啦，你的思想好比中世纪的武士第一次遇到炮弹一样。那有什么办法呢？战争在进化啊。”

“好吧。那么别扯谎，咱们就说这个是战争。”

“要是有个共同的敌人来威胁欧洲，难道你不跟德国人联盟吗？”

“那我们在中国已经实行过了。”①

“你向四下里瞧瞧罢！你的国家，所有我们的国家，在民族的英勇的理想主义上，不是都受到威胁吗？它们不是都给抓在政治冒险家跟思想冒险家的手里吗？对付这个共同的敌人，你们不是应该和你们的有魄力的敌人携手吗？像你这样的人怎么会看不见事情的真相？你所谓的敌人，无非是些拥护一种跟你的理想不同的理想的人！一种理想就是一种力！这是你不能否认的；在最近一次的斗争中，是你们对手方面的

① 指一九〇〇年八国联军入侵中国。

理想把你们打败了。与其为了反对那个理想而浪费你们的精力，干吗不把那个理想跟你们的放在一起，去对付一切理想的公敌，对付损害国家利益的人，对付侵蚀欧洲文明的蠹虫？”

“先得知道为了谁？为了促成我们敌人的胜利吗？”

“你们在非洲的时候，有没有考虑到你们打仗是为了一个王还是为了共和国。我看你们之中好多人都没想到什么共和国吧？”

“他们不管这些。”

“好吧！可是法兰西已经沾了光。你们的征战是为了它，也是为了你们。现在你们也得这样干！扩大战斗的阵营。别为了政治上或宗教上的细故而互相倾轧。那是些无聊的事。你们的民族是教会的代表也罢，是理性的代表也罢，都无关紧要。第一得教你们的民族活着！凡是能激发生机的都是好的。敌人只有一个，便是贪图享乐的自私自利，是它把生命的泉源吸干了，搅浑了。你们得把力量、光明、丰满的爱、牺牲的欢乐，尽量激发起来。永远不能教别人代庖。你们得自己来干，干，你们得联合起来！……”

他说着在钢琴上奏起《合唱交响乐》[①]中那段《降 B 调进行曲》的开头的几节。

“你知道，”他停下来说，“如果我是你们的音乐家，或是夏邦蒂哀或者勃吕诺，[②]我要替你们把《公民执戈前驱》《国际歌》《亨利四世万岁》《神佑法兰西》等等，一齐放在一阕合唱交响曲里，——（你听，就像这种派头），——我要替你们做

① 即贝多芬作的《第九交响曲》。

② 夏邦蒂哀与勃吕诺均为法国近代音乐家。

一盘大杂烩塞在你们嘴里！那当然是怪味道——（也不见得比他们做得更怪）；——可是我敢担保，你们吃下去肚子里会热腾腾地冒出火气来；你们非有所行动不可！”

他说着哈哈大笑。

少校也跟着他笑了：“你是个好汉，克拉夫脱先生。可惜你不是我们这一边的人！”

“怎么不是？到处是同一的战斗。咱们靠拢一些罢！”

少校表示同意；但也至此而已。于是克利斯朵夫拿出固执的脾气，把话题又转到韦尔先生与哀斯白闲夫妇身上。军官跟他一样的死心眼儿，翻来覆去都是反对犹太人和德莱弗斯党的那套老调。

克利斯朵夫因此很难过。奥里维和他说：“你别伤心，一个人不能一下子改变整个社会的思想的。那太理想了！可是你已经不知不觉地做了不少事了。”

“做了些什么？”克利斯朵夫问。

“你是克利斯朵夫。”

“这对别人有什么好处？”

“噢！很大的好处。亲爱的克利斯朵夫，你只要保持你的面目。别替我们操心。”

可是克利斯朵夫决不肯罢休。他继续跟夏勃朗少校争辩，有时很激烈。赛丽纳看了觉得好玩。她听他们谈话，静静地做着活儿，并不加入辩论，但她似乎快活了些，眼睛更有光彩，四周的天地也扩大了。她开始看书，比较地肯往外走动了，感兴趣的事也多了些。有一天克利斯朵夫为了哀斯白闲跟她的父亲大开论战的时候，少校看见她微微笑着，便问她作何感想；她安详地回答：“我觉得克利斯朵夫先生是对的。”

少校不由得愣了一愣:“怎么！你也这样说？……好吧，不管谁是谁非,反正我们现在这样过得很好,不用看见这些人。可不是,孩子?”

“不,爸爸,有些人来往来往,我觉得是愉快的。”

少校不出声了,只装没听见女儿的话。他表面上不愿意露出来,其实对于克利斯朵夫给他的影响并不是毫无感受。他的狭窄的头脑和暴躁的性情还没压倒他的正直和豪侠的心肠。他喜欢克利斯朵夫,喜欢他的坦白与精神的健康,常常惋惜他是德国人。他虽然跟克利斯朵夫争得面红耳赤,却老是要找这种辩论的机会;克利斯朵夫的理由慢慢地在他心中发生作用了。他当然不肯承认。有一天,克利斯朵夫发觉他躲躲闪闪地看着一本书。后来赛丽纳送克利斯朵夫出门的时候,说:“你知道他看的什么书吗？是韦尔先生的著作。”

克利斯朵夫听了很高兴。

“那么他怎么说呢?”

“他说:‘这畜生……’可是他舍不得把书丢下。”

克利斯朵夫下次看到少校的时候绝口不提那件事。倒是他先问:“怎么你不再拿你的犹太人来跟我麻烦了?”

“用不着了。”克利斯朵夫说。

“为什么?”少校气势汹汹地追问。

克利斯朵夫不回答他,一边笑一边走了。

奥里维说得不错。一个人对于别人的影响,决非靠言语完成,而是靠精神来完成的。有一般人能够用目光,举动,和清明的心境,在周围散布出一种恬静的、令人苏慰的气氛。克利斯朵夫所散布的是活泼泼的生命。它慢慢地,慢慢地,仿佛春天的一股暖气似的，透过死气沉沉的屋子，透过古老的墙壁和紧闭的窗子，使那些被多少年的痛苦、病弱、孤独，磨得枯萎憔悴，差不多已经死了的心再生。这是心灵对心灵的力量，感受的和施与的双方都不知道的。可是宇宙万物的生命就靠这种潮涨潮落的运动，而支配这运动的便是那神秘的吸引人的力量。

住在克利斯朵夫和奥里维的公寓的四层楼上的，便是上文提过的那个三十五岁的少妇，奚尔曼太太。她两年以前死了丈夫，一年以前又死了一个七八岁的女孩子。她和婆婆住在一起，她们都不跟人往来。在整幢屋子的房客中间，和克利斯朵夫最生疏的便是她了。他们难得碰到，并且从来不搭讪。

她是个高大、清瘦、身腰相当好看的女人：深色的眼睛没有光彩，没有表情，有时射出一道黯淡的阴沉沉的火焰，照着她蜡黄的扁平脸和瘪陷的嘴巴。老奚尔曼太太是个虔婆，成天待在教堂里。媳妇却一心一意想着自己的悲伤，对什么都不感兴趣。她周围放的全是亡女的遗物和照相等等；因为全神贯注着这些东西，她脑海里再也看不见孩子的形象；眼前那些死的形象把心中那个活的形象给毁掉了。她因为看不见孩子，便更固执地要看见孩子；她要想念她，要专心一意地想念她；结果是毫无办法。于是她冷冰冰地待在那里，惘然若失，一滴眼泪都没有，生命枯涸了。宗教也无能为力。她奉行仪式，可并不爱宗教，因此也没有活泼泼的信仰；她在教堂里献捐，但不积极参加慈善事业；她所有的宗教都建筑在一个念头上，就是跟女儿再见。其余的都对她不相干。上帝？她跟上帝有什么关系？要能再见女儿才行呢！……但这一点就毫无把握。她只是心里要这么相信，固执地，拼命地要相信；但老是怀疑着……她最受不了看到别人的孩子,心里想:"为什么这些孩子倒没有死?"

街坊上有个小姑娘,身段举动都像她死了的女儿。一朝瞧见她拖着小辫子的背影,她就浑身发抖,跟在后面;看到孩子回过头来而明明不是她的女儿的时候,她真想把她勒死。她抱怨哀斯白闲家的孩子在上一层楼吵闹;她们已经被父母管教得很安静了,但只要在屋子里迈着小步走几下,她立刻打发仆人上去要求静默。克利斯朵夫有一回带着那些小姑娘从外边回来碰到她,被她瞧孩子的那副凶狠的目光吓坏了。

一个夏天的晚上,这个活死人正靠近窗子,坐在暗中发愣,脑子里一片虚无,忽然听见克利斯朵夫的琴声。他惯于在这个时间一边弹琴一边幻想。她听到这音乐就恼,因为迷迷糊糊的境界被扰乱了。她愤愤地关上窗子;可是音乐直钻到房间里头,使她恨极了。她心里想禁止克利斯朵夫弹琴,但是没有这权利。从此,每天在同一个时间,她又愤怒又焦急地等琴声开始;倘若开场得迟了,她的怒气只有增加。她不由自主地要把音乐从头听到尾;等到音乐完了,她那个麻痹的境界再也找不到了。——有天晚上,她待在黑魆魆的卧室的一角;从紧闭的窗子中透过来的遥远的音乐使她打了个寒噤,久已枯涸的眼泪居然淌了出来。她过去打开窗子,一边听一边哭。音乐好比雨水,一点一滴地渗透了她枯萎的心,它又活过来了。她重新见到了天空、明星、夏夜,觉得像一线暗淡的光似的,心中有了些对于生命的兴趣,对于人类的同情。夜里,几个月来第一次,她的孩子在梦中出现了。因为使我们接近亡人的最可靠的办法,是积极地参加生活,他们是跟着我们的生存而生存,跟着我们的死亡而死亡的。

她并不想认识克利斯朵夫，但一听到他跟孩子们在楼梯上走过，不禁躲在门背后听几句儿童的唠叨，同时她的心忐忑地乱跳。

有一天她正要出门，听见小小的脚步在楼梯上走下去，声音比平时高了一些，有个孩子和她的妹妹说："轻一点，吕赛德，你知道，克利斯朵夫说过的，别打搅那位伤心的太太。"

另外一个便放轻了脚步，低着声音说话。这一下奚尔曼太太可忍不住了：她开出门去，拼命抓着她们拥抱。她们害了怕，有一个甚至哭了。她只得把她们放下。

从此以后，遇到她们，她就对她们笑，可是笑起来脸有点儿抽搐。（她已经没有笑的习惯了。）她也和她们说些突兀的亲热的话，孩子们惊骇之下，只嗄着嗓子轻轻地回答几句。她们始终怕这位太太，比以前更怕了；走过她家的门口，唯恐她来抓她们而竟飞跑了。她却躲在门内偷瞧，心中非常惭愧，自以为对不起死了的女儿，甚至跪在地下祷告，请她原谅。但那时她生活的本能与爱的本能都已经苏醒，再也压不下去了。

一天晚上，克利斯朵夫从外面回来，发现屋子里乱哄哄的，好像出了事。人家告诉他华德莱先生突然发作心绞痛死了。克利斯朵夫想起那个义女，不禁为之凄然。没有人知道华德莱先生有什么亲属，所以那女孩子差不多是毫无倚靠了。克利斯朵夫连奔带爬地赶到四楼，华德莱公寓的门打开着，他冲进去，发现高尔乃伊神父守在灵前，女孩子淌着眼泪叫着爸爸；看门女人很笨拙地在那儿安慰她。克利斯朵夫过去抱起孩子，跟她说些温柔的话。她伤心得无可奈何地勾着他的脖子；他想把她从家里带出来，她不肯。他只得留在那里陪她。白日将尽，他靠窗望着，把她在臂抱中轻轻地摇摆。孩子慢慢地静下来,呜呜咽咽地睡着了。克利斯朵夫把她放在床上,笨手笨脚地替她解鞋带。天快黑了。公寓的门还开着。有一个影子闪进来,连带还有裙子窸窸窣窣的声音。克利斯朵夫在昏暗中认出奚尔曼太太的那双火辣辣的眼睛。她站在门口,喉咙哽塞着说:"我是来……你可愿意……把她交给我吗?"

克利斯朵夫握着奚尔曼太太的手。她哭了。接着她坐在床头,过了一忽儿又说:"让我来照顾她吧……"

克利斯朵夫和高尔乃伊神父一同回到顶楼上。教士有点不好意思,表示自己很唐突。他谦卑地说希望死者原谅:他不是以教士的身份而是以朋友的身份来的。

第二天早上,克利斯朵夫再到华德莱公寓的时候,发现女孩子抱着奚尔曼太太的脖子,那种天真跟信赖的神气,足见儿童对于能够讨他们喜欢的人是立刻会倾心的。她答应跟着新朋友走……原来她已经把义父给忘了,对新妈妈表示非常亲热。这种情形照理是教人不大放心的。奚尔曼太太自私的爱有没有看到这一层呢?……也许看到罢。可是有什么相干?她非爱不可。爱才是幸福……

华德莱先生下葬了几星期以后,奚尔曼太太带着孩子离开巴黎,到乡下去了。走的时候,克利斯朵夫和奥里维都在场。她那个衷心欢悦的表情,他们俩从来没见过。她完全没注意到他们,临走才发觉了克利斯朵夫,过来握着他的手说:"你救了我。"

克利斯朵夫听了很奇怪,他和奥里维回楼上去,说:"她是什么意思呢,这疯疯癫癫的女人?"

过了几天,他接到一张照片,是个陌生的女孩子,坐在一张圆凳上,很乖地把两只小手交叉着放在膝盖上,眼神清明而忧郁。照片下面写着一行字:“我的亡女感谢你。”

一缕新生的气息就是这样在那些人中间吹过。一座热情的炉灶在六层楼上燃烧,它的光芒慢慢地透入整幢屋子。

克利斯朵夫可不觉得,他只嫌功效太慢。

“啊!”他叹道,“要那些不愿意相识的、信仰不同的、阶级不同的好人携手,难道竟不可能吗?”

“急什么!”奥里维说,“那需要互相的容忍和同情,而这些又得从内心的欢乐产生的。——所谓内心的欢乐,是一个人过着健全的、正常的、和谐的生活所感到的喜悦,——觉得自己做着有益的活动,参与着伟大的事业所感到的喜悦。要达到这种境界,必须国家处在一个伟大的时代,或者更好是正在走向‘伟大’的时代。同时也需要——(这两点是同时来的)——有一个超党派的、聪明的、强有力的政权,能运用大家所有的精力的政权。这超党派的政权的力量一定是靠自己本身而非靠什么群众的,一定是不依赖那些混乱的‘多数’,而是以它所完成的事业使大众心悦诚服的,例如战胜的将军,匡救国难的独裁政府,‘智慧高于一切’的政权……究竟是什么我也说不上来。那是我们做不了主的。要有机会,还要有懂得抓住机会的人;要幸运与天才两者俱备。等着罢,希望罢!力量已经有在这里了:信仰的力量,科学的力量,古法兰西、新法兰西、大法兰西的工作的力量……如果有什么神咒能把这些联合的力量发动起来,那将是多么伟大的气势!可是这神咒,既不是你,也不是我念得出来的。谁能够呢?胜利吗?光荣吗?……耐着性子吧!主要的是,整个民族所有坚强的分子都得养精蓄锐地等着,不能消耗自己的力量,不能在时间没来到以前灰心。唯有能够用几世纪的耐性、劳苦、信仰，去换取幸运与天才的民族，才有获得幸运与天才的希望。”

“谁知道?”克利斯朵夫说，“幸运与天才往往来得出人意料地早，——就在大家并不期待的时候。你们计算的时候太看重‘世纪’了。准备起来罢！把行装收拾起来罢！得永远穿着鞋子，拿着手杖……谁敢说主不就在今晚走过你的门口呢?”

今晚他已经来得很近。他的翅膀的影子已经映在门上了。

德法两国之间出了些表面上无关紧要的事，接着邦交突然紧张起来。三天之内，大家从平时好乡邻的关系一变而为战争前奏的挑衅口吻。对于这种情形，谁也不会惊奇，除非是那班以为理性业已统治世界的梦想家。而这等人在法国是很多的；他们看到莱茵彼岸的舆论界忽然一夜之间变了态度，声势汹汹地高唱排法论调的时候，不由得大吃一惊。两国之内都有些报纸素来自命为享有爱国的专利权，以民族的代表自居（有时是暗中受着政府的指使），要求政府采取某种政策。德国的舆论便是这样对法国用了蛮横无理的、最后通牒式的口吻。原德国跟英国有纠纷，而德国不答应法国置身事外。它那些傲慢的报纸强迫法国作拥护德国的声明，否则就要法国支付战争的第一批代价；它们想用恫吓手段来获取同盟国，不经战争而先把对方当做战败的、心悦诚服的属国看待，——总而言之，把法国看做跟奥国一样。这儿我们可以看出德意志帝国主义被胜利冲昏了头脑；也可以看出德国一班政治家完全不了解别的民族,把他们行之于国内的金科玉律,强权就是公理的那一套,应用到别人身上。对于一个古老的民族,在欧洲享有德国从来未有的几百年的光荣和威望的国家,这种强暴的压迫自然要引起跟德国的期望完全相反的后果。法兰西那股沉沉酣睡的傲气惊醒了,举国上下都沸腾起来,连最麻木的人也气得直嚷。

德国的民众跟这些挑衅行为完全不相干:每个国家的老百姓只要求和和平平地过日子;德国的百姓尤其来得和平,亲热,愿意跟大家安居乐业,并不想打倒别人而很乐于赞美他们,摹仿他们。可是当局并不征求老实人的意见;他们也没有胆量发表意见。凡是没有勇气参与公共行动的人,势必成为公共行动的玩具,成为响亮而荒唐的回声,反射出舆论界的呐喊和领袖们的挑战;《马赛曲》或《保卫莱茵》便是这样产生的。

这件事对克利斯朵夫与奥里维真是一个可怕的打击。他们平素相亲相爱的程度,使他们没法想象为什么他们的国家不采取跟他们同样的办法。这股突然觉醒的深仇宿恨,两个人都看不出其中的理由,尤其是克利斯朵夫;他以德国人的身份,觉得对一个被自己的民族打败的民族没有憎恨的理由。他一部分同胞的骄傲狂悖使他非常痛心;在某个限度之内,他对于这种迫令投降的举动和法国人同样愤慨;可是他不大明白为什么法国不肯做德国的盟友。他认为德法两国有多少深刻的理由应当携手,有多少共同的思想,同时又有多么重大的使命应当协力完成,所以它们俩一味仇视的情形使他看了大为气恼。和所有的德国人一样,他觉得法国在这件误会中是主要的罪人;因为即使他承认战败的回忆对法国很痛苦,也认为只是自尊心的问题,而为了更重大的利益——为了文明,为了法兰西,——就不应当再想到自尊心。他从来没费心把阿尔萨斯-洛林问题思索一下。他在小学里已经学会了把并吞阿尔萨斯-洛林的行为看做天公地道的行为,那不过是在几百年的异族统制之后,把德国的土地归还给德国罢了。所以一发觉他的朋友认为那是件罪行的时候,他简直搅糊涂了。他从来没跟他谈起这些事,满以为他们的意见是一致的;不料他素来相信为诚实的、胸襟宽大的奥里维,竟没有冲动,没有愤怒,而只是不胜悲苦地和他说,一个民族可能放弃对于这样一件罪行的报复,但要他同意这件罪行究竟对他是奇耻大辱。

他们俩极不容易彼此了解。奥里维举出许多历史上的理由,证明阿尔萨斯为拉丁土地而应当由法国收回,但对克利斯朵夫一点没作用;可以支持相反的主张的同样充分的论据多得很:不论哪一种政见,都可以在历史上找到它所需要的理由。——克利斯朵夫的重视这个问题,并不仅仅是为了牵涉到法国,而主要是为了人情问题。关键不在于阿尔萨斯人是否德国人。事实是他们不愿意做德国人;成为问题的只有这一点。谁有权利说:"这个民族是属于我的,因为他是我的兄弟。"倘使对方不认他是兄弟的话?即使这种否认是不应该的,那么错也错在不能讨兄弟喜欢的那一方面,因为他没有权利硬要对方跟着他走。四十年来,德国人用着武力和种种的威胁利诱,甚至也由贤明正直的德国当局行了许多德政以后,阿尔萨斯人始终不愿意做德国人。即使他们因意志消沉而不得不让步的时候,那般被迫离乡别井、逃亡异地的人的痛苦,——或者更惨的,那些没法离开而忍受着深恶痛绝的枷锁,眼看乡土被侵占,同胞被屈服的人的痛苦,是永远消灭不了的。

克利斯朵夫天真地承认自己从来没看到问题的这一方面,接着心里就不好过了。一个老实的德国人讨论问题往往非常坦白,那是看重自尊心的拉丁人——不管他多么真诚——不大办得到的。固然,历史上所有的民族都犯过这一类的罪恶:克利斯朵夫可并不援引那些例子做德国的口实。他太高傲了,不能去找那种可耻的借口;他知道人类越进步,人的罪恶越显得可怕,因为四周有着更多的光明。但他也知道,倘若法国打了胜仗,也不见得比德国更有节制,一定也会在罪恶的连锁中加上一环。这样,悲惨的冲突可以永远继续下去,使欧罗巴文明的精华受到危险。

克利斯朵夫固然为了这个问题很难受,但奥里维更痛苦。可悲的还不只在于两个最配携手的民族自相残杀。便是在法国内部,也有一部分人准备跟另一部分的人厮杀。和平运动与反军国主义运动,多少年来同时由国内最高尚的跟最下贱的分子在那里宣传。政府让他们干去;只要是不妨碍政客们眼前的利益的,政府对一切都采着旁观的态度;它没想到最危险的并不在于公开支持一种最危险的主义,而是在于听让这种主义潜伏在民族的血管中,等政府预备作战的时候来破坏战争。这主义一方面迎合自由思想的人,因为他们梦想建立一个友好的欧罗巴,由它把所有的努力结合起来,缔造一个更公平更有人性的世界;同时它也迎合无耻小人的自私自利,因为这般人是不论为什么人什么事都不肯把自己的皮肉去冒险的。——这些反战思想把奥里维和他的许多朋友都感染了。有一两次,克利斯朵夫在自己家里听到一些谈话,不禁为之骇然。那位好心的莫克,脑子里装满了人道主义的幻想,精神奕奕地睁着眼睛，语气非常柔和地说，应当阻止战争，而最好的方法是煽动士兵反抗，教他们向长官开枪。他保证那一定会成功。工程师哀里·哀斯白闲冷冷地回答说，倘若发生战事，他和朋友们先要跟国内的敌人算清了账，再上前线。安特莱·哀斯白闲却站在莫克一边。克利斯朵夫有一天看见弟兄俩争执得很凶，甚至互相以枪毙来威吓。虽然这些杀气腾腾的话还带着说笑的口吻，可是听的人很能感到他们说的话有朝一日的确句句会实行的。克利斯朵夫好不诧异地估量着这个荒唐的民族，永远预备为了思想而自杀……真是疯子。专讲逻辑的疯子。各人只看见自己的思想，不走到终点，决不肯有一点儿让步。而且他们当然是以互相消灭为快的。人道主义者对爱国主义者开火。爱国主义者对人道主义者开火。而这时候敌人来了，把国家和人类一齐压得粉碎。

"可是告诉我，"克利斯朵夫问安特莱·哀斯白闲，"你们和别的民族的无产阶级有没有联系好呢？"

"反正要有个人首先发难。那就由我们来了。我们素来是打先锋的。让我们来发信号罢！"

"要是别人不响应怎么办呢？"

"不会的。"

"你们有没有协定，有没有预先订下一个计划？"

"用不着协定！我们的力量比什么外交手段都强。"

"这不是一个观念的问题，而是战术的问题。倘使你们要消灭战争，就得用战争的方法。在两国之间先把你们的作战计划订下来，把你们在德法两国的行动和日期商量妥当。倘若你们只存着碰运气的心，那么结果怎么样？一方面是毫无计划的碰运气，另一方面是有组织的强大的力量，——你们不被他们压倒才怪!”

安特莱·哀斯白闲不听这些。他耸耸肩,只空空洞洞地说些威吓的话:他说拿一把沙子放在要害,放在齿轮里,就能把机器破坏。

可是从容不迫地谈理论是一件事,把思想付诸实行——尤其在需要当机立断的时候,——又是一件事。狂风巨浪在心坎里卷过的时间的确是难过的。一个人自以为是自由的,是自己思想的主宰;不料你忽然觉得不由自主地被什么东西拖着。你心中有个暧昧的意志要违反你的意志。你这才发现有个陌生的主宰,有一种无形的力统治着人类。

一般头脑最坚定、信仰最稳固的人,发觉自己的信仰溶解了;他们彷徨无措,不知道怎么决定,而结果往往会走上跟他们预定的完全不同的路,教自己大吃一惊。反对战争最激烈的人中,有些会觉得国家的骄傲与热情突然在胸中觉醒起来。克利斯朵夫看到一般社会主义者,甚至工团主义者,对着这些相反的热情与责任依违两可,无所适从。在两国冲突的初期,克利斯朵夫还没把事情看得严重,他用着德国人那种冒失的态度和安特莱·哀斯白闲说,这是实行他理论的时候了,要是他不愿意德国把法国吞灭的话。安特莱听着大怒,跳起来回答说:

“试着瞧罢!……你们这批混蛋,也算有个该死的社会党,拥有四十万党员,三百万选举人,你们还不敢堵住你们皇帝的嘴巴,摆脱你们的枷锁!……哼,我们会来代劳的,我们!吞灭我们罢!我们才会吞灭你们呢!……”

等待的时期越拖长,大家心里越烦躁。安特莱痛苦不堪。明知自己的信仰是对的而没法加以保卫!同时还觉得受到那种精神疫疠的传染,——它就在民间传播集体思想的强烈的疯狂,战争的气息！这股气息对克利斯朵夫周围的人都起了作用,便是克利斯朵夫也免不了受到影响。他们彼此不说话了,大家都离得远远的。

但迟疑不决的心绪是不能长久拖下去的。行动的怒潮,不管那些踌躇的人愿意不愿意,把他们都推送到这个或那个党派里去了。有一天,人们以为到了最后通牒的前夜,——两国所有的活力都紧张到箭在弦上不得不发的时候,克利斯朵夫发现大家都已经挑选定了。一切敌对的党派都不知不觉站到它们先前嫉恨或瞧不起的政府方面去。颓废艺术的大师们和美学家们,在短篇的色情小说中加进一些爱国的宣传。犹太人说要保卫他们祖先的神圣的土地。哈密尔顿一听到国旗二字就会下泪。而大家都是真诚的,都是害了传染病。安特莱·哀斯白闲和他提倡工团主义的朋友们,跟别人一样,——并且更甚,为了形势所迫,为了不得不采取一个他们痛恨的主张,便抱着一肚皮阴沉的、悲观的怒意打定了主意,那种心绪就逼着他们替残杀做了疯狂的工具。电机工人奥贝,因为后天的人道主义与先天的排外主义在胸中交战得难解难分,差点儿发神经病。他失眠了好几夜,终于找到了一个解决一切的方式:认为法国便是全人类的化身。从此他不再跟克利斯朵夫谈话。差不多屋子里所有的人对他都闭门不纳了。连那么和气的亚诺夫妇也不再邀请他。他们继续弄着音乐,沉浸在艺术里,想忘掉那件大众关切的事。但他们时时刻刻要想到。他们之中每个人单独遇见克利斯朵夫的时候,仍旧很亲热地跟他握手,可是急匆匆的,躲躲闪闪的。倘使在同一天上克利斯朵夫又碰到他们而逢着他们夫妇俩在一块儿,他们就很窘地行个礼，连停也不停下来。反之，多少年来不交谈的人倒反突然接近了。有天晚上，奥里维做手势教克利斯朵夫走近窗口，要他看哀斯白闲一家和夏勃朗少校在下面园子里谈天。

克利斯朵夫对于大家思想上这种突然之间的变化并不惊奇。他自己的问题也尽够操心了。他心中骚乱惶惑，简直无法控制。比他更有理由骚动的奥里维却比他镇静。他似乎是唯一不受传染的人。尽管一边等着将临未临的战争，一边怕意料中的国内的分裂，他却知道迟早必须一战的两个敌对的信仰都是伟大的，也知道法国的使命是要做人类进步的实验场，而新思想的长成就得靠法国用热血来灌溉。但他自己不愿意卷入漩涡。对于人类的残杀，他很想引一句安提戈涅①的名言："我是为了爱而生的，不是为了恨而生的。"——对啦，为了爱，也为了了解，那是爱的另外一种形式。他对克利斯朵夫的温情足以使他明白自己的责任。在这个千千万万的生灵准备互相仇恨的时间，他觉得，为了他和克利斯朵夫这样两颗灵魂的责任与幸福，应当在大风暴中保持他们的友爱和理性。他记起歌德拒绝参加德国一八一三年代的仇法运动。

这种种，克利斯朵夫全感觉到，可是没法安静。在某种方式之下抛弃了德国而不能回去的他，虽然像老朋友苏兹一样，浸淫着十八世纪那些伟大的德国人的欧罗巴思想，厌恶新德意志的军国精神和经商主义，他心中却掀起了一股巨大的热情，不知道会把他拖到哪儿去。他并不把这个情形告诉奥里

① 安提戈涅为希腊神话中俄狄浦斯的女儿，一家均遭厄运。引语见希腊悲剧家索福克勒斯的悲剧。

维，只整天惶惶然等着消息，偷偷地整着东西，收拾行李。他不再用理性思索了。他抑制不住了。奥里维很不放心地注意着，猜到他内心的斗争而不敢动问。他们觉得需要比平时更接近，事实上也比什么时候都更相爱；但他们怕谈话，唯恐发现思想上有什么不同而使他们分离。四目相对的时候，他们往往有一种不安的温柔的情绪，好似到了永别的前夜。两人都不胜苦闷地守着缄默。

可是，在天井对面那座正在建造的房屋顶上，在这些悲惨的日子里，工人们冒着狂风骤雨，正敲着最后几下的锤子；而克利斯朵夫的朋友，那个多嘴的盖屋工人，远远地笑着对他嚷道："瞧，我的屋子完工了！"

幸而阵雨过了，来得快也去得快。宫廷中半官式的文告像晴雨表似的报告天气转好。舆论界叫嚣的狗重新回到窠里。几小时之内，人心都松了下来。那是一个夏天的晚上。克利斯朵夫气吁吁地跑来把好消息告诉奥里维。他们好不痛快地呼了几口气。奥里维望着他，微微笑着，有点儿怅惘，还不敢把老挂在心上的问题提出来。他只说：

"哦，那些老是闹意见的人，你不是看到他们团结了吗？"

"我看见了，"克利斯朵夫笑嘻嘻地回答，"你们真会开玩笑！你们吵吵嚷嚷的好像彼此势不两立，其实都是一样的见解。"

"你应该满意了吧？"

"干吗不满意？因为他们的团结要拿我做牺牲品吗？……得了罢！我是相当强的人，并且经历一下这个掀动我们的浪潮，看到这些魔鬼在心中觉醒，也很有意思。"

“我可是怕极了，”奥里维说，“我宁愿我的民族永远孤独下去，不希望它以这种代价来团结。”

他们不出声了；两人都不敢提到使他们心慌的问题。终于奥里维鼓足勇气，嗄着嗓子问：“老实告诉我，克利斯朵夫，你已经预备走了，是不是？”

“是的。”克利斯朵夫回答。

奥里维早已料到这句话，但听了心里仍不免为之一震：

“克利斯朵夫，你竟会……”

克利斯朵夫把手按了按脑门：“别谈这个了，我不愿意再想了。”

奥里维很痛苦地又提了一句：“你预备跟我们作战吗？”

“我不知道，我没想过这问题。”

“可是你心里已经决定了，是不是？”

“是的。”克利斯朵夫回答。

“对我作战吗？”

“对你？永远不会的！你是我的。我不论到哪儿，你总跟我在一起。”

“那么是对我的国家了？”

“为了我的国家。”

“这真是可怕，”奥里维说，“我也爱我的国家，像你一样。我爱我亲爱的法兰西；可是我能为了它而杀害我的灵魂，欺骗我的良心吗？那等于欺骗法兰西。我怎么能没有仇恨而恨，怎么能扮演那种仇恨的喜剧而不犯说谎的罪？自由思想的人第一个原则是要了解，要爱；现代的国家把它的铁律去约束自由思想的人简直是罪大恶极，它会因之自取灭亡的。要做皇帝就做皇帝，可不能自以为上帝！他要取我们的金钱性命，好吧，拿去就是。他可没有权利支配我们的灵魂，他不能拿血来溅污它们。我们到世界上来是为传播光明而非熄灭光明的。各有各的责任！倘若皇帝要战争，那么让他用自己的军队去战争，用从前那种以打仗为职业的军队去战争！我不会那么蠢，对着暴力呻吟。可是我不属于暴力的队伍而属于思想的队伍；我跟我千千万万的同胞代表着法兰西。皇帝要征服全世界，由他去征服吧！我们是要征服真理。”

“要征服，”克利斯朵夫说，“就得战胜，就得生活。真理不是由脑子分泌出来的硬性的教条，像岩洞的壁上分泌出来的钟乳石那样。真理是生活。你不应当在你的脑子里去找，而要在别人的心里去找。跟他们团结起来罢。你们爱怎么想都可以，但每天得洗一个人间的浴。应当体验别人的生活而忍受自己的命运，爱自己的命运。”

“我们的命运是保持我们的本来面目。思想或是不思想，都不由我们做主，即使因之而冒什么危险也没办法。我们到了文明的现阶段，再也不能往后退了。”

“不错，你们到了高峰的边缘上，到了一个民族只想往下跳的地方。宗教与本能在你们身上都没有力量了。你们只剩着智慧。危险啊！死神来了。”

“所有的民族都要到这个地步的：不过是几个世纪的上下而已。”

“丢开你的世纪罢！整个的生命是日子的问题。真要那般该死的梦想家才会把自己放在虚无缥缈间，而不去抓住眼前飞逝的光阴。”

“你要怎么办呢？火焰就在烧着火把。可怜的克利斯朵夫，一个人不能在现在与过去同时常住的。”

“应当在现在常住。”

“过去有些伟大的成就是不容易的。”

“要现在还有活着的并且是伟大的人能够赏识的时候，过去的伟大才成其为伟大。”

“与其成为今日这些醉生梦死的民族，你岂不愿意成为已经死了的希腊人？”

“我更愿意成为活的克利斯朵夫。”

奥里维不讨论下去了。并非他没有许多话可以回答，但他不感兴趣。刚才辩论的时候，他从头至尾只想着克利斯朵夫。他叹了口气，说：“你的爱我不及我的爱你。”

克利斯朵夫温柔地握着他的手：

“亲爱的奥里维，我爱你甚于爱我的生命。可是原谅我，我不能爱你甚于爱生命，甚于爱人类的太阳。我最恨黑夜，而你们虚伪的进步就在勾引我往黑暗中去。在你们一切隐忍舍弃的说话底下，都藏着同样的深渊。唯有行动是活的，即使那行动是杀戮的时候也是活的。我们在世界上只有两件东西可以挑：不是吞噬一切的火焰，便是黑夜。虽然黄昏以前的幻梦特别有种凄凉的韵味，我可不要这种替死亡做前奏的和平。至于无穷无极的空间，它的静寂是使我害怕的。让咱们在火上添些新柴罢！愈多愈好！连我也丢进去罢，要是必需的话……我不愿意火焰熄灭。倘使它熄灭了，我们就完了，世界上一切都完了。”

“你这种口吻我是熟悉的，”奥里维说，“那是从过去的野蛮时代来的。”

他在书架上抽出一部古印度诗人的集子。念道：

“你起来罢，坚决地去战斗。不问苦乐，不问得失，不计成败,尽你的力量战斗……"

克利斯朵夫从他手里抢过书来,接着念下去:

"……世界上没有一件东西强迫我行动,也没有一件东西不是我的;可是我决不抛弃行动。要是我不孜孜矻矻地干着,让人家照着我的榜样做,所有的人都要灭亡。倘若我的行动停止一分钟,我就要使世界陷入混沌,我要变成生命的刽子手。"

"生命,"奥里维再三说着,"生命,什么叫做生命?"

"一场悲剧,"克利斯朵夫回答,"往前冲罢!"

风浪过去了。大家怀着鬼胎,急于要把它忘掉。似乎没有一个人记起经过的情形。可是每个人都还在心里想着,只要看他们兴高采烈的恢复日常生活便可知道;受过了威胁,日常生活才更显得可贵。好似在每次大难以后,大家都拼命地把东西往嘴里塞。

克利斯朵夫用着十倍的兴致重新埋头创作。奥里维也受了他的影响。为了需要把忧郁的思想廓清一下,他们根据拉伯雷的作品合作一部史诗。健康的唯物色彩非常浓厚,那是精神受了压迫以后必然的现象。除了卡冈都亚、巴奴越、修士约翰这几个知名的角色以外,奥里维受着克利斯朵夫的感应,又添了一个新人物,——一个叫做忍耐的乡下人。他天真,狡猾,被人殴打,被人窃盗也无所谓;——妻子被人亲吻,田地被人劫掠也无所谓;——不辞劳苦地种着他的田,——被逼去打仗,受尽千辛万苦也无所谓;他一边看着主子们剥削,一边等着他们的鞭子,心里想:"事情不会老是这样的。"他料到他们会倒霉，在眼梢里瞅着，已经不声不响地扯着他的大嘴在那里笑了。果然有一天，卡冈都亚和修士约翰当了十字军，遭了难。忍耐真心地可惜他们，又很快活地安慰自己，把淹得半死的巴奴越救起来，说道："我知道你还要耍弄我；可是我少不了你；你能替我解闷，教我发笑。"

根据这篇诗歌，克利斯朵夫写成几支分幕的、附带合唱的交响曲；其中有悲壮而可笑的战争，有狂欢的节会，有滑稽的歌唱，有耶纳甘派的牧歌，有儿童一般粗豪的欢乐，有海上的狂风暴雨，有音响的岛屿和钟声；最后是一阕田园交响曲，充满着草原的气息：长笛，双簧管，民歌，唱出一派轻快喜悦的调子。——两位朋友非常愉快地工作着。清瘦苍白的奥里维洗了一个健身浴。欢乐的巨潮在他们的顶楼中卷过……用自己的心灵创作，同时也用朋友的心灵的创作！便是情侣的拥抱也不会比这两颗友爱的灵魂的结合更甜蜜更热烈。两心相契的程度使他们常常同时有同样的思想：或者是克利斯朵夫写着一幕音乐，奥里维立刻想出了歌词。他带着奥里维向前迈进。他的精神笼罩了朋友，使朋友也产生了果实。

除了创造的快乐，又加上战胜的快乐。哀区脱决心把《大卫》付印了，一出版立刻在外国引起很大的回响。哀区脱有个瓦格纳党的朋友住在英国，是有名的乐队指挥，对克利斯朵夫这件作品非常热心，拿它在好几个音乐会里演出，极受欢迎；凭着这一点，同时靠着名指挥的力量，《大卫》在德国也被演奏了。那指挥又跟克利斯朵夫通信，问他要别的作品，说愿意帮忙；他也竭力替克利斯朵夫做宣传。以前被喝倒彩的《伊芙琴尼亚》，在德国被人重新发现了。大家都认为他是天才。克利斯朵夫传奇式的生涯使人家对他格外好奇。《法兰克福日报》首先发表了一篇轰动一时的文章。别的报纸也跟着来了。于是法国也有人发觉他们中间有着一个大音乐家。《拉伯雷史诗》还没完工,巴黎某音乐会的会长就向克利斯朵夫要求这件作品;而古耶,因为预感到克利斯朵夫快要享盛名了,便用着神秘的口吻提到他所发现的天才朋友。他写了篇文章把美妙的《大卫》恭维一阵,完全忘了他上年提到这作品的时候用的是两句侮辱的话。他周围的人也没有一个想起这一点。巴黎多多少少的人过去都揶揄瓦格纳和法朗克,现在又捧着他们去打击新兴的艺术家,然后等新兴艺术家成为过去的人物之后再捧他们。

这次的成功出乎克利斯朵夫意料之外。他知道自己早晚会胜利的,可没想到胜利来得这么快。他对于太迅速的成功怀着戒心,耸耸肩膀,说希望人家别跟他烦。要是人们在上一年他写作《大卫》的时候恭维他,他可能接受;但现在心情已经不同,他又多爬了几级。他很想和那些对他提起旧作的人说:

“别拿这个脏东西来跟我烦!我讨厌它,也讨厌你们。”

接着,他用一种因为被人打扰而有点儿生气的心绪,重新埋头做他的新工作。但他暗里毕竟感到一种快意。荣名的最初几道光辉是很柔和的。打胜仗是愉快的,增进健康的。那好比窗子打开了,初春的气息渗透了屋子。——克利斯朵夫虽然瞧不起自己的旧作,尤其是《伊芙琴尼亚》,但看到这件可怜的作品从前给他招来多少羞辱,而如今受着德国批评家的恭维与戏院的欢迎,究竟也出了一口气。他收到一封德累斯顿那边的信,说人家很愿意排演他的乐剧,在下一季中上演……

这个消息使他在多少年的忧患以后终于窥见了比较恬静的远景和胜利。但他当天又收到另外一封信。

那天下午,他一边洗脸一边隔着房间和奥里维高高兴兴地说话,门房从门底下塞进一封信来。他一看是母亲的笔迹:他正预备写信给她,因为能告诉她一些好消息而很快慰……他拆开信来,只有几句话……啊,她的字怎么抖得这样厉害呀?……

亲爱的孩子,我身体不大好。要是可能,我还想见你一面。我拥抱你。

妈妈

克利斯朵夫哭了。奥里维吃了一惊,立刻跑来。克利斯朵夫说不上话,只指着桌上的信。他继续哭着,也不听奥里维看完了信以后对他的安慰。然后他奔到床前,拿起外衣急匆匆穿了,领带也不戴,——(手指在发抖)——往外便走。奥里维追到楼梯上把他拦着,问他想怎么办。搭下班车吗?在黄昏以前就没有车。与其在站上等还不如在家等。必不可少的路费有了没有呢?——他们俩搜遍了各人的衣袋,统共也不过三十法郎左右。时方九月,哀区脱,亚诺夫妇,所有的朋友都不在巴黎。没有地方可以借。克利斯朵夫焦急地说他可以徒步走一程。奥里维要他等一小时,让他去张罗旅费。克利斯朵夫一筹莫展,只得由他摆布。奥里维破天荒第一遭进了当铺;他是素来宁愿挨饿而不肯把纪念物当掉一件的,但这次是为了克利斯朵夫,而且事情那么紧急。他便当了他的表,可是当来的钱和预算的还相差太远,便回家拿了几部书卖给旧书摊。当然他为之很难过,但此刻无暇想到,心中只记挂着克利斯朵夫的悲伤。回到家里，他发现克利斯朵夫神色惨沮地坐在原来的地方。奥里维张罗来的钱，再加上三十法郎，已经绰绰有余了。克利斯朵夫心乱如麻，根本没追究钱的来源，更没想到自己走了以后朋友还有没有钱过日子。奥里维也和他一样；他把所有的款子交给了克利斯朵夫，还得像照顾孩子似的照顾朋友，把他送上车站，直到车子开动了才和他分手。

夜里，克利斯朵夫睁大着眼睛，望着前面，想道："我还赶得上吗？"

他知道，要母亲写信叫他回去，她一定是迫不及待的了。他焦急的心情恨不得要风驰电掣般的特别快车再加快一些速度。他埋怨自己不应该离开母亲，同时又觉得这种责备是空的：事势推移，他也做不了主。

车轮与车厢单调的震动，使他慢慢地平静下来，精神被控制了，有如从音乐中掀起的浪潮被强烈的节奏阻遏住了。他把自己的过去，从遥远的童年幻梦起，全部浏览了一遍：爱情，希望，幻灭，丧事，还有那令人狂喜的力，受苦，享受，创造的醉意，竭力要抓握人生的光明与黑暗的豪兴，——这是他灵魂的灵魂，潜在的上帝。如今隔了相当的距离，一切都显得明白了。他的欲望的骚动，思想的混乱，他的过失，他的错误，他的顽强的战斗，都像逆流和漩涡，被大潮带着冲向它永远不变的目标。他懂得了多年磨炼的深刻的意义：每次考验的时候必有一道栅栏被逐渐高涨的河流冲倒；它从一个狭窄的山谷流到另一个更宽广的山谷，把它注满了；视线变得更辽阔，空气变得更流畅。在法国的高地与德国的平原中间，河流找到了出路，冲到草原上，剥蚀着高冈下面的低地，把两国的水源都吸收了，汇集了。它在两国中间流着，不是为了把它们分野，而是为了把它们结合：两个民族在它身上融和了。克利斯朵夫这才第一次感觉到，他的命运是像动脉一般把两岸所有的生命力灌注到两岸敌对的民族中去。——在最阴惨的时间，他面前反出现一个恬静的境界和突如其来的和平……然后那些幻象消失了，眼前只有老母那张痛苦而温柔的脸。

他到本乡的时候，东方才发白。他得留神不给人家认出来，因为通缉令还没撤销。可是站上没有一个人注意他；大家还睡着，屋子都没开门，街上荒荒凉凉的：那是灰暗的时间，夜色已尽，日光未至，睡眠最甜，而梦境都染上曙色的时间。一个年轻的女仆正在打开铺子的百叶窗，嘴里唱着一支老歌。克利斯朵夫差点儿透不过气来。噢，故乡！亲爱的故乡！……他真想扑下去亲吻泥土；听着那个使他心都融化的平凡的歌，他觉得远离乡土的时候多么苦恼，而自己又多么爱它……他凝神屏气地走着，一看到家，不得不用手掩着嘴巴，不让自己叫起来。留在这儿的被他遗弃的人，究竟怎么样了呢？他喘了口气，连奔带跑地直到门前。门半开着。他推进去。一个人都没有……旧扶梯在脚下格格作响。他走上二楼。屋子好像没人住的，母亲的房门关着。

克利斯朵夫心忐忑地跳着，抓着门钮，没有气力推开……

鲁意莎孤零零地躺着，觉得自己快完了。其余两个儿子都不在这儿：经商的洛陶夫在汉堡成了家；恩斯德上美洲去了，杳无音讯。谁也不关切她，只有一个邻居的女人每天来看她两次，问她可需要什么，待上一会儿，就回家去干自己的事；——她来的时间没有准儿，往往来得很晚。鲁意莎觉得人家忘记她是挺自然的，跟自己闹病一样的自然，而且她苦惯了,涵养功夫好到极点。她心脏不好,常常会闭过气去,自以为要死了:她睁着眼睛,双手抽搐,满头大汗。她并不抱怨,以为是应当如此的。她已经准备好了,临终圣体也受过了。只有一件事情使她挂心:就是怕上帝不许她进天堂。其余的一切,她都能够耐着性子忍受。

在小房间的黑洞洞的一角,她在床高头的壁上和枕头四周,把所有心爱的人的照片都集中在一起:三个孩子的,丈夫的(她对他始终保持着初期的爱情),老祖父的,还有哥哥高脱弗烈特的。凡是待她好的人,——不管那好心是怎样的不足道,——她都念念不忘。她把克利斯朵夫寄来的最后一张照相用针扣在褥单上,靠近着她的脸,又拿他最近几封信放在枕头底下。她最爱秩序和清洁,现在看到屋子里没有整理得顶好,就觉得不大好过。外边各种细小的声音,对她等于是报告时刻。那她听了多少年了!整整的一生都是在这个小天地中消磨的……她想着心爱的克利斯朵夫,多么希望他此时此刻能到这儿来,挨在她身边!可是他要不来的话也算了。没有问题,她一定能在天上见到他。现在她只要闭上眼睛就能看见他了。她迷迷糊糊的老是在回忆中过日子……

她在莱茵河边上的老屋内……家里在过节……正是夏季一个大好的晴天。窗子开着:太阳照在明晃晃的路上。鸟儿唱着歌。曼希沃跟祖父坐在门前抽烟,一边谈天一边挺高兴地笑着。鲁意莎看不见他们,但是很快活,因为这一天丈夫在家,祖父脾气很好。她在楼下做饭:一顿丰盛的午饭。她非常留神地照顾着;有一样大家意想不到的好东西:一块栗子蛋糕;一想到孩子会快活地叫起来,她心里就很舒服……啊,孩子,他在哪儿呢?在楼上:她听见他在弹琴。她不懂他弹的东西，但听到那琤琤瑽瑽的声音，知道他乖乖地坐在那里，她就很快活了。天气多好！大路上有辆车子传来轻快的铃声……啊！天哪！我的烤肉呢！但愿不要在她眼望窗外的时节给烤焦了！她唯恐她多么喜欢而又多么害怕的祖父不乐意，埋怨她……还好，托上帝的福，没有出事。瞧，什么都预备好了，饭桌也摆好了。她招呼曼希沃跟祖父。他们很愉快地答应了。可是孩子呢？……他不弹琴了。琴声已经停了一忽儿，她没留意……——“克利斯朵夫！”……他在干什么呢？一点声息都没有。他老是想不到下来吃饭的，又得给父亲骂了。她急急忙忙地上楼：——“克利斯朵夫！”……没有回音。她打开他屋子的门。没有人。屋子里空空的；钢琴也盖上了……鲁意莎不由得一阵心痛。他怎么的？窗子开着。天哪！他不会掉下去吧！……鲁意莎吓坏了，赶紧从窗口往下瞧……——“克利斯朵夫！”……哪儿都找不到他。各个房间都走遍了。祖父在楼下对她嚷着：“你来罢，别急，他自个儿会来的。”她可不愿意下楼；她知道他在这儿，一定是躲着玩儿，跟她捣乱。啊！可恶的孩子！……是的，毫无疑问的，楼板在那里格格地响；他躲在门后呢。可是钥匙不在门上。去拿钥匙吧！她在一张放着各式钥匙的抽屉内急急忙忙地找。这一个，这一个……哦，不是的！——对啦，是这个！……可是插不进锁孔。鲁意莎的手拼命地发抖。她急得很，要赶紧呀。为什么？不知道；只知道要赶紧。要不然她就等不及了。她听见克利斯朵夫在门后呼吸……啊！这钥匙！……终于开了。她高兴得叫起来。是他呀，他扑上她的脖子……啊！可恶的孩子，好孩子，亲孩子！……

她睁开眼来。他果然在这里,在她面前。

他已经对她望了一些时候,望着这张大大改变了的,又瘦又有些虚肿的脸,那种无言地痛苦,给她听天由命的笑容衬托得格外凄惨;周围又是那么冷静,那么孤独……他看了心都痛了……

她见了他,并不惊奇,只微微笑着。那笑容是没法形容的。他扑上她的脖子,把她拥抱了;她也拥抱他,大颗的眼泪从腮帮上直淌下来,轻轻地说了声:"等一等……"

他看见她气喘得厉害。

两人一动不动。她不住地流着泪,摩着他的头。他一边哭一边亲她的手,把被单遮着脸。

等到安静了一点,她想说话,可是说不上来:用的字都是错的,他很不容易懂得。那也没关系。反正他们已经见了面,始终那么相爱:那就行了。——他很气地查问为什么人家把她一个人丢在这儿。她替那个照顾她的女人解释道:"她不能老待在这里:她有她自己的工作。"

然后她用着一种微弱的、断续的、连字母都念不周全的声音,很急促地嘱咐一些关于她坟墓的事。她要克利斯朵夫向其余两个把她忘了的儿子转达她为母的遗爱。她也提到奥里维,——他对克利斯朵夫那种深厚的友情,她是知道的。她要克利斯朵夫告诉他,说她祝福他,——但她马上改正了,用了两个更谦卑的字眼,说她对他表示*敬爱*……

说到这儿她又气急了。他扶着她在床上坐起来,满脸淌着汗。她勉强笑着,心里想现在握到了儿子的手,自己在这个世界上也没什么要求了。

克利斯朵夫突然觉得母亲的手在他手里抽搐起来。鲁意莎张着嘴,不胜怜爱地望着儿子,溘然长逝了。

当天晚上,奥里维赶到了。他不能让克利斯朵夫在这个悲痛的时间孤独无助,那种滋味他是经历过的。同时他也担心朋友回到德国所冒的危险。他要跟他在一起,保护他,可是没有旅费。送了克利斯朵夫回去,他决意卖掉几件老家传下来的首饰。那时当铺已经关门,而他又想搭明天第一班车走,便预备去找街坊上一个卖旧货的想办法,不料一出门就在楼梯上遇见了莫克。莫克知道了这些事,立刻表示奥里维没有去找他使他非常难过,他硬要奥里维接受他的钱。但他还是介介于怀,因为奥里维为了筹措克利斯朵夫的川资,当掉了表,卖掉了书,而没有向他开口。他那么热心地要帮助他们,甚至向奥里维提议陪他一同上克利斯朵夫那边去。奥里维好容易才把他拦住了。

奥里维的来到使克利斯朵夫精神上得到很大的支持。他陪着长眠的母亲,失魂落魄地过了一天。帮忙的女工来做了几件零碎事儿又走了,没有再来。整天死气沉沉的,仿佛时间停顿了。克利斯朵夫跟床上的遗骸一样的一动不动,眼睛老盯着她。他不哭,不想,也变了个死人了。——奥里维的来到,等于完成了一件友谊的奇迹,使他的眼泪和生命一齐回复了。

勇敢啊!只要有一双忠实的眼睛和我们一同哭泣的时候,

就值得我们为了生命而受苦。

他们拥抱了很久。然后两人坐在鲁意莎旁边低声谈话……夜里……克利斯朵夫靠着床脚,随便提到些童年往事,说来说去老是牵涉到妈妈的形象。他静默了几分钟,又往下说。最后他疲倦至极,手捧着脸,完全不出声了。奥里维近前一看,原来他睡熟了。于是他独自守夜。不久他脑门靠着床架子,也给睡眠带走了。鲁意莎温柔地笑着,好像守护着两个孩子觉得很快乐。

天刚亮,他们就被敲门的声音惊醒。克利斯朵夫去开门。一个邻居的木匠来通知克利斯朵夫,说他已经被人告发,如果他不愿意被捕,应当马上就走。克利斯朵夫不愿意逃,定要把母亲送入了坟墓才离开。可是奥里维央求他立刻去搭车,答应一切后事都由他代办,他硬逼着克利斯朵夫走出屋子,并且为防他反悔起见,还送他上车站。克利斯朵夫执意要在动身之前去看看莱茵河。他是在河边长大的,他的灵魂像海洋中的贝壳一样始终保存着河水响亮的回声。虽是在城中露面很危险,但他打定了主意,不顾一切。两人沿着下临莱茵的巉岩走去,看它浩浩荡荡,在低矮的河岸中间向北流去。雾霭迷蒙,一座大铁桥的两个穹隆浸在灰色的水里,好比硕大无朋的车轮。远远的,隔着草原,薄雾中隐隐约约有几条船沿着曲折的河道上驶。克利斯朵夫看着这些景致出神了。奥里维抓着他的手臂把他带到车站。克利斯朵夫像害了梦游病似的完全听人摆布。奥里维把他安顿在生火待发的车厢里,约定下一天在法国境内第一个车站上相会,免得克利斯朵夫一个人回巴黎。

火车开了,奥里维回到屋里,门口已经有两个宪兵等着。他们把奥里维当做克利斯朵夫。奥里维也不急于分辩,好让克利斯朵夫逃得远一些。而且警察当局发觉了错误的时候并不着慌，也不急于去追逃掉的人；奥里维疑心他们其实是很愿意克利斯朵夫走掉的。

奥里维为了鲁意莎的丧事，直耽到第二天早上。克利斯朵夫的兄弟，做买卖的洛陶夫，当天才来参加丧礼。这个俨然的人物规规矩矩地送过殡，马上搭车走了，对奥里维没有一句问起哥哥近况或是感谢他为母亲办后事的话。奥里维在当地又耽留了一些时候。这儿他一个人都不认识，可是觉得有多少眼熟的影子：小克利斯朵夫，小克利斯朵夫所爱的人，使他受苦的人，——还有那亲爱的安多纳德。所有这些在此生存过的人，现在完全消灭了的克拉夫脱一家，还留下些什么？……只有一个外国人对于他们的爱。

那天下午，奥里维在约定的边界车站上和克利斯朵夫相会了。那是林木幽密、山峦起伏的一个小村。他们并不搭下一班开往巴黎的火车，决意走到前面的一个城市。他们需要孤独，便往静悄悄的森林中走去，只听见远处传来几下沉重的伐木声。他们走到山冈上一片空旷的地方。脚下那个狭窄的山谷还是德国的土地，有所看守树林的人的屋子，顶上盖着红瓦，一小方草地好比森林中一口碧绿的湖。四下里全是深蓝色的一望无际的林木，给水汽包裹着。雾氛在柏树枝间缭绕。一层透明的幕把线条遮盖了，把颜色减淡了。一切都静止不动。没有脚声，没有人声。秋天的榉树都变了金黄色，几点雨水淅淅沥沥地打在树上。一条小溪在乱石中流着。克利斯朵夫和奥里维停下脚步，呆住了。各人都想着自己的丧事。奥里维默默地对自己说着：

“啊，安多纳德，你在哪儿？”

克利斯朵夫却想着:“现在她不在世界上了,成功对我还有什么意思?”

但各人听见各人的死者安慰他们:

“亲爱的,别哭我们了。别想我们了。你想着他罢……”

他们彼此瞧了一眼,马上忘了自己的痛苦,而只感觉得朋友的痛苦。他们握着手,心中只有一片凄凉恬静的境界。没有一点风,雾气慢慢地散了,显出了青天。雨后的泥土那么柔和……它把我们抱在怀里,堆着一副亲热的笑容,和我们说:

“休息罢。一切都很好……”

克利斯朵夫的心松下来了。两天以来,他整个儿在回忆中,在亲爱的妈妈的灵魂中过活;他体验着那卑微的生活,单调而孤独的岁月,在孩子们都走了的静寂的家里,想念那些把她丢下的儿子……可怜的老妇,残废,勇敢,抱着乐天安命的信心,生就温和的脾气,恬然自得地忍受着一切,没有一点儿自私……克利斯朵夫也想起他认识的,一切谦卑的心灵。这时他觉得自己跟他们多么接近!在骚动的巴黎,眼看多少的思想人物发疯似的搅在一起,最近又看到那阵血腥的风,煽动神志错乱的民族互相仇视;克利斯朵夫经过了几年累人的争斗和激昂的日子,对于这个骚动而贫瘠的社会,对于自私的争战,对于自命为代表理智而实际只是兴风作浪的野心家,深深地感到厌倦。他所爱的却是成千累万的淳朴的心灵——他们在各个民族中间静静地燃烧着,本身便是些纯洁的火焰,代表慈悲、信仰、牺牲。

“是的,我认得你们,我终于跟你们团聚了,你们是和我同一血统的。我早先像浪子一般离开了你们,跟着大路上的那些影子走了。现在我回到你们中间来了,请你们把我留下罢。我们不问生死,都是一体;我到哪儿,你们也到哪儿。噢!母亲,我曾经生活在你的身上,如今是你生活在我身上了。还有你们,高脱弗烈特,苏兹,萨皮纳,安多纳德,你们全生活在我身上。你们是我的财富。咱们一同上路罢。我的话就是你们的声音。凭着我们联合的力量,我们一定能达到目的……"

树上缓缓地滴着雨水,一道阳光从树枝间溜进来。树林下面一小方草地上传来一群儿童的声音:三个女孩子在那里绕着屋子跳舞,唱着一支天真的德国山歌。而远远的,一阵西风像吹送蔷薇的异香似的,吹来法国方面的钟声……

"噢!和平,你是神圣的音乐,你是解脱的心灵的音乐;苦,乐,生,死,敌对的民族与友爱的民族,一齐交融在你身上……噢!我爱你,我要抓住你,我一定能抓住你……"

黑夜降临了。克利斯朵夫从幻梦中醒来,又看到了朋友那张忠实的脸。他对他笑笑,把他拥抱了。随后,他们俩穿过树林,悄悄地重新上道;克利斯朵夫在前面替奥里维开路。

孤零零的,不声不响,
一个在前,一个在后,
大路上来了两个年轻的弟兄……

卷八　女朋友们

虽然克利斯朵夫在法国以外有了点声望,两位朋友的境况并没好转。每隔一个时候,总有些艰苦的日子使他们不得不束紧裤带。有了钱,他们便拼命吃一个饱,补偿过去的饥饿。但日子久了,这种饮食的习惯究竟是伤身体的。

此刻他们又逢着穷困的时期。克利斯朵夫熬着夜替哀区脱做完了一件乏味的改谱工作,到天亮才上床;他纳头便睡,以便找补那损失的时间。奥里维清早就出门,到巴黎城的那一头去教课。八点左右,送信上楼的门房来打铃了,平时他按铃不应就把信塞在门下。这天早上他却继续敲门。克利斯朵夫倦眼惺忪,叽叽咕咕地去开门,完全没注意门房微笑着,唠唠叨叨跟他讲起报上的一篇文章,他拿了信,连瞧也不瞧一眼,把门一推,没关严就上了床,一下子又睡着了。

过了一小时,他又被屋子里的脚声惊醒了:他看见床前有个陌生人对他很郑重地行礼,不禁大为诧异。原来是个新闻记者,因为大门开着,便老实不客气走了进来,克利斯朵夫愤愤地从床上跳起,嚷道:“你来干什么?”

他抓起枕头往客人扔过去,客人赶紧退了一步,说明来意,自称为《民族报》的记者,为了《大日报》上的一篇文章特意来访问克拉夫脱先生。

“什么文章?”

“你先生没看到吗?”记者说着,便自告奋勇把那篇文字的内容告诉他。

克利斯朵夫重新躺下,要不是瞌睡得迷迷糊糊的话,他早就把来人赶出去了;但他觉得让来人说话究竟没有把他驱逐来得费力。他便钻入被窝,闭上眼睛,装做睡觉。他很可能弄假成真地睡去。可是来客非常固执,提高着嗓子,开始念文章了。听了最初几行,克利斯朵夫就竖起耳朵,人家把克拉夫脱先生说做当代第一个音乐天才。克利斯朵夫把假装睡觉的事忘了,大惊小怪地咒了一声,在床上坐起,说道:“他们疯了。难道他们着了魔吗?”

记者趁此机会停止了朗诵,向克利斯朵夫提出一大串问话,克利斯朵夫都不假思索地回答了。他捡起那篇文章,好不惊奇地打量着印在第一版上的自己的照相。他还没有时间看文字的内容,第二个记者又跑进房里来了。这一回克利斯朵夫可真恼了。他命令他们出去;可是他们没有把室内的布置、墙上的照片、艺术家的面貌迅速地记载下来以前,决不肯照办,克利斯朵夫又好气又好笑地,衣服也没穿好,推着他们的肩膀,把他们直送出门外,赶紧上了锁。

然而这一天他是命中注定不得安静的。梳洗还没完毕,又有人敲门了,而且用着只有几个最亲密的朋友知道的方式敲着。克利斯朵夫开出门来,发现又是个陌生人,他决意直截了当地把他打发走,不料来人立刻分辩说,他就是今天报上那篇文字的作者。对一个捧你为天才的人,有什么办法拒绝呢?克利斯朵夫懊恼之下,只能领受他的崇拜者的热诚。他奇怪这种声名怎么会忽然从云端里掉在他头上,是不是他上一天给人家演奏了什么连自己也没觉察的杰作？他可没有时间追究这些。这位记者是不管他愿不愿意，特意来拉他出去的，想一边谈一边带他上报馆：大名鼎鼎的阿赛纳·伽玛希等在那里要见他，汽车已经在楼下了。克利斯朵夫推却了一番；但对于人家好意的邀请，他是天真的，却不过情面的，终于不由自主地听人摆布了。

十分钟后，他就被介绍给谁都见了害怕的无冕之王。那是个身强力壮的男子，年纪在五十上下，矮小，肥胖，又圆又大的脑袋，灰色头发，留着平头，红红的脸，说话带着命令式，声音笨重，浮夸，常常会口若悬河地来一套议论。他在巴黎拿种族平等做幌子。既会做买卖，又会利用人，自私自利，又天真又狡猾，热情，自负，他把自己的事业跟法国的，甚至和全人类的合二为一。他的利益，他的报纸的发达，是和公众的福利息息相关的。他一口咬定谁损害他就是损害法兰西；并且为了打倒一个敌人，他连推翻政府都在所不惜。除此以外，他也不乏宽宏的度量。像有些人在酒醉饭饱之后一样，他是个理想主义者，喜欢摹仿上帝的作风，不时从沟壑中提拔几个可怜的穷人出来，表现他权势的伟大可以平空白地造出一个名人，或是什么部长之流；只要他愿意，他也能制成君王，废黜君王。他的神通是无限的。倘使他高兴，他也能制造天才。

这一天，他来“制造”克利斯朵夫了。

发动这件事的其实是无心的奥里维。

不为自己作任何钻营，痛恨宣传而避新闻记者如避疫疠一般的奥里维，为了他的朋友却是另一种看法了。他仿佛那些温柔的妈妈，明明是老实的小布尔乔亚，贞节的妻子，为了替无赖的儿子求情,竟不惜出卖自己的身体。

奥里维在杂志上写文章的时候,和许多批评家与爱好音乐的人接触的时候,一有机会就提到克利斯朵夫;而从某些时候以来,他很奇怪地发觉居然有人听他的话,周围有个好奇的运动,有些神秘的传说,在文学集团与上流社会中传布。这个运动是怎么来的呢?是最近英德两国演奏了克利斯朵夫的作品在报上引起的回声吗?其中似乎也没有一个确切的原因。但巴黎有般善观气色的人,比着圣·雅各街的气象台更有把握能在前一天预测酝酿中的风向,知道明天那阵风会吹点儿什么东西来。在这个神经质的大都市中,有的是使人震颤的电流,有的是看不见的光荣的波浪。一个将升的明星跑在另外一个明星前面,沙龙里流行着一些渺茫的传说,到了某个时间,就会在一篇广告式的文字中宣布出来,粗声大气的喇叭把新偶像的名字吹进最麻木的耳朵。这阵喧闹往往把它所颂扬的人的第一批最好的朋友吓跑了。其实这种情形还是应当由第一批最好的朋友负责的。

因此奥里维和《大日报》那篇文字也脱不了干系。他利用人家对克利斯朵夫的关切,很巧妙地透露些消息,刺激大众的情绪。他不让克利斯朵夫和新闻记者直接发生关系,免得闹笑话。但他依着大日报馆的请求,暗中使克利斯朵夫和一个记者在某咖啡店不露声色地见了一面。所有这些预防的措置更引起人家的好奇心,使克利斯朵夫显得更有意思。奥里维从来没跟新闻界打过交道,想不到开动了一架可怕的机器,——你一朝拨动之后,再要加以控制或要它减缓一些是办不到的了。

他在上课去的路上读到《大日报》的文字,不禁吓坏了。

他没料到有这一下。他以为报纸一定要等到把所有的材料收齐了,对于他们所要谈的人认识更清楚之后,方始动手写文章。这想法真是太天真了。倘使一份报纸肯费心发现一个新人物,当然是为了报纸本身,为了和同行争取发现新人物的荣誉。所以它得赶紧,完全不管对这新人物是否了解。而被捧的人也决不会抱怨别人误解;一朝有人捧了,那他当然是被人相当了解的了。

《大日报》先对克利斯朵夫清苦的生活零零碎碎叙述了一些荒唐的故事,把他写成德国专制政府的一个牺牲者,一个自由的使徒,被迫逃出德意志帝国,躲到自由灵魂的托庇所——法兰西——来,——(作者借此发挥了一套排外的议论);——然后又对他的天才肉麻地颂扬一番:而关于这天才,作者一无所知,只知道他早期在德国作的几支平板的歌,那是克利斯朵夫引以为羞而要毁去的东西。那位记者虽不知道克利斯朵夫的作品,可自命为知道克利斯朵夫的用意,——他所假借给克利斯朵夫的用意。从克利斯朵夫或奥里维嘴里,甚至从自以为知道得很详尽的古耶一流的人嘴里,东零西碎听来的几句话,为记者已经足够造成一个"共和政治的天才,——民主主义的大音乐家约翰-克利斯朵夫"的形象。他又乘机毁谤当代的法国音乐家,尤其是最有特色、最自由、最不关心民主的那一批。他只把一两个作曲家除外,因为他们在选区里很有人望。可惜他们的音乐远不及他们的政治活动得人心。但这是小节。而且他们的捧场,便是对克利斯朵夫的捧场,也远不及对别人的批评来得重要。在巴黎,你读到一篇恭维某人的文字,最聪明的办法是先要推敲它的反面文章,心里想一想:"这是说谁的坏话呢?"

奥里维一边看着报，一边羞得脸红了，对自己说："我做的好事！"

他心不在焉地上完了课，立刻赶回家。一听到说克利斯朵夫已经和新闻记者出去了，他简直吓呆了。他等他回来吃午饭。克利斯朵夫可不回来。奥里维一小时一小时地越来越焦急，心里想："他们要逗他说出多少傻话啊！"

三点左右，克利斯朵夫高高兴兴地回来了。他和阿赛纳·伽玛希一同吃了饭，被香槟酒灌得糊里糊涂的，完全不懂奥里维的忧虑，不懂他为什么很不放心地追问他说了什么话，做了什么事。

"你问我做了什么事？吃了一顿好饭。我长久没这样大嚼了。"

他把菜单背给奥里维听："还有酒……各种颜色的我都灌下去了。"

奥里维打断了他的话，问他同席的是些什么人。

"同席的？……我不知道。有伽玛希。那矮胖子真痛快。还有那篇文章的作者格劳杜米，挺可爱的青年；还有三四个我不认识的记者，人很快活，待我很好很殷勤，都是一班最好的好人。"

奥里维似乎不大相信。克利斯朵夫觉得他的冷淡有些古怪，便问：

"难道你没看到那篇文字吗？"

"看到了，就为这个啊。你，你仔细看过没有？"

"看的……就是说瞅了一眼。我没有时间。"

"那么你去念一遍罢。"

克利斯朵夫念了开头几行就乐死了："啊！混账东西！"

他笑弯了腰，接着又说："嗬！批评家都是这路货：一窍不通！"

可是念到后来，他生了气：那太胡闹了，人家简直把他搞得不成体统，说他是"一个共和政治的音乐家"，这算什么意思！……除了这种笑话，人家还拿他"共和的"艺术作为抨击前辈大师的"教堂艺术"的武器，——（实际上他是以这些伟人的心灵作为精神养料的）——那还成话吗？……

"狗东西！他们竟要教人把我当做白痴了！……"

而且在提到他的时候，有什么理由骂到一些有天分的法国音乐家呢？这些音乐家还是他多少爱着的，——（虽然爱的程度很少）——他们都是行家，为本行增光的。而最可恶的是硬说他对他的祖国有那种卑鄙的仇恨心！……那可受不了……

"我要写信给他们。"克利斯朵夫说。

奥里维劝他："不，现在别写！你太兴奋了。明天，等你头脑冷静的时候再写……"

克利斯朵夫固执得很。他一朝有话要说就不能等，只答应把信先给奥里维看过。这一点当然很重要。信稿经过严密的修正，要点是更正他对于祖国的意见。然后，克利斯朵夫马上连奔带跑地拿信送往邮局。

"这样，"克利斯朵夫回来说，"事情总算挽回了一半，我的信明天就可登出来。"

奥里维用着怀疑的神气摇摇头。随后，他还是很不放心地瞅着克利斯朵夫，问："你吃中饭的时候，没说什么冒失的话吗？"

"没有啊。"克利斯朵夫笑着回答。

“可是真的?”

“当然真的,胆怯鬼。”

奥里维稍微宽心了些。克利斯朵夫可并不。他想起自己曾经胡说八道的说过好些话。当时他无拘无束的,对人家一见如故,丝毫没有戒心:他觉得他们多诚恳,对他多好!这倒是真的。人们对于受自己恩惠的人总是挺好的。克利斯朵夫又是那么兴高采烈,把别人的兴致也提高了。他的亲热的随便的态度,嘻嘻哈哈的俏皮话,老饕式的胃口,灌了多少酒而面不改色的洪量,使伽玛希觉得很对劲;因为他也是个饭桌上的好汉,结实,粗野,血色挺好,最瞧不起身体娇弱,既不敢吃也不敢喝的巴黎人。他是在饭桌上判断人的,所以很赏识克利斯朵夫。他当场向克利斯朵夫提议,把他的《卡冈都亚》编成歌剧在歌剧院上演。——对于这些法国布尔乔亚,艺术的顶点就是把《浮士德人地狱》或九阕交响曲搬上舞台。① ——克利斯朵夫听了这古怪的主意哈哈大笑,好容易才把报馆经理拦住了,不让他立刻打电话给歌剧院或美术部去下命令。(据伽玛希说,那些人都是由他支配的。)这个提议使克利斯朵夫想起从前改编交响诗《大卫》的事,就手把众议员罗孙为要捧情妇出场而主办的那次表演叙述了一遍。② 原来与罗孙不和的伽玛希,听了很高兴。克利斯朵夫喝多了酒,又看到听众那么热心,不知不觉又讲了许多别的轶事,给人家一一记在心里。离开饭桌就把话忘得干干净净的,只有克利斯朵夫一个。此刻经奥里维一问,他不由得想起那些故事,直打寒噤。

① 《浮士德人地狱》为柏辽兹名作。九阕交响曲系指贝多芬的全部交响曲。

② 参看卷五:《节场》。——原注

因为他已经有相当的经验,知道可能发生的后果。现在没有了酒意,他对于将来的情形看得格外清楚,好像已经发生了:冒失的故事经过一番点缀之后,被人登在攻讦阴私的报纸上,他关于艺术方面的胡说八道也一变而为攻击他人的冷箭。至于他更正的信会有什么结果,他和奥里维知道得一样清楚:去答复一个新闻记者是浪费笔墨;说最后一句话的永远轮不到你。

事实果然和克利斯朵夫预料的一模一样。他所泄露的私事被发表了,更正的信可没有登出来。伽玛希只教人传话,说他知道克利斯朵夫心胸宽大,这种有良心的作风是令人钦佩的;但伽玛希把他有良心的作风守着秘密;而硬派作克利斯朵夫的意见却继续传播开去,先在巴黎的报上,继而在德国的报上,引起尖刻的批评,因为一个德国艺术家对于祖国发表这样有失身份的言论,简直动了公愤。

克利斯朵夫自作聪明,利用别家报馆的记者访问的时候,声明他对于德国政府是爱护的,说在那边至少跟在法兰西共和国一样的自由。——不料那记者所代表的是一份保守党的报纸,便立刻替他编了一套反对共和的言论。

"越来越妙了!"克利斯朵夫说,"唉,我的音乐跟政治扯得上什么关系呢?"

"这是我们这儿的习惯,"奥里维回答,"你瞧那些关于贝多芬的论战罢。有的说他是雅各宾党,有的说他是教会派,有的说他是平民派,有的说他是保王党。"

"嘿,贝多芬真会把他们一齐踢出去呢!"

"那么你也如法炮制就是了。"

克利斯朵夫心里很想这样做。可是他却不过那些对他亲热的人的情面。奥里维总不放心让他一个人在家。因为不断有人来访问;而克利斯朵夫尽管答应小心行事,结果还是有一句说一句,把脑子里想到的统统说出来。有些女记者自称为他的朋友,逗他说出他的恋爱经验。也有些来利用他毁谤这一个或那一个。奥里维回家的时候,常常发觉克利斯朵夫狼狈不堪。

“你又胡闹了是不是?”他问。

“是啊。”克利斯朵夫垂头丧气地回答。

“你这个脾气竟没法改吗?”

“我真该教人关起来才好……可是,我向你赌咒,这一次一定是最后一次了。”

“哼!下次还是这么一套……”

“不,不,我决不再犯了。”

第二天,克利斯朵夫得意扬扬地告诉奥里维:“又来了一个。被我撵走了。”

“别过火,对付他们得非常小心。这畜生凶得很……你一抵抗,他就攻击你……他们要报复真是太容易了!哪怕是一句极平常的话,他们也会找到把柄的。”

“啊,天哪!”克利斯朵夫把手捧着脑门。

“怎么呢?”

“我关门的时候对他说……”

“说什么?”

“说了一句德皇的话。”

“德皇的?”

“是的,要不是德皇的,就是皇族的……”

“该死!明天一定登在报纸的第一版上。”

克利斯朵夫急得直打哆嗦。但他明天看到的，是关于他的屋子的描写，——其实那记者连脚也没踏进去，——另外是完全杜撰的一段对话。

消息一路传开去一路改头换面。外国报纸又加上许多误会。法国报上叙述克利斯朵夫穷得没办法的时候替人把有名的曲子改成吉他琴谱，一家英国的日报却说他弹着吉他沿街卖唱。

他看到的并非全是恭维的话。那才差得远呢！因为克利斯朵夫是《大日报》所捧的，别的报纸就对他攻击了。他们的尊严，决不容许同行发现一个他们所不知道的天才，所以他们都拿他开玩笑。古耶因为抓在手里的活宝给人抢了去而很气，便写了一篇"以正视听"的文章。他亲昵地提起他的老朋友克利斯朵夫，——初到巴黎的时期，一切行动都是由他领导的。他说，没有问题，克利斯朵夫是个很有天分的音乐家，但是——（他可以这样说，因为他们是朋友）——修养不够，缺少特色，骄傲得不像话；现在人家用如此可笑的方式去奉承，去助长这种骄傲的脾气，实在是害了他，因为他需要的是一个有头脑、有眼力、有学问、好意而严正的导师，——（这是古耶的自画像。）一般音乐家勉强笑着，表示极瞧不起一个有报纸撑腰的艺术家；他们装做讨厌逢迎吹拍，因为吃不到葡萄而说葡萄是酸的。有些是中伤克利斯朵夫；有些是对他假装怜悯。又有些是回过头来恨奥里维——（那都是奥里维的同文）。——他们素来恨他的强硬，恨他不和他们亲近。其实他这种态度是爱好孤独的成分多，厌恶他们的成分少。某几个人还隐隐约约地说他在《大日报》那些文章中间有利可图。又有几个替克利斯朵夫抱不平，责备奥里维不该把一个娇弱的，老是做梦一般的，精力不足以应付人生的艺术家，——克利斯朵夫！——推到嘈杂的节场上去，使他迷路。他们说这种办法简直把克利斯朵夫的前途给断送了：他虽没有天才，但若用功的话还能有点儿成就，现在被人家的巧言令色冲昏了头脑，岂不可怜！难道人们不能让他无声无息地耐心工作吗？

奥里维很想告诉他们："吃饱了肚子才能工作。谁给他面包呢？"

可是这种话是难不倒他们的。他们很可以非常清高地回答说："这个吗，不过是小节。人是应当受苦的。"

当然，高唱这种禁欲主义的都是上流社会的人。例如有人求某个百万富翁帮助一个穷艺术家的时候，那富翁回答说："先生，穷有什么关系！莫扎特就是穷死的！"

要是奥里维告诉他们，说莫扎特只求生存，克利斯朵夫也决不肯饿死，那他们一定会觉得奥里维趣味恶劣。

克利斯朵夫被这些长舌妇的胡说八道搅得厌倦透了。他心里想这种情形是不是要永远继续下去。可是过了半个月，事情就完了。报纸上不再提到他了。但他已经出了名。人家提到他的名字，并不说："《大卫》的作者"或"《卡冈都亚》的作者"，而是说："啊，是的，那个《大日报》上的人物！……"所谓声名，就是这么回事。

奥里维也发觉这一点，因为他看见克利斯朵夫收到大批的信，而他自己也间接收到不少；写脚本的作家，音乐会的掮客，都来招揽生意；初期的敌人摇身一变而为新朋友，特意来信表示亲善；还有妇女们忙着寄请帖来。为了报纸的特辑，人家提出许多问题来征求他的答案，例如法国人口激减问题，理想派的艺术问题，女人胸衣问题，舞台上的裸体问题，——还问他德国是不是已经到了颓废的阶段，音乐是不是已经完了等等。他们俩看了都笑起来。但尽管心里满不在乎，克利斯朵夫这个粗人也居然接受那些宴会的邀请。奥里维简直不敢相信自己的眼睛。

“你，你也上那些地方去吗？”

“是的，”克利斯朵夫咕噜着回答，“你以为只有你会去看太太们吗？现在也轮到我了，告诉你！我也要去玩玩了！”

“你去玩玩？可怜的朋友！”

实际是克利斯朵夫在家关得太久了，忽然觉得非出去走走不可。并且他也很乐于呼吸一下新的光荣的气息。在那些晚会里，他照旧厌烦，觉得所有的人都是混蛋。但他回家故意卖弄狡狯，对奥里维说着相反的话。他到处都去，可是同一个人家决不去两回；他会找出古古怪怪的借口，用着骇人的满不在乎的态度，回避他们第二次的邀请，教奥里维看了也认为岂有此理。克利斯朵夫却是哈哈大笑。他到沙龙去不是为了培养自己的声名，而是为了添加他生命的养料，搜集一些新人的目光、举止、语声，以及种种的形式、声音、色彩；因为一个艺术家每隔多少时候就得把他的调色板充实一次。一个音乐家的营养决不能以音乐为限。一句说话的抑扬顿挫，一个动作的节奏，一个和谐的笑容，都可以比一个同业的交响乐给你更多的音乐感应。不幸沙龙里那些面貌那些心灵的音乐，和音乐家的音乐同样枯索，同样单调。各人有各人固定的姿态。一个年轻美貌的女人的微笑，那种刻意研求的妩媚，和一支巴黎曲调同样是印板式的。而男人比女人更无聊。萎靡的风气使一般刚强的人物化为泡沫，特出的个性很快地软化了，消灭了。克利斯朵夫看到艺术家中已死的与将死的人太多了:某个青年音乐家朝气蓬勃,天分极高,结果竟被荣名压倒,只想呼吸那种毒害他的谄媚逢迎的空气,只想享乐,只想睡觉。他二十年后的模样,只要看那个坐在沙龙一角的年老的大师便可知道:有钱,有名,一身兼了所有的学士院的会员,登峰造极,似乎用不着再怕什么敷衍什么,而他却对所有的人低头,怕舆论,怕政府,怕报纸,不敢说出自己的思想,并且也不再思想,不再存在,只像载着自己遗骸的驴子一般在人前展览。

而在从前曾经伟大或是可能伟大的那些艺术家和有识之士后面,一定有个女人在腐蚀他们。她们都是危险的,不管是蠢的或是不蠢的,爱他们的或只爱自己的;最好的女子其实是最可怕的:因为她们目光浅陋的感情更容易毁掉艺术家,她们一心要驯服天才,把他压低,把他删除,剪削,搽脂抹粉,直要这天才能够配合她们的感觉,虚荣,平凡,并且配合她们来往的人的平凡才甘心。

克利斯朵夫虽是在这个社会里不过走马看花,但看到的已经足以使他感到危险。想利用他,拿他点缀沙龙的女人,不止一个;克利斯朵夫对于低颦浅笑的勾引也不能说完全无动于衷。要不是他有见识,要不是看到周围那些可怕的榜样,他可能逃不过的。但他并不想替那般看守呆子的美女扩充她们的羊群。倘若她们不是紧紧地盯着他,他所冒的危险倒反更大。大家一朝相信他们中间有着一个天才的时候,照例要来摧残他的。这班人看见一朵花就想把它摘下插在瓶里,——看到一只鸟就想把它关在笼里,——看见一个自由人就想把他变成奴隶。

克利斯朵夫迷惑了一会儿,马上振作起来,把他们一股脑儿丢开了。

运命老是要弄人的。它会让一般粗心大意的人漏网，但决不放过那些提防的、谨慎的、有先见之明的人。投入巴黎罗网的倒并非克利斯朵夫而是奥里维。

他的朋友的成功使他沾到好处：克利斯朵夫声名的光彩也射到他身上。他此刻比较出名了，不是为了他六年来所写的文章，而是为了他发现克利斯朵夫。所以克利斯朵夫被邀请的时候也有他的份；他陪着克利斯朵夫去，存着暗中监督的意思。但大概他太专心于这件任务了，来不及再顾到自己。爱神在旁边经过，把他带走了。

那是一个头发淡黄的少女：清瘦，妩媚；细致的鬈发，像波浪般围着她的狭窄而神情开朗的额角，淡淡的眉毛，沉重的眼皮，碧蓝的眼睛，玲珑的鼻子，微微翕动的鼻孔，有点凹陷的太阳穴，表示任性的下巴，清秀而肉感的嘴，嘴角向上，很有风韵的笑容仿佛是纯洁的田野之神的笑容。她的脖子长得又长又细，身材细小而苗条，年轻的脸显得很快活，也有点若有所思的神气，笼罩着初春的恼人的谜。——她叫做雅葛丽纳·朗依哀。

她年纪还不到二十岁。家庭是信旧教的，有钱，高尚，头脑很开通。父亲是个聪明的工程师，心思灵巧，做事能干，胸襟宽广，能够接受新思想。他靠了工作，靠了政治关系，靠了他的婚姻，挣了一笔财产。太太是金融界里一个十足巴黎化的漂亮女人，他们的婚姻可以说是爱情的结合，也可以说是金钱的结合，——在这般人心目中，这才是真正爱情的结合。金钱是保留了，爱情可是完了。但还留下一些残余的光辉，因为双方当年都是很热烈的;可是他们并不过分的自命为忠实。各干各的事,各寻各的快乐,彼此照旧很投机,像两个自私自利的好伙计一样,一方面觉得问心无愧,一方面也很谨慎。

女儿是他们中间的桥梁,同时是暗中争夺的对象:因为他们都非常疼她。各人在她身上看到自己的面目,自己的缺陷,——那是各人特别喜欢而被儿童的妩媚加以理想化了的;双方都费尽心机想把女儿抓在自己手里。这个情形自然瞒不过孩子;并且儿童都有一种天真的想法,把自己当做是宇宙的中心,所以她尽量利用机会,刺激父母,使他们比赛谁更爱她。任何使性的行为,倘使一个表示反对,她有把握得到另外一个的赞许;而早先那个反对的因为自己被疏远而气恼,会进一步答应更多的条件。这样她就受着过分的溺爱;幸亏她天性中没有什么坏的成分。——当然她像所有的儿童一样很自私,但因她太受宠太有钱了,从来没遇到阻碍,所以她的自私更带点病态的意味。

朗依哀夫妇虽然疼女儿疼到极点,可决不为她牺牲一些他们个人的方便。白天大部分时间,他们让孩子一个人玩儿。因此她并不缺少幻想的时间。由于早熟,由于人们当着她的面说的不加检点的话——(他们并不为她而有所顾忌)——她六岁的时候就对拿在手里玩的小娃娃讲着恋爱故事,其中的人物是丈夫、妻子、情人。不用说,她这是没有邪念的。等到有天她咂摸到说话后面有着感情的影子,她的故事就不拿小娃娃做对象而给自己保留起来了。她天真无邪,可是欲魔已经在远远地叫吼,仿佛在地平线那一边的、看不见的远钟,有时风中传来几阵声音,不知从哪儿来的,只觉得自己被它包裹了,脸红了,又害怕又快活得喘不过气来。但你对这种情形完全莫名其妙。随后音乐没有了,像来时一样的突兀。什么都听不见了。仅仅有些嗡嗡声,隐隐约约的回音,在碧蓝的天空融化。你只知道应当上那边去,在山的那一面,越快越好:幸福就是在那个地方。啊!要到了那儿才好呢!……

没到达以前,她对于那边的情形想入非非地做着种种猜测。以这个女孩子的头脑而论,要猜到那未来的境界简直是桩大事。她有位年龄相仿的女朋友,西蒙纳·亚当,常常跟她讨论这些重大的问题。各人拿出十二岁上的聪明与经验,听到的谈话和偷看的书作参考。两个小姑娘提着足尖,抓着石头,想从旧墙上瞻望自己的前途。但她们白费气力,以为从墙缝中窥到了什么,其实是一无所见。她们天真烂漫,便是淘气也不无诗意,同时也有巴黎人喜欢嘲弄的脾气。她们说了野话而完全没觉得,并且拿小事看做天一样大。可以在家到处搜索而无人敢阻止的雅葛丽纳,把父亲的书都翻遍了。幸而她的无邪与纯洁的本能,使她没有受什么坏影响:只要一幕稍稍露骨的景象,一句稍为放肆的话,她就不胜厌恶,立刻把书扔掉了;她在下流的队伍中穿过,有如一头小猫在脏水洼里跳出来,居然没沾到泥浆。

小说并不怎么吸引她:那太明确太枯索了。使她心儿颤动而怀着希望的,却是诗人的——当然是谈爱情的诗人的——作品。这等诗人的气质和女孩子的很接近。他们看不见事实,只从欲望或悔恨的三棱镜中想象事实;他们的神气就像她一样伏在旧墙的隙缝中瞧望。但他们知道的事多得很,凡是应该知道的都知道,而且他们用着非常甜蜜与神秘的字眼把它们包裹着,你得小心翼翼地揭开来才能找到……找到……啊!结果什么都没找到,可是永远在就要找到的关头……

两个好奇的孩子一点都不厌倦。她们彼此轻轻地念着阿尔弗莱·特·缪塞和苏利·普吕东的诗句，打着寒噤，以为那就是邪恶的深渊；她们把诗抄下来，互相推敲某些段落的隐藏的意义，而有时根本没有什么隐藏的意义。这些十三岁的小妇人，无邪的，荒唐的，完全不知道什么叫做爱情，可半嬉笑半正经地讨论着爱情与肉欲；她们在课室内当着和善可欺的教员的面，——一个挺柔和挺有礼貌的老头儿，——在吸墨纸上涂些有天被他抄到而为之错愕的诗句：

让我，噢！让我紧紧地搂抱你，
在你的亲吻里喝着狂乱的爱情，
一点一滴的，长久的！……

她们进的学校是富家子女上的学校，教员都是教育界里的名流。在这儿，她们的感情可有了发泄的机会。差不多所有的女孩子都钟情于她们的教授。只要他们年轻，长得不太难看，就可使她们神魂颠倒。她们把功课做得挺好，为的要讨她们的偶像喜欢。作文卷子的分数差了一些，她们就得哭一场；被老师赞美几句，她们脸上便红一阵白一阵，还要对他丢几个感激而卖俏的眼风。要是给叫到一边去指点什么或夸奖一番，那简直快乐得像登天一样了。并且要她们喜爱，也无须怎么了不得的人才。教师在体操课上把雅葛丽纳抱到秋千架上的时候，她会浑身发热。此外又有多么剧烈的竞争！多少嫉妒的心理！一个又一个的眼风向老师丢过去，多么谦卑，多么迷人，想把他从一个骄横的情敌手里抢过来！他在教室里一开口，钢笔与铅笔就像飞一般地忙起来。她们并不求理解，主要是不能听漏一个字。她们一边写，一边用好奇的目光偷偷注意偶像的脸色和举动，雅葛丽纳和西蒙纳彼此轻轻地商量："你想他用一条蓝点子的领带好看不好看？"

后来她们又拿些彩色画、荒诞不经的诗句、风花雪月的插图，作为理想人物的根据，——恋着优伶、演奏家、过去的或现存的作家，一忽儿是摩南-舒里，一忽儿是萨曼，①一忽儿是德彪西。想到在音乐会中，沙龙里，街道上，和一些陌生的青年交换的眼风，她们脑筋里马上会组织起一些爱情故事。总之，心里永远需要爱，需要有个爱的借口。雅葛丽纳和西蒙纳彼此无话不谈：这就证明她们并不真有多少感情；并且这也是使自己永远没有深刻的感情的好办法。可是这等心情变成了一种慢性病，她们自己虽然觉得好笑，暗中却在加意培植。两人互相刺激。西蒙纳颇有许多想入非非的念头，但实际是谨慎的。真诚而热烈的雅葛丽纳倒更容易把荒唐的计划实地去做。她不知有多少次差点儿闹出大笑话来……这是少年人常有的情形：有时候，这般可怜的受惊的小动物——（我们都经历过这阶段）——不是差一点自杀，就是差一点投入随便碰到的一个人的怀里。可是侥天之幸，几乎所有的青年都至此为止。雅葛丽纳起了十多封情书的稿子，想寄给那些仅仅见过一面的人；结果都没寄出，除了一封非常热烈的不署名的信，给一个奇丑无比的、俗不可耐的、自私的、无情的、头脑狭窄的批评家。她因为在他的文章里看到有二三行富于感情的表现，就对他倾心了。她也迷着一个住在近边的名演员；每次走过他的屋子心里总想："要不要进去呢？"

有一回她竟大着胆子走到他住的那层楼上，一到那儿，她

① 摩南-舒里为十九世纪法国著名悲剧演员；萨曼为十九世纪法国诗人。

却立刻逃了。她能和他说些什么呢?根本没有什么可说的。她并不爱他。她也明明知道。这种疯癫一半是有心哄骗自己,另外一半是需要爱,那是永远少不了的,又甜美又愚蠢的需要。既然雅葛丽纳很聪明,这些她都明白。可是她并不因此而不疯癫。一个心中明白的疯子抵得两个。

她常常出去交际。许多青年都为她着迷,到处有人巴结她,而爱她的也不止一个。她一个都不爱,却和所有的男人调情。她并不把自己可能给人家的痛苦放在心上。一个美貌的少女是把爱情当做一种残忍的游戏的。她认为人家爱她是挺自然的,可是她只对自己所爱的人负责;她真心地相信:谁爱上她就够幸福了。这也难怪,因为她虽然整天想着爱情,其实对爱情一无所知。大家以为在暖室里长大的上流社会的少女,总比乡下女子早熟;实际正是相反。看到的书,听到的话,使她念念不忘于爱情,而在她游手好闲的生活中,这念念不忘的心情竟变成了一种嗜好;她有时把一个剧本念熟了,所有的字句都能背了,结果对内容反而毫无感觉。在爱情方面像艺术方面一样,我们不应该去念别人说的话,而应该说出自己的感觉;要是在无话可说的时候急于说话,可能永远说不出东西来。

因此,雅葛丽纳像多数的女孩子一样,靠着别人的感情的残灰余烬过生活,那些灰烬虽然替她维持着骚动的心情,使她双手发热,喉咙干涩,眼睛作痛,可是也使她看不见事物的真相。她自以为认识它们。她并不缺少意志。她尽量地看书,听人家的谈话,东鳞西爪的得了不少知识,甚至也努力省察自己的心。她比周围的人高明,因为她更真。

有一个女子给了她很好的影响,可惜时间太短。那是她父亲的一个不出嫁的姊妹:叫做玛德·朗依哀,年纪在四十至五十之间,长得五官端正,可是表情忧郁,谈不到什么美;她永远穿着黑衣服,举动大方而有点局促,很少说话而声音极低。要没有那双灰色眼睛的清明的目光,和哀怨的嘴角上那个慈祥的笑容,人家简直不会注意到她。

她只在某些没有外客的日子才在朗依哀家露面。朗依哀对她很敬重,心里却有点厌烦。朗依哀太太对丈夫老实表示对她的访问不感兴趣。可是他们为了礼数关系,每星期留她在家吃一顿饭,表面上也不露出敷衍的意味。朗依哀谈着自己的事,那是他永远感兴趣的。朗依哀太太想着别的事,照例笑盈盈的,回答的话常常莫名其妙。彼此相处得很好,礼貌非常周到。并且当知趣的姑母出人意料地提早告退的时候,也颇有些亲热的表示;有些日子,朗依哀太太想到一些特别愉快的往事,她的魅人的微笑便越发显得光彩奕奕。玛德姑母把一切都看在眼里,兄弟家中很有些教她受不了或心里难过的事。但她绝对不露声色:表示出来有什么用呢?她爱她的兄弟,对他的聪明与成就很得意;跟老家里其余的人一样,她认为当初的牺牲和长子现在的成就比较之下,并不算付了过高的代价。但她至少对他保持着批评精神。和他一样聪明,精神上比他更坚实更刚强,——(法国很多女人都比男人高明,)——她把他看得很明白;他征求她意见的时候,她会老老实实说出来。可是朗依哀久已不来请教她了!他认为最好是不要知道那些意见,或者是——(因为他和她一样明白)——闭上眼睛。她为了高傲,远远地躲在一边。谁也不关切她的内心生活。大家觉得还是不知道更方便。她过着独身生活，难得出门，只有很少的几个并不十分亲密的朋友。她不难利用兄弟的交际和自己的才能：但她并不利用。她在巴黎有名的杂志上写过两三篇关于历史和文学的文章，那种朴素、确切、特殊的风格曾经受到注意。她可是至此为止。和一般关切她而她也乐于认识的优秀人士，她很可能交些有意思的朋友。但他们尽管表示亲近，她只是不理。有时她在戏院订了座，预备去看她心爱的作品上演，结果竟没有去；而在能够做一次她所喜欢的旅行的时候，临了还是留在家里。她的性格是禁欲主义和神经衰弱的奇怪的混合物。但神经衰弱绝对没有损害到她思想的淳朴。她的生命是受伤了，精神却并没有。唯有她一个人知道的一个旧创，在她心上留下了痕迹。而更深刻更暧昧的，——连她自己也不知道的，——是命运的烙印，是已经在那里摧残她的潜伏的疾病。——然而朗依哀一家只看见她那双有时使他们难堪的雪亮的眼睛。

雅葛丽纳在无愁无虑的快乐的时候，——这是她幼年的正常状态——根本不大注意到姑母。但她到了一个年纪，身心都骚动起来，使她在莫名其妙的神魂颠倒的时间，虽然并不长久、但觉得自己要死去一般的时间，尝到了悲苦、厌恶、恐怖、郁闷的滋味，——像个孩子淹在水里而不敢喊救命的时候，那她在身旁就只看见玛德姑母对她伸着手了。啊！其余的人和她离得多远！父母都像外人似的，面上亲切而实际自私，又是那样自满，哪有心思来理会一个十四岁的小娃娃的悲伤！但姑母是懂得的，并且和她表示同情。她一句话都不说，只是非常纯朴地笑笑，隔着饭桌对雅葛丽纳挺和善地瞧一眼。雅葛丽纳觉得姑母了解她，便躲在她身旁。玛德不声不响，只拿手摩着雅葛丽纳的头。

于是她信赖姑母了,心中一不好过就去访问这位好朋友。不论什么时候去,她有把握可以遇到同样宽容的眼睛,把它们的恬静灌注一部分到她心里。她并不和姑母提起她幻想的罗曼史,那她要觉得害羞的;她也感到那绝对不是真的。但她说出她渺渺茫茫的、深刻的、更实在的苦闷。

"姑妈,"她有时叹了口气说,"我多么愿意幸福啊!"

"可怜的孩子!"姑妈微微笑了笑。

雅葛丽纳把头枕在她膝上,吻着那抚摩她的手:"我将来能幸福吗?姑妈,告诉我,我将来能幸福吗?"

"我不知道,亲爱的。一半要靠你……一个人愿意幸福的时候一定会幸福的。"

雅葛丽纳表示不信。

"那么你幸福吗?你?"

玛德凄凉地笑笑:"幸福的。"

"可是真的?你可真是幸福的?"

"难道你不信吗?"

"信是信的。可是……"雅葛丽纳停住了。

"怎么呢?"

"我要幸福,可不是像你那种方式的。"

"可怜的孩子!我也希望如此。"玛德说。

"真的,"雅葛丽纳坚决地摇摇头,继续说,"像你那样,我先就受不了。"

"我也想不到自己会受得了。可是有许多办不到的事,人生会教你办得到。"

雅葛丽纳听了不大放心,回答说:"噢!我可不愿意学这一套,我要的幸福一定得合我自己心意的那种。"

“可是人家问你究竟要怎么样的幸福，你就答不出了。”

“我很知道我要什么。”

她要的事多得很。可是要她举出来，她只找到一件，翻来覆去像复唱的歌词一样：

“第一，我要人家爱我。”

玛德不出一声，做着针线。过了一会儿，她说：“倘使你不爱人家，单是人家爱你有什么用？”

雅葛丽纳愣了一愣，回答：“可是，姑妈，我说的当然是限于我所爱的人！其余的都不算的。”

“要是你一无所爱又怎么呢？”

“你这话好怪！一个人总是有所爱的。”

玛德摇摇头，表示怀疑。“一个人并不能真爱，只是心里要爱。爱是上帝给你的一种恩德，最大的恩德。你得求他赐给你。”

“倘使人家不爱我呢？”

“人家不爱你，你也得这样。你会因之更幸福。”

雅葛丽纳拉长着脸，装出气恼的模样：“我可不愿意，我对这个一点不感兴趣。”

玛德很亲热地笑了，望着雅葛丽纳叹了口气，随后又做她的活儿。

“可怜的孩子！”她又说了一遍。

“你为什么老说可怜的孩子？”雅葛丽纳不大放心地问，“我不愿意做个可怜的孩子。我多么希望幸福呢！”

“就因为此我才说：可怜的孩子！”

雅葛丽纳有些恼了。但不久也就过去了。姑母笑得那么尽兴，使她沉不下脸来。她一边假装生气一边拥抱她。其实，一个人在这个年龄上听到自己将来——在很远的将来——会有点儿悲哀的事,反而是得意的。从远处看,人生的不幸还很有诗意呢;一个人最怕庸庸碌碌的生活。

雅葛丽纳完全没觉察姑母的脸色越来越惨白,只注意到她出门的次数越来越少,以为那是她喜欢待在家里的怪脾气,雅葛丽纳还常常因之取笑她。有一两次她去探望的时候,碰到医生出门。她就问姑母:“你病了吗?”

姑母回答:“只是一点儿小病。”

可是她连每星期上朗依哀家吃一顿饭都不去了。雅葛丽纳气愤地去质问她。

“好孩子,”玛德很温和地说,“我累了。”

雅葛丽纳不相信,以为是推托。

“哼,每星期上我们家来两小时就累了吗?你不喜欢我。你只喜欢待在你那个火炉旁边。”

她回家得意扬扬地把这些刻薄话讲出来,不料立刻被父亲训了几句:

“别跟姑妈去烦!你难道不知道她病得很凶吗?”

雅葛丽纳听着脸都白了;她声音颤抖地追问姑母害了什么病。人家不肯告诉她。最后她才知道是肠癌,据说姑母只有几个月的寿命了。

雅葛丽纳心里害怕了好几天,等到见了姑母才宽慰一些。玛德还算运气,并不太痛苦。她依旧保持着安详的笑容,在透明的脸上映出内心的光彩。雅葛丽纳私下想:

“大概不是吧。他们弄错了,要不然她怎么能这样安静呢?……”

她又絮絮叨叨地讲那些心腹话,玛德听了比从前更关切了。可是谈话中间,姑母有时会走出屋子,一点不露出痛苦的神色;她等剧烈的疼痛过去了,脸色正常了,才回进来。她绝口不提自己的病,竭力掩饰;也许她不能多想它;她明明知道受着病魔侵蚀,觉得毛骨悚然,不愿意把思想转到这方面去;她所有的努力是在于保持这最后几个月的和平恬静。可是病势出人意料地急转直下。不久她除了雅葛丽纳以外不再接见任何人。后来雅葛丽纳探望的时间也不得不缩短。后来终于到了分别的日子。姑母躺在几星期来没离开过的床上,跟小朋友告别,说了许多温柔与安慰的话。然后她关起门来等死。

雅葛丽纳有几个月工夫非常痛苦。姑母死的时候,她正经历着精神上最苦闷的时期;在这种情形之下能支持她的原来只有姑母一个人。此刻她可孤独到极点。她很需要一种信仰做依傍。从表面上看,这种倚傍似乎不会缺少的:她从小就奉行宗教仪式;她的母亲也是的。但问题就在这儿:母亲是奉行仪式的,玛德姑母却并不:怎么能不把她们做比较呢?大人们视若无睹的谎言逃不过儿童的眼睛,他们很清楚地看到许多弱点与矛盾。雅葛丽纳发觉母亲跟一般自称信仰宗教的人照旧怕死,仿佛没有信仰一样。真的,靠宗教是不够的……此外,还有些个人的经验,反抗,厌恶,一个笨拙的忏悔师伤害她的说话……都使她怀疑宗教。她继续上教堂去,可是并无信仰,只像拜客一样,表示自己有教养。她觉得宗教像世界一样空虚。唯一的救星是对于死者的回忆,她把她完全裹在身上了。她悔恨当初不该逞着青年人自私的脾气而忽视姑母,如今是叫也叫不应了。她把她的面目理想化;而玛德留下的深刻的韬晦的生活榜样,使她讨厌社会上那种不严肃不真实的生活。她眼中只看见它的虚伪;而那些可爱的诱惑,在别的时间会使她觉得好玩的，此刻却使她深恶痛绝。她患着神经过敏症。无论什么都会教她痛苦；她的意识一点儿不受蒙蔽。凡是一向因为漠不关心而没注意到的事，她现在统统看到了。其中有一件竟把她伤害入骨。

有天下午，她在母亲的客室里。朗依哀太太正在见客，——一个时髦画家，装腔作势的小白脸，是她们家的熟客，但并非十分知己的朋友。雅葛丽纳觉得自己在场使母亲跟客人都不方便，因此她愈加留着不去了。朗依哀太太有点儿不耐烦，轻微的偏头痛使她昏昏沉沉，再不然是被今日的太太们像糖果一般咬着的头痛丸搞糊涂了，不大留神自己的话。她无意之间把客人叫做"我的心肝……"

她立刻发觉了。他也和她一样的不动声色。两人继续用客气的口吻谈下去。正在一旁沏茶的雅葛丽纳心中一震，差点儿把一只杯子滑在地下。她感觉到他们在背后交换着会心的微笑。她转过身来，果然看到他们心照不宣的目光，一下子就给遮掩过去了。——这个发现把她吓坏了。雅葛丽纳从小过着放任的生活，不但常常听到这一类的玩意儿，她自己也会嘻嘻哈哈地提起的，可是这一回竟感到难以忍受的痛苦，因为看见她的母亲……她的母亲，那事情可不同了！以她惯于夸大的性情，她从这一个极端转到另一个极端。至此为止，她对什么都不猜疑的。从今以后，她对一切都猜疑了。她想着母亲过去的行为，推详某些小节。没有问题，轻佻的朗依哀太太犯嫌疑的地方太多了，但雅葛丽纳还要加些上去。她很想接近父亲；他跟她一向比较密切，而他的聪明也对她很有吸引力。她愿意多爱一些父亲，对他表示同情。可是朗依哀似乎不需要人家为他抱怨；于是这神经过敏的少女又起了疑心，比对母亲的猜疑更可怕,就是说父亲是什么都明白的,但认为假作痴聋更方便;只要自己能够为所欲为,别的事他都不放在心上。

于是雅葛丽纳觉得没希望了。她不敢鄙薄他们。她爱他们。可是她在这儿过不下去了。西蒙纳的友谊对她并没帮助,她很严厉地批判她从前的伴侣的弱点,对自己也不随便放过,看到自身的丑恶与平庸大为痛苦,只无可奈何地回想着纯洁的姑妈。但这些回忆也慢慢地消失了;时间的洪流把它们淹没了,把它们的痕迹洗掉了。由此可见,一切都是要完的;她将来要跟别人一样地掉在污泥里……噢!无论如何都得跳出这个世界!救救我啊!救救我啊!……

就在这个又狂乱又孤独、又厌世又热烈的时期,抱着神秘的等待的心情、向着一个无名的救主伸手乞援的时候,雅葛丽纳遇到了奥里维。

朗依哀太太和大家一样邀请了那个冬天走红的音乐家克利斯朵夫。克利斯朵夫来了,照例不想讨人喜欢。朗依哀太太可仍旧觉得他可爱:——只要在当令的时候,他拿出无论什么态度都可以;人家总觉得他可爱的;这往往是几个月的事。雅葛丽纳并不觉得他怎么了不起,克利斯朵夫受到某些人的恭维先就使她不信任。何况他粗鲁的举动,高声的说话,快活的心情,都教她看不上眼。以她那时的心境,生活的兴致显得是鄙俗的;她所追求的是凄凉的,半明半暗的境界,自以为喜欢这个境界。克利斯朵夫身上的光太强了。但他谈话之间提起了奥里维:他需要把他的朋友跟他一切愉快的遭遇连在一起。他把奥里维说得那么有意思,使雅葛丽纳以为看到了一个合乎理想的人物。她要母亲把奥里维也邀请了。奥里维并不马上接受:而在他姗姗来迟的那个时期之内,克利斯朵夫和雅葛丽纳更能从从容容地描成一个幻想的奥里维的肖像,而等到他决意应邀而来的时候,真正的面目跟那幻想的图画也不会不像了。

他来了,可很少说话,也不需要说话。他的聪明的眼睛,他的笑容,他的文雅的举止,浑身上下那种光辉四射的恬静,自然把雅葛丽纳迷住了。再加有克利斯朵夫在旁边做对照,更烘托出奥里维的妙处。但她脸上全无表示,因为怕正在心中萌动的感情;她继续跟克利斯朵夫谈话,谈的却是奥里维的事。克利斯朵夫能够谈到他的朋友,得意极了,根本没注意雅葛丽纳听得津津有味。他也提到自己,而她虽然毫无兴趣,也殷勤地听着,随后又不着痕迹地把话题扯上跟奥里维有关的故事。

雅葛丽纳的风情对于一个不自警戒的人是很危险的。克利斯朵夫不知不觉已经给她迷住了:他喜欢常常到她家里去,开始注意自己的装束;他熟识的那种感情又笑眯眯地混入他所有的幻想中来了。奥里维从最初几天起也入了迷,以为对方冷淡他,暗中很难过。克利斯朵夫高高兴兴地把自己和雅葛丽纳的谈话告诉他听,更增加他的痛苦。奥里维根本没想到自己会讨雅葛丽纳喜欢。虽然因为跟克利斯朵夫一起生活,他看事比较乐观了些,但仍旧没有自信;他把自己看得太清楚了,不相信会得到人家的爱。——其实,倘若一个人的被爱要靠他本身的价值而不是靠那个奇妙与宽容的爱情,那么够得上被爱的人也没有几个了。

一天晚上,他受着朗依哀家的邀请,但觉得再去看那个冷淡的雅葛丽纳太难堪了,便推说疲倦,教克利斯朵夫一个人去。蒙在鼓里的克利斯朵夫挺快活地去了。以他天真的自私心理,他只想着和雅葛丽纳单独相对的快乐。可是他得意的时间并不久。一听到奥里维不来的消息,雅葛丽纳马上扮起一副懊丧的、气恼的、烦闷的、失望的脸;她再也不想讨人喜欢了,也不听克利斯朵夫说的话,只随便回答几句。他甚至非常难堪地看见她掩着嘴,不耐烦地打了个呵欠。她真想哭出来。突然之间她走出客厅,不再露面了。

克利斯朵夫不胜狼狈地回去,一路上推敲这种突如其来的改变态度究竟是怎么回事,慢慢地居然看到了一点儿真相。回到家里,奥里维等着他,装着若无其事的神气问他晚会的情形。克利斯朵夫把那桩不如意事讲给他听。他一边讲着一边看到奥里维脸色渐渐开朗起来。

“你不是累了吗?”他问,“干吗不睡呢?”

“噢,我觉得好多了,”奥里维回答,“我不累了。”

“对啦,”克利斯朵夫很俏皮地说,“你今晚不去,的确使你精神恢复不少。”

他亲切地、狡狯地望了望奥里维,回到自己房里去了。到了那儿,他笑了,轻轻的,可是笑得连眼泪都淌了出来:

“坏东西!”他心里想,“她居然拿我开玩笑!而他也在耍我。想不到他们俩有这一手!”

从此他把自己对雅葛丽纳的念头一齐丢开,而像孵着小鸡的母鸡一样去孵育两个小情人的罗曼史,表面上只做不知道他们的秘密,也不代他们之中任何一个向对方揭破,只在暗中帮助他们。

他一本正经地以为自己的责任应当把雅葛丽纳的性格研

究一番,以便决定奥里维跟她在一起是否能幸福。因为笨拙,他就向雅葛丽纳提出许多古怪的问话使她气恼,有的是关于趣味方面的,有的是道德方面的……

"岂有此理!他这样问长问短是什么意思?"雅葛丽纳愤愤地转过背去想。

奥里维看见雅葛丽纳不再关切克利斯朵夫,高兴极了。而克利斯朵夫看见奥里维高兴也高兴极了。他甚至把自己的快乐表现得比奥里维更露骨。雅葛丽纳看了莫名其妙,她万万想不到克利斯朵夫在他们的爱情中看得比她还清楚,所以只觉得他讨厌至极,不懂奥里维怎么能为一个这样粗俗的朋友入迷。克利斯朵夫猜到这点,有心捉弄她,惹她生气。随后他推说事忙,谢绝了朗依哀家的邀请,让雅葛丽纳和奥里维单独相处。

可是他对于前途还是很担忧,自以为对这桩酝酿中的婚事有很大的责任,心里很烦恼,因为他把雅葛丽纳看得相当准确,担心着许多事:第一是她的有钱,其次是她的教育,她的环境,尤其是她的弱点。他想起从前的女朋友高兰德。没有问题,雅葛丽纳为人更真,更坦白,更热情,对于勇敢的生活很有点向往之情,也有英勇壮烈的志愿。

"但单是有志愿还不够,"克利斯朵夫想道,"还得有魄力。"

他想把危险通知奥里维。但一看见奥里维从雅葛丽纳那边回来,眼中闪着快乐的光彩,他就没勇气开口了,心里想:"两个孩子很快活。别扰乱他们的幸福罢。"

对奥里维的友爱慢慢地使他感染到奥里维的信心。他终于相信雅葛丽纳的确是像奥里维所看到的,也是像她自己所愿意看到的那种人物。她意志多么坚强！她爱奥里维，就是爱他不同于她和她的社会的地方。她爱他，因为他清贫，因为他在道德观念上不肯让步，因为他在社会上不善于应付。她爱奥里维爱得那么纯洁那么彻底，恨不得自己和他一样穷……有时还恨不得要自己变得丑，因为这样她可以更加肯定奥里维爱她是为了她本身，为了她的一腔热爱，那是他渴望的……啊！有些日子，他在眼前的时节，她觉得自己脸色发白，双手发抖。她勉强嘲笑自己的激动，故意装做关心别的事，不去瞧他，用讥讽的口吻说话。可是她突然停下来，躲到卧室里去，关上门，下了窗帘，坐在那儿，两个膝盖紧挤着，交叉着手臂抱着胸部，压制自己的心跳。她凝神屏气地待在那里，一动也不敢动，唯恐惊散了那幸福的境界。她一声不出地把爱情紧紧抱着。

现在克利斯朵夫一心一意只关切奥里维的成功，像母亲一样地照顾他，留心他的修饰，对他的衣着发表意见，替他打领带。奥里维很耐心地由他摆布，宁可到了楼梯上拆开领带重新打过。他心里好笑，但对这种亲切的表示非常感动。爱情使他胆怯，不敢信任自己了，所以他很愿意请教克利斯朵夫，把会面的经过告诉给他听。克利斯朵夫和他一样的激动，有时会在夜里几小时地搜索枯肠，替朋友的恋爱设计划策。

在巴黎近郊，亚当岛森林近旁的一个小地方，在朗依哀家别庄的大花园里，奥里维和雅葛丽纳有了一次确定终身的谈话。

克利斯朵夫陪着朋友一同在那里；但他在屋子里发现了一架风琴，便弹着琴，让两个人双双地散步去了。——其实他们不希望他这样。他们怕单独相对。雅葛丽纳不声不响，有点儿敌意。上次见面的时候，奥里维已经发觉她态度突然变得冷淡，目光显得残酷，甚至有敌对的意味。他看了心都凉了。他不敢盘问，怕从爱人嘴里听到什么残忍的话。那天看到克利斯朵夫一离开，他心就发抖，觉得唯有克利斯朵夫在场才能使他不至于受到意料中的打击。

雅葛丽纳爱奥里维的心并没有消减。她只有更爱他。就因为此，她对他有点儿敌意。她从前当做游戏而那么渴望的爱情，此刻来了，在她面前了；但她看到它在脚下变了个窟窿，便吓得往后倒退。她弄不明白了，心里想："可是为什么？为什么？这是什么意思呢？"

于是她望着奥里维，用着那种使他痛苦的目光，又想："这男人是谁呀？"

她不知道。

"我为什么爱他呢？"

她不知道。

"我爱不爱他呢？"

她不知道……不知道；但她知道她是被抓住了；被爱情抓住了，她自己将要完全消灭在爱情中间，她的意志，她的独立，她的自私，她对于未来的梦想，一切都要在这个怪物身上消灭。于是她气愤愤地跳起来，有些时候简直恨奥里维了。

他们直走到花园尽处，到了有一行大树和草坪隔离着的菜园里，迈着细步在小径上走：两旁种满了红醋栗树，挂着许多红的深色的果实，还有一畦畦清香扑鼻的杨梅。时方六月，阵雨之后气候很凉爽。天空灰灰的，只有半明半暗的光；低低的云大块大块地随着风沉重地移动。但这阵来自远方的风一丝都吹不到地上来:连一张树叶都不动。无限凄凉的气息笼罩着一切,笼罩着他们的心。而在花园那一头,从那望不见的别庄的半开的窗子里,传来一阵风琴声,奏着约翰·赛巴斯蒂安·巴赫的《降E小调赋格曲》。他们俩紧挨着坐在井栏上,脸色惨白,一声不出。奥里维看见雅葛丽纳脸上淌着眼泪。

"你怎么哭啦?"他嘴唇抖动着,轻轻地问了一声。

而他的眼泪也淌了出来。

他拿着她的手。她把头靠在奥里维肩上。她不想再抗拒了,她给打败了;这才松了口气!……两人轻轻地哭着,听着音乐,沉重的云无声无息地在头上移动,仿佛就在树巅上掠过。他们想着自己过去的痛苦,——也许还想着将来的痛苦。在一个人的命运周围酝酿的哀愁,有时会由音乐突然透露出来……

过了一会儿,雅葛丽纳擦擦眼睛,望着奥里维。突然之间他们拥抱了。噢!无可形容的幸福!神圣的幸福!这样的甘美,这样的深邃,甚至令人感到痛苦了!……

雅葛丽纳问:"你的姊姊像你吗?"

奥里维吃了一惊:"你为什么提起她?难道你认识她吗?"

"克利斯朵夫讲给我听的……你曾经非常痛苦,可不是?"

奥里维点点头,感动得答不上话来。

"我从前也很痛苦的。"她说。

于是她讲起她的亡友,亲爱的玛德姑母,很心酸地说她曾经哭得死去活来。

"你会帮助我的,是不是?"她用着哀求的口吻说,"帮助我生活,做个好人,把可怜的姑妈做榜样! 你喜欢我的姑妈吗,你?"

"她们俩我们都爱。正如她们俩也会彼此相爱。"

"可惜她们不在这儿了。"

"她们在这儿呀!"

两人紧紧抱着,连彼此的心跳都感觉到。忽然来了阵细雨,使雅葛丽纳直打寒噤。

"我们进去罢。"她说。

树荫底下差不多已经黑了,奥里维吻着雅葛丽纳潮润的头发;她向他仰起头来,他的嘴唇第一次感觉到那动了爱情的嘴唇,那种少女的灼热而有点龟裂的嘴唇。他们差点儿晕过去了。

快到屋子的时候,他们又停下来。

"以前我们多孤独啊!"他说。

他已经把克利斯朵夫给忘了。

可是他们立刻想起他。琴声已经没有了。他们走进屋子。克利斯朵夫把肘子靠在风琴上,双手捧着脑袋,也想着许多过去的事。他听见开门才从幻梦中惊醒过来,对他们和颜悦色,堆着一副庄严而温柔的笑容。他看到他们的眼睛就知道了经过的情形,便握着他们的手,说道:"坐下吧。让我弹些东西给你们听。"

他们坐下了,他在琴上把胸中所有的感情,对他们俩所有的爱,一齐倾诉了出来。弹完之后,三个人都一声不响。随后他站起身子瞧着他们。他的神气多么和善，比他们老成多了，坚强多了！她这才破题儿第一遭体会到克利斯朵夫的心。他把他们俩都搂在怀里，对雅葛丽纳说："你很爱他是不是？你们都非常相爱吧？"

两人都觉得对他感激不尽。可是克利斯朵夫马上转变话题，高声笑着，走向窗子，跳到花园里去了。

以后的几天，他劝奥里维向雅葛丽纳的父母求婚。奥里维不敢，怕遭到意料中的拒绝。克利斯朵夫同时也逼他去找个差事。假定两老答应了，奥里维在不能谋生的情形之下，就不能接受雅葛丽纳的财产。奥里维跟他一般想法，可不同意他对于跟有钱的女子结婚所抱的过分警戒而近乎可笑的态度。克利斯朵夫始终认为财富是毒害心灵的。他最喜欢引用一个哲人对一个为灵魂得救问题操心的富家妇说的话：

"怎么，太太，您有了百万家私，还想有一颗不朽的灵魂？"

"你得提防女人，"他半正经半取笑地和奥里维说，"提防女人，特别是有钱的女人！女人爱艺术，也许是真的；但她把艺术家压得透不过气来。有钱的女人可是把艺术跟艺术家都伤害了。财富是一种病。女人比男人更受不住。所有的富人都是不正常的……你笑吗？你笑我吗？哼！难道一个富翁会懂得什么叫做人生？难道他跟艰苦的现实有什么接触？他尝过饥寒交迫的滋味吗？闻到过用自己的劳力换来的面包的味道吗？感觉到自己胼手胝足去垦殖的土地的气息吗？他懂得什么众生万物？连看都看不见呢！……我小时候有几次给人家带着坐了大公爵的马车出去玩。车子走过我每根草都熟悉的草原，穿过我独自奔驰而心爱的树林。可是那时我什么都看不见了。所有那些可爱的景致，都变得像带我游览的那些糊涂虫一样的僵死，一样的不自然。那批昏庸老朽的人好比幕一般把草原跟我的心隔断了；不但如此，只要脚下踏着木板，头上盖着车顶，就可以使我和天地绝缘。要能感到大地是我的母亲，必须把我的脚踩入它的肚子里，好似一个初见光明的新生儿一样。财富斩断大地跟人类的联系，斩断所有大地之子相互间的联系。这样，你怎么还能成为一个艺术家？艺术家是大地的声音。一个有钱的人不能成为一个大艺术家。如果能够，那么在这样水土不宜的环境中，他必须有胜过别人千倍的天才。而且即使成功了，他也免不了是一颗暖室里培养出来的果子。连伟大的歌德也没用：跟他的心灵配搭的是萎缩的四肢，他缺少那些被财富斩断的主要器官。你既没有歌德的气魄，势必被财富吞掉，尤其被一个有钱的妻子吞掉，这一点在歌德至少是避免了的。单身的男人还可以抗拒灾难。他有一股天生的强悍之气，有些坚韧的本能把他跟土地连在一块儿。但女人是容易中毒的，还要把毒素传给别人。她喜欢闻财富的那股加着香料的臭气。她有了资财而还能保持心灵的健康简直是奇迹，好似一个百万富翁有天才一样……而且我不喜欢妖魔。凡是财产超过生活需要的人就是一个妖魔，——一个侵蚀他人的癌。”

奥里维笑道：“可是，我总不成因为雅葛丽纳不穷而不爱她，也不能硬要她为了爱我而变得穷。”

“你要是救不了她，至少得救你自己！而这还是救她的最好的方法。你得保持纯洁。你得工作。”

奥里维无须克利斯朵夫告诉他这些顾虑。他比他更敏感。

并非他把克利斯朵夫对财富的诅咒当真,他自己也是有钱人家出身,绝对不鄙薄财产,而且认为财产和雅葛丽纳俊俏的脸蛋非常适配。但他受不了人家猜疑他的爱情是为了图利,所以要求重进教育界。目前所能希望的只有一所内地中学里一个很普通的职位。这便是他所能献给雅葛丽纳的可怜的新婚礼物。他很不好意思地和她谈起此事。雅葛丽纳先是不能接受他的理由:以为这种过分的要强是克利斯朵夫影响他的,她认为可笑的;一个人真有爱情的时候,和所爱的人同甘共苦不是挺自然的吗?拒绝爱人乐于贡献给他的优惠,不是矫情吗?……可是临了,她仍赞同了奥里维的计划;因为这计划中间颇有些苦涩与不愉快的成分,她才下了决心,觉得这倒是一个机会可以满足她牺牲的热情。姑母的死惹动了她对环境的反抗,爱情更把她刺激得兴奋起来。凡是自己天性中跟神秘的热情不相容的成分,她一概加以否定;她仿佛引满了一张弓要把自己的生命向一种理想射去,而所谓理想便是极纯洁、极艰苦,同时又有幸福的光辉的生活……将来的阻碍,清苦的境况,对她都变成了欢乐。那才是多美妙的境界!……

朗依哀太太一心只管着自己,没工夫留意周围的事。最近她只想着健康问题,整天忙着她那些莫须有的病,一会儿试试这个医生,一会儿试试那个医生:每个新医生都是救星;过了十五天可又得换一个。她几个月的不待在家里,住着费用浩大的疗养院,不胜虔诚地做种种可笑的治疗,把女儿和丈夫统统给忘了。

比较关心家庭的朗依哀先生开始猜到女儿的计划了。那是他为父的嫉妒心理提醒他的。他对雅葛丽纳素来有着谜一般的温情,为许多父亲对女儿都感觉到而不肯承认的;那是一种神秘的,肉感的,几乎是神圣的好奇心,使一个人想在自己的化身,是自己的骨肉而是个女人的人身上再生。在这等幽密的心情中间,有些影子与暗淡的闪光,还是不知道的好。至此为止,他觉得女儿使青年们疯魔很好玩:他喜欢她这样:卖弄风情,想入非非,可是头脑清楚——像他自己。但他看到事情弄假成真就不放心了。他开始在雅葛丽纳前面取笑奥里维,后来又用一种相当尖刻的口吻批评他。雅葛丽纳先是笑笑,说:“别说他这么多坏话,爸爸,你以后要发窘的,倘使我嫁了他。”

朗依哀先生高声嚷起来,把她当做疯子。这才是使她完全成为疯子的好方法!他说她永远不能嫁给奥里维。她说非嫁他不可。幕揭开了。他发现她已经不把他放在心上。做父亲的自私心不禁大为气愤。他赌咒说再不让奥里维和克利斯朵夫上门。雅葛丽纳听了气坏了。有天早上,奥里维开出门来,看见她像一阵狂风似的卷进屋子,脸色发白,非常坚决地对他说:“你把我带走罢!爸爸妈妈不答应。我却非要不可。我不回去了。”

奥里维又是惊骇又是感动,并不想和她从长计议。幸而克利斯朵夫在家。平常他是最没理性的,那天倒反劝他们讲理性了。他说他们这样会闹出丑事来,以后更痛苦了。雅葛丽纳怒不可遏地咬着嘴唇,回答说:“以后我们自杀就完了。”

这句话非但没有把奥里维吓倒,反而使他打定了主意。克利斯朵夫好容易教两个疯子姑且耐着性子;他说在用到这最后一着之前,总得试过其他的方法:雅葛丽纳先回家,由他去看朗依哀先生做说客。

古怪的说客!他才说了几句,朗依哀先生差点儿撵他出门;然后他又觉得事情可笑。来客的严肃、诚实、深信不疑的态度,慢慢地使听的人动容了;然而朗依哀始终表示不动心,继续说些讥讽的话。克利斯朵夫只做不听见;可是逢到对方来一下特别尖锐的冷箭,他也停下来,不声不响地迟疑一会儿;随后又往下说。到了一个时候,他把拳头往桌上敲了一下,说道:

"请你相信我一句话:我这次的拜访对我并不是一件有趣的事:我真得竭力压制自己才能不来挑剔你某些措辞;可是我认为我有权利对你说话,所以我就说了。请你像我一样的客观一些,把我的话考虑考虑。"

朗依哀先生听着;一听见自杀的计划,他耸耸肩膀,装做一笑置之;但心里的确震动了。以他的聪明,决不致把这种威吓当做玩笑看;他知道应该顾到痴情女子的疯狂。从前他有个情妇,平素嘻嘻哈哈的,脾气挺好,他认为决不会实行她的大话的,居然当着他的面把自己打了一枪,当场并不就死;那一幕他现在又觉得如在目前了……对付那些疯疯癫癫的女孩子简直毫无把握。想到这儿,他不由得一阵心酸……"她自己要吗?那么好吧,傻孩子活该倒霉!……"当然,他可能用点手段,假作应允,把日子拖一拖,再慢慢地使雅葛丽纳疏远奥里维。可是这样非得花一番他不愿意或不能花的心血。何况他也是个软心人;因为他曾经恶狠狠地对雅葛丽纳说过一声"不!"现在就不为不忍而愿意说一声"好!"了。归根结底,世界上的事谁说得准呢?或许孩子的看法是对的。主要是两人相爱。朗依哀先生也并非不知道奥里维是个正人君子,也许还有才气……因此他同意了。

结婚前一天,两个朋友厮守了半夜没睡觉。他们对于一个可爱的过去的最后几个钟点，都想好好地领略一番。可是眼前这个时间已经是过去了。好似那些凄凉的离别，在车子开行以前大家执意要留在月台上，彼此瞧着，说着话，但心早已不在这儿；朋友已经远去了……克利斯朵夫一句话说到半中间，发觉奥里维心猿意马的眼神，便停下来，笑了笑，说："你已经不在这儿了！"

奥里维不胜惶恐地道歉，因为自己在最后一段亲密的时间这样分心，觉得很难过。但克利斯朵夫握着他的手，说："算了罢，别勉强。我很快活。你做你的梦罢，孩子。"

他们偎依着站在窗口，望着黑暗中的花园。过了一会儿，克利斯朵夫对奥里维说：

"你想逃开我吗？你以为可以躲掉我了？你想着你的雅葛丽纳。可是我会追上来的。我也想着她。"

"好朋友，"奥里维回答，"我何尝不想你！即使……"说到这儿他停住了。

克利斯朵夫笑着把他的话接下去："……即使要想着我是多么不容易！……"

参加婚礼的时候，克利斯朵夫穿扮得很体面，可以说很漂亮了。他们不用宗教仪式；奥里维是因为对宗教冷淡，雅葛丽纳是因为存着反抗的心，两人都不愿意要。克利斯朵夫写了一个交响乐体裁的曲子预备在区公所演奏；但到最后一刻，他明白了公证结婚是怎么回事，便把音乐放弃了，认为那是可笑的，表示一个人既没有信仰，也没有自由思想。一个真正的旧教徒好容易变成了自由思想者，并非要把一个公务人员变成教士。在上帝与自由良心之间，绝无理由把国家拉来代替宗教。国家只管登记,不管结合。

奥里维和雅葛丽纳结婚的情形,使克利斯朵夫觉得幸而没有把音乐放到典礼中去。区长俗不可耐地恭维着新夫妇,恭维着新娘的有钱的家庭和那些挂着勋章的证婚人。奥里维心不在焉地,含讥带讽地听着。雅葛丽纳可完全不听,偷偷地向冷眼觑着她的西蒙纳吐舌头;她曾经跟她赌东道,说结婚"决不会使她紧张",她现在快要赢这个东道了:她简直不大想到结婚的就是自己,即使想到也只觉得好玩。其余的人都是为了来宾而装腔作势,来宾也都拿着手眼镜瞧他们。朗依哀先生只管在人前卖弄;虽然对女儿的感情那么真,他当时最注意的还是宾客,心里想有没有漏发什么请帖。唯有克利斯朵夫很激动;他仿佛一身兼了父母、结婚当事人和区长这许多角色。他目不转睛地盯着奥里维,奥里维可并不瞧他。

晚上,新人动身上意大利。克利斯朵夫和朗依哀先生送他们到车站,看见新夫妇很快乐,毫无遗憾,也不隐瞒他们巴不得快点走掉的心绪。奥里维像一个少年人,雅葛丽纳像一个小姑娘……这一类离别使人非常惆怅。父亲眼看着女儿被一个陌生人带走……从此跟他越离越远。但他们只感到一股解放的醉意。什么束缚都没有了,什么阻碍都没有了,他们自以为到了人生的顶点,万事齐备,用不着再怕什么,可以死而无憾了……过后,他们才知道这不过是一个阶段。拐过了山峰,又是遥遥前途摆在那里;而且很少人能到达第二个阶段……

火车在黑夜里把他们带走了。克利斯朵夫和朗依哀一同回去,俏皮地说了句:

"咱们现在都是鳏夫了!"

朗依哀先生笑了。他们道了再会,各自走上回家的路。两人都很难过。但那是一种又悲伤又甜美的感觉。克利斯朵夫自个儿在卧室里想道:“现在我生命中最高尚的一部分得到了幸福了。”

奥里维的屋子里一切都保持原状。两位朋友约定:在奥里维没回来搬家之前,他的家具和纪念物照旧存在克利斯朵夫那边。所以他还是在眼前。克利斯朵夫瞧着安多纳德的照相,拿来放在自己桌上,对它说道:

“朋友,你快活吗?”

他常常——稍为太密了些——写信给奥里维。回信很少,内容也是心不在焉的,朋友在精神上渐渐跟他疏远了。他很失望,但硬要自己相信这是应当如此的;他并不为他们友谊的前途操心。

孤独并不使他难受。以他的口味而论,他觉得还不够孤独呢。《大日报》的撑腰已经使他感到厌恶。阿赛纳·伽玛希有个脾气,以为由他费了心血吹捧出来的名流应当归他所有,而他们的光荣理当和他的光荣打成一片,好似路易十四在宝座周围摆着莫里哀、勒·勃仑和吕里一样。克利斯朵夫觉得在艺术上便是德皇也不见得比他《大日报》的老板更可厌。因为这个新闻记者对艺术既不比皇帝更懂,成见倒不比他少;只要是他不喜欢的,他绝对不容许存在,说是恶劣的,危险的;他为了公众的福利要把它们消灭。最丑恶而最可怕的,莫过于这般畸形发展的,不学无术的市侩,自以为用了金钱和报纸,不但能控制政治,还能控制思想:凡是听他们指挥的人,就赏赐一个窠、一条链子、一些肉饼;拒绝他们的,他们就放出成千成百的走狗去咬！——克利斯朵夫可不是受人呵斥的家伙。他认为一头蠢驴胆敢告诉他在音乐方面什么是应该做的，什么是不应该做的，未免太不成话；他言语之间表示艺术需要比政治更多的准备。他直截了当地拒绝把一部无聊的脚本谱成音乐，不管那作者是报馆高级职员之一而为老板特别介绍的。这一件事就使他和伽玛希的交情开始冷淡了。

但克利斯朵夫反而因之高兴。他才从默默无闻的生活中露出头来，已经急于要回到默默无声的生活中去了。他觉得“这种声势赫赫的名气，会使自己在人群中迷失”。关切他的人太多了。他玩味着歌德的话：

> 一个作家凭着一部有价值的作品引起了大众的注意，大众就没法不让他产生第二部有价值的作品……一个深自韬晦的有才气的人，也会不由自主地卷入纷纭扰攘的社会，因为每个人都认为可以从作家身上沾点儿光。

于是他关上大门，守在家里，只接近几个老朋友。他又去探望近来比较疏远了的亚诺夫妇。亚诺太太白天一部分的时间总是孤独的，很有余暇想到别人的悲伤。她想到克利斯朵夫在奥里维走后所感到的空虚，便压着胆怯的心情请他吃晚饭。她很愿意不时来照顾一下他的家务，可是她没有胆子；这也许更好：因为克利斯朵夫绝对不喜欢人家顾问他的事。但他上亚诺家吃饭，黄昏时也常到他们家去坐一会儿。

他发现这对夫妇老是那样亲密，维持着同样温柔而悒郁的气氛，比从前更灰色了。亚诺精神上经过一个颓丧的时期，教书生涯把他磨得很苦，——累人的劳作，一天又一天的永远没有变化，仿佛一个轮子老在一个地方打转，从来不停，也从来不向前。虽然很有耐性，这好人也不免垂头丧气。他为了某些不公平的事很难过，觉得自己的忠诚毫无用处。亚诺太太说些温婉的话鼓励他；她似乎永远那么和平恬静，可是人慢慢地憔悴了。克利斯朵夫当着她的面祝贺亚诺有这样一位贤德的夫人。

“是的，”亚诺说，“她真好：无论遇到什么事总是很安定。这是她的运气，也是我的运气，要是她对我们的生活觉得痛苦的话，我会一蹶不振的。”

亚诺太太红着脸不出声。接着她用着平稳的语调扯上别的事去了。——克利斯朵夫的来往照例对他们很有好处；而在他那方面，也乐于到这些好人旁边来让自己的心温暖一下。

那时来了另外一个女朋友，更准确地说，是克利斯朵夫去找来的；因为她虽然愿意认识他，可决不会自动来看他。那是一个二十五岁左右的女子，音乐家，得国立音乐院的钢琴头奖的，名叫赛西尔·弗洛梨。矮个子，相当地胖；眉毛很浓，美丽的大眼睛水汪汪的；又小又粗的鼻子下端往上翘着，带些红色，像鸭嘴；厚嘴唇，表示人很笃实，温柔；下巴肥肥的，很结实，很有个性；脑门长得并不高，可是很宽；浓密的头发绾成个大髻挂在脖子上；粗大的胳膊，钢琴家的手，又长又大，指尖是方的，大拇指跟别的手指离得很远。她浑身上下都元气充足，像乡下人一样的健康。她和母亲住在一起，对她很孝顺。母亲也是个好心的女人，对音乐毫无兴趣，但因为常常听人谈到，便也谈着音乐，知道一切音乐界的潮流。赛西尔过着平凡的生活，整天教课，有时也举行些没人注意的音乐会。平日她回家很迟，或是步行，或是坐街车，筋疲力尽，可是兴致不坏；回来还打起精神练琴，缝帽子，话很多，爱笑，爱莫名其妙地哼哼哼唱唱。

人生并没宠她。她懂得辛辛苦苦换来的一点儿享受是多么宝贵，也很能体会一些小小的快乐，体会她的境况或艺术方面的些少进步。只要她本月比上月多挣五法郎，或者把弹了几星期的一段肖邦终于弹好，她就欢喜不尽。她自修的功课并不过度，恰好配合她的能力，像适当的健身运动一般使她身心痛快。弹琴，唱歌，教课，这些正常而有规则的活动使她一方面觉得日子没有虚度，一方面能过着小康的生活，有点平平稳稳的成就。她胃口很好，吃得下，睡得着，从来不闹病。

她为人正直，合理，谦虚，精神很平衡，一无烦恼：因为她只管现在，不问已往也不问将来。既然身体好，生活安定，不会有什么风浪，她就差不多永远是快乐的。她高兴练琴，也高兴管家务，也高兴一事不做。她的生活不是一天天过的，——（她很经济，做事有预算）——而是一分钟一分钟过的。她心中毫无高远的理想；即使有，也是见诸她所有的行为与思想的布尔乔亚理想，就是说心安理得的爱好她所做的事。星期日她上教堂去；但宗教情绪在她的生活中毫无地位。她佩服那些狂热的人，像克利斯朵夫一般有一种信仰或天才的；但她并不羡慕：有了他们的烦闷和他们的天才，又怎么办呢？

那么她怎么能体会到大作家的音乐的？她自己也说不清。她只知道的确体会到。她高出别的演奏家的地方，是在于她身心的健康与平衡。这颗自己并无热情而生命力很强的灵魂，为陌生人的热情倒是一块特别富饶的园地。她并不因之受到骚乱。侵蚀过艺术家的可怕的热情，她能尽量传达出它的气势而自己不受它的毒害；她只感到那些作品的力量和弹完以后的痛快的疲劳。那时她满头大汗，筋疲力尽，安详地笑着,觉得心满意足了。

克利斯朵夫有一晚听到她的表演,大为称赏。他在会后向她握手道贺。她非常感激:那晚听众很少,而且她素来不大有人捧的。她既没巧妙的手段去加入什么音乐集团,也没那种本领招致一般捧角的人跟在她后面,既不用过分的技巧来标新立异,也不用想入非非的方式去表演名作引人注意,同时她也不自命为巴赫或贝多芬的专家,更不对她所奏的东西标榜什么理论,只是老老实实地把自己感觉到的弹出来,——因此谁也不注意她,批评家们也不知道她:因为没人告诉他们说她弹得好;而他们自己又不知道好坏。

克利斯朵夫以后常常看到赛西尔。这个身子结实而精神安定的女子对他有种说不出的吸引力。她人很刚强,淡于名利。他因为人家不知道她而很气愤,提议要教《大日报》的朋友们提到她。她虽很乐意有人称赞,却求他切勿为她钻谋。她不愿意奋斗,花许多气力,惹人家妒忌;她只求安安静静地过日子。人家不提起她倒是更好。她决不忌才,对于别的演奏家的技巧,她第一个会惊叹佩服。既无野心,亦无欲望,她太懒了,没有这个劲。要是当前没有什么确定的目标需要她关心,她便一事不做:连胡思乱想都没有;夜里躺在床上,不是马上睡着,就是一无所思。多少在这个年纪上没嫁人的女子,念念不忘地想着婚姻,唯恐做老处女,她却没有这种烦恼。人家问她喜欢不喜欢有一个好丈夫,她回答说:

“咄,抱这种野心干吗?为什么不梦想五万法郎的进款呢?做人应当知足,应当安分守己。人家要是给你,那么更好!要不然就算了。一个人不能因为没有蛋糕吃就觉得上白面包不够味。尤其在你吃过了长久的硬面包之后!”

“并且，”母亲接着说，“还有许多人不是每天都有的吃呢！”

赛西尔自有她不相信男人的理由。几年前故世的父亲是个懦弱而懒惰的人，使妻儿子女吃了不少苦。她也有一个不成器的兄弟，不知在混些什么，每过一些时候出现一下，向家里要钱；大家怕他，觉得他丢人，唯恐有朝一日会听到他出什么乱子；可是大家疼他。克利斯朵夫看见过他一次。他正在赛西尔家，忽然有人打铃，母亲跑去开门了。然后他听到隔壁屋子里有人谈话，不时高声地嚷几下。赛西尔似乎慌了，也出去了，让克利斯朵夫一个人待在那里。隔壁继续在争吵，陌生人慢慢地有了威吓的口气；克利斯朵夫以为应当出去干涉，便开门出去，但他只看到一个身子有点畸形的年轻人的背影，就给赛西尔赶来拦住了，求他回进屋子。她也跟着一同进来；大家不声不响地坐着。来人在隔壁又嚷了几分钟，走了，把大门使劲碰了一下。于是赛西尔叹了口气，对克利斯朵夫说：“是的……是我的兄弟。”

克利斯朵夫明白了。“啊！”他说，“我知道……我，我也有一个……”

赛西尔握着他的手，又亲切又同情地说：“你也有吗？”

“是的……那都是教家里的人发笑的宝贝。”

赛西尔笑了；他们的谈话换了题目。真的，这种使家人发笑的宝贝，对她不是味儿，而结婚的念头也不会打动她的心：男人都没意思，还是过独立生活好。母亲看到女儿这样，只有叹气；她可不愿意丧失自由，平时唯一的梦想是将来能有一天，——天知道什么时候！——住到乡下去。但她不愿意费心去想象那种生活的细节，觉得想一桩这样渺茫的事太没意思,还不如睡觉,——或是做她的工作……

在未能实现她的梦想之前,她夏天在巴黎近郊租一所小屋子,跟母亲两人住着。那是坐二十分钟火车就可以到的。屋子和孤零零的车站离得相当远,在一大片荒地中间,赛西尔往往夜里很晚才回去,可是并不害怕,不相信有什么危险。她虽然有支手枪,但常常忘在家里,而且也不大会用。

克利斯朵夫去探望她的时候,常常要她弹琴。她对于音乐作品的深切的领悟使他看了很高兴,尤其是当他用一言半语把表情指点她的时候。他发觉她嗓子很好,那是她自己没想到的。他劝她训练,教她唱德国的老歌谣或是他自己的作品;她唱得很感兴趣,技巧也有进步,使他们俩都很惊奇。她天分极高。音乐的光芒像奇迹似的照在这个毫无艺术情操的巴黎小布尔乔亚女子身上。夜莺——(他这样称呼她)——偶尔也提到音乐,但老是用实际的观点,从来不及于感情方面;她似乎只关心歌唱与钢琴的技巧。她和克利斯朵夫在一起而不弄音乐的话,就谈论俗事:不是家务,便是烹饪或者日常生活。平时一分钟都不耐烦和一个布尔乔亚女人谈这些题目的克利斯朵夫,和夜莺倒谈得津津有味。

他们这样地在一块儿消磨夜晚,彼此真诚地相爱,用一种恬静的,几乎是冷淡的感情。有天晚上他来吃晚饭,比平时耽久了些,突然下了一场阵雨。等到他想上车站去赶最后一班火车的时候,外面正是大风大雨;她和他说:"算了罢! 明儿早上走罢。"

他在小客厅里睡着一张临时搭起来的床。客厅和赛西尔的卧室之间只有一重薄薄的板壁,门也关不严的。他在床上听到另一张床格格地响,也听到赛西尔平静的呼吸。过了五分钟,她已经睡熟了;他也跟着入梦,没有一点骚乱的念头惊扰他们。

同时,他又得到一批陌生朋友,被他的作品招引来的。他们住的地方大半离开巴黎很远,或是幽居独处,从来不会遇到克利斯朵夫的。一个人的名气即使是鄙俗的,也有一桩好处,就是使上千上万的好人能够认识艺术家,而这一点,要没有报上那些荒谬的宣传就办不到。克利斯朵夫和其中的几个发生了关系。有的是孤独的青年,生活非常艰苦,一心一意地追求着一个自己并无把握的理想:他们尽量吸收着克利斯朵夫友爱的精神。也有的是一些内地的无名小卒,读了他的歌以后写信给他,像老许茨一样,觉得和他声气相通。也有的是清苦的艺术家,——其中有一个作曲家,——不但没法成功,并且也没法表白自己:他们看到自己的思想被克利斯朵夫表现了出来,快活极了。而最可爱的也许是信上不署名的人,因为这样他们说话可以更自由,很天真地把信心寄托在这个支持他们的长兄身上。克利斯朵夫多么愿意爱这些可爱的灵魂,但他永远不能认识他们,因之大为惆怅。他吻着那些陌生人的信,好似写信的人吻着克利斯朵夫的歌一样;各人都在心里想:"亲爱的纸张,你们给了我多少恩惠!"

这样,根据物以类聚的原则,他周围有了一群志同道合的人,仿佛是一个天才的家属,在他身上汲取营养,同时也给他营养。这集团慢慢地扩大,终于形成一颗以他为中心的集体灵魂,——好像一个光明的世界,一个无形的星球在太空中运行,把它友爱的歌声跟一切星球之间的和声交融为一。

正当克利斯朵夫和他那些精神上的朋友有了神秘的联系

的时候，他的艺术思想发生了重大的变化，变得更宽广，更富于人间性。他不再希望音乐只是一种独白，只是自己的语言，更不希望它是只有内行了解的艰深复杂的结构。他要音乐成为和人类沟通的桥梁。唯有跟别人息息相通的艺术才是有生命的艺术。约翰·赛巴斯蒂安·巴赫在最孤独的时间，也靠着他在艺术中表白的宗教信仰和其余的人结合为一。亨德尔和莫扎特的写作，由于事势所迫，也是为了一批群众而不是只为他们自己。连贝多芬也得顾到大众。而这是大有裨益的。人类应当用这种话提醒天才：

"你的艺术中间哪些是为我的？要是没有，那么我不需要你！"

这种强制使艺术家第一个得到好处。当然，只表白自己的大艺术家也有。但最伟大的总是那些心儿为全人类跳动的艺术家。谁要面对面地见到活的上帝，就得爱人类；在自己荒漠的思想中是找不到上帝的。

然而当代的艺人谈不到这种爱。他们只为了一批虚荣的、混乱的、脱离社会生活的少数人士写作，——这等少数人士绝对不愿意分享别人的热情，或竟加以玩弄。为了不要跟别人一样，他们宁可和人生割绝。这种人还是死了的好。我们可是要走向活人堆里去的，我们要喝着大地的甘乳，吸收人类最圣洁的部分，汲取他们爱家庭爱土地的感情。在最自由的世纪，意大利文艺复兴的代表拉斐尔，在那些圣母像中讴歌母性的光荣。今日谁能为我们在音乐上作一幅《圣母坐像》①

① 拉斐尔所作圣母像多至不胜枚举，《圣母坐像》为其中之一，现藏意大利佛罗伦萨毕蒂博物馆。

呢？谁能为我们作出人生各个阶段的音乐呢？你们一无所有，你们法国一无所有。你们想拿些歌曲给民众的时候，不得不剽窃德国往日的名作。在你们的艺术中，从底层到峰顶，一切都得从头做起，或者重新做起……

克利斯朵夫和此刻卜居在外省的奥里维通信，想靠书信来继续他们从前产量丰富的合作。他要他搜集优美的诗歌，和日常的思想行动有密切关系、像德国的老歌谣那样的，例如圣书或印度诗歌中的片段，宗教的或伦理的颂歌，自然界的小景，关于爱情的或天伦的感情，清晨，黄昏与黑夜的诗歌，适合一般淳朴而健全的心灵的东西。每支歌只消四句或六句就行，表情要极朴素，用不着发挥得如何高深，用不着精练的和声，你们那些冒充风雅的人的卖弄本领对我是没用的。希望你爱我的生命，帮助我爱自己的生命！替我写些《法兰西的祈祷》罢。咱们应当找些明白晓畅的曲调。所谓艺术的语言，我们应当避之唯恐不及，那是像今日多少音乐家的作品一样，变了一个阶级专用的术语。应当有勇气以人的立场而非以艺术家的立场说话。瞧瞧前人的作品罢。十八世纪末期的古典艺术，就是从大众的音乐语言中来的。如格路克，如一般创造交响曲的作者，初期歌谣的作家，他们的乐句和巴赫与拉穆的精练高深的句子比较起来，有时会显得平淡庸俗。但就是这种本地风光的背景造成了伟大的古典作者的韵味与通俗性。它们是从最简单的音乐形式，从歌谣里来的；这些日常生活里的小小的花朵，深深地印在莫扎特或韦伯的童年的心上。——你们不妨效法他们，写作一些为大众的歌曲。以后你们再创作交响乐。越级有什么用？金字塔不是从顶上造起的。你们现在的交响乐只是一些没有躯干的头颅。噢，美丽的思想，你们得有一个身体啊！必须有几代耐性的音乐家和群众亲近。一个民族的音乐绝不是一朝一夕所能建立起来的。

克利斯朵夫不但把他的原则应用于音乐，并且还鼓励奥里维在文学方面实行：

“现在的作家，”他说，“努力描写一些绝无仅有的人物，或是在健全的大众以外，只有在不正常的人群中才有的典型。既然他们自愿站在人生的门外，那么你用不着管他们，你自己向着有人类的地方去罢。对普通的人就得表现普通的生活：它比海洋还要深，还要广。我们之中最渺小的人也包藏着无穷的世界。无穷是每个人都有的，只要他甘于老老实实地做一个人，不论是情人，是朋友，是以生儿育女的痛苦换取光荣的妇女，是默默无闻的牺牲自己的人。无穷是生命的洪流，从这个人流到那个人，从那个人流到这个人……你写这些简单的人的简单的生活罢，写这些单调的岁月的平静的史诗罢，一切都那么相同又那么相异，从开天辟地起，一切都是同一母亲的子女。你写得越朴素越好。切勿学现代艺术家的榜样，枉费心力去寻求微妙的境界。你是向大众说话，得运用大众的语言。字眼无所谓雅俗，只有把你的意思说得准确不准确。不论你做什么，得把自己整个儿放在里头：保持你的思想，保持你的感觉。文字应当跟从你心灵的节奏。所谓风格是一个人的灵魂。”

奥里维赞成克利斯朵夫的意见；但他用着怀疑的口气说：

“一部这样的作品可能是美的；但它永远到不了那些能够读这等作品的人眼里。批评界在半路上就把它压下去了。”

“你老是这套法国小布尔乔亚的说法！”克利斯朵夫回答，“你担心批评界对你的作品作何感想！……告诉你，那些批评家只知道记录成功或失败。你只要成功就行了！……我完全不把他们放在心上！你也得不把他们放在心上……”

但奥里维不放在心上的东西正多着呢！他可以不需要艺术，不需要克利斯朵夫。那时他只想着雅葛丽纳。

他们只知有爱情，不知有其他；这种自私的心理在他们周围造成一片空虚，毫无远见地把将来的退路都给断绝了。

在初婚的醉意中，两颗交融的生命专心一意地只想彼此吸收……肉体与心灵的每个部分都在互相接触，玩味，想彼此参透。仅仅是他们两人就构成了一个没有规则的宇宙，一片混沌的爱，一切交融的成分简直不知道彼此有什么区别，只管很贪馋地你吞我，我吞你。对方身上的一切都使他们销魂荡魄，而所谓对方其实还是自己。世界对他们有什么相干？有如古代的两性人①在和谐美妙的梦里酣睡一般，他们对世界闭着眼睛，整个的世界都在他们身上。

噢，白天，噢，黑夜，你们织成了同一片梦境，你们这些像美丽的白云般飞逝的时间，在眩晕的眼中只现出一道光明的轨迹，——还有令人感到春倦的温暖的气息、肉体的暖意、爱情的沉醉、贞洁的淫乱、疯狂的搂抱、叹息与欢笑、喜极而泣的眼泪，——噢，微尘般的幸福，你还留下些什么呢？……我们的心简直想不起你了：因为你在的时候，时间是不存在的。

岁月如流，老是同样的日子……甜蜜的黎明……两个紧紧搂抱的肉体从睡眠的深渊中同时浮起来；笑盈盈的，呼吸交融，一同睁开眼来，又相见了，又亲吻了……平旦清明之气使

① 古希腊神话中假想之民族，谓其兼具男女两性。

身体上的热度退了下去……无穷的岁月只有酣畅迷惘的感觉，其中还有黑夜的甜美在嗡嗡作响……夏日的午昼，在田野里，在草茵上，在萧萧的白杨底下出神……幽美的黄昏，双双挽着手在明朗的天空下回向爱情的床席。风吹着丛树的叶子，明净如水的天上，像鹅毛般浮着一轮银色的月。一颗星掉下来，陨灭了，——使你心中一震……——一个世界无声无息地吹掉了。路上，在他们旁边，难得闪过一些默默无声的影子。城里的钟声报告明天的佳节。他们停了一会儿，她紧紧靠着他，默然无语……啊！但愿生命就像这时候一样，一动不动地……她叹了口气说：

“我为什么这样爱你呢？……”

在意大利旅行了几星期之后，他们在法国西部的一个城里安顿下来，奥里维在那儿有个中学教员的位置。他们差不多谢绝宾客，对什么都不关心。等到不得不出去拜客的时候，他们毫无顾忌地对人很冷淡，使有些人不快，使有些人微笑。所有的闲言闲语只在他们身上滑过，毫无作用。他们跟一般新婚夫妇一样地傲慢，神气仿佛说：

“哼，你们，你们才不知道呢……”

在雅葛丽纳那张俊俏而有点气恼的脸上，在奥里维的快乐的、心不在焉的眼中，显然透露出这样的意思：

“你们多讨厌！……什么时候我们才能清静呢？”

哪怕在众人面前，他们也是我行我素。人们常常会发现他们一边说话一边眉目传情。他们用不着彼此瞧望就能看到对方；两人微微笑着，知道彼此同时想着同样的念头。等到从应酬场中出来，他们简直快活得直叫直嚷，做出种种痴儿女的狂态，仿佛只有八岁。他们说着傻话，互相用古怪的名字称呼。她把奥里维叫做奥里佛、奥里丸、奥里芳、法南、玛米……竭力装做小女孩子的模样。她要同时成为他的一切,又是母亲,又是姊妹,又是妻子,又是情人,又是情妇。

她不但以分享他的快乐为满足,还要实行自己从前许的愿,分担他的工作:这也是一种游戏。初期,她又好玩又热心地干着,因为工作在她这样的女人是件新鲜的玩意儿,所以对最枯索的事也感兴趣:图书馆里的抄写,翻译无味的书,都变了她生活计划中的一部分。她理想的生活不就是纯洁,严肃,全部贡献给共同的、高尚的思想与劳作的吗?只要有爱情的光辉照着,一切都很好;因为她只想着他,而不是想着她所做的事。最奇怪的是,凡是她这样做出来的一切都做得很好。她的头脑,对于那些在一生中别的时间决不能胜任的抽象的读物,都能毫不费力地应付;爱情使她整个的人脱离了俗世;她自己可不觉得,好比一个梦游病者在屋顶上走着,非常的安闲,什么都看不见,只管做着她的严肃而快乐的梦……

过了一晌,她开始看到屋顶了,可并不惊慌,只盘问自己在屋顶上干什么,便回进了屋子。工作使她厌烦了。她以为它影响了爱情。那当然是因为她的爱情已经不及从前热烈。但表面上还看不出什么。他们俩一刻都不能分离,竟自闭门谢客,所有的应酬都不去了。他们讨厌别人对他们的感情,讨厌自己的工作,讨厌一切打扰他们爱情的事。和克利斯朵夫的通信也减少了。雅葛丽纳不喜欢他:他仿佛是个情敌,代表奥里维过去的一部分,而这一部分是完全没有她的份的。克利斯朵夫在奥里维的生活中越占地位,她本能上越想抢掉那个地位。她并不存心,只暗中使奥里维跟他的朋友疏远;她取笑克利斯朵夫的态度、面貌、写信的体裁、艺术方面的计划;她这么做并没有恶意,也不弄手段:那是忠厚的天性使她避免了的。奥里维听了她的批评觉得好玩,也不觉得有何居心;他自以为爱克利斯朵夫的心始终不减,但此刻所爱的只限于克利斯朵夫那个人了:而这是在友谊中没有多大作用的;他没发觉自己渐渐地不了解他,不再关切他的思想,不再关切使他们从前心心相印的英勇的理想主义。对于一颗年轻的心,爱情这股味道真是太浓了:和它比较之下,什么信仰都会显得没有意思。爱人的肉体,以及在这个神圣的肉体上面体会到的灵魂,代替了所有的学问,所有的信仰。在这种情形之下,一个人看着别人热爱的理想,看着自己从前热爱过的理想,只觉得可怜可笑。关于轰轰烈烈的生活和艰苦的努力,他只看到一刹那的鲜花,以为是千古不朽的东西……爱情把奥里维吞掉了。最初他的幸福还有力量用妩媚的诗歌来表现自己。后来连这个也显得空虚而侵占了爱情的时间了!而雅葛丽纳也像他一样,除了爱情以外,把一切生活的意义都竭力摧毁,殊不知大树一倒,藤萝般的爱情也就失去了依傍。这样,他们俩就在爱情中互相毁灭。

可怜一个人对于幸福太容易上瘾了!等到自私的幸福变了人生唯一的目标之后,不久人生就变得没有目标。幸福成为一种习惯,一种麻醉品,少不掉了。然而老是抓住幸福究竟是不可能的……宇宙之间的节奏不知有多少种,幸福只是其中的一个节拍而已;人生的钟摆永远在两极中摇晃,幸福只是其中的一极:要使钟摆停止在一极上,只能把钟摆折断……

他们尝到了安乐的烦闷,需要刺激的感觉越来越不知餍足。甜蜜的光阴减低了速度,变得软弱无力,像没有水分的花一般黯然失色了。天空老是那么蓝,可已经没有清晨那种轻快的空气。一切静止;大地缄默。他们孤独了,正如他们所愿望的那样。——可是他们不胜悲伤。

一种说不出的空虚的情绪,一种并非没有魅力的渺茫的烦恼出现了。他们不知道是怎么回事,只模模糊糊地感到不安。他们多愁善感,近乎病态;神经在静寂中紧张起来,一遇到最轻微的意外的击触,就会像树叶般发抖。雅葛丽纳无端端地流着眼泪;虽然她以为是爱极而泣,其实并不是的。结婚以前的几年,她那么紧张,热烈,苦恼;一朝达到了而且超过了目的,她的生命力就突然停止活动,而一切新的行动——或许连一切过去的行动在内——也忽然显得毫无意义:这种情形使她莫名其妙地感到困惑与消沉。她自己不肯承认,以为是神经疲倦所致,便勉强笑着;但她的笑和她的哭同样带着不安的意味。她鼓足勇气想再去干以前的工作。不料她马上不胜厌恶地扔下了,甚至还弄不明白以前怎么会对这样无聊的事感兴趣的。她又勉强出去交际,也同样没结果:习惯已深,她再也受不了平庸的人物与无聊的谈话;这些原是人生不可避免的,她却只觉得鄙俗不堪,便守着丈夫孤独下去,同时还拿这些不幸的尝试硬教自己相信:人生除了幸福以外竟是一无足取。有一晌她果然比什么时候都更耽溺于爱情了。但那纯粹是意志的力量。

不像她那么狂热但更温柔的奥里维,比较不容易受这些烦闷侵扰;他本人只觉得偶然有点儿说不出的颤抖。并且他的爱情在某种程度内也受着日常事务——他不喜欢的职业——的限制而不至于完全消耗。但他既然非常敏感,爱人心中所有的动静都会在他心中引起反应,那么雅葛丽纳暗地里的困惑当然要传染给他了。

一个天气美好的下午,他们在野外溜达。出门以前,两人都觉得这次的散步一定是很愉快的。周围的一切都有笑意。不料才走了几步,一种阴沉的、令人困倦的忧郁忽然涌上心头。他们没法谈话,可勉强谈着:每个字都使他们感到空虚。散步完了,他们像木偶似的一无所见,一无所感,非常悲伤地回家。时间已经到了傍晚,屋子里只显得空虚,黑暗,寒冷。为了避免看到对方,他们并不马上点灯。雅葛丽纳走进卧室,帽子跟大衣都不脱,径自默默地靠窗坐下。奥里维在隔壁靠着书桌站着。两间屋子中间的门打开在那里,彼此离得很近,连呼吸都能听到。两人在半明半暗中悄悄地哭了,哭得很伤心。他们掩着嘴,不让自己出声。最后奥里维沉痛地叫了声:"雅葛丽纳……"

雅葛丽纳咽着眼泪回答:"怎么呢?"

"你不来吗?"

"我来了。"

她脱了大衣,洗了脸。他点起灯来。过了几分钟,她进来了。两人不敢相视,知道彼此都哭过了。他们不能互相安慰:因为各人都明白是为的什么。

终于到了一个时候,他们俩不能把胸中的苦闷再隐藏下去。因为大家不愿意承认其中的原因,便想法另外找一个原因,那当然是不难的。他们认为一切都是枯索的内地生活造成的。这一下他们宽慰了。朗依哀先生知道女儿对于刻苦的生活厌倦了,并不怎么惊奇。他托了政界的朋友把女婿调到巴黎来。

一听到好消息,雅葛丽纳快活得跳起来,觉得过去的幸福又回来了。一朝要离开的时候,这个可厌的地方倒反显得亲切可爱:这儿留着他们多少爱情的纪念!最后几天,他们尽量去搜寻那些遗迹,心里又惆怅又感动。恬静的原野是看见他们幸福过来的。他们听见心中有个声音喁喁地说着:

“你留下的东西你是知道的。你可知道将来的遭遇吗?”

动身前夜,雅葛丽纳哭了。奥里维问她为什么。她不愿意回答。他们拿起一张纸写道:——(平时他们怕自己说话的音调引起误会,常常用这个办法。)——

“亲爱的小奥里维……”

“亲爱的小雅葛丽纳……”

“我为了要离开而很难过。”

“离开哪儿呢?”

“离开我们相爱的地方。”

“上哪儿去呢?”

“到我们要更老的地方去。”

“到我们偕老的地方去。”

“可是不会再这样的相爱了。”

“只有更爱。”

“谁知道?”

“我知道。”

“我非要更相爱不可。”

于是他们在纸尾画着两个圆圈,表示两人拥抱。随后她抹着眼泪,笑了,把他穿扮得像亨利三世的爱人一般,头上戴着她的便帽,身上披着高领的白坎肩,使奥里维的头活像一颗杨梅。

在巴黎，他们又遇到了亲朋故旧，觉得这些人都跟离开的时候不同了。一听到奥里维来到的消息，克利斯朵夫马上高兴非凡地赶来。奥里维也同样地高兴。可是一见之下，他们都意想不到地发窘。两人都想提起精神来，只是没用。奥里维很亲热，但多少有点改变了；克利斯朵夫很清楚地感觉到。一个结婚以后的朋友，无论如何不是从前的朋友了。男人的灵魂现在羼入了一些女人的灵魂。克利斯朵夫在奥里维身上到处发现这种痕迹：眼睛有些不可捉摸的光彩，嘴唇有些从前没有的褶痕，声音与思想也有些新的抑扬顿挫。奥里维自己没觉得，倒反奇怪克利斯朵夫和从前大不同了。当然他不至于以为是克利斯朵夫改变，承认是自己改变；在他看来，这是跟着年龄来的正常的演变。他还诧异克利斯朵夫没有先前的进步，责备他始终保持着那些思想，那是他以前非常重视而现在认为幼稚与老朽的。因为奥里维的心给一个陌生人占据了，而克利斯朵夫的思想和这个外来的灵魂格格不入。这种感觉在雅葛丽纳也参加谈话的时候特别明显：那时奥里维和克利斯朵夫之间隔着一重冷言冷语的幕。可是大家都竭力掩藏心中的印象。克利斯朵夫继续到他家里去。雅葛丽纳无邪地向他放几下冷箭，他不以为意。但他回去以后很难过。

到巴黎以后的最初几个月，对雅葛丽纳是相当快乐的时期，所以对奥里维也是的。她先是忙于布置新居。他们在巴西区一条老街上找了一所可爱的小公寓，窗外有一方小花园。家具与糊壁纸的选择足足花了她几个星期。雅葛丽纳拿出全副精神，甚至把热情都放了上去，仿佛她永久的幸福就靠几口旧橱的颜色与形状似的。然后她对于父亲、母亲、朋友，做了一番新的认识。因为她在沉醉于爱情的那一年把他们完全忘了，这一下倒是真正的新发现；尤其因为，像她的灵魂渗入了奥里维的灵魂一样，奥里维的灵魂也渗入了她的灵魂，所以她对旧时的熟人不免用新的眼光来看。她觉得这些人比从前有意思得多。最初，相形之下，奥里维还不如何逊色。把他和亲朋故旧放在一起，双方都相得益彰。他的沉潜韬晦，半明半暗的诗意，使雅葛丽纳在那些只求享乐、炫耀、讨人喜欢的浮华人物身上发现更多的魅力；另一方面，他们可爱而危险的缺点，——因为她是这个社会出身，所以认识得格外清楚，——使她更赏识丈夫的忠诚可靠的心。她喜欢作这些比较，而且喜欢老是比较下去，以便证明她的选择着实不错。——但比较到后来，她有时竟不明白为什么做了这个选择了。幸而这种时间并不长久。甚至她因之感到内疚，而事后对奥里维也比任何时期都更温柔。然后她重新再来。等到她这一套成了习惯，便不觉得有趣了；比较的结果，慢慢地使两种相反的人物不像从前那样相得益彰，而开始冲突起来。她私下想，奥里维倘使有一些她此刻在那些巴黎朋友身上所赏识的优点，甚至于缺点，岂不是更好？她嘴上绝对不跟奥里维提；但奥里维感觉到她用苛刻的目光打量他，心里觉得又不安又屈辱。

虽然如此，他对雅葛丽纳还没失去爱情给他的优势；青年夫妇的温柔与勤勉的生活还可继续得相当长久，要是没有特殊的事故把他们的境况改变，把那勉强维持在那里的平衡破坏的话。

我们这才觉得财神是最大的敌人……

朗依哀太太的一个姊妹故世了。她是一个有钱的实业家的寡妇，无儿无女，全部的财产都转移到朗依哀家里。雅葛丽纳的财富增加了一倍以上。遗产来的时候，奥里维记起了克利斯朵夫那番关于财富的话，便说："没有这笔财产，我们也过得很好；也许钱多了反而有害处。"

雅葛丽纳取笑他："傻子！这也会有害吗？何况我们可以不改变生活。"

表面上生活固然照旧。因为照旧，以致过了一些时候，雅葛丽纳抱怨钱不够了；那显然是有些事情已经改变了。事实上，收入多了三倍，还是全部花光，也不知花在哪里的。他们简直不懂以前是怎么过活的了。钱像水一般地流出去，被无数新添出来而马上成为日常必不可少的用度吞掉。雅葛丽纳结识了一批有名的裁缝，把从小熟识的上门做活的女裁缝辞退了。从前戴的是不费多少材料就能做得很美的四个铜子的小帽子，穿的是并不十全十美，但反映着自己的妩媚，有些自己气息的衣衫：这些日子现在都完了。周围所有的东西原来都有种温暖亲切的情调，现在一天天地减退。她身上的诗意消失了，变得庸俗了。

他们换了一个公寓。从前费了多少心血，多么高兴布置起来的屋子，显得狭窄难看了。那些反映一个人的心灵的、朴素的小房间，窗外摇曳着清瘦的树影的景致，现在不需要了；他们另外租了个宽大的、舒服的、屋子分配得很好的，可是他们不喜欢而且设法喜欢的，烦闷得要死的公寓。熟悉的旧东西代之以陌生的家具与糊壁的花绸。往事在这儿是毫无地位的。最初几年共同生活的印象从脑海里给扫出去了……对于夫妇，最不幸的是他们和过去的爱情的联系一朝被斩断。因为接着初期的温情必有一个精神沮丧的时期，那时一个人只有靠过去的回忆才能撑持。用钱的方便使雅葛丽纳在巴黎、在旅途上——(现在他们时常旅行了)——接近了一般有钱而无用的人物,和他们交往的结果,使她瞧不起其余的人,瞧不起劳作的人。以她奇妙的接受能力,她立刻和那些贫弱而腐败的心灵同化。要她抵抗是办不到的。一想到人家能够——而且应该——在尽了日常生活的责任之后,在平凡的环境中得到幸福,她立刻表示气恼,认为那是“布尔乔亚的下贱”。她甚至对自己过去在爱情中慷慨献身的行为也不了解了。

奥里维没有力量奋斗。他也改变了。他辞掉了教职,再没有非做不可的作业。他只是写作;生活的平衡因之也有了变动。至此为止,他因为不能完全献身于艺术而痛苦。如今他可以完全献身于艺术的时候,却缥缥缈缈地像在云雾中一样。倘使艺术没有一桩职业维持它的平衡,没有一种紧张的实际生活做它的依傍,没有日常任务给它刺激,不需要挣取它的面包,那么艺术就会丧失它最精锐的力量和现实性。它将成为奢侈的花,而不再是——(像一批最伟大的艺术家表现的)——人间苦难的神圣的果子……奥里维尝到了有闲的滋味,老想着“一切皆空”的念头,什么也不来压迫他了:他丢下了笔,游手好闲,迷了方向。他和自己出身的阶级,和那些耐着性子,不怕艰苦,披荆斩棘的人,失去了接触。他走进了一个完全不同的世界,虽然觉得不大自在,可也并不讨厌。他以懦弱、可爱、好奇的性格,欣然玩味着这个并非没有风趣,可是动摇不定的社会;他不觉得自己已经受着它的熏陶:他的信念不像从前那么坚定了。

可是他的转变不及雅葛丽纳的迅速。女人有种可怕的特长,能够一下子完全改变。一个人的这些新陈代谢的现象,往往使爱他的人吃惊。但为一个不受意志控制而生命力倒很强的人,朝三暮四的变化是挺自然的。那种人好比一道流水。爱他的人要不被它带走,就得自己是长江大河而把它带走。两者之中不论你挑哪一种,总之得改变。这的确是危险的考验:你只有向爱情屈服过以后才真正认识爱情。在共同生活的最初几年中,生活的和谐非常脆弱,往往只要两个爱人之中有一个有些极轻微的转变,就会把一切都毁掉。而遇到财产或环境突然有大变化的时候,情形更危险。必须是极坚强的人或是极洒脱的人才抗拒得了。

雅葛丽纳和奥里维既不坚强,亦不洒脱。他们看见彼此都换了一副模样,熟悉的面貌变得陌生了。在发现这种可悲的情形的时候,他们为了怕动摇爱情而互相躲藏:因为两人始终是相爱的。奥里维可以借正常的工作来逃避,工作对他有镇静的作用。雅葛丽纳却是无所隐遁。她一事不做,老是赖在床上,或是长时间地梳妆,几小时地坐着,衣衫穿了一半,一动不动地在那里出神;同时有种说不出的悲哀一点一滴地积聚起来,像一层冰冷的雾。她固执地想着爱情,没法把念头转向别处……爱情!它做着自我牺牲的时候才是人生最了不得的宝物。倘使它仅仅是对于幸福的追求,那么它是最无聊的、最欺人的东西……而雅葛丽纳除了追求幸福以外,不能想象人生还有其他的目的。在意志坚强的时间,她勉强去关切旁人,关切旁人的苦难:可是办不到。旁人的痛苦使她感到一种无可抑制的厌恶;她的神经使她不能看到痛苦的景象,甚至连想都不能想。为了向自己的良心有个交代,她曾经有两三次做了几件好事,结果并不高明。

"你瞧,"她对克利斯朵夫说,"一个人心里想行善,结果反做了恶。还是不做为妙。我的确没有这种缘分。"

克利斯朵夫望着她，想到他偶尔碰到的某个女朋友，明明是自私的，轻佻的，不道德的，不能有真正的温情的，但她一看见人家受苦，不论是不相干的或不相识的，马上会有一种母性的同情。哪怕是最脏的看护工作也吓不倒她：甚至最需要她做克制功夫的照顾，她反而感到特别的乐趣。她自己不以为意：似乎她心里有股模糊的理想的力，在这儿发泄了出来；她的灵魂在生活中别的场合明明是麻痹的，到了这种难得的时间却振作起来了；减少一些旁人的痛苦使她心里非常舒服，那时的快乐差不多是过分的。——这个本性自私的女子所表现的仁慈不能说是德，本性善良的雅葛丽纳所表现的自私不能说是恶；那对两人都是一种精神上的调剂。可是另外那个人更健康。

雅葛丽纳绝对不能想到"痛苦"二字。她宁愿死而不愿受肉体上的痛楚，宁愿死而不愿丧失快乐的来源：美貌或青春。要是她自以为应该有的幸福不能全部都有，——（因为她对幸福抱着绝对的、荒谬的、宗教般的信仰）——要是别人有了比她更多的幸福，她就认为是天下最不公平的事。幸福不但是信仰，并且也是德性。在她心目中，苦难简直是种残疾，她整个生活慢慢地都照着这个原则安排。她处女时代为了羞怯，把自己真正的性格用理想主义包裹着；现在这性格显出来了。并且为了反抗过去的理想主义，她对一切都换了一副清楚而大胆的目光。无论什么人或事，必须配合社会的舆论与生活的方便才会受到她重视。她的心情跟母亲到了同样的境界：她也按期上教堂去，不关痛痒地奉行宗教仪式。她不再操心真诚不真诚的问题：有的是其他更实际的烦恼；想到自己小时候那种带有神秘色彩的反抗，她只觉得可怜可笑。——可是她今日注重实际的思想不比她昨日的理想主义更实在，两者都是自己强求的。她不是神明，不是野兽，只是一个烦恼的可怜的女人。

她烦恼，烦恼……因为烦恼的原因既非奥里维不爱她，也非她不爱奥里维，所以她更烦恼。她觉得自己的生活被封锁了，闭塞了，没有前途了；她渴望一种时时刻刻变换的新的幸福，——其实像她这样的不懂得消受幸福，便根本不配有这种儿童式的梦想。她跟多少别的女人，多少有闲的夫妇一样，具备了一切幸福的条件而始终在那里烦恼。他们都有钱，有着美丽的孩子，很好的身体；人也聪明，能够欣赏美妙的东西；倘使要活动，要行善，要充实自己的与别人的生活，条件都齐备，而他们整天的抱怨，不是说他们不相爱，就是说他们爱着另一个人或不爱另一个人，——永远只关切自己，关切他们的感情关系或性欲关系，关切他们自以为应该有的幸福，关切他们矛盾的自私自利，老是争辩，争辩，争辩，扮着爱情的喜剧，痛苦的喜剧，结果竟信以为真……对于这等人，真该告诉他们：

"你们太无聊了。一个人有了多少幸福的条件还要怨天尤人，简直是荒唐！"

同时也应该有人把他们的财产、健康，和一切他们不配有的神奇的天赋，统统剥夺！把这些自己不能解脱的，对自己的自由害怕的奴隶，重新戴上艰难的枷锁和真正的痛苦的枷锁！倘若他们非辛辛苦苦挣取自己的面包不可，他们一定会很快活地吃下去的。而一朝看到了痛苦的真面目，他们也不敢再拿痛苦来玩可厌的把戏了……

可是归根结底，他们的确痛苦着。他们俩是病人，怎么不教人可怜呢？——雅葛丽纳的疏远奥里维，和奥里维的没有羁縻雅葛丽纳，同样是无辜的。她完全保持着天性。她不知道结婚是对天性的挑战，早该料到天性会起来反抗，而自己应当预备勇敢地应战的。她只发觉自己把事情看错了，不胜恼恨。失意之下，她迁怒于她从前所爱的一切，仇视她从前所信仰的奥里维的信仰。一个聪明的女子，比男人更能够在一刹那间凭着直觉体会到那些有关永恒的问题，但要她锲而不舍地抓住就不容易了。抱着这种思想的男人是用自己的生命去灌溉它的。女子却拿这种思想来做自己的养料，她吸收它，绝对不创造它。她的精神与感情不能自给自足，永远需要新的养料。没有信仰没有爱的时候，她就从事于破坏，——除非她侥天之幸，能够有那最高的德性：恬静。

从前，雅葛丽纳热烈地相信以共同的信仰为基础的结合，相信共同奋斗、共同受苦、共同建造便是幸福。但这个信心，只有在受到爱情的阳光照射的时间，她才相信；太阳慢慢地落下去，她的信心就像一座阴沉的荒山矗立在空虚的天上；雅葛丽纳觉得没有气力继续她的行程了：爬到了山巅又有什么用呢？山的那一边又有些什么呢？简直是个大骗局！雅葛丽纳再也弄不明白，奥里维怎么会继续受这些侵蚀生命的幻想欺骗；她以为他既不十分聪明，也没多大生气。她在他的空气中感到窒息，不能呼吸；求生的本能使她为了自卫而开始攻击了。她还爱着奥里维，但她要把他的信仰破坏得干干净净，因为那些信仰是她的敌人；讥讽与肉欲都被她用作武器；她把自己的欲望和琐碎的心事像藤萝一般地缠绕他，希望把他做成自己的影子……而所谓“她自己”，不但不知道要些什么，连自己是怎么样的人都弄不清！她觉得奥里维没有成名对她是种屈辱，可不问他的不成名是对的还是不对的：因为她终于相信，归根结底，一个人有没有出息，有没有才具，是靠名气决定的。奥里维感觉到妻子对他这样的怀疑,不禁大为丧气。可是他竭力挣扎。像他那样挣扎的人,过去有的是,将来也有的是,挣扎大半是毫无效果的。在这个势力不均的斗争中间,被女子自私的本能利用来对抗男人灵智的自私的,是男人的软弱、失意,和世故人情,——世故人情便是一个遮掩人生磨蚀和男人的懦弱的名词。雅葛丽纳与奥里维至少比一般的战士高明多了。因为奥里维永远不会欺骗自己的理想,不像普通的男人听任懒惰、虚荣、混乱的爱情驱使,甘心否定自己的灵魂。而且倘若他做到了这一步,雅葛丽纳也要瞧不起他。然而她在那种盲目的情形之下,竭力要毁灭奥里维的力量,不知这力量便是她的力量,是他们两人的保障;她还凭着本能把支持这般力量的友谊也加以破坏。

自从他们得了遗产以后,克利斯朵夫觉得跟他们在一起有点格格不入。雅葛丽纳故意在谈话之间表现得冒充风雅和平凡的实际观念,终于达到了目的。有时他愤慨之下,说些尖刻的话,使对方听了生气。但两位朋友交情太深了,从来不因之有何芥蒂。奥里维无论如何不愿意牺牲克利斯朵夫,同时又不能强制雅葛丽纳跟自己一样;他为了爱情,绝对不忍心使她痛苦。克利斯朵夫看到奥里维的苦衷,便自动引退了。他懂得自己在他们之间周旋不能对奥里维有何帮助,反而会妨害他,便想出种种借口和他疏远;懦弱的奥里维居然接受了,可是他体会到克利斯朵夫所做的牺牲,心里非常难过。

克利斯朵夫并不恨他。他想,人家说女人是半个男人,这话是不错的。因为结了婚的男人只剩半个男人了。

他竭力把生活重新组织起来,希望能丢开奥里维,硬教自己相信分离是暂时的,可是没用:他虽然乐观,有时也很抑郁。他过不惯一个人的生活了。当然,他在奥里维居住外省的期间已经是孤独的了,但那时他有方法可以自慰,想到朋友是在远处,会回来的。如今朋友回来了,却比什么时候都离得更远。一朝失掉了几年来和他的生活打成一片的温情,他仿佛失掉了行动的意义。自从他爱了奥里维,所有的思想都脱离不了朋友。工作已不够填补空虚:因为克利斯朵夫在工作中间惯于羼入朋友的影子。现在朋友对他冷淡了,克利斯朵夫就像一个失去平衡的人:为了恢复这个平衡,他需要另外找一股温情。

亚诺太太和夜莺始终对他很好。但这些精神安定的朋友那时对他是不够的。

她们两人似乎也猜到克利斯朵夫的哀伤,暗中对他很表同情。有天晚上,克利斯朵夫很奇怪地看见亚诺太太到他家里来。这是她破题儿第一遭来看他,神色有点骚动。克利斯朵夫不加注意,以为她是胆怯。她一声不出地坐下。克利斯朵夫为了免得她发窘,便带她参观屋子;既然到处有奥里维的纪念物,两人就不知不觉地提到奥里维。克利斯朵夫很高兴地谈着,绝对不透露他们之间的情形。但亚诺太太不禁用着怜悯的神气望着他,问:"你们差不多不见面了,是不是?"

他以为她是来安慰他的,不由得恼了:他最讨厌人家干预他的事,便回答说:"我们高兴不见面就不见面。"

她红着脸,说:"噢!我那句话并没刺探你们的意思。"

他后悔自己的粗暴,便握着她的手:"对不起。我老是怕人家攻击他。可怜的孩子!他跟我一样的痛苦……是的,我们不见面了。"

“他也没写信给你吗？”

“没有。”克利斯朵夫觉得不大好意思。

“人生多可悲啊！”亚诺太太过了一忽儿又说。

克利斯朵夫抬起头来：“不，人生并不可悲。它不过有些可悲的时间。”

亚诺太太隐隐约约用着一种哀伤的口吻又道：“大家相爱了，又不相爱了。可见爱也是空的。”

“已经相爱过就行了。”

她又说：“你为他做了牺牲。要是你的牺牲能够对所爱的人有些好处，倒也罢了。可是他并不因之更幸福！”

“我并没牺牲，”克利斯朵夫愤愤地回答，“即使我牺牲，也是因为我乐于牺牲。这是没有问题的。一个人就是做他应当做的事。要是不那么做，他会痛苦的。牺牲这个字简直荒谬极了！不知是哪些心路不宽的牧师，把一种忧郁的、阴沉的观念，跟牺牲搅在一起。仿佛一定要牺牲之后感到苦闷，你那牺牲才算有价值……见鬼！如果牺牲对你是悲哀的而不是快乐的，那么还是不要牺牲，你根本不配。一个人的牺牲，并非替人做苦工，而是为你自己。如果你在献身的时候不觉得快活，还是去你的罢！你不配生活。”

亚诺太太听着克利斯朵夫，对他望都不敢望。突然她站起来说：“再见了。”

这时他才想起她此来一定有什么心里的话告诉他，便说：“噢！对不起，我自私透了，老讲着自己的事。再坐一会儿罢，好不好？”

“不坐了……谢谢你……”说完她走了。

他和亚诺太太隔了相当的时间没见面。她既没给他消息，他也不上她家去，也不上夜莺家去。他很喜欢她们，可是怕谈到使他悲哀的事。而且她们那种安静平凡的生活，稀薄的空气，暂时也对他不相宜。他需要看一些新人物，需要关心一件事，或是有什么新的爱情使自己振作起来。

为了排遣心中的愁闷，他又上疏阔已久的戏院去。他觉得，对于一个想观察热情和记录热情的音乐家，戏院是一所极有意思的学校。

这并非说他对法国戏剧比他初到巴黎的时期更有好感。他除了不喜欢那些永久不变的、平板的、火爆的题材，老是分析爱情的那套心理学以外，还认为法国人的戏剧语言也是虚伪的，尤其在诗剧方面。他们的散文与韵文，跟民众的活语言和民众的特性都毫不相干。散文是一种做作的语言，上焉者像社交版记者的笔调，下焉者像粗俗的副刊文章。至于诗歌，恰如歌德所说的："越是那些无话可说的人越喜欢写诗。"

它是一种冗长的、装腔作势的散文；心中一无所感而勉强制造出来的形象，使一切真诚的人都觉得是谎言。克利斯朵夫并不把这些诗剧看得比靡靡之音的意大利歌剧更高。倒是演员比剧本使他感到更大的兴趣。妙的是作家们都在竭力模仿演员。"要不是把戏子们的恶习做你剧中人物的粉本，那么你的戏上演的时候决没成功的希望。"从狄德罗写了这段文字以来①，情形并没如何改变。喜剧演员成为艺术的模型。只要一个戏子成了名，他立刻可以有他的戏院，有他的剧作家，——他们会像殷勤的裁缝一般照他的身材定制剧本。

① 即十八世纪以来。

在这些走红的明星中间，有个叫做法朗梭阿士·乌东的，引起了克利斯朵夫的注意。近一两年来大家都为她入迷了。她也有她的剧本供应者，但她并不只演为她特写的剧本。从易卜生到萨杜、邓南遮到小仲马、萧·伯纳到亨利·巴太依，在她相当混杂的戏码内都可以找到。有时，她也在古典诗剧和莎士比亚的作品中露脸。可是在这等场合，她比较不自在。不论演什么，她总表现她自己，永远只表现她自己。这是她的短处，也是她的长处。她本人没受到群众注意的时候，她的演技并不受欢迎。但一朝引起了大众的好奇心，她无论演什么就都显得出神入化。事实是一看到她，你的确会忘掉那些贫弱的作品；经过她的生命点缀之下，那些作品都显得美了。克利斯朵夫觉得比她所演的作品更动人的，倒是这个由一颗陌生的灵魂塑成的、女性的肉体之谜。

她的侧影美丽，清楚，像悲剧中人物，可不像罗马女子那么轮廓鲜明。她的细腻的、巴黎人的线条，和约翰·古雄的雕像一般，好比一个少年男子。鼻子虽短，很有姿态。美丽的嘴巴，嘴唇很薄，有一道悲苦的皱痕。聪明的脸蛋，清瘦，年轻，有些动人的表情，反映出内心的痛苦。下巴的模样显出她性格强硬。皮肤惨白、惯于不动声色的脸，照旧像镜子一样反射出她的心灵。头发，眉毛，都很细腻。变化莫测的眼睛，又是灰灰的，又是琥珀色的，闪着或青或黄的光彩，像猫眼。她表面的神态也跟猫一样的迷迷惘惘，半睡半醒，可是睁着眼睛，窥伺着，永远提防着，常常会突然之间发性子，流露出她隐藏的残忍。身材并没看起来那么高，身体也没看起来那么瘦，她肩头和胳膊都很好看，一双手又长又软。衣着和头发的式样都很大方，素雅，不像某些女演员的不修边幅或是过分的修饰,——虽然出身低微,本能上却是一个贵族,——这一点又是像猫。她骨子里还有非常强悍的性格。

她年纪大概不到三十岁。克利斯朵夫在伽玛希那边听见人家谈到她,用粗野的口吻表示对她佩服,仿佛谈论一个很放浪的、聪明的、大胆的女子,极有魄力,极有野心,可是泼辣,古怪,暴烈;据说她没成名以前曾经沦落风尘,得志以后便尽量地报复。

有一天,克利斯朵夫搭火车到默东去探望夜莺,一打开车厢的门,发现那女演员已经先在那儿。她似乎非常骚动,痛苦;克利斯朵夫的出现使她大为不快,马上转过背去,老望着窗外。克利斯朵夫注意到她神色有异,便目不转睛地盯着她,那种天真的同情的神气简直令人发窘。她不耐烦了,把他狠狠地瞪了一眼;他只觉得莫名其妙。在下一站上,她走下去换了一个车厢。① 那时他才想到是自己把她吓跑的,因此很不痛快。

过了几天,他在同一路线上预备搭车回巴黎,占着月台上那张独一无二的凳子。她又出现了,过来坐在他旁边。他想站起来走开,她却说了声:"你坐下罢。"

那时没有旁人在场。他对于那天使她更换车厢的事表示歉意,他说要是早想到自己使她发窘,他一定会下车的。她冷冷地笑着回答:"不错,那天你一刻不停地老瞪着我,讨厌透了。"

"对不起,"他说,"我自己也压制不住……你那天好似很

① 欧洲各国行驶于内地或郊外的区间火车,往往都是八人一室的车厢,直接有门上下,与其他车厢完全隔绝,并无长廊通连,故更换车厢必须下车。

痛苦。”

“那又怎么呢?”

“我那是不由自主的。倘若看见一个人淹在河里,你不是会伸手救他吗?”

“我吗,我才不呢。我要把他的脑袋按在水里,让他早点儿完蛋。”

她说这些话的时候,既有点儿嬉笑怒骂,又有点儿牢骚的口吻,因为他愕然望着,她便笑了。

火车到了。除了最后一辆,列车都已经客满。她上去了。车守催着他们。克利斯朵夫不愿意重演上次的故事,想另找一间车厢。她可是说:“上来罢。”

他上去以后,她又补了一句:“今天我无所谓了。”

他们谈着话。克利斯朵夫一本正经地跟她解释,说一个人不该对旁人抱着漠不相关的态度;互相帮助,互相安慰,大家都可以得益……

“安慰对我不生作用……”她说。

克利斯朵夫坚持着,她就傲慢地笑了笑,回答说:“不错,安慰人家的角色当然对扮演的人是有利的。”

他想了一会儿,才明白对方是怀疑他别有用心,不禁愤愤地站起来,打开车门,不管火车开动,就想往下跳。她好容易把他挡住了。他怒气冲冲地关上了门,重新坐下,那时火车刚进地道。

“你瞧,”她说,“跳下去不是要送命吗?”

“我不管。”

他不愿意再和她说话。

“人真是太蠢了,”他说,“大家互相折磨,又把自己折磨;

人家想来帮助他的时候,他倒反猜疑。可恶透了!这种人是没有人性的。”

她一边笑一边抚慰他,把戴着手套的手按在他的手上,亲热地和他谈着,喊出他的名字。

“怎么,你认得我吗?”他说。

“怎么不认识?你,你也是一个红人哪。我刚才不该对你说那种话。你是个好人,我看得出的。算了罢,别生气了。好!咱们讲和罢!”

他们握了握手,友好地谈着话,她说:“可是那也不是我的错。我跟一般人接触的经验太多了,不得不提防。”

“他们也常常欺骗我,”克利斯朵夫说,“我却老是相信他们。”

“我看出你是这样的,你大概是个天生的傻瓜。”

他笑了:“是的,甜酸苦辣我一生尝过不少了;可是对我没有什么害处。我的胃很强,饱也没关系,饿也没关系,必要的时候也能吞下那些来攻击我的可怜虫。我反而身体更好。”

“那是你运气,你哪,你是个男人。”

“而你,你是个女人。”

“那又算不了什么。”

“那是很有意思的,做个女人!”

她听着笑了。“哼!”她说,“可是人家怎么对付女人的?”

“得自卫啊。”

“那么所谓善心也维持不久的了。”

“那是因为一个人还不够慈悲。”

“或许是吧。可是吃苦也不能吃得太多,太多了一个人的心会干枯的。”

他正想对她表示同情，忽然记起了她刚才的态度……

“你又要说安慰人家的人是别有用心了……”

“不，”她说，“我不说这个话了。我觉得你心地好，非常真诚。我很感激。可是请你什么话都别跟我说。你不知道……谢谢你的好意。”

他们到了巴黎，分手了，双方既没留下地址，也没说什么请去谈谈的话。

过了一两个月，她跑来敲克利斯朵夫的门。

“我来找你，想跟你谈谈。从那次见面以后，我不时在想起你。”她说着坐下了，“只要一忽儿工夫，不会打搅你很久的。”

他开始和她谈话。她说：“请等一会儿，好不好？”

他们不出声了。过了一下她笑着说：“刚才我支持不住了。现在可好些了。”

他想问她。

“不，”她说，“别问我这个！”

她向四下里瞧了一眼，把各种东西看过了，估量了一下，忽然瞧见鲁意莎的照片。

“这是你的妈妈吗？”

“是的。”

她把照片拿在手里，非常同情地瞧着。“多好的老太太！”她说，“你运气不错！”

“可惜她已经故世了。”

“那没关系。反正你是有过这样一个母亲的。”

“那么你呢？”

她拧了拧眉头，把话扯开了。她不愿意人家问起她的事。

“跟我谈谈你的事罢。告诉我……告诉我一些关于你生活方面的事……”

“这跟你有什么相干？”

“不用管，你讲罢……”

他不愿意讲，可是不由自主地回答了她的问话：因为她问得非常巧妙。而他所叙述的正是使他悲伤的事，他的友谊的故事，跟他分离了的奥里维。她听着，带着又同情又嘲弄的笑意……突然她问：“什么时候了？啊！天！我来了两个钟点了！对不起……啊！此刻我心情安定多了……”

接着她又说：“我希望能再来……不是常常……而是有时候……这对我有些好处。可是我不愿意使你厌烦，浪费你的时间……只要偶尔谈几分钟就行了……”

“我可以到你那边去。”克利斯朵夫说。

“我不要你上我家去。我更喜欢在你这儿谈……”

可是她许多时候没有来。

有天晚上，他无意中知道她病得很重，已经停演了几星期，便不管她从前拦阻的话，径自跑去看她。人家回答说她不见客；但里头知道了他的名字，又把他从楼梯上叫回去。她躺在床上，病好些了；她害了肺炎，模样有了相当的改变，但始终保持着那副嘲弄的神气和锐利的目光。她见到克利斯朵夫，心里真的很高兴，要他坐在床边，用着满不在乎的游戏态度谈到自己，说她差点儿死去。他听着脸色变了。她却取笑他。他埋怨她不早通知他。

“通知你要你来吗？那才不呢！”

“我相信你连想也没想到我。”

“那就是你的运气了，”她又俏皮又悲哀地笑着说，“我病中从来没想到你。只是今天刚想到。得了罢，你别难过。我闹病的时候谁都不想的。我只要求人家一件事，就是让我清净。我把鼻子朝着墙等着，愿意孤零零地死掉。”

“自个儿痛苦究竟是不好受的。”

“我惯了。我受过多少年的磨折，没有一个人来帮助我，现在已经成了习惯。而且这样倒更好。你倒了霉，谁都是无能为力的，不过在屋子里闹些声音，给你一些不识趣的关切，虚情假意地叹息一阵……我宁可一个人清清静静地死。”

“你倒很能够隐忍！”

“隐忍？我简直不知道这个字是什么意思。我只是咬紧牙关，恨那个使我痛苦的病。”

他问是不是没有人来看她，关切她。她说戏院里的同事都是些好人，——是些糊涂蛋，——对她很殷勤，很好，虽然是浮表的。

“倒是我，告诉你，倒是我不愿意见他们。我是一个不容易相交的人。”

“我可不怕。”他说。

她带着可怜他的神气望着他：“你！你也会说这种话吗？”

“对不起，对不起……天哪！我竟变成了巴黎人！……惭愧惭愧……我敢打赌，我说的话简直想都没想过……”

他把脸蒙在被单里。她不由得大声笑了出来，在他头上轻轻地拍了一下：“啊！这话可不是巴黎人说的了！还好！我又认出你的本来面目了。好，把头抬起来。别哭湿了我的被单。”

“那么你原谅我了?”

“当然。甭提啦。”

她又和他谈了一会儿,问他做些什么,随后她累了,厌烦了,就把他打发走。

她约他下星期再来。到期正要出门,他忽然接到她的电报,教他别去:她正逢着心情恶劣的日子。——后来,过了一天,她又通知他去了。她差不多已经痊愈,靠窗躺着。那是初春时节,天上照着晴朗的太阳,树木抽着嫩芽。他从来没看见她这样亲切这样温和。她说前天连一个人都不能见:便是克利斯朵夫也要跟别人一样受她厌恶。

“那么今天呢?”

“今天,我觉得自己年轻,新鲜,对周围一切年轻和新鲜的人——比如你,——都有好感。”

“可是我已经不年轻不新鲜了。”

“你到死都是的。”

他们谈着他在别后所做的事,谈着她不久又要去登台的戏院;说到这儿,她告诉他对于戏剧的意见,她厌恶它,又舍不得它。

她不愿意他再上她家里来,答应以后继续去探望他,可是怕打搅他。他把比较不会妨害他工作的时间告诉她,约定一种暗号,教她用某种方式敲门,他随着自己的心绪而决定开或不开……

她绝对不滥用这种约会。可是有一次她去赴一个晚会担任诗歌朗诵,忽而临时不得劲了,半路上打电话去辞掉,转车到克利斯朵夫寓所来。她原意只想跟他招呼一下就走的。可是那晚上她居然把一生的历史统统说了出来。

悲惨的童年:她从来不知道谁是她的父亲。母亲在法国北部某城的近郊,开着一所声名狼藉的小客店;许多赶车的跑来喝酒,跟女店主睡觉,同时还虐待她。其中有一个跟她结了婚,因为她有几个钱;他常常酗酒,打老婆。法朗梭阿士有一个姊姊在小客店里当侍女,做牛做马的辛苦到极点,还被继父当她母亲的面奸占了,结果是害肺病死的。法朗梭阿士从小挨着拳头,看尽了下流无耻的事。她皮肤苍白,性子暴躁,沉默寡言,童年的心中火气十足,野性很厉害。她眼看母亲和姊姊饮泣吞声,受尽了痛苦,耻辱,终于死掉。她可是意志倔强,不肯屈服;她是个反抗的女人:受到某些羞辱的时候,神经发作起来,会把打她的人乱抓乱咬。有一回她想自杀,结果没成功:刚开始上吊已经不愿意死了,生怕真会吊死;等到她气透不过来的时候,便赶紧用抽搐的手指解开绳子,一心一意只想活了。既然不能借死亡来逃避,——(克利斯朵夫听到这里不禁悲哀地笑笑,想到自己的同样的经验)——她就发誓要出人头地,要自由,要有钱,把一切压迫她的人都打倒在脚下。有一晚她在小房间里听见那男的在隔壁咒骂,被他殴打的母亲叫着嚷着,被他凌辱的姊姊哭着,她便暗暗发下这个愿。她觉得自己多可怜,发了这个愿,心里才松动些。她咬紧牙齿想道:“我要把你们一齐打死。”

在这个黯淡的童年只有一线光明:

有一天,一个和她常在小沟边上玩儿的孩子,因为父亲是戏院里的门房,便带她冒着禁令去看了一次排戏。他们在黑暗里躲在戏池的尽里头。舞台上神秘的景致,在黑暗中愈加显得光华灿烂，那些人说的美妙而不可解的话，女演员那副王后一般的神气，——她的确在一出浪漫派的音乐话剧中串演王后，——把她看呆了。她紧张得浑身冰冷，心跳得很厉害……“对啦，对啦，要做个这样的人才好呢！……噢！要是办得到的话……”——等到排演完了，她无论如何要看一看晚上的公演。她假装跟着同伴一起出去，却又偷偷地溜回来躲在戏院里，伏在凳子底下，在灰尘中挨了三小时。戏院快要开场，观众已经来了，她正想从躲的地方钻出来，不料被人当场捉住，大受羞辱，结果是被押送回家，又挨了一顿打。那一晚要不是已经知道她将来能够对这些恶徒报复的话，她一定会自杀的了。

她打定了主意，投到一般演员们寄宿的剧场旅馆去当侍女。她字也没识多少，写也不大会写，一本书也没看过，也没有一本书可看。但她愿意学习，发愤用功，在客人房中偷了书，拿来在月夜或是黎明的时候读，免得耗费灯烛。因为演员们生活毫无规律，她这种偷窃的行为很久没有被发觉：至多是失主发一阵脾气了事。并且她把书看过了也还给他们；——可不是完璧：因为她把喜欢的几页撕了下来。书拿回去总是塞在床底下或是家具底下，让失主发现的时候以为从来没出过房间。她常常把耳朵贴在门上，偷听演员们念台词。随后她自个儿在走廊里轻轻地学着他们的声调，做着手势。人家撞见了，便拿她取笑一阵，羞辱一阵。她只得气愤愤的不作声。——这种方式的教育可以长久继续下去，要不是她有一次偷了一个演员的脚本的话。失主大发雷霆，因为除了她，谁也没进过他的卧室，就咬定是她偷的。她拼命抵赖；演员说要教人搜查，她便吓坏了，立刻扑在地下招认了，同时也招认了别的窃案和撕掉的书页。他大骂了一顿,但他的心地不像外表那样凶。他追究她为什么要干这些事,一听到她说要做一个女戏子,不由得哈哈大笑,随后又仔细问她:她把记得烂熟的脚本背了好几页,他非常奇怪,问道:"喂,你说,要不要我教你?"

她快活极了,吻着他的手。

"啊!"她打断了话和克利斯朵夫说,"那时我心里多喜欢他啊!"

不料那家伙立刻补上一句:"可是,孩子,你知道,什么都要付代价的……"

那时她还是个处女,人家对她的袭击,她一向是拿出蛮劲来躲过的。这种野人似的贞操,对不洁的行为,对没有爱情的性欲的厌恶,是从小就有的,是家里那些悲惨的景象感应她的;她至今还保持这性格;——可是,唉!她受到多么惨酷的惩罚!……命运弄人,竟然到这个地步!……

"那么你答应他了?"克利斯朵夫问。

"啊!那时倘若能跳出他的魔掌,我连跳在火里都愿意!可是他威吓说要把我当贼一样送去法办。我无路可走。——这样我就投进了艺术……投进了人生。"

"那该死的混蛋!"克利斯朵夫嚷着。

"是的,我当然恨他。但从此以后,我见得多了,他还不算是顶坏的呢。至少他对我没失信,把他所知道的——(也并不多!)——一套本领教给我。他介绍我进了剧团。我先得侍候大家,替每个人当差,串戏也只串跑龙套。后来,有一晚,扮侍从的女角儿病了,人家临时把我补上去。从此我就当上了这个角儿。大家认为我要不得,滑稽可笑。那时我长得很丑。我始终是丑的，直到有一天人家忽然认为我是独特的、理想的‘女人’……嘿！那些混蛋！——我的演技被认为一点不照规矩，荒唐胡闹。看客不赏识我。同伴们取笑我。但人家始终把我留着，因为我究竟还有点用处，而且薪水很低。不但薪水很低，还得给人代价。每学一点东西，每次的升级，都要用肉体去报酬。同伴，经理，戏子掮客，戏子掮客的朋友……”

她不出声了，脸色发白，咬着牙齿，睁着恶狠狠的眼睛；但你可以咂摸到她心中流着血泪。一刹那间，她又看到了当年那些耻辱，和支持她的那股非战胜不可的强烈的意志；每经历一次新的污辱，她的意志就锻炼得更加坚强。她很希望死；但就在这些屈辱中间倒下去是太可怕了。要是在以前自杀倒还罢了。要不然等胜利以后也行。可是在已经堕入泥犁而还毫无取偿的时候死掉，未免……

她半天不作声。克利斯朵夫气愤至极，在屋子里来回走着。他恨不得把磨难这女子、污辱这女子的那些男人一齐打死。然后他不胜怜悯地望着她，站在她前面，捧着她的头，扶着她的前额，亲热地抱着，叫了声：“可怜的孩子！”

她挣扎了一下。他说：“别怕。我很喜欢你。”

于是眼泪在法朗梭阿士惨白的脸上淌下来了。他跪在旁边，吻着她美丽的细长的手，把两颗泪珠掉在上面。

随后他重新坐下。她也定了定神，很安静地继续讲她的身世。

终于有个作家把她捧了出来。他在这个古怪的女人身上发现有魔性，有天才，认为她是一个“戏剧的典型，代表时代的新女性”。自然，在那么许多人之后，他也把她占有了。而她在那么许多人之后也让他占有了，不但毫无爱情，甚至还有跟爱相反的情绪。可是他造成了她的名气，她也造成了他的名气。

"现在，"克利斯朵夫说，"人家对你可没办法了；轮到你来随心所欲地支配他们了。"

"你以为是这样吗？"她辛酸地回答。

于是她又讲起另外一件被命运播弄的事。——她对一个自己瞧不起的坏蛋发生了热情：他是个文人，拿她最痛苦的秘密做了写文章的材料，然后把她丢了。

"我瞧不起他，把他看做跟我脚底下的泥巴一样。可是我爱他，只要他叫一声，我就会跑去向这个该死的家伙低头；想到这点，我气坏了。可是有什么办法？我的心永远不爱我的理智所喜欢的对象。感情和理性，两者必有一个受委屈。我有一颗心。我也有一个肉体。它们叫着，嚷着，都要求满足。我又没有制服它们的武器，我没有信仰，我是自由的……哼，自由！老做着我的心和肉体的奴隶，它们要这个要那个，往往都是我不愿意要的。它们使我屈服，我只觉得惭愧。可是怎么办呢？……"

她停了一会儿，呆呆地用钳子拨着火灰，然后又说："我看到书上说做戏的人是麻木不仁的。事实上，我所见到的那一批，的确是虚荣的大孩子，除了些争面子的小问题，什么思想都没有。我不知道他们和我，究竟谁才是真正的戏子。我相信绝不是我。总之我替他们付了代价。"

她打住了话头，时间已经到了夜里三点。她站起身子想走。克利斯朵夫劝她等天亮再回去，姑且在床上躺一躺。她却宁可坐在熄灭的壁炉旁边，继续在寂静无声的屋子里谈话。

“你明天会累的。”

“我惯了。可是你呢……明儿有事吗？”

“我是闲人。要十一点才替一个学生上课呢……并且我身子很棒。”

“那就更需要睡觉了。”

“是的，我睡得像死人一样。无论什么痛苦都抵抗不了瞌睡。有时我恨透了。糟掉了多少光阴！……偶尔熬上一夜，对睡眠报复报复，我倒是挺高兴的。”

他们继续轻轻地谈着，中间隔着长时间的静默。克利斯朵夫睡着了。法朗梭阿士看着笑笑，扶着他的头不让它倒下来……她胡思乱想，靠窗坐着，望着漆黑的园子，园子不久也亮起来了。七点左右，她轻轻唤醒了克利斯朵夫，和他道别。

在同一个月里，她又来了一回，恰好克利斯朵夫不在家，门关着。以后克利斯朵夫把公寓的钥匙交给她，让她能随时进去。果然，好几次克利斯朵夫都出去了，她在桌上留下一小束紫罗兰，或是在纸上写几个字，涂几笔速写，漫画，——表示她来过了。

一天晚上，她从戏院出来，到克利斯朵夫家谈天。她发现他在工作，两人谈了几句，就发觉彼此都没有上回那样的兴致。她想走；可是太晚了。并非克利斯朵夫阻止她，而是她自己的意志不允许她再走。于是他们留着，都动了欲念。

他们便互相占有了。

这一夜以后，有好几个星期不见她的踪迹。他久已麻木的欲火被她在那一夜挑了起来，竟少不了她了。她不准他到她家里；他便上戏院去，躺在最后几行的位置上，心里又是爱，又是冲动，浑身打战。她演戏的时候所发泄的悲壮热烈的情绪，使他跟她一样的筋疲力尽。他终于写信给她：

“朋友，你恨我吗？要是我使你不快，还得请你原谅。”

一看到这种谦卑的话，她立刻跑来扑在他怀里，说：

“大家简简单单地做个好朋友倒是更好。但既然不可能，也用不着勉强挣扎了。咱们听其自然罢！”

他们过着共同生活，可是并不住在一起，各人保持各人的自由。法朗梭阿士不可能和克利斯朵夫过有规律的同居生活，她的地位也不容许。只能由她到克利斯朵夫家里来，或是白天，或是黑夜，和他消磨几个钟点，但每天都回家去过夜。

在戏院停演的暑假中，他们在巴黎郊外，靠叶弗那边租了一所屋子。虽然不免有些凄凉忧郁的时间，他们的确过了些快乐的日子，心心相印和刻苦用功的日子。他们有一间精美的光线很好的卧室，居高临下，一望无际，眼底尽是碧绿的田垄。夜里，他们在床上可以从窗内望见奇奇怪怪的云影，在阴沉黯淡的天空驰骋。他们互相抱着，在半睡半醒的状态中听着蟋蟀的欢唱，听着雷雨的声音；泥土的呼吸，——金银树，仙人草，蔓藤，割下的干草的气味，——透到屋子里来，透入他们的身体。黑夜那么寂静。两人睡得那么甜。万籁俱寂。远处几声狗吠，几声鸡鸣。晨光透露了。在灰暗寒冷的晓色中，远钟传来早祷的声音，使身体躺在温暖的床上打着寒噤，彼此靠得更紧了。群鸟在爬墙的蔓藤上醒来，喊喊喳喳地聒噪。克利斯朵夫睁开眼睛，屏着气，抱着一腔柔情看着身旁这个朋友的可爱的脸，看着她在爱情激动过后的惨白的颜色……

他们的爱不是自私的情欲，而是肉体也要求参与一分的深刻的友谊。他们不相妨碍，各做各的工作。克利斯朵夫的天才、慈悲、人格，都是法朗梭阿士非常重视的。在某些事情上她觉得自己比他年长，因此感到一种母性的快乐。她很抱憾一点不懂他所弹的东西：她不能领会音乐，除非在极难得的时间，才觉得有一股犷野的情绪把她控制了，但那种情绪还不是直接从音乐来的，而是由于她当时感染的热情，由于她和她周围的一切、风景、人物、颜色、声音，都感染到的那股热情。但她在这个莫名其妙的神秘的语言中，同样能感觉到克利斯朵夫的才气。仿佛看着一个伟大的演员讲着外国语做戏，她自己的性灵也被鼓动起来了。至于克利斯朵夫，他创造一件作品的时候，往往把思想与热情都寄托在这个女子身上，看到这些思想与热情比在自己心中更美。跟一个这样女性、这样软弱、这样善心、这样残忍，而有时还有天才的光芒闪耀的灵魂，心心相印的结果，简直有种估计不尽的富藏。她教了他许多关于人生和人的知识，——关于他不大认识而为她清明的目光判断得很尖刻的女人的事。他尤其靠了她而对于戏剧有了进一步的认识；她使他深深体味到这个一切艺术中最完美、最朴实、最丰满的艺术的精神。他这才知道戏剧是创造梦境的最奇妙的工具；她告诉他不应该为自己一人写作，像他现在这种倾向，——(那是多少艺术家都免不了的，他们学着贝多芬的榜样，不肯“在有灵感的时候为一张该死的提琴写作”。)——可是为了某一个舞台而写作，把自己的思想去适应某几个演员：一个伟大的诗剧作家也不以为羞，不觉得这种办法会把自己变得渺小；因为他知道，倘若幻想是美的，那么实现这幻想当然是伟大的。戏剧像壁画一样是最严格的艺术，——是活的艺术。

法朗梭阿士所表现的这些思想，正和克利斯朵夫的思想符合。他那时在艺术生涯中所到达的阶段，正倾向于一种和人类沟通的集体艺术。法朗梭阿士的经验，使他体会到群众与演员之间的神秘的合作。法朗梭阿士虽然那么现实，毫无自欺欺人的幻象，也感觉到那种互相感应的力，把演员和群众联系起来的共鸣的电波，她咂摸到一个演员的声音便是无声无息的千万人的心声。当然，这种感觉是间歇的，极难得的，从来不会在同一出戏同一个段落上再现。其余的时间，只有演员个人的没有灵魂的演技，巧妙而无热情的呆板功夫。但值得重视的就是例外的情形：那时仿佛电光一闪，一刹那间照出了深渊，照出了由一个人来表白而实际是千百万人的共同的灵魂。

大艺术家的责任就在于把这共同灵魂具体表现出来。他的理想应当像希腊古时代的诗人一样，先摆脱了自我，然后把那股吹遍人间的集体的热情放入心中。法朗梭阿士尤其渴望这一点，因为她没法达到这个无我之境，老是要表现自己。——一百五十年以来，个人抒情主义过分地发展，已经到了病态的阶段。一个人想求精神上的伟大，必须多感觉，多控制，说话要简洁，思想要含蓄，绝对不铺张，只用一瞥一视，一言半语来表现，不像儿童那样夸大，也不像女人那样流露感情；应当为听了半个字就能领悟的人说话，为男人说话。现代音乐唠叨不已地讲着自己，遇到无论什么人都倾箱倒箧地说心腹话：这是没有廉耻，不登大雅的。那颇像某些病人，津津有味地对旁人讲着自己的病状，把可厌可笑的细节描摹得淋漓尽致。法朗梭阿士虽非音乐家，也感觉到音乐像寄生虫般侵害诗歌的情形是种颓废的征象。克利斯朵夫先是否认,但细细想了想,觉得这说法也许有一部分是对的。根据歌德的诗谱成的第一批德国歌谣是朴素的,准确的;不久,舒伯特就渗入他罗曼蒂克的感伤性;舒曼又加上他小姑娘式的多愁善感;到了胡戈·沃尔夫竟变做一种特别加强的朗诵,毫无含蓄的分析,非把灵魂赤裸裸地暴露不可了。凡是遮盖神秘的心灵的幕都被撕掉了。

克利斯朵夫对这种艺术有点惭愧,觉得自己也感染了。他当然不愿意复古,——(那是荒唐的,违反自然的)——可是他挑出几个把思想表现得特别含蓄,具有集体艺术意识的大师,让自己熏陶一下:他重新浏览亨德尔的作品,——亨德尔因为厌恶德国民族的禁欲主义的宗教,特意把圣乐写成史诗一般,替平民写作平民歌谣。现在的困难是要找出能唤醒现代民众的情绪,像亨德尔时代的《圣经》那样的题材。今日的欧罗巴没有一部共同的经典了:没有一首诗,没有一节祷词,没有一种信仰,可以说是属于大众的。这是今日所有的文人、艺术家、思想家的耻辱!为了大众而写作,为了大众而思想的人一个都没有。只有贝多芬留下几页安慰心灵的福音书;但这几页只有音乐家能够读,大多数人是永远听不到的。瓦格纳曾经想在拜罗伊特的山冈上建立一种联合全人类的宗教艺术。但他伟大的心灵已经染上当时的颓废音乐与颓废思想的污点:来到这神圣的高冈上的已非迦里里的渔夫,而是一批法利赛人了。①

① 按耶稣少年时代曾在迦里里传道,劝说渔夫:“来跟从我,我要叫你们得人如得鱼一样。”法利赛人原为古犹太民族中的一种,后移用为伪君子的同义词。

克利斯朵夫对于自己应当做的工作看得很清楚;但他缺少一个诗人,只能靠自己,以音乐为限。而音乐,虽然大家认为是普遍的语言,究竟不是普遍的:应当要拿文字来做一张弓,才能把声音射到大众的心里去。

克利斯朵夫计划写一组以日常生活为根据的交响曲。他假想一阕《家庭交响曲》,可不是理查德·施特劳斯式的,①并不把家庭生活用一幅电影式的图画来表现,并不用一些传统的字母,以音乐的辞藻依着作者的意志来表现各种人物。那是对位学者的迂腐而幼稚的玩意儿!……他不预备描写人物或动作,而是要说出每个人都熟悉的,都能在自己心中觅得回声的情感。第一章,表现一对青年夫妇严肃而天真的幸福,温柔的感情,和对于前途的信心。第二章是哭一个亡儿的挽歌。克利斯朵夫表现痛苦的时候竭力避免写实;没有什么个人的面貌,只有一片无边的苦难,——你的,我的,一切人的苦难,也许就是谁都逃不了的命运。因死亡而沮丧的心灵,痛苦地挣扎着,慢慢地振作起来,把它的苦难作为奉献给神明的牺牲。紧接第二章的乐曲,表现心灵继续前进,——是一支意志坚强的《赋格曲》,遒劲的线条与固执的节奏终于把整个的人感染了,把他在斗争与血泪中拖着向前,唱着威武的进行曲,抱着百折不回的信仰。最后一章是描写人生的暮景:第一章开始时的那些主题重新出现,——依然有着动人的信心和温柔的情绪,——可是更成熟了;它们受过了磨炼,在痛苦的阴影中浮现出来,戴着光明的冠冕,向天空唱着颂歌,对无穷的生命表示虔敬与热爱。

① 德国现代音乐家理查德·施特劳斯作有《家庭交响曲》。

克利斯朵夫也在古书中寻找简单的、有人情味的题目，能够诉之于大众的心灵的。他选择了两个：约瑟与尼奥贝。但克利斯朵夫在这儿遇到了把诗与音乐结合起来的难题。和法朗梭阿士的谈话使他又想起从前和高丽纳商量过的计划，①一种介乎吟咏歌剧与话剧之间的乐剧，——以自由的语言与自由的音乐结合起来的艺术，——那是今日没有一个艺术家想到的，也是被浸淫于瓦格纳传统的，墨守旧法的批评家非笑的艺术。但这的确是崭新的事业，因为要点并不在追随贝多芬、韦伯、舒曼、比才之后，虽然他们在音乐话剧方面都很有造就；也并不在把某种朗诵配合某种音乐，竭力用颤音为粗俗的群众制造粗俗的效果；而是在于创造一种新的体裁，使歌唱的声音和近于这些声音的乐器结合起来，把音乐的幻想与嗟叹的回声掺和在优美和谐的诗句中间。这样的形式只能适用于某些有限的题材，适用于心灵的某些特殊的时间，适用于亲切的默省的境界：唯有这样才能给人一种诗的韵味。没有一种艺术比这个更含蓄更贵族化了。所以在艺术家们自命不凡而实际全是鄙俗的暴发户时代，这种艺术很少发展的机会。

或许克利斯朵夫也不比别人更适合于这种艺术；他的长处，他的平民式的力，就是极大的障碍。他只能想象到这种艺术，同时靠了法朗梭阿士的助力，做出一些略具雏形的样品。

他用这种方法把《圣经》上的文字谱成音乐，差不多是逐字逐译，——例如约瑟和他的兄弟们重新相聚的那个不朽的故事，约瑟试过了多少方法以后，才那么感动地，那么轻轻地，说出几句使老年的托尔斯泰为之下泪的话：

① 参阅卷四：《反抗》。——原注

“我忍不住了……告诉你们，我是约瑟；父亲还活着吗？我是你们的兄弟，你们失掉了的兄弟……我是约瑟……”①

这个美妙而自由的结合没法持久。他们在一起固然有些生活极丰满的时间，但性格相差太远了。双方性子都很暴躁，时常会发生冲突，可不是为了琐碎无聊的事：因为克利斯朵夫素来敬重法朗梭阿士。而可能很残酷的法朗梭阿士，对于一片好心待她的人也报以一片好心，无论如何不愿意伤害他。并且他们生性都很快活。她常常嘲笑自己，但照旧很痛苦：因为从前的热情始终占据着她的心灵，她还想着她所爱的那个坏蛋；这种割舍不掉的情形使她感到羞辱，更受不了被克利斯朵夫猜疑到这桩心事。

克利斯朵夫看见她默不作声，浑身紧张，成天在郁闷中发呆，便奇怪她为什么不快乐。现在她不是已经达到目的，成为众人景仰的大艺术家了吗？……

“是的，”她说，“可怜我不像那般女戏子，没有那种老板娘式的心思，把做戏看成做买卖。这等人一朝爬到相当的地位，嫁了个有钱的布尔乔亚，并且登峰造极，拿到一颗勋章的时候，当然心满意足了。我，我所要的可不止这些。只要一个人不是傻瓜，成名比不成名显得更空虚。这一点你是应该知道的！”

“我知道，”克利斯朵夫说，“啊！天！我小时候理想的光荣绝对不是这样的。那时我对它多么热望！它在我眼里显得多光明！我远远地膜拜它，把它当做神圣的东西；哪知道实际

① 《旧约》载：约瑟为雅各之子，希伯来的族长；幼年为兄弟卖往埃及，卒为埃及行政长官，终回希伯来与父亲兄弟团聚。

上完全不是这么回事……可是没关系！你出了名也有一种奇妙的后果，就是能给人好处。”

“什么好处？胜利固然胜利了。可是有什么用？一切还是照旧。戏院，音乐会，还不是跟从前一样？不过是一个新的潮流代替了旧的潮流。他们不了解你，或者是走马看花地瞅你一下；而他们已经心不在焉，想旁的事了……便是你自己，你是不是了解别个艺术家？至少你没有被别个艺术家了解。你最爱的人也和你离得多远！你忘了你和托尔斯泰那回事吗？……”

克利斯朵夫曾经写信给托尔斯泰；他对他的著作十分佩服，想把他一个通俗的短篇谱成音乐，请求他的许可，同时把自己的歌集寄给他。托尔斯泰没有答复，正如舒伯特与柏辽兹把杰作寄给歌德的结果一样。他教人把克利斯朵夫的音乐奏了一遍，完全不懂，非常气恼。他认为贝多芬是颓废的，莎士比亚是江湖派。反之，他倒醉心于虚伪矫饰的小作家，认为《一个侍女的忏悔录》极有基督教精神。

“大人物是用不到我们的，”克利斯朵夫说，“我们应该想到别人。”

“别人？谁？布尔乔亚的群众，那些行尸走肉似的影子吗？为这些人写作，表演吗？为他们而虚度一生，那才惨呢！”

“对！我对他们的看法也和你一样，可并不丧气。他们不见得坏到哪里去！”

“你真是个乐天的德国人！”

“他们也是像我一样的人，为什么不能了解我呢？……而他们不了解我的时候，难道我就为之发愁吗？在这些成千累万的人中间，总有一两个赞成我的……这就得啦，只要一扇天窗就能呼吸到外边的空气……你得想到那些天真的看客，那些少年，那些淳朴的老人，为你悲壮的美把他们从平庸的日子里超度出来的人。你得回想一下你自己小时候的情形！把人家从前给你的好处和快乐转给别人，——哪怕只给一个人也是好的。”

“你以为真的有人会领情吗？我简直不敢相信……那些爱我们的人，其中最优秀的分子是怎样爱我们的？怎样看我们的？连会不会看都成问题。他们用着使我们屈辱的方式赞美我们；他们看到无论哪个江湖派的戏子，还不是感到同样的兴趣！他们把我们归在我们瞧不起的傻子队里。凡是走红的人，在他们眼里都是平等的。”

“可是，的确是最伟大的才能传到后世，成为最伟大的人。”

“那只是距离的作用。你离得越远，山显得越高。山的高度固然是看清楚了，可是你和它离得更远了……而且谁能说这些的确是最伟大的呢？凡是默默无闻的古人，你认得吗？”

“管他！”克利斯朵夫说，“即使连一个人也感觉不到我是怎么样的人，我可还是我。我有我的音乐，我爱它，我相信它；它比一切都更真。”

“在你的艺术里你是自由的，你可以为所欲为。可是我，又怎么办呢？我不得不扮演人家要我扮演的东西，一演再演，演到你心头作呕。美国有些演员把《里普》或《罗伯特·玛凯尔》①上演到一万次，一辈子倒有二十五年搬弄着一个无聊的角色。我们在法国虽还没到这个做牛马的地步，可是也走上这条路了。可怜的戏剧！群众所能容忍的天才只是极小量

① 《里普》为一喜歌剧，故事见华盛顿·欧文短篇名著《里普大梦》。《罗伯特·玛凯尔》为十九世纪风行一时的喜剧，剧中人罗伯特·玛凯尔为荒淫无耻的小人典型。

的，修正剪裁过的，洒着时兴的香水的……一个‘时髦的天才’！不教你作呕吗？……浪费的精力不知有多少！你瞧人家怎么对付摩南的？他一辈子有什么东西可演？只有两三个人物是值得久存的：一个奥狄泼，一个卜里安克德。其余尽是无聊的东西！可是你想想罢，他可能创造出多伟大多了不起的角色！……在法国以外，情形也不见得更好。人家把杜斯①怎样安排的？她的生命是为了什么消耗的？为了多少无聊的角儿！”

“你真正的任务，是强迫社会接受强有力的艺术品。”

“白费心血，而且不值得。只要这些强有力的作品一上舞台，就会失去诗意，变成谎言。群众的气息把它摧残了。窒息臭秽的城里的群众，已经不知道什么叫做野外，什么叫做大自然，什么叫做健全的诗意；它需要一种像我们的脸一样褪色的诗。——啊！而且……而且……即使会成功的话，也不能充实生命，不能充实我的生命……”

“你还想着他。”

“想谁？”

“那个坏蛋喽。”

“是的。”

“如果你跟那家伙在一起，如果他爱你，你也得承认你决不会快乐，你还是会自寻烦恼的。”

“不错……唉！我自己也弄不明白……过去的生活需要我奋斗的地方太多了，我受的磨折太厉害了，再也恢复不了平静的心境，我心里老是烦恼，骚动……”

---

① 杜斯（1859—1924）为意大利有名的女演员。

“那是你没受过磨折以前早有的。”

“也许是吧……不错,我小时候就有烦恼。”

“那么你究竟要些什么呢?”

“我怎么说得清?我要的不是我的力量所能做到的。”

“我知道这种境界,”克利斯朵夫说,“我少年时代也是这样的。”

“可是你已经成人了。我却永远是少年,根本是个不完全的人。”

“没有一个人是完全的。所谓幸福,是在于认清一个人的限度而安于这个限度。”

“那对我是不可能了。我已经越出界限。生活逼着我,糟蹋我,把我变成残废了。可是我觉得自己很可能成为一个正常的,又健康又美丽的女子,不至于像那些糊里糊涂的人一样。”

“你还是能够啊。我看你现在多好!”

“告诉我,你把我看做怎么样的人?”

他假定她是在自然与和谐的情形之下发展起来的,非常快乐,爱着人家,也受到人家的爱。她听着心里很舒服,可是过后又说:“现在不可能了。”

“那么你应当像老亨德尔双目失明的时候那样对自己说,

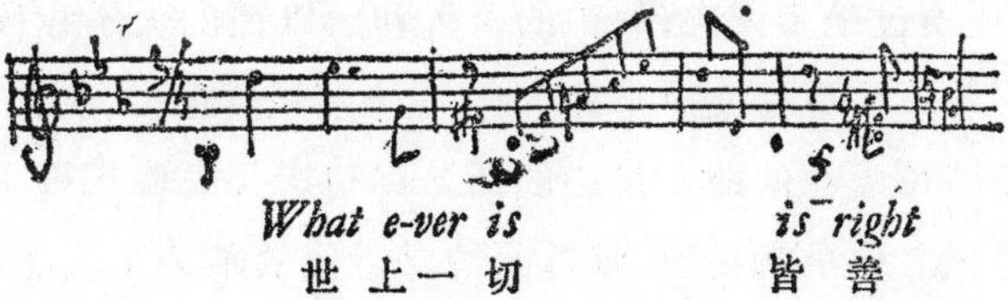

”

他又在琴上弹给她听。她把他拥抱了，拥抱她亲爱的疯癫的乐天主义者。他给她安慰；她可给他苦恼，至少是怕要使他苦恼。她常常像发病一样的受到绝望的侵袭，又没法瞒着他；爱情使她变得软弱了。夜里，两人躺在床上，她悄悄地熬着痛苦的时候，他猜到了，要求这个似近而实远的朋友把压着她的重担分一些给他；于是她忍不住了，扑在他怀里，一边哭着一边说出心里的话；克利斯朵夫整夜地安慰她，很有耐性，一点都不生气。可是日子一久，这种无穷尽的烦恼势必要打击他。法朗梭阿士唯恐他传染到自己的骚乱。她太爱他了，决不能让他为了自己受苦。有人请她到美国去登台；她答应了，借此强迫自己动身。她和他分手，使他心里非常屈辱。而她自己也有同样的感觉。可叹两个人竟不能使彼此幸福！

"可怜的朋友，"她又悲哀又温柔地笑着说，"咱们真不高明！将来我们永远没有这样美妙的机会，永远找不到这样的友谊的了。可是没有办法，没有办法。咱们太蠢了！……"

他们互相望着，垂头丧气，难过到极点，为了免得哭而笑着，拥抱着，分别了，眼中含着泪。他们从来没像分别的时候那么相爱。

她动身以后，他又回到他的老伙伴——艺术中去……噢！群星密布，天上是一片和平！……

隔不多时，克利斯朵夫接到雅葛丽纳的一封信。她写信给他，这还不过是第三次；信中的语气和她以往的大不相同。她表示因为不再见到他而非常遗憾，很亲热地要他去，倘若他不愿意使两位爱他的朋友伤心的话。克利斯朵夫快活极了，但并不奇怪。他早就料到，雅葛丽纳对待他的不公平的态度不会永远继续下去的。他喜欢念着老祖父的一句取笑的话：

“女人早晚必有些心地善良的时间，只要你耐心等待。”

因此他就回到奥里维那边去，他们见到他表示非常快慰。雅葛丽纳特别殷勤，把她素来刻薄的口吻也藏起去了，绝口不说足以伤害克利斯朵夫的话，她关切他的工作，很有见识地谈到一些严肃的问题。克利斯朵夫以为她改变了。其实她的改变仅仅是为讨他喜欢。雅葛丽纳听人提起克利斯朵夫和时髦女戏子的恋爱，——那是已经传遍巴黎的新闻，——不禁对克利斯朵夫有了好奇心，另眼相看了。她这一回久别重逢之下，觉得他果然比从前可爱得多，连他的缺点也不无魅力。她发现克利斯朵夫有天才，应当教他爱上自己才好。

青年夫妇的生活情况并没好转，甚至更坏。雅葛丽纳烦闷得要死……女人是多么孤独啊！除了孩子以外，什么都牵不住她；而孩子也不足以永远牵住她：因为倘若她不但是个女人，而且是个十足地道的女性，有着丰富的灵魂而对生活苛求的话，她就天生的需要做许多事情，而那是没有人家帮忙，不能单独完成的！……男人可没有这样孤独，哪怕在最孤独的时候也不到女人那个地步。他心里的自言自语就足够点缀他的沙漠；而倘若他和另外一个人一起孤独的话，他就更加能适应，因为他更不注意孤独，而老是自言自语了。他想不到自己若无其事的在沙漠中自个儿说话，使身边的女人觉得她的静默更惨酷，她的沙漠更可怕，因为对于她，一切的语言都已经死了，爱情也不能使它再生了。他没注意到这一点；他不像女人一样把整个生活孤注一掷地放在爱情上面，他还关切着旁的事……但谁去关切女人们的生活和无穷的欲望呢？这些亿兆的生灵，怀着一股热烈的力量，自从有人类起，四千年来老是毫无结果地燃烧着，把自己奉献给两个偶像：爱情与母性,——而母性这个崇高的骗局,对千千万万的女人还靳而不与,对另一部分的女子不过是充实了她们几年的生命……

雅葛丽纳在失望中煎熬。她有时感到的恐怖,好比有把刀直刺她的心窝。她想:

“我为什么活着呢?我为什么要生在世界上呢?”

这样她就悲痛到极点。

“天哪!我要死了!天哪!我要死了!”

这个念头常常在夜里跟她缠绕不休。她梦见自己说着:“今年是一八八九年。”

“不,”有人回答她,“是一九〇九年。”

她想到实际的年龄比自己想象的大了二十岁,非常难过。

“生命快完了,我还没有生活过!我这二十年是怎么过的?我把自己的生命怎么搞的?”

她梦见自己变了四个小姑娘,住在同一间房里,分床睡着。四个都是同样的身材,同样的脸,一个八岁,一个十五岁,一个二十岁,一个三十岁。三个都染了时疫死了。第四个在镜子里照着,突然害怕起来;她看到自己的鼻子瘦下去了,脸拉长了……她也要死了,——一切都完了……

“……我把自己的生命怎么搞的?……”

她流着泪醒来;噩梦并不因白天的来到而消失,白天就是噩梦。她把她的生命怎么搞的?谁把它糟蹋了的?……她开始恨奥里维了,拿他当做无邪的共谋犯——(无邪也不相干,反正是害了人!)——当做压迫她的盲目的规律的共谋犯。事后她后悔,因为她心是好的;但她太痛苦了;而那个压迫她生命的人物虽则也在痛苦,她仍禁不住要使他更痛苦,作为报复。过后她更难过,厌恶自己;她觉得如果没法救出自己,那她还要增加人家的痛苦。而这救出自己的方法,她就在周围摸索寻找,好比一个淹在水里的人,不管什么都要抓住;她试着去关切一些事情、一件作品、一个人物,好让她拿来变作自己的事、自己的作品、自己的人物。她勉强再去做些文化工作,学外国语,写一篇论文,一个短篇,从事于绘画,作曲……可是没用:她第一天就灰心了。觉得太难了。而且"书啊,艺术品啊,算什么呢?我还不知道是否爱它们,不知道它们究竟存在不存在……"——有些日子,她非常兴奋地和奥里维有说有笑,似乎对他所说的很热心,她想法教自己麻醉……只是徒然:突然之间兴致没有了,心凉了,她只得躲起来,没有眼泪,没有喘息,只是垂头丧气。——她侵蚀奥里维的工作已经有几分成功。他变得怀疑,倾向于浮华了。但她并不满意,觉得他和自己一样软弱。两人几乎每天晚上都出门;她在巴黎各处交际场中厮混。谁也没想到,她那含讥带讽而精神老是紧张的笑容下面,藏着悲恸欲绝的苦闷。她找一个能够爱她、支持她、不让她掉入深渊的人……可是找不到。她无可奈何地呼吁,毫无回响。只有一片静默。

她绝对不爱克利斯朵夫;她受不了他粗鲁的举止,令人难堪的爽直,尤其是他的淡漠无情。她绝对不爱他;但她感到他至少是强者,——是死亡上面的一块岩石。她想依附这块岩石,依附这个身在水中而头在水外的人,要不然就把他拖下水去……

而且,单使丈夫跟他的朋友分离还嫌不够,她得把那些朋友从他手里抢过来。最老实的女子有时也有一种本能逼她们尽量地,甚至于过分地施展她们的威力。这样滥用威力的结果,她们的弱点才显出力量。倘若是一个自私的、傲慢的女人，那么她会觉得窃取丈夫的朋友的友谊有种不可告人的乐趣。事情挺容易：只要丢几个眼风就够了。不管那男的老实不老实，他难得不上钩的；朋友尽管知己，尽管能够避免行动，但思想上总是已经欺骗了他的朋友。那朋友要是发觉的话，双方的交谊就完了：彼此都用另一副眼光相看了。——玩这种危险手段的女子，往往至此为止，不再有进一步的行动：她把两个友谊破裂的男人一齐抓在手里，任意摆布。

克利斯朵夫注意到雅葛丽纳的亲热，毫不惊奇。他一朝对一个人抱着好感的时候，自有一种天真的倾向，认为人家一定也会毫无作用的爱他。所以看着雅葛丽纳那么殷勤，他也表示一样的殷勤，觉得她非常可爱，跟她玩得很痛快。结果他对她观感太好了，差不多要认为奥里维的不能幸福是由于奥里维自己的笨拙。

他陪着他们坐汽车去作几天短期旅行。朗依哀家在蒲高涅乡下有一所老屋子，仅仅为了它是老家的纪念物而保存着，平时不大去住的：克利斯朵夫就在那儿做客。屋子孤零零地位于葡萄园与森林中间；内部已经破旧，窗子也关不严；到处有股霉烂的、阴凉的、被太阳晒热的树脂味。和雅葛丽纳一起过了几天之后，克利斯朵夫渐渐地感到一种甜蜜的情绪，可是精神并不骚动；他看着她，听着她，拂触到那美丽的身体，呼吸到她的气息，颇有一种无邪的，可是也带点儿肉感的快乐。奥里维稍微担着心，一声不出。他毫无猜疑的意思，但心里模模糊糊地觉得不安，而又不敢承认。他认为自己不应该这样揪心，便故意让他们常常单独在一块。雅葛丽纳看到他的心思，觉得很感动，想和他说："喂，朋友，别难过罢。我爱的还是你啊。"

可是她并不说：他们三个人听让自己去冒险：克利斯朵夫是一无猜疑，雅葛丽纳是不知道自己有什么欲望，也就存着弄到哪儿算哪儿的心；唯独奥里维一个人有着先见之明，有着预感，但为了自尊心和爱情，不愿意去想。然而意志缄默的时候，本能就要说话了；心不在这儿的时候，肉体就要自由行动了。

一天晚上，吃过晚饭，大家觉得夜景美极了，——没有月亮，满天星斗，——都想到园中去遛遛。奥里维和克利斯朵夫已经走出屋子。雅葛丽纳上楼去拿一条围巾，好久不下来。最讨厌女人行动迟缓的克利斯朵夫，进屋去找她。——（近来他不知不觉当了丈夫的角色。）——他听见她在那边来了。但他进去的那间屋子，百叶窗统统关了，什么都瞧不见。

"喂！来罢，老是收拾不完的太太，"克利斯朵夫嘻嘻哈哈地嚷着，"你把镜子照个不停，不怕把镜子照坏吗？"

她不回答，停住了脚步。克利斯朵夫觉得她已经在屋子里，可是站着不动。

"你在哪儿啊？"他问。

她还是不作声。克利斯朵夫也不说话了，只在暗中摸索；突然他感到一阵骚动，心儿乱跳，也停了下来，听见雅葛丽纳的呼吸就在身边。他又走了一步，又停住了。他知道她就在近旁，但他不愿意再向前。静默了几秒钟。突然之间，两只手抓住了他的手，把他拉着，一张嘴贴在了他的嘴上。他把她紧紧搂着。大家没有一句话，一动也不动。——然后嘴巴离开了，彼此挣脱了。雅葛丽纳走出屋子。克利斯朵夫气吁吁地跟着她，两腿索索地发抖。他靠着墙站了一会儿，让全身奔腾的血平静下去。终于他追上了他们。雅葛丽纳若无其事地和奥里维说着话。他们走在前面,和他相隔几步。克利斯朵夫垂头丧气地跟着。奥里维停下来等他。克利斯朵夫也跟着停下。奥里维亲热地叫他。克利斯朵夫只是不答。奥里维知道朋友的脾气和那种死不开口的癖性,也就不坚持而继续和雅葛丽纳往前走了。克利斯朵夫木头人似的随在后面,隔着十来步,像条狗一样。他们停下,他也停下。他们走,他也走。大家在园中绕了一圈,进去了。克利斯朵夫上楼去关在自己房里:不点灯,不睡觉,不思想。到了半夜,他倦极了,把手和脑袋靠在桌上;睡着了。过了一小时,他醒过来,点起蜡烛,性急慌忙地把纸张杂物都收起来,整好了衣箱,倒在床上直睡到天亮。然后他带着行李下楼,动身了。大家整天等着他,找他。雅葛丽纳面上装做很冷淡,心里又气又恼,用一种侮辱的讥讽的神气,故意检点她的银器。直到第二天晚上,奥里维方始接到克利斯朵夫一封信:

> 好朋友,别怪我像疯子一般地走了。我是疯子,你也知道的。有什么办法呢?我就是我。谢谢你亲切的招待。那真是太好了。可是你瞧,我从来不能和别人一起生活。也许我根本不配生活。我只能躲在一边,远远地爱着别人,这样比较妥当。要从近处看人,我会厌恶他们。而这是我不愿意的。我愿意爱别人,爱你们。噢!我多愿意使你们幸福。要是我能够使你们,——使你幸福,我肯牺牲我自己所能有的幸福!……但这是不允许的。一个人只能为别人引路,不能代替他们走路。各人应当救出自己。救你罢!救你们罢!我多爱你!——耶南太太前乞代致意。
>
> 克利斯朵夫

"耶南太太"抿着嘴唇,念完了信,带着轻蔑的笑容冷冷地说:"那么听他的劝告。救救你自己罢。"

奥里维伸出手去想收回信来,雅葛丽纳却把信纸搓成一团,摔在地下;两颗眼泪在眼眶中涌了上来。奥里维抓着她的手,慌慌张张地问:"你怎么啦?"

"别管我!"她愤愤地叫着。

她出去了,在门口又嚷了一声:"你们这批自私的家伙!"

克利斯朵夫终于把《大日报》方面的保护人变成了仇敌。那是早在意料之中的。克利斯朵夫天生有那种为歌德所称扬的"不知感激"的德性:

"不愿意表示感激的脾气是难得的,只有一般出众的人物才会有。他们出身于最贫寒的阶级,到处不得不接受人家的帮忙;而那些恩德差不多老是被施恩的人的鄙俗毒害了……"

克利斯朵夫认为不能为了人家的援助而降低自己的人格,也不能放弃自由,那跟降低人格并无分别。他要给人好处,决不自居为希望收利息的债主,而是把好处整个地送人的。他的恩主们的见解可不是这样。他们认为受恩必报是天经地义,所以克利斯朵夫不肯在报馆主办的一个含有广告性质的游艺会中,替一支荒谬的颂歌写音乐,在他们眼中简直是岂有此理。他们暗示克利斯朵夫说他行为不对。克利斯朵夫置之不理。不久他还很不客气地否认报纸所宣传的他的主张,使那些恩主们愈加老羞成怒。

于是报纸开始用各种武器攻击他了。人们又搬出一些血口喷人的古老的武器,那是一切低能的人用来攻击一切创造者而从来杀不死一个人的，可是对于所有的糊涂蛋，的确百发百中，极有效果。他们指控克利斯朵夫的罪名是剽窃。他们割裂他的作品，取出其中的一段，再从一些无名作家的曲子里取出一段来化装一番，证明他偷了别人的灵感，说他想扼杀年轻的艺术家。这一套要是出之于一般以狂吠为职业的人，出之于趴在大人物肩上喊着"我比你更伟大"的下贱的批评家，倒还罢了；可是有才气的人也要互相倾轧，竭力教对方受不了。他们完全不知道：世界之大尽够他们安安静静地各做各的工作，而各人为了发展自己的才具已经需要拼命地奋斗了。

德国有些嫉妒的艺术家常常把武器供给克利斯朵夫的敌人，必要的时候还能发明些武器。这种人在法国也有的是。音乐刊物上的国家主义者——其中不少是外国人，——指出克利斯朵夫出身的种族，也算是对他的一种侮辱。克利斯朵夫的名气已经不小；就因为他走红，连那些毫无成见的人看了也恼了，——其余的更不必说。在音乐会听众里面，此刻有一批上流人物和前进杂志的作家热烈拥护克利斯朵夫，不问他写什么，总一致叫好，说在他以前简直没有音乐。有几个人解释他的作品，发现其中有哲学意义，使克利斯朵夫听了吃惊。又有几个从中看到一种音乐革命，说是对于传统的攻击，不知克利斯朵夫正敬重传统。他尽管分辩也没用。大家会说他根本不知道自己写的是什么。他们这样的佩服他就等于佩服他们自己。所以报纸上对克利斯朵夫的攻击，使他音乐界的同业非常痛快，因为他们相信那虚构的"谎言"是事实而表示愤慨。其实他们不爱他的音乐也用不着这些理由；自己并无思想可以表现，但照着呆板的方式把思想表现得非常流利的大多数人，一朝看到克利斯朵夫思想丰富，而凭着创造的想象力

(表面上不免有点儿杂乱)表现得有些笨拙的时候,当然要恼怒了。一般当书记的家伙,只知道所谓风格便是文社学会里的公式,只消把思想放进去,像烹饪时把食物放入模子一样:所以他们一再指责克利斯朵夫不会写作。至于他最好的一批朋友,不想了解他的,或是因为老老实实地爱他(因为他使他们幸福)而真能了解他的,都是在社会上没有发言权的无名的听众。唯一能够替克利斯朵夫作强有力的答复的奥里维,和他分离了,似乎把他忘了。于是克利斯朵夫同时落在他的敌人和他的崇拜者手里;这两种人做着竞争,看谁把他损害得更厉害。他厌恶之余,绝对不加声辩。有一回他在一份大报上读到一个为大众的愚昧与宽纵所造成的艺术界权威,——一个僭越的批评家对他的宣判,他耸耸肩说:

"好罢,你批判我罢。我也批判你。一百年以后看你们投降不投降!"

可是眼前到处是对他的毁谤;而群众照例是有一句信一句,对于最荒谬最卑鄙的控诉都信以为真。

克利斯朵夫仿佛觉得自己的处境还不够困难,居然挑了这个时期跟他的出版家反目。其实他没有什么可以抱怨哀区脱的,他依次印行他的新作,跟他的交易也很诚实。固然,这种诚实并不能使他不订立对克利斯朵夫不利的契约;但这些契约他是遵守的,只嫌遵守得太严格。有一天,克利斯朵夫出乎意外地发现他的七重奏被改为四重奏,一支普通的钢琴曲被改为——而且改得很笨拙——四手的钢琴曲,事先都没通知他。他便跑去见哀区脱,把这些违法的乐谱丢在他面前,问:"你知道这个吗?"

"当然知道。"

“你竟然敢……竟然敢私自窜改我的作品，不经我的许可！……”

“什么许可？”哀区脱静静地说，“你的作品是属于我的。”

“也是属于我的！”

“不是的。”哀区脱语气很温和地说。

克利斯朵夫跳起来：“怎么，我的作品会不属于我的？”

“你把它们卖掉了。”

“你这是跟我开玩笑了！我卖给你的是纸。你要拿它去赚钱，尽管去赚罢。但写在纸上的是我的血，是属于我的。”

“你什么都卖给我了。以初版每份三十生丁计算，我已经预付你三百法郎，作为你卖绝的代价。在这种条件之下，你把作品的全部权利都让给我了，没有任何限制，也没有任何保留。”

“连毁掉它的权利也在内吗？”

哀区脱耸耸肩，按了铃，对一个职员说：“把克拉夫脱先生的案卷给拿来。”

他静静地把契约条文念给克利斯朵夫听，那是当时克利斯朵夫并没看过一遍就签了字的，——也是依照音乐出版家普通契约的规则订的：——“哀区脱君取得作家全部的权利，由哀区脱独家出版、发行、镌版、印刷、翻译、出租、出售，在音乐会、咖啡店音乐会、舞场、戏院等处演奏，加以修正，改削，以便适合任何乐器，或增加歌词，或更换题目，或……均由哀区脱君自由处理，与任何人无涉……”

“你瞧，”他说，“我还是极客气的呢。”

“不错，”克利斯朵夫说，“我得谢谢你。你还可以把我的七重奏改成咖啡店音乐会里的小调呢。”

他不作声了,狼狈不堪地把手捧着头,再三说:“我把灵魂出卖了。”

“放心罢,”哀区脱带着讥讽的口气,“我决不滥用我的权利。”

“你们的共和国竟允许有这种交易吗?你们说人是自由的。实际上你们却是在拍卖思想。”

“你已经取得了代价。”哀区脱回答。

“是的,三十生丁,”克利斯朵夫说,“拿回去罢。”

他在袋里掏着,想拿出三百法郎来还给哀区脱,可是拿不出。哀区脱微微笑着,带着轻蔑的神气。这笑容使克利斯朵夫愈加有气。

“我要我的作品,”他说,“我向你赎回来。”

“你没有赎回的权利,”哀区脱回答,“可是我素来不愿意勉强人,只要能赔偿我的损失,我答应你赎回。”

“好罢,就是为此而要把我自己卖掉也行。”

哀区脱在半个月以后提出的条件,他毫不争论地接受了。他发了傻劲,决意收回全部作品的出版权,代价是比他从前的收入多出五十倍,虽然这赔偿的数目不能说夸张:因为那是哀区脱根据实际的利润精密计算出来的。克利斯朵夫一时没法偿付,而这也早在哀区脱意料之中。他并不想打击克利斯朵夫,认为以艺术家而论,以一个普通人的人格而论,他比任何青年音乐家都值得重视;但他要给克利斯朵夫一个教训:他绝对不容许人家干涉他权利以内的行动。并且那些契约的规则不是他定的,而是当时通行的;所以他觉得很公平。此外他还真心相信,那些条文对作家的好处并不亚于对出版家,出版家更懂得推广作品的方法,不像作家那样拘泥着一些感情问题,——这种顾虑不用说是很高尚的,但究竟和他真正的利益背道而驰。他决意要教克利斯朵夫成功,可是要照他的方式,要克利斯朵夫完全听他摆布才行。他要使克利斯朵夫感觉到,不要他帮忙也没这么容易。于是他们成立了一个协定:如果六个月以内克利斯朵夫不能赔偿损失,克利斯朵夫的作品就完全归哀区脱所有。显而易见,在那个期限之内,克利斯朵夫连这笔款子的四分之一都不见得能凑起来。

可是他一味固执,把多么可纪念的屋子退租了,另外租了一所便宜的,卖掉了好多东西,——他很奇怪地发觉竟没有一件值钱的,——借着债,求助于好心的莫克,不幸他那时贫病交加,闹着关节炎,没法出门。他又去找别的出版家,条件到处都和哀区脱的一样不公平,有的甚至还不愿意接受。

那时正碰上音乐刊物对他攻击最猛烈的时期。巴黎某一份大报对他特别凶狠,一个不署名的编辑拿他当做该打的孩子:没有一星期不在《回声》栏内写些诬蔑的文字把他形容得非常可笑。另外一个音乐批评家再来跟那位不露面的同事唱双簧:任何细微的借口都可以使他发泄一下残暴的兽性。这还不过是第一战役:他预告过几天再来一个彻底的歼灭战。他们不慌不忙,知道任何确凿的指控对群众的效果还不及反复不已的讽示,便像猫儿耍弄耗子一样地耍弄克利斯朵夫,把每篇文字寄给他。他虽抱着鄙夷不屑的态度,也不免因之痛苦。然而他始终缄默,不去答复那些侮辱,——(即使他要答复,也不一定能够)——只固执着为了无益的、过分夸大的自尊心,跟他的出版家奋斗。他为此损失了时间、精力、金钱,同时又损失了他唯一的武器,因为他意气用事,不愿意让哀区脱再为他的音乐作宣传。

突然,一切改变了。报上预告的文字始终没发表。对群众的讽示也静默下来。攻击忽然停止了。不但如此:两三星期以后,那份日报的批评家还借着偶然的机会写了几行赞美的文字,似乎证实他们已经讲和了。莱比锡一个有名的出版商有信要求承印他的作品,契约的条件对作者很有利。一封盖有奥国大使馆印章的恭维信,向克利斯朵夫表示很愿意在使馆的庆祝会中演奏他的曲子。克利斯朵夫所赏识的夜莺也被请去演奏。这样以后,夜莺立刻被德意两国侨居巴黎的贵族邀请。有一回克利斯朵夫也不能不出席这一类的音乐会,居然受到大使热烈的招待。可是只谈了几句话,他就知道这位主人并不懂得音乐,对他的作品茫无所知。那么这种突如其来的好感是从何而来的呢?似乎有一个人在暗中照拂他,替他排除障碍,替他开路。克利斯朵夫探问之下,大使提到克利斯朵夫的两位朋友,说裴莱尼伯爵和伯爵夫人对他非常钦佩。克利斯朵夫连这两个姓氏都没听到过;而在他到使馆去的那晚,也没机会见到他们。他并不一定要认识他们。这个时期他对所有的人都觉得厌恶,对朋友也像对敌人一样的不信任。他认为友和敌都同样靠不住,只要吹过一阵风,他们就会改变的;我们不应当依赖他们,而应当像那位十七世纪的名人所说的:

“上帝给了我朋友;又把他们收回去了。他们把我遗弃。我也把他们丢了,从此只字不提。”

自从他那天离开了奥里维的屋子,奥里维再没消息给他;他们之间似乎一切都完了。克利斯朵夫不想再交新朋友,以为裴莱尼伯爵夫妇也是那些自称为他的朋友的时髦人物,所以完全不想跟他们见面,倒反有心躲避他们。

不但如此,他还想躲避整个的巴黎。他需要在亲切而孤独的环境中隐遁几个星期。啊! 要是他能够到故乡去静修几天的话,——只要几天就行了! 这种思想慢慢地变成了一种病态的欲望。他要再见他的莱茵,他的天空,埋着他的亡人的土地。他非要重见一次不可。但那是有被捕的危险的:从他亡命以来,通缉令始终没撤销。可是他觉得,为了要回去,哪怕只是回去一天,他什么傻事都会做出来的。

幸而他和一个新的保护人提到这个心愿。德国使馆有个青年随员,在某次演奏他作品的晚会中遇到他,说他的祖国对于一个像他那样的音乐家一定是很得意的,克利斯朵夫很心酸地回答:"不错,祖国为了我得意极了,甚至于让我死在国门外面而不许我进去。"

年轻的外交官要他把原因解释了。过了几天,他去找克利斯朵夫,对他说:

"上面有人关切你。一个地位极高的人物,有权使那个通缉令暂时不生效力的人,知道了你的情形,很表同情。我不知道你的音乐怎么会使他喜欢的:因为——(我们之间不妨老实说)——他趣味并不高明,但是个聪明人,心很好。他此刻虽不能马上撤销你的通缉,但倘若你想回去两天,看看你的家属的话,地方当局可以装聋作哑。这儿是一张护照。你到的时候跟离开的时候教人家验一验。诸事小心,别引起人家的注意。"

克利斯朵夫又见到了一次故乡。依照人家答应的期限,他耽了两天,只跟乡土和埋在乡土里的人叙了一番旧话。他看到了母亲的坟。草长得很长,但鲜花是新近供上的;父亲跟祖父肩并肩地长眠着。他坐在他们脚下。墓背后便是围墙，高头是一株长在墙外凹陷的路上的栗树的树荫。从矮墙上望过去，可以看到金黄色的庄稼，温暖的风在上面吹起一阵柔波，太阳照着懒洋洋的土地；鹌鹑在麦田里叫，柏树在墓园上面簌簌地响。克利斯朵夫自个儿在那里出神，心非常安静：双手抱着膝盖坐着，背靠着墙垣，望着天。他把眼睛闭了一会儿。啊，一切多单纯！他仿佛就在自己家里，和亲人在一块儿。他和他们挨得很近，手握着手。这样地过了几小时。傍晚，沙子铺的走道上忽然有脚步的声音。守墓的人走过，对坐在地下的克利斯朵夫望了望。克利斯朵夫问那些花是谁供的。那人回答说是蒲伊农庄上的主妇，每年总得上这儿来一两次。

“是洛金吗？”克利斯朵夫问。

他们就此攀谈起来。

“你是儿子吗？”园丁问他。

“她有三个儿子呢。”克利斯朵夫回答。

“我说的是汉堡的那一个。其余两个都没出息。”

克利斯朵夫的头微微往后仰着，一动不动，不作声了。太阳下山了。

“我要关门了。”园丁说。

克利斯朵夫站起来，和他在墓园中绕了一转。园丁带他去看他住的地方。克利斯朵夫在那里停了一会儿，看看死者的留名。啊，多少熟人的名字都在这儿了！老于莱，——于莱的女婿，——还有他童年的伴侣，和他玩耍的小姑娘，——最后有一个名字使他心中一动：阿达！……大家都得到安息了……

晚霞如带，铺在平静的天边。克利斯朵夫走出墓园，在田野里溜达了好久。星都亮起来了……

第二天他又去，在老地方消磨了一个下午。但上一天那种恬静的心境变得活跃了。心中唱着一支无愁无虑的快乐的颂歌，他坐在墓栏上把那支歌用铅笔记上小册子。一天又这样地过去了。他觉得自己在当年的小房间里工作，妈妈就在隔壁。写完了歌，要动身的时候，——已经走了几步，——他忽然改变主意，回来把小册子藏在草里。天上滴滴答答地下了几点雨。克利斯朵夫想道：

"不久那就得化为泥土。好罢！……我这是给你一个人的，不是给别人的。"

他又看到了河，看到了熟悉的市街：情形跟从前大不同了。城门口，在废弃的壕沟的走道上，有个小小的皂角树林，他以前看着种起来的，现在占了很大的地方，把老树都挤塞了。沿着特·克里赫家花园的围墙走去，他还认得那根界碑，小时候爬到上面眺望园子的；他不胜奇怪地发现：那条街，那道墙，那个花园，都变得狭小了。在铁门前面，他停了一会儿，等到继续往前走的时候，恰好有辆车经过；他无意中抬起头来，看见一个鲜艳的、肥胖的、得意扬扬的少妇，好奇地在车中打量他。接着她惊讶地叫了一声，做了个手势教车子停下，喊道："是克拉夫脱先生吗？"

他停住了脚步。

她笑着说："我是弥娜呀……"

他迎上前去，心里差不多像初次遇到她①的时候一样地

① 参阅卷二：《清晨》。——原注

慌乱。和她一起有位高大秃顶、胡须往上翘起的、志得意满的男子，她介绍说是“法官洪·勃龙罢哈先生”，——她的丈夫。她要克利斯朵夫到她家里去。他想法推辞。但弥娜一味嚷着：“不，不，一定要来，还得在我们家吃晚饭。”

她说话又响又急，不等克利斯朵夫问，就把自己这几年的情形统统讲了出来。克利斯朵夫被她的大声叫嚷闹昏了，只听到一半，只管望着她。啊，啊，这便是他的小弥娜！她长得结实，丰满，皮肤挺好，颜色像蔷薇似的，但线条都松了，尤其是那个丰腴的鼻子。姿势，态度，风韵，都和从前一样；唯有身材变了。

她老是说个不停，和克利斯朵夫讲着她过去的历史，她的私事，讲着她爱丈夫和丈夫爱她的方式。克利斯朵夫听了很窘。她却非常乐观，没有一点儿批评精神，觉得——（至少在当着别人的时候）——她的城市、她的屋子、她的家庭，都胜过别的城市、别的屋子、别的家庭。她在丈夫面前说丈夫是“她从来没有见过的最伟大的男子”，在他身上有“一股超人的力量”。而那“最伟大的男人”一边笑着一边拍拍弥娜的腮帮，和克利斯朵夫说她是“一个了不得的贤惠的太太”。这位法官似乎知道克利斯朵夫的事，不能决定对他应该表示敬意还是轻蔑，既然一方面他还有旧案未了，另一方面又有大老庇护；结果他决定参用这两种态度。弥娜可老是滔滔不绝地说着，对克利斯朵夫说了一大堆关于自己的事，又转过话题来提到他了；她问他这个那个，内容的亲密恰好像她的自白一样，因为她刚才的叙述就是对他并未提出而由她自己假想出来的问题的答复。她能重新见到克利斯朵夫，真是高兴极了；她对他的音乐一无所知，可是知道他已经成名，觉得自己被他爱过——(而被她拒绝)——是很可以得意的,便在说笑之间提到那件事,也不管措辞的雅俗。她要他在纪念册上签名,紧盯着盘问他巴黎的情形。她对这个城市所表示的好奇心,正好跟她的轻蔑相等。她自称为认识巴黎,去过歌舞剧场、歌剧院、蒙玛德尔、圣·格鲁。据她说来,巴黎女子都是些淫娃荡妇,毫无母性,只希望孩子越少越好,有了也置之不问,把他们丢在家里而自己到戏院与娱乐场所去。她绝对不允许人家表示异议。晚上,她要克利斯朵夫在琴上奏一阕。她觉得妙极了,但心里认为丈夫的琴和克利斯朵夫弹得一样高明。

克利斯朵夫很高兴见到弥娜的母亲,特·克里赫太太。他暗中老是感激她,因为她以前待他很好。她此刻心地还是那样慈悲,并且比弥娜更自然,但对克利斯朵夫永远带点取笑的态度,那是他从前为之气恼的。她和他当年离开她的时候完全一样,喜欢着同样的东西,觉得一切都很好,也不可能有另一种面目。她把以前的克利斯朵夫和今日的克利斯朵夫相比之下,还是更喜欢小时候的克利斯朵夫。

除了克利斯朵夫,克里赫太太周围的人一个也没改变思想。死气沉沉的小城,眼界的狭窄,使他受不了。那晚上有一部分的时间,主人们都在说他不认识的人的坏话。他们老注意着乡邻的可笑,把凡是跟他们不同的地方都叫做可笑。这种恶意的好奇心,永远关切着一些无聊的事,终于使克利斯朵夫非常难受。他提到自己在外国的生活,但立刻感到他们是没法领会这种法国文明的。过去他讨厌这种文明,现在回到本国来,倒是他代表这文明而觉得它可贵了;——自由的拉丁精神的第一条规律是了解:不惜把“道德”牺牲了去换取“尽量的了解”。在那些主人们身上,尤其在弥娜身上,他重新发现以前伤害过他而他已经忘了的那种骄傲,——从弱点上来的,也是从德性上来的骄傲,——只知道守本分而没有一点慈悲心,以自己的德性来傲视别人:凡是自身没有的缺陷,他们都瞧不起;最重要的是体统,“不合常规”的优越都是要不得的。弥娜心平气和的,俨然的,相信自己永远不会错;批判别人的时候用的老是同样的尺寸,她不愿意费心去了解他们,只知道关切自己。她的自私染上了一层模糊的玄学色彩,无论什么都离不开她的自我和自我扩张。或许她心地很好,能够爱别人。但她太爱自己,尤其是太尊重自己。她似乎永远要在她的自我前面加一个“长老”或“敬礼”的字眼。我们可以觉得,要是她最心爱的男人胆敢有一刻儿——(以后他一定会后悔无穷),——对她尊严的自我失敬的话,她就会不爱他,永远地不爱他……嘿!为什么不丢开你这个“自我”,想想“你”呢?……

然而克利斯朵夫并不用严厉的眼光看待她。他平时那么容易气恼,此刻竟非常耐心地听着,不让自己批判她,只把童时的回忆像一道光轮般罩着她,一心一意要在她身上找出小弥娜的影子。她某些姿态的确保存着当年的模样,嗓子有些音色也还能引起动人的回忆。他耽溺着这些,不声不响,也不听她的话,只装做听着的样子,始终对她表示一种温柔的敬意。可是他不大能集中精神:现在这个弥娜的咭咭呱呱的声音使他听不见从前的弥娜。最后他有点腻了,站起身来,心里想着:

“可怜的小弥娜!他们想教我相信你在这里,在这个大声叫嚷,使我厌烦的,美丽肥胖的女人身上。但我明明知道不是。算了罢,弥娜。咱们跟这些人是不相干的。”

他走了，推说明天再来。倘若他说出当晚动身的话，不到开车的时间他们一定不让出门的。在黑夜里才走了几步，他又恢复了没有遇到弥娜以前的那种愉快的印象。不痛快的夜晚一下子就给忘了；莱茵的声音把什么都淹没了。他走到河滨，靠近自己出生的屋子。他一看就认得了。护窗关得严严的，里头的人已经睡了。克利斯朵夫在路中停下，觉得要是去敲门的话，那些熟识的幽灵一定会来开的。他走上屋子四周的草原，到河边从前跟舅舅谈话的地方坐下。以往的日子仿佛都回来了。而那个跟他一起做过美妙的初恋的梦的、心爱的小姑娘，也复活了。少年的温情，甜蜜的眼泪，无穷的希望，都重新温了一遍。他自嘲自讽地笑着对自己说：

"我简直没得到人生的教训。明知故犯……明知故犯……永远做着同样的梦。"

能够始终如一地爱，始终如一地信仰是多么好！凡是被爱过的都是不死的。

"弥娜，和我在一起的——不是和另外一个男人在一起的……弥娜，永远不会老的弥娜！……"

朦胧的月从云端里出来，在河上照出粼粼的银光。克利斯朵夫觉得河面跟他所坐的陆地比以前近多了。他走过去细看了一下。是的，从前在这里，在这株梨树的外边，有一带沙地和一方小小的草坪，他老在上面玩儿的。河流把它们侵蚀了；水已经浸到梨树的根。克利斯朵夫不由得悲从中来。然后他向车站走去。那儿也变了一个新兴的市区：——有穷人的住家，有正在建筑的工场，有工厂的烟囱。克利斯朵夫记起下午看到的皂角树林，想道："那边，河流也在侵蚀……"

在阴影中沉睡的古旧的城市，和城里的一切生人与死者，对他更显得可贵了，因为他觉得它们受着威胁……

敌人已经占有了城垣……

赶快把我们的人救出来罢！死亡窥伺着我们所爱的一切。赶快把正在消失的脸庞塑成永久的铜像罢。我们得从火焰中救出国家的财宝，趁着大火还没把宫殿烧毁的时候……

克利斯朵夫好似一个逃避洪水的人，上了火车走了。可是也和那般从城里救出护城神的人一样，克利斯朵夫把那些从乡土里爆起来的爱的火花，过去的神圣的灵魂，一齐揣在怀里带走了。

在某个时期内，雅葛丽纳和奥里维彼此接近了些。雅葛丽纳的父亲故世了。在真正的苦难前面，她才感到别的苦难都是无聊的；而奥里维的温情也把她对他的感情重新燃烧起来。她觉得倒退了几年，过着像玛德姑母死后那些凄凉而紧接着爱情的日子。她认为自己对人生太不知足，应当要感谢人生没有把它所给的些少东西收回。现在知道了这些少东西的价值，她就拼命地抓着。医生劝她离开一下巴黎，免得永远想着丧事；她便和奥里维做了一次旅行，到他们初婚那年住的地方走了一转，结果愈加感动了。生命的途程拐了弯，他们不胜惆怅地又看到了先前认为已经消失的爱情，看着它来，也知道它仍旧要消灭，——消灭多少时候呢？也许是永远！——于是两人无可奈何地把爱情死抓着……

“留下来啊，和我们守在一块儿啊！”

但他们明明知道要失掉的……

雅葛丽纳回到巴黎，觉得身上有了一个被爱情燃烧起来的小生命。但爱情已经过去了。这个渐渐加重起来的担负，并不使她和奥里维靠得更紧。她并不感到意料之中的快乐，只是很不放心地追问自己。从前她苦闷的时候，往往以为生个孩子一定可以救她。现在孩子来了，救星可没有来。这是一株植物，根须深深种在她的肉里：她不胜惊骇地觉得它在生长，喝着她的血。她整天地出神，惘然听着，整个生命都被这个占据着她的陌生的生命吸引。那是一种模糊的、柔和的、催眠的、悲痛的、嗡嗡的声音。她忽然惊醒过来，——汗流浃背，打着寒噤，想要反抗了。她掉入了“自然”的网罗，竭力想挣扎。她要生活，要自由，觉得被“自然”欺骗了。随后她又觉得这些思想可耻，觉得自己残忍，不知道自己的心地是不是比别的女子坏，是不是跟她们完全不同。然后她又慢慢平静下去，迷迷糊糊地想着在怀中成熟的“活果”。它将来是怎么样的呢？……

一听见它出世以后的第一声叫喊，一看到那可怜而动人的小身体，她整个的心都融化了，一刹那间尝到了母性的光荣的欢乐，世界上最强烈的欢乐：从痛苦中创造出一个用自己的血肉制成的生物，一个人。策动宇宙的爱的巨浪，把她从头到脚地裹住了，连卷带滚，挟着上天了……噢，上帝！能够创造的女人是跟你平等的；而你还领略不到她那样的欢乐：因为你没有受苦……

随后，浪头落下去了，心又沉到了海底。

奥里维激动得浑身哆嗦，瞧着孩子。他对雅葛丽纳微微笑着，想了解在他们俩和这个可怜的、略具人形的生物之间，有什么神秘的生命的关系。他又温柔又有点儿厌恶地，把嘴唇亲了亲那个黄黄的打皱的小脑袋。雅葛丽纳望着他，很忌妒地把他推开了,接过孩子,紧紧地搂在怀里,拼命亲吻。孩子嚷了,她马上放下,掉过头去哭了。奥里维走来拥抱她,替她抹眼泪。她也把他拥抱了,勉强笑着。然后她要求让她休息,把孩子留在身边……唉!可怜!一朝爱情死了,还有什么办法?男人是把自己一大半交给智慧的,只要有过强烈的感情,决不会在脑海中不留一点痕迹,不留一个概念。他可能不再爱,却不能忘了他曾经爱过。一个毫无理由的、整个儿爱人家的女人,一朝毫无理由的整个儿不爱的时候,却是没有办法的。发愿心吗?自骗自吗?但要是她太懦弱而不能发愿心,太真诚而不能骗自己的时候又怎么办呢?……

雅葛丽纳把肘子撑在床上,又温柔又哀怜地望着孩子。他是什么呢?不管他是什么,总不完全是自己。他也是"另外一个"。而这"另外一个",她已经不爱了。可怜的孩子!亲爱的孩子!她对于这个要把她和一个已经死灭的"过去"连在一起的生物感到恼怒;她伛着头瞧他,拥抱他,拥抱他……

现代女子的大不幸,是她们太自由而又不够自由。倘使她们更自由一点,就可以想法找点事做依傍,从而得到快感和安全。倘使没有现在这样的自由,她们也会忍受明知不能破坏的夫妇关系而少痛苦些。但最糟的是,有着联系而束缚不了她们,有着责任而强制不了她们。

如果雅葛丽纳相信她是一辈子注定守在这个小家庭里的,那么她可能不觉得家庭这么窄,这么不方便,她会把它安排得更舒服,终于会像开始的时候一样的爱家庭。可是她知道能够走出家庭,便觉得在屋子里窒息了。她可以反抗:结果她竟相信是应该反抗的了。

现代的道德家真是些古怪的动物。他们把整个的生命都做了“观察器官”的牺牲品。他们只想看人生;既不十分了解它,更谈不到有什么愿望。他们把人性认清了,记录下来之后,就以为尽了责任:他们说:“瞧,人生就是这么回事。”

他们并不想改造人性,在他们心目中,仿佛“存在”便是一种德性。因此所有的缺陷都有一种神圣的权利。社会是民主化了。从前不负责任的只有君主,现在是所有的人,尤其是那些无赖,都是不负责任的了。这种导师真是了不起!他们殚精竭虑,竭力要教弱者懂得他们软弱到什么程度,懂得那是他们的天性,应当永远这样的。在这个情形之下,弱者除了抱着手臂发呆以外还有什么事可做?凡是不欣赏自己的弱点的人算是上乘的了。但女人老听见人家说她是个有病的孩子,就以疾病与幼稚自傲。人们培植她们的懦弱,帮助她们变得更懦弱。要是有人敢公然宣称,少年时代有个年龄,因为心灵还没得到平衡,所以大有犯罪、自杀、灵肉堕落的危险,而这些都是可以原谅的:——那么立刻会有罪案发生。便是成人,只要你反复不已地和他说他是不能自主的,他就可以不能自主而听任兽性支配。反之,只消告诉女子,说她能够支配她的肉体和意志,她就可以做到这一步。可是你们这班懦怯的家伙偏不肯说:因为你们要利用她们不知道这个道理而从中取利!……

雅葛丽纳所处的可悲的环境终于使她完全迷路。自从她和奥里维疏远以后,她又回到她少年时代瞧不起的社会中去。在她和她的已嫁的女朋友周围,有一小群有钱的青年男女,都是漂亮的、有闲的、聪明的、意志薄弱的。他们的思想言论都

绝对自由,但他们极有风趣,不至于自由到过火的地步,倒反使自由有点儿调剂的作用。他们很乐意引用拉伯雷的箴言:

你爱做什么就做什么。

其实这是他们夸口,因为他们并没有多大愿望,只是些在丹兰末修院①里烦闷的人物。他们乐于宣扬“本能自由”的教义,但这些本能在他们身上差不多已经消灭;他们的放纵只是在头脑里空想一番。他们最高兴让自己在这个文明的浴池中溶化,呼吸那种淡薄的淫乐的空气;——人类的精力,强烈的生命,原始的兽性,信仰,意志,热情,责任,都在那微温的泥洼里化为液体。雅葛丽纳美丽的身体,就浸在这黏液似的思想中间。奥里维没法阻止她。他也传染到当时的流行病,以为自己没权利限制他所爱的人的自由;除非靠着爱情的力量,他什么都不愿意争取。雅葛丽纳可并不对他感到满意,因为她认为自由原来是她的权利。

糟糕的是,她把她的心整个地交托给这个两重生活的社会,而她的心是绝对不容许有模棱两可的情形的:一朝有了信仰,就得倾心相与;那个热烈慷慨的灵魂,便是在自私的行为中也是火辣辣地燃烧着她所有的血管,而且在她和奥里维共同生活的期间,她也保持着遇事不稍假借的精神,即使是不道德的事也预备彻彻底底地去干。

她的一班新朋友是太谨慎了,决不会给别人看到自己的真相。如果他们在理论上扬言绝对不受道德与社会的偏见支配,实际上却安排得决不和任何对他们有利的偏见断绝关系;

① 十五世纪时拉伯雷创此集团,集合一般高贵而优秀的人物,以提倡风雅生活为目的。

他们利用道德与社会，同时欺骗它们，好比不忠实的仆役盗窃主人。由于游手好闲，也由于习惯，他们之间还互相窃盗。很有些丈夫知道妻子养着情夫。这些妻子也知道丈夫有着外遇。他们各得其便。只要不吵吵嚷嚷地闹起来，就无所谓丑事。这些好夫妻都是像合伙股东——也可以说是共谋犯——一样有默契的。可是雅葛丽纳比较坦白，对什么都一本正经。第一，要真诚。第二，要真诚。第三，还是要真诚，永远要真诚。真诚也是当时所宣扬的德性之一。但我们在这儿可以看到，对于健全的人，一切都是健全的；对于腐败的心灵，一切都是腐败的。真诚有时是多么丑恶！一般庸劣的人要洞烛他们的内心简直是一种罪孽。因为他们只看到自己的庸劣而还沾沾自喜。

雅葛丽纳老是在镜中研究自己，看到了最好是永远不要看到的东西；因为一朝看到了，她就没勇气把眼睛移往别处；她非但不加扑灭，反而看着它们长大，变得硕大无朋，终于把她的眼睛和思想一齐占据了。

孩子并不充实她的生活。她不能自己喂奶，孩子一天天地委顿了。只得雇用乳母。她先是非常悲伤……不久可觉得松了口气。孩子健旺了，长得很强壮，脾气很乖，没有声响，常常睡着，夜里也难得哭喊。乳母是一个并非初次哺育的结实的女子，对婴儿有种本能的、嫉妒的、过分的感情，——她反倒像是真正的母亲。雅葛丽纳要是发表什么意见，乳母也只管依着自己的心思做去；倘若雅葛丽纳争论几句，马上会发现自己原来一无所知。自从生产以后，她的健康始终没恢复：初期的静脉炎使她精神上大受打击；几星期地躺着不动，她更苦恼了，狂乱的思想翻来覆去地盯着同一个问题，永远是那几句怨叹："我根本没生活，而现在我的生命已经完了……"因为她神经过敏，自以为永远残废了，又认为孩子是致病的原因，暗中非常恨他。这种心理并不像一般人所想的那么少，不过是被遮上一重幕罢了；有这种心理的女子还不敢对自己承认，觉得是可耻的。雅葛丽纳责备自己：自私与母爱在她胸中交战。看到婴儿睡得那么甜蜜，她就软心了；但一忽儿她又好不心酸地想道："他要了我的命。"

同时她对于孩子无知无觉的酣睡有种反感：他的幸福是用她的痛苦换来的。便是她病好了，孩子大了一些之后，她暗地里仍旧怀着这种敌意。但因为她觉得可耻，便把敌意转移到奥里维身上。她继续拿自己看做病人，老是担忧健康问题，医生们又推波助澜，鼓励她一事不做，——其实一事不做就是她的病根，——使她和婴儿隔离，绝对不能行动，绝对的孤独，几星期地躺着，百无聊赖，吃得饱饱地睡在床上，像一只填鸭，——结果她的注意力都集中在自己身上。现代的医学治疗真是古怪，它拿另外一种病——自我扩张病，去代替神经衰弱！你们为什么不替他们的自私病施行放血治疗呢？倘若他们的血不太多，那么为什么不把他们头里的血移一部分到心里去？

病后，雅葛丽纳身体更强壮，更发福，更年轻了，——精神上却是比什么时候都病得厉害。几个月的孤独把她和奥里维思想上最后的联系给斩断了。只要留在他旁边，她还能受到这个理想主义者的影响，因为他虽然懦弱，还维持他的信念。她一向想摆脱一个精神上比她更强的人的控制，想反抗那洞烛她的内心而有时使她不得不责备自己的目光，只是徒然。但她一朝偶然跟这个男人分离了，没有他那种明察秋毫的爱压在她心上,她完全获得自由以后,他们之间友善的信心立刻会消灭,代之而起的是一种怨恨的心理,恨自己曾经倾心相与,恨长时期受着感情的束缚,这感情自己是早已没有的……在一个你所爱的而你也以为爱你的人心中酝酿的怨恨,简直没法形容。一夜之间,什么都变了。上一天她还爱着,似乎爱着,自以为爱着。忽而她不爱了,把先前所爱的人在心上丢开了。他突然发现了这一点,觉得莫名其妙,完全没看到她心中长时期的酝酿,从来没猜疑到她暗中日积月累的恨意,也不愿意去体会这种报复与仇恨的原因。那些原因往往是长久以前就潜伏着的,多方面的,捉摸不到的,——有些是埋在床帷之下的,——有些是自尊心受了伤害,心中的秘密被对方窥见了,批判了,——又有些……连她自己都不知道。有种暗中的伤害,虽然是无心的,可是受到的人永远不能原谅。这等伤害,人们永远不能知道,她自己也不大清楚;但伤痕已经深深地刻在她的肉体上,而她的肉体就永远忘不了。

要挽回这种可怕的越来越冷淡的感情,必须一个性格和奥里维不同的男人才有办法;——这种人一定是更接近自然,更单纯,同时也更有伸缩性,没有婆婆妈妈的顾虑,本能很强,必要时能采取为他的理性不赞成的行动。奥里维却是没有上阵就打败了,灰心了;太明察的目光使他早已在雅葛丽纳身上辨认出比意志更强的遗传性,——她母亲的心灵;他眼看她像一块石子般掉在她那个种族的深渊里;而他又懦弱又笨拙,所有的努力反而使她往下掉得更快。他强自镇静。她却无意之间有种打算,不让他保持镇静,逼他说出粗暴鄙俗的话,使自己更有理由轻视他。要是他忍不住而发作了,她就瞧不起他。如果他事后羞愧,她就更瞧不起他。如果他耐着性子,不上她的当，——那么她恨他。最糟的是他们一连好几天的不说话。令人窒息、骇怖的沉默，连最温和的人也受不住而要为之发狂的；有时你还感到一种想作恶、叫喊、使别人叫喊的欲望。静默，漆黑一片的静默，爱情会在静默中分解，人会像星球般各走各的，湮没在黑暗中去……他们甚至会到一个阶段，使一切的行为，即使目的是求互相接近，结果都促成他们的分离。双方的生活变得没法忍受了。而一桩偶然的事故更加速了事情的演变。

一年以来，赛西尔·弗洛梨时常在耶南家走动。奥里维最初在克利斯朵夫那里碰到她；以后，雅葛丽纳请她到家里去，赛西尔便常常去探望他们，便是在克利斯朵夫和他们分手之后也是这样。雅葛丽纳对她很好，虽则自己不大懂音乐，认为赛西尔很平凡，但喜欢她的唱，觉得一看到她，精神上很舒服。奥里维很高兴和她一起弹琴唱歌。久而久之，赛西尔做了他们的朋友。她使人感到心神安定：一踏进耶南家的客厅，那双坦白的眼睛，健康的气色，微嫌粗野但令人听了怪舒服的笑声，好比浓雾中透入一道阳光。奥里维和雅葛丽纳的心都为之苏慰了。她每次离开的时候，他们很想对她说："你再坐坐罢，坐坐罢！我多冷啊！"

雅葛丽纳出门养病的时期，奥里维见到赛西尔的次数更多了；他不能对她瞒着心中的悲伤，便不假思索地尽量诉说，正如一个懦弱而温柔的心灵在苦闷的时候需要发泄一样。赛西尔听了很感动，用些慈爱的话安慰他。她替他们俩惋惜，鼓励奥里维不要灰心。可是或许因为她觉得听了这些心腹话比他更窘，或许因为别的什么理由，她托词把访问的次数减少了。没有问题，她以为自己的行动对雅葛丽纳不大光明，她没权利知道这些秘密。奥里维认为她的疏远是为了这个理由，而且那理由也很充分：他埋怨自己不应该向她诉苦。可是疏远的结果，他发觉了赛西尔在他心中的地位。他已经惯于把自己的思想交给她分担；唯有她才能使他从压迫他的痛苦中解放出来。他素来把自己的感情看得雪亮，所以他这一回对赛西尔的感情究竟是哪一种，胸中早已了然。他绝对不和赛西尔说，但禁不住要把自己所感到的写下来。近来他又恢复那危险的习惯，借笔墨来自言自语。在他和雅葛丽纳爱情浓厚的几年中，这种嗜好已经戒掉了；但一朝恢复了只身独处的生活，遗传的癖性又发作了：这是痛苦的发泄，也是一个喜欢自我分析的艺术家的需要。他描写自己，描写他的痛苦，好似对赛西尔当面说着一样，——而且可以更自由，因为赛西尔永远不会看到这些文字。

但不巧这些文字竟落在雅葛丽纳眼里。那天她正觉得自己精神上和奥里维非常接近，那接近的程度是多年来没有的。她整着柜子，翻到他以前给她的情书，感动得哭了。坐在柜子的黑影里，没法再收拾东西，她把过去的历史温了一遍，眼看自己把它毁了，懊悔到极点，同时又想到奥里维的悲伤。关于这一点，她从来不能无动于衷；她可能忘掉奥里维，但想到他为她而痛苦就受不住。她心碎肠断，真想扑在他的怀里和他说："啊！奥里维，奥里维，咱们怎么搞的？咱们是疯子，疯子！别再自寻烦恼了罢！"

要是他这时候走进屋子的话可多么好！……

不料正在这时候，她发现了奥里维给夜莺的那些信……于是什么都完了。——她是不是以为奥里维真正欺骗了她呢？也许是的。但这一点是不相干的。她认为精神上的欺骗比行为方面的欺骗更要不得。她可以原谅她所爱的人有一个情妇,可不能宽恕他私下把心给了另外一个女子。当然,她这个想法是不错的。

"这有什么了不起!"有的人会这样说。因为一般可怜的人直要到爱情的欺骗成为事实的时候才感到痛苦。……殊不知只要心不变,肉体的堕落是不足道的。要是心变了,那就一切都完了。

雅葛丽纳不想把奥里维再争取回来。那已经太晚了!她对他的爱不像以前那么深切了。或者是太爱他了……但这不是嫉妒,而是全部信心的崩溃,而是她对他所有的信仰与希望的破灭。她没想到原来是她瞧不起这信仰与希望的,是她使他灰心的,逼他倾向于这次的爱情的,也没想到这爱情是无邪的,一个人的爱或不爱究竟是不能自主的。她从来没想到拿自己和克利斯朵夫的调情跟这次的事作比较:她不爱克利斯朵夫,所以那根本不算一回事。在过分冲动的情形之下,她以为奥里维对她扯谎,完全不把她放在心上了。正当她伸出手去抓握最后一个倚傍的时候,竟扑了一个空……一切都完了。

奥里维永远不知道她那一天所感到的痛苦。但他一见她的面,也觉得一切都完了。

从此以后,他们不再交谈,除非当着别人的面。他们互相观察,好比两头被追逐的野兽,提心吊胆,非常害怕。耶雷米阿斯·高特海尔夫[①]曾经淋漓尽致地描写一对不再相爱而互相监视的夫妇,各人窥探对方的健康,疾病的征象,不是希望对方速死,但似乎希望一件意外的祸事,希望自己比对方身体

① 十九世纪瑞士小说家。

强壮。有时雅葛丽纳和奥里维就是互相以为有这种思想,其实两人都没有;但仅仅有这种怀疑就够痛苦了:例如雅葛丽纳在夜里胡思乱想而失眠的时候,便想到丈夫比她健旺,正在慢慢地磨她,不久会把她压倒……一个人的幻想与心灵受惊以后,竟会有这样疯狂的念头!——然而他们俩心中最优秀的部分暗地里还是相爱的!……

奥里维被压倒了,不想再奋斗;他站在一边,把控制雅葛丽纳心灵的舵丢下了。没有了把舵的人,她对着她的自由头晕眼花;她需要有个主宰好让她反抗:倘使没有的话,就得自己造一个出来。于是她老是执着一念。至此为止,她虽然痛苦,还从来没有离开奥里维的意思。从那天起,她以为所有的约束都摆脱了。她要趁早爱一个人;因为她年纪轻轻,却已经自以为老了。——她曾经有过那些幻想的,强烈的热情,对于第一个遇到的对象,一张仅仅见过一次的脸,一个名人,或者只是一个姓氏,一朝依恋之后,再也割舍不掉;而且那些热情硬要她相信,她的心再也少不了它所选择的对象:它整个地被他占据了,过去的一切都给一扫而空:她对别人的感情,她的道德观念,她的回忆,她的自我的骄傲,对别人的尊重,统统被这新的对象排挤掉。等到固执的意念没有了养料,烧过了一阵也归于消灭的时候,一个新的性格便从废墟里浮现出来,是个没有慈悲、没有怜悯、没有青春、没有幻象的性格,只想磨蚀生命,好似野草侵犯倾圮的古迹一样。

这一次,固执的念头照例属意于一个玩弄感情的人物。可怜的雅葛丽纳竟爱上了一个风月场中的老手。他是个巴黎作家,既不好看,又不年轻,臃肿笨重,皮色赭红,憔悴不堪,牙齿都坏了,人又狠毒,唯一的价值是当时很走红,唯一的本领是糟蹋了一大批女性。她并非不知道他自私自利:因为他在作品中拿来公然炫耀。他这么做是有作用的:用艺术镶嵌起来的自私好比捕雀的罗网,吸引飞蛾的火焰。在雅葛丽纳周围,上钩的已不止一个;最近她朋友中一个新婚少妇,被他很容易地骗上了,接着又丢掉了。这些女子可并没因之死去活来,只是为了怨恨而闹些笑柄,让别人看了开心。受害最烈的女子,因为太顾虑自己的利益和社会关系,只得勉强忍受。她们并不闹得满城风雨。尽管欺骗丈夫和朋友,或是被丈夫和朋友欺骗,事情决不张扬。她们是为了怕舆论而不惜牺牲自己的女英雄。

但雅葛丽纳是个疯子,她不但说得出,做得到,而且做得到,说得出。她对于自己的疯狂完全不加计算,不顾利害。她有这个可怕的长处,老是要对自己保持坦白,不怕行动的后果。她比她那个社会里的人比较有价值,所以做出来的事更糟。她要是爱了一个人,起了奸淫的念头,就会毫无顾忌地跳下火坑。

亚诺太太一个人在家,像珀涅罗珀做着那件有名的活计①一般,又镇静又兴奋地打着毛线。也像珀涅罗珀一般,她等着她的丈夫。亚诺先生整天在外面。早上和傍晚,他都有功课。通常他总回来吃午饭,不管两腿怎么酸软,不管中学是在巴黎城的那一头;这并非由于他对妻子的感情,也非由于节省金钱,而是由于习惯。但有些日子,替学生温课的事把他留

① 珀涅罗珀为《奥德赛》史诗中主角俄底修斯之妻。俄底修斯出征期间,追求珀涅罗珀者甚众,珀涅罗珀以完成织物后再决定为推托,实则日间编织,晚上拆掉,故永远不会完工。

住了;或者他利用机会,在那一区的图书馆里工作。吕西·亚诺独自留在空荡荡的家里。除了上午八时至十时来帮助她做些粗活的女仆,和杂货商每天来送货以外,没有一个人上门。整幢屋子里,她一个熟人都没有了。克利斯朵夫搬了家。楼下花园里来了新房客。赛丽纳·夏勃朗嫁给了安特莱·哀斯白闲。哀里·哀斯白闲全家远行,有人委托他上西班牙开矿去了。老韦尔的太太死了,韦尔本人差不多从来不住这个巴黎的公寓的。唯有克利斯朵夫跟他的女朋友赛西尔,仍旧和吕西·亚诺保持着友谊;但他们住得很远,又忙又累,常常几星期不来看她。她只能一个人对付着过日子。

她可并不厌烦。只要一点儿小事就足够培养她的兴趣,例如日常琐碎的工作:一株极小的植物,她每天早上都用慈母般的心情把那些稀少的叶子拂拭一番;还有那安静的灰色猫,好似受人疼爱的家畜一样,久而久之也感染了一些主人的脾气:它跟她一样成日蹲在火炉旁边,或是待在桌上靠着灯,看她手指一来一往地做着活儿,有时抬起古怪的眼睛瞅她一会儿,随后又满不在乎地闭上。便是家具也仿佛在那儿陪着她。每件东西都有一副亲切的面貌。她把它们掸灰抹尘,连凹处都揩拭干净,然后小心翼翼地把它们放还原位:那时她简直像儿童一样的高兴。她在心里跟它们谈着话,对着家中独一无二的古董家具——一张路易十六式的圆脚书桌——微笑。她每天看到它都感到同样的快乐。她也忙着检点衣服,几小时地站在椅子上,头和手臂都埋在那口乡村式的大衣柜内,瞧着,整理着,那猫儿在一旁看着,觉得好不奇怪。

她做完了事,独自吃了中饭,天知道她吃些什么——(她没有多大胃口)——需要上街料理的事办妥了,一天的工作结束了,四点左右回到家里,她靠着窗或靠近壁炉安顿下来,陪着她的就是她的活计和猫:那时她可得意了。有些时候,她会想出理由来根本不出门。倘若能守在家里,尤其在冬季下雪的天气,她是最高兴的。她怕冷、怕风,怕雨,怕泥浆,因为她自己也是一头很干净、很细巧、很柔和的小猫。伙食商偶尔把她忘了的时候,她宁可不吃东西,而不愿意出去买菜,只啃着一块巧克力糖,或者在伙食柜里找一个水果吃了就完事。她不让亚诺知道,这是她偷懒。那往往是阴天,有时也是大好的晴天,——(外面,蔚蓝的天光照着大地,街上闹哄哄的声音笼罩着幽静与阴暗的公寓:仿佛一座海市蜃楼包围着一颗灵魂)——她坐在那最喜欢的一角,脚下放着一张小凳,一动不动地做着活儿,身边摆着一册心爱的书,总是那些朴素的红封面的本子,英国小说的译本。她看得很少,一天难得看完一章;书摆在膝上,始终翻着那一页,或者竟完全阖上了;书上的事她已经记熟,自个儿想着。狄更斯与萨克雷的长篇小说,她会几星期地看下去,而她的幻想更要维持到几年之久,老是让书中的温情催眠着。今日一般读书又快又潦草的人,对于那些要慢慢咀嚼方能感到的妙处,是不能领略的了。亚诺太太毫不置疑地相信,小说中人物的生涯和她自己的生涯一样真实。其中颇有一些她极喜爱的人:例如那温柔而嫉妒的凯塞胡特夫人,默默无声地爱着,始终保存着慈母与处女的心,对于她好比一个姊姊;那个小东贝又好比是她的小儿子;她自己是那个垂死的老小孩陶拉。对这些睁着善良而纯洁的眼睛在世界上走过的儿童般的心灵,她伸出手去;她周围尽是些可爱的流浪者,与人无害的怪物:他们追求着可笑而动人的梦想,——为首便是狄更斯,存着博爱的心,对自己的梦境笑着,哭着。在这种时候，她要是向窗外眺望的话，路人中间就有那个幻想世界里某个可爱的或可怕的人物的影子。而在那些屋子的墙壁后面，她猜到也有一批同样的人物。她的不爱出门，就因为怕这个充满着神秘的世界。她发现周围藏着许多悲剧，搬演着许多喜剧。这倒不一定永远是一种幻象。幽居独处的结果，她有了神秘的直觉，使她在偶尔碰到的目光中间看出他们生活上不少过去未来的秘密，往往是他们自己不知道的。她又拿小说的回忆羼入真实的景象中去，把它们变了样。她觉得自己在这个巨大的宇宙中迷失了，需要回到家里才能定下心神。

可是她也无须去看或观察别人，只要观察一下自己就行了。这个在外面看来多么苍白黯淡的生命，里面是何等的光明灿烂！何等的丰满充实！多少的回忆，多少的宝藏，都是谁也想不到的！……这些回忆与宝藏是不是真实的呢？当然是真实的，既然她觉得真实……渺小的生命被神奇的幻梦改变了面目！

亚诺太太回想她的过去，直追溯到童年；于是那些烟消云散的希望，又像小小的花朵般悄悄地开放了……儿时第一次爱慕的对象，是个使她一见生情的少女：她爱着她，那种爱情只有一个人在非常纯洁的年龄才会有，她曾经想亲她的脚，做她的女儿，跟她结婚；偶像出嫁了，不大幸福，生了一个孩子，不久就死了，接着她也死了……十二岁上，她又爱了一个年龄相仿的女孩子，性情专横，非常淘气，嘻嘻哈哈，喜欢惹她哭，然后拼命地亲她；两人对于将来订下许多想入非非的计划：不料那姑娘突然进了嘉曼丽德教会修行，不知道为什么，据说是很快活……后来，她又对一个年纪比她大得很多的男人有了热情。但谁也不知道这股热情,连那个被爱的人也是茫然。她却借此把牺牲的热诚和感情大大发泄了一番……后来,又是另外一股热情;这一回人家可爱她了。可是因为胆怯,因为对自己没有把握,她不敢相信人家爱她,也不敢表示她爱人家。幸福过去了,来不及抓握……后来……后来……多少琐琐碎碎的事,对她都有一种深刻的意义:或是朋友的亲切的表示,或是奥里维无意中说的一句可爱的话,或是克利斯朵夫的访问,和他的音乐唤引起来的神奇的世界,或是一个陌生人的目光,——是的,便是在这个忠实、纯洁、贤德的女人心中,也会有些不贞的念头,使她惶惑,使她脸红。而她虽然竭力想丢开这种无邪的思念,心里究竟感到一点儿暖意……她很爱丈夫,虽说他并不完全符合她的理想。但他的心多好,有一天和她说:"我的好太太,你才不知道你在我心中占着什么地位。你是我整个的生命……"她听了心都融化了;那一天她觉得自己整个地、永久地,跟他合二为一了。每过一年,他们的结合总更紧密一些。工作的梦,旅行的梦,孩子的梦,结果是一无所有……而亚诺太太还在梦想这些。她有个理想中的孩子,因为不断地想着,而且想得那么深切,所以差不多真有这个孩子了,就像在眼前一样。她为他花了多少年的心血,时时刻刻把她认为最美的、最心爱的成分使理想中的孩子变得更美……

她的天地不过是这么一些。但大千世界都包括在里面了。多少无人知道的,连最亲密的人也不知道的悲剧,藏在表面上最恬静最平庸的生命中间!最悲壮的是:——这些满怀希望而一无所遇的生命,尽管声嘶力竭地要求他们应得的权利,要求自然所答应而又拒绝他们的东西,尽管熬着热情的悲痛,但表面上什么都不显露出来!

亚诺太太的运气是她并不只关切自己。她的生命在她的幻梦中只占据一部分。她也在体验她所认识的或曾经认识的人的生活,为他们设身处地;她想着克利斯朵夫,想着她的女朋友赛西尔。她今天又在想着。两个妇女彼此感情很好。奇怪的是,两人之中倒是壮健的赛西尔需要来依傍娇弱的亚诺太太。那高大、结实、快乐的姑娘,骨子里并没有外表那样地强。她正感到剧烈的苦闷。最安静的心也不能避免命运的奇袭。她慢慢地有了一种感情,先是不愿意理会,但它越来越强,逼得她非承认不可了:——原来她爱着奥里维。这个青年的柔和恳切的态度,近乎女性的魅力,懦弱而容易受人支配的性格,立刻把她吸引了;——(一个富于母性的人特别喜欢需要她照顾的人。)——以后知道了这对夫妇的苦闷,她对奥里维更有了一种危险的同情心。当然,光是这些理由还不足以解释感情问题。谁能说为什么一个人爱上某一个人呢?往往两人对于这种爱都是不相干的;那是时间的拨弄:它会突然之间使一颗不加提防的心遇到随便什么感情就被征服。——等到赛西尔把自己的心境看清楚了,就很勇敢地拔掉那支爱情的箭,认为这是不应该有的,荒唐的。可是她因之痛苦不已,伤口始终不能平复。没有一个人猜到她的心事:她鼓足勇气装出很快乐的样子。唯有亚诺太太知道她骨子里忍着多少痛苦。赛西尔常常把头倒在清瘦的亚诺太太怀里,悄悄地流几滴眼泪,拥抱她,然后快快活活地走了。她喜欢这个娇弱的朋友,觉得她的毅力与信仰都比自己高强。她并不吐露心中的秘密。但亚诺太太能够在片言只语上猜到。她觉得人生是个无法消解的可悲的误会。一个人只能爱,怜悯,梦想。

要是梦想在她胸中像蜂房一般过于喧闹,使她有点头晕了,她便走到钢琴前面让自己的手在键盘上轻轻抚弄,把音响的那种安慰心灵的光明罩着人生的幻景……

然而这位好太太决不忘记日常功课的时间:亚诺回家的时候,看到灯总是点上了,晚饭也端整好了,妻子那张苍白的脸笑容可掬地等着他。他万万想不到她在精神上所做的那些旅行。

困难的是要把日常生活和海阔天空的精神生活并行不悖地放在一起。幸而亚诺在书本和艺术品中也过着一部分幻想生活,靠那些作品的永恒的火,维持着他心中摇摇不定的火焰。可是近年来他也渐渐有了许多操心的事;教书这一行的苦闷,待遇的不公平,夤缘得势的现象,同事之间与学生之间的麻烦事儿,使他变得愤懑,开始谈论政治,骂政府,骂犹太人,认为自己在教育界里遇到的失意的事都应该由德莱弗斯负责。他这种满腹牢骚的性情也传染了一些给亚诺太太。她快近四十,正是生命力动摇而求平衡的年纪,在思想上颇有些空白。某一时期,他们俩都失去了生存的意义,不知道把他们生命的网结在什么上面好。不问现实的支持是怎么软弱,好歹总得有一个,才能寄托自己的梦想。他们可是什么支持都没有,不能再互相依傍。他非但不帮助她,反而要依靠她了。她觉得支持不了丈夫,于是她自己也支持不住了。唯有一桩奇迹才能把她救出来。她就呼吁这奇迹……

这奇迹是从灵魂深处来的。亚诺太太感到她孤独的心里有一个荒唐而神圣的需要,需要不顾一切地创造,为了创造而创造,需要在空间织起她的网来,让神的呼吸,让风把她吹到应当去的地方。结果是神的气息把她和人生重新联系起来,替她找到了无形的依傍。于是,夫妇俩又用着他们最纯粹的血,很耐心地织造那些美妙而虚无的梦境。

亚诺太太一个人在家里……天快黑了。

她被一阵铃声惊醒,打断了梦想。她把活计仔细收拾好了,走去开门。进来的是克利斯朵夫,神色非常紧张。她很亲热地抓着他的手,问:

“什么事啊,朋友?”

“唉,奥里维回来了。”

“回来了?”

“今天早上他来了,和我说:克利斯朵夫,救救我!——我把他拥抱了。他哭着说:我只有你了。她走了……”

亚诺太太大吃一惊,合着手说:“可怜!”

“她走了,”克秘斯朵夫又补上一句,“跟她的情夫走了。”

“那么她的孩子呢?”

“丈夫,孩子,她都丢下了。”

“可怜的女人!”亚诺太太又道。

“他始终爱着她,只爱着她,”克利斯朵夫说,“这一下的打击使他爬不起来了。他老跟我说着:克利斯朵夫,她欺骗了我……我的最好的朋友欺骗了我。——我白白地和他说:既然她欺骗了你,她就不是你的朋友而是你的敌人了。把她忘了罢,或者干脆把她杀了罢!”

“噢!克利斯朵夫,你说什么?这话太残忍了!”

“是的,我知道,你们大家都觉得杀人是原始时代的野蛮行为:我一定要听到你们漂亮的巴黎社会攻击这种兽性,认为一个男人不应该杀死欺骗他的女人,同时你们还要说出宽恕那个女人的理由！嘀！大慈大悲的使徒！这批乱交的狗居然义愤填膺地反对兽性，真是太妙了！他们把人生摧残了，剥夺了它所有的价值，再来诚惶诚恐地崇拜人生……怎么！这个没有心肝没有廉耻的生命，这个肉包着血的臭皮囊，原来在他们眼中是值得尊重的东西！他们对于这块屠场上的肉恭敬得无微不至，谁敢去触犯它便是罪大恶极。杀死灵魂倒没关系，但肉体是神圣的……”

亚诺太太回答：“杀死灵魂的凶手当然是最可恶的凶手，但决不能因此而认为杀害肉体就不成其为罪恶，这一点你是很明白的。”

“我知道，朋友。你说得对。我这是脱口而出，根本没想过……谁知道！也许我真会那么做。”

“不会的，你这是毁谤自己。你的心多好。”

“被热情控制的时候，我会像别人一样残忍。你瞧我刚才紧张成什么样子！……一个人看到所爱的朋友痛哭，怎么能不恨使他痛哭的人？而且对付一个抛弃了儿子，跟情夫跑掉的该死的女人，还会嫌太严厉吗？”

“别这么说，克利斯朵夫。你有所不知。”

“怎么，你为她辩护吗？”

“我是可怜她。”

“我可怜那些痛苦的人，却不可怜使人痛苦的人。”

“唉！你以为她不痛苦吗？以为她是有心抛弃她的孩子，毁坏她的生活吗？你得知道她把她自己的生活也毁了。我不大认识她，克利斯朵夫。我只见过她两次，都是偶然碰到的，她没跟我说一句好听的话，对我并无好感。可是我比你更认识她。我断定她不是一个坏人。可怜！我能猜到她心中经过的情形……”

“你,朋友,生活这么严肃,这么有理性的人!……”

“是的,克利斯朵夫。你有所不知,你虽然心好,但你是个男人,和所有的男人一样的冷酷的,尽管慈悲也没用;——你对自身以外的事都不闻不问。你们从来不替身边的女人着想,只管用你们的方式去爱她们,决不操心去了解她们。你们对自己太容易满足了,自以为认识我们……可怜!如果你知道我们有时多么痛苦,因为看到你们——并非不爱我们,——而是看到你们爱我们的方式,看到最爱我们的人把我们当做是怎么样的人!有些时候,克利斯朵夫,我们不得不把指甲深深地掐在肉里,免得叫起来:噢!别爱我们罢,别爱我们罢!怎么都可以,只不要这样的爱我们!……你知道有个诗人说过下面那样的话吗?——便是在自己家里,在自己的儿女中间,表面上尽管安富尊荣,女人也受到一种比最不幸的苦难还要难忍千百倍的轻蔑。——你把这些去想一想罢,克利斯朵夫……”

“你这些话把我弄糊涂了。我不大明白。可是照我所看到的……你自己……”

“我也经过这些苦闷。”

“真的吗?……可是无论如何,你总不能使我相信,你会做出像这个女人一样的行为。”

“我没有孩子,克利斯朵夫,我不知道我处在她的地位会怎么办。”

“不,那是不可能的,我太相信你,太敬重你了,我敢赌咒那是不可能的。”

“别打赌!我差点儿跟她一样……我很难过要毁掉你对

我的好印象。可是你应当学一学怎样认识我们,要是你不愿意对人不公平的话。——是的,我没做出这样疯狂的事也是千钧一发了。而且还多少是靠了你的力量。两年以前,我有个时期极苦闷,觉得自己一无所用,谁也不重视我,谁也不需要我,丈夫没有我也没关系,我简直是白活的……有一天我正想跑出去,天知道做些什么!我上楼去看你……你记得吗?……当时你没懂得我的意思。其实我是来向你告别的……以后,不知经过些什么,也不知你对我说了些什么,我记不大清了……但我知道你有几句话……(你完全是无心的……)……对我好比一道光明……那时只要一点儿极小的事就可以使我得救或是陷落……等到我从你屋子里出来,回到家里,我关上大门,哭了一天,以后就好了,那一阵苦闷过去了。"

"今天,"克利斯朵夫问,"你对那件事后悔吗?"

"今天?啊!要是做了那件疯狂的事,我早已沉在塞纳河里了。我决受不了那种耻辱,受不了我给丈夫的痛苦。"

"那么你现在是快乐的了?"

"是的,一个人在这个世界上可能怎么快乐,我就怎么快乐。两个人能互相了解,互相尊重,知道彼此都可靠,不是由于一种单纯的爱情的信仰,——那往往是虚幻的,——而是由于多少年共同生活的经验,多少灰色的、平凡的岁月,再加上渡过了多少难关的回忆。随着年龄的老去,情形变得好起来……这些都是不容易的。"

她突然停下,脸红了:"天哪!我怎么能说出来?……我怎么的呢?……克利斯朵夫,我求你,这番话对谁都不能说的……"

"放心,"克利斯朵夫握着她的手回答,"我把这件事看做神圣的。"

亚诺太太因为透露了这些秘密很难为情,把身子转过一边,后来又说:

"照理我不该告诉你这些……可是你瞧,这是为了要你知道,便是在结合得最好的夫妇之间,便是在你……你敬重的女人心中……也有些时间……不光是像你所说的一时糊涂,而是真实的,不能忍受的痛苦,能够把你带上疯狂的路,毁灭整个的生命,甚至两个人的生命。所以我们不应当太严。大家就是在最相爱的时候也会使彼此痛苦的。"

"那么应不应当过着各管各的、孤独的生活?"

"那对我们更糟。一个女人要过孤独的生活,像男人一样的奋斗(往往还要防着男人),在一个没有这种观念而大家对之抱着反感的社会里,是最可怕的……"

她不作声了,微微探着身子,眼睛瞅着壁炉里的火焰。随后,她又用着那种蒙着一层的声音,很温和地,断断续续地往下说:

"然而这不是我们的过失:一个女人的孤独并非由于任性,而是由于迫不得已;她必须自己谋生,不依靠男人,因为她没有钱就没有男人要她。她不得不孤独,而一点得不到孤独的好处:因为,在我们这儿,她要是像男子一样地独往独来,就得引起批评。一切对她都是禁止的。——我有个年轻的女朋友,在外省中学当教员。她哪怕被关在一间没有空气的牢房里,也不至于比她现在这种自由的环境更孤单更窒息。中产阶级对这些努力以工作自给的女子是闭门不纳的;它用着猜疑而轻视的态度看待她们,恶意地侦察她们的一举一动。男子中学里的同事们对她们疏远,或是因为怕外界的流言蜚语,或是因为暗中怀着敌意,或是因为他们粗野,有坐咖啡店、说野话的习惯,或是整天工作以后觉得疲倦,对于知识妇女觉得厌恶,等等。而她们女人之间也不能相容,尤其是大家住在学校宿舍里的时候。女校长往往最不了解青年人的热情,不了解她们一开场就被这种枯索的职业与非人的孤独生活磨得心灰意懒;她让她们暗中煎熬,不想加以帮助,只认为她们骄傲。没有一个人关切她们。她们没有财产,没有社会关系,不能结婚。工作时间之多使她们无暇创造一种灵智的生活给自己做依傍跟安慰。这样的一种生活,倘若没有宗教或道德方面的异乎寻常的情操支持,——我说异乎寻常,其实应该说是变态的,病态的:因为把一个人整个地牺牲掉是违反自然的,——那简直是死生活……——精神方面的工作既不能做,那么慈善事业能不能给她们一条出路呢?一颗真诚的灵魂在这方面得到的又无非是悲苦的经验。那些官办的或者名流办的救济机关,实际只是慈善家的茶话室,把轻佻、善举、官僚习气,混在一块儿,令人作呕;他们在调情说笑之间拿人家的苦难当做玩具。要是有个女人受不了这种情形,胆敢自个儿直接闯到那个她只有耳闻的苦难场所,那她看到的景象简直无法忍受,简直是个活地狱。试问她要帮助又从何帮助起?她在这个苦海中淹没了。然而她依旧挣扎,为苦难的人奋斗,跟他们一同落水。她要能救出一两个来已经是天大的幸事了!可是她自己,有谁来救她呢?谁想到来救她呢?因为她,她为了别人的和自己的痛苦也在那里煎熬;她把她的信仰给了别人,自己的信仰就逐渐减少;所有那些受难的人都抓着她,她支持不住了。没有一个人加以援手……有时人家还对她扔石子……克利斯朵夫,你不是认识那个了不起的女人吗?她献身给最卑微最可敬的慈善事业:在家里收留着才分娩的、为公共救济会所拒绝的,或者是怕救济会的妓女,竭力帮助她们恢复身心康健,连她们的孩子一起收留着,唤醒她们的母爱,帮她们重建家庭,找工作,过着安分守己的生活。她所有的力量还不够对付这种凄惨的,令人失意的事业,——(救出来的人太少了!愿意被救的人太少了!还有那些死亡的婴儿,生下来就被判了死刑的无辜!……)——而这个把别人的痛苦当做自己的痛苦的女子,这个发愿要补赎人类自私的罪行的无邪的人,你知道人家怎样批评她?公众的恶意诬蔑她在事业中赚钱,甚至说她剥削那些受她保护的人。她不得不离开本区,心灰意懒地搬往别处……你永远想象不到一般独立的女子,对于今日这个守旧的、没有心肝的社会,做着何等残酷的苦斗,——这个毫无生气、濒于死境的社会,还要拿出它仅有的一些力量阻止别人生活!"

"可怜的朋友,这种命运不是女子所独有的,我们都尝到这些斗争的滋味。可是我也认识避难的地方。"

"哪里是避难的地方?"

"艺术呀。"

"这是为你们的,不是为我们的。便是在男人中间,能够得到它好处的又有几个?"

"例如咱们的朋友赛西尔。她是幸福的。"

"你知道些什么?啊!你对一个人的结论下得太容易了!因为她勇敢,因为她不老抓着她的伤心事,因为她瞒着别人,你便说她是幸福的!不错,她因为强壮,因为能够奋斗而幸福。但她的斗争是你不知道的。你以为她天生是配过这种艺术的骗人的生活的吗？嗬，艺术！有些可怜的女子希望靠写作、演戏、唱歌来成名，以为那是幸福的顶点！那么，是否因此就可以把她们别的一切都剥夺了，使她们不知道把自己的感情交给什么才好？……艺术！如果我们同时没有其余的一切，光是艺术对我们有什么用？世界上只有一件东西能令人把其余的一切都忘掉：就是一个可爱的小娃娃。"

"可是有了娃娃，你又觉得不够了。"

"是的，有了孩子也不一定够……女人总是不大幸福的。做个女人真难，比做个男人难多了。你们不大想到这些。你们，你们能为了思想为了活动而忘掉一切。你们使自己变成残废，反而觉得快乐。可是一个健全的女子临到这种情形是要痛苦的。把自己压掉一部分是违反人性的。我们哪，我们在某种方式下幸福的时候，又因为不能得到另一种方式的幸福而悔恨。我们有好几个灵魂。你们只有一个，而且更强，往往是粗暴的，甚至是残酷的。我佩服你们。但你们不能过于自私！你们没想到你们自私的程度。你们无意之中给人很大的痛苦。"

"有什么办法呢？那不是我们的过失。"

"不错，克利斯朵夫，那不是你们的过失，也不是我们的。归根结底，你瞧，人生不是一件简单的事。人们说只要自自然然地生活就行了。但什么才是自然的呢？"

"对，我们的生活中没有一件事谈得上自然。独身不是自然的。结婚也不是自然的。自由结合只能使弱者受强者欺侮。我们的社会本身就不是自然的，是我们造出来的。大家说人类是合群的动物。真是胡说！那是为了生存而不得不如此。人的合群是为他的便利，为了要保卫自己，为了求享乐，为了求伟大。这些需要逼他签订了某些契约。但自然会起来反抗人为的约束。自然对我们并不适宜。我们设法征服它。那是一种斗争：结果我们常常打败，而这也不足为奇。怎么样才能跳出这个樊笼呢？——唯有坚强。”

“唯有慈悲。”

“噢，上帝！我们要慈悲，要摆脱自私，要呼吸生命，要爱生命，爱光明，爱自己卑微的任务，爱那一小方种着自己的根的土地！要是不能往横的方面发展，就得向深的、高的方面去努力，仿佛一株局促一隅的树向着太阳上升！”

“是的。咱们先要彼此相爱。但愿男子自认为是女人的弟兄而不是她的俘虏或主宰！但愿男人和女人都能排斥骄傲，少想一些自己，多想一些别人！咱们都是弱者，得互相帮助。切勿对倒在地下的人说：我不认识你了。应当说：拿出勇气来，朋友。咱们会突破难关的。”

他们不说话了，对着壁炉坐着，小猫蹲在他们中间，大家都待着不动，望着火出神。快要熄灭的火焰闪闪烁烁地映在亚诺太太清秀的脸上；平时所没有的内心的激动，使她脸色有点儿红。她奇怪自己居然会这样地吐露心声。她从来没说过这么多话，以后也不会说这么多的了。

她把手放在克利斯朵夫的手上，问：“那么，你们把那孩子怎么办呢？”

她一开始就在想这个念头。那天她简直变了一个人，滔滔不绝地说着话，像喝醉了似的，但心里只想着这个问题。一听克利斯朵夫最初几句话，她就惦念着那个被母亲遗弃的孩子，想到抚育他的快乐，在这颗小小的灵魂周围织起她的幻梦与爱，但她紧跟着又想道："不，这是不对的，我不应该拿别人的苦难造成自己的幸福。"

可是她无论如何压不下这念头。她一边说话一边在静默的心头抱着希望。

克利斯朵夫回答说："是的，当然我们想到这问题。可怜的孩子！奥里维跟我都不能抚育。应当有个女人来照顾。我想到也许有个女朋友可能帮助我们……"

亚诺太太屏着气等着。

克利斯朵夫继续往下说："我想来跟你商量这件事。碰巧赛西尔上我们那儿去，就是一忽儿以前。她一知道这件事，一看到孩子，就感动得不得了，表示那么高兴，和我说：克利斯朵夫……"

亚诺太太血都停止了；她听不见下文；眼前一切都模糊了。她真想对他嚷道："喂，喂，把他给我罢！……"

克利斯朵夫还说着话，她听不见他说些什么，但是勉强振作了一下，想到赛西尔从前对她吐露的心事，便对自己说："赛西尔比我更需要。我还有我亲爱的亚诺……还有我家里这些东西……而且，我比她年纪大……"

于是她笑了笑，说："那很好。"

炉火熄了，她脸上的红光也褪下去了。可爱的疲倦的脸上只有平时那种隐忍的慈爱的表情。

"我的朋友把我欺骗了。"

这种思想把奥里维压倒了。克利斯朵夫为了好意而尽量地反激他也是没用。

"那有什么办法呢？"他说，"朋友的欺骗是一种日常的磨难,像一个人害病和闹穷一样,也像跟愚蠢的人斗争一样。应当把自己武装起来。如果支持不住,那一定是个可怜的男子。”

“啊!我就是个可怜的男子。我在这等地方顾不得骄傲了……一个可怜的男子,是的,需要温情的,没有了温情便会死的男子。”

“你的生命没有完,还有别的人可以爱。”

“我对谁都不信任了,根本没有朋友了。”

“奥里维!”

“对不起。我并不怀疑你,虽然我有时候怀疑一切……怀疑我自己……但你,你是强者,你不需要任何人,你可以不需要我。”

“她比我更不需要你呢。”

“你多么忍心,克利斯朵夫!”

“好朋友,我对你很粗暴;但这是为激励你,使你反抗。把爱你的人和你的生命一齐为了一个取笑你的人牺牲,不是见鬼吗!不是可耻吗!”

“那些爱我的人对我有什么相干!我爱的是她啊。”

“干你的工作罢!那是你以前感兴趣的……”

“现在可不行了。我厌倦到极点,好似已经离开了人生。一切都显得很远,很远……我眼睛虽然看见,可是心里弄不明白了……想到有些人乐此不疲,每天做着同样的钟摆式的动作,从事于无聊的作业,报纸的争辩,可怜的寻欢作乐;想到那些为了攻击一个内阁、一部书、一个女戏子而鼓起的热情……啊!我觉得自己多老!我对谁都没有恨,没有怨:只觉得一切使我厌烦,一切都是空的。写作吗?为什么写作?谁懂得你呢？我只为了一个人而写作；我整个的人生都是为了一个人……如今什么都完了。我疲倦不堪，克利斯朵夫，我疲倦不堪，只想睡觉。”

“那么，朋友，你睡罢。让我来看护你。”

但睡眠就是奥里维最难做到的。啊！倘若一个痛苦的人能睡上几个月，直到伤痕在他更新的生命中完全消失，直到他换了一个人的时候，那可多好！但谁也不能给他这种恩典；而他也绝对不愿意。他最难忍受的痛苦，莫过于不能咂摸自己的痛苦。奥里维像一个发着寒热的人，把寒热当做养料。那是一场真正的寒热，每天在同一时间发作，尤其在薄暮时分，太阳下去的时候。其余的时间，他就受爱情磨折，被往事侵蚀，想着同样的念头，像一个白痴似的把一口食物老在嘴里咀嚼，咽不下去。精神上所有的力量都专注着唯一的固定的念头。

他不像克利斯朵夫那样能诅咒他的痛苦，恨造成痛苦的原因。因为对事情看得更明白更公平，他知道自己也要负责，知道受苦的不只他一个人：雅葛丽纳也是个牺牲者；——是他的牺牲者。她把整个身心交给了他：他怎么应付的呢？倘若他没有能力使她幸福，为什么要把她跟他连在一起呢？她斩断那个伤害她的束缚原是她权利以内的事。他想：“这不是她的错，是我的错。我爱她不得其当。我的确很爱她，但不懂得怎么爱她，既然不能使她爱我。”

这样，他就归咎于自己。这也许是对的；但抱怨过去并无济于事，甚至也不能阻止他下次一有机会再犯同样的错误，而在目前倒反使他活不下去。强者发现事情无可挽救的时候，能忘记人家给他的伤害，也能忘记自己给人家的伤害。但一个人的强并非靠理智，而是靠热情。爱情与热情是两个远房的家族，难得碰在一起的。奥里维有的是爱情；他只在攻击自己的时候才有力量。在他这个心神沮丧的时期，一切的病都乘虚而入。流行性感冒，支气管炎，肺炎，都来找到他了。大半个夏天，他病着。克利斯朵夫，靠着亚诺太太的帮忙，尽心服侍他，终于把病魔赶走了。但对付精神上的疾病，他们无能为力；无穷无尽的悲伤慢慢地使他们觉得太磨人了，需要逃避了。

灾祸往往会令人特别孤独。人类对于祸害有种本能的厌恶，似乎怕它有传染性；至少它是可厌的，使人避之唯恐不及。看你在那里痛苦而还能原谅你的人太少了！永远是约伯的朋友那个老故事：提幔人以利法责备约伯不耐烦。书亚人比勒达认为约伯的遭难是上帝惩罚他的罪恶；拿玛人琐法指斥约伯自大。“而末了，布西人兰姆族巴拉迦的儿子以利户大发雷霆，因为约伯自以为义，不以神为义。”①——世界上真正悲哀的人是很少的。应征的一大批，被选中的寥寥无几。奥里维却是被选中的。像一个厌世的人说的：“他似乎乐意受人虐待。可是扮这种受难的角色并没好处，只有教人家瞧不起。”

奥里维对谁都不能说出他的痛苦，便是对最亲密的人也不能。他发觉那会使他们丧气。连他心爱的克利斯朵夫对这种固执的苦恼也感到不耐烦。他自知笨拙，没法挽救。实在

① 据《旧约·约伯记》，耶和华欲试验正人约伯之心，降祸于彼，使其身长毒疮，体无完肤。约伯三友提幔人以利法、书亚人比勒达、拿玛人琐法，各从本处赶来安慰约伯。因约伯自怨其生，诉苦不已，三友乃责以大义。

说来,这个慷慨豪爽,经过多少苦难的人,并不能感觉到奥里维的痛苦。这是人类天性的一种缺陷。尽管你慈悲,矜怜,聪明,受过无数的痛苦:你决不能感到一个闹着牙痛的朋友的苦楚。要是病拖长下去,你可能认为病人的诉苦不免夸大。而当疾病是无形的,藏在灵魂深处的时候,岂不令人更觉得夸张?局外的人看到另外一个人为了一种对他不相干的感情愁闷不已,自然要觉得可恼。末了,这个局外人为了良心上有个交代,便对自己说:"那有什么办法呢?我把理由说尽了都没用。"

是的,把理由说尽了都没用。你要使一个在痛苦中煎熬的人得到一点好处,只能爱他,没头没脑地爱他,不去劝他,不去治疗他,只是可怜他,爱的创伤唯有用爱去治疗。但爱并不是汲取不尽的,便是那些爱得最深的人也是如此;他们所积聚的爱是有限的。朋友们把所能找到的亲热的话说完了,写完了,自以为尽了责任以后,就小心谨慎地引退了,把病人丢在一边,仿佛他是个罪犯。但因他们暗中惭愧对他帮助得那么少,便继续帮助,可是帮得越来越少了;他们想法使病人忘记他们,也想法忘记自己。如果不识时务的苦难一味固执,有点儿回声传到他们隐避的地方,他们就要严厉地批判那个没有勇气的、受不起磨折的人:而他一朝倒下去的时候,他们除了真心可怜他以外,暗中一定还想着:"可怜的家伙!我当初没想到他这样不中用。"

在这种普遍的自私的情形之下,一句简单的温柔话,一种体贴入微的关切,一道可怜你而爱你的目光,可能给你多少安慰!那时一个人才感到慈悲的价值,而比较之下,一切其余的东西都显得贫弱了!……使奥里维对亚诺太太比对克利斯朵夫更接近的便是这种慈悲。可是克利斯朵夫还是非常有耐心,为了爱而把心中的感想瞒着奥里维呢。但奥里维的目光被痛苦磨炼得更尖锐了,自然能看到朋友胸中的斗争,看到自己的悲伤沉重地压在克利斯朵夫心上。这一点就足够使他对克利斯朵夫也不愿意亲近了,恨不得对他说:“算了罢,朋友,你去罢!”

这样,苦难往往会把两颗相爱的心分离。有如一架簸谷机把糠跟谷子分作两处,它把愿意活的放在一边,愿意死的放在另一边。这是可怕的求生的规律,比爱情更强!母亲看到儿子死去,朋友看到朋友淹溺,——如果不能救出他们,自己还是要逃的,不跟他们一块儿死的。可是他们的爱儿子爱朋友明明是千百倍于爱自己……

克利斯朵夫虽然怀着深切的爱,也不得不逃避奥里维。他是强者,身体太好了,在没有空气的苦难中感到窒息。他很惭愧,恨自己一点不能帮助朋友;同时他又需要对什么人报复一下,便恨透了雅葛丽纳。虽然听过亚诺太太那番深刻的话,他仍旧很严厉地批判她。在一个年轻的、性子暴烈的人,这是应有的现象;因为对人生还没充分的经验,他不能哀怜人的弱点。

他去探望赛西尔和托付给她的孩子。赛西尔被这个借来的母性完全改变了;她显得那么年轻,快乐,细腻,温柔。雅葛丽纳的出奔并没使她对不敢自承的幸福存什么希望。她知道,奥里维和她的关系,在奥里维想念雅葛丽纳的时间比着雅葛丽纳在家的时间倒反更疏远了。而且,从前使她中心惶乱的情潮早已过去:雅葛丽纳的误入歧途把她的苦闷给廓清了;她精神上回复了向来的平静,已经不大明白从前不平静的原因。爱情的需要,如今在抚爱儿童的感情中得到了满足。凭着女子奇妙的幻想和直觉,她能在这个小生命中发现她所爱的人:他现在是幼弱的,委身相与的,整个地属于她的;她能够爱他,热烈地爱他,用着跟这个孩子的无邪的心与清明的眼睛同样纯洁的爱情爱他……但她的温情中并非全无惆怅的抱憾的成分。啊!这究竟不能跟一个从自己血肉里来的孩子相比……但无论如何还是甜蜜的。

克利斯朵夫如今用另一副眼睛来看赛西尔了。他想起法朗梭阿士·乌东说过的一句取笑的话:"你和夜莺是天生的一对,怎么会不相爱的?"

但法朗梭阿士比克利斯朵夫更懂得其中的原因:像克利斯朵夫这样的人,难得会爱一个给他好处的人,而宁愿爱一个使他受苦的人。两个极端才会互相吸引;人的本性老在寻找能毁灭自己的东西,它倾向于尽量消耗自己的,热烈的生活,不喜欢简约的谨慎的生活。对于克利斯朵夫这样的人,这办法是对的,因为他所求的并非在于尽可能地活得长久,而是在于活得轰轰烈烈。

可是不像法朗梭阿士看得那么透的克利斯朵夫,以为爱情是一股违反人性的力量。它把一些不能相容的人放在一起,而排斥性格相似的人。和它所毁灭的比较,它给人的好处真是太微末了。圆满的爱情消磨你的意志,不圆满的爱情伤害你的心。它有什么好处给人呢?

正当他这样毁谤爱情的时候,他看到爱神温柔地讥讽地笑着,对他说:

"你这个忘恩负义的家伙!"

克利斯朵夫不能不再上奥国大使馆去出席一个晚会。夜莺在那边唱舒伯特、胡戈·沃尔夫和克利斯朵夫的歌。她看到自己的成功和她朋友的成功很愉快:他现在得到优秀阶级的赏识了。便是在广大的群众前面,克利斯朵夫的名字也有了号召力;雷维-葛一流的人再没法装做不知道他。他的作品在各个音乐会里演奏;还有一部剧本被喜歌剧院接受了。似乎冥冥中有人在那里关切他。神秘的朋友,已经屡次帮助过他的朋友,继续促成他的志愿。克利斯朵夫好几次感到有人在暗中帮他活动而竭力躲着。他想要找这个人,但这朋友似乎恼着克利斯朵夫没早点儿设法认识他,所以老是不让他找到。并且他忙着别的事,想着奥里维,想着法朗梭阿士;那天早上他就在报上读到她在旧金山病重的消息:他想象她在外国一个人住着客店,不愿意接见任何人,不愿意写信给任何朋友,咬紧牙齿,孤零零地在那里等死。

被这些思想纠缠着,他避开众人,躲在一间地位冷僻的小客厅里。背靠着墙壁,站在被树木花草遮得阴暗的一角,他听着夜莺的美妙的、凄凉的、热烈的声音唱着舒伯特的《菩提树》;纯洁的音乐唤起了回念往事的惆怅。对面壁上,一面大镜子反映出隔壁客厅里的灯光和人物。他并不看到镜子,只望着自己的内心;眼睛蒙着一片泪水凝成的雾……忽而,像舒伯特的《菩提树》一般,他莫名其妙地哆嗦起来,脸色苍白,一动不动地过了几秒钟。随后,眼泪没有了,他瞧见前面镜子里有一个“女朋友”对他望着……女朋友?她是谁呢?他除了知道她是朋友,是他认识的以外,什么都不知道;眼睛对着她的眼睛,他靠在墙上继续哆嗦。她微微笑着。他既没看到她的脸庞与身体的线条,也没看到她眼睛是什么颜色,身材是高是矮,穿的是什么衣着。他只看见一样,就是在她同情的微笑中反映出来的慈悲。

而这笑容突然在克利斯朵夫心头唤起一件童年的往事……在六岁至七岁的期间,他在学校里非常可怜,才被一般比他年长有力的同学羞辱了一场,打了一顿,大家嘲笑他,老师又不公平地责罚他:别的孩子在玩儿,他却垂头丧气蹲在一边,悄悄地哭着。一个神态幽怨的,不跟别的同学玩的女孩子,——(从那时起他从来没想到她,但此刻分明看到她的模样:短短的身材,头很大,淡黄的头发与眉毛简直像白的一般,蓝眼睛显得惨白,宽大而黯淡的腮帮,微微虚肿的嘴唇与脸庞,一双红红的小手)——走到他身旁,站住了,把大拇指含在嘴里,看着他哭;接着她把小手放在克利斯朵夫头上,怯生生地,匆匆忙忙地,满怀好意地堆着笑容说:“别哭啦!……”

于是克利斯朵夫忍不住了,大声号了出来,把鼻子靠在小姑娘的围裙上。她却用着颤抖而温婉的声音又说了声:“别哭啦!……”

过了几星期,她死了。那件事发生的时候,她大概已经落在死神的掌握中了……为什么他这时忽然想到她呢?在这个出身微贱的,在遥远的德国小城里被人遗忘的死了的女孩子,和此刻望着他的贵族少妇之间,有什么关系呢?但所有的人都只有一颗灵魂,虽然亿兆的生灵个个不同,好像在太空中旋转的无数的星球一般,但照耀那些为时间分隔着的心灵的,都是同一道爱的光明。当年在那个安慰他的女孩子苍白的嘴唇上映现过的微光,现在克利斯朵夫又看到了……

这不过是一刹那的事。一群人像潮水似的把门挡住了,克利斯朵夫再也瞧不见另外一个客厅里的情形。他缩回到黑影里，躲在镜子照不到的地方，生怕自己惶乱的情绪被人注意。等到定了定神，他想再见她，唯恐她已经走了。但他一走进客厅，立刻在人堆里把她找到了，虽然不再像镜子里那个模样。这一下他看到的是她的侧影，坐在一群漂亮的妇女中间，肘子搁在安乐椅的靠手上，支着头，微微探着身子在那里听人家谈话，脸上堆着一副机灵的、心不在焉的笑容。她的面貌活像拉斐尔的名画《圣体争辩》中的圣·约翰，眼睛半开半阖，想着自己的念头微笑……

然后她抬起眼睛，看到了他，一点没有诧异的神气。他这才发觉她的微笑是对他而发的。他向她行着礼，非常感动地走近去：

"您认不得我了吗？"她问。

就在这时候，他认出了她，叫了声："葛拉齐亚……"①

同时，大使夫人在旁边过，说他们彼此仰慕了这么久，这一回终于相遇，真是幸事；她把克利斯朵夫介绍给"裴莱尼伯爵夫人"。可是克利斯朵夫心里激动得那么厉害，根本没听见；他完全没注意到这个陌生的姓氏。在他心目中，她始终是他的小葛拉齐亚。

葛拉齐亚二十二岁，一年以前嫁了奥国大使馆的一个青年随员。他是贵族出身，和奥国的首相有亲戚关系；人非常时髦，喜欢玩儿，高雅大方，已经有点未老先衰。她当初是真心地爱上了他，现在虽把他看透了，还是爱他的。她的老爸爸死了。丈夫被任为驻巴黎使馆的随员。由于裴莱尼伯爵的社会

① 参阅卷五：《节场》。——原注

关系,也由于她本身的魅力和聪明,从前为了些小事就会吃惊的胆怯的少女,在她既不卖弄也不发窘的巴黎社会中,竟变成了最受注目的太太之一。年轻,美貌,讨人喜欢,也知道自己讨人喜欢:这些都成为一种力量。同样有作用的是她生就一颗平静的、非常健全非常清明的心;欲望与命运又是非常调和,使她很快乐。这是人生最美丽的阶段;但由意大利的光明与和平培养起来的她的拉丁精神,依旧保持着那种恬静的音乐气息。很自然地,她在巴黎社交场中有了势力:她并不为之惊奇,而且懂得把这种势力运用到有求于她的艺术事业与慈善事业中去,可是不居名义:因为她在乡下别庄内所消磨的无拘无束的童年,始终给她留下独立不羁的性格,觉得社会又有趣又可厌;但她能适应自己的地位,用一副表示善意与殷勤的笑容来遮盖她的厌烦。

她没忘记她的好朋友克利斯朵夫。当年不声不响地抱着天真的爱的女孩子,固然已经不存在了,现在的葛拉齐亚是个极有理性而全无荒唐的幻想的女人,对于自己幼年时代的夸大的感情觉得又甜蜜又可笑。但是想到这些往事,她照旧很激动。关于克利斯朵夫的回忆的确是她一生最纯洁的岁月的回忆。她听到他的姓名就感到愉快;他每次的成功都使她非常高兴,好似其中也有她的一分:因为他的成就是她早已预感到的。她来到巴黎以后就想法寻访他,邀请他,在请柬上加注她少女时代的名字。克利斯朵夫没有留意,把请柬往纸篦里扔掉了。她并不生气,继续暗暗地留神他的工作,甚至也探听他的生活状况。最近使报纸上抨击克利斯朵夫的笔战突然停止的,便是由于她的力量。淳朴的葛拉齐亚和报界没有多大交际;但为了帮助一个朋友,她能够运用狡猾的手段,笼络那些她最不喜欢的人。她把狺狺狂吠的报纸经理请来,略施小技就使他大为颠倒;她满足了他的自尊心,把他收拾得服服帖帖:仅仅在无意之间提了一句,表示人家对克利斯朵夫的攻击很可诧异也很可鄙,那攻击就立刻中止了。经理把预定在第二天刊出的一篇谩骂的文字临时抽掉;执笔的记者请问他理由,反而挨了一顿骂。他还更进一步,吩咐他的走狗之一在十五天内制造一篇热烈恭维克利斯朵夫的文字;结果当然是照办,文字的确写得很热烈,可也是荒谬绝伦。她又发起在大使馆内举行几个演奏克利斯朵夫作品的音乐会,更因为知道他有心提拔赛西尔,也就帮助那年轻的女歌唱家显露头角。末了她利用和德国外交界的交谊,慢慢地用着巧妙的手腕,使当局注意到被德国判罪的克利斯朵夫。她无形中促成了一种舆论,准备向德皇要求特赦,让一个为国增光的艺术家能够回去。又因为这个特赦不能希望立刻实现,她设法使人家答应克利斯朵夫回故乡去逗留两天而假作痴聋。

而克利斯朵夫,一向感到有一个看不见的朋友在保护他而始终不知道是谁的,此刻才在镜中对他微笑的圣·约翰脸上辨认出来。

他们谈着过去。究竟谈些什么,克利斯朵夫也不大知道。他既看不见所爱的人,也听不见所爱的人。一个人真爱的时候,甚至会想不到自己爱着对方。克利斯朵夫就是这样。她在面前:这就够了。其余的都不存在了……

葛拉齐亚停止了说话。一个很高大的青年,长得相当美,很有风度,不留胡子,头发已经秃了,带着一副厌烦而轻蔑的神气,从单眼镜里打量着克利斯朵夫,一边又高傲又有礼貌地弯着身子。

“这位便是我的丈夫。”她说。

客厅里的声音又听到了。心里的光明熄灭了，克利斯朵夫登时心中冰冷，不声不响地答着礼，马上告退。

这些艺术家的心灵，和统治他们感情生活的那种幼稚的原则，真是太可笑，太苛求了！这位朋友从前爱他的时候是被他忽视的，他多少年来一向没想起的；如今才跟她重遇，他就觉得她是他的，是他的宝物了；倘若别人把她占有了，那是从他那里抢去的；她自己也没有权利委身于另外一个人。克利斯朵夫并没觉察自己有这些情绪。但他那个创造的精灵代他觉察了，使他在这几天内产生了几支把苦恼的爱情描写得最美的歌。

他隔了许多时候没去看她。奥里维的痛苦和健康问题老是把他纠缠着。终于有一天，找到了她留下的地址，他决心去了。

走在楼梯上，他听见工人们敲锤子的声音。穿堂里很杂乱地堆着箱笼。仆役回答说伯爵夫人不能见客。克利斯朵夫大为失意地留了名片，想下楼了，不料仆人又追上来，一边道歉一边请他进去。克利斯朵夫被带到一间客室里，地毯已经拿掉了卷在一旁。葛拉齐亚浮着光辉四射的笑容迎上前来，又快乐又兴奋地伸着手。他同样快乐而激动地握着她的手，吻了一吻。

“啊！”她说，“你能够来，我快活极了！我真怕不能再见你一面就走了！”

“走了？你要走了？”

阴影又罩了下来。

"你瞧,"她指着室内凌乱的情形:"本星期末,我们就要离开巴黎了。"

"离开多少时候呢?"

她做了个手势:"谁知道?"

他迸足了气力说话,喉管已经在抽搐了:

"上哪儿去呢?"

"美国。我的丈夫调到驻美大使馆去当一等秘书。"

"那么,那么,那么……"他嘴唇发抖了,"……就此完了吗?"

"朋友!"她被他的声音感动了,"不,并不完了。"

"我才把你找到就把你失掉了!"

他眼中含着泪。

"朋友!"她又叫了一声。

他把手蒙着眼睛转过身去,想遮掩他的情感。

"别难过啊。"她把手放在他的手上。

这时他又想到那个德国小姑娘。他们俩都不作声了。

"为什么你来得这么晚?"她终于问道,"我想法要见你。你可从来没回音。"

"我一点都不知道,一点都不知道……告诉我,是你帮助了我多少次而我没有猜到吗?……是靠了你的力量我能够回到德国去的吗?是你做了我的好天使在暗中护卫我吗?"

她回答:"我很高兴能为你尽些力。我应当报答你的多着呢!"

"什么?我又没帮过你忙。"

"你不知道你给了我多少好处。"

于是她讲起童年在姑丈史丹芬家遇到他的时代,由于他的音乐，她发现了世界上一切美妙的东西。慢慢地，带着点兴奋的情绪，她又显明又含蓄地，说起当年参与克利斯朵夫被人大喝倒彩的音乐会，她对这音乐会的感触与悲哀，说出她怎样的哭，怎样的写信给他而没有回音，因为他没收到。克利斯朵夫听着，把现在对着这个妩媚的脸庞所感到的温情与激动，统统移注到过去的事情里去了。

他们天真地谈着话，觉得非常亲切，非常快乐。克利斯朵夫一边说一边握着葛拉齐亚的手。突然之间他们俩都不作声了：葛拉齐亚发觉克利斯朵夫爱着她，而克利斯朵夫自己也发觉了……

从前葛拉齐亚爱着克利斯朵夫，克利斯朵夫完全没注意。如今克利斯朵夫爱着葛拉齐亚，而葛拉齐亚对他只有一种恬静的友谊了：她爱着另外一个。好比两架生命的钟：这一座比那一座走得快了一点，就可以使双方全部的生涯改观……

葛拉齐亚把手缩回去，克利斯朵夫也不勉强抓着。他们不声不响地呆坐了一会儿。

然后葛拉齐亚说了声："再见。"

克利斯朵夫又叹道："这样就完了吗？"

"也许这样倒更好。"

"在你动身以前，我们不能再见了吗？"

"不能了。"她说。

"我们什么时候再能相会呢？"

她做了一个惆怅的困惑的手势。

"那么我们这次相见有什么意思呢？"克利斯朵夫说。

但一看到她埋怨的目光，他立刻补充："啊，对不起，我这话是不应该的。"

“我永远会想念你的。”她说。

“可怜！我连想念你都不能。我一点儿都不知道你的生涯。”

她平心静气地用几句话把平时的生活告诉了他，描写她过日子的方式。她提到她和她的丈夫，始终堆着那副亲切的美丽的笑容。

“啊！”他心中有点忌妒地说，“你爱他吗？”

“爱的。”她回答。

他站起身来。

“再会了。”

她也站起来。这时他才发觉她怀着身孕，心中立刻感到一种说不出的厌恶，温柔，妒忌，和热烈的怜悯。她把他送到小客厅门口。他转过身来，向朋友的手伛着身子，亲了长久。她一动不动，半阖着眼睛。终于他抬起身子，望也不望一下，很快地走了出去。

……那时谁要问我什么，
我唯有装着谦卑的脸，
只回答他一个字：
　　爱。

那天是诸圣节。外边是阴沉的天和寒冷的风。克利斯朵夫在赛西尔家。赛西尔站在孩子的摇篮旁边，顺路来探望的亚诺太太探着身子瞧着。克利斯朵夫独自在那里出神。他觉得自己错过了幸福，可并不想抱怨：他知道幸福是存在的……噢，太阳！我用不着看到你才能爱你！便是在阴暗中发抖的冗长的冬季，我的心仍旧充满着你的光明；我的爱情使我感到温暖:我知道你在这里……

赛西尔也在幻想。她打量着孩子,居然相信这是她自己的孩子了。噢,幻想的力量,能创造生命的幻想,真应该祝福你啊!生命……什么是生命?它并不是像冷酷的理智和我们的肉眼所见到的那个模样,而是我们幻想中的那个模样。生命的节奏是爱。

克利斯朵夫望着赛西尔,眼睛很大而带点村野的脸上闪耀着母性的本能,——比真正的母亲更纯粹的母亲。他又望着亚诺太太温柔而疲倦的脸。他在这张脸上看到,像一本打开的书一样清楚,看到这个做妻子的生活中隐藏着多少的甜酸苦辣,虽然人家一点没猜疑到,有时却和朱丽叶或伊索尔德的爱情同样富于喜乐与痛苦的滋味。但她的这种喜乐与痛苦更近于宗教的伟大……

人事的与神事的结合——配偶①

他想,一个人的幸与不幸并不在于信仰的有无;同样,结婚与不结婚的女子的苦乐,也并不在于儿女的有无。幸福是灵魂的一种香味,是一颗歌唱的心的和声。而灵魂的最美的音乐是慈悲。

这时奥里维走进来了。他动作很安详,蓝眼睛里头有一道新的、清明的光彩。他对孩子微微笑着,跟赛西尔和亚诺太太握了握手,开始安安静静地谈话。他们都用着亲热而诧异的态度打量他。他一切都不同了,在他抱着满腔悲苦把自己幽闭着的孤独中间,好似一条躲在窠里的青虫,艰辛地工作了

① 此系罗马法中解释配偶之条文,与爱情之徒为人事的而非神事的有别。

一番以后,终于把他的苦难像一个空壳似的脱下了。他怎样的自以为找到了一个美妙的目标来贡献他的生命,且待下文再述。从此他对于生命只关切一点,便是把生命作牺牲;而从他心中舍弃了生命的那一天起,生命就重新有了光彩:这是必然之理。朋友们都望着他,不知道他有了些什么事,又不敢动问;但他们觉得他是解脱了,他心中对任何人任何事都不再有遗憾或悲苦了。

克利斯朵夫站起来,走向钢琴,和奥里维说:"要不要我唱一支老勃拉姆斯的歌给你听?"

"勃拉姆斯?"奥里维说,"你现在弹你死冤家的作品了?"

"今天是诸圣节,对谁都应当宽恕。"克利斯朵夫说。

为了免得惊醒孩子,他放低着声音唱着施瓦本地方的一支老歌谣中的几句:

我感谢你曾经爱过我,

希望你在别处更幸福……

"克利斯朵夫!"奥里维叫了起来。

克利斯朵夫把他紧紧地搂在怀里:"好了,我的孩子,咱们运气不坏。"

他们四个都坐在睡熟的孩子周围,不作一声。要是有人问他们想些什么,——那么,他们脸上表示着谦卑的神气,只回答你一个字:

——爱。

第 四 册

卷九　燃烧的荆棘

第一部

精神安定。一丝风都没有。空气静止……

克利斯朵夫神闲意适,心中一片和平。他因为挣到了和平很得意,暗中又有些懊丧,觉得这种静默很奇怪。情欲睡着了;他一心以为它们不会再醒的了。

他那股偏于暴烈的巨大的力,没有了目的,无所事事,入于蒙眬半睡的状态。实际是内心有点儿空虚的感觉,“看破一切”的怅惘,也许是不懂得抓握幸福的遗憾。他对自己,对别人,都不再需要多大的斗争,甚至在工作方面也不再有多大困难。他到了一个阶段的终点,以前的努力都有了收获;要汲取先前开发的水源真是太容易了;他的旧作才被那般天然落后的群众发现而赞赏的时候,他早已把它们置之脑后,可也不知道自己是否还会更向前进。他每次创作都感到同样的愉快。在他一生的这一时期,艺术只是一种他演奏得极巧妙的乐器。他不胜羞愧地觉得自己变了一个以艺术为游戏的人。

易卜生说过:“在艺术中应当坚守勿失的,不只是天生的才气,还有充实人生而使人生富有意义的热情与痛苦。否则你就不能创造,只能写些书罢了。”

克利斯朵夫就是在写书。那他可是不习惯的。书固然写得很美;他却宁愿它们减少一些美而多一些生气。好比一个休息时期的运动家,不知怎么对付他的筋骨,只像一头无聊的野兽一般打着呵欠,以为将来的岁月都是平静无事的岁月,可以让他消消停停地工作。加上他那种日耳曼人的乐观脾气,他确信一切都安排得挺好,结局大概就是这么回事;他私自庆幸逃过了大风暴,做了自己的主宰。而这点成绩也不能说少了……啊!一个人终于把自己的一切控制住了,保住了本来面目……他自以为到了彼岸。

两位朋友并不住在一起。雅葛丽纳出走以后,克利斯朵夫以为奥里维会搬回到他家里来的。可是奥里维不能这样做。虽然他需要接近克利斯朵夫,却不能跟克利斯朵夫再过从前的生活。和雅葛丽纳同居了几年,他觉得再把另外一个人引进他的私生活是受不了的,简直是亵渎的,——即使这另一个人比雅葛丽纳更爱他,而他爱这另一个人也甚于爱雅葛丽纳。——那是没有理由可说的。

克利斯朵夫很不了解,老是提到这问题,又惊异,又伤心,又气恼……随后,比他的智慧更高明的本能把他点醒了,他便突然不作声了,认为奥里维的办法是对的。

可是他们每天见面,比任何时期都更密切。也许他们谈话之间并不交换最亲切的思想,同时也没有这个需要。精神的沟通用不着语言,只要是两颗充满着爱的心就行了。

两人很少说话,一个耽溺在他的艺术里,一个耽溺在他的回忆里。奥里维的苦恼渐渐减轻了;但他并没为此有所努力,倒还差不多以苦恼为乐事:有个长久的时期,苦恼竟是他生命的唯一的意义。他爱他的孩子;但一个只会哭喊的小娃娃不能在他生活中占据多大的地位。世界上有些男人,对爱人的感情远过于对儿子的感情。我们不必对这种情形大惊小怪。天性并不是一律的;要把同样的感情的规律加在每个人身上是荒谬的。固然,谁也没权利把自己的责任为了感情而牺牲。但至少得承认一个人可以尽了责任而不觉得幸福。奥里维在孩子身上最爱的一点,还是这孩子的血肉所从来的母亲。

至此为止,他不大关心旁人的疾苦。他是一个与世隔绝的知识分子。但与世隔绝不是自私,而是爱梦想的病态的习惯。雅葛丽纳把他周围的空虚更扩大了;她的爱情在奥里维与别人之间划出了一道鸿沟;爱情消灭了,鸿沟依旧存在。而且他气质上是个贵族。从幼年起,他虽然心很温柔,但身体和精神极其敏感,素来是远离大众的。他们的思想和气息都使他厌恶。——但自从他亲眼看见了一桩平凡的琐事以后,情形就不同了。

他在蒙罗区的高岗上租着一个很朴素的公寓,离克利斯朵夫与赛西尔的住处很近。那是个平民区,住在一幢屋子里的不是靠少数存款过活的人,便是雇员和工人的家庭。在别的时期,他对于这个气味不相投的环境一定会感到痛苦;但这时候他完全不以为意;这儿也好,那儿也好:他到处是外人。他不知道,也不愿意知道邻居是些什么人。工作回来——(他在一家出版公司里有一个差事)——他便关在屋里怀念往事,只为了探望孩子和克利斯朵夫才出去。他的住处不能算一个家,只是一间充满着过去的形象的黑房;而房间越黑越空,形象就越显得清楚。他不大注意在楼梯上遇到的人。但不知不觉已经有些面貌印入他的心里。有些人对于事物要过后才看得清楚。那时什么都逃不掉了,最微小的枝节也像是用刀子刻下来的。奥里维就是这样：他心中装满了活人的影子，感情一激动，那些影子便浮起来；跟它们素昧平生的奥里维居然认出了它们；有时他伸出手去抓……可是它们已经消灭了。……

有一天出去的时候，他看到屋子前面有一堆人，围着咭咭呱呱的女门房。他素来不管闲事，差不多要不加问讯地走过去了，但那个想多拉一个听众的看门女人把他拦住了，问他有没有知道可怜的罗赛一家出了事。奥里维根本不知道谁是那些“可怜的罗赛”，只漫不经意地，有礼地听着。等到知道屋子里有个工人的家庭，夫妇俩和五个孩子一齐自杀了的时候，他像旁人一样一边听着女门房反复不厌的唠叨，一边抬起头来望望墙壁。在她说话的时间，他渐渐地想起那些人是见过的；他问了几句……不错，是他们：男的——（他常常听见他在楼梯上呼哩呼噜地喘气）——是面包师傅，皮色苍白，炉灶的热气把他的血都吸干了，腮帮陷了下去，胡子老是没刮好；他初冬时害了肺炎，没完全好就去上工，变成复病；三星期以来，他又是失业又没有一点儿气力。女的永远大着肚子，被关节炎把身子搞坏了，还得拼命忙着家里的事，整天在外边跑，向救济机关求一些姗姗来迟的微薄的资助。而这期间，一个又一个的孩子生下来了：十一岁，七岁，三岁，中间还死过两个；最后又是一对双生儿在上个月下了地，真是挑了一个最好的时期！一个邻居的女人说：

“他们出生那天，五个孩子中最大的一个，十一岁的小姑娘于斯丁纳，——可怜的丫头！——哭着说，要她同时抱一对双生兄弟，怎么吃得消呢……”

奥里维听了，脑海中立刻现出那个小姑娘的模样，——挺大的额角，毫无光泽的头发往后梳着，一双惊惶不定的灰色眼睛，部位长得很高。人家不是看到她捧着食物，就是看到她抱着小妹子，再不然手里牵着一个七岁的兄弟；——那是个娇弱的孩子，相貌很细气，一双眼睛已经瞎了。奥里维在楼上碰到她，总是心不在焉地，有礼地说一声："对不起，小姐。"

她一声不出，只直僵僵地走过，也不闪避一下，但对于奥里维的虚礼暗中很高兴。上一天傍晚六点钟，他下楼还最后看到她一次：提着一桶炭上去，东西似乎很重。但在一般穷苦的孩子，那是极平常的事。奥里维照例招呼了一声，并没瞧她一眼。他往下走了几级，无意中抬起头来，看见她靠在栏杆上，伸着那张小小的抽搐的脸瞧他下楼。接着她转身上去了。她知道不知道自己上哪儿去呢？奥里维认为她是有预感的。他想着这可怜的孩子手里提着炭等于提着死亡，而死亡便是解放。对于可怜的孩子们，不再生存就是不再受罪！想到这儿，他没法再去散步了，便回到房里。但明知道死者就在近旁，只隔着几堵壁，自己就生活在这些惨事旁边：怎么还能安安静静地待在家里呢？

于是他去找克利斯朵夫，心里非常难受，觉得世界上多少人受着千百倍于自己的、可以挽救的苦难，他却为了失恋而成天地自嗟自叹，不是太没有心肝了吗？当时他非常激动，把别人也感染了。克利斯朵夫因之大为动心。他听着奥里维的叙述，把才写的一页乐谱撕了，认为自己搞这些儿童的玩意儿简直是自私自利……但过后他又把撕破的纸张捡起来。他完全被音乐抓住了，而且心里感觉到，世界上减少一件艺术品并不能多添一个快乐的人。饥寒交迫的悲剧对他也不是新鲜的事；他从小就在这一类的深渊边上走惯而不让自己掉下去的。

甚至他对自杀还抱着严厉的态度,因为他这时期精力充沛,想不到一个人为了某一种痛苦竟会放弃斗争的。痛苦与战斗,不是挺平常的吗?这是宇宙的支柱。

奥里维也经历过相仿的磨难,但从来不肯逆来顺受,为自己为别人都是这样。他一向痛恨贫穷,因为那是把他心爱的安多纳德磨折死的。自从娶了雅葛丽纳,让财富和爱情把他志气消磨完了以后,他就急于丢开那些悲惨年代的回忆,把跟姊姊两人每天都得毫无把握地挣取下一天的面包的事赶快忘掉。现在爱情完了,这些形象便重新浮现了。他非但不躲避痛苦,反而去找它。那是不必走多少路就能找到的。以他当时的心境,他觉得痛苦在社会上触目皆是。社会简直是一所医院……遍体鳞伤,活活腐烂的磨折!忧伤侵蚀,摧残心灵的酷刑!没有温情抚慰的孩子,没有前途可望的女儿,遭受欺凌的妇女,在友谊、爱情与信仰中失望的男子,满眼都是被人生斫伤的可怜虫!而最惨的还不是贫穷与疾病,而是人与人间的残忍。奥里维才揭开人间地狱的盖子,所有被压迫的人的呼号已经震动他的耳鼓了:受人剥削的无产阶级,被人虐害的民族,被屠杀的亚美尼亚,被窒息的芬兰,四分五裂的波兰,殉道的俄罗斯,被欧洲的群狼争食的非洲,以及所有的受难者。奥里维为之气都喘不过来了;他到处听见他们的哀号,不懂一个人怎么还能想到旁的事。他不住地和克利斯朵夫说着。克利斯朵夫心绪被扰乱了,回答说:“别烦了!让我工作。”但他不容易平静下来,便气恼了,咒着说:“该死!我这一天完全给糟掉了!你算是有进步了,嗯?”于是奥里维赶紧道歉。

“孩子,”克利斯朵夫说,“别老望着窟窿。你要活不下去的。”

“可是我们应当把那些掉在窟窿里的人救出来呀。”

“当然。可是怎么救呢？是不是我们也跟着跳下去？你就是这个办法。你有一种倾向，只看见人生可悲的事。不用说，这种悲观主义是慈悲的；可是教人泄气的。想使人家快活，你自己先得快活！”

“快活！看到这么多的苦难之后，还会有这种心肠吗？只有努力去减少人家的苦难，你才会快活。”

“对。可是乱打乱杀一阵就能帮助不幸的人吗？多一个不中用的兵是无济于事的。我能够用我的艺术去安慰他们，给他们力量，给他们快乐。你知道不知道，一支美丽的歌能够使多少的可怜虫在苦难中得到支持？应当各人干各人的事！你们法国人，真是好心糊涂虫，只知道抢着替一切的不平叫屈，不管是为了西班牙还是为了俄罗斯，也没弄清是怎么回事。我喜欢你们这个脾气。可是你们以为这样就能把事情搞好吗？你们乱哄哄地投入漩涡，结果是成事不足，败事有余……你瞧，你们的艺术家自命为参与着世界上所有的运动，可是你们的艺术从来没有像今天这样的黯淡。奇怪的是，多少玩票的小名家跟坏蛋，居然自称为救世的圣徒！嘿，他们不能少灌一些坏酒给群众喝吗？——我的责任，第一在于做好我的事，替你们制作一种健全的音乐，恢复你们新鲜的血液，让太阳照到你们心里去。”

要散布阳光到别人心里，先得自己心里有阳光。而奥里维就感缺少。像今日一般最优秀的人一样，他不能独自发挥他的力量，只有跟别人联合起来才能够。可是跟谁联合呢？思想是自由的，心可是虔诚的，他被一切的政治党派与宗教党派摒诸门外。他们因为胸襟狭小，不能容忍而互相排挤。一朝有了权力，他们又加以滥用。所以只有被压迫的人才吸引奥里维。在这方面，他至少是和克利斯朵夫同意的，认为在反抗远地方的不平之前，先得反抗近处的不平，反抗那些在我们周围而且是我们多少负有责任的。攻击别人的罪恶而忘掉自己所犯的罪恶的人，真是太多了。

于是他先从帮助穷人入手。亚诺太太因为参加着一个慈善组织，便介绍奥里维入了会。一开始他就遇到好几桩失意的事：他负责照顾的穷人并不都值得关切；或者是他的同情没有得到好的反应，他们提防他，对他深闭固拒。并且一个知识分子根本难于在单纯的慈善事业上面获得满足：在灾祸的国土中，这种办法所灌溉到的园地太小了！它的行动几乎老是支离破碎的，零星的；它似乎毫无计划，发现什么伤口就随时裹扎一下。以一般而论，它的志愿太小，行动太匆忙，不能一针见血地对付病源。而探讨苦难的根源正是奥里维不肯放过的工作。

他开始研究社会的灾难。在这一方面，向导决不愁缺少。当时社会问题已经成为上流社会的一个问题。在交际场中，在小说或剧本中间，大家都谈着。每个人都自命为很熟悉。一部分的青年为此消耗了他们最优秀的力量。

每一代的人都得有一种美妙的理想让他们疯魔。即使青年中最自私的一批也有一股洋溢的生命力，充沛的元气，不愿意毫无生产；他们想法要把它消耗在一件行动上面，或是——（更谨慎的）——消耗在一宗理论上面。或是搞航空，或是搞革命；或是做肌肉的活动，或是做思想的活动。一个人年轻的时候需要有个幻象,觉得自己参与着人间伟大的活动,在那里革新世界。他的感官会跟着宇宙间所有的气息而震动,觉得那么自由,那么轻松!他还没有家室之累,一无所有,一无所惧。因为一无所有,所以能非常慷慨地舍弃一切。妙的是能爱,能憎,以为空想一番,呐喊几声,就改造了世界;青年人好比那些窥伺待发的狗,常常捕风捉影地狂吠。只要天涯海角出了一桩违反正义的事,他们就疯起来了……

黑夜里到处是狗叫。在大森林中间,从这一个农庄到那一个农庄,此呼彼应。夜里一切都骚动得很。在这个时代,睡觉是不容易的!空中的风带来多少违反正义的回声!而违反正义的事是没有穷尽的;为了补救一桩不义,你很可能做出另外一些不义。而且什么叫做不义,什么叫做暴行呢?——有的说是可耻的和平,残破的国家。有的说是战争。这个说是旧制度的被毁,君王的被黜。那个说是教会的被掠。另外一个又说是未来的被窒息,自由的受到威胁。对于平民,不平等是不义;对于上层阶级,平等是不义。不义的种类那么多,每个时代都得特别挑一个,——既要挑一个来加以攻击,又要挑一个来加以庇护。

那时大家正在竭力攻击社会的不公道,——同时也在不知不觉地准备新的不公道。

当然,自从工人阶级的数量与力量增高,成为国家的主要机轴以来,社会的不公道特别显得不堪忍受,特别令人注目。但不管工人阶级的政客与讴歌者怎样宣传,工人阶级的现状并没变得更坏,反而比从前改善。今昔的变化并非在于现代的工人们更苦,而是在于更有力量。这种力量是资本家的力量造成的,是经济与工业发展的必然的趋势造成的;因为这种发展把劳动者集合在一起，使他们成为可以作战的军队；工业的机械化使武器落到了劳动者手里，使每个工头都变成支配光、支配电、支配力的主宰。近来一般领袖正想加以组织的、这些原动力中间，有一股烈焰飞腾的热度和无数的电浪，流遍了整个社会。

有头脑的中产阶级所以被平民问题震动，绝不是——虽然他们自以为是——为了这个问题的合于正义，也不是为了观念的新奇与力量，而是为了它的生命力。

以平民问题所牵涉的正义而论，社会上千千万万别的正义被蹂躏了，谁也不动心。以观念而论，它只是些零零碎碎的真理，东一处西一处的捡得来，牺牲了旁的阶级而依了一个阶级的身量剪裁过的。那不过是一些跟所有的“原则”同样荒谬的“原则”，——例如君权神圣，教皇无误，无产阶级统治，普及选举，人类平等；——倘使你不从鼓动这些原则的力量方面着眼而单看它们的理由，还不是同样的荒谬？但它们的平庸是没有关系的。无论什么思想，都不是靠它本身去征服人心，而是靠它的力量；不是靠思想的内容，乃是靠那道在历史上某些时期放射出来的生命的光辉。仿佛一股浓烈的肉香，连最迟钝的嗅觉也受到它的刺激。以思想本身来说，最崇高的思想也没有什么作用；直到有一天，思想靠了吸收它的人的价值，（不是靠了它自己的价值）靠了他们灌输给它的血液而有了传染性的时候，那枯萎的植物，奚里谷的玫瑰①，才突然之间开花，长大，放出浓郁的香味布满空间。——张着鲜明的

① 奚里谷玫瑰产于叙利亚与巴勒斯坦，未开花即萎谢，但移植湿地，即能再生。

旗帜,领导工人阶级去突击布尔乔亚堡垒的那些思想,原来是布尔乔亚梦想家想出来的。只要不出他们的书本,那思想就等于死的,不过是博物馆里的东西,放在玻璃柜中的木乃伊,没有人瞧上一眼的。但一朝被群众抓住了,那思想就变了群众的一部分,感染到他们的狂热而变了模样,有了生气;抽象的理由中间也吹进了如醉如狂的希望,像穆罕默德开国时代的那阵热风。这种狂热慢慢扩张开去。大家都感染到了,可不知道那热风是谁带来的,怎么带来的。而且人的问题根本不相干。精神的传染病继续蔓延,从头脑狭窄的人物传达给优秀人物。每个人都无意之间做了传布的使者。

这些精神传染病的现象在每个国家每个时代都有的;即使在特权阶级坚壁高垒,竭力撑持的贵族国家也不能免。但在上层阶级与平民之间没有藩篱可守的民主国家,这种现象来势特别猛烈。优秀分子立刻被传染了。他们尽管骄傲,聪明,却抵抗不了疫势;因为他们远没有自己想象的那么强。智慧是一座岛屿,被人间的波涛侵蚀了,淹没了,直要等大潮退落的时候,才能重新浮现。大家佩服法国贵族在八月四日夜里放弃特权的事①。其实他们是不得不这样做。我们不难想象,他们之中一定有不少人回到府里去会对自己说:“哎,我干的什么事啊?简直是醉了……”好一个醉字!那酒真是太好了,酿酒的葡萄也太好了!可是酿成美酒来灌醉老法兰西的特权阶级的葡萄藤,并非是特权阶级栽种的。佳酿已成,只待人家去喝。而你一喝便醉。就是那些绝不沾唇而只在旁边

① 一七八九年七月十四日法国大革命爆发后,八月四日夜,若干贵族在国民议会中宣布放弃特权。

闻到酒香的人也不免头晕目眩。这是大革命酿出来的酒！……一七八九年份的酒，如今在家庭酒库中只剩几瓶泄气的了；可是我们的曾孙玄孙还会记得他们的祖先曾经喝得酩酊大醉的。

使奥里维那一代的布尔乔亚青年头昏脑涨的，是一种同样猛烈而更苦涩的酒。他们把自己的阶级作牺牲，去献给新的上帝，无名的上帝，——平民。

当然，他们并非每个人都一样的真诚。许多人看不起自己的阶级，为的是要借此显露头角。还有许多是把这种运动作为精神上的消遣，高谈阔论的训练，并不完全当真的。一个人自以为信仰一种主义，为它而奋斗，或者将要奋斗，至少是可能奋斗，的确是愉快的事；甚至觉得冒些危险也不坏，反而有种戏剧意味的刺激。

这种心情的确是无邪的，倘使动机天真而没有利害计算的话。——但一批更乖巧的人是胸有成竹地上台的，把平民运动当做猎取权位的手段。好似北欧的海盗一般，他们利用涨潮的时间把船只驶入内地，预备深入上流的大三角洲，等退潮的时候把征略得来的城市久占下去。港口是窄的，潮水是捉摸不定的：非有巧妙的本领不行。但是两三代的愚民政治已经养成了一批精于此道的海盗。他们非常大胆地冲进去，对于一路上覆没的船连瞧都不瞧一眼。

每个党派都有这种恶棍，却不能教任何一个党派负责。然而一部分真诚的与坚信的人，看了那些冒险家以后所感到的厌恶，已经对自己的阶级绝望了。奥里维认识一般有钱而博学的布尔乔亚青年，都觉得布尔乔亚的没落与无用。他对他们极表同情。最初,他们相信优秀分子可能使平民有新生的希望,便创立许多平民大学,花了不少时间与金钱,结果那些努力完全失败了。当初的希望是过分的,现在的灰心也是过分的。民众并没响应他们的号召,或竟避之唯恐不及。便是应召而来的时候,他们又把一切都误会了,只学了布尔乔亚的坏习气。另外还有些危险人物溜进布尔乔亚的使徒队伍,把他们的信用给破坏了,把平民与中产阶级一箭双雕,同时利用。于是一般老实人以为布尔乔亚是完了,它只能腐蚀民众,民众应当不顾一切地摆脱它而自个儿走路。因此,中产阶级只是发起了一个运动,结果非但这运动没有他们的份,并且还反对他们。有的人觉得能够这样舍身,能够用牺牲来对人类表示深切而毫无私心的同情是种快乐。只要能爱,能舍身就行。青年人元气那么充足,用不着在感情上得到酬报,不怕自己会变得贫弱。——有的人认为自己的理智和逻辑能够满足便是一种愉快;他们的牺牲不是为了人,而是为了思想。这是最刚强的一批。他们很得意,因为凭着一步一步的推理断定自己的阶级非没落不可。预言不中,要比跟他们的阶级同归于尽使他们更难受。他们为了理想陶醉了,对着外边的人喊道:"打呀,打呀,越重越好!要把我们收拾得干干净净才好!"他们居然做了暴力的理论家。

而且所提倡的是别人的暴力。因为宣传暴力的使徒差不多永远是一班文弱而高雅的人。有些是声言要推翻政府的公务员,勤勉、认真、驯良的公务员。他们在理论上宣扬暴力,其实是对自己的文弱、遗憾、生活的压迫的报复,尤其是在他们周围怒吼的雷雨的征兆。理论家好比气象学家,他们用科学名词所报告的天气并非是将来的,而是现在的。他们是定风针，指出风从哪儿吹来。他们被风吹动的时候，几乎自以为在操纵风向。

然而风向的确转变了。

思想在一个民主国家里是消耗得很快的，特别因为它流行得快。法国多少的共和党人，不到五十年就厌恶共和，厌恶普选，厌恶当年如醉若狂争取得来的自由。以前大家相信“多数”是神圣的，能促进人类的进步，现在可是暴力思想风靡一时了。“多数”的不能自治，贪赃枉法，萎靡不振，妒能害贤，引起了反抗；强有力的“少数”——所有的“少数”——便诉之于武力了。法兰西行动派的保王党和劳工总会的工团主义者居然接近了，这是可笑的，但是必然的。巴尔扎克说他那个时代的人“心里想做贵族，但为了怨望而做了共和党人，唯一的目的是能够在同辈中找到许多不如他的人”……这样的乐趣也可怜透了！而且要强迫那些低下的人自认低下才行；要做到这一点，只有一个办法，就是建立一种威权，使优秀分子（不论是工人阶级的或中产阶级的）拿他们的优越把压迫他们的“多数”屈服。年轻的知识阶级，骄傲的小布尔乔亚，是为了自尊心受了伤害，为了痛恨民主政治的平等，才去投入保王党或革命党的。至于无所为而为的理论家，宣扬暴力的哲学家，却高高地站在上面，像准确的定风针似的，发出暴风雨的讯号。

最后还有一批探求灵感的文人，——能写作而不知道写什么的，好比困在奥利斯港口的希腊水手，①因为风平浪静而没法前进，不胜焦灼地等待好风吹满他们的帆。——其中也

① 典出希腊神话，参阅本书第504页注。

有些名流,被德莱弗斯事件出其不意地从他们字斟句酌的工作中拉了出来,投入公共集会。在先驱者看来,仿效这种榜样的人太多了。现在多数的文人都参加政治,以左右国家大事自命。只要有一点儿借口,他们马上组织联盟,发表宣言,救护宗庙。有前锋的知识分子,有后方的知识分子,都是难兄难弟。但两派都把对方看做唱高调的清客而自命为聪明人。凡是侥幸有些平民血统的人自认为光荣至极,笔下老是提到这一点。——他们全是牢骚满腹的布尔乔亚,竭力想把布尔乔亚因为自私自利而断送完了的权势恢复过来。但很少使徒能够把热心支持长久的。最初那运动使他们成了名,——恐怕还不是得力于他们的口才,——大为得意。以后他们继续干着,可没有先前的成功了,暗中又怕自己显得可笑。久而久之,这种顾虑渐渐占了上风,何况他们原是趣味高雅、遇事怀疑的人,自然要觉得他们的角色不容易扮演而感到厌倦了。他们等待风色和跟班们的颜色,以便抽身引退;因为他们受着这双重的束缚。新时代的伏尔泰与约瑟·特·曼德尔,①虽然文字写得大胆,实际是畏首畏尾,非常胆小,唯恐得罪了青年人,竭力要博取他们的欢心,把自己装得很年轻。不管在文学上是革命者或反革命者,他们总是战战兢兢地跟着他们早先倡导的文学潮流亦步亦趋。

在这个布尔乔亚的先锋队中间,奥里维所遇到的最奇怪的典型是一个因为胆怯而变成革命分子的人。

① 特·曼德尔为法国十八世纪宗教哲学家,提倡教皇至上主义,适与伏尔泰之排斥神权相反。此处举此两人代表左右两极端。

那标本名叫比哀尔·加奈。出身是有钱的布尔乔亚，保守派的家庭，跟新思想完全无缘的；家里的人尽是些法官和公务员，以怨恨当局，跟政府闹别扭而丢官出名的；这批中间派的布尔乔亚，想讨好教会，很少思想，可是很会用思想。加奈莫名其妙地娶了一个有贵族姓氏的女人，思想不比他差，也不比他多。顽固，狭窄，落伍，老是苦闷而发牢骚的社会，终于使加奈气恼至极，——尤其因为太太又丑又可厌。他资质中等，头脑相当开通，倾向于自由思想，却不大明白它的内容：那在他的环境里是无法懂得的。他只知道周围没有自由，以为只要跑出去就可以找到了。但他不能独自走路：在外边才走了几步，就很高兴地和中学时代的朋友混在一起，其中颇有些醉心于工团主义的人。在这个社会里，他觉得比在自己的社会里更不得劲，但不愿意承认：他总得有个地方混混，可惜找不到像他那种色彩（就是说没有色彩）的人。这一类的家伙在法兰西有的是。他们自惭形秽：不是躲起来，就是染上一种流行的政治色彩，或者同时染上好几种。

依着一般的习惯，加奈尤其和那些跟他差别最厉害的朋友接近。这个法国人，十足的布尔乔亚，十足的内地人气质，居然形影不离地跟一个青年犹太医生做伴。他叫做玛奴斯·埃曼，是个亡命的俄国人。像他许多同胞一样，他有双重的天才：一方面能够在别的国家像在本国一样地安居，一方面又觉得无论什么革命都配他的胃口：人家竟弄不清他对革命感兴趣的，究竟是革命的手段呢还是革命的宗旨。他自己经历的和旁人经历的考验，为他都是一种消遣。他是真诚的革命党人，同时他的科学头脑使他把革命党人（连自己在内）看做一种精神病者。他一边观察，一边培养这精神病。由于兴高采烈的玩票作风和朝三暮四的思想，他专门找那些与自己对立的人来往。他和当权的要人，甚至和警察厅都有关系；东钻钻，西混混，那种令人起疑的好奇心使许多俄国革命家都像是骑墙派，有时他们弄假成真，的确变了骑墙派。那并不是欺骗而是轻浮，往往是没有利害计算的。不少干实际行动的人都把行动当做演戏，尽量施展他们的戏剧天才，像认真的演员一样，但随时预备改换角色。玛奴斯尽可能地忠于革命党人的角色；因为他天生是个无政府主义者，又喜欢破坏他所侨居的国家的法律，所以这个角色对他最合适。可是归根结底，那不过是一个角色而已。人家从来分不清他的说话中间哪些是实在的，哪些是虚构的；结果连他自己也不大明白了。

他人很聪明，喜欢讥讽，有的是犹太人与俄国人的细腻的心理，能一针见血地看出自己的跟别人的弱点而加以利用，所以他毫不费力就把加奈控制了。他觉得拿这个桑丘·潘沙①拉入堂吉诃德式的队伍挺好玩。他老实不客气支配他，支配他的意志、时间、金钱，——并不是放在自己口袋里（那他不需要，谁也不知道他靠什么过活的），——而是用来对他的主义做最不利的宣传。加奈听人摆布，硬要相信自己和玛奴斯一般思想。他明知道实际并不如此：那些思想是不合情理，使自己害怕的。他不喜欢平民。并且他不是勇敢的人。这个又高又大，身体魁梧，肥肥胖胖的汉子，小娃娃式的脸，胡子剃得精光，呼吸急促，说话甜蜜，浮夸，孩子气十足，长着一身大力士式的肌肉，还是很高明的拳击家，骨子里却是个最胆小的人。他在家属中间因为被认为捣乱分子而很得意，但看着朋

① 塞万提斯名著《堂吉诃德》中的骑士迷堂吉诃德的侍从。

友们的大胆暗中直打哆嗦。没有问题,这种寒战的感觉并不讨厌,只要是闹着玩儿的。可是玩意儿变得危险了。那些混蛋居然张牙舞爪地凶起来,野心越来越大,使加奈的自私心理,根深蒂固的地主观念,和布尔乔亚的怕事的脾气,都发急了。他不敢问:“你们要把我拉到哪儿去呢?”但他暗暗诅咒那般不管死活的人,一味要跟人家打得头破血流,也不问同时会不会砸破别人的脑袋。——可是谁强迫他跟他们走呢?他不是可以引退的吗?但他没有勇气,他怕孤独,好比一个落在大人后面哭哭啼啼的孩子。他跟大多数人一样:没有一点儿意见,除非是不赞成一切过激的意见。一个人要独立,就非孤独不可;但有几个人熬得住孤独?便是在那些最有眼光的人里头,能有胆量排斥偏见,丢开同辈的人没法摆脱的某些假定的,又有几个?要那么办,等于在自己与别人之间筑起一道城墙。墙的这一边是孤零零的住在沙漠里的自由,墙的那一边是大批的群众。看到这情形,谁会迟疑呢?大家当然更喜欢挤在人堆里,像一群羊似的。气味虽然恶劣,可是很暖和。所以他们尽管心里有某种思想,也装做有某种思想(那对他们并不很难),其实根本不大知道自己想些什么!……希腊人有句古谚:“一个人先要了解自己”,但这般几乎没有什么“自己”的人怎么办呢?在所有的集体信仰中,不问是宗教方面的或社会方面的,真正相信的人太少了,因为可称为“人”的人就不多。信仰是一种力,唯大智大勇的人才有。假定信仰是火种,人类是燃料;那么这火种所能燃烧的火把,一向不过是寥寥几根,而往往还是摇晃不定的。使徒,先知,耶稣,都怀疑过来的。其余的更只是些反光了,——除非精神上遇到某些亢旱的时节,从大火把上掉下来的火星才会把整个平原烧起来;随后大火熄灭了,残灰余烬底下只剩一些炭火的光。真正信仰基督的基督徒不过寥寥数百人。其余的都自以为信仰或者是愿意信仰。

那些革命家中间,许多便是这样的人。老实无用的加奈愿意相信自己是个革命家,所以就相信了。但他对着自己的大胆吃惊。

所有这些布尔乔亚都标榜种种不同的原则:有的是从感情出发的,有的是从理智出发的,有的是从利益出发的;这一批把自己的思想依附《福音书》,那一批依附柏格森,另外一批又依附马克思、蒲鲁东、约瑟·特·曼德尔、尼采,或是乔治·索兰尔。有的革命家是为了趋附时髦,有的是为了生性孤僻;有的是为了需要行动,抱着牺牲的热情;有的是为了奴性特别强,像绵羊一般驯良。可是全部都莫名其妙地被狂风卷着。你可以远远地看到明晃晃的大路上灰尘滚滚,表示大风暴快来了。

奥里维和克利斯朵夫望着这阵风卷过来。两人眼力都很好,但看法不同。奥里维明察秋毫的目光,看透了一般人的用意,对他们的平庸觉得受不了;但他也窥见暗中鼓动他们的力量。他所注意的特别是悲壮的面目。克利斯朵夫却更注意可笑的地方。使他发生兴趣的是人,不是主义或思想。他对这些故意装做不关心,讥笑改造社会的梦想。他素来喜欢跟人别扭,再加对于风靡一时的病态的人道主义有种本能的反抗,所以表面上做得特别自私。他因为是靠自修成功的,不免以自己的体力和意志骄人,把一切没有他那种力量的人看做贪吃懒做。他既是从穷苦与孤独中间挣扎出来的,别人为什么不照样地做？……嗬！社会问题！什么叫做社会问题？是指吃不饱穿不暖吗？

“那个味道我是尝过的，”他说，“我的父亲，母亲，我自己，都是过来人。只要你跳出来就是了。”

“这不是每个人办得到的，”奥里维说，“有病人，有倒霉的人……”

“那么大家去帮助他们呀，不是挺简单吗？可是像现在这样去捧他们绝不是帮助。从前人们拥护强者的权利固然要不得，我可不知道拥护弱者的权利是不是更要不得：它扰乱现代的思想，虐待强者，剥削强者。今日之下，一个人病弱、穷苦、愚蠢、潦倒，差不多是美德了，——而坚强、健康、克服环境等等反变了缺点。最可笑的，倒是那些强者最先相信这种观点……这不是一个挺好的喜剧题材吗？奥里维，你说！”

“我宁可让人家取笑，可不愿意教别人哭。”

“好孩子！”克利斯朵夫回答，“哎！谁不跟你一样想呢？看到一个驼子，我的脊梁就觉得不舒服。我们不能不演喜剧，可不应当由我们去写喜剧。”

有人相信将来会有个公平合理的社会，克利斯朵夫可决不为这种梦想着迷。他的平民式的头脑，认为将来仍旧逃不出过去的一套。奥里维指摘他说：

“倘若人家关于艺术问题跟你说这种话，你不要跳起来吗？”

“也许。总之我只懂得艺术。你也是的。我素来不信那般谈外行事情的人。”

奥里维也同样不信任这等人。两位朋友甚至过于怀疑，老是跟政治离得远远的。奥里维不免有点儿惭愧地承认他从来没使用过选举权，十年以来没有向市政府领过选民登记表。他说：

“干吗要去参加一出我明知毫无意义的喜剧呢？选举吗？选谁？那些候选人对我全是陌生的，我也说不上看中哪一个。而且我敢断定，他们一朝被选出了，都立刻会背弃他们的主张。监督他们吗？逼他们尽责吗？那不过是白白糟蹋我的生活。我既没时间，也没精力；既没有辩才，也没有不择手段的勇气和不讨厌行动的心情。所以还不如放弃权利。我可以受罪，至少我没有参加罪行！”

但他尽管把事情看得这样清楚，尽管厌恶政治上一切应有的手法，仍旧对革命抱着虚幻的希望。他明知道虚幻，可并不放弃希望。这个神秘的现象是从种族来的。奥里维的民族是西方最爱破坏的民族，为了建设而破坏、也为了破坏而建设的民族，——它跟思想赌博，跟人生赌博，老是推翻一切，预备从头做起，拿自己的血做赌注。

克利斯朵夫并没这种遗传的救世精神。他的浓厚的日耳曼气息不相信革命的作用。他认为世界是没法改造的，大家只是搬弄一些理论，说一大套空话罢了。他说：

“我用不着掀起革命——或是长篇大论地讨论革命——来证明我的力量。我更用不着像那些青年一样，推翻政府来拥立一个君主，或是立什么救国委员会来保卫我。这算证明一个人的力量吗？那才怪了！我会保卫自己的。我不是无政府主义者；我喜欢必不可少的秩序，也尊重统治宇宙的规律。可是我跟这个规律之间用不到中间人，我的意志会发号施令，同时也知道服从。你们满嘴都是先哲的至理名言，那么该记得你们的高乃依说过：‘只要我一个人就够了！’你们希望有一个主宰,就表示你们软弱无用。力是和光明一样的,只有瞎子才会否认!你们得做个强者,心平气和的,不用理论,不用暴行;那时候,所有的弱者都会像植物向着太阳一般地向着你们……”

他尽管说不能为了讨论政治而浪费时间,实际上并不真的那样不关心。在艺术家立场上,他也受到社会骚动的影响。因为一时没有热情鼓动他,他便彷徨四顾,问自己究竟是为谁工作。看到现代艺术的那般可怜的顾客,身心交惫的优秀分子,存着玩票心理的布尔乔亚,他不由得想道:“为这些人工作有什么意思呢?”

当然,思想高雅,博学多闻,懂得个中甘苦,能够赏识新奇,赏识古拙的情趣——(那跟新奇是一而二、二而一的)——的人,并非没有。但他们厌倦一切,灵智的成分太多而生命力太少,以为艺术是虚空的;他们只对音响的或思想的游戏感兴趣;而多数还得为世俗的事分心,为无数不必要的事耗费精神。要他们接触到艺术的核心几乎是不可能的;他们认为艺术不是血肉构成的,只是舞文弄墨的玩意儿。他们的批评家造成了一种理论,证明他们的没有能力摆脱玩票作风是对的。即使有几个人还有相当的弹性,对于强烈的和弦能够发生共鸣,可没有力量消受;他们在人生舞台上已经残废了:不是神经病就是瘫痪。艺术在这个病院中间又能做些什么呢?——可是在现代社会里,艺术根本没法摆脱这些变态的人:他们有的是金钱和报纸;唯有他们才能使一个艺术家活下去。所以艺术家非受羞辱不可,不得不在交际晚会中拿出他披露肝胆的艺术,充满了内心生活的秘密的音乐,给一般趋时的群众和厌倦不堪的知识分子做娱乐,——更确切地说,是给他们解闷，或者是让他们有些新的烦闷。

克利斯朵夫寻访真正的群众，相信人生的情绪和艺术的情绪都是真实的、能够以新鲜的心情来接受的群众。他暗中受着大家所预告的新社会——平民——吸引。因为想起了童年的事，想起了高脱弗烈特和一般微贱的人，启示他深邃的生命的，或是和他一同享受神圣的音乐的人，他便相信真正的朋友是在这方面。像多少天真的青年一样，他想着一些大众艺术的计划，什么平民音乐会，平民戏院，内容他也不大说得清。他希望革命可能让艺术有个更新的机会，以为社会运动使他感到兴趣的就只有这一点。其实他是骗骗自己：像他那么元气充足的人，决不能不受当时最有活力的行动吸引。

他最瞧不上眼的是布尔乔亚的理论家。这一类的树所生的果实往往是干瘪的；所有生命的精华都冻结了，变了空洞的观念。克利斯朵夫对这些观念是不加区别的。他无所偏好，便是他自己的主张一朝凝结为一种学说之后，他也不再爱好。他存着瞧不起的心理，既不理会那些拥护强权的理论家，也不理会奉承弱者的理论家。在无论什么喜剧里，爱发议论的角色是最不讨好的。观众不但更喜欢值得同情的人，甚至觉得串反派的角儿也不像他那么可厌。在这一点上，克利斯朵夫跟群众的心理完全相同，认为呶呶不休地谈论社会问题只能教人起腻。但他很好玩地打量着别人，打量着那些相信的人和愿意相信的人，受骗的和但求受骗的人，以劫掠为业的海贼，和生来给人剪毛的绵羊。对于像胖子加奈一般有些可笑的老实人，他很宽容。他们的庸俗不至于使他感到像奥里维那样的难堪。他对无论什么角色都用一种亲热而含讥带讽的心情看着，自以为跟他们所演的戏毫不相干，并没觉得他慢慢地已经参加进去。他自以为只是一个旁观者，看着狂风吹过。殊不知狂风已经吹到他的身上，把他带着走了。

这出社会剧可以说戏中有戏。知识分子演的那一部分是穿插在喜剧中的喜剧，民众不爱看的。正戏乃是民众演的。旁人既不容易看清情节，连民众自己也不大明白。出乎意外的变化在那个戏里只有更多。

说白当然多于行动。不论是布尔乔亚还是平民，所有的法国人都是尽多尽少的话吞得下的，正如尽多尽少的面包都吃得下。但大家吃的不是同样的面包。有为细巧的味觉用的高级的语言，也有为塞饱饿鬼的肚子用的更富滋养的语言。即使字面相同，捏造的方式却不一样；味道，香气，意义，都各个不同。

奥里维第一次参加一个民众集会的时候，尝到这一类的面包，觉得毫无胃口；食物哽在喉头咽不下去。思想的平凡，措辞的单调和野蛮，空洞的滥调，幼稚的逻辑，抽象的理论和乱七八糟的事实，好比做坏了的芥末酱，只能使奥里维作呕。一方面是用字不恰当，另一方面还没有平民谈吐中那点儿生动的趣味。那完全是一批报纸上的字汇，褪色的服装，从布尔乔亚的修辞学旧货店中捡得来的。说话的繁琐尤其使奥里维骇怪。他可忘了文字的简洁不是天然的，而是修炼出来的，由上层阶级琢磨出来的。大都市里的平民决不能单纯，老是喜欢寻找纤巧而复杂的辞藻。奥里维不懂这些浮夸的话对听众所能发生的影响。在这方面，他完全不得其门而入。我们把别个种族的语言叫做外国语。殊不知在同一个种族里,语言的种类几乎跟社会的阶层一样地多。唯有为人数有限的上层阶级,语言才是几世纪的经验的结晶;为其余的人,它只代表他们自身的和他们的集团的经验。那些被优秀分子用旧了、摒弃了的字,仿佛是一所空屋子,从优秀分子迁出以后,又搬进了新人物。你要愿意认识主人,就得走进屋子。

克利斯朵夫便是这么办了。

他和工人们发生关系是由一个在国家铁路上办事的邻居介绍的。那邻居四十五岁,个子矮小,未老先衰,头发都秃了,眼睛陷得很深,腮帮瘪缩,弯弯的鼻子挺大,嘴巴的长相显得人很聪明,畸形的耳朵,边上的肉裂成了几片:他浑身上下都是衰败的模样。他叫做阿西特·高蒂哀,不是平民出身,而是中等的、清白的布尔乔亚,家里为了教育这个独子,把一份薄产花光了还没有能完成他的学业。很年轻的时候,他谋到了一个国家机关的差事,那在贫穷的中产阶级眼里是救星,其实是死亡,——是活埋。一朝进去之后,再也出不来了。他又犯了一桩错误——(那是现代社会的许多错误之一)——爱上一个美丽的女工,结了婚,不久她就露出鄙俗不堪的本性。她替他生了三个孩子。当然他得养活这一家几口。这个聪明而一心想进修的男人被贫穷困住了,觉得心中有些潜伏的力量被生活的艰难窒息了,却又不甘屈服。他从来不得清静:当着会计处的职员,整天消磨在机械的工作里;一起办公的都是又俗气又饶舌的同事,讲些废话,骂骂上司,算做对无聊的生活出气,同时也嘲笑他,因为他不懂得把求知欲在他们面前藏起去。回到家里，他只看到一个气味难闻的、丑恶的寓所，和一个吵吵嚷嚷、庸碌至极的女人。她不了解他，把他当做懒虫或疯子。孩子们一点不像他而像母亲。为什么他得过这种生活呢？这算是公道的吗？牢骚，痛苦，穷困，无聊的职业，使他从早到晚找不到一小时的光阴来修心养气，找不到一小时的静默，他给折磨得力倦神疲，烦躁不堪。为了想忘掉这些，他最近又去接近杯中物，结果更把他断送完了。——克利斯朵夫看到这个悲剧大为震动：残缺不全的个性，没有充分的修养，没有艺术趣味，但生来是为做些大事业的，现在可是被不幸的遭遇压倒了。高蒂哀立刻抓住了克利斯朵夫，好似快淹死的弱者碰到了一个游泳健将的手臂。他又喜欢又羡慕克利斯朵夫，带他去参加群众集会，见到革命党里的某些领袖，那是他为怨恨社会而结交的。因为想做贵族而没做成，所以他跟平民混在一起极感痛苦。

克利斯朵夫却比他平民化得多，——尤其因为他并不需要做平民，——对这些集会很感兴味。会场上的演说使他觉得好玩。他不像奥里维那样感到厌恶，对语言的可笑也并不敏感，认为所有多嘴的家伙都是半斤八两。他素来瞧不起高谈阔论。但他虽没费心去了解那套辞令，却在演说家与听讲者的心里咂摸到说话的音乐。演说家的力量一朝引起了听讲的人的共鸣，立刻增加了百倍。克利斯朵夫先是只注意到前者；他为了好奇，居然结识了几个演说家。

对群众最有影响的一个是加齐米·育西哀，——深色头发，脸很苍白，年纪在三十与三十五之间，相貌像蒙古人，个子清瘦，病病歪歪的，眼睛的神气又热烈又冷静，头发很少，胡子尖尖的。他的力量不在于他那种空泛、急促、跟语气不调和的姿势，也不在于他的失音的，常带嘶嘶声的浮夸的说话，而是在于他这个人本身，在于他深信不疑的态度。他似乎不允许人家跟他有不同的思想；而既然他的思想就是群众愿意想的，所以群众和他很投机。他把大家期待的话三遍、四遍、十遍地告诉他们，像发疯般拼命在同一只钉子上尽敲；他的群众也学着他的样尽敲，尽敲，直把那只钉嵌入肉里。——除了这种本领以外，他过去犯的许多政治案子也增加他的声望。他表面上有股百折不回的毅力；但明眼人可以看出他骨子里给多年的辛苦和努力磨得疲倦死了，厌烦死了，愤愤不平地恨着命运。他每天消耗的精力都入不敷出：从小就被工作和贫穷把身子磨坏了，做过玻璃匠、白铁匠、印刷工人；又害着肺病，使他对他的主义，对自己，常常心灰意懒，有时又兴奋若狂。他的暴烈一方面是有意的，一方面是病态的；就是说一半是为了政治作用，一半是为了冲动。他的学问是乱七八糟自修来的：有些事懂得很透彻，例如科学、社会学，以及他干过的各种手艺；对许多别的事他只是一知半解；但真懂的也好，不懂的也好，他都很有把握。他有理想世界，有准确的观念，有愚昧无知的地方，有非常实际的头脑，有偏见，有经验，有对布尔乔亚的猜忌和仇恨。可是他照旧对克利斯朵夫很好，因为看到一个知名的艺术家来交结他，心里很得意。他那等人是生来当领袖的，无论做什么事，对工人们都很不客气。他虽然真心要平等，但事实上对高级的人比对低级的人更容易平等。

克利斯朵夫还遇到工人运动的别的几个领袖。他们之间没有多少好感。共同的斗争好容易促成了一致的行动，可是没有把大家的心联合起来。可见所谓阶级的分野完全是浮表的，暂时的。许多年深月久的敌对状态不过是被延缓了一下，掩饰了一下,实际是始终存在。在工人领袖中间,我们照旧看到南方人与北方人的对立,彼此存着根深蒂固的轻蔑的心理。干这一行的忌妒另外一行的工资,而每行又自以为比别行高卓。但人与人间最大的区别还不在于这些而在于气质。狐狸,狼,绵羊,天生吃人的野兽,和天生被人吃的野兽,因为阶级相同、利害相同而集合在一起,但大家伸着鼻子嗅着,彼此都认了出来,毛都竖起来了。

克利斯朵夫有时在一家兼卖牛奶的小饭店里吃饭,那是高蒂哀的老同事,为罢工而被撤职的铁路职员西蒙开的;常客都是一般工团主义者。他们总共是五六个人,聚在尽里头一间屋子里,靠着又小又黑的天井,两只挂在亮处的金丝雀老是叫得很有劲。和育西哀同来的是他的情妇,美丽的贝德,个子结实而风骚的姑娘,没血色的皮肤,戴着大红便帽,眼睛迷迷糊糊地带着笑意。一个年轻的小白脸像跟班一样盯着她,那是聪明而装腔作势的机器匠雷沃博·格拉伊沃,这一帮中间的"雅人"。他自命为无政府主义者,反对布尔乔亚最激烈的一个,但气质上是个最要不得的布尔乔亚。多少年来,他每天早上都要买些一个铜子一份的文学报,把上面的黄色小说吞下去。这些读物把他变成一个头重脚轻的怪物:脑子里想着精益求精的寻欢作乐的玩意儿,身体却肮脏到极点,日常生活也鄙俗到极点。他最喜欢病态的富翁们做兴奋剂用的"奢侈"。因为肉体享受不到这奢侈,他就在精神上享受。那当然是浑身难过的。但这样一来,他跟有钱的人并肩了,而且他还恨他们。

克利斯朵夫受不了这种人,更喜欢电气匠赛巴斯蒂安·高加。那是和育西哀俩最受听众欢迎的演说家,可没有满嘴的理论。他有时不大清楚自己要往哪儿去，只知道勇往直前，可以说是十足地道的法国人。个子很结实，年纪四十上下，血色很好的大胖脸，圆圆的脑袋，红红的头发，留着一大簇胡子，脖子跟嗓子都像牛一样。他和育西哀同样是能干的工人，可是嘻嘻哈哈，喜欢吃喝。虚弱的育西哀看着这么健旺的身体非常妒羡；他们俩虽是朋友，暗中却抱着敌意。

饭店的主妇奥兰丽，四十五岁，当年大概长得很美，现在经过了时间的侵蚀还颇有风韵，她拿着件活儿坐在旁边听他们谈话，脸上挂着一副亲切的笑容，嘴唇跟着他们的话扯动：随时也穿插一两句，一边工作一边颠头耸脑地替自己的话打拍子。她有一个已经出嫁的女儿，和两个从七岁到十岁的孩子，一男一女，——他们伏在一张满着污点的桌上做功课，吐着舌头，不时把一两句他们不应该听的话听在耳里。

奥里维陪克利斯朵夫去了两三次，觉得混在这般人中间很不自在。那些工人只要不受工场中严格的时间限制，不是被那个顽强的汽笛叫唤得去，就不知道会浪费多少光阴：或是在工作以后，或是在上下班之间，或是在偷懒的时候，或是在失业的时期。克利斯朵夫那时无事可做；在旧作已完、新作还没有端倪的阶段，他也不比他们更忙，很高兴把肘子撑在桌上，抽烟，喝酒，谈天。可是奥里维以他布尔乔亚的本能，以他思想须有纪律、工作须有规则、时间必须经济等等的习惯，大大地看不上眼；他不喜欢这样地糟蹋光阴。并且他既不会说话，又不会喝酒。最后还有那种生理上的不舒服，潜伏在出身不同的人士之间的反感：心灵要求沟通而肉体抱着敌意，仿佛是肉对于灵的反抗。他单独和克利斯朵夫在一起的时候，常常很激动地说应当亲近群众；一朝面对了群众，他可没法亲近了。而嘲笑他那种思想的克利斯朵夫,倒毫不费力地可以和街上随便遇到的工人称兄道弟。奥里维看到自己跟这些人隔离,非常伤心。他勉强学他们,和他们一样思想,一样说话;可是不行。他的嗓子不够响亮,不够清楚,音调跟他们的不一样。他学他们的某些谈吐,但字眼不是哽在喉头,就是声音走腔的。他竭力留神,觉得很窘,同时也教别人发窘。在他们眼里,他是一个形迹可疑的外人,谁也对他没有好感,他一走,大家都会松一口气。这些他都知道。他常常遇到一些冷酷的目光,充满着敌意,跟一般因饥寒交迫而愤懑不平的工人看中产阶级的目光一样。或许这态度同时也是对克利斯朵夫的,但克利斯朵夫完全看不见。

那批人中间愿意接近奥里维的只有奥兰丽的两个孩子。他们对布尔乔亚当然没有怨恨。那男孩子还受着布尔乔亚思想的诱惑呢。他的聪明足够他去爱这种思想,却不够去了解。长得挺好看的女孩子,有一回被奥里维带到亚诺太太家里,看着华丽的陈设出神了:坐在漂亮的安乐椅里,用手指摸一下鲜艳的衣衫,她心里快活到极点;她有那种小家碧玉的本能,只希望溜出平民阶级而跳进布尔乔亚的安乐窝。奥里维完全没心思培养她这种倾向;而她对于他的阶级所表示的天真的敬意,也不能补偿别人暗中对他的反感,——那是他深感痛苦的。他抱着一腔热忱想了解他们,事实上也许太了解他们了,把他们观察太仔细了,使他们生了气。但他的观察并非由于冒昧的好奇心,而是由于喜欢分析人家心理的习惯。

他不久便发现了隐藏在育西哀生活中的悲剧:第一是那个侵蚀他的病,其次是他的情妇的残忍的游戏。她的确很爱他,觉得有他这样一个情人是值得自傲的,但她生机太旺了;

他知道她将来会逃掉，同时也为了嫉妒而心里苦恼。她却以此为乐：挑拨男人，用眼风逗他们，喜欢疯疯癫癫地东拈西惹。也许她在背后和格拉伊沃斯骗育西哀，也许是故意要他这么相信。总而言之，这种事不是今天，便是明天，早晚会发生的。育西哀不敢禁止她爱她喜欢的人。他不是宣传女人和男人同样有权利可以自由吗？有一天他咒骂她。她就又狡猾又放肆地提醒他这一点。他的关于自由的理论和他暴烈的本能，在胸中猛烈交战。他的心还是一个旧时代的人的心：专制，嫉妒；他的理智却是一个新时代的人的理智，理想世界的人的理智。至于她，她就是个女人，昨天的，明天的，千古不变的女人。——奥里维眼看着这场暗斗，凭着自己的经验知道这个斗争的残酷，所以对育西哀极表同情。育西哀猜到奥里维窥破他的心事，但绝对不感激他。

另外有个人也用着宽容的目光在那里留神这一场爱与恨的游戏。那是饭店的主妇奥兰丽，不动声色地把一切看在眼里。她是懂得人生甘苦的。这健全、安静、规矩的女人，年轻的时代也胡闹过来：最初在花店里做工，有过一个布尔乔亚的情人，而且还有别的。以后她嫁了个工人，变了贤妻良母。但她懂得一个人在感情方面的荒唐，懂得育西哀的嫉妒，也懂得那个喜欢玩儿的姑娘，常常用几句亲切的话替他们排解：

"唉，咱们总得彼此迁就才行。犯不上为这么一点儿小事生气……"

她也并不奇怪她说的话毫无用处……

"那永远是没用的。人总是自寻烦恼……"

她有一种平民式的达观，可以使苦难不至于在心中多留痕迹。苦难，她也有过的。三个月以前，她那么疼爱的十五岁的儿子死了……非常悲伤……可是现在她有说有笑,照常办事了。“净想下去是活不了的。”她说。

所以她就不再想了。那并非自私,而是迫不得已:她生命力太强,老注意着“现在”,不能留恋“过去”。她适应既成事实,也适应可能临到的事实。如果革命来了,把一切都颠倒了,她还是会站定脚跟,做她可做的事,不管被放在哪儿,总是得其所哉。骨子里她对革命的信仰不过尔尔。她对什么事都不怎么相信。不消说,她彷徨的时候也会去起课卜卦,看到出丧的行列也从来不忘记画十字。她头脑开通,胸襟宽大,像巴黎的平民阶级一样,怀疑而不悲观。虽是革命党员的妻子,她对丈夫的、丈夫的党派的、别的党派的思想,照旧像母亲看孩子那样,抱着嘲弄的态度,正如她觉得青年人的愚蠢和成年人的愚蠢同样可笑。很少事情能够使她激动;但她对一切都感兴趣。运气好也罢,坏也罢,她都能够担当。总而言之,她是个乐天派。

“愁什么!……只要身体好,一切就有办法……”

这样一个女子当然和克利斯朵夫是意气相投的。他们用不着多说话就觉得彼此精神上是一家人:常常相视而笑,听着别人唠唠叨叨,叫叫嚷嚷。但往往她自个儿笑着,眼看克利斯朵夫也卷入了辩论,比别人更兴奋。

克利斯朵夫没注意到奥里维的孤独与难堪。他并不去猜那些人的心事,只知道跟他们吃喝,嬉笑,生气。他们也不猜忌他,虽然彼此争论得很激烈。他老实不客气对他们说出心里的话,其实也说不出究竟是赞成他们还是反对他们。他根本没想过这一点。要是有人强迫他选择,他一定会站在工团主义方面①，而反对社会主义以及主张建立一个政府的任何主义，——因为政府这个怪物只能制造公务员跟机器人。他的理智赞成同业工会的努力，那柄两面出锋的利斧可以把社会主义政体那种抽象的观念，和贫乏的个人主义同时铲除。个人主义只能分散精力，把群众的力量化为个别的弱点；而这个近代社会的大弊病是应当由法国大革命负一部分责任的。

然而天性比理智更强。克利斯朵夫一接触工团组合——那些弱者的可怕的联盟，——他的强有力的个人主义便起而反抗了。他瞧不起这般需要把彼此缚在一起才能战斗的人。即使他承认他们可以服从这个规则，他却声明这规则决不适用于他。而且，被压迫的弱者固然值得加以同情，但他们一朝压迫别人的时候就不值得同情了。克利斯朵夫从前对一般孤独的老实人喊着"你们得联合起来！"现在初次看到老实人的集团中间有的是并不老实的人，把他们的权利和力量看得高于一切而随时想加以滥用，他就大不痛快了。一般最优秀的人，和克利斯朵夫以前住在一幢屋子里的朋友们，一点得不到这些战斗集团的好处。他们心地太好，胆子太小，看到这种团体不免惊慌失措；他们注定是第一批被压倒的。面对着工人运动，他们和奥里维处于同样的境地。奥里维固然同情正在组织起来的劳动阶级，但他自己是在崇拜自由的气氛中长大的；而自由两字却是革命分子最不介意的。今日除了一个对

① 工团主义是工会运动中损害无产阶级利益的一个小资产阶级机会主义的流派，它把无政府主义思想带进了工会。这个流派于十九世纪末及二十世纪初在法、意等国尤为盛行。工团主义对工人阶级的政治斗争起了有害的影响：它否认无产阶级专政的必要，认为工会不要工人阶级政党即能保证对资产阶级斗争的胜利，达到把劳动工具与生产手段转归工会所有的最终目的。

社会毫无影响的优秀阶级之外,还有谁关切自由?自由正逢着黯淡的日子。罗马的教皇们掩蔽理智的光。巴黎的教皇们熄灭天上的光。① 共和党人熄灭街上的光。到处是帝国主义的胜利:罗马教皇的神权的帝国主义;唯利是图的与神秘的君主国的军事帝国主义;资本家共和国的官僚帝国主义;革命委员会的独裁帝国主义。可怜的自由,世界上没有你的存身之处了!……革命党人所提倡而实行的"滥用权力",使克利斯朵夫和奥里维大起反感。他们对于那些不肯为共同利害受苦的黄色工人②当然很轻视,但觉得用武力去强制这些人更可恨。——但你非打定主意不可。事实上今日不是要你在帝国主义与自由之间挑选,而是要在一种帝国主义和另一种帝国主义之间挑选。奥里维说:

"两种都要不得。我只知道跟被压迫的人站在一起。"

克利斯朵夫同样痛恨压迫者的专制。但他跟在反抗的劳动队伍后面,也学着他们使用武力的榜样。

他自己可不觉得,还向同桌吃饭的人声明他不是跟他们一伙的。他说:

"只要你们只关心物质的利益,你们就不会使我感兴趣。等到有一天你们为了一种信仰而奋斗的时候,我一定跟你们联合起来。要不然,大家为了肚子而拼命,我来干什么?我是艺术家,有保卫艺术的责任,不能拿艺术去替一个党派服务。我知道近来有些野心的作家,为了要争取那种不干净的名气,做出不少坏榜样。我认为他们这样的保卫一个主义不一定使

① 此语引用法国某议员的荒谬的演词。——原注

② 初期工团联盟中,反对革命与罢工的一派被称为黄色工人;激烈的一派被称为红色工人。

主义得到什么好处；而叛弃艺术倒是真的。我们的职司是要救出智慧的光明。那决不能卷进你们盲目的斗争。倘若我们不拿着火把，谁拿？你们打过仗以后看到光明依然无恙，一定是很高兴的。大家挤在甲板上扭打的时候，总得有些工人管着锅炉不让它熄灭。我们要了解一切，对什么都不恨。艺术家好比一支罗盘针，外边尽管是狂风暴雨，它始终指着北斗星……”

他们认为他唱高调，说他自己的罗盘针已经丢了。他们很高兴能不伤和气地奚落他一阵。在他们心目中，艺术家是个取巧的家伙，只想做些最少而最舒服的工作。

他回答说他跟他们工作一样多，更多，还不像他们那么怕工作。他最恨怠工，最恨粗枝大叶，以偷懒为原则。

“所有这些可怜虫，”他说，“都怕碰坏了他们宝贵的皮肤！……天哪！我从十岁起就没停过工作。你们却不爱工作，你们骨子里是布尔乔亚，还自以为能够毁灭旧世界！哼，你们非但办不到，而且也不愿意。真的，你们不愿意！你们吵吵闹闹的吓人，好像要把一切都破坏干净：其实都是空的。你们心中只有一个念头：就是把什么都抢过来，躺到布尔乔亚热烘烘的床上去。只有几百个可怜的扛泥巴的小工始终预备给人家剥皮或是剥人家的皮，莫名其妙的，——也许是为了好玩，也许是为要找点儿补偿，为几百年的辛苦出口气；——除此以外，旁人只想溜之大吉，一有机会便混进布尔乔亚的队伍。他们当什么社会主义者、新闻记者、演说家、文人、议员、部长……哎，别骂他们。你们也不见得高明。你们说那些是卖党求荣的混蛋。可是以后轮到谁呢？你们都要走上这条路，没有一个不上钩的！怎么能不上钩呢？你们中间没有一个相信灵魂不朽的。你们只有肚子,只想多多益善地把空肚子填满。”

说到这里,大家都生气了,七嘴八舌地同时开口。克利斯朵夫争论的时候往往热情冲动,比别人更激烈。那是不由他做主的:一朝看到了一桩侵犯正义的事,他的知识方面的骄傲,为了求精神上的陶醉而虚构出来的唯美的世界观,都登时消灭了。世界上十分之八的人不是赤贫便是生活艰难,你还谈美学吗? 得了罢! 只有无耻的特权阶级才敢唱这种高调。像克利斯朵夫那样的艺术家,良心上不能不拥护劳工的政党。不公平的社会情形,贫富的悬殊,使脑力劳动者感到的痛苦比谁都深刻。艺术家或是挨饿,或是成为百万富翁,完全凭那个捉摸不定的风气,或是在操纵风气的人手里。坐视优秀分子消灭,或者给他极不公平的待遇:那种社会不是个社会而是个妖魔,应当铲除。不管工作不工作,每个人都应当有每天的口粮。每种工作,不论是好的是普通的,它的酬报应当以工作的人的正当与正常的需要为标准,而不能以工作的真价值为标准,——(要估计工作的真价值,而且要永远的公平,谁有这个资格?)——对于替社会增光的艺术家、学者、发明家,社会应当给予充分的津贴,让他们能有时间与方法替社会争取更大的光荣。这就够了。达·芬奇的名作《蒙娜丽莎》并不值一百万。一笔钱跟一件艺术品根本是不相干的;艺术品既不在金钱之上,亦不在金钱之下,而是在金钱之外。问题并不在于付它的代价,而在于使艺术家能够生活。你得让他有饭吃,能安安静静地工作。财富是多余的,是盗窃旁人。我们应当老实不客气地说:谁要是财产超过了他和他家族的生活费,超过了为他的智慧正常发展所必需的费用,便是一个贼。他多出来的就是别人缺少的。人家提到法兰西无尽的财富,巨大的产业,我们听了只能苦笑;因为我们这批代表民族活力的人是劳动大众,是工人,是知识分子,不论男女,从小就得筋疲力尽地挣取一些免于饿死的生活费,还常常眼看最优秀的人被劳苦磨死。你们却吞饱了人间的财富,靠着我们的灾难与痛苦而致富。你们心里不会觉得不安,有的是自欺欺人的诡辩,说什么产权是神圣的,为生存而斗争是健康的,求进步是最高的目的。嘀!进步,牺牲了别人的“所有”去求那个大成问题的进步!然而无论如何:你们总是太多了。你们所有的远过于你们生活的需要。我们却是不够。而我们比你们更有价值。如果你们喜欢不平等,那么小心些,也许明天你们自己就会吃不平等的苦!

克利斯朵夫便是这样地受着周围的热情激动。接着他对于自己的滔滔雄辩觉得奇怪,但并不在意,认为那是喝多了酒的缘故。他只惋惜没有好酒,顺手把莱茵佳酿夸上一阵。他还自以为和革命思想毫不相干。可是慢慢地有了一种奇怪的现象:克利斯朵夫辩论的时候情绪越来越热烈,而那些同伴相形之下倒似乎越来越冷淡。

他们没有他那么多的幻象。连一般激烈的煽动家,布尔乔亚最害怕的家伙,心里也摇摇不定,并且布尔乔亚的意识特别强。笑声如马啸似的高加,直着嗓子,做着可怕的手势,但对自己大叫大嚷的话也将信将疑:他是拿暴力来吹牛的人。看透了布尔乔亚的心虚胆怯,他故意恫吓他们,勉强装作强者。关于这一点,他会嘻嘻哈哈地在克利斯朵夫面前承认的。格拉伊沃却批评一切,批评人家想做的一切,教什么都流产。

育西哀则是永远肯定,从来不认错。他明明看到自己的论点有哪些缺陷,但反而更固执;为了保全自己的主张,他连事业的成功都不惜牺牲。可是他也会从极固执的信仰一变而为讥讽嘲弄,非常悲观,毫不留情地指出所有的理论都是谎话,所有的努力都是白费。

大多数的工人都是这样。他们一忽儿如醉若狂,说得天花乱坠,一忽儿垂头丧气,心灰意懒。他们抱着极大的、毫无根据的幻象,不是自己苦心孤诣创造出来的,只凭着把他们带到下等酒店去的懒惰的习气,从别处现现成成接受来的。无可救药的思想的懒惰,原因太多了:好比一头困惫不堪的野兽,只想躺在地下,消消停停地咀嚼它的食料,做它的梦。梦消灭以后,只有更累,更觉得口干舌燥。他们老是没头没脑地捧一个领袖,过了一晌又对他猜疑,把他丢掉。最可叹的是他们并没有错:一个又一个的领袖都是被功名、财富,和虚荣勾引得来的。育西哀因为害着肺病,眼看死期不远,才没有走上这条路;但除了育西哀之外,那些卖党求荣或中途厌倦的人又有多少!像当时各党各派的政客一样,他们被腐化的风气断送了;堕落的原因不外乎是女人或金钱,——(这两样其实是分不开的)——不论在政府中间或在野党中间,有的是第一流的才具,有大政治家素质的人,——(在别的时代他们或许可以成功)——但他们没有信仰,没有品格;寻欢作乐的需要,寻欢作乐的习惯,寻欢作乐的不够刺激,使他们烦躁不堪,往往在大计划中间做出些莫名其妙的事,或者半路上突然把事情丢下了,不管国家,不管自己的主义,径自停下来休息或享福了。他们有足够的勇气去死在战场上,可是很少领袖能不说一句大话,一动不动地把着舵,死在自己的岗位上。

因为大家对自己这种天生的弱点怀着鬼胎,所以把革命运动搞成了一个半身不遂的局面。那些工人你指摘我,我指摘你。罢工老是失败:因为领袖与领袖之间,工会与工会之间,改进派与革命派之间,永远闹意见;——因为表面上虚声恫吓而骨子里是胆小到极点;——因为绵羊般的遗传性,使反抗的人一接到司法当局的命令就乖乖地把枷锁重新套上自己的脖子;——因为投机分子自私自利,卑鄙无耻,利用别人的反抗去博主子的欢心,同时把主子大大地敲诈一下。而群众必然有的混乱现象与无政府思想,还没计算在内。他们很想来一下革命性的同业罢工,却不愿意被人看做革命党。动刀动枪的事对他们不是味儿。他们想不敲破鸡子而炒鸡子,或者是只敲破邻居的鸡子。

奥里维瞧着,观察着,并不惊奇。他断定这些人没资格做他们自以为能做的事业,但也认出那股鼓动他们的无可避免的力,并且发现克利斯朵夫已经不知不觉跟着潮水走了。奥里维自己巴不得让潮水带走,而潮水偏不要他。他只能站在岸上望着它流过。

这是一道强有力的水流。它掀起一大堆热情、信仰、利害关系,使它们互相冲击,交融,激起无数相反的水沫与漩涡。为首的是那些领袖。他们是队伍中最不自由的人,因为被人推动着,而且也许是队伍中最少信仰的:他们的信仰已经是过去的事了,正如那般受他们奚落的教士,因为发了愿,因为从前相信过而不得不硬着头皮相信下去。跟在他们后面的大队人马是暴烈的,没有定见的,短视的。大多数人的信仰完全是受偶然支配。他们有信仰,因为现在潮水正向着这些乌托邦流去;今晚上他们可以不信仰,因为潮水有转变的倾向。另外许多人是因为需要活动,需要冒险而相信的。还有一般是单凭不通情理的,专断的逻辑相信的。另有一批是为了心地慈悲而相信。而最乖巧的只把思想用作战争的武器,为了争某个数目的工资,减掉多少钟点的工作而斗争。胃口健旺的人,暗中希望自己贫苦的生活将来能大大地找一点补偿。

但那股潮水比他们这些人都聪明;它知道它往哪儿去。暂时被旧世界的堤岸冲散一下有什么关系呢?奥里维料到社会革命在今日是要被压倒的,但也知道打败仗可以和打胜仗一样促成革命的目的:因为压迫者直要等到被压迫者教他们害怕的时候,才肯答应被压迫者的要求。革命党的主义是公平的,所用的暴力是不公平的,但对于他们的目标同样有利,两者都是整个计划中的一部分,而所谓计划便是带着人往前的那个盲目而切实的力的计划。

"你们这班被主子召唤的人,你们自己估量一下罢。你们之中没有多少哲人,没有多少强者,没有多少高尚的人。但主子选择了这个世界上的疯子来骇惑哲人,选择了弱者来骇惑强者,选择了下贱的、被人轻蔑的、空虚的事,来摧毁实在的事……"

然而不问操纵的主子是谁,是理性还是非理性,虽然工团主义所准备的社会组织可能使将来的局面有些进步,奥里维还是觉得他和克利斯朵夫犯不上把所有幻想与牺牲的劲放到这场战斗中去,放到这场庸俗而不能开辟新天地的战斗中去。他对革命所抱的神秘的希望幻灭了。平民不见得比别的阶级更好,更真诚,尤其是没有多大分别。

在骚乱的热情与追求名利的浪潮中,奥里维的眼睛跟心特别受着几座独立的小岛吸引,那是一些真正的信徒,东一处西一处地矗立着，好像漂在水上的花朵。优秀分子尽管想跟群众混在一起也没用，他总倾向于优秀分子，各个阶级各个党派的优秀分子，倾向于那些胸中怀有灵光的人。而他的神圣的责任就在守护这道灵光，不让它熄灭。

奥里维已经选定了他的任务。

跟他的家隔着几间门面，比街面稍微低一些，有一家小小的靴店，——那是用木板、玻璃、纸板拼凑起来的小棚子。进门先要走下三步踏级，站在里头还得弓着背。所有的地位恰好摆一个陈列靴子的槅板和两只工作凳。老板像传说中的靴匠一样整天哼唱。他打唿哨，敲靴底，嗄着嗓子哼小调或革命歌曲，或是从他的斗室中招呼过路的邻居。一只翅膀破碎的喜鹊在阶沿上一纵一跳，从门房那边过来，停在小店门外的第一级上望着鞋匠。他便停下工作，不是装着甜蜜的声音向它说些野话，便是哼《国际歌》。它仰着嘴巴，俨然地听着，又好像向他行礼一般，不时做一个往前扑的姿势，笨拙地拍拍翅膀，让自己站稳一些；然后忽然掉过头去，不等对方把一句话说完，便飞到路旁一张凳子的靠背上，瞪着街坊上的狗。于是靴匠重新敲他的靴子，同时把那句没说完的话说完。

他五十六岁，兴致挺好，可是喜欢生气，浓眉底下藏着一对笑眯眯的小眼睛，光秃的脑袋好比一个矗在头发窠上的鸡子，多毛的耳朵，牙齿不全的黑洞洞的嘴，哈哈大笑的时候像口井，又乱又脏的须，他常常用那些被鞋油染黑的手指捋来捋去。街坊上都管他叫斐伊哀老头，或是斐伊哀德，或是拉·斐伊哀德，——也故意叫他拉斐德惹他冒火，因为老头儿在政治上是标榜赤色思想的,①年轻时就因为参加巴黎公社而被判死刑,后来改成流配。他对这些往事非常骄傲,恨死了拿破仑三世与迦利弗②。凡是革命的集会,他无不踊跃参与,很热烈地拥护高加,因为他会用诙谐百出的辞令,打雷似的声音,预言将来大家可以痛痛快快地报复一下。他从来没错过一次高加的演讲,把每句话都咽在肚里,听到发噱的地方便扯着嘴大笑,听到咒骂的话又大为激动,对着那些战斗和未来的天堂心花怒放。第二天在小店里,他还得在报上重新读一遍演讲的摘要,对自己和徒弟高声朗诵;并且为了要细细地咂摸,他又教徒弟念,倘若漏掉了一行就拧他的耳朵。因此他的活儿往往不能准期交货,但手工挺讲究:鞋子把你脚都穿痛了还是没有坏。

徒弟是老人的孙子,十三岁,驼背,身体很弱,而且是软骨。母亲在十七岁上跟一个没出息的工人跑了,后来工人变了无赖,给抓去判了罪,从此不知下落。她被家里赶了出去,独自抚养着小爱麦虞限。她性情暴烈,嫉妒得有点病态,把对情夫的爱与恨一齐移在孩子身上:拼命地爱他,同时又粗暴地虐待他,然后,儿子一有病,又急得发疯似的。逢着心绪恶劣的日子,她不给他吃晚饭就教他睡觉。要是他在街上累得走不动了或是倒在地下了,她就踢他一脚逼他站起来。她说话颠颠倒倒,前言不对后语,一忽儿痛哭流涕,一忽儿快活得像疯子。赶到她死了,祖父便把孩子接回,那时他才六岁。老人很喜欢他,但他有他的一套喜欢的方式:对孩子很凶,百般辱

① 拉斐德为十九世纪法国大金融资本家,行动反复无常,素为工人阶级所不齿。

② 迦利弗为法国将军,镇压巴黎公社的刽子手。

骂,从早到晚地扯耳朵,打嘴巴,为的是教他手艺,同时也把他的社会主义理论与反宗教理论灌输给他。

爱麦虞限知道祖父的心并不坏;但他老是准备举起肘子来防巴掌。老人使他害怕,尤其在酩酊大醉的夜晚,因为斐伊哀德①老头名不虚传,每个月总要醉上两三次,胡说八道,嘻嘻哈哈,做出许多怪模样,结果孩子总得挨几下。其实那也是雷声大,雨点小。但孩子很胆怯,因为身体不好而更敏感,头脑早熟,遗传了母亲那种犷野而骚乱的心情。祖父粗暴的举动和革命的议论又把他骇坏了。外界的印象都会在他心中发生回响,好似小靴店被沉重的街车震动一样。日常的刺激,儿童的痛苦,早熟的悲惨的经验,巴黎公社的故事,从夜校中听来的零碎知识,报纸的副刊,工人集会中的演讲,和遗传得来的、骚动不已的、性的本能,都在他糊里糊涂的幻想中混成一片,像钟声的颤动。这种种合起来变成一个梦中的世界,奇形怪状,仿佛黑夜里的池沼,闪出一些耀眼的希望的光。

鞋匠把徒弟带着上奥兰丽的酒店。奥里维就在那边注意到这个尖声尖气的小驼子。既然不大跟工人们交谈,他尽有时间研究孩子的病态的脸,鼓起的脑门,又强悍又畏怯的神气。只要有人跟孩子说一句粗野的笑话,孩子就不声不响把脸扭做一团。听到某些革命的议论,他柔和的栗色眼睛又对着未来的幸福悠然神往,——其实即使这幸福一朝实现了,他那可怜的命运也不见得会怎么改变。但当时他眼睛里的光辉照着他可憎的脸,竟令人忘了它的可憎。这一点,连美丽的贝德也注意到了;有一天她对他说出了这个感想,冷不防亲了亲

① “斐伊哀德”一字,原义为一种酒桶的名称。

他的嘴。孩子惊跳一下,脸色马上变了,不胜厌恶地往后退避。贝德没有留意,她已经在那里和育西哀吵架了。发觉爱麦虞限这样骚动的只有奥里维,他眼睛盯着孩子,看他缩到黑影里,双手哆嗦,垂着头,低着眼睛,从旁用着又热烈又恼怒的目光偷觑贝德。他走过去跟他很温柔很客气地说话,一下子就把他的性子给压下去了……柔和的态度对于一颗被人轻蔑的心的确是很大的安慰,好比久旱的泥土急不及待地吸收的一滴水。只要几句话,只要一个笑容,就能使爱麦虞限暗中向奥里维倾心,把他认为知己。以后在街上遇见奥里维而发觉他们是近邻的时候,他更觉得那是一种缘分了。他特意等奥里维在铺子门前走过,好跟他招呼;倘若奥里维心不在焉地没留意,爱麦虞限就会不高兴。

有一天,奥里维走进斐伊哀德老头的店去订一双靴子,爱麦虞限真是快活极了。靴子完工了,他便趁奥里维在家的时候送过去,想借此见见他。奥里维正想着旁的事,没有理会,付了钱,一句话也没说;孩子好似等着什么,东张西望,不胜遗憾地预备走了。奥里维猜到了他的意思,虽然觉得和平民谈话是桩苦事,也笑着跟他搭讪起来。而这一回他竟找到了简单而直接的话。对于痛苦的直觉,使他把孩子看做——(当然是看得太简单了些)——像自己一样被人生伤害的小鸟,把头钻在翅膀里面,在鸟架上缩做一团,幻想着在光明中自由翱翔,聊以自慰。由于一种本能的信赖,孩子自然而然地跟他很接近了,觉得这颗静默的心灵,不叫不嚷,不说一句粗暴的话,自有一股吸引人的力量;待在他旁边,你跟街上的暴行完全隔离了。还有那屋子,装满了书,装满了几百年来神妙的语言,使孩子看了不由得肃然起敬。他很乐意回答奥里维的问话，但不时还露出一些骄傲的野性，说话也找不到字。奥里维小心翼翼地发掘这颗暧昧的、吞吞吐吐的灵魂，发觉它对于世界的革新抱着又可笑又动人的信仰。他明知道那信仰是个不可能的梦，决计改变不了世界的，可没有讪笑他的意思。基督徒也做过不可能的梦，也没把人类改好。从伯里克理斯到法利爱先生，①人类在道德方面有什么进步呢？……但所有的信仰都是美的；气运告尽的信仰黯淡的时候，应当欢迎那些新兴的：信仰永远不会嫌太多。奥里维又好奇又感动地瞧着摇摇不定的微光在孩子的脑海中燃烧。喃，多古怪的头脑！奥里维没法追踪它思想的线索，它不能作有头有尾的推理，只是急剧地乱奔乱窜；人家跟他说话，他的思想可落在后面：才说过的一句话里不知怎么会浮起一些景象，使他出神；然后他的思想又追上来，一跳跳过了你，从一句极平淡的话、极平淡的思想中掀起整个奇妙的世界，找出一个英雄式的、疯狂的信条。这颗恍恍惚惚而常常会突然惊醒的灵魂，特别倾向于乐天的观念，那是一种幼稚而强烈的需要；无论人家对他说什么，艺术或是科学，他总要加上一个一厢情愿的戏剧式的结局，配合他想入非非的愿望。

奥里维由于好奇心，逢到星期日念几段书给孩子听。他以为写实的亲切的故事可以引起他兴致，便念托尔斯泰的《童年回忆》。孩子却觉得平淡无奇，说道：

“嗯，是的，这是我们知道的。”

他不懂干吗人家要花那么多精神写些真实的事。

---

① 伯里克理斯系公元前五世纪时希腊大政治家，雅典的独裁者，以贤明著称于史。法利爱系法国一九〇六至一九一三年间总统。

“他讲的不过是个孩子，孩子。”他又轻蔑地补上一句。

他对历史也没有更大的兴味；科学使他厌烦，觉得像神话前面的一篇枯索无味的序：种种看不见的力替人类服务，有如那些可怕而被制服的精灵。长篇大论地解释一阵干什么呢？一个人找到了什么，只要把东西说出来，用不着说出怎样找到的。分析思想是布尔乔亚的奢侈。平民所需要的是综合，是现成的观念，不管是好的是坏的，尤其是坏的，只要能发动人实际去干；他还需要富有生机的、充满电力的现实。在爱麦虞限所认识的文学作品中，他最受感动的是雨果那种史诗式的悲愤，和那些革命演说家的乱七八糟的辞藻，那不但他不大明白，连演说家本人也不是常常弄得清的。对于他，像对于他们一样，世界并非一个由许多事实连贯起来的总体，而是一片无穷尽的空间，有的是影子，也有的是闪闪的光明，黑洞里有照着阳光的巨翼飞过。奥里维白白地教他布尔乔亚的逻辑，可是没法抓住这颗存心反抗的、烦闷的灵魂；它很高兴在自己那些骚动而互相冲突的幻觉中载沉载浮，好似一个动了爱情的女人闭着眼睛听人摆布。

奥里维对这个孩子觉得又亲切又惶惑，因为一方面他和他多么接近：孤独，骄傲，对理想的热情，——一方面孩子又和他多么不同：精神的不平衡，盲目而放纵的欲望，完全不知道何谓善何谓恶的、肉欲方面的野性。关于这野性，奥里维还只看到一部分。他永远想不到有一个情欲骚动的世界在这个小朋友心中蠢动。我们布尔乔亚的隔世遗传把我们训练得太明哲了，简直不敢细看自己的内心。倘使把一个老实人的梦想，或者把一个贞洁的女人所经历的古怪的热情说出百分之一，大家就会骇而欲走。好罢，我们不能让妖魔开口，得关上铁门。但应当知道他们是存在的，在年轻的心灵中随时准备破壁而出。——凡是公认为淫乱的欲念，爱麦虞限心里都有；它们会出其不意地，像狂风一般地把他卷住；又因为他长得丑，没人理睬，所以那些欲望格外强烈。奥里维可一点不知道。在他面前，爱麦虞限觉得很难为情。奥里维的和平的气息把他感染了，这样一种生活的榜样对他有镇静的作用。孩子非常热烈地爱着奥里维。他那些被压制的情欲都变成骚乱的梦想：社会的幸福，人类的博爱，科学的奇迹，神怪的航空，幼稚而野蛮的诗意，——总之是充满着功业、滑稽、淫乐与牺牲的世界。而他如醉如狂的意志就在那个世界中摸索。

在祖父的小棚子里，没有时间可以让他这样地出神，老头儿从早到晚地吹哨，絮聒，敲打。但梦想的机会总是有的。一个人可以站着，睁着眼睛，在一刹那间做上多少天的梦。——体力的劳动，跟断断续续的思想是不冲突的。凡是内容严密而比较冗长的思想，他不经过意志的努力就不大能抓住线索；即使能够，也要错过许多关节；但有节奏的动作一有空隙，思想倒能随时插进来，形象能浮起来；肉体的有规律的举动像锅炉旁边的风箱一般，能帮助它们出现。这就是平民的思想，是熄而复燃、燃而复熄的一堆火，一股烟。但偶然有朵火花被风卷去的时候，就会把布尔乔亚充实的仓库烧起来。

奥里维把爱麦虞限荐到一家印刷所去当学徒。这是孩子的愿望；祖父也不反对：他很乐意看到孙子比他更有学问，对印刷所里的油墨也颇有敬意。这一行手艺比老手艺更辛苦；但孩子觉得在工人堆里比跟老祖父在一起更可以胡思乱想。

最舒服的是吃中饭的时间。成群结队的工人占据着阶沿上的饭桌，挤满了本区里的酒店；爱麦虞限却拐着腿躲到邻近的广场上去，靠近一座手执葡萄、做着跳舞姿势的牧神像，啃着面包和裹在油纸里的猪肉，在一群麻雀中间慢慢地体味。小小的喷泉在草地上放射雹霰似的细雨。几头宝蓝色的鸽子停在阳光底下的一株树上，睁着圆眼咽咽地叫。四周是巴黎的永远不歇的市声，车辆的隆隆声，潮水似的脚步声，街上一切熟悉的叫喊声，修补搪瓷用具的工人远远送来的轻快的芦笛声，修路工人敲击路面的锤子声，一座喷泉的庄严的歌唱声，——裹着巴黎的梦境。骑在凳上的小驼子含着满嘴的食物，并不马上咽下去，懒洋洋地出神了；他再也不觉得脊梁里的痛楚和自己的渺小，只是恍恍惚惚地非常快乐……

"……明天将要照临我们的温暖的光明，正义的太阳，不是已经辉煌四射了吗？一切都这样的善，这样的美！大家富足，健康，相爱……是的，我爱着，我爱大家，大家也爱我……啊！多舒服！将来大家多舒服！……"

工厂的汽笛响了；孩子惊醒过来，咽下了嘴里的东西，在近旁的喷泉上喝了一大口水，然后弓着背，蹒蹒跚跚地回到印刷所去站在他的位置上，面对着奇妙的字母，——早晚会写出"一切都将称过，算过，分配过"①那样的句子的字母。

斐伊哀老头有个老朋友叫做德罗郁，在对面开着一家兼卖杂货的文具店，橱窗里摆着玻璃缸，装着红红绿绿的糖果，没有臂没有腿的纸娃娃。两个朋友，一个在门前阶沿上，一个在棚子里，隔着街挤眉弄眼，摇头摆脑，做着各式各种的记号。有时鞋匠累了，以至于像他所说的臀部抽筋的时候，两人就远

① 见《旧约·但以理书》第五章。

远地招呼一下,——拉·斐伊哀德尖着嗓子,德罗郁用着牛鸣似的声音,——一同到邻近的酒店里去喝一杯,一到那儿可就不急于回来了。那简直是一对话匣子。他们俩认识了快有五十年。文具店的主人在一八七一年那出戏①里也露过脸。谁想得到呢?他表面上仅仅是个极普通的人,长得胖胖的,戴着小黑帽,穿着白色工衣,留着一簇老兵式的灰白须,迷迷惘惘的眼睛上有一丝丝的红筋,眼皮臃肿得厉害,软绵绵亮晶晶的腮帮老淌着汗,拖着一双痛风的腿,呼吸急促,说话也不大利落。但他始终保持着当年的幻象。在瑞士亡命了几年,他遇到各国的同志,特别是俄国人,使他窥到了博爱的无政府主义之美。在这一点上,他和拉·斐伊哀德意见可不同了,因为拉·斐伊哀德是老派的法国人,他心目中的自由是要用武力与专制手段去执行的。除此以外,两人都绝对相信将来必有社会革命,必有一个劳工理想国。各人崇拜一个领袖,把自己的理想寄托在他身上。德罗郁拥戴育西哀,拉·斐伊哀德拥戴高加。他们滔滔不绝地辩论彼此意见的分歧点,以为共同的思想早已讲清楚了;——(干了两杯之后,他们几乎相信这共同思想已经实现了。)——两人之中,鞋匠更好辩。他是凭理智而相信的,至少自命为如此:因为他的理智是怎样特殊的理智,只有天晓得!只适用于他一个人的。可是虽则在理智方面不及在靴子方面内行,他仍胆敢说他的理智对别人也一样适用。比较懒惰的文具店老板却不愿费心来证明他的信念。一个人只证明他所疑惑的事。德罗郁可并不疑惑。他那种永远乐观的脾气是依着自己的愿望来看事情的,凡是跟他

① 指巴黎公社。

的愿望不合的,他就看不见或者是忘了。不愉快的经验在他皮肤上滑过,一点不留痕迹。——两人都是想入非非的老孩子,没有现实感觉,一听革命这个名词就飘飘然,仿佛那是一个可以随便编造的美丽的故事,简直弄不清它是不是有一天会实现,或者是不是目前已经实现了。他们俩对人类像对上帝一样地信仰,算是把千百年来膜拜基督的习惯转变一下。因为不用说,他们都是反对教会的。

妙的是文具店老板和一个热心宗教的侄女住在一起,完全受她的支配。那个深色头发,眼睛挺精神,说话又急又快,还带着很重的马赛口音的矮胖女人,是个寡妇,丈夫以前在商务部当文书。她没有财产,只有一个女孩子;母女俩被叔父收留着,但她自命不凡,差不多认为在铺子里管买卖是给了老板面子,神气活像一个失宠的王后。还算是叔父的生意和主顾们的运气,她精神饱满,兴高采烈,把傲慢的态度冲淡了不少。以她那种高贵的身份,她当然是保王党兼教会派。亚历山特里太太把这两种心情表现得非常露骨,最喜欢捉弄那不信神道的老人。她自居于主妇的地位,认为对全家的信仰负有责任;如果她不能使叔父改变信仰——(她发誓终有一天会成功的)——至少要把这老怪物浸在圣水里。她在墙上钉着卢尔特的圣母像和巴杜的圣女安多纳像,壁炉架上的玻璃罩内供着彩色的神像,八月里又在女儿床头摆一座小型的圣母寺,插着蓝色的小蜡烛。这种含有挑衅意味的虔诚,人家也说不出她是什么动机,是为了爱护她的叔父,希望他皈依正教呢,还是单单为了要惹他生气。

无精打采,半睡半醒的老头儿处处让着她,绝不敢惹动侄女好斗的脾气:他这样不伶俐的口齿绝不是她的对手,所以但求息事宁人。只有一次,他冒火了,因为一个小小的圣·约瑟像竟然溜进了他房里,高踞在床后的墙上。那一下他可占了上风,因为他气得差点儿发疯,把侄女吓坏了,从此不敢再来。余下的事,他都装聋作哑。那种老虔婆气息的确使他难堪,但他不愿意去想。骨子里他是佩服侄女的,觉得被她呼来喝去也不无快感。而且他们在宠爱小丫头兰纳德那一点上是意见一致的。

兰纳德十三岁,老是闹病。几个月以来她害了骨节痨,成天躺在床上,半个身体都用夹板夹着,好似包在树皮中的达夫妮。① 她的眼睛像受伤的小鹿眼睛,黯淡的皮色好比缺乏阳光的植物;头原来长得太大,加上很细很紧密的淡黄头发就越显得大了;但脸很清秀,富于表情,配着一个小小的生动的鼻子,一副天真烂漫的笑容。母亲的宗教热在这个有病而一无所事的孩子身上更变本加厉。她几小时地念着经,拿着教皇祝福过的珊瑚念珠,常常热烈地亲吻。她差不多整天闲着,又不喜欢做针线:母亲从来没培养她这方面的兴趣。她偶然看几本枯索无味的传道小册,和叙述奇迹的故事,那种平板而浮夸的风格对她就跟诗一样。糊涂的母亲也把周报上附有插图的犯罪新闻交给她念。逢到她偶尔打毛线的时候,心也不在活计上,只念念有词地和什么圣女或仁慈的上帝谈话。本来吗,不一定要圣女贞德才能得到上帝的访问;我们都受过这种恩宠的。那些天国的使者往往并不开口,只让我们坐在家里独白。但兰纳德决不着恼:他们不开口就是默认。并且她有那么多的话对他们说,没时间让客人回答:她都替他们代答

① 神话载:水神达夫妮被阿波罗热恋,乃求其母地神将其变为月桂。

了。她是一个不出声的多嘴姑娘，遗传了母亲的唠叨的脾气，但滔滔汩汩的话都变成了内心的言语，像一条小溪似的流到地底下去了。——不必说，为了使叔祖皈依正教，她也参与母亲的计谋。只要能把灵光带一点儿到黑暗的家里来，她就非常快慰；她拿圣牌缝在老人衣服的夹层内，或者把一颗念珠塞在他口袋里，叔祖为了让她高兴，假装不注意。——两个虔婆对这反教会的老头儿所玩的手段，使鞋匠看了又好气又好笑。他惯于用粗野的话调侃泼辣的女人，便常常取笑他那个慑于雌威的朋友，使他听了无可奈何。因为他是过来人，被一个脾气挺坏而滴酒不入的老婆管了二十年，被她当做醉鬼，骂得哑口无言，至今不敢提起这些事。所以文具店老板只是不大好意思地辩护几句，结结巴巴地说一套克鲁泡特金式的宽宏大量的话。

兰纳德和爱麦虞限是朋友，从小就天天见面；但爱麦虞限不大敢溜进她家里。亚历山特里太太讨厌他，认为他是无神论者的孙子，下流的小坏蛋。兰纳德整天躺在楼下靠窗的一张长椅里，爱麦虞限经过的时候轻轻地敲着玻璃，鼻子贴在窗上，扯个鬼脸跟她打招呼。夏天，窗子开着，他便停下来，把胳膊高高地靠在窗子的横闩上，自以为这个姿势对他比较有利，肩头高耸之后可以遮掩他的残废。其实没有朋友来往的兰纳德早已想不到爱麦虞限是驼子。而一向害怕并且讨厌女孩子的爱麦虞限，也把兰纳德看做例外。这个半瘫的姑娘对他是可望而不可即的。只有在贝德把他亲吻过后的那天晚上和下一天，他回避兰纳德，对她有种本能的厌恶，急急忙忙地低着头走过，然后不大放心地，远远地偷觑一下，好似一条野狗。过了两天，他又找她了。的确兰纳德不能算女人！——平日放工的时候,钉书的女工穿着像睡衣一样长的工农,都是个子高大的嘻嘻哈哈的姑娘,饿虎似的眼睛会一眼把你瞧尽的;他走在她们中间拼命把自己缩小,赶紧往兰纳德的窗子逃过去。他很高兴他的女朋友残废:在她面前,他可以摆出优越的,甚至保护人那样的神气。他把街坊上的事讲给她听,故意把自己说得很重要。逢着他想讨人喜欢的时候,还带一些东西给她,冬天是烤栗子,夏天是樱桃等等。她那方面,也从摆在橱窗里的两口玻璃缸内掏些花花绿绿的糖给他,拿着风景片一同看着玩儿。这是最快活的时间:两人都忘了幽禁他们童心的可怜的肉体。

但他们也会像大人一样为了政治与宗教而争论,那时也就和大人一样的愚蠢。和谐的空气破坏了。她讲着奇迹,九日祈祷,赦罪日,镶着纸花边的圣像;他学着祖父的口头禅,说这些都是胡闹,可笑。他讲起老人带他去参加的集会,她也鄙夷不屑地打断他的话,说那些人都是酒鬼。双方的语气变得难听了,提到彼此的家长:一个把祖父侮辱对方母亲的话说出来,一个把母亲侮辱对方祖父的话说出来。然后他们又互相攻击本人,尽量找些不客气的字眼。这当然很容易;他说出最粗野的话,可是她能找到最恶毒的。于是他走了。下次再见的时候,他说他曾经和别的女孩子在一起,她们都长得漂亮,大家玩得很痛快,还约好下星期日再见。她一声不出,假装不把他的话放在心上;可是突然之间她发作了,把编织的钩针摔在他头上,嚷着叫他走开,说她恨他,随后把双手捧着脸。他走了,心里并没为了胜利而得意。他很想拿开她瘦削的小手,跟她说刚才的话是假的。但他为了傲气,硬着头皮撑下去。

终于有一天,人家代兰纳德报复了一下。——他和工场里的伙伴在一块儿。他们不喜欢他,因为他不理人,也因为他不说话或太会说话:幼稚,夸大,像书本上或报纸上的文章——(他脑子里装满了这一套)。——那天大家谈着革命跟将来的世界。他兴奋得不得了,说话很可笑。一个同伴恶狠狠地挖苦他说:

"得了吧,你太丑了。将来的社会上不会再有驼子。像你这种家伙一生下来就得给淹死的。"

那一下他可从雄辩的高峰上直跌下来,狼狈不堪地住嘴了。旁人都笑弯了腰。整个下午他咬紧牙关,一声不出。傍晚他回家去,急于想躲在他的一角自个儿痛苦。奥里维路上遇到他,看他面如土色不禁吃了一惊。

"啊,你心里不好过。为什么呢?"

爱麦虞限不愿意回答,奥里维很亲热地追问,孩子老不开口,牙床骨直打哆嗦,像要哭了。奥里维搀着他的胳膊,带他到家里。奥里维对于疾病和丑恶有种本能的厌恶,那是生来不能做慈善会修士的人都免不了的;但他一点不流露出这种情绪。

"是不是人家和你过不去?"

"是的。"

"怎么回事呢?"

这时孩子可忍不住了。他说他长得丑,同伴们说他们的革命没有他的份。

"也没有他们的份,同时也没有我们的份,"奥里维回答,"那不是一朝一夕的事。我们是为着后来的人干的。"

孩子听到革命要这么晚才成功,不免很失望。

"为了替像你这样成千成万的少年,成千成万的人谋幸福而工作，难道你不乐意吗？"

爱麦虞限叹了口气："可是自己能有一些幸福究竟是舒服的。"

"孩子，别不知好歹。你住的是世界上最美的都市，生在最奇妙的时代；你并不傻，眼力也很好。你想，周围有多少事值得你去看，去爱。"

他给他指出了几桩。

孩子听着，摇摇头："不错，可是我背着这个躯壳，永远摆脱不掉！"

"你会摆脱的。"

"到那个时候，一切都完了。"

"你怎么知道一切都完了？"

孩子听了这话愣住了。唯物主义是祖父信条中的一部分；他以为只有教士才相信灵魂不死，因为知道奥里维不是这等人，便私忖他说这句话是否当真。可是奥里维握着他的手，说了许多理想主义者的信仰，说无穷的生命只是一个整体，无始无终的亿兆生灵与亿兆的瞬间只是独一无二的太阳的光芒。但他并不用这抽象的话。他一边说着，一边不知不觉跟孩子的思想同化了：古老的传说，古老的宇宙观中实际而深刻的幻想，都给回想起来。他半笑半正经地讲着万物的轮回与递嬗，灵魂在无量数的形式中流过，滤过，像从这一口池流到那一口池的一道泉水。说话之间他又羼入一些基督教的回忆和眼前这个夏日傍晚的景象。他靠近打开的窗子坐着：孩子站在他旁边，让他拿着手。那天是星期六。傍晚的钟声响着。最近才回来的第一批燕子掠过房屋的墙。远天对着包裹在黑影中的都市微笑。孩子凝神屏气，听着年长的朋友讲的神话。奥里维看到孩子这样专心也感动了,不禁对着自己的叙述悠然神往。

人生往往有些决定终身的时间,好似电灯在大都市的夜里突然亮起来一样,永恒的火焰在昏黑的灵魂中燃着了。只要一颗灵魂中跳出一点火星,就能把灵火带给那个期待着的灵魂。这个春天的黄昏,奥里维安安静静地说话,在残废的小身体所禁锢的精神中间,好像在一盏歪歪斜斜的灯笼里,燃起了永远不熄的光明。

他完全不懂奥里维的议论,甚至也不大听在耳里。但这些传说,这些形象,在奥里维看来只是美丽的寓言和譬喻,在爱麦虞限心中却是有血有肉的现实。神话变了生动的东西,在他周围飞舞。从房间的窗洞里看到的形象,街上来往的穷穷富富的人,掠过墙头的燕子,驮着重物的疲乏的马,被黄昏的影子湮没的房屋的砖石,光明隐灭的黯淡的天色,——这整个外表的世界突然印在他心头,像一个亲吻。那仅仅是电光般的一闪,马上熄灭了。他心里想到兰纳德,便说:"可是那些去望弥撒,相信上帝的人,明明是头脑不清的家伙!"

奥里维笑了笑回答:"他们跟我们一样的有所信仰。我们都信着同样的事。只是他们的信仰没有我们的坚强罢了。他们要关上护窗,点上灯,才能看到光明。他们把上帝寄托在一个人身上。我们眼光更好。但我们爱的总是同样的光明。"

孩子回家去了,黑洞洞的街上,煤气灯还没有点起来。奥里维的话在他头里嗡嗡地响。他忽然想到,嘲笑眼光不好的人跟嘲笑驼子同样是残忍的。他又想起眼睛挺美的兰纳德,想起他曾经使那双眼睛流泪,不由得难过极了,便回头向文具店走去。窗子还半开在那里,他轻轻地伸进头去,低声叫着:

"兰纳德……"

她不回答。

"兰纳德！我请你原谅。"

兰纳德在黑影里回答说："坏东西，我恨你。"

"对不起。"他又说了一遍。

随后忽然兴奋起来，他更放低了声音，又惶惑又羞愧地说：

"告诉你，兰纳德，我也相信上帝了，跟你一样。"

"真的吗？"

"真的。"

他这么说是特别为了表示自己宽宏大量。但说过以后，他的确有些相信了。

两人相对无言，彼此也瞧不见。外边是美妙的夜晚。残废的孩子喁喁地说："一个人死了才舒服呢！……"

他听到兰纳德轻微的呼吸，便说了声："再见！"

兰纳德也用着温柔的声音回答："再见！"

他心情轻快地走了。兰纳德原谅了他，他很快活。其实这苦命的孩子暗中也乐意兰纳德为他而痛苦一下。

奥里维又躲在家里了。不久克利斯朵夫也回来了。真的，他们俩不是干社会革命的人。奥里维不能和这些战士联盟。克利斯朵夫不愿意和他们联盟。奥里维因为是被压迫的弱者而躲避，克利斯朵夫因为是独立不羁的强者而躲避。可是尽管一个蹲在船首，一个蹲在船尾，他们总还是在那条载着劳工队伍与整个社会的船上。自以为精神洒脱，意志坚强的克利斯朵夫，用一种带着鼓励意味的关切的态度，看着无产阶级团结起来；他喜欢到骚动的平民堆里混一下，让精神松动一点，事后觉得自己更有劲更新鲜。他继续跟高加来往，偶尔也仍旧上奥兰丽铺子去吃饭，在那儿兴之所至，毫无顾忌，什么怪僻的论调都不会使他吃惊；他还故意放刁，煽动人家把话越说越荒唐，越说越激烈。在场的人竟弄不清克利斯朵夫是否正经，因为他一边说一边激动起来，终于忘了他本意是闹着玩儿的。大家的醉意把艺术家也熏醉了。有一回他得了灵感，在奥兰丽铺子的后间作了一支革命歌曲，立刻给人背熟了，第二天就传遍工人团体。因此他犯了嫌疑，受到警察当局的注意。消息灵通的玛奴斯有一个年轻朋友，叫做爱克撒维·裴那，在警察局办事，同时也喜欢文学而自命为崇拜克利斯朵夫的，——（因为第三共和的看家狗中间也渗进了无政府思想与享乐主义）。——他告诉玛奴斯："你们的克拉夫脱简直胡闹。他想充英雄好汉。我们是知道底细的；可是上级很高兴在这些革命阴谋中抓个外国人——尤其是德国人，——这是诬蔑革命党私通外国的老办法。倘若这傻瓜不小心，我们就得抓他了。那不是麻烦吗？你去通知他一声。"

玛奴斯告诉了克利斯朵夫，奥里维要他谨慎些。克利斯朵夫却不以为意。

"得了罢！"他说，"谁都知道我不是个危险人物。难道我不能玩一下吗？我喜欢这些人，他们像我一样地做着工，像我一样地有个信仰。老实说，信仰是不同的，我们不是一条战线上的人……好罢，打架就打架，我不怕……有什么办法？我不能像你这样缩在壳里。跟布尔乔亚在一块，我透不过气来。"

奥里维的肺不需要这么多空气。他待在狭小的屋子里，和两个精神安定的女朋友做伴觉得很舒服。那时亚诺太太忙着慈善事业,赛西尔专心抚养孩子,口口声声只谈着孩子,也只跟孩子谈着,叽叽喳喳,学着小鸟的声音,把孩子那种不成腔的歌曲慢慢地变做人话。

奥里维跟工人们混了一下,结果有了两个熟人,像他一样是无党无派的。一个是地毯匠葛冷。他的工作完全是逞他高兴的,非常任性,可是手段很巧。他爱自己的手艺,天生对艺术品有鉴赏力,还加上观察、工作、参观博物馆等等的修养。奥里维托他修过一件古式家具:活儿很不容易做,他居然对付得很好,花了不少的精力和时间,只向奥里维要了一笔很公道的修理费,因为他能够做成这件活儿已经挺高兴了。奥里维对他发生了兴趣,探问他的身世和他对于劳工运动的意见。葛冷毫无意见;他完全不把这问题放在心上。他不属于这个阶级,也不属于任何阶级。他就是他。很少看书,所有知识方面的成就都是靠感官、眼睛、手,和真正的巴黎平民天生的鉴别力来的。他非常快活。在工人阶级的小布尔乔亚中间,这等人很多,那是法兰西最聪明的种族之一:因为肉体的劳作和精神活动在他们身上是平衡的。

奥里维的另外一个熟人却更古怪了。他名叫乌德罗,职业是邮差。长得很体面,个子高大,眼睛很亮,留着淡黄的胡子跟须,神色开朗,一望而知是个快活人。有一天他为了送一封挂号信,走进奥里维的屋子。趁奥里维签字的时候,他在书房里绕了一转,把书题扫了一眼。

"嘿!嘿!你的古书真不少……"接着又道:"我也收着关于蒲高尼①的文献。"

① 蒲高尼为法国地理名,包括东部各州,以产酒著名。

“你是蒲高尼人吗?”

邮差笑着,哼了一支蒲高尼的民谣,回答说:“是的,我是阿凡龙地方人。我的家庭文献有早到一二〇〇年的,另外还……”

奥里维听了大为惊异,很想多知道些。乌德罗也巴不得有说话的机会。他确是蒲高尼最古老的旧家之一。有一个祖先曾经参加腓列伯·奥古斯德的十字军;又有一个当过亨利二世的国务大臣。从十七世纪起,家道衰落了,大革命时期更被平民的巨潮卷了下去。现在靠着邮差乌德罗的体力与魄力,奉公守法地做着事,对家族的忠诚,这一家才又浮到水面上来。他最好的消遣是搜集一些谱系的史料,不是有关他一家的,便是有关他的乡土的。放假的日子,他到档案保存所去抄录旧文件,遇到不懂的地方,就去请教因送信而认识的考古学院学生或巴黎大学文科的学生。煊赫的家世并没使他得意忘形;他一边笑一边叙述,没有什么怨恨命运的口气。他那种健康的、无愁无虑的、快活的心情,教人看了舒服。奥里维望着他,不禁想到一代又一代的种族循环往复,在地面上浩浩荡荡地流上几百年,在地底下销声匿迹几百年,随后又从泥土里吸收了新的力量重新涌现。他觉得平民是口广大无边的蓄水池,过去的河流可以在其中隐没不见,未来的河流又从中发源,——其实除了名字不同以外还不是同样的河流?

他很喜欢葛冷与乌德罗;但他们不能跟他做伴,彼此没有什么可谈的。倒是爱麦虞限那孩子多费他一些精神;他几乎每天晚上都来。从那次神秘的谈话以后,孩子精神上有了很大的变动。他抱着狂热的求知欲钻到书本里去,等到抬起头来,简直发呆了,似乎没有以前聪明了,话也更少了;奥里维想尽方法只能逼出他几个唯唯否否的字;问他什么,他又胡说八道地乱答一阵。奥里维很灰心,竭力忍着不表示出来,以为自己看错了,这孩子原来是个笨蛋。他可没看见狂热的孵化工作正在这颗灵魂中进行。他是个不高明的教育家,只能拿一把良好的种子随意往田间散播,却不会耕地,犁地。——逢到克利斯朵夫在场,他更惶惑,觉得给他看到这样一个信徒很难堪;而爱麦虞限当着克利斯朵夫的面也显得更蠢,使奥里维更羞愧。那时,孩子咬紧牙关,恶狠狠地一句话也不说。他恨克利斯朵夫,因为奥里维爱克利斯朵夫;他不答应除了自己以外还有别人在他老师心中占有地位。克利斯朵夫和奥里维都想不到孩子心里有这种偏激的爱与嫉妒。克利斯朵夫当年也是这样的。但在一个性格不同的人身上,他认不得自己的面目了。爱麦虞限是受到多少病态的遗传的,所以他的爱,憎,潜伏的天才,发出来的声音与众不同。

五一节近了。

巴黎有些可怕的谣言。劳工总会的一般牛大王尽量地推波助澜。他们的报纸宣告大审的日子到了,号召工人纠察队,喊出"饿死他们!"的口号,那是布尔乔亚最害怕的。他们拿总罢工做威吓。胆小的巴黎人有的下乡了,有的怕受封锁,忙着囤积粮食。克利斯朵夫遇到加奈驾着汽车,带着两只火腿和一袋番薯。他吓坏了,竟弄不大清自己属于哪一党;一忽儿是老共和党,一忽儿是保王党,一忽儿是革命党。他的暴力崇拜好似一支疯狂的罗盘针,一下子从北跳到南,一下子从南跳到北。当着大众,他照旧附和朋友们的虚张声势,心里可是预备拥戴随便哪个独裁者来打倒赤色的幽灵。

克利斯朵夫嘲笑这种普遍的胆怯病，相信什么事都不会发生的。奥里维却没有这个把握。他是布尔乔亚出身；而回想起当年的大革命和等待将来的革命，布尔乔亚老是有些心惊胆战的。

“得了罢！”克利斯朵夫说，“尽管安心睡觉罢。你这革命绝不是明天会来的！你们怕革命，怕挨打……到处是这个心理：布尔乔亚，平民，整个的民族，西方所有的民族。大家的血都不够，生怕再流掉。四十年来不过是说大话。瞧瞧你们的德莱弗斯案子罢！‘杀呀！杀呀！’你们还喊得不够吗？好一班吹大炮的家伙！费了多少的唾沫跟墨汁！可是流过几滴血呢？”

“别这样肯定，”奥里维回答，“你知道为什么大家怕流血？因为我们本能地感觉到，只要流了第一滴血，兽性就会一发不可收拾。文明人的面具马上会掉下来，野兽的利爪会伸出来；那时谁能把它制服只有天晓得了！每个人都对着战争踌躇不决；但一朝爆发之后可惨了……”

克利斯朵夫耸耸肩，说吹牛大王西拉诺和冒充英雄的尚德莱①会在这个时代走红不为无因。

奥里维摇摇头。他知道，自吹自擂在法国是行动的前奏曲。但说到五一节，他也不比克利斯朵夫更相信会有什么革命：事情过于张扬了，政府已经有了准备。指挥暴动的领袖们一定会把战争延缓到一个更适当的时间。

四月的下半个月，奥里维患着感冒，那是差不多每年到这

① 西拉诺与尚德莱均洛斯当所作的戏剧中人物。

个时候要发作的，同时还得触发支气管炎的老毛病。克利斯朵夫在他家里住了两三天。这次病势很轻，很快地过去了。但热度退后，奥里维照例还要拖几天，非常疲倦。他躺在床上，几小时地不想动弹，呆呆地望着克利斯朵夫背对着他，伏在书桌上写东西。

克利斯朵夫在那里专心工作：写得厌倦了，便突然站起来，过去弹一会儿琴，倒不是弹他才写下的曲子，而是信手弹奏。于是出现了一个很古怪的现象：他写出来的东西和他以前的风格明明是一贯的，此刻弹的倒像是另一个人的作品：粗暴，狂乱，支离破碎，完全没有他别的作品里那种谨严的逻辑。这些不假思索的即兴，逃过了意识的监视，不是从思想而是从肉体来的，像野兽的嚎叫，显出精神非常不平衡，正在酝酿未来的暴风雨。克利斯朵夫自己不觉得，但奥里维听着，望着克利斯朵夫，隐隐约约地感到不安。在病体虚弱的情形之下，他特别能洞察幽微，预知未来，窥见谁也没注意到的事。

克利斯朵夫按了最后一个和弦，满头大汗，面目狰狞地停住了；他把惊惶不定的眼睛向四下里扫了一转，碰到了奥里维的眼睛，笑了一阵，回到他的书桌上。

“你弹的什么呀，克利斯朵夫？”奥里维问。

“没有什么。我是把水搅动一阵，想捉些鱼。”

“你预备写下来吗？”

“写什么？”

“你才弹的。”

“我弹些什么已经记不得了。”

“那么你刚才想些什么？”

“不知道。”克利斯朵夫说着，把手按着脑门。

他继续写他的东西。屋子里又静了下来。奥里维始终瞧着克利斯朵夫。克利斯朵夫觉察了,便转过身来,看到奥里维眼中含着无限的温情。

“你这个懒虫!”他嘻嘻哈哈地说。

奥里维叹了口气。

“怎么啦?”克利斯朵夫问。

“唉,克利斯朵夫,你胸中还有多少东西!眼看你在这儿,紧靠着我,可是你将来给别人的多少宝物,都没有我的份了……”

“你疯了吗?你怎么的?”

“你将来的生活是怎么样的呢?还得经历怎么样的危险、怎么样的难关呢?……我愿意跟你在一起……可是我什么都看不见的了。我得糊里糊涂地搁浅在半路上。”

“要说糊涂,你现在就是糊涂。即使你自己要赖在半路上,我也不让你那么做。”

“你会把我忘了的。”奥里维回答。

克利斯朵夫站起来,过去坐在床上,靠近奥里维,握着他出着虚汗的手腕。衬衣的领口敞开着,露出瘦骨嶙峋的胸部,娇弱而紧张的皮肤好似一张被风吹饱而快要破裂的帆。克利斯朵夫结实的手指不大利落地把他的衣领给扣上了。奥里维只是听他摆布。

“亲爱的克利斯朵夫,”他温柔地说,“我这一辈子也有过美满的幸福了!”

“哎,你这话是什么意思?你不是和我一样,身体很好吗?”

“是的。”

“那么干吗说这些傻话?”

“对,我这是不应该的,”奥里维羞愧地笑着,“大概这次的感冒使我精神萎靡了。”

“得振作起来呀。哎,喂!起来罢。”

“让我歇一下再说。”

他仍旧躺在床上胡思乱想。第二天他起来了,坐在壁炉旁边继续出神。

那年的四月天气很暖,常常下雾。小小的绿叶在银色的雾绡中舒展,看不见的鸟一迭连声地唱着,欢迎隐在云后的太阳。奥里维抽引着千丝万缕的往事:看到自己小时候坐着火车,在大雾中跟哭哭啼啼的母亲离开家乡,安多纳德自个儿坐在车厢的一角……美丽的侧影,清秀的风景,一一映在他的眼帘上。美妙的诗句自然而然地涌出来,音韵,节奏,都已经齐备了。他原来坐在书桌旁边,只要伸出手臂就可以抓到笔,把这些诗意盎然的境界记下来。可是他不想这么办。他疲倦不堪,也明明知道梦境一朝给固定之后,香气就会散掉。那是一向如此的:他没法表现自己最优秀的部分。他的心仿佛一个百花盛开的山谷,可是谁也进不去;而且只要动手去采,那些花就会谢落的。结果只勉强剩下几朵,几个短篇,几首诗,发出一股隽永的凄凉的气息。这种艺术上的无能久已成为奥里维最大的苦闷。感觉到内心藏着多少生机而竟无法抢救!……——现在他隐忍了。用不到人家看到,花也一样会开放,——在无人采摘的田里倒反更美。开遍了原野,在阳光底下出神的鲜花不是悠然自得,挺快活吗?——阳光是难得有的;但没有阳光,奥里维的幻景只有更丰富。他那几天编了多少凄怨的、温柔的、神怪的故事!不知它们从哪儿来的,好似片片白云在夏日的天空飘浮，在空气中融化，然后又来了新的；这种故事他心里有的是。有时天上晴空万里，奥里维便晒着太阳迷迷糊糊，直等到无声的幻梦张着翅膀再来的时候。

晚上，小驼子来了。奥里维胸中装满了故事，不由得对他讲了一桩，微微笑着，出神了。他常常这样说着话，眼睛望着前面；孩子一声不出。后来他也忘了有孩子在场……故事说到一半，克利斯朵夫闯进来听到了，觉得美妙至极，要奥里维从头再来一遍。奥里维却不愿意："我跟你一样，已经忘了。"

"没有这回事，"克利斯朵夫说，"你是个古怪的法国人，自己说的，做的，老是心里有数。你从来不会忘掉什么事。"

"这便是我的不幸。"

"因为你忘不了，我才要你把刚才的故事再说一遍。"

"多厌烦。而且有什么用？"

克利斯朵夫恼了。

"这是不对的，"他说，"那么你的思想对你有什么用？你把自己所有的统统丢掉。那是永远的损失。"

"什么都不会损失的。"奥里维回答。

奥里维讲着他的梦境的时候，小驼子始终坐在那里一动不动，此刻才醒过来，向着窗子睁着迷迷糊糊的眼睛，沉着脸，神气恶狠狠的，不知道在想些什么。他站起来说了句："明儿一定是好天气。"

克利斯朵夫听了对奥里维说："我相信你说的话他一个字也没听进去。"

"明儿是五月一日。"爱麦虞限补上一句，沉闷的脸上有了光辉。

"这是他的故事，"奥里维说，——"喂，你明儿来讲给我听。”

“胡说八道!”克利斯朵夫说。

第二天,克利斯朵夫来接奥里维到城里去散步。奥里维病已经完全好了,但老是异乎寻常的困倦。他不想出去,心里有点隐隐约约的恐惧,又不喜欢跟群众混在一起。他的心和精神是勇敢的,肉体却是娇弱的:怕喧闹,骚乱,和一切暴烈的行动。他明知自己生来要做强暴的牺牲品,不能够也不愿意自卫:因为他受不了教人家受罪,正如受不了自己受罪一样。凡是虚弱的人总比旁人更怕肉体的痛苦,因为更熟悉这种痛苦;而他们的幻想还要把它特别加强。奥里维想到自己的精神不怕吃苦而肉体偏偏这样的怯弱,觉得很惭愧,竭力想加以压制。但那天早上,他不愿意跟任何人接触,只想整天躲在家里。克利斯朵夫埋怨他,取笑他,不顾一切地要他出去振作一下:他已经有十天工夫没上街换换空气了。奥里维只做不听见,克利斯朵夫便说:“好吧,我一个人去。我要去看看他们的五一节。要是我今晚不回来,你可以说我是给抓进去了。”

他走了。在楼梯上,奥里维追了上来。他不愿意克利斯朵夫独自出门。

街上人很少。三三两两的女工衣襟上缀着一串铃兰。像星期日一样穿得整整齐齐的工人们,很悠闲地遛着。街头巷尾,靠近地道车站的地方,掩掩藏藏地站着成群的警察。卢森堡公园的大铁门给关上了。天气老是很温暖,罩着雾。已经好久没有太阳了……两个朋友挽着手臂,不大说话,心里非常相爱,偶然交换一言半语,唤起一些亲切的往事。在区公所前面,他们停下来瞧瞧气压表:颇有上升的趋势。

“明儿我可以看到太阳了。”奥里维说。

那时他们正走在赛西尔家附近，想进去瞧瞧孩子。

“噢，等回来的时候再去罢。”

过了塞纳河，人渐渐多起来。安安静静散步的人，服装和脸色都是过假期的模样；无聊的闲人带着孩子；工人们也随便溜达着。有几个在纽孔上缀着红蔷薇，神气却很和善：都是些冒充的革命分子。你可以感觉到他们非常乐观，一点儿极小的幸福就能使他们满足：这天放假的日子只要是天晴或者天气不太坏，他们就很感激了……感激谁呢？可不大清楚……他们从容不迫地，嘻开着脸，看着树上的嫩芽，瞧着女孩子们的穿扮，很得意地说：“只有在巴黎才能看到穿得这样整齐的孩子……”

克利斯朵夫取笑那个大吹大擂预告的示威运动……好家伙！……他心里又喜欢他们又瞧不起他们。

他们俩越往前进，人越来越挤了。形迹可疑的苍白的脸，混在人堆里等机会。水已经给搅动了。每走一步，水就更溷浊一些。好似从河底下浮起来的气泡一样，有些声音互相呼应；嗯哨声，无赖的叫喊声，在喧闹的人堆中透露出来，令人感到积聚的水势。街的那一头，靠近奥兰丽饭店的地方，声音尤其洪大，像水闸似的。警察和士兵拦着去路。大家在那儿不由得挤做一堆，又是叫嚷，又是吹哨，又是唱，又是笑……那是群众的笑声，因为他们不能用说话来表白种种暧昧的情绪，只能用笑来发泄一下……

这些群众并没恶意。他们不知道自己要些什么。在没知道以前，他们只闹着玩儿：烦躁，粗暴，可还没有恶意；觉得彼此拥挤，骂骂警察，或者互相吆喝一阵，都挺有意思。但他们渐渐急躁起来。站在后面的人因为看不见前面的情形而不耐烦，又因为躲在肉屏风后面危险性比较少而格外表示激烈。站在前面的人进退不得，闷死了，越来越受不了的局面使他们气愤至极；而压迫他们的人潮的力量，又把他们自身的力量增加了百倍。大家越挤越紧，像一群牲口，觉得全群的热气流到了自己身上，所有的人凑成了一个整体，而每个人都等于是全体，跟巨人勃里阿莱①一样。热血的怒潮不时在千首怪物的胸中直冒，眼睛含着仇恨，声音含着杀气。躲在第三四行的人开始扔石子了。好些人在临街的窗口张望，仿佛是看戏；他们一边刺激群众，一边焦灼不耐地等军队开火。

克利斯朵夫手脚并用地闯进这个密集的人堆，像楔子一般硬挨进去。奥里维跟着他。人墙略微露出了一点儿隙缝，让他们过去，随后又阖上了。克利斯朵夫兴高采烈，完全忘了五分钟以前自己还说民众不会暴动。不论他跟法国的群众和他们的要求是怎样的不相干，他一卷进这股潮水，便立刻被融化了；不管群众要的是什么，他只知道跟着要；不管自己往哪儿去，他只知道往前，呼吸着这股狂乱的气息……

奥里维跟在后面，被克利斯朵夫牵引着，毫无兴致，头脑很清楚，对于他同胞的热情，对于那股把他推着拥着的热情，比克利斯朵夫不知冷淡多少倍。因为病后身体虚弱，他和人生离得更远了……又因为神志清楚，精神洒脱，所以连最小的枝节都深深地印入他的脑海。他很愉快地瞧着前面一个姑娘的后影，黄澄澄的脖子，皮肤苍白而细腻。同时，从这些紧挤

① 勃里阿莱为神话中的巨人，有五十个头与一百条手臂。

在一起的人身上蒸发出来的气息使他作呕。

“克利斯朵夫。”他用着哀求的口吻叫了一声。

克利斯朵夫不理他。

“克利斯朵夫!”

“怎么呢?”

“咱们回去罢。”

“你可是害怕了?”克利斯朵夫问。

他继续向前。奥里维苦笑着跟在后面。

在几排以前的危险地带内(没法向前的群众挤在那儿好比一道栅栏),奥里维瞧见他的小驼子爬在一所卖报亭的顶上。他用两手撑着,非常不方便地蹲在那里,一边笑一边向人墙那一边眺望,不时回过头来,得意扬扬地望着群众。他看到了奥里维,眉飞色舞地瞅了他一眼,然后又眺望广场那方面,睁大着眼睛等着……等什么呢?——等将要来到的事……而且不只他一个,周围多少的人都等着奇迹!奥里维瞧了瞧克利斯朵夫,发觉他也在等待……

奥里维招呼孩子,嚷着要他下来。爱麦虞限只装不听见,不再对他望了。他也看到了克利斯朵夫。他很高兴在骚乱中露面,一方面是向奥里维表示勇敢,一方面是让他着急,算是他和克利斯朵夫在一起的惩罚。

奥里维在人堆里也遇到几个别的朋友。黄胡子高加只等冲突发生,用专家的眼光估量着爆发的时间。更远一些,美丽的贝德和旁边的人互相说些难听的话。她居然挤到了第一排,嗄着嗓子骂警察。高加走近克利斯朵夫。克利斯朵夫一看见他,讥讽的脾气又发作了:“我不是早说过吗?什么事都闹不起来的。”

“等着瞧罢!”高加说,“别老待在这儿。随时会出乱子的。”

“别胡扯!”克利斯朵夫回答。

那时骑兵被人家扔石子扔得不耐烦了,上前来想廓清通到广场的入口;中间的队伍领先,放开奔马的步子。于是秩序乱了。像《福音书》上说的,头变做了尾。最前的一排变成了最后一排。可是他们也不愿意老是受窘,一边逃一边向追兵辱骂,一枪还没有放就把他们叫做“凶手!”贝德尖声怪叫地往人堆里直溜,像一条鳗鱼似的。她找到了朋友们,躲在高加阔大的肩膀后面喘过气来,紧挨着克利斯朵夫,把他的胳膊拧了一把,为了害怕或是别的理由,向奥里维丢了一个眼风,又咆哮着对敌人们晃晃拳头。高加抓着克利斯朵夫的手臂,说:“咱们走罢,上奥兰丽铺子去。”

他们走几步路就到了。贝德和格拉伊沃两人已经先在那儿。克利斯朵夫正要进去,后面跟着奥里维。这条街是中间高,两头低的;站在小饭铺前面五六级高的阶沿上可以眺望街心。奥里维从人堆里钻出来,呼了一口气。他一想这气味恶劣的酒店和那些疯子的狂叫就觉得恶心,便和克利斯朵夫说:“我回去了。”

“好罢,我过一个钟点来找你。”

“别再出去了,克利斯朵夫!”

“胆怯鬼!”克利斯朵夫笑着回答。

说罢他便走进酒店。

奥里维刚要在铺子的转角上拐弯,再走几步就可以拐进一条小巷,和骚乱的场面隔离了。但他那个小朋友的形象忽然在脑中浮现,便回过头去东张西望地找,正看到爱麦虞限从他的瞭望台上摔下来,奔逃的群众踩在他身上,警察又在后面追来。奥里维不假思索，立刻跳下阶沿奔过去救护。一个马路小工看到情形非常危急：大兵们拔出了腰刀，奥里维伸出手去想把孩子拉起来，被势如潮涌的警察把两人一齐冲倒了。小工惊叫了一声，也冲了进去。同伴们跟在他后面奔过来。站在酒店门口的人，还有已经进了酒店的人，都先后听见了呼救声奔出来。两队人马像狗一般扭在一起。站在阶沿高头的女人们吓得直嚷。——奥里维这个贵族的小布尔乔亚，比谁都厌恶斗争的人，竟这样地拨动了斗争的机钮……

克利斯朵夫被工人们牵引着，加入了混战，可不知道谁发动的。他万万想不到有奥里维在内。他以为他已经走了，在绝对安全的地方了。当时简直没法看出战斗的情形。每个人都弄不清攻击自己的是谁。奥里维在漩涡中不见了：船沉到水底下去了……不知哪儿飞来一拳，打在他左胸上，他立刻倒下去，被一窝蜂的群众踏在脚下。克利斯朵夫被一阵逆流挤到战场的另一头。他心里没有一点儿仇恨，只是兴高采烈地跟大家推来撞去，好似在乡村里赶集似的。他并没想到事情的严重，所以被一个肩膀阔大的警察抓着手腕，拦腰抱住的时候，他还开玩笑地说："可要跳个华尔兹，小姐？"

可是第二个警察又扑上他的背，他便像野猪似的抖擞一下，抡着拳头往两人身上乱捶乱打，他怎么肯被人制服呢？扑在他背上的敌人滚在地下了。另外一个狂怒之下，拔出刀来。克利斯朵夫看见刀尖离开自己的胸脯只差两寸，马上闪过身子，抓着敌人的手腕，拼命想夺下武器。他一下子弄不明白了；至此为止，他把事情看做游戏一样……但那时他跟敌人扭做了一团，互相打着嘴巴。他没有时间思索。对方眼里有了杀性，而他心中也起了杀性。他眼看自己要像一头绵羊似的被人宰割了,便冷不防把敌人的手腕跟刀一齐扭转来,对着敌人的胸脯扎进去,他觉得自己要杀人了,真的杀了。于是他眼睛里看出来的东西都不同了,如醉若狂地大叫起来。

一叫之下,效果简直不可想象。群众嗅到了血腥。一刹那间,他们变成了一群凶恶的猎犬。到处都放起枪来。许多窗口挂出了红旗。巴黎革命的隔世遗传,使他们立刻布置了障碍物。街面的砖石给掘掉了,街灯的柱子给扭曲了,树木给砍下了,一辆街车在街上仰天翻着。大家利用几个月来为敷设地下铁道而掘开的壕沟。围着树木的铁栏扭成了几段,被人当做弹丸用。口袋里和屋子里都出现了武器。不到一小时,局面完全变了暴动的形势,全区都成了战场。克利斯朵夫的模样教人认不得了,趴在障碍物上高声唱着他作的革命歌,几十个声音在四周附和。

奥里维被人抬到奥兰丽酒店里,已经失去知觉。人家把他放在铺面后间的一张床上。床脚下蹲着那个驼子,垂头丧气。贝德先是吓了一跳,远望以为受伤的是格拉伊沃,等到认出是奥里维,不由得失声叫起来:“还好还好!我以为是雷沃博呢……”

然后她动了恻隐之心,把奥里维拥抱了一下,在枕上扶着他的头。奥兰丽照例很镇静,解开他的衣服,先做了一个初步的包扎。犹太医生玛奴斯·埃曼碰巧带着他形影不离的加奈在场。他们像克利斯朵夫一样为了好奇心来看看示威运动,目睹这场混战,看着奥里维倒下去的。加奈哭得很伤心,同时又想:“我到这儿来干吗呢?”

玛奴斯把奥里维诊察了一遍,立刻断定没希望了。虽然对奥里维很有好感，但他不是一个看着无可挽救的事发呆的人，便不再关心奥里维而想到克利斯朵夫了。他一向佩服克利斯朵夫，拿他当做一个病理的标本看的。他知道他关于革命的思想，很不愿意克利斯朵夫以局外人的身份去冒无谓的危险。轻举妄动而打破脑袋还是小事；倘若克利斯朵夫被抓去了，官方一定会拿他出气的。人家早已通知他，警察当局在暗中监视克利斯朵夫；将来他不但要对自己闹的乱子负责，还得替别人闯的祸负责。玛奴斯刚才遇到爱克撒维·裴那在人堆里徘徊，为了好玩也为了公事；他向玛奴斯招招手，说道："你们的克拉夫脱真胡闹，居然趴在障碍物上臭得意！这一回我们可不放过他了。该死！你叫他快快溜罢。"

说是容易，做起来可难了。倘若克利斯朵夫知道奥里维死了，他会变成疯子，还要乱杀人，直到把自己的命送掉为止。玛奴斯对裴那说："要是他不马上溜，一定完了。让我去把他带走。"

"你怎么办呢？"

"加奈有汽车，就停在拐角上。"

"哎，对不起，对不起……"加奈气吁吁地说。

"你把他送到拉洛什，"玛奴斯打断了他的话，"还赶得及蓬塔利埃的快车。你送他上瑞士的车子。"

"他不愿意的。"

"我有办法。我可以告诉他，耶南会到瑞士去跟他相会，甚至说他已经走了。"

玛奴斯不再听加奈的意见，径自到障碍物堆上去找克利斯朵夫。他胆子不大，听到枪声就挺挺腰板，表示不怕，他一边走一边数着地下的石板，——看是双数还是单数，预卜自己会不会送命。但他并不退缩，一个劲儿往目的地走去。他走到的时候,克利斯朵夫正爬在仰天翻倒的街车高头,骑在一个轮子上,拿手枪向天空放着玩儿。障碍物四周,一大堆全是巴黎的流氓,像大雨后阴沟倒灌时流出来的脏水。在他们中间,你分不清谁是第一批的战士了。玛奴斯大声喊着克利斯朵夫。克利斯朵夫背对着他,没听见。玛奴斯爬上去扯他的衣袖,被他一推几乎倒下来。玛奴斯挺了挺身子,又嚷:

"耶南……"

下半句被喧闹声淹没了。克利斯朵夫突然住了嘴,手枪掉在了地下,从车轮上爬下来,跑到玛奴斯前面。玛奴斯把他拉着就走。

"你得赶快溜了。"

"奥里维在哪儿?"

"得赶快溜了。"玛奴斯又说了一遍。

"为什么?"

"要不了一个钟点,这儿就要被军队攻下。今晚上你就得被捕。"

"我又没做什么!"

"瞧瞧你的手罢……别糊涂了!……你赖不掉的,他们怎么肯饶你呢?大家已经把你认出来了。快点儿,一分钟都不能耽误。"

"奥里维在哪儿?"

"在他家里。"

"我去找他。"

"不行。警察在门口等着你。他要我来通知你。你快走罢。"

"你要我上哪儿去呢?"

“上瑞士去。加奈用汽车送你。”

“那么奥里维呢?”

“我们没时间多说了……”

“我没见到他是不走的。”

“你可以在那边见到他呀。明儿他搭头班车到瑞士找你。快点儿!别的事等会儿再告诉你。”

他一手抓着克利斯朵夫。克利斯朵夫被喧闹声和刚才那种发疯似的冲动搞得迷迷糊糊,既不了解自己做的事,也不了解人家要他做的事,只莫名其妙地让人家拉着跑。玛奴斯一手抓着克利斯朵夫,一手抓着加奈,把他们送上汽车。加奈对于人家派给他的差事很不愿意接受,也不愿意克利斯朵夫被捕,但他宁可由别人来救克利斯朵夫。玛奴斯素来知道加奈的脾气;因为不放心他的胆小,所以正要跟他们分手而汽车已经发动的时候,玛奴斯突然改变主意,也上了汽车。

奥里维依旧神志昏迷,旁边只有奥兰丽和爱麦虞限两个人。房间里没有空气,没有光线,非常凄凉。天差不多已经黑了……奥里维在深渊之中浮起了一刹那,手上感觉到爱麦虞限的嘴唇和眼泪,有气无力地笑了笑,挣扎着把手放在孩子头上。啊,他的手多么重啊!……他又失去了知觉……

在弥留者的枕上,奥兰丽放着一小束铃兰。院子里一个没有关紧的龙头让水滴滴答答地流在桶里。思想深处,种种的形象颤动了一刹那,好似一道快要熄灭的光明……一所内地的屋子,墙上爬着蔓藤;一个花园,有个孩子在玩儿:他躺在草坪上;一道喷泉涓涓地流入石钵。一个女孩子笑着……

第二部

他们出了巴黎,穿过那些罩着浓雾的广大的平原。十年以前,克利斯朵夫到巴黎的时候也是这样的一个黄昏。那时他已经开始逃亡了。但那时他的朋友,他所爱的朋友是活着,而克利斯朵夫是不知不觉地逃到朋友那里去的……

最初克利斯朵夫还受着混战的刺激,非常兴奋,提高着嗓子说了很多话,乱七八糟地讲他所看到的和所做的事,对自己的英勇非常得意。玛奴斯和加奈也说着话,使他分心。然后狂热的情绪慢慢退下去,克利斯朵夫不出声了,只有两个同伴继续谈着。他被下午的事搅糊涂了,可并不丧气。他想到从德国逃出来的时代。逃,逃,老是得逃……他笑了。逃就是他的命运。离开巴黎并不使他难过:世界大得很,人又是到处一样的。上哪儿都没关系,只要和朋友在一起。他预备第二天早上就能和奥里维相会……

他们到了拉洛什。玛奴斯与加奈等火车开了才和他分手。克利斯朵夫问了他们好几遍,应当在哪个地方下车,投宿什么旅馆,向哪个邮局领取信件。他们和他作别的时候,脸上表示很难过。克利斯朵夫却高高兴兴地握着他们的手,说道:"得了罢,别这么哭丧着脸。后会有期!这又不算一回事。我们明天就写信给你们。"

火车开了，他们望着他去远了。

“可怜的家伙！”玛奴斯叹了一声。

他们回上汽车，一句话也不说。过了一会儿，加奈说：“我觉得我们这一下是犯了罪。”

玛奴斯先是不作声，随后回答道：“嘿！死的总是死了。应当救活的。”

天慢慢地黑了，克利斯朵夫紧张的心情也跟着静下来。掩在车厢的一角，他呆呆地想着，头脑已经清醒，可是浑身冰冷。他瞧了瞧手，看到了血，不是自己的血，便不胜厌恶地打了个寒噤。杀人的一幕又浮现了，使他想起杀了人，可不明白为什么杀的。他把战斗的经过在脑子里温了一遍，但这一回眼光不同了，不懂自己怎么会参加的。他又从头至尾想了想当天的事：怎样地和奥里维一块儿出门，走过几条街，直到他被漩涡卷进去为止。想到这儿，他糊涂了，思想的线索断了。他怎么能跟那些与他信仰不同的人一起叫喊，打架呢？他们的要求又不是他的要求。那时他变了另外一个人了！……他的意识，意志，都消灭了。这一点使他又惊愕又惭愧：难道他竟不能自主吗？那么谁是他的主宰？……现在快车带着他在黑夜里跑，但那个在精神上带着他跑的黑夜也一样的阴沉，那股无名的力也一样地令人头晕目眩……他努力想定一定神，结果只换了一个操心的题目。越近目的地，他越想念奥里维，莫名其妙地觉得不安了。

到站的时候，他向车门外张望，看看月台上有没有那张熟识的亲爱的脸……下了车，又向四面探望。有一两次，他有点儿眼花，仿佛……噢，不，不是“他”。他到约定的旅馆去，奥里维也没有在。这当然不足为奇:奥里维怎么能比他先到呢?但从此克利斯朵夫好不心焦地开始等待了。

时间正是早上。克利斯朵夫上楼到房间里转了一转,下去吃了饭,上街闲逛,装做毫无心事的样子;他欣赏了一下湖,瞧瞧铺子里的陈设,跟饭店里的姑娘说了几句笑话,翻着画报……一点没有劲。时间过得真慢。到晚上七点,克利斯朵夫不知如何是好,便提早吃了晚饭,也吃不下什么,重新上楼,吩咐仆人等朋友一到,立刻带到他屋子里来。他背对着房门,坐在桌子前面,一无所事:没有一件行李,没有一本书,只有才买来的一份报。他勉强拿来看着,心可是不在,耳朵老听着走廊里的脚声。整天等待的疲倦和整晚的没有睡觉,使他神经过敏到极点。

他突然之间听见房门开了。一种异样的感觉使他不马上掉过头去。他觉得有一只手放在他的肩上,便转过身子,看见奥里维微微笑着。他并不惊奇,只是说:

"啊!你终于来了!"

只有一刹那工夫,幻景就消灭了……

克利斯朵夫猛地站起,推开桌子,把椅子翻倒在地下。他呆了一会儿,毛骨悚然,脸像死人一样,牙齿打得很响……

从那个时候起,——虽然他一无所知,虽然对自己再三说着"我又不知道什么",——他已经什么都知道了,将要发生的事都预感到了。

他没法再待在屋子里,到街上走了一个钟点。回到旅馆,看门的在穿堂里递给他一封信。啊,他早知道会有信的。他双手哆嗦着接过来,奔到楼上,拆了信,一读到奥里维的死耗,马上晕过去了。

信是玛奴斯写的，说昨天瞒着他催他动身，完全是奥里维的意思，奥里维要他的朋友逃走；——信上又说克利斯朵夫留在那里一无用处，只能送命；但克利斯朵夫为了纪念他的亡友，为了其余的朋友，为了他自己的光荣，应当活下去……奥兰丽用着又大又颤抖的字迹也附了两三行，说那位可怜的先生的后事，她会照顾的……

克利斯朵夫一醒过来，大发神经，只想杀死玛奴斯，立刻奔往车站。旅馆的穿堂里阒无一人，街上冷清清的；黑夜里几个寥寥落落晚归的行人，也没注意到这个眼睛发疯的，气喘吁吁的家伙。他只有一个念头，像一条想咬人的恶狗："杀玛奴斯！杀！"他要回巴黎去。夜快车已经开出一小时，非等到第二天早上不可。那怎么行！他随便搭了下一班往巴黎那方面开去的火车。那是一班逢站必停的慢车。克利斯朵夫独自在车厢里嚷着："那是不可能的！不可能的！"

到了法国境内的第二站，火车完全停止，不再往前了。克利斯朵夫暴跳如雷，下了车，打听另外一班车，倦眼惺忪的职员们根本不理他。但不论他怎么办，总是太晚了。为奥里维是太晚了。他甚至也来不及找到玛奴斯，先得被捕。那么怎么办呢？怎么办呢？继续向前吗？回头走吗？有什么用呢？有什么用呢？……他想向一个在旁边走过的宪兵自首。但暧昧的求生的本能把他拦住了，劝他回瑞士。两三点钟以内，往任何方面去的火车都没有。克利斯朵夫坐在待车室里，又坐不下去，便走出车站，在黑夜里胡乱拣着一条路往前直闯。一忽儿他到了荒凉的田野，踏进了草原：东一处西一处的有些小柏树，表示靠近一个森林了。他进了林子，才走了几步就扑在地下嚷着："啊，奥里维！"

他横躺在路上，号啕大哭。

过了好久，听见火车远远的一声长啸，他爬了起来，想回车站，可是走错了路，走了整整一夜。好罢，走到哪儿都是一样，只要尽走下去，不让自己思想，走到不会再思想，走到死！啊，要是能死才好呢！……

黎明的时候，他走进一个法国村子，和边境已经离得很远了。一夜之间他都是往法国这一边走着。他进入一家乡村客店，大吃了一顿，重新上路。日中，他在一片草原上倒下，直睡到傍晚。等到醒过来，天又黑了。他那股疯狂的劲也没有了，只觉得痛苦难忍，没法呼吸，好容易挨到一个农家，讨了一块面包，要求借宿。农夫把他打量了一番，切了一块面包给他，带他到牛棚里，把门反锁了。克利斯朵夫躺在草垫上，靠近气味难闻的母牛，嚼着面包。他淌着眼泪，又是饿又是痛苦。幸而睡眠把他解放了几小时。第二天早上，开门的声音把他惊醒了，他可依旧一动不动地躺着，心里只想不要再活下去。农夫站在他面前把他打量了好久，不时又瞧一下手里的纸。临了，他走前一步，把一张报纸交给克利斯朵夫看，上面赫然印着他的照片。

“不错，就是我，”克利斯朵夫说，“你去把我告发罢。”

“你起来。”

克利斯朵夫站起身子，农夫做个手势教他跟着走。他们从牛棚后面，在果子树中间走上一条曲曲弯弯的小路。到了一座十字架底下，农夫指着一条路对克利斯朵夫说：

“边境在那一边。”

克利斯朵夫莫名其妙地上了路。他不懂自己为什么走着；身子和精神都累到极点，随时想停下来。但他觉得要是一倒下去，就没法再爬起来。于是又走了一天。身边连一个小钱都没有了,不能再买面包。而且他回避村子。由于一种非理智所能控制的奇怪的心理,这个但求一死的人竟怕给人抓去;他的身体好似一头被人追急的野兽,拼命地奔逃。肉体的痛苦,疲倦,饥饿,奄奄一息的生命隐隐约约感到的恐惧,暂时把他精神上的悲痛压倒了。他但求找到一个栖息的地方,好细细咂摸自己的悲苦。

他过了边境,远远地望见一个钟楼高耸、烟突林立的城市:绵延不断的烟像黑色的河流一般,在雨中,在灰色的天空,往着同一个方向吹去。他忽然想起这儿有个当医生的同乡,叫做哀列克·勃罗姆,去年还有过信来,祝贺他的成功。不管勃罗姆为人怎么平凡,不管他们之间的关系怎么疏阔,克利斯朵夫像受伤的野兽一般,拼着最后一些力量去投奔他,觉得要倒下来也得倒在一个并不完全陌生的人家里。

又是烟,又是雨,一片迷蒙;街道跟屋子只有红与灰两种颜色。他在城里乱闯,什么都看不见,问了路又走错了,回头再走。他筋疲力尽,靠着意志的最后一些力量,走进一条陡峭的小巷子,爬上通到一座小山岗的石梯,岗上有所阴森森的教堂,四周都是民房。六十步红色的石级,每三级或六级就有一个狭窄的平台,刚好让人家的屋子开个大门。克利斯朵夫每到一个平台总得摇摇晃晃地歇一会儿。成群的乌鸦在教堂的塔顶上盘旋。

他终于在一所屋子的门上看到了他寻访的姓名,便敲起门来。——巷子里很黑。他困顿不堪,闭上眼睛。心里也是漆黑一片……几个世纪过去了……

狭窄的门开了一半，出现一个女人。她的背光的脸教人没法看到；但身腰显得很清楚，因为外边黑，里头亮。她背后是一条长廊，长廊尽处有个照着斜阳的小花园。她个子高大，笔直地站着，一句话也不说，只等他开口。他看不见她的眼睛，只感觉到她的目光。他说要见哀列克·勃罗姆医生，同时报了自己的姓名，每个字都不容易从喉咙里吐出来。他饥渴交加，累到极点。那女人听了一声不出，回进去了；克利斯朵夫跟着她走进一间护窗紧闭的屋子，在黑洞里跟她撞了一下：肚子和大腿碰到了那个没有声音的身体。她出去带上了门，让他自个儿待在黑房里。他把身子靠着墙，脑门贴在光滑的护壁上，一动不动，生怕撞翻什么东西；耳朵里轰轰地乱响，只觉得天旋地转。

楼上有挪动椅子的声音，有人惊讶地叫了几声，又有砰砰訇訇的关门声。沉重的步子在楼梯上走下来了。

"他在哪儿？"一个熟人的声音问。

房间的门打开了。

"怎么！教客人待在黑房里！该死！阿娜，怎么不来个灯呀？"

克利斯朵夫虚弱到极点，狼狈到极点，听见这个喧闹的但是诚恳的声音，觉得大大的安慰。主人伸出手来，他抓住了。这时灯火也来了。两个人互相望着。勃罗姆身材矮小，红红的脸上留着又硬又乱的黑须，一双和善的眼睛在眼镜后面笑着，鼓起的宽广的脑门上满是皱痕，起伏不平，没有什么表情，头发整整齐齐地紧贴在脑壳上，中间分出一道头路，直到脑后。他长得奇丑无比，但克利斯朵夫瞧着他，握着他的手，心里非常舒服。勃罗姆大惊小怪地叫起来："天啊！你变得多厉害！怎么搞成这个样的？”

“我从巴黎来，”克利斯朵夫说，“我是逃出来的。”

“我知道，我知道，报上说你被捕了。啊，还算运气！阿娜跟我都想到你呢。”

他打断了话，指着那个招待克利斯朵夫进门的不声不响的女人，说：“这是内人。”

她手里拿着一盏灯，站在房门口。下巴长得很结实，脸相表示她是沉默寡言的人。灯光照着她深色的头发，映出赭红的反光，腮帮的皮肤没有什么光彩。她直僵僵地向克利斯朵夫伸出手去，肘子夹着身体；他望也不望跟她握了握手，已经支持不住了。

“我是来……”他结结巴巴地想说明来意，“我想你或许……要是我不太打搅你们的话……或许愿意……招留我一两天……”

勃罗姆马上把话接了过去：“什么一两天！……二十天，五十天，你喜欢待多久就多久。只要你在这个地方，你就住在我们家里；我还希望你多住一阵呢。这是给我们面子，使我们高兴的。”

克利斯朵夫听了这些亲热的话大为感动，竟扑在勃罗姆的臂抱里。

“好朋友，好朋友，”勃罗姆说着，“啊，他哭了……怎么啦？……阿娜！阿娜！……赶快！他晕过去了……”

克利斯朵夫在主人的怀里失去了知觉。几小时以来他觉得要昏迷的现象终于来了。

等到重新睁开眼睛的时候，他已经躺在一张大床上。打开的窗子里传来一股潮湿的泥土味。勃罗姆在床边伛着身子。

“啊,对不起。”克利斯朵夫结结巴巴地说着,想坐起来。

“他这是饿坏的!”勃罗姆叫了一声。

他太太出去,捧了一杯东西回来给他喝。勃罗姆扶着他的头。克利斯朵夫喝完了才有了点生气;可是疲倦比饥饿更厉害,头一倒在床上,他就睡熟了。勃罗姆夫妇守在旁边,看他除了睡觉以外没有别的需要,便出去了。

这种睡眠仿佛一睡就可以睡上几年,是困倦至极而又令人困倦的睡眠,好比沉在湖底下的铅块。日积月累的疲乏,永远在意志门外窥伺的牛鬼蛇神的幻象,把他压倒了。他想醒过来,可是浑身滚热,仿佛筋骨都断了,在混混沌沌的黑夜中没法挣扎,只听见大钟永远打着半点。他不能呼吸,不能思想,不能动弹,被捆缚着,噤住了嘴,好像被人淹在水里,想挣扎起来而又沉到了底下。——终于黎明来了,姗姗来迟的,灰暗的黎明,——下着雨。热度退了,但身体似乎被压在一座山底下。他醒了。情形却更可怕……

“为什么还要睁开眼来?为什么要醒呢?要像朋友一样长眠地下才好啊……”

他仰天躺着,虽然觉得这个姿势很累,还是一动不动;手和腿像石头一般地重。他似乎进了坟墓。光线黯淡。几滴雨水打在窗上。一只鸟在花园中轻轻地哀鸣。噢!可怜的生命!空虚的生命……

光阴一小时一小时地过去。勃罗姆走进屋子,克利斯朵夫也不掉过头来。勃罗姆看他睁着眼睛,便高高兴兴地跟他招呼。因为克利斯朵夫眼睛始终盯着天花板,他想替他排遣一下,便坐在床上,粗声大气地说话了。那声音使克利斯朵夫简直受不住,迸足了气力好容易说出一句:“请你让我安静一下。”

好心的主人立刻换了口气,说:“你不喜欢有人陪你是不是?好极了。你静静地躺着罢。好好地歇着,别说话。我们替你把饭端上来。你什么都不用操心。”

但要他说话简洁是不可能的。唠唠叨叨地解释了一番,他提着脚尖走出去了,笨重的靴子又使地板咯吱咯吱地响了一阵。克利斯朵夫一个人在屋子里,累得要死。他的思想被痛苦像雾一般包围着。他竭力想弄明白……“为什么要认识他?为什么要爱他?安多纳德的牺牲有什么用?所有那些生命,那些一代又一代的人,——多少的考验,多少的希望,——结果造成了这样一个人,而所有的生命都跟他同归于尽,白活了一辈子!”生也无聊,死也无聊。一个人消灭了,整个的家族也跟着消灭了,不留一点儿痕迹。这种情形不是又可恨又可笑吗?克利斯朵夫因为失望,愤怒,不由得狞笑了一下。痛苦的无能,无能的痛苦,致了他的命。他的心被压碎了……

屋子里除了医生出诊时的脚步以外,寂静无声。等到阿娜出现,克利斯朵夫已经完全丧失了时间观念。她用盘子端进中饭来。他一动不动地望着她。也不开口道谢。但在他好像一无所见的发呆的眼里,少妇的影子像照相一样地印了进去。隔了好久以后,对她认识更清楚的时候,他所看到的她仍旧是当时的模样;多少新的形象都抹不掉第一个回忆:头发很浓,绾着个很大的髻;脑门鼓得高高的,脸盘很大;又短又直的鼻子,眼睛老是低垂着,要是和别人的眼睛碰上了,就冷冷地不很坦白地躲开去;微嫌太厚的嘴唇抿得很紧;神气固执,近乎凶狠。她个子高大,身体长得很好,很结实,可是穿的衣衫太窄,动作非常僵。她一声不出,把盘子放在近床的桌上,然后胳膊贴着身体，低着头退出去。克利斯朵夫看到这个古怪而可笑的人并不觉得惊异，也不吃端来的东西，只管暗暗地磨自己。

白天过了。晚上阿娜又端来一些新的菜。看到中午拿来的食物原封不动，也就不声不响地端着走了。她不像一般女子那样，看到病人会自然而然地说些好话。她似乎不觉得有克利斯朵夫这个人，或者根本不觉得有她自己。克利斯朵夫好不耐烦地看着她笨拙与强直的动作，感到一种敌意。可是他感激她的不开口。——过了一会儿，医生来了，因为发觉克利斯朵夫没有吃东西；他的大声嚷嚷使克利斯朵夫愈觉得阿娜的静默可感。医生看到他的太太没有劝克利斯朵夫吃饭大不高兴，亲自来强迫克利斯朵夫。克利斯朵夫为了求个清静，只得喝几口牛奶，喝完又转过身去不理不睬了。

第二夜情形比较安定。他困倦至极，再也没有痛苦的感觉，再也没有丑恶的生命的痕迹……——可是一醒过来，更窒息了。他把那天琐琐碎碎的情形都记起来，想到奥里维不愿意出门，再三说要回去，于是他不胜悲痛地对自己说：

“是我送了他的命。”

他不能再一动不动地待在房里，让那目光凶恶的斯芬克斯把它的问题和死尸的气息折磨，①便非常骚动地爬起来，走出卧室，下了楼梯，本能的，怯生生的，需要挨在别人身边。可是他一听见人声又马上想躲开了。

勃罗姆那时在饭厅里，很亲热地接待克利斯朵夫，立刻问

① 希腊神话载：人面狮身的斯芬克斯向路人提出神秘的谜语，凡不能解答者皆被吞食。

到巴黎的事。克利斯朵夫抓着他的胳膊,说:“别问我。过一晌再谈罢……请你原谅。我简直受不了。我累得要死,累得……”

“我知道,我知道,”勃罗姆态度很殷勤,“你神经受了震动,前几天的刺激太厉害了。别说话。别拘束。你爱怎么办就怎么办,好像在你自己家里一样。我们决不打搅你。”

他的确说到做到。为了避免惊动客人,他又趋于另外一个极端:在克利斯朵夫面前,他夫妇之间也不敢交谈了;说话都放低着声音,走路提着脚尖,屋子里变得没有一点声响。克利斯朵夫看到这窃窃私语的情形和强制的静默,非常难堪,只得要求勃罗姆照常办事,跟从前一样的过活。

这样以后,主人就一切都让克利斯朵夫自便。他几小时地坐在屋子的一角,或者像游魂似的踱来踱去,说不出想些什么,几乎连痛苦的气力都没有了。他像呆子一般,看到自己心如槁木,不由得厌恶至极。唯一的念头是跟“他”一起埋葬,万事全休。——有一次,他看到花园的门开着,不知不觉走了出去。但一到阳光底下,他就非常难受,赶紧退回来,仍旧去关在护窗紧闭的屋子里。天气晴好的日子使他受罪。他恨太阳。他受不了自然界的恬静。在饭桌上,他不声不响地只顾吃着勃罗姆搛给他的菜,眼睛盯着桌子。有一天,勃罗姆指给他看客厅里有一架钢琴;克利斯朵夫竟骇然掉过头去。他对无论什么声音都厌恶,只求静默,只求黑暗!……心中只有空虚,也只需要空虚。生命的欢乐,像大鹏般振翼高歌,直冲云霄的欢乐是完了!一天又一天地待在房里,唯一的生命感觉,是隔壁屋子里时钟滴答的声音,仿佛在他脑子里摆动。可是欢乐的野鸟还在他胸中,常常突然之间飞起来,撞在栅栏上,使心灵深处有一阵可怕的骚动，——“一个人独自在渺无人烟的荒野中悲号……”

人生的苦难是不能得一知己。有些同伴，有些萍水相逢的熟人，那或许还可能。大家把朋友这个名称随便滥用了，其实一个人一生只能有一个朋友。而这还是很少的人所能有的福气。这种幸福太美满了，一朝得而复失的时候你简直活不下去。它无形中充实了你的生活。它消灭了，生活就变得空虚：不但丧失了所爱的人，并且丧失了一切爱的意义。为什么世界上有过这样的一个人（朋友）呢？为什么要有我呢？……

这一下死的打击对于克利斯朵夫格外可怕，因为那时克利斯朵夫生命的本体暗中已经动摇了。人生有些年龄，机构的内部会酝酿一种蜕变，肉体与心灵特别容易受外界的打击；精神疲惫，有种说不出的惆怅，对一切都觉得厌倦，对过去的成就毫不留恋，对前途也看不出一点儿端倪。在发作这些心病的年纪上，大多数人有家庭的责任把他们束缚着；这种责任固然使他们缺少批判自己、寻觅新路、重新缔造坚强的新生活所必需的自由精神，但同时也做了他们的保镖；固然，在那种情形之下你牢骚满腹，藏着不少的隐痛……还得永远地往前走……没法躲避的作业，对于家庭的照顾，逼着一个人像一匹站着打盹的马似的，在两根车辕中间拖着疲乏的身子继续向前。——可是一个无牵无挂的人，临到一片空虚的时间就毫无依傍，没有一点强迫他前进的东西，只是为了习惯而走着，不知道往哪儿去。力量被扰乱了，意识不清楚了。在他这样迷迷糊糊的时候，要是来了一声霹雳，把他的梦游病惊醒过来，他就吃苦了。他倒下去了……

几封从巴黎转过来的信,把克利斯朵夫的麻痹状态驱散了一些时候。那是赛西尔和亚诺太太写来的,无非是安慰的话。可怜的安慰!没用的安慰!嘴里谈着痛苦的人并不是身受的人……那些书信只使他听到那个已经消灭的声音的回声。他没有勇气答复,人家也不再写来了。在这个意志消沉的情形之下,他要抹掉自己的痕迹,教自己消灭。痛苦能够使一个人变得不公平:他过去喜欢的那些人对他都不存在了。只有死掉的那一个才永久存在。连着好几个星期,他努力要教亡友再生,他和他谈话,写信给他:

"我的灵魂,今天我没收到你的信。你在哪儿呀?回来罢,回来罢,跟我说话啊,写信给我啊!……"

虽然他夜里费尽心力,还是不能在梦中和他相见。这一点是很难办到的,只要你还在为了朋友的死亡而心痛的时候。直要以后你慢慢地把故人忘了,故人才会重新出现。

然而外界的生活已经逐渐渗入心灵的坟墓。克利斯朵夫开始听到屋内各种不同的声音,不知不觉地关心起来了。他知道几点钟开门,几点钟关门,白天一共开关几次,有几种方式,依着来客的性质而定。他能认出勃罗姆的脚声,在想象中看到医生出诊回来,在穿堂里挂他的帽子和外套,老是用那种细心而古怪的方式。要是听惯的声音到时没听见,他就不由自主地要探究原因。在饭桌上,他也无意识地听人家谈话了,发觉勃罗姆差不多老是一个人说话,太太只简短地回答几句。虽然缺少谈话的对手,勃罗姆可并不在乎,照旧高高兴兴地,讲着他才看过的病人和听来的闲话。有时,勃罗姆说着话,克利斯朵夫居然对他瞧着,勃罗姆发觉之下非常快活,更尽量打动他的兴致。

克利斯朵夫勉强想和自己的生活重新结合起来……可是没劲！他觉得自己多老，跟天地一样的老！……早上起来照着镜子，看到自己的身体，姿势，愚蠢的外形，觉得厌倦不堪。为什么要起床，要穿衣服？……他拼命逼自己工作：可是工作使他受不了。既然一切都得归于虚无，创造有什么用？他不能再搞音乐了。一个人唯有经过了患难才能对艺术——(好似对其他的事情一样)——有真切的认识。患难是试金石。唯有那个时候，你才能认出谁是经历百世而不朽的，比死更强的人。经得起这个考验的真是太少了。某些被我们看中的灵魂——(所爱的艺术家，一生的朋友)，——往往出乎我们意外的庸俗。谁能够不被洪涛淹没呢？一朝被患难接触到了，人世的美就显得非常空洞了。

可是患难也会疲倦的，它的手也麻痹了。克利斯朵夫神经松了下来，睡着了，他无穷无尽地尽睡，仿佛怎么也睡不足。

终于有一夜，他睡得那么熟，到第二天下午才醒。屋子里一个人都没有。勃罗姆夫妇出去了。窗子开着，明媚的天空笑着。克利斯朵夫觉得卸掉了一副重担。他起来走到花园里。一方狭窄的三角形的地，四周围着高墙，像修道院模样。在几块草地与极平常的花卉中间，有几条铺着细砂的小径；一根葡萄藤和一些蔷薇爬在一个花棚上。一个碎石砌成的洞内有一道细小的喷泉；一株靠墙的皂角树，香味浓烈的枝条挂在隔邻的花园高头。远处矗立着红岩砌成的教堂的钟楼。时间是傍晚四点。园中已经罩着阴影。树颠和红色的钟楼还浴着阳光。克利斯朵夫坐在花棚下面，背对着墙，仰着头，从葡萄藤和蔷薇的空隙中望着清朗的天。他似乎才从噩梦中醒来。周围是一片静寂。一根蔷薇藤懒洋洋地挂在头顶上。忽然最好看的一朵花谢了，落英缤纷，在空中散开来，好比一个无邪的美丽的生命就这样平平淡淡地消逝了……这一下克利斯朵夫可哀痛至极，透不过气来，把手捧着脸哭了……

钟声响了。从这一个教堂到另一个教堂，钟声相应……克利斯朵夫不知道过了多少时间。等到抬起头来，钟声已止，夕阳已下。克利斯朵夫被眼泪苏解了，精神被冲洗过了，听见心头像泉水似的涌出一阕音乐，眼望着一钩新月溜上天空。他被一阵脚声惊醒之下，立刻回到房里，关了门，闩上了，让他音乐的泉源尽量奔泻出来。勃罗姆上来招呼他吃饭，敲敲门，推了几下：克利斯朵夫只是不理。勃罗姆从锁孔里张望，看见克利斯朵夫大半个身子扑在桌上，四周堆满了纸，才放心了。

过了几小时，克利斯朵夫筋疲力尽，走到楼下，发觉医生在客厅里一边看书一边等着。他过去把他拥抱了，请他原谅他来到这儿以后的行动，并且不等勃罗姆开口，自动把最近几星期中惊心动魄的事告诉了他。他跟医生提到这些，只有这么一次，而勃罗姆是否完全听清还是问题：因为一则克利斯朵夫的话没有系统，二则夜色已深，勃罗姆虽然非常好奇，也瞌睡死了。最后——（时钟已经敲了两点）——克利斯朵夫发觉了，便跟主人道了晚安分手。

从此克利斯朵夫的生活慢慢恢复了常规。那种一时的兴奋当然不能维持，他常常觉得很悲哀，但那是普通的哀伤，不致妨碍他的生活了。得活下去，是的，非活下去不可！他失去了在世界上最爱的人，受着忧苦侵蚀，心中存着死念，可是有一股那么丰满那么专横的生命力，便是在哀伤的言语中也会爆发，在他的眼睛、嘴巴、动作中间放射光芒。不过生命力的核心已经有条蛀虫盘踞了。克利斯朵夫常常会哀痛欲绝。他明明心里很安静,或是在看书,或是在散步:突然之间出现了奥里维的笑容,那张温柔而疲倦的脸……那好比一刀扎入了心窝……他身子摇摇晃晃,一边哼唧一边把手抱着胸部。有一次,他在琴上弹着贝多芬的曲子,跟从前一样弹得慷慨激昂……忽然他停住了,扑在地下,把头埋在一张椅子的靠枕里,喊道:"啊! 我的孩子! ……"

最苦的是觉得一切都"早已经历过了"。他老是遇到一些同样的姿势、同样的言语、同样的经验。什么都是熟识的,预料到的。某一张脸使他想起从前看到的另外一张脸,会说出——(他敢预先断定),——而且真的说出,另外一个人说过的话;同样的人经历着同样的阶段,遇到同样的障碍,同样地消耗完了。有人说:"人生再没比爱情的重复更令人厌倦的了。"这句话要是不错,那么整个人生的重复不是更可厌吗? 那简直会教人发疯。——克利斯朵夫竭力不去想它,既然要活下去就不能想,而他是要活下去的。这种自欺欺人的心理教人非常痛苦:为了内疚,为了潜在的、压制不了的、求生的本能,而不愿意认清自己的面目! 明知世界上没有安慰可言,他就自己创造安慰。明知生活没有什么意义,他偏创造生活的意义。他教自己相信应当活下去,虽然活不活跟谁都不相干。必要的时候,他还会对自己说是死了的朋友鼓励他活的。同时他知道这是把自己的话硬放在死者嘴里。人就是这么可怜! ……

克利斯朵夫重新上路,步子似乎跟以前一样的稳健了;他把心房关起来,不让痛苦闯进去。他不对别人提到他的痛苦,自己也避免和痛苦劈面相见:他好像很平静了。

巴尔扎克说过："真正的苦恼在心灵深处刻了一道很深的沟槽，它似乎毫无动静，睡熟了，实际上却继续在腐蚀灵魂。"

凡是认识克利斯朵夫而能仔细观察他的人，看着他来来往往，弹奏音乐，有说有笑，——(他居然会笑了！)——一定会感到这个人虽然那么壮健，虽然眼里燃着生命之火，但精神上已经有些东西给摧毁了。

他和人生重新结合之后，就得找个生计。当然不是离开那个城市，瑞士是最安全的避难所；而且这样豪爽的主人，到哪儿去找呢？但他的傲气使他不愿意加重朋友的负担。虽然勃罗姆竭力推辞，一个钱都不肯收，他却直要找到了几处教琴的事，能付一笔固定的膳宿费给了屋主，才觉得安心。那可不容易。他轻举妄动参加革命的事到处都有人知道，一般布尔乔亚家庭当然不愿意跟这个危险的，至少是古怪的，所以是"不相宜的"人打交道。然而他靠着自己在音乐界上的名气和勃罗姆的斡旋，居然踏进了四五个胆子大一些的，或是更好奇的人家。他们也许想以惊世骇俗的方式表示风雅，但另一方面照旧很小心地监视着他，使学生对老师抱着敬而远之的态度。

勃罗姆家里的生活是非常有规律的。早上，各人干各人的事：医生出去看诊，克利斯朵夫出去教课，勃罗姆太太上菜市和教堂。克利斯朵夫到一点左右回来，大概总比勃罗姆早。勃罗姆不许人家等他吃中饭，所以克利斯朵夫跟年轻的主妇先吃。那在他绝对不是愉快的事，因为他对她毫无好感，也没有什么话可以和她谈。她当然觉察人家对她的印象，可是听其自然，既不想注意一下修饰，也不愿意多用思想。她从来不先向克利斯朵夫开口。动作跟服装毫无风韵,人又笨拙,又冷淡,使一切像克利斯朵夫那样对女性的妩媚很敏感的男人望而却步。他一边想到巴黎女子的高雅大方,一边望着阿娜,不由得想道:“啊,她多丑!”

可是这并不准确;不久他发现她的头发、手、嘴,还有那双一看到他就闪开去的眼睛,都长得很美。但他心里对她的批评并不因之改变。为了礼貌,他勉强跟她搭讪,很费力地找些谈话的题目,她那方面又一点儿不合作。有两三次,他问她一些事,关于她的城市的,她的丈夫的,她本身的:可什么都问不出来。她只回答几句极无聊的话,努力装着笑容,而那种努力又使人不愉快:她笑得很不自然,声音很闷,说话断断续续,每句后面总带着难堪的静默。临了克利斯朵夫只得尽量避免跟她谈话;那也是她求之不得的。医生一回家,两人都觉得松了一口气。勃罗姆老是很高兴,大声嚷嚷,忙这个忙那个,非常俗气,心却是挺好。他能吃能喝,说个不停,也笑个不停。跟他在一起,阿娜还略微说几句;但他们俩谈的无非是所吃的菜和每样东西的价钱。有时勃罗姆取笑她对宗教的热心和牧师的讲道,她沉着脸,一声不出,就在饭桌上生气了。医生多半讲着他看病的情形,津津有味地描写某些可怕的病象;那种刻画入微、淋漓尽致的叙述,使克利斯朵夫大为气恼,拿饭巾丢在桌上,不胜厌恶地站起来,把医生看得乐死了;他立刻打断了话,一边笑一边道歉。可是下一餐上他又来了。这些医院里的笑话,似乎能够使麻木不仁的阿娜听了快活的。她会突然之间笑起来,而且是种狞笑,有些兽性的意味。实际上她对她所笑的事也许和克利斯朵夫同样的厌恶。

下午,克利斯朵夫很少学生。医生跑在外面的时候,克利斯朵夫往往和阿娜留在家里,可并不见面。各人干着自己的工作。最初勃罗姆要克利斯朵夫教阿娜弹琴,说她还有相当的音乐天分。克利斯朵夫要阿娜弹些东西给他听。她虽然不大高兴,却也不推三阻四,照例态度冷冰冰的,弹得非常机械,毫无表情:一切音符都是相等的,没有一点儿抑扬顿挫,为了翻谱,她会若无其事地把弹了一半的乐句停下来,然后再从容不迫地接下去。克利斯朵夫气坏了,不等曲子弹完就走掉,免得说出粗野的话得罪她。她可并不慌,声色不动地直弹到最后一个音,对于他的失礼毫无伤心或生气的表示,甚至也没十分留意。但从此他们之间再也不提音乐了。有几天下午,克利斯朵夫照例是出去的,倘若突然之间回家,就会发现阿娜在那儿练琴,冷冷的,毫无兴致,可是态度很固执,把同一乐节弹上四五十遍也不厌倦,也不兴奋。知道克利斯朵夫在家的时候,她从来不弄音乐。她的时间除了虔修之外,都花在家务上:缝这个,缝那个,监督女佣,特别注意整齐清洁。丈夫认为她是一个贤德的女人,有点儿古怪,据他说是“像所有的女人一样”;但也“像所有的女人一样”很忠诚。关于最后这一点,克利斯朵夫心里不表同意,觉得勃罗姆的心理学太简单了;但反正是勃罗姆的事,想它干吗!

吃过晚饭,大家待在一起。勃罗姆和克利斯朵夫谈着话,阿娜做着活儿。由于勃罗姆的请求,克利斯朵夫又常常弹琴了,在临着园子的黑洞洞的大客厅内直弹到深夜,使勃罗姆在一旁听得出神……世界上不少人就是醉心于他们不懂的或完全误解的东西的,——他们也正因为误解而爱那些东西。克利斯朵夫不再生气;他一生已经遇到多少混蛋!但听到某些可笑的惊叹词,也立刻停下,回到房里去了。勃罗姆终于猜到了原因，便竭力把声音压低。并且他音乐的胃口很快就会餍足，留神细听的时间不能连续到一刻钟以上：不是看报，便是打盹，不再打搅克利斯朵夫了。阿娜坐在屋子的尽里头，一声不出，膝上放着活计，似乎在那里工作；但她直瞪着眼，手指不动。有时她在曲子的半中间无声无息地出去了，不再露面。

日子这样一天天地过去。克利斯朵夫又有了精力。勃罗姆的过分的，但是真诚的好意，屋子里的清静，日常生活的有规律，特别丰富的日耳曼式的饮食，把他结实的身体给恢复了。肉体已经和以前一样的健康，但精神上还是病着。新长出来的气力只有加强骚乱的心绪，因为它始终不曾恢复平衡，有如一条装载不平均的船，受到一点极小的震动就会跳起来。

他完全孤独，跟勃罗姆谈不到精神上的相契，与阿娜的交际仅仅限于早晚的招呼，和学生又毫无好感可言：因为他公然表示，以他们的才具，最好还是放弃音乐。城里他一个人都不认得。而这也不完全是他的过失。固然他自从奥里维死后老是很孤独地待在一边，但周围的人也根本不让他接近。

他住的那个古城颇有些聪明强毅之士，但都是骄傲的特权阶级，自得自满，与外界不相往来的。他们是一般布尔乔亚的贵族，爱好工作，教育程度很高，可是胸襟狭窄，奉教非常热心，认为自己是最优秀的种族，自己的城市是最优秀的城市，沾沾自喜地厮守着他们分支繁衍的古老的家族。每一家规定好一个招待亲属的日子，余下的时间便门禁森严。这些实力雄厚的世家从来不想炫耀财富，彼此都是知道底细的：这就够了；别人的意见根本无足重轻。有些百万富翁穿得像小布尔乔亚一样，声音嘶嗄，讲着别有风趣的土话，天天一本正经地上公事房,即使到了连一般勤谨的人也要退休的年纪还是照常办事。太太们自命为精通治家之道。女儿是没有陪嫁的。有钱的父母要子女像自己一样辛辛苦苦地去挣他们的家业。日常生活过得非常节俭:那些巨大的财产有极高尚的用途,例如收藏艺术品,办美术馆,襄助社会事业。慈善机构和博物院常常收到数目很大的、隐名的捐款。这种又伟大又可笑的现象都是属于另一时代的。大家只知道有自己,似乎不知道外边还有别的世界。其实为了商业关系,为了交游广阔,为了教儿子们到远方去游学,他们对外边的世界很熟悉。可是无论什么出名的东西,无论哪个国外的名流,在他们心目中一定要经过他们认可之后才算成立。他们对自己的社会也管束极严,互相支持,互相监督。这样就产生了一种集体意识,凭着一致的宗教观念与道德观念,把个人的许多不同点——在那些性格刚强的人身上特别显著的不同点——给遮掉了。每个人都奉行仪式,都有信仰。没有一个人敢有一点儿怀疑,即使怀疑也不愿意承认。你休想掏摸他们的心事:因为知道受着严密的监视,谁都有权利窥探别人的心,所以他们格外深藏。据说连那些离开乡土而自以为独立不羁的人,一朝回到本乡,照旧会屈服于传统、习惯,和本城的风气:最不信仰的人也不得不奉行仪式,不得不信仰。在他们眼里,没有信仰是违反天性的,没有信仰的人是低级的,行为不端的人。只要是他们之中的一分子,就决不能回避宗教义务。不参加教礼等于永远脱离自己的阶级。①

这种纪律的压力似乎还嫌不够。那些人在本身的阶级里

① 此处所称宗教均指基督新教。瑞士最普遍的宗教是新教。

头还觉得彼此的联系不够密切，所以在大组织中间又造成无数的小组织，把自己完全束缚起来。小组织大概有好几百个，而且每年都在增加。一切社会活动都有团体：有为慈善事业的，为虔修的，为商业的，为虔修而兼商业的，为艺术的，为科学的，为歌唱的，为音乐的；有灵修会，有健身会，有单为集会而组织的，有为了共同娱乐的，有街坊联合会，有同业联合会，有同等身份的人的会，有同等财富的人的会，有同等体重的人的会，有同名的人的会。据说有人还想组织一个不隶属任何团体的人的团体，结果这种人不满一打。

在这城市、阶级、团体三重束缚之下，一个人的心灵是给捆住了。无形的压力把各种性格都约束了。其中多半是从小习惯的，——从几百年来就习惯的；他们认为这种压迫很卫生；倘若有人想摆脱，就是不合体统或不健全。看到他们心满意足的笑容，谁也想不到他们心里有什么不舒服。但人的天性也要报复一下的。每隔相当时候，必有几个反抗的人，或是倔强的艺术家，或是激烈的思想家，不顾一切地斩断锁链，使当地的卫道之士头痛。但卫道之士非常聪明，倘若叛徒没有在半路上被压倒，倘若比他们更强，那么他们不一定要把他打倒，——（打架总难免闹得满城风雨）——而设法把他收买。对方要是一个画家，他们就把他送入美术馆；要是思想家就送入图书馆。叛徒大声疾呼地说些不入耳的话，他们只做不听见。他尽管自命为独往独来，结果仍旧被同化了。毒性被中和了。这便叫做以毒攻毒的治疗。——但这些情形很少有，叛徒总是在半路上被扼杀的居多。那些安静的屋子里藏着不知多少无人知道的悲剧。里头的主人往往会从从容容地、一声不响地跑去跳在河里；再不然在家中幽居半年，或者把妻子送进疗养院。大家把这些事满不在乎地谈着，态度的冷静可以说是本地人最了不起的特点之一，即使面对着痛苦与死亡也不会受影响。

这些严肃的布尔乔亚，因为看重自己人，所以对自己人很严；因为瞧不起别人，所以对别人比较宽。对于像克利斯朵夫一般的外侨，例如德国的教授、亡命的政客，他们都相当宽大，觉得跟自己无关痛痒。并且他们爱好智慧，决不为了前进的思想而惊慌，知道自己的儿孙是不受影响的。他们用着冷淡的、客气的态度对待外侨，不让他们亲近。

克利斯朵夫无须人家多所表示。那时他正特别敏感，到处看到自私自利与淡漠无情，只想深自韬晦。

勃罗姆的病家在社会上是个范围很小的小圈子，属于新教中教规极严的一派，勃罗姆太太也是其中一分子。克利斯朵夫名义上是旧教徒出身，事实上又已经不信仰了，所以更受到歧视。而他那方面也觉得有许多事看不上眼。他虽则不信仰，可是脱不了先天的旧教精神：理智的成分少，诗的意味多，对于人性取着宽容的态度，不求说明或了解，只知道爱或是不爱；同时他在思想方面和道德方面保持着绝对的自由，那是他无形中在巴黎养成的习惯。因此他和极端派的新教团体冲突是必然的事。加尔文主义的缺陷在这个宗派里格外显著，那是宗教上的唯理主义，把信仰的翅膀斩断了，让它挂在深渊上面：因为这唯理主义的大前提和所有的神秘主义同样有问题，它既不是诗，也不是散文，而是把诗变了散文。它是一种精神上的骄傲，对于理智——他们的理智——抱着一种绝对的、危险的信仰。他们可以不信上帝，不信灵魂不灭，但不能不信理智，好似旧教徒不能不信仰教皇，拜物教徒不能不崇拜偶像。

他们从来没想到讨论这个“理智”。要是人生和理性有了矛盾，他们宁可否定人生。他们不懂得心理，不懂得天性，不懂得潜伏的力，不懂生命的根源，不懂“尘世的精神”。他们造出许多幼稚的、简化的、雏形的人生与人物。他们中间颇有些博学而实际的人，读书甚多，阅历不少，但看不见事物的真相，只归纳出一些抽象的东西。他们贫血得厉害；德行极高，但没有人情味：而这是最要不得的罪恶。他们心地的纯洁往往是真实的，并且高尚，天真，有时不免滑稽，不幸那种纯洁在某些情形之下竟有悲剧意味，使他们对别人冷酷无情，——不是由于愤怒，而是一种深信不疑的态度。他们怎么会迟疑呢？真理，权利，道德，不是都在他们手里吗？神圣的理智不是给了他们直接的启示吗？理智是一颗冷酷的太阳，它放射光明，可是教人眼花，看不见东西。在这种没有水分与阴影的光明底下，心灵会褪色，血会干枯的。

而克利斯朵夫当时觉得最无意义的便是理智。这颗太阳只能替他照出深渊的内壁而不能指示一条出路，甚至也不能使他看出深渊的深度。

至于艺术界，克利斯朵夫很少有机会，也没有心思去和它发生关系。当地的音乐家多半是保守派的好好先生，属于新舒曼派或勃拉姆斯派的，克利斯朵夫跟这些乐派是斗争过的。只有两人是例外：——一个是管风琴师克拉勃，开着一家出名的糖果店；他是个诚实君子，出色的音乐家，照某个瑞士作家的说法，要不是“骑在一匹被他喂得太饱的飞马上”，他还能成为更好的音乐家；——另外一个是年轻的犹太作曲家，很有特色，很有气魄，情绪很骚动；他也开着铺子，卖瑞士土产：木刻的玩意儿，伯尔尼的木屋和熊等等。这两个人因为不把音乐做职业，胸襟都比较宽大，很乐意亲近克利斯朵夫；而在别的时期，克利斯朵夫也会有那种好奇心去认识他们的，但那时他对艺术，对人，都毫无兴趣，只感到自己和旁人不同的地方而忘了相同的地方。

他唯一的朋友，听到他吐露思想的知己，只有在城里穿过的那条河，就是在北方灌溉他故乡的莱茵。在它旁边，克利斯朵夫又想起了童年的梦境。但在心如死灰的情形之下，那些梦境也像莱茵一样染着阴惨惨的色调。黄昏日落的时候，他在河边凭栏眺望，看着汹涌的河流，混沌一片，那么沉重，黯淡，急匆匆地老是向前流着，一眼望去只有动荡不已的大幅的轻绡，成千成万的条条流水，忽隐忽现的漩涡：正如狂乱的头脑里涌起许多杂乱的形象，永远在那里出现而又永远化为一片。在这种黄昏梦境中，像灵柩一样漂流着一些幽灵似的渡船，没有一个人影。暮色渐浓，河水变成大块的青铜，照着岸上的灯火乌黑如墨，闪出阴沉的光，反射着煤气灯黄黄的光，电灯月白色的光，人家窗里血红的烛光。黑影里只听见河水的喁语。永远是微弱而单调的水声，比大海更凄凉……

克利斯朵夫几小时地听着这个死亡与烦恼的歌曲，好容易才振作起来，爬上那些中间剥落的红色的石级，穿着小巷回家，他身心交瘁，握着砌在墙头里的、被高头教堂前面空漠的广场上的街灯照着发光的栏杆……

他再也弄不明白了：人为什么要活着？回想起亲眼看见的斗争，他不由得丧然若失，佩服那批对信念锲而不舍的人。各种相反的思想，各种不同的潮流，循环不已：——贵族政治之后是民主政治；个人主义之后是社会主义；古典主义之后是浪漫主义；尊重传统之后又追求进步：——交相起伏，至于无穷。每一代的新人,不到十年就会消磨掉的新人,都深信不疑地以为只有自己爬到了最高峰,用石子把前人摔下来;他们忙忙碌碌,叫叫嚷嚷,抓权,抓光荣,然后再被新来的人用石子赶走,归于消灭……

克利斯朵夫不能再靠作曲来逃避;那已经变成间歇的、杂乱无章的、没有目标的工作。写作?为谁写作?为人类吗?他那时正厌恶人类。为他自己吗?他觉得艺术一无用处,填补不了死亡所造成的空虚。只有他盲目的力偶尔鼓动他振翼高飞,随后又力尽筋疲地掉下来。黑暗中只有一阵隐隐的雷声。奥里维消灭了,不留一点儿痕迹。凡是充实过他生命的,凡是他自以为和其余的人类共有的感情跟思想,他都恼恨。他觉得过去的种种完全是骗自己:人与人的生活整个儿是误会,而误会的来源是语言……你以为你的思想能够跟别人的沟通吗?其实所谓关系只有语言之间的关系。你自己说话,同时听人家说话;但没有一个字在两张不同的嘴里会有同样的意义。更可悲的是没有一个字的意义在人生中是完全的。语言超出了我们所经历的现实。你嘴里说爱与憎……其实压根儿就没有爱,没有憎,没有朋友,没有敌人,没有信仰,没有热情,没有善,没有恶。所有的只是这些光明的冰冷的反光,因为这些光明是从熄灭了几百年的太阳中来的。朋友吗?许多人都自居这个名义,事实上却是可怜透了!他们的友谊是什么东西?在一般人的心目中,友谊是什么东西?一个自命为人家的朋友的人,一生中有过几分钟淡淡地想念他的朋友的?他为朋友牺牲了什么?且不说他的必需品,单是他多余的东西,多余的时间,自己的苦闷,为朋友牺牲了没有?我为奥里维又牺牲过什么?——(因为克利斯朵夫并不把自己除外；在他把全人类都包括进去的虚无中，他只撇开奥里维一个人。）——艺术并不比爱情更真实。它在人生中究竟占着什么地位？那些自命为醉心于艺术的人是怎么样爱艺术的？……人的感情是意想不到的贫弱。除了种族的本能，除了这个成为世界轴心的、宇宙万物所共有的力量以外，只有一大堆感情的灰烬。大多数人没有蓬蓬勃勃的生气使他们整个地卷进热情。他们要经济，谨慎到近乎吝啬的程度。他们什么都是的，可是什么都具体而微，从来不能成为一个完整的东西。凡是在受苦的时候、爱的时候、恨的时候、做无论什么事的时候，肯不顾一切地把自己完全放进去的，便是奇人了，是你在世界上所能遇到的最伟大的人了。热情跟天才同样是个奇迹，差不多可以说不存在的！……

克利斯朵夫这样想着，人生却在准备给他一个可怕的否定的答复。奇迹是到处有的，好比石头中的火，只要碰一下就会跳出来。我们万万想不到自己胸中有妖魔睡着。

“……别惊醒我，啊！讲得轻些罢！……”①

一天晚上，克利斯朵夫在钢琴上即兴，阿娜站起身来出去了，这是她在克利斯朵夫弹琴的时候常有的事。仿佛她讨厌音乐。克利斯朵夫早已不注意这些，也不在乎她心里怎么想。他继续往下弹；后来忽然想起要把所弹的东西记下来，便跑到房里去拿纸。他打开隔室的门，低着头往暗里直冲，不料在门口突然跟一个僵直不动的身体撞了一下。原来是阿娜……这么出其不意的一撞吓得她叫起来。克利斯朵夫生怕她撞痛

① 此系弥盖朗琪罗为其雕像《夜》所作的诗句。

了，便亲切地抓着她的两只手。手是冰冷的，人好像在发抖，——大概是受了惊吓吧？

"我在饭厅里找……"她结结巴巴地解释。

他没听见她说找什么，也许她根本没说出来。他只觉得她在黑暗里找东西很奇怪。但他对于阿娜古怪的行动已经习惯了，也不以为意。

过了一小时，他又回到小客厅和勃罗姆夫妇坐在一起，在灯下伏在桌上写音乐。阿娜靠着右边，在桌子的另外一头缝东西。在他们后面，勃罗姆坐在壁炉旁边一张矮椅子上看杂志。三个人都不说话。淅沥的雨点断断续续打在园中的砂上。克利斯朵夫原来把大半个身子歪在一边，那时为了要完全孤独，更掉过身去，背对着阿娜。他前面壁上挂着一面镜子，反映着桌子、灯，和埋头工作的两张脸。克利斯朵夫似乎觉得阿娜在望他，先是并不在意，后来脑子里老转着这个念头，便抬起眼睛瞧了瞧镜子……果然阿娜望着他，而且那副目光使他呆住了，不由得屏着气把她仔细打量。她不知道他在镜子里看她。灯光映着她苍白的脸，那种惯有的严肃与静默显得她心里郁积着一股暴戾之气。她的眼睛——他从来没机会看清楚的陌生的眼睛——盯在他身上：暗蓝的巨大的瞳子，严峻而火辣辣的目光，悄悄地抱着一股顽强的热情在那里搜索他的内心。难道这是她的眼睛吗？他看到了，可不相信。他是不是真的看到呢？他突然转过身来……她眼睛低下去了。他跟她搭讪，想强迫她正面望他。可是她声色不动地回了话，始终低着头做活，没有抬起眼睛，你只能看到围着黑圈的眼皮，和又短又紧密的睫毛。要不是克利斯朵夫头脑清楚，很有把握的话，他又要以为那是个幻象了。但他的确知道他是看到的……

然后他又集中精神工作，既然对阿娜不感兴趣，也就不去多推敲这个奇怪的印象。

过了一星期，他在琴上试一支新作的歌。勃罗姆一半由于摆丈夫的架子，一半由于打趣，素来喜欢要太太弹琴或唱歌，这一晚的要求特别来得恳切。往常阿娜只说一句斩钉截铁的话；以后不论人家如何要求，恳请，揶揄，再也不屑回答，咬着嘴唇，只做不听见。但那天晚上，出乎勃罗姆和克利斯朵夫意料之外，她居然收起活儿，站起身来向钢琴走过去了。这是一支她连看都没看过的歌，她竟自唱了，而唱的结果简直是奇迹。声音沉着，完全不像她说话时那种嘶嗄的，蒙着一层什么的口音。一开始她就把音唱准了，既不慌张，也不费力，音乐给表现得极有气魄，而且很纯粹，很动人；她自己也达到热情奔放的境界，使克利斯朵夫大为激动，觉得她唱出了他的心声。她唱着，他望着她呆住了；这一下他才第一次把她看清楚。阴沉的眼睛里有股野性，表示热情的大嘴巴，边缘很好看的嘴唇，肉感的笑容并不秀媚，有点儿杀气，露出一副雪白的很好的牙齿；一只美丽结实的手放在琴谱架上；壮健的体格被狭窄的衣服紧束着，被过于简单的生活磨瘦了，但一望而知是年轻的，精力充沛，线条非常和谐。

她唱完了，回去坐着，一双手放在膝盖上。勃罗姆恭维了她几句，但觉得她唱得不够柔媚。克利斯朵夫一声不出，只顾打量她。她惘然微笑，知道他瞧着她。当晚他们之间没说什么话。她明白自己刚才达到了从来未有的境界，或者是第一次成为她“自己”，可不懂是怎么回事。

从那一天起，克利斯朵夫对阿娜留神观察了。她又恢复了不声不响、冷淡麻木的态度，只管没头没脑地做活，教丈夫都看了气恼；其实她是借工作来压制骚乱的天性，不让那些暧昧的思想抬头。克利斯朵夫看来看去，只看到她和早先一样是个动作发僵的布尔乔亚。有时她一事不做地瞪着眼睛出神。你刚才发觉她这样，过了一刻钟还是这样，一动也没动过。丈夫问她想些什么，她便惊醒过来，微微一笑，回答说不想什么。而这也是事实。

她无论碰到什么事都镇静自若。有一天她梳妆的时候，酒精灯爆裂了。一刹那间，阿娜四周布满了火焰。女仆一边呼救一边逃。勃罗姆着了慌，手忙脚乱，叫叫嚷嚷，吓坏了。阿娜撕掉了梳妆衣上的搭扣，把着火的内衣从腰部扯去，踩在脚下。等到克利斯朵夫慌乱中抢着一个水瓶奔来，阿娜只剩着件内衣，露着胳膊，立在一张椅子上，不慌不忙地在那里扑灭窗帘上的火焰。她身上灼伤了，却一句不提，只觉得被人看到这副服装很气恼。她红着脸，笨拙地用手遮着肩头，因为有失尊严而气哼哼地走到隔壁屋里去了。克利斯朵夫很佩服她的镇静，可说不出这种镇静是表示她勇敢呢还是表示她麻木。他以为大概是后者的成分居多。实际上，她对什么都不关心，对别人，对自己，都是一样。克利斯朵夫甚至怀疑她没有心肝。

等到他又看见了一桩事，更毫无疑问地把她断定了。阿娜有一条小黑狗，眼睛挺聪明挺温和，全家都很疼它。克利斯朵夫关起房门工作的时候，常常把它抱在屋子里，丢下工作，逗它玩儿。他要出门，它就在门口等着，紧盯着他：它需要有个散步的同伴。它在前面拼命飞奔，不时停下来，对自己的矫捷表示得意，眼睛望着他，挺着胸部，神气俨然。它会对着一块木头狂叫，但远远地看到了别的狗就溜回来，躲在克利斯朵夫两腿之间直打哆嗦。克利斯朵夫笑它，疼它。他与世不相往来之后，和动物更接近了，觉得它们很可怜。这些畜生只要得到你一些好意，就对你那么信赖！它们的性命完全操在人手里，所以要是你虐待这些向你输诚的弱者，简直是滥用威权，犯了一桩可怕的罪恶。

那条可爱的小黑狗虽然对大家都很亲近，还是最喜欢阿娜。她并不特别宠它，只是很乐意把它抚摩一下，让它蹲在膝上，也照顾它的食料，似乎尽她可能地喜欢它。有一天，小黑狗差不多当着主人们的面，被街上的汽车撞倒了。它还活着，叫得非常悲惨。勃罗姆光着头跑出去，搂着那个血肉模糊的东西回来，想至少减轻它一些痛苦。阿娜过来瞅了一眼，也不弯下身子细看，便不胜厌恶地走开了。勃罗姆含着泪，眼看这小东西受着临终的痛苦。克利斯朵夫在园子里捏着拳头，大踏步走着，听见阿娜若无其事地吩咐仆人工作，便问她："难道你心里不觉得难过吗？"

"那有什么办法？"她回答，"最好还是不去想它。"

他听了先是恨阿娜，后来想起那句滑稽的回答，不禁笑起来，私忖阿娜倒大可以把怎么能不想到悲哀的事的秘诀教给他。对于那些幸而没有心肝的人，生活不是很容易对付吗？他想要是勃罗姆死了，阿娜也不见得会怎么难过，于是他觉得自己幸而没结婚。与其终生跟一个恨你的，或者(更要不得的)把你看做有等于无的人在一起，还是孤独比较少痛苦些。的确，这女人对谁都不爱。那个规矩极严的教派使她的心干枯了。

十月将尽的时候，她有件事使克利斯朵夫大为奇怪。——大家在吃饭，克利斯朵夫和勃罗姆谈着一件轰动全城的情杀案。乡下有两个意大利姊妹爱着一个男人。两人因为都不愿意牺牲，便用抽签的方法决定哪一个退让，而所谓退让是自动地投入莱茵河。等到抽过了签，倒霉的一个却不大愿意接受这决定。另外一个对于这种不顾信义的行为大为愤慨。两人先是咒骂，继而动武，终而至于拔刀相向；随后，突然之间变了风向，姊妹俩哭着拥抱起来，发誓说她们是相依为命的；可是她们又不能退一步分享一个情人，便决定把情人杀死。事情就这样发生了。一天夜里，两个姑娘把那个自以为艳福不浅的男人叫到她们房中；一个把他热烈地抱着，另外一个拿刀刺入他的背脊。人家听到叫喊，赶来把他从两个情人怀中抢下来，已经受了重伤；同时她们也被捕了。她们抗辩说，这件事谁也管不了，唯有她们俩是当事人，只要她们同意把属于她们的人处死，没有一个人有权利干涉。那受伤的男人差不多也同意这种说法；可是法律不了解，勃罗姆也不了解。

"她们是疯子，"他说，"应当送进疯人院去锁起来！……我懂得一个人为了爱情而自杀，也懂得一个人受了情人欺骗而杀死情人……我并不原谅他，但我承认有这种事；那是间歇遗传的兽性，是野蛮的，可是讲得通的：一个人因为受了另外一个人的痛苦，所以杀那个人。但杀死一个你所爱的人，没有怨，没有恨，单单为了别人也爱他的缘故，那不是疯狂是什么？……你能了解这个吗，克利斯朵夫？"

"哼！"克利斯朵夫说，"我怎么会了解！爱就是丧失理性。"

阿娜默不作声，好似并没有听，那时却抬起头来，声音很安静地说："绝对不是丧失理性，倒是挺自然的。一个人爱的时候就想毁灭他所爱的人,使谁也没法侵占。"

勃罗姆瞅着他的太太,敲敲桌子,抱着手臂叫起来:"你这话从哪儿听来的?……怎么!要你来表示意见吗?你懂什么?"

阿娜略微红了红脸,不作声了。勃罗姆接着又说:"一个人有所爱的时候就要毁灭?……这种胡说八道不是骇人听闻吗?毁灭你所爱的人,便是毁灭你自己……相反,一个人爱的时候,照理是以德报德,你疼他,保护他,对他慈爱,对一切都慈爱!爱是现世的天堂。"

阿娜眼睛望着暗处,听他说着,摇摇头,冷冷地回答:"一个人爱的时候并不慈悲。"

克利斯朵夫不想再听阿娜唱歌了。他怕……他说不上来是怕失望还是怕别的什么。阿娜也一样地害怕。他一开始弹琴,她就避免待在客厅里。

可是十一月里有一天晚上,他正在火炉旁边看书,发现阿娜坐着,膝上放着活计,又出神了。她惘然瞧着空间,克利斯朵夫觉得她眼睛里又像那一晚一样有股特殊的热情。他把书阖上了。她也觉得克利斯朵夫在注意她,便重新缝着东西,但尽管低着眼皮,还是把什么都看得清清楚楚。他站起来说了声:"你来罢。"

她眼神还没完全安定,瞪了他一下,懂得了,起来跟着他走了。

"你们上哪儿去?"勃罗姆问。

"去弹琴。"克利斯朵夫回答。

他弹着。她唱着。立刻他发现了她第一次那样的感情。

她一下子就达到了雄壮的境界，仿佛那是她固有的天地。他继续试验，弹了第二个曲子，接着又弹了更激昂的第三个曲子，把她胸中无穷的热情都解放出来，使她越来越兴奋；他自己也跟着兴奋，到了最高潮的时候，他突然停下，盯着她的眼睛，问："你究竟是谁啊？"

"我不知道。"阿娜回答。

他很不客气地又说："你心里有些什么，能够使你唱得这样的？"

"我只有你给我唱的东西。"

"真的吗？那么我的东西并没放错地方。我竟有点疑心这是我创造的还是你创造的。难道你，你对事情真是这样想的吗？"

"我不知道。我以为我唱的时候已经不是我自己了。"

"可是我以为这倒是真正的你。"

他们不说话了。她脸上微微冒着汗，胸部起伏不已，眼睛盯着火光，心不在焉地用手指剥着烛台上的溶蜡。他一边瞅着她，一边随便捺着键子。他们彼此用生硬的口气说了几句局促的话，随后又交换了一些俗套，然后大家缄默，不敢再往深处试探……

第二天，他们很少说话，心里都有些害怕，不敢正面相看。但晚上一块儿弹琴唱歌已经成了习惯。不久连下午也弄音乐了，而且每天都把时间加长。一听到最初几个和弦，她就被那股不可思议的热情抓住了，把她从头到脚地烧着。只要音乐没有完，这个教规严厉的新教徒就是一个泼辣的维纳斯女神①，

① 古代拉丁民族以维纳斯女神为爱神。

表现出心中所有狂乱的成分。

勃罗姆看到阿娜为唱歌入迷有些奇怪,但对女人的使性也不想推究原因。他参与这些小小的音乐会,摇头摆脑地打着拍子,不时发表些意见,觉得非常快活,心里却更喜欢比较温柔的音乐,认为消耗这么多精力未免过分。克利斯朵夫感觉到有点儿危险,但他头脑迷迷糊糊,经过最近一场痛苦之后,精神衰弱,没法抗拒了。他不知道自己心里有些什么,也不愿意知道阿娜心里有些什么。有天下午,一支歌唱到一半,正在热情骚动的段落上,她忽然停下来,一声不出地离开了客厅。克利斯朵夫等着她,她始终不回来。过了半小时,他在甬道中走过阿娜的卧房,从半开的门里看见她在屋子的尽里头,脸上冷冰冰地做着祈祷。

然而他们之间也有了一点儿,很少的一点儿信任。他要她讲从前的历史,她只泛泛地回答几句;费了好大的力量,他才零零碎碎地套出一部分细节。因为勃罗姆很老实,说话挺随便,克利斯朵夫居然知道了她一生的秘密。

她是本地人,姓桑弗,名叫阿娜-玛丽亚,父亲叫做玛丁·桑弗。那是一个世代经商的旧家,几百年的百万富翁,阶级的骄傲与奉教的严格在他家里是根深蒂固的。玛丁抱着冒险精神,像许多同乡一样在远方住过好几年,到过近东、南美洲、亚洲中部,为了自己铺子里的买卖,也为了趣味和爱好科学。周游世界之后,他非但没捞到一个钱,反而把自己的躯壳和所有古老的成见都丢掉了。回到本乡,他凭着火爆的性子和固执的脾气,不顾家族沉痛的反对,竟娶了一个庄稼人的女儿,——声名不大好,先做了他的情妇然后嫁给他的。他除了结婚,无法保持这个他割舍不掉的美丽的姑娘。家族方面既然反对而不生效力,便一致把他摒诸门外。城里所有的体面人物,遇到有关礼教的事照例是一致行动的,当然对这两个不知轻重的男女表示了态度。冒险家吃了这个大亏,才懂得要反抗社会的偏见,在基督徒的国家不比在喇嘛的国家更少危险。他性格不够强,不能对社会的舆论无动于衷。在经济方面,他不但把自己的一份家产荡尽,同时还找不到一个差事,到处对他闭门不纳。铁面无情的社会给他的羞辱,使他抱着一腔怒气,把精力消磨完了。他的健康受着纵欲无度与性情暴躁的影响,没法再支持下去。结婚以后五个月,他中风死了。他的太太心很好,可是软弱,没有头脑,嫁了过来没有一天不哭,丈夫故世以后四个月,生下了小阿娜,就在产褥中咽了气。

玛丁的母亲还活着。她什么都不肯原谅,便是当事人死了以后也不原谅,既不原谅儿子,也不原谅那个她不愿意承认的媳妇。可是媳妇故世以后,——天怒人怨的罪恶总算消除了一部分,——她把孩子带回去抚养。玛丁的老太太是个热心宗教而非常狭窄的女人,有钱而吝啬,在古城里一条黑洞洞的街上开着一家绸缎字号。她把儿子的女儿不当做孙女,只当做为了发善心而收留的孤儿,所以孩子是应当像奴仆一样报答她的。话虽如此,她给她受的教育倒很不差,但始终取着严厉与猜疑的态度,似乎认为孩子是她父母的罪恶的产物,所以拼命想在孩子身上继续追究那个罪恶。她不让她有一点儿消遣;凡是儿童在举动、言语,甚至思想方面所流露的天性,都被当做罪恶一般地铲除,年轻人的快乐给剥夺完了。阿娜从小就在礼拜堂里闷得发慌而不敢表示出来;地狱里的种种恐怖老是把她包围着。老礼拜堂的门口，摆着些丑恶的雕像，两腿被火烧着，还有蛤蟆与蛇在上面爬：儿童的躲躲闪闪的眼睛每星期日看到这些形象害怕死了。她经常压制着本能，对自己扯谎。到了能帮助祖母的年龄，她便从早到晚在黑洞洞的绸铺里做事。看着周围的榜样，她也学会了那套作风：做事有秩序，处处讲究节省和不必要的刻苦，淡漠无情，还有抑郁不欢而瞧不起一切的人生观，——那是宗教信仰在一般强作虔诚的教徒身上自然而然发生的后果。她对宗教的热心，连那位老祖母也觉得过分了；她一味地禁食，苦修，有一个时期竟把一条有针刺的腰带束在身上，只要有所动作，针就扎着她的皮肉。大家莫名其妙地看着她脸色惨白。后来她晕过去了，人家请了医生来。她可不让医生听诊，——（她宁死也不愿意在一个男人面前脱掉衣服）——只是说了实话。医生把她大大地埋怨了一顿，她才答应不再来了。而祖母为了保险，也从此检查她的衣着。阿娜并没在这些苦行中得到什么神秘的快感；她没有想象力，凡是圣·法朗梭阿或圣女丹兰士所有的诗意，对她都谈不到。她的苦修是悲观的，唯物的，折磨自己并非为了求他世界的幸福，而是由于苦闷的煎熬，求一种自虐狂的快感。出人意料的是，这颗像祖母一样冷酷的心居然能领会音乐，至于领会到什么程度，连她自己也不知道。她对别的艺术都木然无动于衷，也许从来没对一幅画瞧过一眼，简直没有造型美的感觉，因为她骄傲，冷淡，所以一点不感兴趣。一个美丽的肉体，在她心中只能引起裸体的观念，就是说像托尔斯泰所讲的乡下人那样，只能有种厌恶的情绪；而这种厌恶在阿娜心中尤其强烈，因为她跟一般她喜欢的人在一起的时候，暗中只有欲念的冲动，而很少心平气和的审美的批判。她从来不想到自己长得好看,正如从来不想到被压制的本能有多少力量;其实是她不愿意知道,而且因为对自己扯谎成了习惯,结果也认识不清了。

勃罗姆和她是在人家的婚筵上遇到的。那次她去吃喜酒是例外;大家一向认为她出身下贱而不敢请她。她那时二十二岁。勃罗姆对她留了心;可并非因为她有什么惹人注意的举动。她在席上坐在他旁边,姿态强直,衣服穿得很难看,简直不开口。但勃罗姆一刻不停地和她谈着,——就是说他自个儿说着话,——回去不禁大为动情。他凭着肤浅的观察,觉得那邻座的姑娘幽娴贞静,通情达理;同时他也赏识那个健康的身体和一望而知善操家政的长处。他去拜访了祖母,第二次又去,就提了婚,祖母同意了。陪嫁是一个钱都没有的:桑弗老太太把家产捐给公家发展商业去了。

这年轻的女人对丈夫从来不曾有过爱情,认为那是良家妇女应当看做罪恶一样回避的。但她知道勃罗姆的好心是了不起的,也感激他不顾她的出身暧昧而跟她结婚。她对于妇道看得很重,结婚七年,夫妇之间不曾有过风波。他们守在一块儿,既不了解,也不因此而有什么不安。在大众眼里,他们正是一对模范夫妻。两人难得出门。勃罗姆的病家相当多,但没法使妻子踏进那个社会。她不讨人喜欢,出身的污点还不能完全抹掉。阿娜自己也不想法去亲近人家。对于从小受到的轻蔑,使她的童年悒郁不欢的原因,她至今心里很气愤。并且她在人前觉得很局促,也愿意人家把她忘掉。为了丈夫的事业,她不得不拜访和接待一些无可避免的客人。那般女客都是些好奇的、喜欢说坏话的小布尔乔亚。她们飞短流长的议论,阿娜完全不感兴趣,也不隐藏这种心理。而这一点就是不可原谅的。因此宾客的访问渐渐地稀少了，阿娜孤独了。而她正是求之不得，只希望什么都不来打扰她心里翻来覆去的梦境，和她身上那种暧昧的骚动。

几星期来，阿娜似乎闹着病，脸瘦下去了。她躲着不跟克利斯朵夫与勃罗姆见面，成天关在卧房里胡思乱想；人家和她说话，她也不回答。勃罗姆照例不会因女人这种任性的行为着慌的，他还对克利斯朵夫解释呢。好似一切生来看不透女人的男子一样，他自命为了解她们。他的确相当了解，可是毫无用处。他知道她们往往很固执地做着梦，心里存着敌意，一味地不开口；那时最好听其自然，别去追究，尤其别追究她们在那个危险的潜意识领域里做些什么。虽然如此，他也开始为阿娜的健康操心了，以为她的形容憔悴是由于她的生活方式，由于老关在家里，从来不出城，也难得出大门的缘故。他要她去散散步。他自己不大能陪她：星期日她忙着敬神礼拜的功课；平日他忙着看诊。至于克利斯朵夫，又特意避免跟她一同出去。有过一两次，他们一块到城门口作短距离的散步：那简直烦闷得要死。话是没有的。对于阿娜，自然界仿佛是不存在的，她一无所见；田野在她眼里不过是草木和石头，那种冥顽不灵的态度使人心都凉了。克利斯朵夫曾经教她欣赏一角美丽的风景。她望了望，冷冷地笑了一下，勉强敷衍他说：

"噢！是的，那很神秘……"

她也会用着同样的态度说："嗯，太阳好得很。"

克利斯朵夫气得把手指掐着自己的手掌，从此再也不问她什么；她出去的时候，他总借端留在家里。

其实阿娜对于自然界并不是无动于衷,只是不喜欢人家所谓美丽的风景,不觉得那和其余的景色有什么分别。但她喜欢田野,——不管是哪一种,——喜欢土地跟空气。不过她对于这种爱好,像对于别的强烈的感情一样,自己并不感觉到;而和她共同生活的人自然更不容易觉察。

勃罗姆一再劝说的结果,阿娜终于答应到近郊去玩一天。这是她为了免得人家纠缠不清而让步的。散步定在一个星期日。到最后一刹那,为这件事喜欢得像小孩子一样的医生,竟为了一个急症不能分身,只能由克利斯朵夫陪着阿娜出发。

虽是冬天,气候却非常好,也没有下雪:空气清冽寒冷,天色开朗,太阳明晃晃的,吹着一阵砭骨的北风。他们搭着区间小火车,往远山如带的地方驶去。车厢里挤满了人;他们俩分开坐着,一句话也不说。阿娜脸色很不高兴;上一天她出乎勃罗姆意料之外地说这个星期日不去做礼拜了。这是她生平第一次缺席。是不是反抗的表示呢?……她内心的斗争,谁说得出呢?——当时她脸色惨白,直瞪着面前的凳子……

他们下了火车,开始散步的时候,彼此都很冷淡。两人并肩走着;她步子很坚决,对什么都不注意,两条胳膊甩来甩去,鞋跟在冰冻的地上橐橐地响着。——慢慢地,她脸色活泼起来,走路的速度使苍白的腮帮有了血色。她把嘴巴张开了一点呼吸空气。在一条弯弯曲曲向上的小路的拐角儿上,她从斜刺里沿着一个石坑,爬上山岗,像一头羊,遇到要颠扑的时候便用手抓着身旁的灌木。克利斯朵夫跟着她。她越爬越快,滑跌了,又抓着草爬起来。克利斯朵夫嚷着要她停下。她不回答,尽管弯着身子,手脚并用地往上跑。浓雾像银色的绞绡般飘浮在山谷上空,遇有树木的地方才露出一道裂缝。两人穿过雾,到了高处的阳光里。到了顶上,她回过身来,神色开朗,张着嘴喘气,带着嘲弄的表情瞧着克利斯朵夫在后面爬上来,脱下大衣扔在他脸上,然后不等他喘过气来又向前奔了。克利斯朵夫在后面追着。他们都动了游戏的兴致;清新的空气使他们迷迷糊糊地好像醉了。她拣一个陡峭的山坡奔下去,石子在脚下乱滚,可并不跌跤,溜来滑去,连蹿带跳,像一支箭一般飞去。她不时回顾一下,估量她跑在克利斯朵夫前面有多远。他越追越近,她便溜入树林。枯叶在脚下簌簌地响着;撩开去的树枝又回过来拂着她的脸。最后她蹶在一个树根上,被克利斯朵夫抓住了。她挣扎着,拳打足踢地抗拒,狠狠地打了他几下,想要把他摔下地,又是叫又是笑。她紧贴在他身上,胸部起伏不已;两人的腮帮差不多碰着了,他沾到了阿娜额上的汗珠,呼吸到她头发上潮湿的气味。突然她使劲一推,挣脱了身子,用着挑战的眼睛瞅着他,没有一点骚动的表情。他发觉她有一股日常生活中从来不使出来的力量,不由得大为惊奇。

他们向邻近的村庄出发,很轻快地在富有弹性的干草堆里穿过去。前面有群觅食的乌鸦在田野中飞。太阳很旺,寒风砭骨。克利斯朵夫搀着阿娜的胳膊。她穿的衣服不十分厚,他能感觉到她身体上蒸发出来的暖气与汗湿。他要她把大衣穿上,她不肯,并且为了表示勇敢,把领扣也松了。他们到一家乡村客店去吃饭:招牌上画着个"野人"的商标,门前种着一株小柏树,饭厅壁上装饰着德文的四节诗和两幅五彩印版画:一幅带着感伤意味的,叫做《春》;一幅带着爱国意味的,叫做《圣·雅各之战》;另外还有一个十字架,下端刻着一个骷髅。阿娜狼吞虎咽的胃口，克利斯朵夫从来没见过。他们兴致很好，喝了一点儿白酒。饭后，他们像两个好伙计似的，又到田里玩儿去了，心里很安静，只想着走路的乐趣，想着在他们胸中激动的热血和刺激他们的空气。阿娜舌头松动了，不再存心提防，想到什么就说什么。

她讲着童年的事：祖母带她到一个靠近大教堂的老太太家里；两个老人谈天的时候，打发她到大花园里去玩。教堂的阴影罩着园子，她坐在一角，一动不动，听着树叶的哀吟，探着虫蚁的动静：又快活又害怕。——她可没说出在她想象中盘旋不去的念头，——对魔鬼的恐惧。人家说那些魔鬼老在教堂门前徘徊，不敢进去；她以为蜘蛛、蜥蜴、蚂蚁，所有在树叶下、地面上，或是在墙壁的隙缝里蠢动的丑恶的小东西，全是妖魔的化身。——随后她谈到当年的屋子，没有阳光的卧室，津津有味地回想着；她在那儿整夜地不睡觉，编着故事……

"什么故事呢？"

"想入非非的故事。"

"讲给我听罢。"

她摇摇头，表示不愿意。

"为什么？"

她红着脸，笑着补充："还有白天，在我工作的时候。"

她想了一下，又笑起来，下了个结论："都是些疯疯癫癫的事，不好的事。"

他取笑她说："难道你不害怕吗？"

"怕什么？"

"罚入地狱喽。"

她的脸登时冷了下来，说道："噢！你不应该提到这个。"

他把话扯开去了，表示佩服她刚才挣扎的时候的气力。于是她又恢复了信赖的表情，说到她小姑娘时代的大胆。——（她嘴里还不说“小姑娘”而说“男孩子”，因为她幼时很想参加男孩子们的游戏和打架。）有一回她和一个比她高出一个头的小朋友在一起，突然把他捶了一拳，希望他还手。不料他一边嚷着一边逃了。另外一次，旁边走过一条黑母牛，她跳上它的背，母牛吃了一惊，把她摔下来，撞在树上，险些儿送了命。她也曾经从二层楼的窗口往下跳，唯一的理由是因为她不信自己敢这样做；结果除了跌得青肿之外竟没有什么。她独自在家的时候，还发明种种古怪而危险的运动，要她的身体受各种各样奇特的考验。

“谁想得到你是这样的呢，”他说，“平常你那么严肃……”

“噢，你还没看见我有些日子自个儿在房里的模样呢！”

“怎么，你现在还玩这一套吗？”

她笑了，随后又忽然扯到另外一个题目，问他打猎不打。他回答说不。她说她有一回对一只黑乌放了一枪，居然打中了。他听了很愤慨。

“嗬！”她说，“那有什么关系？”

“你难道没心肝吗？”

“我不知道。”

“你不以为禽兽跟我们一样是生物吗？”

“我是这样想的。对啦，我要问你：你可相信禽兽也有一颗灵魂吗？”

“我相信是有的。”

“牧师说没有的。我，我认为它们有的。”她又非常严肃地补上一句：“并且我相信我前生就是禽兽。”

他听着笑了。

"有什么可笑的?"她这么说着也跟着笑了,"我小时候就给自己编造这样的故事。我想象我是一头猫、一条狗、一只鸟、一匹小马、一条公牛。我感到有它们的欲望,很想跟它们一样长着毛或是翅膀,试试是什么味儿;仿佛我真的试过了。哎,你不懂吗?"

"不错,你是个动物,是个古怪的动物。可是你既然觉得和禽兽同类,又怎么能虐待它们呢?"

"一个人总要伤害别人的。有些人伤害我,我又去伤害别的人。这是必然的事。我从来不抱怨。对人不能太柔和!我教自己很受了些痛苦,纯粹是为了玩儿!"

"怎么,你伤害自己吗?"

"是的。你瞧,有一天我用锤子把一只钉敲在这只手里。"

"为什么?"

"一点儿不为什么。"(她还没说出她曾经想把自己钉上十字架。)

"把你的手给我。"她说。

"干吗?"

"给我就是了。"

他把手伸给她。她抓着拼命地掐,他不由得叫起来。他们像两个乡下人那样比赛,看谁能够教谁更痛,玩得很高兴,心里没有什么别的念头。世界上其余的一切,他们生命的锁链,过去的悲哀,未来的忧惧,在他们身上酝酿的暴风雨,一切都消灭了。

他们走了十几里,不觉得疲倦。突然她停下来,倒在地下干草上,一声不出,仰天躺着,把胳膊枕在脑后,眼睛望着天。

多么安静！多么恬适！……几步路以外，一道看不见的泉水断断续续地流着，好似脉管的跳动：忽而微弱，忽而剧烈。远远的天边黑沉沉的。紫色的地上长着光秃与黑色的树木，一层水汽在上面浮动。冬季末期的太阳，淡黄的年轻的太阳，蒙眬入睡了。飞鸟像明晃晃的箭一般破空而过。乡间可爱的钟声遥遥呼应，一村复一村……克利斯朵夫坐在阿娜身旁瞅着她。她并没想到他，美丽的嘴巴悄悄地笑着。

他心里想道："这真是你吗？我认不得你了。"

"我自己也认不得了。我相信我是另外一个女人了。我不再害怕了；我不怕他了。啊！他使我窒息，他使我痛苦！我仿佛被钉在灵柩里……现在我能呼吸了；这个肉体，这颗心，是我的了。我的身体。我的自由的身体，自由的心。我的力，我的美，我的快乐！可是我不认识它们，我不认识自己：你怎么能使我变得这样的呢？……"

他以为听见她轻轻地叹着气。但她什么都没有想，唯一的念头是很快活，觉得一切都很好。

黄昏来了。在灰灰的淡紫的雾霭之下，倦怠的太阳从四点钟起就不见了。克利斯朵夫站起来走近阿娜，向她伛着身子。她转过眼睛瞅着他，因为久望天空而还有些眼花，过了几秒钟才把他认出来，堆着一副谜样的笑容瞪着他。克利斯朵夫感染到她眼中的惶乱，赶紧闭了一会儿眼睛，等到重新睁开，她还望着他；他觉得彼此已经这样地望了好几天了。他们看到了彼此的心，可不愿意知道看到些什么。

他向她伸出手来，她一声不出地握着，重新向村子走去，远远地就望见山坳间那些屋顶作蒜形的钟楼；其中有一座在满生苔藓的瓦上，像戴着一顶小圆帽似的有一个空的鸟窠。

在两条路的交叉口上，快要进村子的地方，有一个喷水池，上面供着一座木雕的圣女玛特兰纳，模样儿很妩媚，带点儿撒娇的神气，伸着手臂站着。阿娜无意中摹仿神像伸着手的姿势，爬上石栏，把一些冬青树枝，和还没被鸟啄完、也没被冻坏的山梨实放在女神手里。

他们在路上遇到一群又一群的乡下男女，穿着过节的新衣服。皮肤褐色，血色极旺的女人，绾着很大的蛋壳形的髻，穿着浅色衣衫，帽子上插着鲜花，戴着红袖口的白手套。她们尖着嗓子，用着平静的、不大准的声音唱些简单的歌。一条母牛在牛棚里曼声叫着。一个患百日咳的儿童在一所屋子里咳嗽。稍为远一些，有人呜呜地吹着单簧管和短号。村子的广场上，在酒店与公墓之间，有人在跳舞。四个乐师骑在一张桌上奏着音乐。阿娜和克利斯朵夫坐在客店门前瞧着那些舞伴。他们你撞我，我撞你，彼此大声吆喝。女孩子们为了好玩而叫叫嚷嚷。酒客用拳头在桌上打拍子。要是在别的时候，这种粗俗的玩乐一定会使阿娜憎厌，那天下午她却是很欣赏，脱下帽子，眉飞色舞地瞧着。克利斯朵夫听着可笑而庄严的音乐，看着乐师们一本正经的滑稽样儿，不禁哈哈大笑。他从袋里掏出一支铅笔在账单的反面写起舞曲来了，不久一张纸就写满了，问人家又要了一张，也像第一页那样涂满了又潦草又笨拙的字迹。阿娜把脸挨近着他的脸，从他肩头上看着，低声哼着，猜句子的结尾，猜到了或是句子出其不意地完全变了样，她就拍手欢笑。写完以后，克利斯朵夫拿去递给乐师。他们都是技巧纯熟的施瓦本①人，马上奏起来。调子有一种感

① 施瓦本为靠近瑞士的一个德国山区。

仿与滑稽的意味，配着急激的节奏，仿佛穿插着一阵阵的哄笑。那种可笑的气息教人忍俊不禁，大家的腿都不由自主地动起来。阿娜扑进人堆，随便抓着两只手，发疯似的打转，头上一只贝壳别针掉下了，头发也散开了挂在腮帮上。克利斯朵夫始终望着她，很赏识这头美丽壮健的动物，那是至此为止被无情的纪律压得没有声音的，不会活动的。她当时那副模样，谁都没见过：仿佛戴了一个别人的面具，活脱是个精力充沛的酒神。她叫他。他便跑上去抓着她的手腕跳舞，转来转去，直撞到墙上，才头昏目眩地停下来。天完全黑了。他们休息了一会儿，才跟大家告别。平时因为局促或是因为轻蔑而对平民很矜持的阿娜，这一回却是很和气地跟乐师、店主，以及刚才一块儿跳舞的村子里的少年握手。

在明亮而寒冷的天色下面，他们俩孤零零地重新穿过田野，走着早上所走的路。阿娜先还非常兴奋。慢慢地，她话少了，后来为了疲倦或者为了黑夜的神秘抓住了她的心，完全不作声了。她很亲热地靠在克利斯朵夫身上，走下她早上连奔带爬翻过来的山坡，叹了口气。他们到了站上。快要到村口第一所屋子的时候，他停下来对她瞧着。她也瞧着他，不胜怅惘地笑了笑。

车中的乘客跟来时一样的多，他们没法谈天。他和她对面坐着，目不转睛地盯着她。她低着眼睛，抬了一下，又转向别处，他无论如何没法使她掉过头来。她望着车外的黑夜，嘴唇上挂着茫然的笑容，嘴边有些疲倦的神气。然后笑容不见了，变得无精打采。他以为火车的节奏把她催眠了，竭力想跟她谈话。她只冷冷地回答一言半语，头始终向着别处。他硬要相信这种变化是由于疲倦的关系，但心里知道真正的原因是别有所在。越近城市，阿娜的脸越凝敛。生气没有了，活泼美丽的肉体又变了石像。下车的时候，她不接受他伸给她的手。两人不声不响地回到了家里。

过了几天，傍晚四点左右，勃罗姆出去了，只有他们俩在家。从隔天起，城上就罩着一层淡绿的雾。看不见的莱茵河传来一片奔腾的水声。街车的电线在雾气中爆出火星。天色黯淡，日光窒息，简直说不出是什么时间：那是非现实的时间，在时间以外的时间。前几日吹过了峭厉的北风，这一下气候突然转暖，郁勃熏蒸，非常潮湿。天上雪意很浓，大有不胜重负之概。

他们俩坐在客厅内，周围的陈设和女主人一样带着冷冷的呆板的气息。两个人都不说话：他看着书，她做着针线。他起身走到窗口，把阔大的脸贴在玻璃上出神；一片苍白的光，从阴沉的天空反射到土铅色的地上，使他感到一阵迷惘；他有些不安的思想，可是抓握不住。一阵悲怆的苦闷慢慢地上了他的身，他觉得自己在往下沉；灼热的风在他生命的空隙里，在累积的废墟底下回旋飞卷。他背对着阿娜。她正专心工作，没看见他；可是她打了一个寒噤，好几次把针扎了自己的手指，不觉得疼。两人都感到危险将临，有点儿神魂无主。

他竭力驱散自己的迷惘，在屋子里走了几步。钢琴在那里勾引他，使他害怕，连望都不敢望。可是在旁边走过，他的手抵抗不了诱惑，不由得捺了一个音。琴声像人声一样地颤动起来。阿娜吓了一跳，活计掉在了地下。克利斯朵夫已经坐在那里弹琴，暗中觉得阿娜走过来站在他身边了。他糊里糊涂弹起一个庄严而热烈的曲子，便是她上回听了第一次显露本相的歌;他拿其中的主题临时作了许多激昂的变奏曲。她不等他开口就唱起来。两人忘了周围的一切。音乐的神圣的狂潮把他们卷走了……

噢!音乐,打开灵魂的深渊的音乐!你把精神的平衡给破坏了,在日常生活中,普通人的心灵是重门深锁的密室。无处使用的精力,与世枘凿的德性与恶癖,都被关在里面发锈;实际而明哲的理性,畏首畏尾的世故,掌握着这个密室的锁钥。它们只给你看到整理得清清楚楚的几格。可是音乐有根魔术棒能把所有的门都打开。于是心中的妖魔出现了。灵魂变得赤裸裸的一无遮蔽……——只要美丽的女神在歌唱,降妖的法师就能监视那些野兽。大音乐家坚强的理性能够催眠他解放出来的情欲。但音乐一停下来,降妖的法师不在的时候,被他惊醒的情欲就要在囚笼中怒吼,找它们的食物了……

曲子完了。一片静默……她唱歌的时候把一只手放在克利斯朵夫肩上。两人一动都不敢动,浑身哆嗦……突然之间,像闪电那么快,她弯下身子,他仰起头来;两人的嘴巴碰到了,呼吸交融了……

她把他推开,马上溜走。他在黑影里待着不动。勃罗姆回家了,大家坐上桌子吃饭。克利斯朵夫不能再用思想。阿娜好似心不在焉,眼睛望着别处。吃了晚饭,她立刻回到卧室。克利斯朵夫不能跟勃罗姆单独相对,也告退了。

半夜左右,已经睡觉的医生被请去出诊。克利斯朵夫听着他下楼,听着他出门。外边已经下了六小时的雪,屋子跟街道都被盖掉了。天空好似装满了棉絮。街上既没人声,也没车声，整个的城市仿佛死了。克利斯朵夫睡不着，觉得有种恐怖的情绪，越来越厉害。他不能动弹：仰躺在床上，睁着眼睛。雪地上和屋顶上反映出来的银光在壁上浮动……忽然有种细微莫辨的，只有他在那么紧张的情形之下才听得出来的声音，把他吓得直打寒战。克利斯朵夫听见甬道的地板上有阵轻微的拂触，便抬起身子坐在床上。声音逐渐逼近，停下了；一块地板响了一下。显而易见有人在门外等着……然后静默了几秒钟，或许是几分钟……克利斯朵夫气也透不过来了，浑身是汗。外边大块的雪花扑在窗上，好似鸟儿的翅膀。有只手在门上摸索，把门推开了，一个影子慢慢地走过来，到离床几步的地方又停下。克利斯朵夫什么都看不清，只听见她的呼吸和自己的心跳……她走近几步，又停了一下。他们的脸靠得那么近，甚至呼吸都交融在一起了。彼此的目光在黑影里探索，可是看不见……她倒在他身上。两人悄悄地发疯似的互相抱着，一句话也没有……

过了一小时，两小时，也许是过了一世纪，楼下的大门开了。阿娜挣脱身子，溜下了床，离开了克利斯朵夫，像来的时候一样没有一句话。他听她光着脚走远，很快地拂着地板。她回到房里；勃罗姆看到她躺着，好像睡得很熟。她可是挨在丈夫身边，屏着气，一动不动，睁着眼睛过了一夜。她这样地不知已经熬过多少夜了！

克利斯朵夫也睡不着觉，心里难过到极点。他对于爱情，尤其是婚姻，素来抱着严肃的态度，最恨那些诲淫的作家。通奸是他深恶痛绝的，那是他平民式的暴烈的性格和崇高的道德观念混合起来的心理。对别人的妻子，他一方面极尊敬，一方面在生理上感到厌恶。欧洲某些上层阶级的杂交使他恶心。为丈夫默认的通奸是下流，瞒着丈夫的私情是无耻，好比一个仆人偷偷地欺骗主子，污辱主子。曾经有过多少次，他毫不留情地痛斥这种罪人！有过多少次他跟这一类自暴自弃的朋友绝交！……现在他竟做出同样下贱的事！而他的情形尤其是罪无可恕。他以忧患病弱之身投奔到这儿来，朋友把他收留了，救济了，安慰了，始终那么慷慨，殷勤。无论克利斯朵夫怎么样，主人从来没有厌倦的表示。他如今还能活在世界上完全是靠这个朋友。而他竟污辱朋友的名誉，剥夺朋友的幸福，——那么可怜的家庭幸福！——作为报答。他卑鄙无耻地欺骗了朋友，而且是跟谁？跟一个他不认识的、不了解的、不爱的女人……他不爱她吗？他的心马上抗议了。他想到她的时候胸中那道如火如荼的激流，爱情这个字还不足以形容。那不是爱情，而是千百倍于爱情的感情……他心绪像暴风雨般翻腾不已地过了一夜。他把脸浸在冰冷的水里，气塞住了，打着寒噤。精神上的狂乱结果使他发了一场寒热。

等到困顿不堪地起来的时候，他以为她一定比他更羞愧。他走到窗前。太阳照在耀眼的雪上。阿娜在园子里晾衣服，一心一意地做着活儿，似乎没有一点儿骚乱。她的体态举动有一种她素来没有的庄严气概，连动作也像一座雕像的动作。

吃中饭的时候，两人遇到了。勃罗姆整天不在家。克利斯朵夫一想到要跟勃罗姆见面就受不住。他要和阿娜说话，可是不得清静：老妈子来来往往，他们俩非留神不可。克利斯朵夫竭力想瞧瞧阿娜的目光，她却老是不对他望。她非但没有骚乱的现象，并且一举一动都有平时没有的那种高傲与庄严的气派。吃过饭，他以为能谈话了，不料女仆慢腾腾地收拾着饭桌；他们到了隔壁屋子，她又设法盯着他们，老是有些东西要拿来或拿去，在走廊里摸东摸西，靠近半开的门，阿娜也不急于把门关上。老妈子似乎有心刺探他们。阿娜拿着永不离身的活儿坐在窗下。克利斯朵夫背光埋在一张大靠椅里，把一本书打开着而并不看。可以从侧面看到他的阿娜，一眼就发现他对着墙壁，脸上很痛苦，便冷冷地笑了笑。屋顶上和园中树上的融雪，滴滴答答地掉在砂上，发出清越的声音。远远的，街上的孩子们玩着雪球，纵声笑着。阿娜似乎蒙眬入睡了。周围的静默使克利斯朵夫苦闷至极，差点儿要叫起来。

终于老妈子下了楼，出门了。克利斯朵夫站起来，对着阿娜，正想要说："阿娜！阿娜！咱们干的什么事啊？"

不料阿娜望着他，把原来一味低着的眼睛抬了起来，射出一道热辣辣的火焰。克利斯朵夫被她这么一瞧，支持不住了，要说的话马上咽了下去。他们互相走近，又紧紧地抱着了……

黄昏的黑影慢慢地展开去。他们的血还在奔腾。她躺在床上，脱了衣服，伸着胳膊，也不抬一抬手遮盖她的身体。他把脸埋在枕上，呻吟着。她抬起身来，捧着他的脑袋，用手摩着他的眼睛跟嘴巴，凑近他的脸，直瞪着克利斯朵夫。她的眼睛像湖一般深沉，微微笑着，似乎对于痛苦毫不介意。意识消灭了。他不作声了。一阵阵的寒噤像波浪般流过他们的全身……

这一夜，克利斯朵夫独自回到房里，想着自杀的念头。

第二天，他一起床就找阿娜。此刻倒是他怕看到对方的眼睛了。只要一接触她的目光,他要说的话立刻会想不起。但他迸足了勇气开口,说他们的行为是怎么卑鄙。她才听了几个字,就把手堵住他的嘴巴;接着又走开去,拧着眉头,咬着嘴唇,脸色非常凶恶。他继续说着。她便把手中的活儿扔在地下,打开门预备出去了。他上前抓着她的手,关了门,不胜悲苦地说她能忘掉自己的过失真是幸福。她把他推开了,勃然大怒地说:

"住嘴!你这个没种的东西!难道你不看见我痛苦吗?……我不要听你的话。"

她的脸陷了下去,眼睛的神气又是恨又是害怕,像一头受了伤害的野兽;她恨不得一瞪之下就要了他的命。——他一松手,她就跑去待在屋子的另外一角。他不去追她,心中苦闷到极点,也恐惧到极点。勃罗姆回来了。他们俩呆呆地望着他,像呆子一样。那时除了自己的痛苦,仿佛世界上什么都不存在了。

克利斯朵夫出去了。勃罗姆和阿娜开始吃饭。饭吃到一半,勃罗姆突然起来打开窗子,阿娜昏过去了。

克利斯朵夫托词旅行,出门了半个月。阿娜除了吃饭的时间,整星期都关在房里。她又恢复了平时的意识,习惯,和一切她自以为已经摆脱、而实际是永远摆脱不掉的过去的生活。她故意装做看不见一切,可是没用。心中的烦恼一天天地增加,一天天地深入,终于盘踞不去了。下星期日,她仍旧不去做礼拜。但再下一个星期日,她又去了,从此不再间断。她不是心悦诚服,而是战败了。上帝是个敌人,——是她竭力想摆脱的一个敌人。她对他怀着一腔怨恨,像个敢怒而不敢言的奴隶。做礼拜的时间,她脸上冷冷的全是敌意;心灵深处,她的宗教生活是一场对抗主子的恶斗,主子的责备对她是最酷烈的刑罚。她只做不听见,可是非听见不可;她和上帝争得很凶,咬紧着牙关,脑门上横着皱痕表示固执,露出一副狰狞的目光。她恨恨地想起克利斯朵夫,不能原谅他把她从心灵的牢狱里放出了一刹那,而又让她重新关进去,受刽子手们的磨难。她再也睡不着觉了,不论白天黑夜都想着那些磨折人的念头;她可不哼一声,硬着头皮继续在家指挥一切,对付日常生活也始终那么倔强固执,做事像机器一样的有规律。人渐渐地瘦下来,似乎害着心病。勃罗姆好不担忧,很亲切地问她,想替她检查身体。她却是愤愤地拒绝了。她越觉得对不起他,越对他残酷。

克利斯朵夫决意不回来了,拼命用疲劳来磨自己:走着长路,做着极辛苦的运动,划船,爬山。可是什么都压不下心头的欲火。

他整个儿被热情制服了。天才是生来需要热情的。便是那些最贞洁的,如贝多芬,如布鲁克纳,也永远要有个爱的对象;凡是人的力量都在他们身上发挥到最高点;而因为那些力受着幻想吸引,所以他们的头脑被无穷的情欲抓去做了俘虏。往往那些情欲是短时间的火焰:来了一个新的,旧的一个就被压倒;而所有的火焰都被创造精神的弥天大火吞掉。但等到洪炉的热度不再充塞心灵的时候,无力自卫的心灵就落在它不能或缺的热情手里;它要求热情,创造热情,非要热情把它吞下去不可……——并且除了刺激肉体的强烈的欲望以外,还有温情的需要,使一个在人生中受了伤害而失意的男人投向一个能安慰他的女子。同时,一个伟大的人比别人更近于儿童,更需要拿自己付托给一个女子,把额角安放在她温柔的手掌中,枕在她膝上……

但克利斯朵夫不懂这些……他不信热情是不可避免的,以为那是浪漫派的胡说八道。他相信一个人应当奋斗,相信奋斗是有力量的,相信自己的意志是有力量的……他的意志在哪儿呢?连影踪都没有了。他没法排遣。往事跟他日夜不休地纠缠着。阿娜身体上的气味,使他的嘴巴鼻子都觉得火辣辣的。他好比一条沉重的破舟,没有了舵,随风飘荡。他拼命想逃避也没用:回来回去总漂到老地方;他对着风喊道:

"好罢,把我吹破了罢!你要把我怎么办呢?"

为什么,为什么要有这个女人?为什么爱她?为了她心好吗?为了她有头脑吗?比她聪明而心更好的多的是。为了她的肉体吗?他也有过别的情妇更能满足他的感官。那么使他割舍不得的是什么呢?——"一个人就是为了爱而爱,没有什么理由。"——是的,可也有一个理由,哪怕不是普通的理由。是疯狂吗?那等于不说。为什么要疯狂?

因为每个人心里有一颗隐秘的灵魂,有些盲目的力,有些妖魔鬼怪,平时都被封锁起来的。自有人类以来,所有的努力都是用理性与宗教筑成一条堤岸,防御这个内心的海洋。但暴风雨来的时候(内心越充实的人,越容易受暴风雨控制),堤岸崩溃了,妖魔猖獗了,跟那些被同类的妖魔掀动起来的别的灵魂相击相撞……它们投入彼此的怀抱,紧紧地搂着。我们也说不出那是恨是爱,还是互相毁灭的疯狂……——总而言之,所谓情欲是灵魂做了俘虏。

克利斯朵夫一无结果地挣扎了十五天以后,又回到阿娜家里。他离不开她了。他精神上闷死了。

但他继续奋斗。回来那晚,他们俩都推托着避不见面,也不在一块儿吃饭。夜里,两人战战兢兢地各自锁在房里。——可是没用。到了半夜,她赤着脚跑来敲他的门,他开了,她爬到他床上,浑身冰冷地靠着他,悄悄地哭了,把泪水沾着克利斯朵夫的腮帮。她竭力教自己静下来,可是心中太痛苦了,压制不住,把嘴唇贴在克利斯朵夫的颈上,号啕大哭。他看她这样难过,倒吓得把自己的痛苦忘了,只能说些温柔的话安慰她。她呻吟着说:"我受不了,我愿意死……"

他听了心如刀割,想拥抱她,被她推开了。

"我恨你!为什么你要跑到这儿来?"

她挣脱了他的臂抱,翻过身去。床很窄;他们虽然竭力避免,还是要互相碰到身体。阿娜背对着克利斯朵夫,又愤怒又痛苦,索索地抖个不住。她把他恨得要死。克利斯朵夫垂头丧气,一句话都不说。阿娜听到他呼吸困难,便突然转过身来,勾着他的脖子,说道:"可怜的克利斯朵夫!我给你受罪了……"

他破题儿第一遭听见她有这种怜悯的口吻。

"原谅我罢。"她说。

"咱们俩彼此都是一样的。"他回答。

她抬起身子,似乎不能呼吸了。伛着背,坐在床上,她好不丧气地说:"我完了……这是上帝要我完的。他把我交给了敌人……我怎么能反抗他呢?"

她这样地坐了好久,才重新睡下,不再动弹。天快亮了,屋里有了一道曚昽的光。半明半暗中,他看见她痛苦的脸偎着他的脸。他轻轻地说了声:"天亮了。"

她一动不动。

于是他说："好吧，管它！"

她睁开眼来，下了床：神气疲倦得要死。她坐在床沿上望着地板，用着毫无生气的音调说："我预备今晚上把他杀了。"

他吓了一跳，叫了声："阿娜！"

她沉着脸，瞪着窗子。

"阿娜，"他又说，"天地良心！……不应该杀他呀！……这样一个好人！……"

她跟着说："对，不应该杀他。"

他们彼此望着。

那是他们久已知道的，知道那才是唯一的出路。两人都不能过欺骗丈夫欺骗朋友的生活，同时也从来没想到一块儿逃亡的念头，心里都明白这不是个解决的办法：因为最难受的痛苦，并非在于分隔他们的外界的阻碍，而是在于他们内心的阻碍，在于他们不同的心灵。他们既不能分离，也不能共同生活。简直毫无办法。

从那时起，他们不接触了：死神的影子已经罩在他们头上；他们俩把彼此都看做神圣的了。

可是他们不愿意决定日子，心里想："等明天罢，明天罢……"实际上他们永远不敢正视这明天。克利斯朵夫刚强的灵魂常常起来反抗；他不承认失败；他瞧不起自杀，不能下这种可怜的结论，把伟大的生命白白送掉。至于阿娜，既然以她的信仰而论，这样的死就是永远不得超生，①那她又何尝是甘心情愿的？可是事势所迫，仿佛非死不可了。

① 基督教的说法，凡自杀的人不得入天堂。

第二天早上,他见到了勃罗姆,这是欺骗了朋友之后第一次和他单独相见。至此为止他居然能避着他。这一下他可受不住了,竭力要想法不跟勃罗姆握手,不在桌子上跟他一块儿吃饭:那是每口东西都会哽在喉头咽不下去的。握他的手,吃他的面包,那不等于犹大的亲吻吗?① ……最可怕的还不是自己瞧不起自己,而是想到勃罗姆一朝得悉之下的悲痛……一转到这个念头,他真像受刑罚一样。他知道勃罗姆是永远不会报复的,是不是有力量恨他都成问题,可是要绝望到什么程度简直不能想象……他要用怎样的目光看待他呢?克利斯朵夫觉得受不了他的批判。——而勃罗姆又是早晚会发觉的。现在他不是已经有点儿疑心了吗?相别才半个月,克利斯朵夫看到他大大地改变了:勃罗姆完全不是从前的模样:兴致没有了,或者是勉强装做快活。饭桌上,他常常偷看阿娜,眼看她不说话,不吃东西,像灯尽油干似的在那里煎熬。他怯生生的,非常动人地想照顾她,她却恶狠狠地拒绝了;他只得低下头去,不出一声。饭吃到半中间,阿娜透不过气来,把饭巾扔在桌上,出去了。两个男人不声不响地继续吃着,或是假装吃着,连头都不敢抬起来。等到吃完了,克利斯朵夫正想离开的时候,勃罗姆突然两手抓着他的胳膊,叫了声:"克利斯朵夫!……"

克利斯朵夫心慌意乱地望着他。

"克利斯朵夫,"勃罗姆声音发抖了,"你可知道是怎么回事吗?"

克利斯朵夫仿佛给人当胸扎了一刀,一时答不上话来。

① 犹大出卖耶稣之前,尚亲吻耶稣。

勃罗姆怯生生地望着他，马上补充："你是常看到她的，她很相信你……"

克利斯朵夫几乎要亲着勃罗姆的手求他原谅了。勃罗姆瞧见克利斯朵夫神色慌张，吓得不愿意再看，只用着哀求的目光，结结巴巴地说："你一点都不知道，是不是？"

"是的，我一点都不知道。"克利斯朵夫不胜狼狈地回答。

为了不敢使这个受欺侮的男子伤心而不能招供，不能说出真相，真是多痛苦啊！对方问着你，但眼神明明表示他不愿意知道真相，所以你就不能说出来……

"好罢，好罢，谢谢你……"勃罗姆说。

他站在那里，双手抓着克利斯朵夫的衣袖，仿佛还想问什么而不敢出口，躲着克利斯朵夫的目光。随后他松了手，叹了口气，走了。

克利斯朵夫因为又说了一次谎，难过得不得了，跑去找阿娜，慌慌张张地把刚才的情形告诉她。阿娜无精打采地听着，回答说："那么，让他知道就是了！有什么关系？"

"你怎么能说这个话呢？"克利斯朵夫叫起来，"无论如何，我不愿意使他痛苦！"

阿娜可发脾气了："他痛苦的时候，难道我，我不痛苦吗？他也得痛苦才行！"

他们彼此说了些难堪的话。他埋怨她只顾着自己。她责备他只关心她的丈夫而不关心她。可是过了一会儿，他说不能再这样混下去，要向勃罗姆和盘托出的时候，她倒又埋怨他自私，嚷着说她并不在乎克利斯朵夫的良心平安不平安，可决不能让勃罗姆知道。

她虽则话说得很凶，心里却是跟克利斯朵夫一样想着勃罗姆。固然她对丈夫没有真正的情爱,但还是很关切他。她非常重视他们俩的社会关系和责任。或许她没想到妻子应该温柔,应该爱她的丈夫,但认为必须把家务照顾周到,对丈夫忠实;在这些地方失职,她是觉得可耻的。

她也比克利斯朵夫更明白:勃罗姆不久都会知道的。她不跟克利斯朵夫提到这一点也有相当理由,或者是因为不愿意使克利斯朵夫心绪更乱,或者是因为她不肯示弱。

不论勃罗姆的家怎样的与世隔绝,不论布尔乔亚的悲剧怎样的深藏,总有一些风声透到外边去。

在这个城里,谁也不能隐藏他的生活。那真是奇怪的事。街上没有一个人对你望,大门跟护窗都关得很严。但窗口都挂着镜子;你走过的时候,可以听见百叶窗开着一点而立刻关上的声音。谁也不理会你,似乎人家根本不知道有你这个人;可是你每一句话,每一个举动,都逃不过人家的耳目;人家知道你所做的、所说的、所见的、所吃的,甚至还知道、自以为知道你所想的。你受着秘密的,普遍的监视。仆役,送货员,亲戚,朋友,闲人,不相识的路人,大家一致合作,参与这种出诸本能的刺探;那些东零西碎的事不知怎样都会集中起来。人家不但观察你的行为,还要看你的内心。在这个城里,谁也没权利保持良心的秘密;但每人都有权利搜索你隐秘的思想,而倘若你的思想跟舆论抵触的话,大家还有权利和你算账。集体灵魂的无形的专制,压在个人身上;所谓个人是一辈子受人监护的小孩子;什么都不是属于他自己的,而是属于全城的。

阿娜接连两个星期日不在教堂露面,大家就开始猜疑了。平时仿佛没有一个人注意她参加礼拜;她那方面是过着离群索居的生活，而大家也似乎忘了有她这样一个人。——但第一个星期日的晚上，她的缺席就被人注意到了，记在心里。第二个星期日，那些虔诚的信徒把眼睛盯着《福音书》或牧师的嘴，没有一个不是聚精会神地管着灵修的事业；同时也没有一个不在进门的时候就留意到，出门的时候又复按一次阿娜的位置空着。下一天，阿娜家中来了一批几个月没见面的客人：她们借着各式各种的借口，有的是怕她病了，有的是对她的事，对她的丈夫，对她的家，又感兴趣了；有几个对她家里的事消息特别灵通；可没有一个提及——（那是故意藏头露尾地避免的）——她两星期不去做礼拜的事。阿娜推说不舒服，谈着家务。客人们留神听着，附和几句；阿娜知道她们其实是一个字都不信。她们的眼睛在四下里乱转，在屋子里搜寻，注意，一样一样地记在心里；始终保持着冷静的态度，面上嘻嘻哈哈，但眼神显而易见是好奇到极点。有两三次，她们装做无心的神气，问到克拉夫脱先生的近况。

过了几天，——（在克利斯朵夫出门旅行的时期）——牧师也亲自来了。那是一个长得极漂亮的老实人，年富力强，非常殷勤，而且心定神安，表示世界上所有的真理都在他手里了。他很亲热地问到阿娜的健康，很有礼貌地，心不在焉地，听着他并不要求的她的解释，喝了一杯茶，谈笑风生，提到饮料问题，说葡萄酒在《圣经》上已经有记载，不是含有酒精的饮料，又背了几段经典，讲了一个故事。动身之前，他隐隐约约说到交坏朋友的危险，说到某些散步、某些亵渎神道的思想、某些邪恶的欲念，以及跳舞的不道德等等。他仿佛并不针对阿娜而是对当时一般的情形说的。他静默了一会儿，咳了几声，站起来，非常客气地请阿娜向勃罗姆先生致意，说了一句拉丁文的笑话，行了礼，走了。——阿娜听了他的讽示，气得心都凉了。那是不是讽示呢？他怎么知道克利斯朵夫跟她的散步呢？他们在那边又没遇到一个熟人。但在这个城里，不是一切都会有人知道的吗？相貌很特别的音乐家跟穿黑衣服的少妇在乡村客店跳舞的事被人注意到了；既然什么都会不胫而走，这消息自然也传到了城里，而老是喜欢管闲事的人立刻认出是阿娜。当然这还不过是种猜测，但人家听了特别高兴；另外再加上阿娜的老妈子所供给的情报。公众的好奇心如今在旁边等他们自投罗网了，成千成百的眼睛都在暗中窥探。狡猾的城里人不声不响地埋伏在那里，好似一只等着耗子的猫。

倘使阿娜不是这个跟她过不去的社会出身，没有那种虚伪的性格，那么虽有危险，她或许还不会让步：一般人的卑鄙的恶意倒可能激怒她，使她反抗。但是教育把她的天性给制服了。她尽管批判舆论的横暴与无聊，心里还是尊重舆论；舆论要是制裁她，她也会接受；如果舆论的制裁和她的良心冲突，她会派她的良心不是。她瞧不起城里人，又受不了被城里人瞧不起。

终于到了一个大家可以公然毁谤的时间。狂欢节近了。

直到这个故事发生的时代为止，——（以后是改变了）——当地的狂欢节始终保存着肆无忌惮与不顾一切的古风。这个节日最初的作用，原是让大家松散一下的；因为一个人不管愿意不愿意，精神上老是受着理性约束，所以在理性的力量越强的时代，风俗与法律越严格的地方，狂欢节的表现越大胆。阿娜的城市就是这样的一个地方。平日为了礼教森严，一举一动，一言一语都受到牵掣，到了那个节日，大家就格外放纵起来。所有积在灵魂下层的东西：嫉妒，暗中的仇恨，下流无耻的好奇心，人类作恶的本能，一下子都突围而出，要吐口气了。每个人都可以戴了面具，到街上去羞辱他心中记恨的人，把自己耐着性子在一年中听来的消息，一点一滴搜集起来的丑闻秘史，在广场上当众宣布。有的人用一辆车来表演。有的擎着高脚灯，字画兼用地揭露城中的秘密故事。有的竟化装为自己的敌人，形容毕肖，教街上的野孩子一看就能指出本人的姓名。那三天之内还有专事诽谤的小报出版。上流人士也狡狯地参与这种匿名攻击的玩意儿。地方当局绝对不加干涉，除了带有政治意味的隐喻以外，——因为这种漫无限止的自由曾经好几次引起本地政府与外邦代表的纠纷。——但市民是毫无保障的。大家老是提心吊胆，怕受到这样的公然侮辱。这一点对于本城的风化的确大有裨益；而那种表面上的清白便是城里人引以为自豪的。

当时阿娜心里就存着这种恐怖，——其实并无根据。她没有多大理由需要害怕。在当地的舆论界中，她的地位是太不足道了，人家不会想到去攻击她的。但在与世隔绝的情形之下，加上几星期的失眠所引起的极度疲乏与神经过敏，她能想象出最无理由的恐怖。她把那些不喜欢她的人的凶恶过分夸张了：以为四面八方都有人猜疑她，只要一件极小的事就能把她断送掉，而谁敢说这种事不是已经做下了呢？那么她势必受到可怕的侮辱，人家会不留余地地暴露她的隐私，搜索她的内心：阿娜一想到要这样的当众丢丑，恨不得钻下地去。据说几年以前，一个受到这种羞辱的姑娘不得不全家逃出本乡。——你又绝对没法自卫，没法阻止，甚至也没法知道会出点儿什么事。何况单单疑心要出事,比着切实知道要出什么事更不好过。阿娜像无路可走的野兽一般,睁着眼睛向四下里瞧望。她知道,就在自己家里,她已经被包围了。

阿娜的老妈子年纪四十开外,名叫巴比:高大,结实,太阳穴和脑门部分的肉已经瘪缩,脸盘很窄,下半部却很宽很长,牙床骨底下的肉往两边摊开去,像一只干瘪的梨。她永远挂着笑容,眼睛跟钻子一样的尖,陷得很深,拼命地往里边缩,眼皮红红的,看不见睫毛。她老是装做很快活,爱戴主人,从来没有相反的意见,很亲热地关心他们的健康;有事吩咐她罢,她对你笑着;责备她罢,她也对你笑着。勃罗姆认为她忠诚老实,什么考验都经得起。喜滋滋的神色和阿娜的冷淡正好成为对照。但好些地方她很像女主人:像她一样说话极少,穿扮严肃而整齐;也像她一样热心宗教,陪她去做礼拜,凡是灵修方面的功课都做得很到家;至于仆役的本分,例如清洁、准时、操守、烹饪,更是没有话说。总而言之,她是个模范仆人,同时也是一个埋伏在家里的标准敌人。阿娜凭着女性的本能,那是不大会误解女人的心思的,把巴比看得很清楚。她们你瞧不起我,我瞧不起你,而且心里都知道这一点而不表示出来。

克利斯朵夫回来那夜,阿娜痛苦到极点,虽然打定主意不再看见他,仍旧偷偷地赤着脚,在黑洞里摸着墙壁走过去。正要进克利斯朵夫卧房的时候,她忽然觉得脚底下不是光滑冰冷的地板,而是一层暖暖的、软绵绵的灰。她蹲下去用手一摸,心里明白了:原来甬道里有两三米的地方,都给铺了一层薄薄的细灰。巴比的狡计,无意中居然跟当年的矮子弗洛商用来侦查特里利斯坦和伊索尔德幽会的老办法一模一样。少数的好榜样跟坏榜样，几百年来都有人摹仿：可见人类真会保存经验。——当时阿娜毫不迟疑，一方面瞧不起这种诡计，一方面要表示什么都不怕，便继续向前，走进克利斯朵夫的卧房，也没对他提到这件令人不安的事，只在回去的时候，拿一把壁炉的扫帚，仔细把灰上的脚印扫平了。——第二天早上阿娜和巴比相见之下，一个冷冷地沉着脸，一个照例堆着笑容。

巴比有个比她年纪大一些的亲戚常常来看她。那是在教堂里看门的，做礼拜的日子就在门口站岗，缠着白地黑条、吊着银坠子的臂章，手里拿着一根上端弯曲的杖。他本行是做棺材的，名叫萨米·维兹希，人长得又高又瘦，脑袋往前伛着一点，不留胡子，像乡下老头儿一样的严肃。他对宗教很诚心，凡是有关本区教徒的谣言，他比谁都熟悉。巴比和萨米想结婚，他们互相佩服，佩服彼此的严肃，坚定的信仰，和凶狠的性格。但两人并不急于决定，都很谨慎地在暗中观察。——最近萨米来的次数比较多了，而且是神不知鬼不觉地进来的。阿娜走过厨房，往往从玻璃门中瞧见萨米靠近炉灶坐着，巴比在一边缝着东西。他们俩尽管说话，你可听不见一点儿声音，只看到巴比眉飞色舞地扯动嘴唇，萨米抿着那只一本正经的大嘴笑着，完全是副怪相：喉咙里却没有声响，屋子里静悄悄的。阿娜一进厨房，萨米就恭恭敬敬站起来，一声不出，直要等她走了才敢坐下。巴比听见开门声，马上打断了话，还故意装做刚才谈的是无关紧要的题目，极恭顺地向阿娜堆着笑脸，等待吩咐。阿娜疑心他们在议论自己；但她太瞧不起他们了，决不肯降低身份去偷听他们的谈话。

铺灰的诡计被阿娜破掉以后的第二天，阿娜跨进厨房，一眼就瞧见萨米拿着她夜里扫平脚印的小帚。原来她是在克利斯朵夫房里拿的，这时才想起忘了归还原处，竟丢在自己屋里，被巴比尖锐的眼睛发现了。此刻巴比和萨米正在推敲这件故事。阿娜声色不动，巴比顺着女主人的目光瞧着扫帚，假意笑了笑，解释道："扫帚坏了，我要萨米给修理一下。"

阿娜不屑揭穿这个无聊的谎话，只做没听见；她瞧了瞧巴比的活儿，批评了几句，若无其事地走了出来。可是一关上门，她的傲气完全没有了，不由得躲在走廊的拐角儿上偷听，——（她的确是屈辱到了极点才会出此下策）——只听见很短促地笑了一声，接着又是一阵唧唧哝哝，轻得简直听不见。但她当时吓昏了，自以为听到了她怕听的话，似乎他们谈的是下次狂欢节中的化装会和喧扰。没有问题，他们想把铺灰的故事穿插进去……可能是她听错了；但她神经过敏到病态的程度，半个月来又老想着被公众羞辱的念头，所以她非但把不确定的事当做可能，而且是必然的了。

从此她就打定了主意。

当天晚上，——（就是狂欢节以前的星期三）——勃罗姆被请到离城二十里左右的地方去出诊，要第二天早上才能回来。阿娜关在屋里，不下来吃饭。她预备就在这晚上实行她的计划。但她决意自个儿实行，不告诉克利斯朵夫。她瞧不起他，心里想：

"他虽然答应也不相干。男人总是自私的，只会扯谎。他有他的艺术，很快会把我忘了的。"

并且这个好像毫无恻隐之心而生性暴戾的女人，或许对她的同伴还有点儿怜悯。但她太强悍了，自己还不愿意承认有这点同情。

巴比告诉克利斯朵夫,说太太要她代为道歉,因为不大舒服,想早些休息。克利斯朵夫只能在巴比监视之下独自吃晚饭;她絮絮叨叨地在旁嚼舌,逗他开口,并且一而再、再而三地替阿娜说客气话,终于连那么轻信的克利斯朵夫也起了疑心。他正想利用这一晚跟阿娜彻底谈一谈。他也拖不下去了。当天黎明时分约定的话,他并没忘掉。如果阿娜要求,他是准备履行诺言的。同时他也明白两个人这样的自杀未免太荒唐,什么事都解决不了,只有把痛苦和丑事压在勃罗姆身上,最好还是彼此分手,自己一走了事,——只消他有勇气离开她;但这一点便大有问题,他最近不是走了又回来的吗?可是他又想,等到离开她以后觉得受不了的时候,再一个人自杀也不为迟。

他希望吃过晚饭能溜进阿娜的卧房。但巴比老跟在他背后。往常她的工作很早就完的;这一晚她偏在厨房里洗刷不完;赶到克利斯朵夫以为终于得到释放的时候,她又想出主意在通到阿娜卧房的甬道中整理一口壁橱。克利斯朵夫看到她一本正经地坐在一只高凳上,才知道她整个晚上不会走开了。他气愤至极,恨不得把她跟那些一堆又一堆的盘子碟子一齐摔下楼去;但他捺着性子,教她去问问女主人怎么样,他能不能去看她一下。巴比去了,回来用一种狡狯的、高兴的神气瞧着他,说太太好了一些,想睡一会儿,希望别打搅她。克利斯朵夫又恼又烦躁,想看书又看不下去,便回到自己屋里去了。巴比直等他熄了灯才上楼,还预备在暗中监视,特意把房门半开着,以便听到屋子里的声音。不幸她没法熬夜,一上床就睡熟了,而且一觉睡到天亮,哪怕天上打雷,哪怕存着极大的好奇心,也不会醒的。这一点对谁都瞒不了,她的打鼾声隔了一层楼也听得见。

克利斯朵夫一听到这熟悉的声音,便到阿娜房里去了。他心里非常不安,需要和她谈话,他走到门口,旋着门钮,不料门闩上了,便轻轻敲了一会儿:没有回音。他拿嘴巴贴在锁孔上,先是低声地,继而是迫切地哀求……毫无动静,毫无声息。他以为阿娜睡着了,但觉得自己心里说不出的难受。因为竭力要听屋子里的声音,他把脸紧贴在门上:一股好似从门内透出来的气味使他吃了一惊,便低下身子,仔细辨了辨,原来是煤气。他登时浑身冰冷,拼命地推房门,也顾不得会不会惊醒巴比了;可是房门动都不动……他想出来了:跟阿娜的卧室相连的盥洗室内有一个小煤气灶,一定是被她把龙头旋开了。非砸开房门不可。克利斯朵夫虽然慌乱,头脑还清楚,知道无论如何不能让巴比听见。他把全身的重量压在门上,悄悄地使劲一顶。那扇坚固而关得很严的门只格格地响了一下,还是不动。阿娜的卧室和勃罗姆的书房中间另外有扇门相通。他便绕进书房,不料那扇门也关上了。这儿的锁是在外边的,他想把它拉下来,可是不容易。他先得撬去木头里的四只大螺丝钉,但身边只有一把小刀,黑洞里什么都看不见,又不敢点火,怕把煤气引着了,连屋子都炸掉。他摸索了半日,终于把刀尖旋进一只螺丝,接着又旋进了另外一只,刀尖断了,手也弄破了;那些螺丝钉又是异样的长,怎么也旋不出来。浑身淌着冷汗,又焦急又狂乱,他脑子里忽然浮起一幅童年往事:似乎看到自己十岁的时候被关在黑房里,撬去了锁逃出屋子的情形……终于最后一只螺丝退下了,锁也拿下来了,掉下许多木屑。克利斯朵夫冲进房间,打开窗子,立刻吹进一阵冷风。克利斯朵夫撞着家具,在黑暗中找到了床,摸索着,碰到了阿娜的身子,颤巍巍的手隔着被单摸到一动不动的腿,直摸到她的腰:原来阿娜坐在床上发抖。煤气还没有发生作用:屋子的天顶很高,窗户都不大紧密,到处有空气流通。克利斯朵夫把她搂在怀里。她却气愤愤地挣扎着,嚷道:"去你的罢!……你来干什么?"

她把他乱打一阵,可是感情太激动了,终于倒在枕上,大哭着说:"哎哟!哎哟!得重新再来的了!"

克利斯朵夫抓着她的手,拥抱她,埋怨她,和她说些温柔而又严厉的话:"你死!你自个儿死!不跟我一块儿死!"

"哼!你!"她这话是表示一肚子的怨恨,意思之间是说:"你,你是要活的。"

他责备她,想用威吓的方法改变她的主意:"疯子!你不要把屋子炸掉吗?"

"我就是要这样。"她气哼哼地嚷着。

他挑动她宗教方面的恐惧,这一下果然中了她的要害。他才提了两句,她就嚷着要他住嘴。他却不顾一切地说下去,认为唯有这样,才能唤醒她求生的意志。她不出声了,只抽抽搭搭地打嗝。他说完了,她恨恨地回答:"现在你快活了罢?你做的好事!把我收拾完了,教我怎么办?"

"活下去啊。"他说。

"活下去!你不知道不可能吗?你一点儿都不知道,一点儿都不知道!"

"什么事呢?"他问。

她耸了耸肩膀:"你听着。"

于是她用简短的断续的句子,把她一向瞒着的事统统说了出来:巴比的刺探,铺灰的经过,萨米的事,狂欢节,无可避免的羞辱,等等。她说的时候也分不出哪些恐惧是有根据的,哪些是没有根据的。他听着,狼狈不堪,比她更分不出真正的危险与假想的危险。他万万想不到人家暗地里盯着他们。他想了解这个情形,一句话都说不上来:对付这一类的敌人是没办法的,他只是没头没脑地气疯了,唯一的念头是想打人。

"干吗你不把巴比打发走呢?"他问。

她不屑回答。把巴比赶出去当然比让巴比待在这儿更危险;克利斯朵夫也懂得自己问得无聊。许多思想在他脑子里冲突;他想打定一个主意,立刻有所行动。他握着抽搐的拳头说:"我要去杀他们。"

"杀谁?"她觉得这些废话不值一笑。

他勇气没有了。周围埋伏着奸细,可是一个也抓不到,每个人都是奸党。

"卑鄙的东西!"他垂头丧气地说了一句。

他倒在地下,跪在床前,把脸紧贴着阿娜的身子。——两人一声不出。她对于这个既不能保卫她又不能保卫自己的男人,觉得又可鄙又可怜。他的脸感觉到阿娜的大腿在那里冷得发抖。窗子开着,外面气温很低;明净如镜的天空,星都打着哆嗦。

她看见他跟自己一样的失魂落魄,心里痛快了些;然后声音很凶但又很困倦地吩咐:"去点一支蜡烛来!"

他点了火。阿娜牙齿格格地响着,蜷着身子,抱着手臂放在胸口,下巴放在膝盖上。他关了窗,坐在床上,抓着阿娜冰冷的脚,用手跟嘴巴焐着。她看了不由得感动了。

"克利斯朵夫!"她叫了一声,眼神凄惨到极点。

“阿娜!”

“咱们怎么办呢?”

他瞅着她回答:“死罢。”

她快活得叫起来:“噢! 真的吗? 你也愿意死吗? ……那么我不孤独了!”说完,她把他拥抱了。

“你以为我会丢掉你吗?”

“是的。”她低声回答。

他听了这句话,才体会到她痛苦到什么地步。

过了一忽儿,他用眼睛向她打着问号,她明白了,回答说:“在书桌的抽屉里。靠右手,最下面的一个。”

他便去找了。抽屉的尽里头果然有把手枪,那是勃罗姆在大学念书的时代买的,从来没用过。克利斯朵夫又在一只破匣子内找到几颗子弹,一股脑儿拿到床前。阿娜望了一眼,立刻掉过头去。克利斯朵夫等了一会儿,问道:“你不愿意了吗?”

阿娜猛地回过身来:“怎么不愿意! ……快点儿!”

她心里想:“现在我得永远掉在窟窿里了。早一些也罢,晚一些也罢,反正是这么回事!”

克利斯朵夫笨手笨脚地装好了子弹。

“阿娜,”他声音发抖了,“咱们之中必有一个要看到另外一个先死。”

她一手把枪夺了过去,自私地说:“让我先来。”

他们俩还在互相瞧着……可怜! 便是快要一块儿死的时候,他们觉得彼此还是离得很远! ……各人都骇然想着:“我这是干的什么呢? 什么呢?”

而各人都在对方眼中看出这个念头。这件行为的荒唐,在克利斯朵夫尤其感觉得清楚。他整个的一生都白费了;过去的奋斗,白费了;所有的痛苦,白费了;所有的希望,白费了;一切都随风而去,糟掉了;一举手之间,什么都给抹得干干净净……要是在正常状态中,他一定会从阿娜手中夺下手枪,往窗外一扔,喊道:“不!我不愿意。”

可是八个月的痛苦,怀疑,令人心碎的丧事,再加这场狂乱的情欲,把他的力量消耗了,把他的意志斫丧了,他觉得一无办法,身不由主……唉!归根结底,有什么关系?

阿娜相信这样的死就是灵魂永远不会得救的死,便拼命地想抓住这最后一刹那:看着摇曳不定的灯光照着克利斯朵夫痛苦的脸,看着墙上的影子,听着街上的脚声,感到手里有一样钢铁的东西……她抓住这些感觉,仿佛一个快淹死的人抱着跟他一起沉下去的破船。以后的一切都是恐怖。为什么不多等一下呢?可是她反复说着:“非如此不可……”

她和克利斯朵夫告别了,没有什么温情的表示,匆匆忙忙的,像一个怕错失火车的旅客;她解开衬衣,摸着心,拿枪口抵在上面。跪在床前的克利斯朵夫把头钻在被单里。正要开放的时候,她左手放在克利斯朵夫的手上,好比一个怕在黑夜中走路的孩子……

那几秒钟工夫真是可怕极了……阿娜没有开枪。克利斯朵夫想抬起头来抓住阿娜的手臂,但又怕这个动作反而使阿娜决意开放。他什么也听不见了,失去了知觉……直听到一声哼唧,他方始仰起头来,看见阿娜脸色变了,把手枪扔在床上,在他面前,她哀号着说:“克利斯朵夫!子弹放不出呀!……”

他拿起手枪看了看,原来生了锈,机关还是好的;也许是子弹不中用了。——阿娜又伸出手来拿枪。

“算了罢!”他哀求她。

“把子弹给我!”她带着命令的口吻。

他递给了她。她仔细瞧了瞧,挑了一颗,浑身哆嗦地上了膛,重新把火器抵住胸部,扳着机钮。——还是放不出。

阿娜一撒手把手枪扔了,嚷着:“啊!我受不了!受不了!他竟不许我死!”

她在被单中打滚,像疯子一般。他想走近去,她又叫又嚷地把他推开了,终于大发神经。克利斯朵夫直陪她到天亮。最后她安静下来,差不多没有气了,闭着眼睛,惨白的皮肤底下只看见脑门的骨头和颧骨:她像死了一样。

克利斯朵夫把乱七八糟的床重新铺好,捡起手枪,拆下的锁也装还原处,把屋子都整理妥当,走了;时间已经七点,巴比快来了。

勃罗姆早上回家的时候,阿娜还是在虚脱状态。他明明看到发生了一些非常的事,但既不能从巴比那儿,也不能从克利斯朵夫那儿知道。阿娜整天地不动,眼睛闭着,脉搏微弱到极点,有时竟完全停止;勃罗姆好不悲痛地以为她的心已经不会跳了。慌乱之下,他对自己的医道起了怀疑,便找了一个同道来。两人会诊的结果,决定不了这是发高热的开始呢,还是一种忧郁性的神经病:还得仔细观察病状的变化。勃罗姆老是守在阿娜床头,连饭也不愿意吃了。到了晚上,脉搏并不像寒热,而是极度的疲乏。勃罗姆喂了她几羹匙牛乳,马上吐掉了。她的身体在丈夫的臂抱中像折臂断腿的木偶。勃罗姆在她身边坐了一夜,时时刻刻起来为她听诊。巴比并不为了阿娜的病着慌,但非常尽职,也不愿意睡觉,和勃罗姆一块儿守夜。

星期五，阿娜眼睛睁开了。勃罗姆和她说话，她却不觉得有他这个人，只是一动不动，眼睛瞪着墙上的一角。中午，勃罗姆看见她大颗大颗的眼泪从瘦削的腮帮上直淌下来；便很温柔地替她抹着，但她始终流着泪。勃罗姆喂了她一些东西，她完全听人摆布；晚上又说了些没头没脑的话，提到莱茵河，想跳下去，可是河水太浅。她迷迷糊糊地始终想着自杀的念头，想出种种古怪的死法，而老是死不了。有时她不知跟什么人在那里争论，神气又愤怒又恐惧；她也跟上帝谈话，固执地向他证明是他错了；再不然是眼中燃着情欲的火焰，说出一些她似乎不会知道的淫荡的话。一忽儿她注意到巴比，清清楚楚地吩咐她第二天应该洗的衣服。夜里，她昏昏地睡着了；忽而又抬起身子，勃罗姆赶紧跑上去。她神气好古怪地瞅着他，结结巴巴地，很不耐烦地，胡说一阵。

“亲爱的阿娜，你要什么呀？”他问。

她恶狠狠地回答说：“去把他找来！”

“找谁啊？”

她依旧瞅着他，还是那样的表情，突然之间哈哈大笑；然后用手摸了摸脑门，哼唧着说：“哎！上帝！你忘了罢！……”

她说着又睡熟了，很安静地睡到天亮。快拂晓的时候，她身子欠动了一会儿；勃罗姆扶着她的头，给她喝水；她很和顺地喝了几口，亲了一下勃罗姆的手，又昏迷了。

星期六早上九点左右，她醒过来，一言不发，伸出腿来想下床。勃罗姆要她睡下。她却非下床不可。他问她干什么。她回答说：“做礼拜去。”

他跟她解释，说今天不是星期日，教堂关着。她不声不响，尽管坐在床边的椅子上，手指颤巍巍地穿衣服。勃罗姆的朋友，那位医生，恰好走进房里，便跟勃罗姆一同劝阻；后来看她一味坚持，就察看了一下病状，也答应她出去了。他把勃罗姆拉在一边，说他太太的病似乎完全在精神方面，最好顺着她一点，出去也没什么危险，只要有勃罗姆陪着。勃罗姆就对阿娜说跟她一块儿去。她先是拒绝，要自个儿出门。但她在房里才走了几步就摇摇晃晃，便一声不响，抓着勃罗姆的手臂出去了。她身子虚得厉害，路上时时刻刻地停下。好几次他问她愿不愿意回家，她可是继续往前走。到了教堂，就像预先告诉她的一样，大门关着。阿娜坐在门口一条凳上，打着寒战，直坐到中午，然后搀着勃罗姆的胳膊，悄悄地走回来。晚上她又要上教堂。勃罗姆苦劝也没用，只得重新出门。

克利斯朵夫那两天完全是孤独的。勃罗姆心事重重，当然想不到他了。只有一次，星期六上午，因为阿娜闹着要出门，他想转移目标，问她愿不愿意见见克利斯朵夫。不料她立刻显得又害怕又厌恶，把他吓得从此不敢再提克利斯朵夫的名字。

克利斯朵夫关在自己屋里。忧急，爱情，悔恨，一片混沌的痛苦在他胸中交战。他把所有的罪过都加在自己身上，痛恨自己。好几次他站起身来想把事情向勃罗姆和盘托出，——可是又立刻想到，那只能多添一个痛苦的人。他始终受着情欲控制：老是在甬道里，在阿娜的门外走来走去，一听见脚声又马上逃到自己屋里。

下午，阿娜由勃罗姆陪着出去的时候，克利斯朵夫躲在窗帘后面看到了。原来是身子笔直、姿势挺拔的人，现在竟驼着背，缩着头，皮色蜡黄，人也显得老了；勃罗姆替她裹着大衣与围巾，她身子缩做一团，难看死了。但克利斯朵夫并没看见她的丑，只看见她的不幸，心中充满着怜悯与爱，恨不得奔过去跪在地下，亲她的脚，亲她这个被情欲扫荡的身体，求她原谅。他一边望着她一边想："这是我的成绩！……"

他在镜子里也看到了自己的形象：脸色一样的难看，身上同样有着死亡的记录。于是他又想："是我的成绩吗？不是的。那是教人失掉理性的、致人死命的、残酷的主宰的成绩。"

屋子里一个人都没有。巴比到街坊上报告一天的经过去了。时间一分钟一分钟地过去，敲了五点。克利斯朵夫想到快要回来的阿娜和快要临到的黑夜，突然害怕起来。他觉得这一夜再没勇气跟她住在一幢屋子里了，理智完全被情欲压下去了。他不知道会干些什么事，也不知道自己要些什么，除了要阿娜以外。他无论如何要阿娜。想到刚才在窗里看见的那张可怜的脸，他对自己说："啊！把她从我手里救出去罢！……"

他忽然下了决心，把散满一桌的纸张急急忙忙收起，用绳扣好，拿了帽子跟外套，出去了。走在甬道里靠近阿娜房门的地方，他突然害了怕，加紧脚步。到了楼下，他对荒凉的园子最后瞧了一眼，像贼一样地溜出大门。冰冷的雾刺着皮肤。克利斯朵夫沿着墙根走，唯恐遇到一张熟识的脸。他直奔车站，踏上一节开往卢塞恩的火车，在第一站上写了封信给勃罗姆，说有件紧急的事要他离开几天，很抱歉在这种情形之下跟他分别，希望他和他通信，给了他一个地址。到了卢塞恩，他又换乘开往戈塔的火车，半夜里在阿多夫和哥施埃能中间的一个小站上跳下来，根本不知道这地方的名字，以后也从来没有知道。他在车站旁边看到一家小客店就歇了脚。路上是一片汪洋。倾盆大雨下了一夜,又下了明天一天。雨水从一个破烂的水斗中泻下来,声音像瀑布一般。天上地下都被洪水淹没了,溶化了,像他的思想一样。他躺在潮湿而有股煤烟味的被单里,没法睡觉,心中老想着阿娜所冒的危险,竟忘了自己的痛苦。无论如何不能让她受到公众的侮辱,非给她一条出路不可。在极端兴奋的情形之下,他忽然想出了一个古怪的主意:写信给城中和他有点来往的少数音乐家中的一个,糖果商兼管风琴师克拉勃。他告诉他说,为了一件爱情的纠葛,他上意大利去了;那件事他没到勃罗姆家以前就开始的,他本想在那里把热情压下去,可是办不到。信写得相当明白,可以使克拉勃懂得,也相当的含混,可以让克拉勃用他自己的猜想去补充。克利斯朵夫要求克拉勃保守秘密,因为知道那家伙最喜欢说短道长,预备他一接到信就把事情张扬出去。——事实上也果真是这样。为了进一步的淆惑听闻,克利斯朵夫在信尾又加上几句,对勃罗姆与阿娜的病表示很冷淡。

当夜和第二天,他一心一意想着阿娜,把自己和她一起消磨的最后几个月,一天一天地回想起来。他从热情的幻景中去看她,永远拿她当做自己理想中的人物,给她一种精神上的伟大,悲壮的意识,因为这样他才更爱她。阿娜既不在眼前,这些热情的谎言当然更像事实了。他认为她天生是个健全而自由的人,受着压迫,想挣脱她的枷锁,渴慕一种坦白的、阔大的生活;然后她又害了怕,把本能压下去,因为它们不能跟她的命运调和,反而使她更痛苦。她对他喊着:"救救我!"他便紧紧地抱着她美丽的身体。所有的回忆把他折磨着;他觉得加深自己的伤痕有种痛苦的快感。白日将尽,苦闷越来越厉害，简直不能呼吸了。

他莫名其妙地站起来，走出卧房，付了旅馆的账，搭上第一班往阿娜的城市开去的火车，半夜里到了那儿，直奔勃罗姆家。小巷子里有一个和勃罗姆的花园接连的园子。克利斯朵夫翻过墙头，跳进邻家的花园，再跳进勃罗姆的花园，站在屋子前面：漆黑一片，只有一盏守夜灯的微光照着一扇窗，——阿娜的窗。阿娜就在那里受苦。他再跨一步就可以走进屋子了，手已经向门钮伸出去了。但他瞧了瞧自己的手，瞧了瞧门，园子，突然明白了自己的行动。七八小时以内，他完全糊涂了，到这时才醒过来，吓得浑身哆嗦。他竭力振作了一下，把那双好像钉在地下的脚拔起来，奔到墙边，爬过去，逃了。

当夜他就离城，第二天跑到山里去隐在一个盖着白雪的小村子内……去埋葬他的心事，催眠他的思想，努力忘掉一切！……

所以你得起来,用你精神的力量
克服你的疲倦,
只要你神完气足,不为形役……

于是我就起来,拿出我本来没有的,
那种大无畏的精神,回答:
善哉善哉!我多么坚强,多么勇敢!

——《神曲·地狱》第二十四

我的上帝,我干犯了你什么呀?为什么要打击我呢?从我童年起,你就给了我贫穷,要我奋斗。我毫无怨言地奋斗了。我也爱我的贫穷。你给我的这颗灵魂,我曾经努力保持它的纯洁;你放在我心中的这朵火焰,我曾经努力抢救……主啊,你却是拼命要毁灭你所创造的东西,你把这火焰熄灭了,把这灵魂污辱了,凡是我赖以生存的都被你剥夺了。我在世界上只有两件财宝:我的朋友和我的灵魂。现在我一无所有了。你把什么都拿走了。在荒漠的世界上,只有一个人是属于我的,而你从我手里抢去了。我们两个人的心等于一颗,而你把它们撕破了;你给我们尝到相依为命的甜蜜,为的是要我们更感到生死永诀的惨痛。你在我的周围,在我的心中,造成了一片空虚。我身心交瘁,我病了,没有意志,没有武器,好比一个在黑夜里啼哭的孩子。你可是特意在这个时间打击我。你轻轻地,像个奸细似的,从背后走来把我刺伤了;你对我放出情欲,放出你的那条恶狗。你知道我那时没有气力,不能奋斗;情欲把我制服了,把我什么都拿走了,一切都给玷污了,一切都毁灭了……我对自己厌恶到极点。倘若我能把心中的痛苦与羞耻叫喊出来,或是在创造的巨浪中把它忘掉,倒也罢了!可是我没有精力,创作的机能也萎缩了。我像一株死了的树……死,我不是等于死了吗?噢,上帝!把我解放了罢,把这个肉体跟灵魂一齐毁灭了罢,别让我留在世界上了,别让我活下去了,别让我无穷无尽地在沟壑中挣扎了!慈悲的上帝,把我杀了罢!

克利斯朵夫的理智早已不信上帝,可是他在痛苦中依旧向他这样地呼吁。

他躲在瑞士的汝拉山脉中一个孤独的农家。屋子背靠着树林,藏在山坳里:后面是一块隆起的高地,挡住了北风;前面是林木茂密的斜坡,沿着草地迤逦而下。岩石到了某个地方突然完了,形成一座削壁;拳曲的松树挂在边缘上,枝条修长的榉树往后仰着。天色黯淡。渺无人迹。一片茫无边际的空间。整个的世界都在雪底下睡着。只有半夜里,狐狸在林间悲啼。那是严冬将尽的时节。迟迟不去的冬天。永无穷尽的冬天。似乎快完了,不料它又重新开始。

可是一星期以来,昏睡的土地觉得它的心复活了。似是而非的初春悄悄地溜入空中,溜入冰冻的地下。像翅膀一般伸展着的榉树枝上,雪滴滴答答地掉下来。一望皆白的草原上面,已经有些嫩绿的新芽像针尖似的探出头来;它们周围,在雪的空隙中间,潮湿的黑土仿佛张着小嘴在那里呼吸。每天有几个钟点,在坚冰底下昏睡的流水重新吐出喁喁的声音。光秃的林中,几只鸟唱出尖锐响亮的歌。

克利斯朵夫对这些都没留意。在他,一切都跟从前一样。他不是成天在房里打转,就是在外边乱跑,绝对没法休息。灵魂被内心的妖魔分割完了。它们在那里互相搏斗。被压制的情欲照旧发疯般地乱冲乱撞。而憎恶情欲的心理也是同样的激烈。它们互相咬着咽喉,要拼个你死我活,克利斯朵夫的心被它们撕裂了。同时还有关于奥里维的回忆,关于他死亡的哀痛,创造欲不得满足的苦闷,看到了虚无而竭力反抗的傲气。总而言之,所有的妖魔都在他心里,不让他有一分钟安静。即使有高潮退落,表面上比较平静的时候,他也孤独到极点,在心中找不到一点儿自己的东西:思想,爱情,意志,都被毁尽了。

创造！创造才是唯一的救星。把生命的残渣剩滓丢在波涛里罢！乘风破浪，逃到艺术的梦里去罢！……创造！他要创造，可是办不到。

克利斯朵夫的工作一向是没有规律的。在身心康健的时候，他非但不用担忧精力会衰竭，倒反觉得过于旺盛的元气是种累赘。他完全逞着性子，高兴工作就工作，不高兴工作就不工作，没有任何固定的规则。实际上他随时随地都在工作，头脑从来不空闲的。生命力没有他那么丰富而更深思熟虑的奥里维，曾经屡次告诫他：

"小心点儿。你太信任你的力了。那好像山上的激流：今天滔滔滚滚，明天可能点滴无存。一个艺术家应当把他的才气抓在手里，不能随便挥霍。你应当疏导你的精力，把它纳入正规。你得用习惯来约束自己，按时按日地工作。这种习惯对于一个艺术家的重要，不下于操练步法之对于一个士兵的重要。逢到精神骚动的时候，——（那是永远免不了的）——工作的习惯等于你的一副铁甲，可以使你的心灵不至于崩溃。我很知道这一点。我能够活到现在，就是靠了它。"

克利斯朵夫听了只是嘻嘻哈哈："那对你是好的，朋友！厌倦人生吗？哼！我才不会呢！我胃口太好了。"

奥里维耸了耸肩膀："物极必反。最强壮的人闹起病来是最危险的。"

奥里维的话此刻证实了。朋友死了以后，克利斯朵夫的内心生活并不马上枯竭，可是变得断断续续的，会突然之间奔泻一阵，然后又埋在泥土底下不见了。克利斯朵夫没留意这情形；那时他对什么都无所谓。悲痛与方在萌动的情欲占据了整个的思想。——但是飓风过后，他又想找那个泉源来解渴的时节，便什么都找不到了。只有一片沙漠，一滴水都没有。心灵枯涸了。他尽管在沙土中挖掘，想教地下的潜流飞涌出来，尽管不惜任何代价地要创造，精神可不听指挥了。他不能向习惯求救。而习惯才是忠实的盟友；我们有时会把一切的生活意义都失掉，只有它始终如一，永远跟着我们，一声不出，一动不动，直瞪着眼睛，抿着嘴唇，用它那双稳定的，从来不哆嗦的手，带着我们穿过危险的行列，直到我们重见光明，对人生又有了兴趣的时候为止。克利斯朵夫却是孤零零的，他的手在黑夜里碰不到一只援助他的手。他没有力量再爬上山顶去迎接阳光。

这是最凶险的关口。他觉得快要发疯了。有时他跟自己的头脑做着荒唐而狂乱的斗争，因为他像狂人一样有些执着的念头，数目和他纠缠不清：他往往数着地板，数着森林中的树木。有时根音①的数目字与和弦的度数在他脑中打架。有时他像死人一样的虚脱。

没有一个人关切他。他住的是一所偏屋，跟正屋分开的。卧房归他自己收拾，——并且也不天天收拾。每顿饭都由人家送来，放在楼下；他简直看不见一个人。房东是沉默而自私的乡下老头，根本不理会他。克利斯朵夫吃东西也好，不吃东西也好，那是他自己的事。连克利斯朵夫晚上回不回家也不大有人注意。有一次他在林中迷了路，半个身子陷在雪里，差点儿回不来。他竭力用疲劳来磨自己，免得思想，可是不成。他很少有机会能不胜困惫地睡上几小时。

① 根音为和声学上的专门名词。

关切克利斯朵夫的唯有一头圣·裴那种的老狗:他坐在屋子前面的凳上,它过来把眼睛血红的大脑袋靠在他的膝上。他们俩你望着我,我望着你,可以瞧上大半天。克利斯朵夫让它待在身边,像病中的歌德一样,并不为这双眼睛有什么不安,也不想对它们说:“去你的罢! ……你这是白费气力,鬼东西,你抓不住我的!”

他听让这一对表示哀求的、半睡半醒的眼睛吸引,同时他也很想帮助它们,觉得这是一颗被拘囚的灵魂向他求告。

因为受着痛苦的磨炼,活活地脱离了人生,遭着人类自私自利的蹂躏,他才看到了被人类迫害的牺牲者,看到了人类得意扬扬地屠杀别的生物的战场,心中不由得又怜悯又厌恶。便是在幸福的时候,他也一向喜欢动物,不忍看到它们受虐待,对于打猎有种强烈的反感,只因为怕人笑话而不敢表示出来,或许对自己也不敢承认;但他不愿意亲近某些人,骨子里的确是为了这个原因;他从来不能跟一个以杀害动物为乐的人做朋友。这倒不是为了温情主义:他比谁都明白生活是建筑在痛苦与残忍上面的,一个人要活着就不能不使旁的生物受苦。那不是闭上眼睛,说说空话所能解决的。也不能因此而放弃生活,像小孩子一般地抽抽搭搭。倘若今日还没有旁的方法可以生活,就得为了生活而杀戮。但为杀戮而杀戮的人是个凶手。虽然是无意识的,可究竟是凶手。人类应当努力减少痛苦与残忍:这是我们最重要的责任。

平时这些思想在克利斯朵夫心中是深深地埋着的。他不愿意去想它。想有什么用呢? 有什么办法呢? 他应当成为克利斯朵夫,完成他的事业,不惜任何代价地求生存,哪怕要牺牲一些弱者也得生存……世界不是他造的……别想罢,别想罢！

可是等到他也遭了祸害，打了败仗，就非想到不可了！从前他责备奥里维，不该对于人家所受的和给旁人受的苦难抱着无谓的同情，自己为之而悔恨交集更加是多此一举。如今他却比奥里维更进一步：因为他元气充足，所以冲动之下，对宇宙间的悲剧看得格外透彻。他体会到世界上所有的痛苦，仿佛自己的皮肉都被剥光了。一想到那些动物，他不由得浑身战栗；悲愤到极点。他完全了解禽兽眼中的表情，看到它们有一颗和他的灵魂一样的灵魂，一颗无法申诉的灵魂。它们的眼睛在那里嚷着："我又没侵犯你们，干吗要教我受罪呢？"

日常看惯了的最平淡的景象，此刻他都受不了：——或是一头关在栅栏里哀鸣的小牛，大眼睛突在外面，眼白带着蓝色，粉红的眼皮，白的眼睫毛，堆在脑门上的鬈毛，紫色的面部，向内蜷曲的膝骨；——或是一头羔羊被一个乡下人缚着四脚倒提着，把脑袋拼命往上仰，像小孩子般地哼哼嗐嗐，伸着灰色的舌头，咩咩地叫着；——或是挤在笼里的母鸡；——或是一头被人屠杀的猪在远处哀号；——或是在厨房桌上被人破了肚子的鱼……人类加在这些无辜的动物身上的酷刑，都紧紧地掐着他的心。假定它们也有一点儿理性的话，世界对于它们该是一场多么可怕的噩梦！那些麻木不仁、又盲又聋的人，割着它们的喉管，剖着它们的肚子，把它们腰斩，活活地烧着，看着它们痛苦地抽搐。便是在非洲吃人的种族里头，也没有比这个更残暴的事。对于一个没有成见的人，看到动物的痛苦比人类的痛苦更难忍受。因为人的受苦至少被认为不应该的，而使人受苦的也被认为罪人。但每天都有成千累万的动物受到不必要的屠杀，大家心上没有一点儿疙瘩。谁要提到这一点，就会给人笑话。——然而这的确是不可赦免的罪恶。只要犯了这一桩罪，人类无论受什么痛苦都是活该的了。这是他欠下的血债。如果真有一个上帝而竟容忍这种罪恶，那就是上帝欠的血债。倘若上帝是慈悲的，那么最卑微的生灵就应该得救。倘若上帝只对强者发慈悲，而对于弱者，对于给人类做牺牲的下等的生物没有正义，那么压根儿就没有什么慈悲，什么正义……

可怜人类的屠杀在宇宙的大屠杀中还不算一回事呢。禽兽也在互相吞噬。和平的植物，无声无息的树木，在它们之间也等于凶暴的野兽。所谓森林的恬静，只是文人学士的好听的辞藻而已，因为他们只认识书本中的宇宙……克利斯朵夫屋子旁边的森林中就有着可怕的斗争。杀人犯似的榉树扑在美丽的松树身上，掐着像古希腊柱头那样苗条的腰肢，使它们窒息。同时它们也扑在橡树身上，把它们拗得折臂断腿。巨人式的百臂的榉树，一株抵得上十株的树，把周围的一切都毁灭了。没有敌人的时候，它们便同类相残，彼此扭做一团，好像洪荒时代的巨兽。斜坡下面的树林里还有皂角树在林边望里头钻进来，攻击小松树，压着敌人的根株，用树胶把它们毒死。那是拼个你死我活的斗争，得胜的把敌人的地盘和残骸一齐并吞了。大妖魔没收拾完的，还有小妖魔来收拾。长在根上的菌竭力吮吸病弱的树，慢慢地消耗它的元气。黑蚁侵蚀那些已经在腐烂的林木。几千百万看不见的虫豸把一切蛀蚀，穿洞，把生命化为尘土……而这些战斗都是在静默中搬演的！……自然界的和平不过是一个悲壮的面具，面具底下还不是生命的痛苦与惨酷的本相吗？

克利斯朵夫笔直地往下沉了。但他不是一个束手待毙，让自己淹死的人。他心里想死，事实上却是竭尽所能地求生存。莫扎特说过，“有一等人是始终要奋斗的，除非到了实在没办法的时候。”克利斯朵夫便是这样的人。他觉得自己快消灭了，所以一边往下掉一边舞动手臂，东抓抓，西找找，想找一个依傍，让自己吊着。他以为找到了。他才想起奥里维的孩子，立刻把所有的求生的意志寄托在他身上，拼命把他抓住了。对啦，他应当找这个孩子，要人家给他，让他教养，让他爱，代替父亲的地位，——他要使奥里维在儿子身上再生。既然他因为痛苦而变得自私了，怎么不早想到这一点呢？于是他写信给抚养孩子的赛西尔，很焦心地等着回音。他全副精神想着这个念头，教自己镇静：——啊，还有个希望呢。而且他很有把握，因为知道赛西尔的心是极好的。

回信来了。赛西尔告诉他，奥里维死后三个月，一位戴孝的太太跑到她家里来对她说：“还我孩子！”

这便是当初丢下奥里维和孩子的女人，——雅葛丽纳，可是已经面目全非。她那次疯狂的爱情没有多久就完了。情人还没有对她厌倦的时候，她先对情人厌倦了，回到母家，丧气至极，对一切都厌恶，人也老了许多。为了那桩闹得沸沸扬扬的桃色事件，许多朋友跟她断绝了。平时行为最不检点的人并不是最宽容的。连她的母亲都对她表示那样的轻蔑，使她住不下去。她看破了社会上的虚伪。奥里维的死更是个重大的打击。她那副失魂落魄的神气，教赛西尔不忍拒绝她的要求。把一个视同己出的小娃娃退还给人家当然是极难受的，但对一个比你更有权利而且更不幸的人，骨肉分离岂不更痛苦吗？她原来想写信给克利斯朵夫,征求他的意见。但克利斯朵夫从来没答复她的信,她已经不知道他的通信处,甚至也不知道他是不是还活着……人生的快乐得而复失,有什么办法?唯有隐忍而已。主要是孩子能够幸福,能够有人爱……

回信是傍晚到的。迟迟不去的冬天又下了雪,下了整整的一夜。已经长出新叶的树林中,枝条又被积雪压断了,噼噼啪啪地响着,像战场上的声音。克利斯朵夫独自待在屋里,不点灯火,在白光闪烁的黑影里每次听到林中悲壮的声响都吓得直跳;他也像那些树木一样,给沉重的担子压得格格地响着。他想:

"如今是什么都完了。"

一夜过后,又是白天;树木并没有断。整整那一天,整整那一夜,还有以后的几天几夜,树木继续受着压迫,噼噼啪啪地响着,可始终没断下来。克利斯朵夫一点儿生存的意义都没有了,可是照旧活着。他再没有理由奋斗了,可是他照旧奋斗,一拳来一脚去,跟那腐蚀他脊骨的无形的敌人肉搏,好比雅各对天神的苦斗。他对斗争并不存什么希望,只等有个结束:他永远在那里苦斗,嘴里喊着:

"你尽管把我打倒罢!干吗不打倒我呢?"

几天过去了。克利斯朵夫的苦斗告了个段落,所有的生命力都消耗完了。可是他仍旧撑着身子,走出门去。唉,那些在生命的空白中有个坚强的种族支持的人,还是幸福的。祖父的跟父亲的腿,把快要倒下来的儿子的身体撑住了;强壮的祖先们一举手之间把那颗筋疲力尽的灵魂给托住了,好像战士虽死,他的坐骑还是把他驮着。

他走在两个土洼中间一条高起的路上,又走下一条地上都是尖石头的小径,石头中盘根错节地长着些发育不全的橡树根;他不知道自己往哪儿去,但脚步比神志清楚的人更稳实。他没有睡觉,几天以来差不多没吃过东西,眼睛前面蒙着一层雾,向着下边的山谷走去。——那时正是复活节的前几日。天是阴的。冬季最后一个寒潮退下去了,和煦的春天正在酝酿中。下面许多小村子里传来一阵阵的钟声。先是从山脚下土坳里的一个钟楼上来的;钟楼顶上盖着杂色的干草,有黑的,有黄的,长着一层苔藓,像丝绒一样。接着是另一山腹中看不见的那个钟楼。随后又是对河平原上的那些。还有在很远的地方,雾霭苍茫中的一个村子隐隐约约发出一片模糊的声音……克利斯朵夫停住脚步,几乎要昏过去了。那些声音似乎对他说:

“到我们这儿来罢!这儿只有和平,没有痛苦。不但痛苦消灭了,思想也消灭了。我们可以催眠你的灵魂,让它在我们的臂抱中睡着。来罢,休息罢,你从此不会醒了……”

他觉得多么疲倦!真想睡觉。可是他摇摇头,回答:

“我所找的不是和平,而是生命。”

他又往前走,不知不觉走了好几里地。因为身体虚弱,头昏目眩,最单纯的感觉也有意想不到的反响。他的思想在天上地下反射出许多奇奇怪怪的微弱的光。在他前面,照着阳光的荒凉的路上闪过一个不知从何而来的影子,把他吓了一跳。

到一个树林出口的地方,他发觉近边有个村子,因为怕见人,马上回头走,可是不能不走近村子高头的一座孤零零的屋子:它靠着山腰,像一所疗养院,四周是个向阳的大花园,寥寥落落的有几个步子不大稳健的人在沙道上走着。克利斯朵夫没有留意;但在小径的拐角儿上,他劈面遇到一个眼睛惨白的人,软绵绵地坐在两株白杨底下的凳上,脸又胖又黄,眼睛直勾勾地瞪着前面。身后另外坐着一个人。两人都不出一声。克利斯朵夫已经在他们面前走过了,又忽然停下来,觉得那双眼睛是他认识的,回过头去瞧了瞧。那人始终不动,瞪着前面,仿佛有一个固定的目标。旁边那个看见克利斯朵夫招手,便走过来。

"他是谁啊?"克利斯朵夫问。

"疗养院里的一个病人。"那人指着屋子回答。

"我好像认识他的。"

"可能的。他是一个德国很出名的作家。"

克利斯朵夫说出一个姓名。——果然是的。克利斯朵夫从前在曼海姆杂志上写文章的时代跟他见过。那时他们处于敌对的地位。克利斯朵夫才露头角,对方已经成名了。他性格很强,很有自信,不是他的作品他都瞧不起。他那些写实的、刺激感官的小说,不像一般流行的作品那么庸俗。克利斯朵夫虽然讨厌他,对于他那种世俗的、真诚的、范围狭小的,但很完美的艺术,也不由得暗暗钦佩。

"他这个病已经有一年了,"那个看守的人说,"医过一阵,大家以为他好了,送他回去了。不料又发了。一天晚上,他竟然从窗里跳下去。初到这儿的时候,他又是骚动,又是叫嚷;现在可非常安静,整天就这样地坐着。"

"他在那里瞧什么呢?"克利斯朵夫问。

他走近凳子，不胜怜悯地瞅着这个被病魔打败的人，脸上没有一点血色，眼皮很厚，一只眼睛差不多闭着。那疯子似乎不知道克利斯朵夫在他旁边。克利斯朵夫叫着他的姓名，握着他的手，——觉得又软又潮，丝毫无力，像一样死的东西；他不敢再把它拿在自己手里。疯子把往上翻起的眼睛向克利斯朵夫瞧了瞧，又瞪着前面，呆头呆脑地笑着。

“你瞧什么啊？”

“我等着。”那人一动不动地低声回答。

“等什么？”

“等复活。”

克利斯朵夫打了个寒噤，赶紧跑了。这句话像火箭一般地射到他的心里。

他没头没脑地往森林里钻，朝着回家的方向爬上山坡，因为心绪很乱，迷了路，走进一个大松林。一片阴影，万籁无声。不知从哪儿来的几点火黄的阳光透入浓厚的阴影。克利斯朵夫被这几道光催眠了，觉得周围漆黑一团。他踏着厚厚的针毡，像脉管般隆起的树根常常绊他的脚。树下没有一株植物，没有一片藓苔。枝头上也没有鸟声。树身下部的枝条已经枯了，所有的生机全躲在上面有阳光的地方。再往前去，连这点儿生意也熄灭了。那是树林中间被某种神秘的病侵蚀的部分。各种细长的地衣像蜘蛛网似的包裹着红红的松枝，把它们从头到脚捆缚着，从这一株树蔓延到那一株树，把森林窒息了。它们像水底下的海藻，到处伸着触角。四下里也如同海洋深处一样的静寂。高头的阳光暗淡了。死气沉沉的林中不知怎么溜进了一片雾，包围着克利斯朵夫。一切消灭了；什么都没有了。他乱窜了半小时；白茫茫的雾越来越浓，变得黑沉沉的,刺他的喉咙;他自以为往前直走,其实在那里绕圈子,松树上挂着奇大无比的蜘蛛网,雾气经过的时候在网上留下摇摇欲坠的水珠。临了,天罗地网似的迷阵露出一个空隙,让克利斯朵夫走出了海底森林,又看到些生气蓬勃的树木,松树跟榉树的无声的斗争。但周围还是没有一点儿动静。酝酿了几小时的静默,骚动起来了。克利斯朵夫停下来听着。

突然之间远远地来了一阵波涛。树林深处先卷起一阵风,像奔马似的到了树顶上,树尖都像水浪一般地波动。那阵风好比弥盖朗琪罗画上的上帝在百丈巨涛中汹涌而来,在克利斯朵夫头顶上滚过。森林为之战栗,克利斯朵夫的心也为之战栗了。那是大地回春的先兆……

然后一切又静下来。克利斯朵夫懔懔然赶回家,两腿索索地抖个不住,走到屋门口,像被人追逐似的望后回顾了一下。天地仿佛死了。山坡上的树林都死气沉沉地睡着了。静止不动的空气显得异样的透明。万籁无声。唯有一道剥蚀岩石的泉水,呜呜咽咽地替大地唱着哀歌。克利斯朵夫浑身滚热地睡下。和他一样烦躁不安的牲口在隔壁的牛棚里骚动……

夜里,他迷迷糊糊地似睡非睡。远远地又起了一阵波涛:风又来了,这一回却是飙风,——是春天的季候风,它吐出灼热的呼吸,使酣睡未醒,打着寒噤的土地感到一点儿温暖;它把冰溶解了,把一路上的甘霖都给带来了。土洼那边的树林中,风像打雷一般咆哮怒吼,越来越近,越来越膨大,以千军万马之势冲上山坡;整个山林都是一片呼啸声。屋子里有匹马嘶鸣不已,几头母牛也跟着叫。克利斯朵夫坐在床上听着,连头发也竖了起来。狂风吹到了,呼呀呼呀地直叫,定风针格格地响着，屋瓦乱飞，屋子也摇摇欲动。一个花盆给吹在地下，打破了。克利斯朵夫没有关严的窗哗啦啦地打开了，一阵热风直冲进来，劈面吹着克利斯朵夫，也吹到了他裸露的胸部。他跳下床，张着嘴，连气都透不过来。似乎有个活的上帝冲进了他空虚的灵魂。这就是复活！……空气进入他的喉管，新生命的波浪灌饱了他的脏腑。他觉得自己要爆裂了，想要叫喊，叫出他又痛苦又快乐的情绪，但他只能吐出几个没意义的声音。纸张被狂风吹得满屋乱飞；他摇摇晃晃地用手臂敲着墙，在房间里手舞足蹈地嚷着：

"噢！你，你，你终于回来了！"

"你回来了，你回来了！噢，你，我不是找不到你了吗？……干吗把我丢了呢？"

"为了要完成我的使命，完成你所放弃的使命。"

"什么使命？"

"战斗啊。"

"你为什么还要战斗？你不是万物的主宰吗？"

"不是的。"

"你不就是万物吗？"

"我不是万物。我是征服虚无的生命。我不是虚无。我是在黑夜中烧毁虚无的火。我不是黑夜。我是永久的战斗。我是永远在奋斗的自由意志。跟我一同战斗，一同燃烧罢。"

"我打败了。不中用了。"

"你打败了？你觉得完了？那么别人会打胜的。别想着你自己，得想着你的队伍。"

"我是孤独的，只有我一个人；我没有队伍。"

“你不是孤独的,你不是属于你的。你是我的许多声音中间的一个,是我的许多手臂之中的一条。得替我说话,替我作战。倘若手臂断了,声音嗄了,我还是站着;我可以用别的声音,别的手臂来斗争。你即使打败了,还是属于一个永不打败的队伍。别忘了我的话,你便是死了还是会胜利的。”

“主啊,我多痛苦!”

“你以为我不痛苦吗?千百年来,死亡追着我,虚无等着我。只靠了一次又一次的胜仗,我才打出路来。生命的大河被我的血染红了。”

“战斗,永远要战斗吗?”

“是的。上帝也在那里战斗。上帝是一个征服者,是一头吞噬一切的狮子。虚无包围上帝,上帝把虚无降服。战斗的节奏才是最高妙的和声。这和声可不是为你那些人间的耳朵听的。只要知道它存在就行了。安安静静地尽你的本分,让神明去安排一切。”

“我没有气力了。”

“替那些强者歌唱罢。”

“我的嗓子破裂了。”

“那么祈祷罢。”

“我的心已经不干净了。”

“把它扔掉,拿我的去。”

“主啊,要忘掉自己,把自己死了的灵魂丢掉,倒还罢了。可是怎么能丢弃我的死者,怎么能忘掉我所爱的人呢?”

“把他们跟你自己死了的灵魂一齐丢掉罢。只要找到了我的活生生的灵魂,你就会发觉你的死者并没死了。”

“噢,你曾经把我遗弃,将来还会遗弃我吗?”

“会的。一定的。可是你决不能把我丢下。”

“要是我的生命熄灭了呢?”

“那么把别的生命点起来。”

“倘若我连心都死了呢?”

“那么生命是在别的地方了。打开你的窗户迎接它罢。你这糊涂虫,屋子坍了,你还把自己关在里头!快快出来罢。还有别的地方可以住呢。”

“噢!生命,噢!生命!我明白了……过去我在自己心中,在我的空虚而闭塞的灵魂中找你。我的灵魂破碎了;不料我的伤口等于一扇窗子,从那里透进了空气;我又能够呼吸了;噢,生命!我又把你找到了!……”

“是我把你找回来的……别说话,你听着。”

克利斯朵夫便听见生命的歌声像泉水喁语一般在胸中响亮。凭窗远眺,昨天还是奄奄一息的树林,今天却在春风春日之下汹涌澎湃。阵阵的风涛,欢乐的颤抖,在树干中间飘过;屈曲的枝条向着明朗的天空欣欣然伸着手臂。急流奔泻,有如欢笑的钟声。同样的景色昨天还埋在坟墓里,今天可复活了;生命回来了,而克利斯朵夫心中的爱也醒过来了。得到上帝恩宠的灵魂简直是一桩奇迹!灵魂从噩梦中觉醒,一切都在它周围再生。心又跳动了。枯涸的泉水又开始流了。

克利斯朵夫重新加入神圣的战斗……他自己的战斗,人类的战斗,一到这个阳光像雪片般乱舞的大混战中就显得太渺小了!……他把自己的灵魂剥光了。好比一个人在梦里常常会吊在空中似的,他从高处看自己,从大千世界中看自己;那时他的痛苦的意义立刻显出来了。他的斗争是众生万物的大斗争中的一部分。他的失败只是一个小小的插曲,而且马上得到补救的。他为大家斗争,大家也为他斗争。他们分担他的忧苦,他也分享他们的光荣。

“同伴们,敌人们,向前罢,踏在我的身上罢,炮车尽管在我身上辗过罢!我根本不想到那个伤我皮肉的铁轮,不想那些踩着我脑袋的脚,我只想着替我报复的人,想着主宰,想着成千累万的队伍的领袖。我的血是给他未来的胜利铺路的……”

如今他觉得上帝不是一个麻木不仁的创造者,不是一个尼罗在铁塔上眺望他自己放下的大火。① 上帝也在受苦。上帝也在战斗,跟战斗的人一块儿战斗,援助受苦的人。因为它是生命,是黑夜里的一点光明,它慢慢地展布开去,要吞没黑夜。可是黑夜无边,神的战斗永远没有休止;而谁也不知道结果。那是英雄的交响乐,连那些互相冲突、互相混杂的不谐和音也会化作清明恬静的音乐。像榉树林无声无息地做着猛烈的战斗一样,生命就在永恒的和平中做着战斗。

这些战斗,这种和平,在克利斯朵夫心中都有回响。他是一个贝壳,其中可以听到海洋的波涛。小号的呼号,各种声响的飓风,英勇的呐喊,在威镇一切的节奏上面飞过。因为在这颗有声的灵魂中,一切都变了声音。它为光明歌唱,为黑夜歌唱,为生命歌唱,为死亡歌唱,为战胜的人歌唱,也为他

① 尼罗为罗马帝国的大帝,以荒淫无道著称于史。相传公元六十四年时罗马城中的大火为其所纵。

自己,——战败的人歌唱。它唱着。一切都唱着。它只是歌唱。

滔滔汩汩的音乐,像春雨一般渗进那片在冬天龟裂的泥土。羞耻,哀伤,悲苦,如今都显出了它们神秘的使命:它们使泥土分解,给它肥料;痛苦这把犁刀一方面割破了你的心,一方面掘出了生命的新的水源。田野又开满了花,可不是上一个春天的花。一颗新的灵魂诞生了。

它时时刻刻都在诞生。因为它的骨骼还没固定,不像那些发育到顶点而快要老死的灵魂。它不是一座雕像,而是在溶液状态中的金属。它身上每秒钟都显出一个新的宇宙。克利斯朵夫不想固定它的界限。他好像把自己的过去统统丢开了,出发作一次长途旅行:凭着年轻人的热血,无挂无碍的心胸,呼吸着海洋的空气,以为这旅行是没有完的,他觉得快乐极了。在世界上到处奔流的那股创造力又把他抓住了,世界的财富使他看得出神了。他爱着,他能够化身,化身为他的同胞。而一切都是他的同胞,从他踩在脚下的草到他握着的人家的手。或是一株树,或是映在山上的云影,或是草坪的气息,或是嗡嗡作响的夜晚的天空,其中有的是蜂群一般数不清的太阳……那简直是热血的漩涡。他不想说话,不想思索,只是笑着,哭着,在这生气洋溢的幻境中化掉了……写作,为什么写作?难道你能写出不可言说的境界吗?……然而不管可能与否,他非写不可。那是他避不掉的。到处都有种种的思想一闪一闪地照射他。怎么能等待呢?所以他就写了,不管用什么写,也不管写在什么上面;往往他还说不出胸中飞涌的那些句子是什么意思;而一个乐思还没写完,另外一个又来了。他写着,写着,写在衬衣的袖口上,写在帽子的飘带上;不管他写得多快,思想总是来得更快,简直需要一种速记术才好……

可是这不过是些不成形的断片。等到他要把这些思想放进一般的音乐形式,困难就来了;他发觉从前的模子没有一个再适用;如果要把自己的意境忠实地保留下来,就得先把至此为止所听到的、所写过的,统统忘掉,把所有学得来的公式和传统的技术一齐推翻,——那只能给萎靡不振的精神做拐杖,给那些懒于用自己的脑子去思想,袭取他人的见解的人做一张现成的床铺。从前,在他自以为生命与艺术已经成熟的时期,——(其实只到了他许多生命中一个生命的终点)——他用来表白的是一般的语言,不是跟自己的思想同时产生的新语言;他的感情是随着现成的逻辑发展的,那逻辑提供他一部分公式化的句子,带他走着前人的老路,到一个早先定妥而且是群众所等待的结局。此刻可没有现成的路了,应当由情操去开辟出来,思想只有跟从的份儿。他的任务已经不是描写热情,而是要和热情合为一体,使他跟内心的规律交融。

同时,克利斯朵夫挣扎了好久而不愿意承认的矛盾居然消灭了。因为他虽是一个纯粹的艺术家,也常常为一些与艺术无关的问题操心,认为艺术有一种社会的使命。他没觉得自己原来有两种人的性格:一个是创造的艺术家,完全不问道德后果的;一个是行动者,喜欢推理的,希望他的艺术有道德的与社会的作用,他们俩有时使彼此非常为难。现在他一心一意地想着创造,等于受着自然律支配的时候,就把实用的念头丢开了。当然他照旧瞧不起时下那种卑鄙的不道德的风气,始终认为淫猥的艺术是最低级的艺术,是艺术的一种病,长在腐烂的树干上的毒菌。但即使以享乐为目标的艺术等于把艺术送入娼寮，克利斯朵夫也不至于矫枉过正，提倡庸俗的实用主义，提倡以道德为目标的艺术，把天马阉割了教它去犁田。最高的艺术，名副其实的艺术，决不受一朝一夕的规则限制；它是一颗向无垠的太空飞射出去的彗星。不管在实用方面这股力是有用的，无用的，或者是危险的，它总是力，总是火，是天上闪出来的电光；因为这一点，它是圣洁的，是善的。它的善，可能在实用世界中也成为善；但它真正的、神圣的善，跟信仰一样是超乎自然的。它和它的来源——太阳——相同。① 太阳既非道德的，亦非不道德的。它是生命。它战胜黑夜。艺术亦然如此。

所以完全浸在艺术中间的克利斯朵夫不胜惊愕地发觉，心中涌起许多陌生的，意想不到的力量；既不是他的情欲，也不是他的悲哀，也不是他有意识的灵魂……——而是一颗陌生的，对他的所爱所苦，对他的整个生涯全不关心的灵魂，一颗欢乐的、神妙的、犷野的、不可解的灵魂！它把克利斯朵夫当做马一样地驱策，老是用踢马刺踢着他。偶尔能歇下来喘口气的时候，他一边看着所写的东西，一边问自己：

“怎么，怎么这个会从我身上出来的？”

他那时被精神的狂乱降服了，那是所有的天才都领教过的、不受意志拘束的、独立的意志，是“世界与生命的谜”，为歌德称为“妖魔一般的”；他自己虽有武装保护，也被它制服了。

克利斯朵夫写着，写着，成天成月地写着。有些时期，丰

① 希腊神话以阿波罗为驾驭太阳的光明之神，同时亦为艺术之神，象征艺术与太阳同源。

满的精神不需要任何养料，继续在那里无穷无尽地生产。只要轻轻地撩拨一下，微风送来一些花粉，就能使千千万万的内心的萌芽长发起来……克利斯朵夫没有时间思索，也没有时间生活。忙于创造的灵魂威镇着生命的废墟。

随后，一切都停止了。克利斯朵夫筋疲力尽，老了十岁，——可是得救了。他离开了克利斯朵夫，托生到了上帝身上。

头上突然出现了星星白发，好似秋天的花在九月里一夜之间开遍了草原。腮帮上有了新的皱纹。可是恬静的眼神恢复了，嘴巴的神气表示隐忍了。他心平气和。如今他明白了。他明白：一朝面对着震撼世界的力量，他的骄傲，人类的骄傲，都是没用的。没有一个人能完全自主。非警惕不可。要是你睡着了，那股力就会溜进我们胸中把我们带走……带到哪样的深渊里去呢？带到泉源枯竭的地方，把我们丢在干涸的河床里面。单是愿意战斗还不够。应当向不可知的神明低头；他兴之所至，会随时随地给你爱情，死亡，或是生命。没有上帝的意志，单是人的意志是一无所用的。上帝在一刹那间就能毁灭我们多少年的劳作与努力。而他高兴的时候，也能使朽腐化为神奇。一个能创造的艺术家，特别感觉到自己逃不过神的掌握；因为真正伟大的艺术家是只说神灵启示他的话的。

克利斯朵夫这才懂得海顿老人的明哲，——他每天早上执笔之前先要跪着……战战兢兢地提防，诚惶诚恐地祈祷。所以你得祈祷上帝，求他和你同在。你得抱着虔诚与热爱的心和生命之神沟通。

夏天将尽，一个巴黎朋友经过瑞士，发现了克利斯朵夫的隐居，特意登门拜访。他是音乐批评家，一向最赏识他的作品。和他同来的还有一个知名的画家，也是崇拜克利斯朵夫的。他们告诉他，欧洲各地都在演奏他的作品，极表欢迎。克利斯朵夫对这个消息并不感兴趣，认为过去的他已经死了，早已不把那些作品放在心上。因为客人要求，他拿出最近作的曲子。但对方完全不懂，以为克利斯朵夫疯了。

"没有旋律，没有节奏，没有主题的经营；只是一种流汁，没有冷却的液体，它可能适应任何形式而自己并没有一个固定的形式；它什么都不像；只是一片混沌中的几点微光。"

克利斯朵夫笑了笑回答："差不多是这么回事。混沌的眼睛在世界的幕后发光……"

但来客不懂得诺瓦利斯①的这句名言，只暗暗地想："他才气尽了。"

克利斯朵夫并不希望他了解。

客人告别的时候，他陪着他们走一程，有心带他们看看山上的风光。但他也没有走多少路。看到一片草原，音乐批评家便提起巴黎戏院的装饰；那位画家又认为色调配合得很不高明，完全是瑞士风味，像又酸又无味的大黄饼，霍特娄②一派的东西；并且他对自然界也表示很冷淡。

"自然界？什么叫做自然界？我就不认识！有了光和色，不就行了吗？我才不理会什么自然呢……"

克利斯朵夫跟他们握了手，让他们走了。他对这些情形

① 诺瓦利斯为十八世纪德国诗人。
② 霍特娄为十九世纪瑞士历史画家。

都不动心了。他们都是在土洼那一边的。这样倒更好。他不想对人家说:“要到我这里来,应当走同样的路。”

几个月来把他烧着的火低下去了。但克利斯朵夫心中依旧保持着那股暖气,知道火一定还会烧起来,要不是在他身上,就在另外一个人身上。不管它在哪儿,他总是一样地爱它:火总是同样的火。在这个九月的傍晚,他觉得那道火蔓延着整个的自然界。

他往回家的路上走。一阵暴雨过了,又是阳光遍地。草原上冒着烟。苹果树上成熟的果子掉在潮湿的草里。张在松树上的蜘蛛网还有雨点闪闪发光,好比古式的车辆。湿漉漉的林边,啄木鸟格格地笑着。成千成万的小黄蜂在阳光中飞舞,连续而深沉的嗡嗡声充塞着古木成荫的穹隆。

克利斯朵夫站在林中一片空地上:那是土坳中间一片椭圆形的盆地,满照着夕阳;泥土赭红,中间有一小方田,长着晚熟的麦与深黄的灯芯草。周围是一带秋色灿烂的树林:红铜色的榉树,淡黄的栗树,清凉茶树上的果实像珊瑚一般,樱桃树伸着火红的小舌头,叶子橘黄的苔桃,佛手柑,褐色的火绒……整个儿像一堆燃烧的荆棘。在这个如火如荼的树林中,飞出一只吃饱了果实,被阳光熏醉的云雀。

而克利斯朵夫的心就像云雀一样。它知道等会要掉下来的,而且还要掉下无数次。但它也知道永远能够往火焰中飞升,唱出呖呖流转的歌声,向那些留在地下的同伴描写天国的光明。

卷十　复　旦

卷十初版序

我写下了快要消灭的一代的悲剧。我毫无隐蔽地暴露了它的缺陷与德性,它的沉重的悲哀,它的混混沌沌的骄傲,它的英勇的努力,和为了重新缔造一个世界、一种道德、一种美学、一种信仰、一个新的人类而感到的沮丧。——这便是我们过去的历史。

你们这些生在今日的人,你们这些青年,现在要轮到你们了!踏在我们的身体上面向前罢。但愿你们比我们更伟大,更幸福。

我自己也和我过去的灵魂告别了;我把它当做空壳似的扔掉了。生命是连续不断的死亡与复活。克利斯朵夫,咱们一齐死了预备再生罢!

罗曼·罗兰

一九一二年十月

（你，可爱的艺术，在多少黯淡的光阴里。）

生命飞逝。肉体与灵魂像流水似的过去。岁月镌刻在老去的树身上。整个有形的世界都在消耗，更新。不朽的音乐，唯有你常在。你是内在的海洋。你是深邃的灵魂。在你明澈的眼瞳中，人生决不会照出阴沉的面目。成堆的云雾，灼热的、冰冷的、狂乱的日子，纷纷扰扰、无法安定的日子，见了你都逃避了。唯有你常在。你是在世界之外的。你自个儿就是一个完整的天地。你有你的太阳，领导你的行星，你的吸力，你的数，你的律。你跟群星一样的和平恬静，它们在黑夜的天空画出光明的轨迹，仿佛由一头无形的金牛拖曳着的银锄。

音乐，你是一个心地清明的朋友，你的月白色的光，对于被尘世的强烈的阳光照得眩晕的眼睛是多么柔和。大家在公共的水槽里喝水，把水都搅浑了；那不愿与世争饮的灵魂却急急扑向你的乳房，寻他的梦境。音乐，你是一个童贞的母亲，你纯洁的身体中积蓄着所有的热情，你的眼睛像冰山上流下来的青白色的水，含有一切的善，一切的恶，——不，你是超乎恶，超乎善的。凡是栖息在你身上的人都脱离了时间的洪流；所有的岁月对他不过是一日；吞噬一切的死亡也没有用武之地了。

音乐，你抚慰了我痛苦的灵魂；音乐，你恢复了我的安静，坚定，欢乐，——恢复了我的爱，恢复了我的财富；——音乐，我吻着你纯洁的嘴，我把我的脸埋在你蜜也似的头发里，我把我滚热的眼皮放在你柔和的手掌中。咱们都不作声，闭着眼睛，可是我从你眼里看到了不可思议的光明，从你缄默的嘴里看到了笑容；我蹲在你的心头听着永恒的生命跳动。

第一部

克利斯朵夫不再计算那些飞逝的年月。生命一点一滴地过去了。但他的生命是在别处。它没有历史,只有它创造的作品。音乐的灵泉滔滔不尽地歌唱着,充塞了灵魂,使它再也感觉不到外界的喧扰。

克利斯朵夫得胜了。声名稳固了;头发也白了,年龄也到了。他却是毫不介意;他的心是永远年轻的;他的力,他的信仰,都保持原状。他又得到了安静,可不是燃烧的荆棘以前的安静。暴风雨的打击和骚动的海洋使他在深渊中看到的景象,始终留在他心灵深处。他知道控制人生的战斗的是上帝;没有得到他的允许,谁也不能自主。那时克利斯朵夫心中有两颗灵魂:一颗是受着风雪吹打的一片高原,另外一颗是威镇着前者的、高耸在阳光中的积雪的峰尖。这种地方当然不能久居;但下界的云雾使你冷得难受的时候,你可认得了上达太阳的路。克利斯朵夫便是在迷雾中也不感到孤独了。壮健的圣女赛西尔①,睁着巨大的眼睛在他身旁向着天空凝听。他自己也像拉斐尔画上的圣·保罗一样,不声不响地沉思着,靠在剑上,既不恼怒,也不再想战斗,只顾

① 赛西尔为四世纪时殉道之圣女,后被奉为保护音乐家之神。

创造他的梦境。

他那个时间的写作偏重于钢琴曲与室内音乐。这些曲体可以使创作更自由更大胆;内容与形式之间比较更直接,而思想也不致有中途衰竭的危险。弗雷斯科巴第,哥波冷、舒伯特、肖邦等等的表现方法与风格的大胆,①比配器方面的革命早五十年。如今由克利斯朵夫那双有力的手像抟土似的抟出来的音响,簇新的和声,令人头昏目眩的和弦,跟当时的人所能接受的声音距离太远了;它们对于精神的影响等于一些神奇的咒语。——凡是大艺术家在深入海底的旅行中带回来的果实,群众必须过了相当的时间才能领会。所以很少人能了解克利斯朵夫大胆的晚年作品。他的荣名完全是靠他早期的成绩。但有了声名而不被了解比没有声名更难堪,因为那是无法可想的。在他唯一的朋友死了以后,这种难堪的情绪使克利斯朵夫更偏向于逃避社会了。

德国的旧案已经撤销。法国那桩流血的事也早已被忘了。现在他爱上哪儿都可以。但他怕到巴黎去勾起伤心的往事。至于德国,虽则他回去过几个月,虽则还不时去指挥自己的作品,可并不久住。使他看不上眼的事太多了。固然那些情形不是德国独有而是到处一样的。但我们对本国总比对别国更苛求,对本国的弱点也觉得更痛苦。何况欧洲的罪恶大部分是应当由德国负责的。一个人胜利之后就得负胜利的责

① 弗雷斯科巴第为十七世纪意大利作曲家,历史上有名的管风琴师。此处所称弗雷斯科巴第及哥波冷、舒伯特、肖邦诸人的表现方法与风格的大胆,均指各人在管风琴、扬琴、钢琴及其他室内音乐(如二重奏、三重奏、四重奏等)方面的作品。

任，好似对战败的人欠了一笔债；你无形中有走在他们前面带路的义务。路易十四在他称霸的时代，把法兰西理性的光彩照遍了欧洲。但色当战役①的胜利者——德国——给世界带了些什么光明来呢？难道就是刀剑的闪光吗？没有翅膀的思想，没有豪侠心肠的行动，粗暴的，甚至也不能说是健康的理想主义；只有武力与利益，竟然是个掮客式的战神。四十年来，欧罗巴惴惴不安地在黑暗中摸索。胜利者的钢盔把太阳遮掉了。无力抵抗的降卒固然只能使人轻视，使人可怜；但你看到头戴钢盔的人又作何感想！

最近太阳又出来了；云端里开始透出一些光明。为了要成为第一批看到日出的人，克利斯朵夫从钢盔的影子底下走出来，自愿回到他从前亡命的瑞士。那些互相敌对的国家，使当时多少渴慕自由的心灵感到窒息，无法生存；克利斯朵夫和他们一样要找一个中立的，可以让人呼吸的地方。在歌德的时代，开明的教皇治下的罗马，曾经被各个民族的思想家像躲避风雨的鸟一样作为栖息的岛屿。但现代的避难所又在哪儿呢？岛屿被海水淹没了。罗马不是当年的罗马了。群鸟已经离开了七星岗，②——只有阿尔卑斯依然如旧。在你争我夺的欧罗巴的中心，仅有（不知还能维持多久？）这个二十四郡的小岛巍然独存。③ 这儿当然没有千年古都的诗情梦境，也呼吸不到史诗中的神明与英雄的气息；可是这块光秃的土地有它气势宏伟的音乐，山脉的线条有它雄壮的节奏，而且

① 一八七〇年普法之役，法军大败于色当，为法国战败的关键。

② 罗马城建立在七个山岗之上，后人常以七星岗为罗马的代名词。

③ 瑞士东南部及中部偏东均有阿尔卑斯山脉。又瑞士全国分为二十四郡。

比任何地方都更能够使你感觉到原始力量。克利斯朵夫不是来求满足怀古的幽情的。只要有一片田野,几株树木,一条小溪,一望无极的天空,他就够了。不消说,他本乡那种安静宜人的景色,比着阿尔卑斯山中巨神式的战斗对他更亲切;可是他不能忘了他是在这儿找到新生的力量的,是在这儿看到上帝在燃烧的荆棘中出现的。他每次回到瑞士,心中必有点儿感激与信仰的情绪,并且像他这样的人决不只他一个。被人生伤害的战士,在这块土地上重新找到了毅力来继续斗争,保持他们对于斗争的信仰的,不知有多多少少!

因为住在这个国家,他慢慢地对它认识清楚了。多少过路的旅客只看见它的疮疤:大麻风似的旅馆把国内最美的景色给糟蹋了;外国人麇集的城市,让世界上肥头胖耳的人来赎回他们的健康;那些承包客饭的马槽;那种酒池肉林的浪费;那些游戏场中的音乐,加上意大利戏子的可厌的叫嚣,使一般烦闷而有钱的混蛋眉开眼笑;还有铺子里无聊的陈列品:什么木熊、木屋、胡闹的小玩意儿,老是那一套,毫无新鲜的发明;老实的书商卖着专讲黑幕秘史的小册子;——到处充满着下流无耻的气息。而每年到这儿来的成千成万的有闲阶级,除了市井小人的娱乐之外不知道还有什么高尚的娱乐,甚至也不知道还有什么同样富于刺激性的娱乐。

至于当地民族的生活,外来的游客连一点儿观念都没有。他们万万想不到,这里还有积聚了几百年的、道德的力量与公民的自由,想不到加尔文与辛格里①的薪炭还在灰烬下面燃

① 辛格里为十五至十六世纪时瑞士宗教改革家。

烧,想不到还有拿破仑式的共和国永远不能梦见的、那种强毅的民主精神,想不到他们政治制度的简单与社会事业的广大,想不到这三个西方主要民族联合起来的国家①所给予世界的榜样等于未来的欧罗巴的缩影。他们更其想不到粗糙的外表之下还藏着文化的精华;例如鲍格林的犷野的、电光四射的梦境,霍特娄的声音嘶嗄的英雄精神,高特弗里德·凯勒的清明淳朴与率直的性格,史比德雷的巨型的史诗与天国的光明,通俗节会的传统,在粗糙而古老的树上酝酿的春天的活力。所有这些年轻的艺术有时会刺激你的舌头,像那些野梨树上的生硬的果实,有时也像又青又黑的苔桃一般淡而无味。但它们至少有股泥土味,是一般独学自修的人的作品;而他们的老派的修养并没使他们跟民众分离,他们所读的仍旧和大家一样是人生那部大书。

克利斯朵夫爱好那般不求炫耀而但求生存的人。虽则他们最近也受到德美两国的工业化的影响,但质朴温厚的古欧洲的一部分特点,使人精神安定的特点,依旧由他们保存着。他交了两三个这样的朋友,都是严肃的,忠实的,过着孤独的生活,想念着以往的时代,抱着无可奈何的心情和加尔文式的悲观主义,眼看古老的瑞士一天天地消灭。克利斯朵夫难得和他们相见。表面上他的旧创已经结疤,可是伤口太深了,不能完全平复:他怕跟人家重新发生关系,怕再受情爱与苦恼的纠缠。他觉得住在瑞士挺舒服,一部分就为这个缘故:因为在这里比较容易过离群索居的生活,在陌生人中做一个陌生人。并且他也不在同一个地方住久。仿佛一头流浪的老鸟,他需

① 瑞士包括德、法、意三种民族。

要空间，他的王国是在天上……

夏季有一天傍晚的时候，他在村子高头的山上漫步：手里拿着帽子，走着一条曲曲折折向上的路。有一处拐弯的地方，小路转入两个斜坡中间，两旁都是矮矮的胡桃树和松树，俨然是个与世隔绝的小天地。到拐角儿上，仿佛路尽了，只看见一片空间。前面是淡蓝的远景，明晃晃的天空。黄昏静穆的气氛一点一滴地蔓延开去，像藓苔下面的一条琤琮的流水……

在第二个拐角上，她出现了：穿着黑衣，背后给明亮的天空衬托得格外显著；后面跟着两个六岁到八岁的孩子，一男一女，采着花玩儿。他们一走近便彼此认出来了，眼神都表示很激动，可是没有惊讶的声音，只微微做了一个诧异的手势。他非常骚动，她嘴唇也有点儿颤抖。双方停住了脚步，同时轻轻地说：

"葛拉齐亚！"

"你原来在这里！"

他们握着手，一言不发。结果还是葛拉齐亚打起精神先开口。她说出自己住的地方，又问他的地址。那些机械的问答，当场差不多谁也没有留神，直到分别以后才听见。他们彼此打量着。孩子们从后面跟上来；她教他们见过了克利斯朵夫。克利斯朵夫一声不出，对他们瞧了一眼，不但毫无好感，而且还带些恶意。他心中只有她一个人，全神贯注地研究她那张痛苦、衰老，而风韵犹存的脸。她被他瞧得不好意思了，便道："你晚上来看我行吗？"

她把旅馆的名字告诉了他。

他问她丈夫在哪儿，她把身上戴的孝指给他看。他心里太激动了，没法再谈下去，便和她匆匆告别。走了两步，他又回到正在采摘杨梅的孩子旁边，突然搂着他们亲了一下，赶紧溜了。

晚上他到旅馆去。她在玻璃阳台下等着。两人离得远远地坐下。周围并没多少人，只有两三个上了年纪的。克利斯朵夫因为有外人在场觉得很气恼。葛拉齐亚望着他。他也望着葛拉齐亚，嘴里轻轻念着她的名字。

"我改变了很多，是不是？"她问。

他不禁大为感动地回答："噢，你受过很多痛苦了。"

"你也是的。"她瞧着他被痛苦与热情鞭挞过的脸，非常同情。

然后，双方没有话说了。

过了一会儿，他问："我们不能找个没人的地方谈谈吗？"

"不，朋友，还是待在这儿罢，咱们不是很好吗？又没有谁注意我们。"

"我可不能痛痛快快地说话。"

"这样倒是更好。"

他当时不懂为什么。过后他回想起这一段谈话，以为她不信任他。其实她是怕感情冲动，特意要找个安全的地方，使彼此不至于有什么心血来潮的表现，所以她宁愿在旅馆的客厅里受点拘束，好遮盖自己的慌乱。

他们把各人过去的事说了一个大概，声音很轻，话也是断断续续的。裴莱尼伯爵几个月以前在决斗中送了命。克利斯朵夫才明白她的夫妇生活不十分幸福。最大的一个孩子也死了。但她言语之间没有怨叹的口气，自动地把话搁过一边，探问克利斯朵夫的情形，听到他痛苦的经历非常同情。

教堂里的钟声响了。那天是星期日。大家的生命都告了一个小段落……

她约他过两天再去。这种并不急于跟他再见的表示使他心里很难过。他又是快乐又是悲伤。

第二天她推说有事,写了个字条要他去。他一看那几句泛泛的话高兴极了。这次她在自己的客室里接见他,和两个孩子在一起。他望着他们,心里还有点儿惶惑,同时也对他们非常怜爱。他觉得大的一个——那女孩子——相貌像母亲,可不考虑那男孩子像谁。他们嘴里谈着当地的风土,天气,在桌上打开着的书本,——眼睛却说着另外一套话。他想和她谈得更亲切一些。谁知来了一个她在旅馆里认识的女朋友。葛拉齐亚很殷勤地招待着,似乎对两位客人不分亲疏。他心中怏怏,可并不怪怨她。她提议一块儿去散步,他答应了。但有了那个生客,——虽则她也年轻可爱,——他觉得非常扫兴,认为这一天完全给糟掉了。

以后过了两天,他才跟葛拉齐亚再见。那两天之内,他念念不忘地只想着约会。但见了面,他仍不能和她说什么知心的话。她很温柔,可绝不放弃矜持的态度。看到克利斯朵夫那一派德国人的感伤脾气,她愈加局促不安而不由自主地要反抗了。

他给她写了封信,使她大为感动。他说人寿几何,他们俩都已经到了相当的年龄,聚首的日子也有限得很了。倘若再不利用机会痛痛快快地谈一谈,不但是痛苦的,而且是罪过的。

她很亲切地复了他的信,说她自从精神上受伤以后,老是有这种不由自主的戒心;她很抱歉,但摆脱不了这矜持的习惯。凡是太强烈的表现,即使所表现的感情是真实的,她也会难堪,也会害怕。但这一回久别重逢的友谊,她也觉得很难得,跟他一样地快慰。末了她约他晚上去吃饭。

他读了信不由得感激涕零,在旅馆里伏枕大哭了一场。十年孤独的郁积都发泄了出来。从奥里维死了以后,他始终是孤单的。对于他那颗渴望温情的心,葛拉齐亚的信等于复活的呼声。温情!……他自以为早已放弃了,其实那是迫不得已。如今他才觉得多么需要温情,心中又积着多少的爱。

那是甜蜜的、圣洁的一晚……虽则彼此都不想隐藏,他却只能跟她谈些不相干的题目。他弹着琴,她的眼神鼓励他尽情倾吐,他便借着音乐说了许多抚慰的话。她想不到这个性情暴烈的骄傲的人会变得这么谦卑。分别的时候,两人不声不响地握着手,表示彼此的心又碰在了一起,再也不会相左的了。——外边下着雨,一点儿风都没有。克利斯朵夫的心在那里欢唱……

她在当地只有几天的勾留了,绝对不考虑延缓行期。他既不敢要求,也不敢抱怨。最后一天,他们带着两个孩子去散步。半路上他心里充满着爱和幸福,竟然想和她说出来了;可是她很温柔地做一个手势,笑容可掬地把他拦住了:

"得了罢!你要说的,我都体会到了。"

他们坐在前几天相遇的那个小路的拐角儿上。她始终微微笑着,望着脚底下的山谷;但她所看到的并不是山谷。他瞅着她秀美的脸刻画着痛苦的标记,乌黑的头发中间到处有了白发。看着这个被心灵的痛苦浸透的肉体,他感到一股怜悯的、热烈的敬意。时间给了她多少创伤,但伤口中处处显出她的灵魂。——于是他轻轻地,声音有点儿颤抖地,要求她给他一根白发做纪念。

她走了。他不懂为什么她不要他送。固然他相信她的友谊，但对她的矜持感到失意。他不能再在当地住下去，便往另一个方向出发。他竭力把旅行与工作占据他的思想。他写信给葛拉齐亚；但每次都要过了两三个星期，她才复一封短短的信，表示一种恬静的友谊，没有什么烦躁与不安的情绪。克利斯朵夫看了这些信又痛苦又安慰，认为自己没有权利责备她；他们的感情，时间还很短，到最近才恢复的：他唯恐把它丢了。幸而她每一封来信都那么安静，可以使他放心。但两人的性格太不同了……

他们约定秋末在罗马相会。要不是为了去看她，克利斯朵夫根本不想作这个旅行。长时期的孤独养成了他闭门不出的习惯，没兴致像今日一般烦躁的有闲阶级那样做无谓的奔波。他怕改变习惯会影响到思想的有规律的活动。而且意大利完全不能吸引他。他对它的认识只限于"现实主义作家"的腐败的音乐和那些男高音歌曲，使一般文人学士在旅行的时候着迷的。他和前进的艺术家一样，对意大利存着戒心与敌意，因为最无聊的学院派作家老是把罗马这个字挂在嘴上。再说，北方人是本能地厌恶南方人的，至少认为意大利是代表南方人自吹自捧的典型，所以对它抱着强烈的反感。只要一想到意大利，克利斯朵夫就鄙夷不屑地噘起嘴来……他的确无意对那个没有音乐的民族作进一步的认识。——他凭着过火的脾气说："意大利人弹弹曼陀铃，大叫大喊地唱唱音乐话剧，在今日的欧洲乐坛上能有什么地位？"——但葛拉齐亚是属于这个民族的。为了去看她，克利斯朵夫有什么路不愿意走呢？在没有和她相会以前，只要对一切都闭上眼睛就行了。

闭上眼睛，是的，那他早已学会了。多少年来，他对付自己的内心生活就是用这个办法。在此秋天将尽的时节，尤其非闭上眼睛不可。淫雨连绵，下了三星期还没停。随后又是弥天的乌云，像一顶灰色帽子一般罩着瑞士的山谷，使它湿漉漉地打着寒噤。人的眼睛已经想不起阳光是怎么回事了。要在自己心中重新找到阳光的热力，你先得使周围变成漆黑，闭着眼睛，往下走到矿穴里，走到梦中的地道里。在那儿，你才能看到往日的太阳。但一个人趴在地底下垦掘过后，回出来的时候就觉得浑身滚热，脊骨与膝盖都僵了，四肢也变形了，眼睛也花了，像夜晚出现的鸟似的。好几次，克利斯朵夫都从矿穴中取出辛辛苦苦提炼成的阳光，来温暖他冰冻的心。可是北方的梦境有火炉那样的热度。你在里头生活的时候当然不觉得，你爱那个沉闷的暖气，爱那个半明半暗的光，和装满你重甸甸的头脑的梦。一个人只能有什么爱什么，应当知足！……

克利斯朵夫迷迷糊糊坐在车厢的一角，出了阿尔卑斯的关塞，忽然看到明净的天空和流泻在山坡上的光明，觉得像做梦一般。黯淡的天色，半明半暗的日光，都被丢在关塞那一边了。突如其来的变化使他在欣喜之前觉得惊奇。直要相当的时间，他麻木的心灵才能慢慢地活动，突破那个把它幽闭的牢笼，从过去的阴影中探出头来。随着太阳的移动，柔和的光似乎伸出手臂把他搂抱了；于是他忘了过去的一切，目迷五色地陶醉了。

那是米兰周围的平原。蔚蓝的运河反映出明晃晃的白日，脉管似的支流在茸毛似的稻田中穿过。秋天的树木，瘦削而苗条,轮廓分明、体态婀娜的躯干披戴着一簇簇赭红的茸毛。宛然是达·芬奇画上的山水。积雪的阿尔卑斯,光彩变得很柔和,气势雄伟的线条围绕着地平线,挂着橙黄、青黄、淡蓝的坠子。黄昏降在亚平宁山脉上。羊肠小径沿着嵯峨险峻的山峰蜿蜒而下,时而重复、时而交错的节奏,好似法国南方普罗旺斯的舞俑。——而突然之间,山坡底下吹来海水杂着橙树的气味。海,拉丁的海,闪烁颤动的光,几条小船落着帆,仿佛在海面上睡着了……

火车停在海边的一个渔村上。车守报告说,热那亚与比萨之间有一条隧道被大雨冲毁了;各班列车都迟到了好几小时。克利斯朵夫原来买着直达罗马的车票,却不像别的旅客那样抱怨这桩意外的事,反倒很高兴。他跳下月台,直向海边奔去。海把他迷住了,过了两三小时,火车长啸一声重新开出的时候,他竟坐在一条小船里远远地对火车喊着再会了。在明晃晃的海上,明晃晃的夜里,他听任微波荡漾,把他催眠着,沿着小杉树环绕的海角漂去。他住在村子里,欣喜若狂地直待了五天。好似一个人在长期禁食之后狼吞虎咽一般,他所有的感官都忙着享受光明的盛宴……光明,你是世界的血,生命的河,你从我们的眼里、鼻孔里、嘴唇里、皮肤的所有的毛孔里渗入我们的肉体……啊,光明,对于生命比面包更重要的光明,——凡是看到你卸下了北方的面网而显得这样纯粹这样热烈的人,不禁要自问以前没有你的时候怎么能活的,同时也知道以后是永远少不了你了。

五天之中,克利斯朵夫被太阳灌醉了。五天之中,他生平第一次忘了自己是音乐家。心中的音乐都变了光明。空气,海洋,陆地:这是太阳的交响乐。而意大利是凭它了不起的聪明运用这个乐队的。别的民族只能描绘自然;意大利人却是跟自然合作,跟太阳一同描绘。色彩的音乐:一切都是音乐,一切都会歌唱。路上的一堵红墙露出金色的隙缝,上面是两株浓荫匝地的杉树,四周是蓝得异样的天。一座大理石的梯子,雪白,陡峭,在粉红的墙中间直达一个蓝色的门面。五色杂陈的房屋;杏子,柠檬,佛手,都在橄榄树中发光……意大利的风景对感官是种强烈的刺激;眼睛的享受色彩,好似舌头尝到了一颗水汪汪的香甜的果子。克利斯朵夫素来在灰暗的天地中过着禁欲生活,如今可不胜贪馋地吃着这餐筵席,给自己补偿一下了。他的丰富的生机一向受着环境压制,这一下才忽然觉得自己原来是需要享受的,便尽量抓着眼前的一切:色,香,味,人声、钟声、海声所合成的音乐,空气与光明的抚爱……克利斯朵夫什么思想都没有了,到了极乐的境界:即使偶尔惊醒过来,他也忙着把心中的快乐告诉他所遇到的人:告诉他的舟子,那眼睛锐利,戴着一顶威尼斯参议员式的红帽子的老渔翁;——告诉一个跟他同桌吃饭的米兰人,麻木不仁的家伙,吃着通心粉,骨碌碌地转动着奥赛罗式的眼睛,恶狠狠地射着怒火;——告诉饭店里的侍者,托盘的时候低着头,弯着胳膊,伛着胸部,好似贝尼尼画上的天使;——告诉一个年轻的圣·约翰,对人瞟着极有风情的眼色在路上行乞,拿一个带着绿梗的橙子作为献礼。克利斯朵夫也跟那些低着脑袋,断断续续哼着一支永远没有完的,鼻音极重的歌的车夫打招呼:他骇然发觉自己竟唱起《乡村骑士》①来了!他把旅行的

① 《乡村骑士》为玛斯加尼所作的喜歌剧,素为克利斯朵夫所厌。参看第705页正文及注。

目的完全忘了，忘了他急于要到目的地跟葛拉齐亚相会的事……

是的，他把一切都忘了，直到那心爱的倩影重新浮现的那一天。怎么浮现的呢？是路上遇到的一道目光引起来的，还是一种沉着而带着歌唱调子的声音引起的？他根本想不起。可是到了一个时间，他四周所有的景物，在密布橄榄树林的小山上，强烈的阳光与浓厚的阴影交错着的亚平宁山脉的高脊上，在橙树林中，在海风中，都有女朋友那副光彩四射的笑容。空气中无数的眼睛似乎都是葛拉齐亚的眼睛。她在这块土地上含苞欲放，好似蔷薇树上的一朵蔷薇。

于是他搭着火车往罗马进发，一路不再停留。意大利的古迹，以往的艺术名城，都没引起他的兴趣。他在罗马什么也没有看到，什么也不想看。而且他最先瞧见的只是些没有风格的新兴的市区和方形的建筑，使他也不想多领教了。

一到罗马，他马上去见葛拉齐亚。

她问："你从哪条路来的？在米兰，佛罗伦萨，都待了些时候吗？"

"没有。干吗要在那些地方待下来？"

她笑了："你这话真是妙极了！那么你对罗马又作何感想？"

"毫无感想，我什么都没看见。"

"真的？"

"真的。我没工夫。一出旅馆，我就上这儿来了。"

"罗马是随处可以看到的……瞧对面这堵墙……只消看看上面的光就行了。"

"我只看见你啊。"他说。

“你真是个蛮子,只想着自己的念头。那么你什么时候从瑞士动身的?”

“八天以前。”

“八天之内你做了些什么呢?”

“我不知道。我在海边一个村子里住了几天,也说不出地方的名字。我睡了八天。就是说睁着眼睛睡了八天。我不知道看到些什么,梦见些什么。大概是梦见了你罢。我只知道那些梦很美。但最妙的是我把一切都忘了……”

她说了声:“好得很!”他可没听见,继续往下说:“是的,我忘了当时的一切,过去的一切。我好似一个重新开始生活的新人。”

“不错,”她眼睛笑盈盈地望着他,“从我们上次见面以后,你的确改变了。”

他也望着她,觉得她也大不相同了。并非她在两个月中间有什么变化,而是他看她的眼光不同了。在瑞士的时候,过去的形象,年轻的葛拉齐亚的淡淡的影子,还留在他的记忆中,使他对于当前的朋友看不真切。如今北国的幻梦被意大利的阳光融化了:他看到了爱人的真面目。她和当年像野鹿一般幽禁在巴黎的情形差得多远,也和初婚时期的少妇,跟他相聚了几天而又立刻分别的少妇,差得多远!拉斐尔笔下的小圣母现在变了一个俊美的罗马女子了。

她外表丰满,和谐,浑身上下有股悠然自得的慵懒的气息。整个的人给恬静的气氛包围着。她最喜欢阳光遍地的静寂的境界,幽思冥想,体味着生活的恬静,——那是北方的灵魂从来不能真正领会的。在过去的性格中,她特别保留着她的慈悲心。可是她光彩照人的笑容中间已经有了些新的成分:有点感伤意味的宽容,有点倦于人世的心情,也有点含讥带讽的心理和恬淡的胸襟。年龄替她挂上了一层冷淡的幕,使她不会再受感情欺骗。她难得说什么心腹话,脸上堆着一副把什么都看透了的笑容,提防着克利斯朵夫不容易遏制的冲动。除此以外,她有她的弱点,有使性的日子,也有她自己觉得可笑而不愿意压制的卖弄风情。她对一切,对自己,都不加反抗;在一个心地极好而看破人生的人,这是一种很温和的宿命观。

她家里客人很多,她也不怎么挑选,——至少在表面上;——但一般熟客大半都属于同一个社会,呼吸着同样的空气,受着同样的习惯熏陶,所以他们聚在一起相当调和,跟克利斯朵夫在德法两国所遇到的大不相同。多数是意大利旧家,偶尔也和外族通婚,增加一点新生的力量。表面上,他们天下一家的色彩很浓,四种主要的语言都是通行的,西方四大国的文化出品也交流得很好。每个民族都加入一部分资本:例如犹太人的惶惑,盎格鲁·撒克逊人的冷静;但一切都在意大利这口坩埚中溶化了。盗魁匪首称王了几百年的影响,一个民族决不能轻易摆脱:质地尽管改变,痕迹始终留着。移植在拉丁古土上的北方种族,就有十足意大利型的面貌,吕尼画上的笑容,铁相画上的恬静而肉感的目光。不管你涂在罗马画板上的是何种颜色,调出来的总是罗马色彩。

那些心灵往往很庸俗,有几个还不只是庸俗而已,但照旧发出一种千年不散的香味与古文明的气息,使克利斯朵夫虽不能分析自己的印象,也不由得大为叹服。极平凡的小地方都有那股微妙的香味:彬彬有礼的风度,文雅的举动,殷勤亲切而仍保持着机诈与身份,一瞥一笑与随机应变的聪明所显出来的高雅与细腻,而那种聪明还带着些慵懒的怀疑的色彩,方面很广,表现得非常自然。不呆板,不狂妄。也没有书本式的迂腐。你在这儿决不会遇到巴黎社交场中的那般心理学家,或是相信军国主义的德国博士。你所见到的是简简单单的人,富于人情味的人,像当年丹朗斯和西比翁·爱弥里安①的朋友们一样……

我是人,只要与人类有关的,我都感兴趣……

实际上这些都是徒有其表。他们所表现的生命只是浮表的,不是真实的。骨子里是无可救药的轻佻,跟无论哪一国的上流社会一样。但与别国人的轻佻不同而成为意大利的民族性的,是那种萎靡不振的性格。法国人的轻佻附带着神经质的狂热,头脑老是在骚动,哪怕是空转一阵。意大利人的头脑却很会休息,太会休息了。躺在温暖的阴影里,把萎靡的享乐主义和长于讥讽的聪明枕着自己的头,的确是很舒服的;——他们的聪明富有弹性,相当好奇,其实是异乎寻常的麻木。

所有这些人都没有定见。不管是政治是艺术,他们都用同样的玩票作风对付。有的是性格极可爱的人,脸是意大利贵族的俊美的脸,五官清秀,眼睛又聪明又温和,举止安详,爱自然,爱古画,爱花,爱女人,爱图书,爱精美的烹调,爱乡土,爱音乐……他们什么都爱,却没有一样东西特别爱。在旁人看来,仿佛他们竟一无所爱。然而爱情还在他们的生活中占着极大的位置,只是以不扰乱他们为条件。他们的爱情也是萎靡的,

① 丹朗斯为公元前二世纪时拉丁诗人,所作喜剧有名于史。西比翁·爱弥里安为公元前二世纪时罗马贵族党的领袖。

懒惰的，像他们一样；即使是狂热的爱也近于家庭之间的感情。他们稳实而和谐的聪明其实是非常麻木的：不同的思想尽可以在脑子里碰在一起，非但不会冲突，反而能若无其事地结合起来，彼此的锋芒都给锉钝了，不足为害了。他们怕彻底的信仰，怕激烈的手段；只有似了非了的解决方式和若有若无的思想，他们才觉得舒服。他们的精神是开明的保守党的精神，需要一种不高不低的政治与艺术，需要一种气候温和的疗养地，使人不至于气喘，不至于心跳。在哥尔多尼那些懒惰的剧中人身上，或是在曼佐尼那种平均而散漫的光线中，他们可以看到自己的面目，但他们的懒散的习气并不因之而感到不安。他们不像他们伟大的祖先般说“第一要生活……”，而是说“第一要安安静静地生活”！

大家的心愿就是要安安静静地生活，连那些最刚毅的，指挥政治活动的人也是这样。例如某个小型的马基阿维里①，很有能力控制自己，控制别人，心肠像头脑一样的冷酷，精明强干，只问目的，不择手段，不惜为了自己的野心而牺牲所有的朋友，同时也不惜把野心为了另外一个目的牺牲，那目的便是神圣不可侵犯的“安安静静地生活”。他们需要长时期的麻木。过后他们才仿佛睡足了觉，精神饱满；庄重的男人，幽静的妇女，会突然之间兴奋起来，有说有笑，快快活活地去应酬交际：他们需要说许多话，做许多手势，发许多怪论，逞着莫名其妙的兴致，消耗他们的精力；总而言之，他们在那里扮演滑稽歌剧。在这些意大利人的肖像上，我们难得会找到经过

① 马基阿维里（1469—1527）为意大利政治家兼史学家，著有《霸术》一书，有名于世。后以马基阿维里为好弄权术、不择手段、专制残暴的政治家之代名词。

思想磨蚀的痕迹，寒光闪闪的瞳子，被永无休止的精神活动磨瘦的脸庞，像我们在北方见到的那样。可是跟别处一样，这儿也有苦闷的心灵，在淡漠无情的外表之下藏着它们的创伤，欲望，忧虑，而且还用迷迷糊糊的境界来麻醉自己。某些心灵还会不由自主地流露出一些古怪的现象，畸形的，乖张的，暗示它们的精神不平衡，——那是一般古老的民族都免不了的，——有如在罗马郊外剥落分裂的断层岩。

这些心灵，这些平静的、爱取笑的、隐藏着悲剧的眼睛，自有一种谜一般的魅力。但克利斯朵夫没有兴致去体会它。他看见葛拉齐亚和这些时髦人物周旋，非常气恼。他恨他们，恨她。他对她生气，好似对罗马生气一样。他去看葛拉齐亚的次数减少了，已经想要动身了。

可是他并不动身。尽管讨厌那个意大利社会，他竟不由自主地感觉到它的魔力了。

暂时他不跟人家往来，只自个儿在城内城外溜达。罗马的阳光，平台上的花园①，被旭日照耀的海像腰带般环绕着的郊野，慢慢地把这块奇妙的土地的秘密让他体会到了。他瞧不起那些古代的建筑，发誓决不自动去找它们，除非它们来找着他。而它们果然来找他了：在岗峦起伏的城中随便散步的时候，他就碰见了它们。夕照之下的大广场，一半已经坍了的巴拉丁拱门，后面衬托着蔚蓝的天空：克利斯朵夫都不期然而然地看到了。他在一望无际的郊野徘徊：半红不红的台伯河

① 欧洲庭园，特别在罗马，颇多利用地形筑成高至数丈之花坛，规模不下于花园。

浑浊一片，挟带着淤泥，仿佛是泥土在那里流动，——残废的古代水桥好比古生物的硕大无朋的脊骨。① 大块的乌云在蓝色的天空卷过。乡下人骑着马，挥着鞭子，赶着一群长角的淡灰的牛。笔直的古道，尘埃飞扬，没有一点荫蔽：脚如羊足，大腿上裹着长毛皮的牧人在那里静悄悄地走着。辽远的天际，意大利中部的庄严的山脉展开着连绵不断的峰峦；另一方面的天边，却映着古老的城垣，圣·约翰教堂的正面矗立着姿态飞舞的雕像，远望只看见黝黑的侧影……万籁俱寂……日光如火……风在平原上吹过……一座没有头的、臂上雕着衣饰的石像，被蔓长的野草掩没了；一条蜥蜴趴在石像上晒着太阳，只有肚子在那儿轻轻地翕动。克利斯朵夫被阳光灌醉了（有时也被加斯丹利酒灌醉了），坐在破烂的大理石像旁边的黑色的泥地上，微微笑着，蒙蒙眬眬地把什么都忘了，尽量吸收着那股罗马特有的气息，那股安静而强烈的力，——直到黑夜将临的时候。悲壮的日色隐没了，四下里一片凄凉，那时他心中悒郁，赶紧溜了……噢，大地，热情如沸而默无一言的大地！你面上多么和平，内心却多么骚动；我还在你的胸中听见罗马军团的号角声呢。多少生命的怒潮在你怀中汹涌！多少欲望都在要求觉醒！

克利斯朵夫遇到了几个心中还燃烧着千年火炬的人物。在死者的尘土下面，那个火始终被保存着。人家以为它已经

① 大广场位于古罗马城的中心（在今城之南端），罗马帝国时代作为市集、审判及举行国民大会之用。今为罗马城中最伟大的古迹之一。巴拉丁为罗马七岗之一，今存有著名的废墟。台伯河为横贯罗马的意大利第二大河。水桥为罗马帝国时代将城外之水运至城内时安放水管之建筑，高出地面数十丈，下有无数环洞，远望宛似连绵不断的巨型凯旋门。

和玛志尼[①]同归于尽，不料它复活了。还是同样的火。当然，愿意看到它的人是很少的，因为大家想睡觉。那是一道明亮而剧烈的光。凡是心中有这光明的人，——大半是青年，最大的也不满三十五岁，头脑开通，气质、教育、意见、信仰、各个不同的知识分子，——都为了崇拜这朵新生命的火焰而联合起来了。党派的名称尽管不同，思想的派别尽管各异，都没有什么关系：主要是"拿出勇气来思想"。要坦白，要敢作敢为！他们大声疾呼的要惊醒民族的迷梦。自从意大利听了英雄志士的号召在政治上复活以后，自从它最近在经济上复活以后，现代的青年更努力要把意大利的思想从坟墓中救出来。优秀阶级的懒惰而畏怯的麻痹状态，懦弱的性格，大言不惭的习气，使他们像受到奇耻大辱一般的痛苦。华而不实的空谈和奴颜婢膝的作风，几百年来像浓雾似的罩着民族精神，现在被他们嘹亮的声音把浓雾冲破了，一阵狂风把无情的现实主义和不稍假借的正气吹过来了。他们竭力要用清楚的头脑支配坚决的行动。必要的时候，他们能够为了民族生活所必不可少的纪律而牺牲个人的主张，但最高的祭坛和最纯洁的热诚仍是留给真理的。他们又兴奋又虔诚地爱着真理。这些青年中的一个领袖[②]被敌人侮辱、毁谤、威胁之下，气度伟大地回答：

"你们得尊重真理！我这是开诚布公地跟你们说，没有一点儿怨恨。我忘了你们给我的伤害，也忘了我可能给你们

① 玛志尼(1805—1872)为近代意大利民主革命运动的领袖。

② 指葛斯伯·泼莱索里尼，当时与巴比尼共同领导一个叫做"民族之声"的社团。——原注(译者按：泼莱索里尼生于1882年，为意大利作家，对近代意大利文学影响极大。)

的伤害。你们第一得真诚！凡是对真理没有虔诚的热烈的敬意的人，绝对谈不到良心，谈不到崇高的生命，谈不到牺牲，谈不到高尚。忠于真理是件艰苦的事，但愿你们努力。凡是拿虚伪做武器的，在没有损害别人之前，先要损害自己。哪怕眼前得到成功，也是徒然的。你们的灵魂不可能有根基，土地都被谎言蛀空了。现在我不是以敌人的资格和你们说话。咱们都站在一个超乎争执以外的立场上，即使你们的情欲在你们嘴里用着国家的名义，也改变不了这个事实。世界上还有些东西比国家更重要的，那便是人类的良心。世界上也有些你们不能侵犯的规律，要不然你们便不能称为意大利人。如今站在你们面前的只是一个寻求真理的人；你们应当听听他的呼声。他只希望你们伟大，纯洁；他也极愿意和你们一起努力。因为不管你们愿意不愿意，咱们始终是和世界上一切为真理努力的人共同努力的。我们的成绩(那是不能预料的)将要刻着我们共同的标记，如果我们的行为不违背真理的话。人类的特点就在于他有种奇妙的禀赋，能够寻求真理，看见真理，爱真理，为真理而牺牲自己。——凡是抓握真理的人，都能分享到真理的健康的气息！……”

克利斯朵夫初次听到这些话，好似听到了自己的声音的回声，觉得这些人和他原来是弟兄。固然，民族与思想的斗争，早晚有一天会使他们厮杀一场；可是朋友也好，敌人也好，他们总是同一个大家族出身。这一点，他们像他一样知道，比他先知道。他没有认识他们，他们先认识他了。因为他们早已是奥里维的朋友。克利斯朵夫发现他朋友的作品——(几册诗，几册批评的集子)——在巴黎只有极少数的读者，可是已经被那些意大利人翻译过去，对他们是很熟悉的东西了。

以后他才发觉他们和奥里维之间有着不可超越的距离。他们批判旁人的方式，表示他们完全保存着意大利人的面目，死抓着他们的民族思想。他们在外国作品中所找的，只限于他们民族的本能所愿意找到的成分，所采取的往往还是他们不知不觉先羼了进去的自己的思想。天生是平庸的批评家，拙劣的心理学者，他们太想到自己和自己的热情了，即使在醉心真理的时候也是如此。意大利的理想主义永远忘不了自己，对于北方人的那些无我的梦境绝对不感兴趣；它把一切归结到自己身上，归结到自己的欲望，归结到民族的骄傲。不幸这些健美的，很适宜于实际行动的意大利人，偏偏只凭热情行事，很快会感到厌倦；但是被热情吹打的时候，他们比无论哪个民族都飞得更高，只要看近代意大利的统一运动就可知道。——现在又是这一类声势浩大的风在一切党派的意大利青年中吹起来了：国家主义派，新加特力教派，自由的理想主义者，一切不屈不挠的意大利人，希望做罗马帝国——世界之后——的公民的人，都受着这股潮流激荡。

最初克利斯朵夫只注意到他们的热诚，以及使他跟他们意气相投的共同的反感。在瞧不起上流社会那一点上，他们当然和克利斯朵夫立场相同。克利斯朵夫的恨上流社会是因为葛拉齐亚喜欢跟它来往。但他们比他更恨那种谨慎、麻木、苟安的精神，恨那些可笑的丑态、半吞半吐的说话、含糊两可的思想、遇事无所取舍的骑墙作风。他们都是自学出身的好汉，从头到脚都是自己造起来的，没有时间也没有能力加一番最后的琢磨，倒反有心露出他们天生的粗野和乡下人的辛辣的口吻。他们要教人听见他们的话，要逗人家攻击；无论怎样都可以，只受不了大众的不理不睬。为了刺激民族的元气，他们便是自己先吃民族元气的亏也是乐意的。

当时他们不受欢迎,也不想法求人家欢迎。克利斯朵夫白白地和葛拉齐亚提到他这批新朋友。她既然是一个喜欢和平与中庸之道的人,当然觉得他们可厌。她认为他们便是在支持最值得人同情的问题的时候,所用的方式有时也会引起反感。这个批评是不错的。他们爱挖苦人,一味采取攻势,批评的苛酷差不多近于侮辱,哪怕对他们不愿意伤害的人也是如此。他们太自信,对事情的推论太快,肯定得太快。自己没有发展成熟就要参与公共的行动,所以他们一下子醉心这个,一下子醉心那个,态度都是一样的偏激。热烈,真诚,肯整个儿地舍身,不稍吝惜,他们一方面过分地重视理智,一方面太早地参加狂热的劳作,把自己消耗完了。年轻的思想一出胎就暴露在太阳里是不卫生的。心灵会被灼伤的。只有时间与沉默才能酝酿丰满的果实。但他们就缺少时间与沉默。多数有才气的意大利人都遇到这种不幸。暴烈而不成熟的行动好比一种酒精:理智尝到了这味道立刻会上瘾,而理智的发展也可能从此不正常了。

他们这种直言无讳的坦白,和一般专讲中庸之道的人的枯索平凡,畏首畏尾,不敢说一个是或非的作风相比之下,不用说克利斯朵夫是赏识年轻人的朝气的。但过后他不得不承认,讲中庸之道的人的恬静而体贴的智慧也有它的价值。反之,他的那些朋友们使生活永远处于战斗状态,结果也不免令人厌恶。克利斯朵夫自以为上葛拉齐亚那儿去是替他们辩护,但有时候倒是为了要把他们忘掉一下才去的。没有问题,他们跟他很相像,太相像了。今日的他们就是二十岁时候的他。而生命的河流是不能回溯的。克利斯朵夫很明白自己和这种激烈的思想已经告别了,此刻正向着和平的路走去,而葛拉齐亚的眼睛中间似乎就藏着和平的密钥。那么为什么他对她感到愤愤不平呢?……因为爱情是自私的,他想把她独占。他受不了葛拉齐亚来者不拒的嘉惠于人,对谁都招待得那么殷勤。

她看透了他的心思,有一天便用着那种可爱的坦白的态度和他说:

“你不喜欢我的作风是不是?唉,朋友,别把我看得太理想。我是一个女人,不比别的女人更有价值。我不一定要跟那些人来往;但我承认看到他们也很愉快,正如我有时候喜欢看不大高明的戏,念无聊的书,那都是你瞧不起的,可是对我是种安息,是种娱乐。我有什么就享受什么。”

“那些混蛋,你怎么受得了呢?”

“生活的教训使我不再苛求了。一个人不能要求太多。真的,倘若有些老老实实的人来往,只要心地不坏,人生也算对你不差了……当然你不能对他们存什么希望。我知道一朝我需要人帮忙的时候,多半的朋友马上会不见的……可是他们对我很好。只要得到一点儿真情,其余的我可以满不在乎。你不喜欢我这样是不是?原谅我这么平凡。可是至少我分得出自己哪些地方是最好的,哪些地方是比较差的。而对你,我的确拿出了最好的一部分。”

“我要的是整个。”他咕噜着说。

可是他很明白她说的是真话。他以为她对他的感情是毫无问题的,所以踌躇了几星期,有一天终于问她:“难道你始终不愿意……”

“什么啊?”

“属于我。”他马上又补充:“……就是说你不愿意我属于你吗?”

她微微一笑:“现在咱们不就是这样了吗,朋友?”

“你明明知道我说的不是这意思。”

她听了有点儿慌乱,但她握着他的手,很坦白地望着他,温柔地回答:“不,朋友。”

他话说不上来了。她看出他很伤心。

“对不起,我使你心里难受。我早知道你会对我说这个话的。咱们既然是好朋友,应当非常坦白。”

“朋友!只能做个朋友吗?”他不胜怅惘地说。

“别这么不知足!你还要什么呢?跟我结婚吗?……从前你眼睛里只看见我美丽的表姊的时候(你记得不记得?),我很难过,因为你不明白我对你的感情。不错,咱们的一生可能完全是另外一副面目。现在我认为这样倒更好;我们没有让友谊受到共同生活的考验,没有在日常生活中把最纯洁的东西亵渎了,不是更好吗?……”

“你说这种话,因为你不像从前那么爱我了。”

“噢!不,我始终是那么爱你的。”

“啊!这还是你第一次对我说呢。”

“咱们中间不应该再有什么隐瞒。告诉你,我对婚姻已经没有信心了。我自己的经验,我知道,不能作为一个有力的例证。可是我仔细想过,在周围仔细看过:幸福的婚姻实在太少了。这个制度有点儿违反天性。要把两个人连在一起,他们的意志必有一个受到摧残,或者竟是两败俱伤;而这种痛苦的磨炼还不能使灵魂得到什么益处。”

“啊!”他说,“我的意见恰好相反,我认为婚姻是两心相印,相忍相让的结合,真是多美妙的事啊!”

“是的,在你梦里是美妙的。事实上你会比谁都更痛苦。”

“怎么?你以为我永远不能有个妻子,有些儿女,有个家庭吗?……别跟我说这个话!我会多么爱他们啊!难道你以为我不可能有这种幸福吗?”

“那很难说。我看是不可能的……要是有个老实的女子,不大聪明,不大美丽,对你忠诚的,可是不了解你的,那也许还可能……”

“你太刻薄了!……可是你不应该取笑人家。一个好心的女人,即使谈不上风雅,究竟是好的。”

“对呀!要不要我替你找一个?”

“别说了好不好?你简直是刺我的心。怎么能说这种话呢?”

“我又没说什么。”

“难道你竟一点儿不爱我,所以能够想到我跟别的女子结婚吗?”

“正是相反;我正因为爱你,所以要使你幸福。”

“你要是真的……”

“甭提了!甭提了!告诉你,那对你是不幸的……”

“别替我操心。我发誓我会幸福的!可是老实告诉我:你,你自己是不是跟我一起的时候会痛苦?”

“噢,痛苦?不会的。朋友,我太敬重你了,太佩服你了,决不会跟你在一起而觉得痛苦……并且我可以告诉你:我相信如今无论遇到什么事,我都不会怎么痛苦的了。我见得太多了,把一切都看得很淡……可是很坦白地说,——(你不是要求我坦白的吗?你不会生气吧?)——我知道我的弱点,我或许会相当地愚蠢,过了几个月要觉得跟你在一起不十分幸福;那是我不愿意的,正因为我对你抱着最圣洁的感情;我无论如何不愿意使这点感情受到影响。"

他听了很悲哀:"是的,你这么说无非是为减轻我眼前的痛苦。我不能讨你喜欢。我有些地方使你非常讨厌。"

"哪里哪里!没有这种事!别这样垂头丧气的。你是一个挺好挺可爱的男人。"

"那么我简直搅糊涂了。为什么我们不能融洽相处呢?"

"因为我们太不同了。两个人的性格都太显著,太特殊了。"

"就因为这个我才爱你。"

"我也是的。但也因为这个,我们将来会发生冲突。"

"不会的!"

"会的!或者因为我知道你比我有价值,我要埋怨自己不应该拿我这个渺小的人来妨碍你;那时我就会把自己的个性压下去,一声不出,但心里是要痛苦的。"

克利斯朵夫眼泪都冒上来了。

"噢!这一点我是绝对不愿意的。我自己受什么罪都可以,却不能教你受罪。"

"朋友,你别急……你知道,我这么说也许把我自己看得太高了些……也许我还不能为你牺牲呢。"

"那不是更好吗?"

"可是你要被我牺牲了,然后我回过头来也得痛苦了……你瞧,不论从哪方面看,都没法解决。还是像现在这样罢。天下还有什么东西胜于我们的友谊的?"

他摇了摇头,不胜悲苦地笑了笑:"是的,这些无非证明你骨子里并不怎么爱我。"

她也很亲切地笑了笑,带点儿惆怅的意味,叹道:"也许是罢。你说得不错。我不是个年轻的人了,朋友。我疲倦了。生活真磨人,尤其对一个不像你这样强的人……噢!你,有些时候我看你还像个十七八岁的大孩子呢。"

"唉!大孩子!脸已经这么老,皱裥这么多,皮肤这么憔悴了!"

"我知道你受过很多痛苦,和我一样多,也许更多。那是我看得出的。但你有时候望着我,眼睛完全跟年轻人的一样,于是我感觉到你心中涌出一股朝气。我吗,我是已经熄灭了。我当年有热情的时节,像人家所说的黄金时代,我可是多么不幸啊!现在我没有力量再那么来一下了。我只有一点儿极稀薄的生命,没有胆量再去尝试婚姻。啊!从前,从前……倘若一个我熟识的人向我有所表示的话!……"

"你说啊,说啊……"

"唉,甭提了……"

"这样说来,要是我从前……噢,天哪!"

"什么?要是你从前?我又没说什么。"

"我明白了。你太狠心了。"

"从前我是疯了,如此而已。"

"你现在说这个话是更要不得。"

"可怜的克利斯朵夫!我说什么都会使你伤心。不说也罢。"

“说罢，说罢……跟我说呀。”

“说什么？”

“说点儿好听的。”

她笑了。

“别笑我啊。”

“你可别伤心哪。”

“我怎么能不伤心呢？”

“你不应该伤心，真的！”

“为什么？”

“因为你有了一个非常爱你的女朋友。”

“真的吗？”

“我告诉了你，你还不信？”

“再说一遍罢！”

“说了你可以不难过了罢？可以知足了罢？咱们这番宝贵的友谊总该教你满意了罢？”

“不满意也没办法！”

“薄幸啊，薄幸啊！而你还说爱我。其实我爱你还甚于你的爱我呢？”

“嘿！怎么可能！”

他这样说的时候，那种爱情的激动把她逗笑了。他也笑了。他还坚持着说：“那么你再说一遍啊……”

她静了一会儿，望着他，随后突然凑近克利斯朵夫的脸，把他亲了一下。那真是太突兀了，把他愣住了。等到他想张开手臂搂抱，她已经挣脱身子，在客室门口瞧着他，把一个手指放在嘴边，说了声：“嘘！”——就不见了。

从这一天起，他不再和她提到爱情，而他跟她的关系也不像过去那么拘束了。从前，不是故意沉默便是无法抑制的感情激烈的表现，现在可变了一种淳朴的、恬淡的交谊。这是朋友之间坦白的好处。说话没有弦外之音了，幻象与恐惧也没有了。他们彻底认识了彼此的思想。克利斯朵夫在葛拉齐亚家里跟那些他讨厌的外客碰在一起的时候，听见女朋友和他们交换一些无聊的谈话，说些交际场中的俗套，而他觉得不耐烦的时候，她立刻发觉了，望着他微微一笑。那就够了。他知道他们俩是在一起，他的心情也就变得平静了。

和爱人觌面可以使自己的幻想不至于再有毒素，欲念也不至于再那么狂热；既然精神上把爱人占有了，一个人也不会再心猿意马。——并且葛拉齐亚和谐的天性，无形中有一股魅力散布在周围的人身上。过火的举动，语气，即使是无意中流露的，也会使她难堪，觉得是不淳朴的，不美的。在这等地方，她慢慢地使克利斯朵夫受了影响。他自从不需要压制冲动以后，渐渐养成一种自主力；而因为不必再为了无谓的暴躁的脾气消耗，那股力量尤其强大。

他们的心灵彼此渗透了。葛拉齐亚那种只顾体味生活的甜美而蒙眬半睡的境界，一遇到克利斯朵夫蓬蓬勃勃的生机，也觉醒了。她对于精神生活的兴趣变得更直接，更积极。她素来不大看书，懒洋洋的只喜欢几部过去的名著，回来回去地翻着；现在却对于别的思想开始注意，不久也受到了吸引。她并非不知道现代思潮的丰富，但没有兴致自个儿去探险；如今有了一个带路的同伴，她不觉得胆怯了。不知不觉的，她一边撑拒，一边跟着大家去了解那个年轻的意大利，虽则她一向讨厌它用那种激昂慷慨的热情去推翻传统。

两颗灵魂交融的结果,还是克利斯朵夫得益更多。在爱情中间,往往是性格比较弱的一个给得多;并非性格强的人爱得不够,而是因为他强,所以非多拿一些不可。从前克利斯朵夫就是这样的得了奥里维不少精神上的财富。但这一次神秘的结合给他的收获更丰富:因为葛拉齐亚带来的是最难得的、奥里维所没有的珍宝,——欢乐,心的欢乐,眼睛的欢乐。无处不在的光明好比拉丁天空的笑容,把最微贱的东西的丑陋都洗净了,在古旧的墙上点缀了鲜花,甚至使悲哀也闪出恬静的光彩。

光明的盟友是苏生的春天。新生命的梦在温暖麻痹的空气中酝酿。银灰的橄榄树有了绿意。古水道的暗红穹隆之下,杏仁树开满了白花。初醒的罗马郊野:春草如绿波,欣欣向荣的罂粟如火焰。赤色的葵花,如茵如褥的紫罗兰,像溪水一般在别庄的草坪上流动。蔓藤绕着伞形的柏树;城上吹过一阵清风,送来巴拉丁古园的蔷薇的幽香。

他们常常一块儿散步。只要她肯从几小时的迷迷糊糊,像东方女子那种似醒非醒的境界中醒过来,她就完全变了一个人。她喜欢走路:高个子,腿很长,又结实又窈窕的身段,侧影颇像森林的女神狄安娜。——两人最常去的地方,不外乎那些别庄,八世纪时庄丽的罗马被比哀蒙蛮族蹂躏以后的遗物。他们最喜欢玛丹别庄,位于罗马古城的边缘,可以从那儿俯瞰荒郊。他们沿着橡树成荫的走道踱躞,两旁全是古墓,树叶丛中宛然透露出那些罗马夫妇的凄凉的面目和手搀着手的影子。两人坐在走道尽头的蔷薇棚下,背靠着一个白椁。前面一片荒凉,清静到极点。喷泉慢慢地滴着水,懒洋洋得像要咽气似的……他们俩低声谈着。葛拉齐亚神态安详的眼睛盯着朋友的脸。克利斯朵夫叙述他的生涯,他的斗争,他的过去的苦恼;现在提到这些已经不觉得悲伤了。在她身旁,在她的目光之下,一切都很单纯,好像是应该那样的……她也讲她的故事。他不大听到她说的话;但她的思想都被他抓住了。他和她的心合二为一;他用她的眼睛观看,而且到处看到她的眼睛,那么安静的,燃着一朵深沉的火焰的眼睛:他在古代雕像的残废的脸上看到,也在它们沉默的谜一般的目光中看到。树叶像羊毛似的杉树周围,在太阳底下乌油油发光的橡树中间,罗马的天空笑得多么甜蜜;而在这天上也有她的眼睛。

拉丁艺术的意义,经过葛拉齐亚的眼睛渗进了克利斯朵夫的心。至此为止,他对意大利作品是完全不感兴趣的。野蛮的理想主义者,日耳曼森林中的孤僻的人,对于阳光底下的,美丽的石像的浓郁的韵味,像一盘蜂蜜一般的味道,还没懂得体会。他老实不客气对梵蒂冈博物院中的古物抱着敌意。那些蠢笨的头,那些女性化的或是大块文章的躯干,那种鄙俗的肥胖的身段,那些小白脸,那些武士,他都深恶痛绝。他喜欢的只限于几个雕塑的肖像;但它们所代表的人物并没使他感到一点兴趣。他也讨厌没有血色的,装腔作势的佛罗伦萨派的作品,病态的妇女,拉斐尔以前的皮色苍白,患着肺病的维纳斯。至于摹仿西施庭作风的粗野颟顸的英雄,汗流浃背的运动家,①在他眼中仅仅是一堆当炮灰的肥肉。唯有弥盖朗琪罗一人,为了他悲剧式的痛苦,为了他鞭挞世俗的傲气,为了他圣洁的热情,才得到克利斯朵夫暗中的敬意。他像

① 十六世纪后半期至十七世纪时,意大利艺术家摹仿弥盖朗琪罗在西施庭教堂所作的壁画(《最后之审判》与《创世记》),大半流于粗野鄙俗。

那位大师一样用着一种纯洁而野蛮的热爱，爱他那些年轻的无邪的裸体，爱他那些犷野的处女，痛苦的《黎明》，眼神犷悍的《圣母》，和美丽的《丽亚》。① 但在这位痛苦骚乱的英雄心中，克利斯朵夫所发现的仍旧是自己的心灵的扩大的回声。

葛拉齐亚替他打开了一个新艺术世界的门。他领会到拉斐尔与铁相的清明恬静的境界，看到了古典天才的庄严的华彩，像狮子般威镇着这个被他们征服的，由他们支配的"外形"的宇宙。威尼斯大师②的霹雳般的目光直射到你的心里，强烈的闪电把遮蔽人生的迷蒙的大雾给撕破了。还有那些拉丁天才，不但征服了世界，并且征服了自己，战胜之余始终守着严格的纪律，挑出最有价值的战利品让自己吸收；其成绩便是拉斐尔的一批意境高远的肖像画，和他在梵蒂冈宫中所作的几间屋子的壁画。对于克利斯朵夫，那些名作是比瓦格纳的音乐更丰富的音乐。线条明净，结构和谐的音乐，完全显出颜面、手足、衣褶、举止的美。一切都是智慧。一切都是爱。有的是年轻的身心中踊跃出来的爱。也有的是精神的力，享受生命的力。永远年轻的温情，带着讥讽意味的智慧，动了春情的肉香，驱散阴影，把热情催眠的笑容。还有被艺术家驯服的倔强的生命力……

克利斯朵夫不由得问自己："他们既然能把罗马的力跟和平联合起来，为什么我们就办不到呢？现在一般最优秀的人往往为了追求其中的一个而摧残另外一个。波生，洛朗，与歌德所赏识的和谐的境界，倒是意大利人比别个民族更不懂

① 《黎明》《圣母》《丽亚》均系弥盖朗琪罗雕塑的女像。

② 威尼斯大师系指铁相（1488/1490—1576），因其为威尼斯画派的领袖。威尼斯派在画史上以色彩鲜明著称。

得领会。难道再要一个外国人来提醒他们吗？并且谁能够把这种和谐传授给我们的音乐家呢？音乐上还没有一个拉斐尔那样的人。莫扎特仅仅是个孩子，是个德国小布尔乔亚，神经质的，感伤的，话太多，举动太多，为了一点儿小事就会哭，就会笑。繁琐的巴赫，英勇的贝多芬，他的巨人式的后裔，——尽管把贝利翁山叠在奥萨山上咒骂天神，①——也始终没看到上帝的笑容……”

克利斯朵夫可是看到了，因为看到了，所以对自己的音乐感到惭愧：无益的骚动，浮夸的热情，唐突的怨叹，拉拉扯扯的老谈着自己，漫无节制的发泄，使他觉得又可耻又可怜。那等于一个没有牧人的羊群，一个没有君主的王国。——骚动的灵魂非加以控制不可……

在这几个月中间，克利斯朵夫似乎把音乐忘了，没有这需要了。他的精神受着罗马气息的感应，正在怀胎的时期。他整天像喝醉了酒似的出神。初春时节的自然界也和他一样，一方面因为酣睡方醒而非常困倦，一方面又飘飘然有点醉意。大自然跟他一起做着梦，彼此像一对睡梦中的情人那样紧紧地抱着。他不再讨厌罗马郊外的骚动的神秘气息，因为他已经体会到悲壮的美；他把沉沉酣睡的大地之神抱在怀里了。

四月中，他得到巴黎方面的邀请，要他去指挥几个音乐会。他不加考虑就想谢绝了，但认为先应该跟葛拉齐亚谈一谈。他觉得把自己的生活去和她商量，心里非常愉快；这样他可以假想她是参加他的生活的。

① 神话载，古代有巨人族，将贝利翁山叠在奥萨山上与丘比特作战。

这一回她可使他大为失望。她要他把事情详细说了一遍，劝他接受。他听了非常难过，认为这表示她对他冷淡。

葛拉齐亚这么劝他的时候也许心中并不是没有遗憾。但克利斯朵夫为什么要去跟她商量呢？既然他要她代为决定，她便认为对于朋友的行为负了责任。自从他们在思想上沟通以后，她也有点感染到克利斯朵夫的意志，觉得行动不但是我们做人的义务，而且也是件美事。至少她认为她的朋友应当把行动当做一种责任，不能随便放弃。她比他更清楚，意大利的气息有种麻醉的力量，好似温暖的南方季候风包含着迷人的毒素一样，会潜入你的血管，催眠你的意志。她屡次感觉到这种不大好的魅力而无法抗拒。所有她的朋友多多少少全害着这个精神上的痞疾。从前一般比他们更刚强的人都受过这病菌的害；它把母狼像上的青铜都腐蚀了。[1] 罗马城中有股死气：古人的坟墓太多了。在这儿久居，不如做客比较卫生。住在罗马太容易忘记时代：而这一点对一般年纪还轻，需要干一番事业的人是危险的。葛拉齐亚明知她的环境为一个艺术家不是一个有生气的环境。同时，她虽然对克利斯朵夫抱着比对无论哪个人都更深切的友谊……（她是否敢承认还有问题）……心里可并不因为他要走开而觉得不高兴。可怜！他也使她厌倦了，而使她厌倦的就是她所喜欢他的地方：他的太多的智慧，和积了多少年而快要溢出来的生命力；她的平静的心境被扰乱了。厌倦的理由也许还有一部分是因为她老是觉得受到爱情的威胁；这爱情虽是甜蜜的，动人的，但带着苦苦纠缠的意味，需要她时时刻刻提防，最好还是隔得远一点。她

① 母狼为罗马城的象征，历代雕塑家多以此为题材塑成铜像。

决不承认这些，以为自己出的主意完全是为克利斯朵夫着想。

而为克利斯朵夫着想，她的理由就多了。一个音乐家在当时的意大利不大容易过活。他的空气受着限制。音乐生活是窒息了。这块土地当年是替欧洲音乐播种的，现在被戏剧工厂铺满了油腻的灰跟滚热的烟。凡是不肯加入这个歌唱队的，不能或不愿意进戏剧工场的，就得被遗弃或是被窒息。民族的性灵并没有枯竭，但人家让它停滞，让它迷路。长于旋律是意大利宗师的特色，古代艺术的单纯精练的美几乎是种本能；青年音乐家中保有这些长处的，克利斯朵夫不止遇见一个。可是谁关切他们呢？他们的作品既没有人肯演奏，也没有人肯出版。纯粹的交响曲没有人感兴趣。不是涂脂抹粉的音乐就没有人听！所以他们只能有气无力地唱给自己听，结果也静下来了。有什么用呢？还不如睡觉罢。——克利斯朵夫很愿意帮助他们。但即使可能，他们多所猜疑的自尊心也不能接受。不管他做些什么，他总是一个外国人。一切旧家出身的意大利人，面上尽管殷勤备至，心里始终把外国人看做蛮子。他们认为，他们的艺术害了病，应当归他们自己解决。所以虽则对克利斯朵夫非常友善，他们总不拿他看做一家人。——那他还有什么办法？他究竟不能和他们竞争；他们在太阳底下的位置原来只有那么一点儿，还好意思跟他们争吗？……

况且，天才不能缺少养料。音乐家不能缺少音乐，——不能没有音乐听，也不能不把自己的音乐奏给人家听。短时期的退隐对于精神固然有益，使它能韬光养晦，——但必须以重新出山为条件。孤独是高尚的，但对于一个从此摆脱不了孤独的艺术家是致命的。一个人应该体验当代的生活，哪怕这生活是喧闹的，糜烂的；应当一刻不停地吸收，一刻不停地给，给，然后再接受……在克利斯朵夫的时代，意大利不是当年那个艺术大市场了，也许它有一天会恢复这个地位。但眼前的思想市场，沟通各个民族心灵的市场是在北方。你要愿意活下去，就得上那儿去生活。

克利斯朵夫凭着一厢情愿的心思，极不愿意回到喧闹的社会中去。但关于克利斯朵夫的责任，葛拉齐亚倒反感觉得更清楚。她对他比对她自己苛求得多。没有问题，那是因为她看重他的缘故，同时也因为这样为自己更方便。她把打起精神去生活的事交给他代办了，自己仍旧保持清明恬静的心境。——他没有勇气怪怨她。她跟圣母一样，已经尽了她最大的使命。在人生中，各有各的角色。克利斯朵夫的角色是行动。她吗，只要世界上有她这样一个人就行了。他也不要求她更多……

是的，他不要求她更多，只要求一点，就是希望她的爱他能少为他一些而多为她自己一些。因为他不满意她的友谊毫无自私的成分，以至于只会替她的朋友的利益着想，——而这朋友是只求她不要想起他的利益的。

他走了。他跑得远了，可是并没离开她。古话说得好："你心里不同意的时候，永远不会离开你的朋友。"

第二部

他到巴黎的时候心里非常不好过。从奥里维死了以后，这是克利斯朵夫第一次回来。他本来是永远不想再看见这个城市的。从车站到旅馆的路上，他坐在马车里简直不大敢向车外张望。最初几天，他老躲在房里不愿意出门。一想到在门外等着他的那些往事，他就有一阵悲怆。但究竟是哪一种悲怆呢？自己弄清楚了没有呢？他自以为怕看到往事活生生地跳出来，或者看到过去的面目都已经死了，那是使他更痛苦的：——他的悲怆可是这种恐惧造成的吗？……其实对于旧梦重温的痛苦，一个人的本能无形中已经发动了所有的机智，有了防备。因此，他挑了一个——（也许自己不觉得）——和从前住的区域离得很远的旅馆。初次上街散步的时候，到音乐厅去指挥预奏会的时候，重新接触巴黎生活的时候，他先还闭着眼睛，不愿意看到眼前的景象，一味固执着只看到从前的景象。他对自己再三说着："是的，这是我认识的，认识的……"

艺术界和政界仍旧是那么专横那么混乱。广场上仍旧是同样的市集。只有演员的角色换过了：当年的革命党变了布尔乔亚，超人变了时髦人物。以前的无党无派人士正在压迫现在的无党无派人士。二十年前的青年如今比他们当初攻击的老头儿更保守；他们的批评家不承认新来的人有生活的权利。表面上什么都没改变。

但实际上什么都改变了……

*　　*　　*

“朋友，请你原谅！你真好，不埋怨我这么久没信给你。你的来信使我非常快慰。几星期以来，我心乱如麻。人亡物在，故旧星散。你不在眼前尤其使我怅然若失。和我生离死别的人，在我周围造成了一片可怕的空虚。一切我和你讲起过的老朋友都不见了。夜莺——（你该记得她的歌声罢，——就在那可悲可喜的夜晚，我在人堆里徘徊，在一面镜子里看见了你对我望着的眼睛。）——夜莺实现了她目标并不太高的理想，得了一笔小小的遗产，住到诺曼底去了；她在那儿管着一个农庄。亚诺先生告老了，夫妇两人回到他们的南方，住在翁热附近的一个小城里。我那时代的名人，死的死了，倒的倒了；唯有几个老朽的木头人，二十年前在艺术上政治上初露头角的，现在还做着他们的戏，老戴着那副假面具。除了这些面具以外，我连一个人也认不出来了。我觉得他们好似站在坟墓上扯鬼脸。这种感想真是可怕。——并且我初到这儿的时期，生理上也很不舒服：离开了你们灿烂的阳光，跑到这灰暗的北方！看到种种事物的丑恶，黯淡的屋子，某些穹窿与某些纪念建筑物上的庸俗的线条，过去从来没注意到的，现在都使我受罪。而精神气氛也不见得使我更愉快。

“可是我没有理由抱怨巴黎人。人家对我的态度跟从前大不同了。仿佛我在离开巴黎的几年中变了名流。这些恕不多谈了，我知道那是怎么回事。他们在文章上口头上说我的好话，使我很感动，我很感谢他们。可是告诉你：我觉得自己和从前攻击我的人倒比现在恭维我的人更接近……这是我的错，我知道。别埋怨我！有一个时间我心里有点惶惑。那是应有之事。现在可好了。我明白了。是的，你打发我回到社会里来是对的。那时我的孤独把我埋在了沙堆里。扮查拉图斯特拉①的角色是不卫生的。生命的波流消逝了，从我们身上消逝了。必有一个时间，我们只能成为一片沙漠。要在沙土底下掘一条新的水道通到大江必须花许多艰苦的日子。——这一点现在已经办到了。我不觉得眼花了。我又赶上了大江。我瞧着，我看到……

“唉，朋友，法国人这个民族多古怪！二十年前我以为他们完了……不料他们又往前了。亲爱的奥里维曾经对我预言，我疑心他是骗骗自己。当时怎么能相信他的话呢？法兰西跟它的巴黎一样到处是土堆瓦砾，给人拆得东一个窟窿，西一个窟窿。我曾经说：他们把什么都毁了……不是一个蛀虫式的民族是什么！——哪知它竟是一个海狸②式的民族。人家以为他们死抓着残垣断瓦的时候，他们却就拿这些残垣断瓦奠定他们新都的基础。此刻我看见到处都在动工盖屋子，这真叫做：一件事情成功的时候，连傻子都会懂得……

“其实，法国人的骚动混乱依然如故。你一定要习惯之后，才能在喧哗扰攘之中辨别出各尽本分的劳动者。这些人，

① 查拉图斯特拉为七世纪时伊朗宗教的复兴运动者。尼采假托其名宣传超人哲学，著为《查拉图斯特拉如是说》，假定他在山中隐居十年，然后悟道。

② 海狸善于破坏陆地树木，用以建造它们海中的巢穴，其整齐工巧不下于人间的村镇。

你是知道的,不能做一件事而不爬在屋上把事情大声叫喊出来,也不能做着自己的事而不非难邻人的工作。的确,这种作风使最清楚的头脑也会搅糊涂的。可是像我这样在他们中间混了靠十年之后,不会再给他们的叫叫嚷嚷骗过去了。你会发觉那是他们刺激工作的一种方法。尽管咭咭呱呱地说个不停,他们手里也忙个不停;每个营造厂都在盖它的屋子,结果整个城市都翻造好了。最了不起的是全部的建筑并不怎么不调和。虽然各人坚持各人的论调,大家的头脑却长得一个样儿。别瞧他们一片混乱,骨子里有的是共同的本能,有的是民族的逻辑,它的作用跟纪律一样。而归根结底,这纪律也许比一个普鲁士联队的纪律更可靠。

“到处都是对于建设的兴致与热诚:在政治上,社会主义者与国家主义者争先恐后地工作,想把松懈的政权加以巩固;在艺术上,有的想为特权阶级重建一座贵族的古宫,有的想替大众造一所广厦,给集体灵魂歌唱:一方面是光复过去,一方面是缔造未来。而且不论做些什么,那些灵巧的动物老是在构造同样的细胞。他们海狸式的或是蜜蜂式的本能,使他们在几百年中完成了同样的行为,找到了同样的形式。最激烈的革命分子也许(不自觉地)和最古老的传统结合得最密切。在工团组织中,在最优秀的青年作家中,我发现不少人有中古时代的灵魂。

“现在我对于他们骚动的作风重新习惯以后,我就心里很高兴地看着他们工作。老实说:我太老了,太孤僻了,待在他们的屋子里不会觉得舒畅;我需要自由的空气。但他们究竟是极优秀的工人。这是他们最高的德性。它把一般最平庸的最腐化的人也超升了。他们的艺术家的审美感又是多么灵敏！我从前还不大注意。那是你点醒我的。罗马的阳光使我睁开了眼睛，你们文艺复兴期的人物使我懂得了这里的作家。德彪西的一页乐谱，罗丹的一座半身像，舒阿莱的一句散文，都是跟你们一五〇〇年代的人物同一血统的。

“使我不快的事这儿并不是不多。我又遇到了当年节场上的熟人，曾经激起我多少义愤的人。他们并没有改变。可是我，我改变了，不敢再对他们严厉了。赶到我忍不住要对这种人不留余地地批判一顿的时候，我就对自己说：你没有这权利。你自以为是强者，可是做的事比这些人更要不得。——同时我也弄明白了，世界上原来没有一件东西没用的，便是最下贱的人在悲剧中间也有他们的角色。腐败的享乐主义者，不可向迩的无道德主义者，完成了他们那种白蚁式的任务；摇摇欲坠的屋子，先得拆了才好重造。犹太人也尽了他们神圣的使命，这使命是在一切别的民族中成为一个异族，从世界的这一头到那一头织成一个人类大同的网。他们把各民族中间的知识壁垒推倒，为通灵的理性开辟出一个自由的天地。最下流的腐蚀分子，冷嘲热讽的破坏分子，便是在毁灭我们对于过去的信仰，杀害我们亲爱的死者的时候，无形中也是为了神圣的事业工作，为了新生而工作。国际的银行家固然造成多多少少的祸害来满足他们凶残的欲望，骨子里也是不由自主的和那些要打倒他们的革命家站在一条线上，为未来的世界大同努力，而且他们的贡献比幼稚的和平主义者更实际。

“你瞧，我老了，不会再咬人了，牙齿钝了。在戏院里我不再像一般天真的观众那样咒骂演员，诟辱卖国贼了。

“慈悲的女神，我只跟你谈我的事，可是我心里只想着你。你才不知道我对自己多么气恼呢！那个‘自我’压迫我，把我淹没了。那是上帝挂在我脖子上的重负。我真想拿它放在你的脚下！当然是可怜的礼物……你的脚生来是为踏在柔软的泥土和清脆可听的砂上的；我还看到这双亲爱的脚懒洋洋地踏在铺满风信花的草坪上呢……（你有没有再上陶里阿别庄去过？）……走不多时你的脚已经累了！现在你又斜躺在你平时最喜欢的地方，在客室的尽里头，手托着下巴颏儿，拿着一本书，可并不看。你那么慈祥地听着我，没十分留意我的话：因为我使你厌烦。你为了增加耐性，有时想着你自己的念头；但你是殷勤的，体贴的，留着神不让我生气，偶尔有一言半语把你从极远的地方叫回来的时候，你那惘然若失的眼睛立刻会装出聚精会神的模样。而我，嘴里说着话，其实跟你一样地心不在焉，也不大听见我自己的声音；我一边留神我的话在你脸上引起的反应，一边在我心坎里听到另外一套话；那是我没有对你说出来的，和我嘴里说的完全相反的，可是你，慈悲的女神，你都清清楚楚地听到了，只是假装没听见。

"再会了。我想你不久会重新见到我。我不会在这儿无精打采地待下去的。音乐会举行过了，还有什么事可做呢？——我亲你的两个孩子，亲他们可爱的脸蛋。那是你的出品：我亲了他们不是应该满足了吗？……

克利斯朵夫"

* * *

"慈悲的女神"的复信是这样写的：

"朋友，我就在你回想得那么清楚的客厅的一角收到你的信；我看一忽儿，让你的信休息一忽儿，让我自己也像信一样地休息一忽儿！别笑我！这个办法可以使你的信显得更长。这样我跟它消磨了一个下半天。孩子们问我老看不完地看着什么。我说是你的一封信。奥洛拉瞧了瞧信纸,不胜同情地说:哟!写一封这样长的信真是受罪啰!我解释给她听,这可不是我给你的罚课,而是我们在一块儿谈话。她听着一声不响,带着弟弟溜到隔壁屋子玩去了;过了一会儿,正当雷翁那罗大声嚷嚷的时候,我听见奥洛拉说:别嚷;妈妈正在跟克利斯朵夫先生谈话呢。

"你说的关于法国人的情形使我很感兴趣,可并不惊奇。你该记得,我曾经埋怨你对他们不公平。人家尽可以不喜欢他们,但不能不承认他们是一个多聪明的民族!有些平庸的民族是靠了好心或强壮的体格得到补救的。法国人是全靠聪明。聪明把他们所有的弱点洗刷掉了,使他们再生。人家以为他们颠覆了,堕落了,腐化了,不料他们那种涓涓不竭的智慧使他们返老还童了。

"可是我还得埋怨你。你求我原谅你只谈着你的事:这简直是胡说。你一点没跟我提到你自己,没提到你的所作所为,所见所闻。直要表姊高兰德——干吗你不去看她呢?——把关于你音乐会的剪报寄给我,我才知道你的成功,你只在信里随便提到一句。难道你竟这样地看破一切吗?……我想不会的。你该告诉我说,那些事使你高兴……而且应该使你高兴,因为第一,我就觉得高兴。我不喜欢你把一切看得这样冷淡。来信语气很凄凉,真是不应该。你对别人更公平固然很好,但决不能因此而自卑,说你比他们之中最糟的还要糟。虔诚的基督徒可能称赞你。我却认为不对。我不是一个虔诚的基督徒,而是一个老实的意大利女子,不喜欢人家为了过去的事而烦恼。能管着眼前已经很够了。我不大知道你以前究竟做了些什么。你只提过寥寥几句,其余的我大概可以猜想得到。那当然不大体面;但我心中还是把你看得很重。可怜的克利斯朵夫!一个女子到了我这个年纪,决不会不知道一个男人往往是很软弱的。要是不知道他的弱点,她也不会这样爱他了。别再想你做过的事。不如想你将要做的事。后悔是没用的。那只是往后退。而不论在好的方面或坏的方面,什么事总是往前进的。'永远要向前啊,萨伏阿!'①……倘使你以为我肯让你回到罗马来,你可错了!这儿没有你的事。还是留在巴黎罢,去创造,去活动,去参与艺术生活。我不愿意你采取听天由命的态度。我愿意你作些美妙的东西,我希望它们成功,希望你越来越强,以便帮助一班新的克利斯朵夫去开始同样的斗争,突破同样的难关。你应该寻访他们,帮助他们,好好地对待你的后辈,别像你的前辈当初对你那样。——并且我愿意你坚强,让我知道你是强者:你真想不到这一点能给我多少力量。

"我几乎每天都和孩子们上鲍尔该士别庄去。前天我们坐着车到邦德·谟尔,然后徒步在玛丽沃岗上绕了一转。你瞧不起我可怜的腿。它们对你很生气:——他说些什么,这位先生?说我们在陶里阿别庄走了十几步就会累吗?他才不认识我们呢。我们不愿意辛苦是因为我们懒,不是做不到……——朋友,你忘了我是乡下姑娘出身……

"你该去看看我的表姊高兰德。你还对她记恨吗?骨子里她是个老实人,而且对你佩服得五体投地。似乎巴黎女子

① 十九世纪意大利统一运动有此口号。因该时以萨伏阿王族为建国的核心。

都被你的音乐颠倒了。瑞士的野人快要成为巴黎的红人了，只要他自己愿意。有什么太太们给你写情书吗？来信连一个女人都没提到。你还会钟情吗？不妨讲给我听听，我决不忌妒。

你的朋友　G.”

*　　*　　*

“啃！你以为我会感激你信上的最后一句话吗？爱取笑的女神，你要忌妒，别希望我来使你忌妒。你说的那些为我疯疯癫癫的巴黎女人，我对她们毫不动心。疯癫！她们的确愿意，但事实上她们是最不疯癫的人。别希望我会被她们迷住。倘若她们对我的音乐漠不关心，也许我还可能上当。但她们的确爱着我的音乐；我怎么还会受骗呢？一朝有人和你说懂得你，你就可以断定他是永远不会懂得你的……

“可是我这些嬉笑怒骂的话，你别太当真。我对你的感情不至于使我对旁的女子不公平。自从我不再用爱人的目光去看她们之后，我对她们的好感可以说是从来未有的。我们男人太愚蠢了，只知道自私自利，压迫女人，使她们过着一种委屈的、不健全的、近乎仆役的生活，结果是男人女人两败俱伤。三十年来她们为了摆脱那种生活所花的心血，我觉得是这个时代的一件大事。在这样一个都会里，我们不能不佩服这一代的女性，不管那么多的障碍，凭着天真的热情去征服学问，征服文凭，——那是她们认为能够解放她们，替她们打开陌生世界的秘库，使她们和男子跻于平等之列的！……

“当然，这种信念是虚幻的，有些可笑的。但无论哪种进步，从来不能照我们所希望的方式实现；途径尽管不同，进步还是一样的进步。现代女性的努力决不会白费。它可以使女人更完全,更富于人性,好似那些大时代中的妇女一样。她们对于世界上重大的问题不再表示冷淡了:那种冷淡根本不合人性,因为便是一个最重视家庭责任的女人,也不应该不想到她在现代都市中的责任。她们的曾祖母,在圣女贞德和凯塞琳·斯福查①的时代,就不是这样想的。从那个时候到现在,女性变得贫血了。我们克扣了她们的空气和阳光。如今她们居然拼命从我们那里把阳光和空气夺回去了。嘿,真是了不起!……自然,在今日这些奋斗的妇女中间,有许多会夭折,有许多会身心失常。这是疾病到了生死关头的时代。元气过分衰弱的人做这种努力未免太剧烈了。一株久旱的植物遇到第一场雨就可能完事大吉。可是进步而不必付代价的事是没有的。将来的人一定会靠着这些苦难发荣滋长。现在一般献身于战斗的可怜的处女,好些是永远结不了婚的,但她们为未来所预备的果实,将要比以前多少代生儿育女的女性更丰富:因为新的黄金时代的女性会从她们的牺牲中间产生。

"这些勤勉的蜜蜂,决不能在你表姊高兰德的沙龙中遇到。你为什么一定要我上那儿去呢?我不得不服从你的命令;但这是不对的,你滥用威权了。我拒绝了她三次邀请,收到了两封信没有复。于是她到我某次的预奏会上——(人家正在试奏我的第六交响曲)——来盯我了。在休息时间,我看见她迎面而来,探着鼻子拼命地呼吸,嘴里嚷着:唔,真有点儿爱情的气息!……啊!我多喜欢这个音乐!……

① 凯塞琳·斯福查为意大利十五世纪时贵族,在当时封建战争中以保卫家族著名。

“她的外表改变了;唯有猫儿似的豹眼和扯动不已的鼻子依然如故。脸盘变得宽大,结实,血色很好,非常健康。参加体育活动的结果,她和从前不同了。她对于这个玩意儿喜欢得如醉若狂。你知道她的丈夫是汽车俱乐部和航空俱乐部的要人。所有的飞行比赛,所有水、陆、空的运动,史丹芬·台莱斯德拉特没有一次不到。他们老是奔东奔西地旅行。要跟他们谈话简直不可能;两人说的无非是赛跑、赛船、赛球、赛马。这是一批新的时髦人物。悲莱阿斯的时代过去了。如今大家不在精神方面讲究时髦了。少女们所追求的,是在露天与阳光底下跑来跑去晒出来的鲜红的皮色。她们瞧着你的时候,眼睛跟男人的一样,笑也笑得很粗野,语气也更火爆更放肆了。你的表姊有时会若无其事地说些野话。她过去是这也不吃那也不吃的,此刻居然成为饭桌上的健将。她还抱怨胃不好,因为她这样说惯了,事实上并不因此少动一叉。她连一本书都不看。在她那个社会里,谁也不看书了。唯有音乐还承蒙她们瞧得起,同时它也因为文学失势而沾了光。等到这些家伙疲倦得浑身软瘫了,音乐就等于他们的土耳其浴,温暖的蒸汽,按摩,东方烟袋……完全用不着他们思想的。在体育活动与恋爱之间,音乐是一种过渡的玩意儿,并且也还是一种运动。但在一切审美的娱乐中,今日最受欢迎的运动是跳舞。俄国舞,希腊舞,瑞士舞,美国舞,在巴黎什么都可以拿来跳舞:贝多芬的交响曲,埃斯库罗斯①的悲剧,巴赫的《十二平均律》,梵蒂冈教廷中的古物,格路克的歌剧《奥尔弗》,瓦格纳的《特里斯坦》……那些人都害上了想入非非的怪毛病。

① 埃斯库罗斯为古希腊的悲剧诗人。

“最有意思的是看你的表姊怎样把这些调和起来。她的唯美主义,她的体育活动,她的精明干练——(因为她母亲处理事务的才干跟日常生活中的专制作风,她都承继了)——合在一起必然成为一种莫名其妙的混合物;但她觉得很舒服;她的最疯狂的怪癖并不妨碍她清楚的头脑,正如她驾着风驰电掣的汽车不会眼花也不会手忙脚乱。那真是一个了不得的女子;丈夫,宾客,仆役,都被她随心所欲地支配着。她也参与政治,拥护殿下①;我不相信她是保王党,可是这样一来,她的忙乱可以多一个借口。并且她虽然一本书念不上十页,照旧参加学士院的选举。——她自告奋勇要做我的后台。你知道这对我就不是味儿。最可恶的是,我是为了听从你的话才去看她的,不料她自以为对我有什么影响……我自然要气气她,当面把她揭穿了。她听了不过笑笑;还厚着脸跟我顶嘴。你说她骨子里是个老实人;不错,只要在她有点儿事情可做的时候。她自己也承认这一点:倘若机器没有东西可以碾磨,它为了找材料,什么都做得出。——我上她家去了两次。现在我不去了。对你,这已经足够证明我的服从。你总不至于要我的命吧?我从她那儿出来简直筋疲力尽,累得要死。我上次看了她回来,夜里做了一个可怕的噩梦:我变做她的丈夫,整个生活都给搅得天翻地覆……真正的丈夫可决不会做这样荒唐的梦;因为所有我在她府上见到的人里头,他是和她相处最少的一个;便是碰在一起,他们也只谈运动。他们俩非常投

① 本书写作时期,法国王室的后裔是路易·菲力浦·劳白·奥莱昂公爵(1869—1926)。自十八世纪大革命以后,法国的保王党运动始终存在,每个时代的党人均以当时在王室世系上应当继承王位的人为假想的王,称之为“殿下”。

机呢。

“所有这批人怎么会捧我的音乐的？我不想去了解。据我看，大概那对他们是一种新的刺激。他们喜欢我的音乐粗暴。目前他们爱着一种油脂厚重的艺术。至于油脂里头的灵魂，他们连想也没想到。他们会从今天的如醉若狂转变到明天的视若无睹，再从明天的视若无睹转变到后天的非难中伤，实际是从来没有认识对象。这种情形是所有的艺术家都遇到的。我对于自己的走红不存什么幻想，那是不会久的，而且还要我付代价呢。——眼前我只冷眼看着那些怪现象。对我崇拜最热烈的（你猜是谁？……）是咱们的朋友雷维-葛，那位漂亮人物，从前我跟他做过一次可笑的决斗的，你总该记得罢？此刻他在开导那些从前不了解我的人，而且开导得很好。所有谈论我的人还算他最聪明。其余的是些什么货也就可想而知了。你瞧，我有什么可得意的？

“并且我也没有这心思。人家所赞美的我的作品，我自己听了羞死了。我看出自己的面目，而我不觉得我美。对于一个有眼睛的人，一件音乐作品是一面多么无情的镜子！幸而他们又是瞎子又是聋子。我在作品里放进了自己多少的骚乱与弱点，以至于我有时候觉得把这些魔鬼放到世界上来简直是干了件坏事。直看到群众非常安静，我才放下心：他们穿着三重的铁甲，什么都伤害不到他们，否则我非入地狱不可了……你埋怨我责己太严。那是因为你的认识我并不像我的认识我自己。人家只看见我们现在的模样；看不见我们可能成为的模样，大家称赞我们的，多半是推移我们的时势和支配我们的力量，而很少是我们修养得来的成绩。让我讲一件故事给你听罢。

“前天晚上我走进一家咖啡馆。巴黎有些咖啡馆奏着相当美好的音乐，虽然方式很奇怪；我去的便是这样的一家。他们用五六种乐器，加上一架钢琴，奏着所有的交响曲，弥撒祭乐，清唱剧。那正如罗马的大理石铺子出卖小型的梅迭西斯祭堂，给人做壁炉架上的装饰品。似乎这么办是对艺术有益的。为了要使艺术流通，非把它铸成铜子儿不可。除此之外，那些音乐会倒也货真价实：节目非常丰盛，演奏的人都很尽心。我在那儿遇到一个跟我素有往来的大提琴师；他的眼睛跟我父亲的很像。他把一生的经历告诉我。祖父是农夫，父亲是北方一个村公所里的办事员。人家想培植他做个上等人，当律师，便送他到附近的城里去念中学。孩子又结实又粗野，不是做小公证人那种细功夫的料子。他不能安分守己，从墙上跳出去，在田野里乱跑，追逐女孩子，逞着蛮力跟人打架；要不然就游手好闲，做梦一般地想着些永远做不到的事。只有一样东西吸引他，就是音乐。天知道为什么！家族里头没有一个音乐家，除了一个疯疯癫癫的叔祖。那种怪物，内地有的是，往往很聪明，很有天赋，可惜孤高自傲，为了一些古怪的无聊事儿把才气消磨尽了。那叔祖发明了一种新的记谱法，——（你瞧，又是一种！）①——可以促成音乐革命的；他还自以为发明了一种速记术，可以把歌词、曲调、伴奏三者同时记录下来；但一写下来，他自己先认不清了。家族一边嘲笑这个老头儿，一边也很得意，心里想：——他是个老疯子。可是谁知道？也许他真有天才……——大概侄孙的爱好音乐就是从他那里遗传得来的。他在那小地方能听到些什么音乐呢？……

① 很多欧洲人发明新的记谱法，认为五线谱还不够完美。

可是恶俗的音乐所引起的爱，跟美好的音乐所引起的一样纯洁。

“不幸这种热情似乎在他的环境里是不可告人的，孩子又没有叔祖那股顽强的戆气。他只能偷偷地翻着老疯子呕尽心血的作品，作为他畸形的音乐教育的基础。在父亲面前和舆论面前，他又虚荣又胆怯，在没有成功之前绝不敢提起他的志愿。老实的孩子受着家庭的压迫，像所有法国的小布尔乔亚一样，因为懦弱，不敢和家属的意志对抗，表面上一味服从，实际却永远过着偷偷摸摸的生活。他并不走自己喜欢的路，却毫无兴趣地做着人家指定的工作：既不能好好地有所成就，也不能痛痛快快地失败。考试都马马虎虎地考及格了。考及格的好处，是从此可以逃掉内地与父母的双重监督。他看到法律就头痛，决意将来不吃这行饭；但只要父亲活着，就不敢说出自己的志愿。也许他很乐意在决定去取之前再等些时候。像他那等人，一辈子都空想着将来做些什么，可能做些什么，目前却一事不做。巴黎的新生活使他陶醉了，出了轨，凭着乡下青年的狠劲，把自己交给了两桩热情：女人和音乐；一方面被音乐会搅昏了头，一方面也为了寻欢作乐搅昏了头。他为此虚度了几年，一点不想办法补足他的音乐教育。骄傲，暴躁，独立不羁与多疑的坏脾气，使他没法跟任何教师去学，也不愿向任何人请教。

“父亲死后，他把法律书一股脑儿丢开了。没有勇气学习必不可少的技术，他先就开始作曲。由于懒惰游荡的老毛病与寻欢作乐的嗜好，他不能再下苦功。心里很有感情，但他始终抓不住自己的思想与形式，结果只能写些无聊的滥调。最糟的是，这个平庸的家伙心中的确有点儿伟大的东西。我看过他两件从前的作品，东零西碎的颇有些动人的思想，仅仅露出些端倪，马上就变了样。那仿佛泥坑上面的一些磷火……而且他的脑子又是好不古怪！他想对我解释贝多芬的奏鸣曲，居然看到其中有些幼稚可笑的故事。然而他抱着何等的热情，态度何等的严肃！他一边说一边含着眼泪。他能够为了所爱的东西把自己的命都送掉。你一看到他就会觉得他又动人又滑稽。正当我预备当面笑他的时候，心里竟想拥抱他了……真是老实到了骨子里。他瞧不起巴黎文艺社团的欺诈，也瞧不起那些空头的名人——另一方面仍禁不住像小布尔乔亚一样天真地仰慕走红的人……

"他得了一笔小小的遗产，几个月工夫就把它吃完了，而等到分文不名的时候，又像许多跟他差不多的人一样，偏偏老实起来，娶了一个被他勾引的没有钱的女人。她嗓子很好，并不爱好音乐而弄着音乐。两人的生活，只靠她的嗓子和他的不高明的大提琴演技来维持。自然，他们不久就发现了彼此的平庸，不能忍受。他们生了一个女儿，父亲在她身上又大做其好梦，以为自己做不到的事可以由她来实现了。小姑娘像她的母亲，只能成为一个毫无天分的钢琴匠；她非常敬爱父亲，拼命用功，想博取他的欢心。几年之中，他们跑遍了名城胜地的旅馆，挣来的钱还不如受的羞辱多。娇弱而劳作过度的孩子死了。绝望的妻子脾气越来越坏。简直是无边的苦海，没有希望跳出来，同时他心里又抱着一个没有能力达到的理想，更增加自己的痛苦……

"唉，朋友，我看到这可怜的一事无成的家伙，一生只是一组连续不断的悔恨，我就心里想：——瞧，我就可能成为这种人。我们童年时代的心灵很有些相同的地方，一生的遭遇也差不多；甚至我们的音乐思想也有某些共同点；不过他的是在半路上停了下来。我没有像他那样地陷落是靠的什么呢？没有问题是靠了我的意志。但也靠了偶然的遭遇。并且即以我的意志而论，难道那完全是凭我自己的努力得到的吗？岂非多半是靠我的种族，靠我的朋友们，靠那帮助我的神的力量吗？……——想到这些，我就变得谦卑了。一个人觉得所有爱艺术、为艺术受苦的人跟自己都是兄弟。从末流到第一流，距离并不大……

"在这一点上，我想到了你信上的话。你说得对：一个艺术家只要还能帮助别人的时候，绝不该独善其身。所以我留在这里了，我要强迫自己每年在这儿住几个月，或是在维也纳，或是在柏林，虽然我已经住不惯这些都市。可是我不应该离开岗位。即使这种逗留不能有益于人，——那是我很有理由担心的，——至少可能对我自己有点儿好处。而且想到这是你的愿望，我还可以觉得安慰。再说……（我不愿意扯谎）……我在这儿也渐渐感到愉快了。再会罢，专制的王后，你胜利了。我不但做了你要我做的事，并且喜欢做了。

克利斯朵夫"

*　　　*　　　*

这样他就留在巴黎，一部分是为讨她喜欢，一部分也因为他艺术家的好奇心觉醒之下，被新生的艺术界景象迷住了。他精神上把所见所为的一切都献给葛拉齐亚，写信告诉她。他很知道，希望她对这些感到多大兴趣未免是妄想；也许她还有点儿漠不关心呢。但他感激她并不过于表示出来。

她经常每半个月复他一封信，都是措辞亲切而极有节度的，像她的动作一样。提到自己的生活的时候，她始终保持着温柔、高傲、矜持的态度。她知道她的话会在克利斯朵夫心中引起何等剧烈的反响，所以宁可表示得冷淡一点而不愿意挑动他的热情，因为她不愿意跟着他一起兴奋。可是她凭着女性的聪明，自有办法不让朋友的爱情感到失意，倘使她有何冷淡的话扫了对方的兴，她会立刻用几句甜蜜的话把伤口包扎起来。克利斯朵夫不久就看透这种策略，便也使出爱情的狡计，努力压制自己的冲动，把信写得更有节制，使葛拉齐亚复信的时候减少一点儿警惕。

他在巴黎越住下去，对于大家忙忙碌碌的新的活动越感到兴味。特别因为青年人对他的好感比较少，所以他觉得更有意思。他没有看错：他的走红不过是昙花一现。十年退隐之后再回到巴黎来，他不免在社会上轰动一时。可是命运弄人，这一回捧他的竟是他从前的敌人——时髦朋友和上流人物；一般艺术家倒反暗中对他抱着敌意，或者存着猜忌的心。他的权威是靠着他年代悠久的名字，数量巨大的作品，热烈肯定的语气，不顾一切的真诚。固然大家不得不承认他是个人物，不得不佩服他或敬重他，可是不了解他，不喜欢他。他已经站在当代的艺术潮流之外了。他是个怪物，是个不合时宜的活榜样。那他一向是的。十年的孤独更加强了这一点。他不在的那个时期，在欧洲，尤其在巴黎，就像他亲眼看到的，完成了一番复兴的事业。一个新的秩序产生了。一代新人兴起来了，——爱行动甚于爱了解，爱占有甚于爱真理的一代。它要生活，要抓住生活，哪怕要用谎言去换取也有所不顾。骄傲的谎言，——各式各种骄傲的谎言；种族的骄傲，阶级的骄傲，宗教的骄傲，文化与艺术的骄傲，——对它都是好的，只要是一副铁的盔甲，只要能供给它刀剑盾牌，保护它踏上胜利之路。所以这一代的人最讨厌听到响亮的苦恼的声音，使他们想起世界上还有怀疑与痛苦；那仿佛是飓风，曾经扰乱那个才溜掉不久的黑夜的；而且大家虽然否认，虽然想忘记，那些飓风还继续威胁着世界。距离太近了，要不听见是不可能的；于是青年们恨恨地掉过头去，大声疾呼地嚷着，想震聋自己的耳朵。但那个声音比他们的更响。所以他们恨克利斯朵夫。

反之，克利斯朵夫倒很友善地望着他们，看到大家不顾一切地向着一个切实的目标，一个新的秩序攀登，不由得表示敬意。他们在这个潮流中故意做得胸襟狭窄，并不使他惊骇。一个人向着目标迈进的时候应当笔直地朝前望的。至于他，坐在一个世界的拐角儿上，能够回头瞧瞧那个惊心动魄的黑夜，向前瞻望那年轻的笑容可掬的希望，对着清新而狂热的黎明体会一下那种不可捉摸的美，觉得挺有意思。他站的地位是钟摆的轴心上稳定的一点，钟摆却又在往一边荡过去了。他虽然不跟着钟摆一起动作，却非常高兴地听着人生的节奏跳动。那班人否认他过去的悲怆，他可是和他们一同希望着。要来的一定会来的，就像他所梦想的一样。十年以前，奥里维在黑暗与痛苦中——那可怜的高卢小公鸡——曾经用他脆弱的歌声报告天将破晓的消息；歌唱的人不在了，歌的精神却是实现了。法兰西园子里的鸟都已经醒过来。突然之间，克利斯朵夫听见奥里维的声音复活了，盖过了别的啼声，更响亮，更清楚。

他在一家书铺的柜子上随便翻着一本诗集。作者的姓名很陌生。但有些字句引起了他注意，使他不忍释手。他在没有裁开的书页中间慢慢地读下去，仿佛认出了一个很熟的声音，一些很熟悉的特点……既不能确定他的感觉是怎么回事，又不忍把书丢开，便买了下来。回到家里，他继续念着，不料那执着的念头占据着他的思想。诗中剽悍强劲的气息，清清楚楚地令人想起那些广大无边的古老的灵魂，——想起那些冬天的树木（人类只是它们的枝叶与果实），——想起那些人类的祖国。字里行间跃现出母性的超人的面目，——现在、过去、将来、永久存在的面目，君临着世界，有如中世纪艺术上的圣母，像山一般高，虫蚁似的人类在她们脚下祈祷。诗人颂赞这些伟大的女神做着英勇的决斗，从有史以来就在那里短兵相接：这些几千年的伊利亚特史诗之于特洛伊战迹，就好比阿尔卑斯山脉之于希腊岗峦。

像这样一部骄傲与战斗的史诗，对于克利斯朵夫那样的欧罗巴灵魂，思想上当然距离很远。可是在法国诗人的幻象中，——（妩媚的处女雅典娜拿着盾牌，蓝眼睛在黑暗中发光，她是劳动的女神，盖世无双的艺术家，高于一切的理性，用她毫光四射的长矛把蠢动的蛮族制服了）①——克利斯朵夫在闪烁的光明中瞥见一道目光，一副笑容，是他认识的，爱过的；但正要去抓握的时候，幻景消失了。他因为追逐不到而非常懊恼，不料翻过一页，读到了一桩奥里维去世以前不久讲给他听的故事。

他大为惊愕，马上跑到出版者那里去问诗人的住址。人家照例不肯说。他生了气，可是没用。后来他想也许可以在

① 希腊神话以雅典娜为童贞的女神，代表战争，代表艺术，代表聪明，代表劳动，保护农业，保护城市。她的德性与职责多至不胜枚举。

年鉴中找到,果然不错;他立刻奔到作者家里。他的脾气是想做什么就做什么,从来不肯等的。

在巴底诺区里,他爬到一座屋子的最高一层楼上。公共走道里有好几扇门,克利斯朵夫依着人家的指点敲了一扇。可是开的倒是隔壁的门。一个并不好看的年轻的女人,额上覆着深褐色的头发,皮色乌七八糟的,抽搐的脸配着一对炯炯有神的眼睛,带着猜疑的神气问他来意。克利斯朵夫把访问的目的说明了,对方又提出别的问话,便报了自己的姓名。于是她走出屋子,从身上掏出钥匙开了另外一扇门,并不请克利斯朵夫进去,先教他在过道里等着。她自己进去之后重新把门关上。后来他终于踏进了戒备森严的屋子,先穿过一间空荡荡的做餐室用的房间,里头摆着几件破烂的家具,靠近没有窗帘的窗口放着一个笼子,有十几只鸟在那里乱叫。隔壁房内,一张破破烂烂的便榻上躺着一个男人。他抬起身子迎接克利斯朵夫。那张灵光四射的瘦削的脸,那对火辣辣的、秀美的、绒样的眼睛,那双长长的细致的手,那个残废的身体,那种带点儿沙的尖锐的声音……克利斯朵夫马上认出来了……那不是爱麦虞限吗?就是那残废的小工人,无意之间断送了……爱麦虞限也突然站了起来,认出了克利斯朵夫。

他们俩一言不发,同时都看到了奥里维的影子……不敢马上伸出手来。爱麦虞限往后退了一步。那种连自己也不承认的怨恨,从前对克利斯朵夫的妒意,过了十年又在暧昧的本能深处抬起头来。他站在那里,存着戒心,抱着敌意。——可是看到克利斯朵夫那么感动,看到他们俩心里都想着的名字(奥里维……)快要被克利斯朵夫说出来的时候,他忍不住了,立刻扑在对他张开着的臂抱里。

"我知道你在巴黎,可是你,你怎么能找到我的?"

克利斯朵夫回答:"我读了你最近的著作:我听到了他的声音。"

"是吗?你认出了他是不是?我现在的一切都是他赐给我的。"

(他避免说出名字。)

停了一忽儿,他沉着脸又说:"你我之间,他更喜欢你呢。"

克利斯朵夫笑了笑:"真正爱的人没有什么爱得多爱得少的;他是把自己整个儿给他所爱的人的。"

爱麦虞限望着克利斯朵夫;个性坚强的眼中那点儿悲壮的严肃,突然蒙上一道柔和的光。他抓着克利斯朵夫的手,请他坐在便榻上,靠近着他。

他们把彼此过去的经历讲了一遍。从十四到二十五岁之间,爱麦虞限干过不少行业:印刷工人,地毯工人,小贩,书店掮客,诉讼代理人的书记,政客的秘书,新闻记者……在所有的行业中,他都想办法下苦功自修;偶然也有几个好人,被这小家伙的毅力感动了,帮他一点忙,但多半的人是利用他的穷苦与天赋。他得了不少惨酷的经验,结果总算不太灰心,只是把他原来就很娇弱的健康都损失完了。因为学习古文字特别快(在一个传统上受到人文主义熏陶的民族中间,这种才能并不算是例外),他得到一个研究古希腊学问的教士帮忙。虽则他没有时间把这些学问钻研得如何精深,可是已经养成了思想的纪律和文字的风格。这个出身微贱,一切知识都靠自修得来而漏洞很多的人,居然学会了运用辞藻的能力,能够用思想来控制形式,那是布尔乔亚青年经过十年的高等教育也不容易培养成功的。他把这种好处归功于奥里维。虽然别人给他的帮助比较更实际，但替这颗心灵在黑夜中把长明灯点起来的，的确是奥里维。别人不过是做了添加灯油的工作。

他说："从他去世的时候起，我才开始了解他。但他和我说过的话都进到了我的心里。他的光明从来没有离开我。"

他谈着他的作品，谈着自以为是奥里维留给他的任务，提到法兰西民族精神的觉醒，英勇的理想主义的火焰，为奥里维所预告的；他想替这些做一个响亮的声音，超临在战斗之上，报告未来的胜利。他为他复兴的民族唱着史诗。

他的诗歌的确是这个奇异的民族的出品。经过了多少世纪，这民族把克尔特古族的气息始终保持得那么牢固，同时又有一种古怪的骄傲的脾气，把罗马征服者的遗物和法律裹在自己的思想外面。爱麦虞限的诗中有的是高卢族的胆气，疯狂的理智，辛辣的讽刺，英勇的精神，又是自大又是勇敢的性格，例如敢向罗马贵族挑战，洗劫台尔弗神庙①，狞笑着对天挥舞长枪的气魄。但这个巴黎侏儒像他那些戴假头发的祖先一般，也像他未来的子孙一般，还会把他的热情寄托在二千年前的希腊英雄和神明身上。这是法兰西民族的奇怪的本能，和它追求"绝对"的需要融洽一致的本能：它的思想明明追随着几千年前的足迹，但它反而以为是把自己的思想教以后几千年间的人作为楷模。古典形式的束缚反而使爱麦虞限的热情愈加奋激。奥里维认为法兰西是有前途的，他的信念是安详沉着的，到了他的门徒身上却变了如火如荼的信仰，急于行动而胜券在握的信仰。他要胜利，看到了胜利，欢呼胜利。他

① 台尔弗为希腊古城，曾被高卢族攻陷。

所以能煽动法国群众的心，便是靠这股狂热的信仰和乐观的气息。他的著作跟战争一样地有力量。怀疑与恐怖的阵线被他突破了。所有年青的一代都跟着他蜂拥而前，向新的命运扑过去……

他一边说着一边兴奋起来：眼里冒着火焰，苍白的脸上东一处西一处有了红晕，嗓子也提高了。克利斯朵夫不禁注意到这一堆气势逼人的烈火，和烧着这堆烈火的可怜的身体之间的对照。但这个命运弄人的惨状，他还只看到一部分。诗人讴歌咏叹的是毅力，是这一代醉心于体育、行动、战斗的勇猛的青年，诗人本身可是连走路都是上气不接下气的，只能过着极有节制的生活，饮食受着限制，只喝清水，不能抽烟，没有情妇；他浑身上下都是热情，但为了脆弱的健康不得不过着清心寡欲的日子。

克利斯朵夫打量着爱麦虞限，觉得他又可佩又可怜。他当然不愿意流露出来；但大概他的眼睛透露了一些消息，或者是伤口始终没结好的爱麦虞限的傲气，以为在克利斯朵夫眼中看到了恻隐之心，那是他觉得比恨更要不得的。忽然之间，他激昂慷慨的感情低了下去，不作声了。克利斯朵夫竭力想把他的信心争取回来，只是徒然。心灵已经关上了门。克利斯朵夫看出对方是被他伤害了。

爱麦虞限一声不出，抱着敌意。克利斯朵夫站起来，爱麦虞限默默无言地送到门口。他一走路就更显出他的残废；他自己知道这一点，因为骄傲而装做毫不介意；但他以为克利斯朵夫在暗中留神，于是心里愈加怨恨。

他正冷冰冰地握着客人的手告别，忽然有个年轻的漂亮女人来按他的门铃。一个装模作样的男人做着她的跟班，那是克利斯朵夫在戏院上演新戏的时候注意过的，老是笑容可掬、絮絮不休、颠头耸脑地行着礼，吻着妇女们的手，从正厅的座位上嘻着脸和熟人打招呼，直招呼到最后几排：克利斯朵夫不知道他的姓名，便叫他“花花公子”。——那时“花花公子”和他的女伴，一见爱麦虞限就拿出肉麻的礼数和亲热的态度扑向“亲爱的大师”。克利斯朵夫一边走出来，一边听见爱麦虞限斩钉截铁地回答说今天有事，不能见客。他很佩服他不怕得罪人的胆量。可是爱麦虞限为什么对这批上门来献殷勤的、有钱的时髦人物这样冷淡，克利斯朵夫还不知道呢。他们说话很甜，满嘴都是恭维，可并不想减轻他的灾难，正如赛查·法朗克的朋友们让他到死都靠教钢琴过活。

克利斯朵夫又去看了好几次爱麦虞限，却没法再恢复初次访问时那种亲密的感觉。爱麦虞限看到他，并不表示愉快，只抱着猜疑而矜持的态度。有时他的性灵需要发泄一下，被克利斯朵夫一句话打动了心，忍不住兴奋起来，让他的理想主义射出一些绚烂的光芒，照着他深藏的灵魂。接着他热情突然下降，憋着一肚子的怨气不出声了，使克利斯朵夫又看到了敌人的面目。

两人不同的地方太多了。年龄的相差也关系很大。克利斯朵夫越来越认清自己，越来越能控制自己。爱麦虞限却还在变化不定的阶段，精神上比克利斯朵夫一生无论哪一个时期都更骚乱。他的面貌所以这么特别，是因为他心中有许多互相冲突的因素：严格的苦行精神竭力想把隔世遗传的欲念压下去，——（我们别忘了他父亲是个酒徒，母亲是个卖淫妇）；——狂热的幻想竭力反抗着铁一般的意志，不受约束；极自私的心理和极慈爱的心肠，教人永远看不出两者之中哪一个会占上风;还有英勇壮烈的理想主义和对于光荣的渴慕,使他一看到旁人的优越就会着急到近于病态的程度。即使奥里维的思想,独往独来的个性,大公无私的精神,都可以在他身上发现;即使他有诗才,有平民的活力(使他不会讨厌实际行动),有粗糙的表皮(使他不会厌恶这个,厌恶那个),因而胜过他的老师:可绝对达不到奥里维那种清明恬静的心境。他天生是虚荣的,骚动的,而除了自己的苦闷以外还要加上别人的苦闷。

他和一个邻居的少妇,第一次接待克利斯朵夫的那个女子,住在一起,常常争执。她爱着爱麦虞限,一片热诚地照顾他,替他打杂,抄写作品,或是把他念出来的文字写下来。人长得一点儿不美,感情却非常骚动;平民出身,做过很久的纸版女工,后来又当过邮局职员,毫无生趣的童年是在巴黎一般穷苦工人的环境中过的:身体与精神都受着挤逼,做着辛苦的工作,永远是乱七八糟的环境,没有空气,没有静默,从来不得清静一下,心中的小天地老是受到外界的扰乱。脾气很高傲,对于真理抱着一种迷迷糊糊的理想与宗教式的热情,她夜里睁着倦眼,有时甚至没有灯火,在月光底下抄写雨果的《悲惨世界》。她遇到爱麦虞限的时候,正是爱麦虞限贫病交迫,比她更潦倒的时候;从此她就委身于他。这桩热情是她生平第一次的,也是仅有的一次爱情;所以她像饿鬼似的一把死抓。但对于爱麦虞限,她的感情反而是个重担;他那方面并没这种情分,只是勉强容忍她的。看到她无微不至的忠诚,他极其感动,知道她是最可靠的朋友,只有她拿他当做自己的性命一样。但这种心理,他就难以忍受。他需要自由,需要孤独;她时常用眼神哀求他瞧她一眼,他却觉得厌烦透了,对她恶声相向，恨不得和她说："去你的罢！"她的丑陋和急促的举动惹他生气。尽管他很少认识上流社会，同时还轻视上流社会，——（因为相形之下，他显得更丑更可笑了）——骨子里却喜欢高雅，喜欢那个社会里的女子；不料她们对他的心情正和他对那个女朋友的心情一样。他勉强和她表示好感，心里可并没有这个好感，或者是常常不由自主要爆发出来的恨意把他的好感掩没了。他毫无办法。他有一颗慈悲的心，竭力想对人好；同时身上又有一个强暴的魔鬼，拼命想损害人家。这种内心的冲突，和他明知道冲突的结果对自己有弊无利的感觉，使他暗中恼怒；这怒意发作的时候，克利斯朵夫就得受到无妄之灾了。

爱麦虞限不由自主地对克利斯朵夫有两种反感：一种是他从前的嫉妒遗留下来的（那些童年的偏见，即使原因早已忘了，仍旧有它的作用）；一种是由激烈的民族主义煽动起来的。他把上一代的优秀人士所想象的关于正义、怜悯、博爱的美梦，全部寄托在法兰西身上。他并不认为法兰西和欧洲其余的民族处于敌对地位，靠着别国的衰微而繁荣的；他是把自己的民族放在别的民族的行列前面，仿佛一个正统的王后为了大家的福利而统治，——为理想做卫士，替人类做向导。他宁可法国灭亡而不愿意它犯一桩蹂躏正义的罪行。但他决不怀疑它有这种事。他的心胸，他的修养，都证明他彻头彻尾是个法国人，单靠法国传统做养料的；而在他的本能里面，他就能找到法国传统的深刻的意义。他老老实实否认外国的思想，对它抱着轻蔑的态度，——倘若外国人不肯接受这种屈辱的待遇，他的轻蔑就一变而为恼怒。

这一切，克利斯朵夫都看得挺明白；但因为年纪比较大了，人生的教训受得多了，他决不因之而不愉快。虽则这种民族的骄傲使人很难堪，克利斯朵夫却并没受到伤害，认为那是爱国心促成的幻象。神圣的感情即使过火，他也不想加以指摘。并且所有的民族都自命不凡地相信自己的使命，那对整个人类也有好处。他和爱麦虞限格格不入的原因固然很多，但使他真正难过的只有一点，便是爱麦虞限有时把嗓子逼得太尖，使克利斯朵夫的耳朵大为受罪，甚至脸都抽搐了。他想法不让爱麦虞限觉察，努力教自己只听音乐，不听那乐器。残废的诗人常常提到为别的胜利作前驱的精神的胜利，提到征服天空，提到那个把民众煽动起来的"飞翔的上帝"，像伯利恒的明星①一般引着他们如醉若狂地扑向无垠的空间，或走向未来世界……那时可怜的驼子脸上就显出了悲壮的美。但在这些庄严的境界中间，克利斯朵夫感觉到了危险：这冲锋陷阵的步子，和这个新《马赛曲》的越来越响亮的歌声，将来会把民众带到什么路上去，克利斯朵夫已经预感到了。他带着点讥讽的心情想着（可并没有对于过去的惆怅和对于将来的恐惧），这些诗歌将要产生出诗人意想不到的后果，早晚有一天，人们会不胜感慨地追念以往的"节场"时代……那时大家才多么自由！真是自由的黄金时代！一去不复返了。世界正在走向一个新时代，有的是力，健康，强毅的行动，也许还有光荣；但同时你得守着严格的纪律，不能越出狭窄的范围。我们不是一心一意企望这个铁的时代，古典的时代吗？伟大的古典时代，——路易十四或拿破仑，从远处看来都是人类的高

① 据《新约》载，耶稣生在犹太的伯利恒，有几个博士从东方来拜，说是因为看见了生下来做犹太人之王（即指耶稣）的星。

峰;也许民族在那个时代把它国家的理想实现得最完满了。可是你去问问当时的那些英雄作何感想。你们的尼古拉·波生跑到罗马去过了一辈子,死也死在那里;①他在你们家里透不过气来。你们的巴斯加,你们的拉辛,都向社会告别。而在一般最伟大的人物中间,因为受到社会的歧视,压迫,而过着隐居生活的又有多多少少!便是莫里哀罢,心中也藏着多少悲苦。——至于在你们怀念不止的拿破仑治下,你们的父亲那一辈似乎也不觉得幸福;那位英雄自己也看得很准,知道他死了以后,大家都会松一口气,叫一声“啊!……”在皇帝四周,思想界是多么荒凉!等于非洲的太阳照到广漠无垠的沙漠上……

这些翻来覆去想着的念头,克利斯朵夫绝对不说出来。只要露一些口风已经使爱麦虞限怒不可遏,怎么再敢尝试呢?但他把自己的思想藏在肚里也没用,爱麦虞限知道他那么想着。而且他还隐隐约约感觉到克利斯朵夫比他看得更远,因之他更气恼。青年人是不肯原谅他们的前辈强迫他们看到二十年以后的事的。

克利斯朵夫看透了他的思想,对自己说着:“他这是对的。各有各的信仰!一个人应当相信他所相信的。我千万不能扰乱他对于未来的信念。”

但只要他在场,彼此精神上就会骚动。两人待在一起的时候,尽管都抑捺着自己的个性,结果总是这一个压倒那一个,使那一个因为屈辱而心怀怨恨。爱麦虞限的骄傲的脾气,

① 尼古拉·波生(1594—1665)为法国画家,一六二四年前往罗马,至一六四〇年被路易十三强逼回国,一年后因受宫廷画家嫉妒,仍回罗马,终老于罗马。

因为克利斯朵夫的经验与性格都比他优越而感到痛苦。也许他还强自压制,不让自己对克利斯朵夫发生感情,因为事实上他已经慢慢地在喜欢他了。

他变得更孤僻了:关起门来谁都不见,信也不复。——克利斯朵夫只得不去找他。

时间到了七月初。克利斯朵夫把几个月的收获总结了一下:新思想,很多;朋友,很少。轰动一时而完全虚空的成功,看到自己的面目与作品在一般平庸的头脑中反映出来,不是变得模糊了就是变成了漫画,真不是味儿。他很愿意得到某些人的了解,无奈他们对他毫无好感;他去接近他们,他们简直不理不睬;不管他怎么样地想参加他们的理想,做他们的盟友,可始终不能加入他们的队伍。似乎他们多所猜忌的自尊心不愿意接受他的友谊,宁可他做一个敌人。总而言之,他眼看自己的一代像潮水般地过去了而自己没跟它一同过去,下一代的潮水又不要他加入。他是孤独的,可并不惊异,他一辈子孤独惯的。但他认为在这一次新的尝试之后,可以问心无愧地回到瑞士隐居去了。他心中还有一个计划,最近越来越成熟了:随着年龄的老去,他念念不忘地想回到家乡去终老。那边已经没有一个熟人,也许精神上比住在这外国的都市里更孤独;但家乡总是家乡;你并不要求和你血统相同的人和你思想也相同:大家暗中有着无数的联系;彼此的感觉都能领会天地这部大书,彼此的心也讲着同样的言语。

他心平气和地把自己的失意告诉葛拉齐亚,说他想回瑞士去,还说笑似的要求她允许。动身的日子定在下星期内。可是他在信尾添了一句:

"我改变了主意。行期延迟了。"

克利斯朵夫绝对信任葛拉齐亚,跟她无话不谈;但心里还有一个部分只有他自己有钥匙的,那是一些不单属于他,而也属于那些亲爱的死者的回忆。所以他绝口不提奥里维的事。这种保留并非由于故意,而是在他想和葛拉齐亚提到的时候说不出口。她和他是不认识的啊……

那天早上,他正在写信给他的女朋友,有人敲门了。他一边去开门,一边因为被人打搅而嘴里嘀咕着。来的是一个十四五岁的男孩子,说要见克拉夫脱先生。克利斯朵夫不大高兴地让他进来了。黄头发,蓝眼睛,面目清秀,不十分高大,身材瘦瘦的,他站在克利斯朵夫面前有点儿胆怯,不出一声。过了一忽儿他定了神,抬起清朗的眼睛把克利斯朵夫好奇地打量着。克利斯朵夫瞧着这可爱的脸笑了笑;孩子也笑了笑。

"说罢,有什么事呢?"克利斯朵夫问。

"我是来……"孩子又慌起来,红着脸,不作声了。

"不错,你是来了,"克利斯朵夫笑道,"可是为什么来的?你瞧我呀,难道怕我吗?"

孩子重新堆着笑脸,摇摇头:"不怕。"

"好极了!那么先告诉我你是谁。"

"我是……"

他又停住了,好奇的眼睛在屋子里扫了一转,无意中发现克利斯朵夫的壁炉架上摆着一张奥里维的照相。克利斯朵夫不知不觉跟着他的目光望去。

"说啊!拿点儿勇气出来!"

孩子就说:"我是他的儿子。"

克利斯朵夫大吃一惊,从椅子里直跳起来,两手抓着孩子，拉他到身边，重新坐下，把他紧紧搂着。他们的脸差不多碰在一起了。他瞅着他，瞅着他，再三说着：

“我的孩子……我可怜的孩子……”

他突然之间把孩子的头捧在手里，亲着他的额角、眼睛、腮帮、鼻子、头发。孩子被这种激动的表示吓坏了，心里很不舒服，挣脱了他的臂抱。克利斯朵夫松了手，捧着脸，把额角靠在墙上，过了几分钟。孩子直退到屋子的尽里头。等到克利斯朵夫重新抬起头来，脸色已经平静了；他堆着亲切的笑容，望着孩子：“我把你吓坏了。啊，对不起……你瞧，我太爱他了。”

孩子不回答，心还有点儿慌乱。

“你多像他！”克利斯朵夫说，“……可是我又认不得你。是哪些地方不同呢？”

他接着又问：“你叫什么名字？”

“乔治。”

“不错。我记得了。你叫做克利斯朵夫-奥里维-乔治[1]……你几岁啦？”

“十四岁。”

“十四岁！嗬！日子过得真快……我还觉得是昨天的事呢，——好像老是在我眼前呢……你多么像你父亲，脸完全一样，可又明明不是他。眼睛的颜色是相同的，目光却不同。同样的笑容，同样的嘴巴，可是声音不同。你更结实，腰背更直，脸蛋更饱满，也和他一样地会脸红。你过来，坐下罢，咱们来

① 西方人的名字往往不止一个，大都为纪念前人或亲友而袭用他们的名字。奥里维·耶南的儿子名字叫做克利斯朵夫-奥里维-乔治，前面两个名字即纪念父亲的好友与父亲。

谈谈。谁教你到我这儿来的?”

“我自己来的。”

“噢,你自己来的?你怎么知道我的呢?”

“人家跟我讲起您。”

“谁?”

“母亲。”

“啊?她知道你到我这儿来吗?”

“不知道。”

克利斯朵夫静默了一会儿,又问:“你们住在哪儿?”

“靠近蒙梭公园。”

“你是走来的?路不少呢,你累了吧?”

“我从来不觉得累的。”

“好极了!把手臂伸出来给我瞧瞧。”

他拍拍他的胳膊。

“好小子,长得很棒……告诉我,你怎么会想起来看我呢?”

“因为爸爸最喜欢您。”

“是她……”他又改口说:“是你母亲和你说的吗?”

“是的。”

克利斯朵夫微微一笑,心里想:“她也在忌妒!……他们全都那样地爱他!干吗他们不早对他表示呢?……”

然后他又问:“干吗你等了那么久才来看我呢?”

“我早想来的。可是我以为您不愿意见我。”

“我不愿意见你?”

“好几个星期以前,在希维阿音乐会上,我看见您的;那时我跟母亲在一块儿,离您只有几张椅子;我对您行礼,您斜着眼睛瞪了我一下，皱了皱眉头，不理我。”

“我，我对你看了一下吗？……可怜的孩子，你竟以为我？……唉，我没看见你啊。我有点近视，所以我皱眉头……难道你以为我很凶吗？”

“我想您可能很凶的，倘使您要凶的话。”

“真的吗？”克利斯朵夫接着说，“既然你认为我不愿意见你，又怎么敢来的？”

“因为我，我要看您呀。”

“要是我把你撵出去，你怎么办？”

“我不会让人家这么做的。”

他这么说的时候神气很坚决，有点难为情，也有点挑战的模样。

克利斯朵夫不禁哈哈大笑；乔治也跟着笑了。

“你倒可能把我撵出去呢，是不是？嘿！好大的胆子！……你真不像你的父亲。”

孩子笑嘻嘻的脸突然沉了下来：“您觉得我不像他吗？您刚才明明说……那么您以为他会不喜欢我吗？您也不喜欢我吗！”

“我喜欢不喜欢你，对你有什么关系？”

“关系大呢。”

“为什么？”

“因为我喜欢您啊。”

一刹那间，他的眼睛，嘴巴，脸上各个部分，有了好几种不同的表情。好比四月里的天，春风把一堆堆乌云的影子照在田里。克利斯朵夫看着他，听着他，心里舒服极了，过去的烦恼都被一扫而空；他的可悲的经验，受的磨折，他的和奥里维的痛苦,一切都给抹掉了。孩子是从奥里维生命中长出来的嫩芽,而克利斯朵夫自己也在这个嫩芽身上复活了。

他们俩谈着话。几个月以前,乔治还完全不知道克利斯朵夫的音乐;但自从克利斯朵夫回到巴黎以后,凡是演奏他作品的音乐会,乔治一次都没错过。一提到他的乐曲,他就眉飞色舞,眼睛发亮,笑眯眯的,连眼泪都要上来了,简直是入了迷。他告诉克利斯朵夫,说他热爱音乐,同时也想学音乐。但克利斯朵夫提了几个问题,发觉孩子对音乐还一无所知。他盘问他的学业。原来是在念中学;他还轻松地说自己不是一个好学生。

"你在哪一方面比较强呢?文学还是科学?"

"都差不多。"

"怎么?怎么?难道你是个没出息的学生吗?"

他坦白地笑了:"大概是吧。"

接着他又补上一句真心话:"可是我知道不至于的。"

克利斯朵夫禁不住笑了。

"那么干吗不用功呢?难道没有一样东西使你感兴趣吗?"

"相反!什么都使我感兴趣。"

"那又怎么呢?"

"什么都有了兴趣,就没时间啦。"

"没时间?你又干些什么鬼事呢?"

他做了个意义不明的姿势。

"噢,事情多呢。我搞音乐,参加运动,参观展览会,还要看书……"

"最好多念念你的课本。"

"课本顶没意思了……而且我们还要旅行。上个月,我在英国看牛津跟剑桥比赛。"

"嗯,这样你的功课才会进步呢!"

"您别说这个话!这样可以比在中学里学得更多的东西。"

"你母亲对这些认为怎么样?"

"母亲是很讲理的。我要怎么办,她就怎么办。"

"坏东西!……算你运气,没有像我这样的人做你父亲。"

"倒是您没运气有我这样的儿子……"

他那种撒娇的神气真讨人喜欢。

"那么告诉我,你这个大旅行家,"克利斯朵夫说,"你认得我的国家吗?"

"认得。"

"我敢说你连一句德语都不懂。"

"怎么不懂!我的德语很好呢。"

"咱们来试着瞧罢。"

两人便说起德语来了,孩子乱七八糟地说着,语法也不准确,可是非常有把握;他很聪明,机灵,懂得的少,猜到的多,常常猜错;那时他自己先笑开了。他挺有劲地讲他的旅行,讲他看的书。他看得很多,匆匆忙忙的,浮光掠影的,只看着一半,把没有过目的自己造出来,但永远受着一种强烈而新鲜的好奇心刺激,到处寻找使自己兴奋的因素。他从这个题目跳到另一个题目,眉飞色舞地讲着他受过感动的戏剧或作品。所有的知识都毫无系统:他会看一本不入流的书而偏偏不知道那些最出名的。

"这些都很有意思,"克利斯朵夫说,"可是你要不用功的话,决不会有什么成就。"

"噢!我用不着。我们有钱。"

"该死!这个话可严重了。你愿意做一个一无所用、一无所事的人吗?"

"哪里!我什么都要干。一辈子只干一行,太傻了。"

"可是唯有这样,一个人才能把本行干得像个样。"

"有人是这么说呀。"

"怎么!有人是这么说?……我,我就这么说。瞧,我把自己的一行研究了四十年,才有点儿门径。"

"学本领就得花四十年,那么什么时候才能动手做呢?"

克利斯朵夫笑起来了。

"小家伙,你倒会顶嘴呢!"

"我愿意做个音乐家。"乔治说。

"那么马上就学也不算早了。要不要我教你?"

"噢!那我多高兴啊!"

"你明天再来。我要瞧瞧你有多大出息。要是你没出息,我就不许你碰钢琴。要是你有天分,咱们可以想法教你有点儿成就……但是我先告诉你,你非用功不可。"

"我一定用功。"乔治说着,快活极了。

他们把约会定在第二天。临走,乔治想起明天已经有别的约会,后天也是的。对啦,这个星期简直没空。于是他们另外定了一个日子和钟点。

但到了那一天那个时间,克利斯朵夫空等了一场,大为失望。他想到能够再看见乔治,竟欢喜得像小孩子一样。这个意想不到的访问使他的生活有了光明。他为之那样的快乐,感动，甚至当夜没有能睡觉，不胜感激地想到这小朋友是代表他的朋友来看他的；他对着脑子里那张可爱的脸微笑；孩子的天真，可爱，又调皮又老实的谈吐，完全把他迷住了。他体会着这种醉意，耳朵里跟心里只听见嗡嗡地响着，快乐的情形像他和奥里维订交的时期一样。同时他还有一种更严肃的，几乎是虔敬的感情，因为他的心除了活人以外又看到了故人的笑容。——乔治失约以后，他一连等了好几天。始终没有人来，也没有一封道歉的信。克利斯朵夫悲伤之下，竭力想出理由来原谅孩子。他不知道他的住址。即使知道了，也不敢写信去。老年人的喜欢青年人，是不好意思把少不了对方的心情表示出来的；他知道青年人心里并没有这种需要：双方的情势根本不同，而我们最怕用感情去强制一个对我们并不在乎的人。

日子一天天地过去，消息全无。克利斯朵夫虽然很难过，却硬着头皮不去想法找耶南一家的踪迹，只每天等着。他也不上瑞士去，整个夏天都待在巴黎。他觉得自己荒唐，但再没兴致旅行了，直到九月才上枫丹白露去住了几天。

十月将尽的时候，乔治·耶南跑来敲门了。他若无其事地道了歉，对于失信的事没有一点儿惭愧的神气。

“我没有能来，”他说，“后来我们又动身到布列塔尼去了。”

“你该写信给我啊。”

“是的，我想写信的。可是我老是没有空……并且，”他笑着说，“我也忘了，把什么都忘了。”

“你什么时候回来的？”

“十月初。”

“哼,你又等了三星期才来看我? ……老实告诉我:是不是你母亲不准你来? ……是不是她不喜欢你来看我?”

“不! 正是相反。今天还是她教我来的。”

“怎么?”

“暑假以前我来看过您之后,回去一五一十都说给她听了。她说我做得很对;她问起您;这个那个的问了好多话。三星期以前,我们从布列塔尼回来的时候,她就要我再来看您。八天以前,她又提我一回。今儿早上,知道我还没有来,她生气了,要我吃过中饭立刻就来,不许再拖了。”

“你跟我讲着这些,不觉得难为情吗? 直要人家逼了,你才肯到我这儿来吗?”

“不是的,不是的,您别这样想! ……噢! 我使您生气了! 对不起……我真糊涂……您尽管骂我罢,可是别恨我。我很喜欢您。要不然我也不会来了。人家并没强迫我。第一,人家只能强迫我做我愿意做的事。”

“坏东西!”克利斯朵夫说着,不由得笑了出来,“那么你关于音乐的计划怎么了?”

“噢! 我老在想呀。”

“光是想,就会成事吗?”

“现在我要开始了。最近几个月的确忙不过来,我有多多少少的事要做! 可是现在,您瞧着罢,我要用功了,倘使您还肯教我的话……”

(他做着媚眼。)

“你这是开玩笑了。”克利斯朵夫回答他。

“您不拿我当真吗?”

“不当真。”

“讨厌！没有一个人把我当真的。我灰心透了。”

“要看到你用功的时候我才把你当真。”

“那么马上就来！”

“我没空，明天罢。”

“不，明天太远了。我不能让您在这一天之内瞧不起我。”

“你多讨厌。”

“我求您……”

克利斯朵夫看着他那些缺点笑了笑，教他坐在钢琴前面，和他谈起音乐来了。他问了他几句，又要他解答几个和声方面的小问题。乔治根本不太懂；但他的音乐本能把他的愚昧无知给补足了不少；虽则不知道和弦的名字，他居然找到了克利斯朵夫所要的和弦；便是找错了，那种笨拙也显出他有特别的趣味和特别敏锐的感觉。克利斯朵夫的批评，他先要讨论过了才肯接受；而他提出的那些很聪明的问题又表示他非常真诚，不承认艺术是一种教条似的公式，而是要经过自己体验的。——他们所讨论的并不限于音乐。提起和声的时候，乔治谈到一些图画，风景，人物。他像野马一般的不受束缚，得时时刻刻把他拉回来；克利斯朵夫往往没有这勇气。他听着这聪明活泼的小家伙嘻嘻哈哈地东拉西扯，觉得挺好玩。他的性格和奥里维的完全不同……父亲的生命是一条埋在地下的河，默默无声地流着；儿子的却全部暴露在外面，像一条使性的溪流，在阳光底下玩耍，消耗它的精力。可是本质上是同样纯洁的水，像他们俩的眼睛一样。克利斯朵夫微微笑着，看到乔治有某些出于本能的反感，看到他喜欢的东西跟不喜欢的东西，都是他熟识的；还有那种天真的执着，对自己喜欢的人倾心相与的热情……所不同的是乔治喜欢的对象太多了，使他没有时间爱一个对象爱得怎么长久。

下一天和以后的几天，他都来了。他对克利斯朵夫有了那种青年人的热情，把他教的东西都学得很有劲……——然后，高潮低下去了，来的次数减少了……然后他不来了，又是几星期的没有影踪。

他轻佻，健忘，自私得天真，亲热得真诚，心地很好，非常聪明，可舍不得用这个聪明。人家因为喜欢看到他，便处处原谅他。他是幸福的……

克利斯朵夫不愿意批判乔治，也不怪怨乔治。他写信给雅葛丽纳，谢谢她教儿子来看他。她复了一封短信，显而易见是压着情感写的；她只希望克利斯朵夫照顾乔治，指点他怎么做人，语气之间没有想和克利斯朵夫见面的表示。为了怕触动旧事，也为了高傲，她不敢来找他。而克利斯朵夫也觉得不被邀请就没有权利先去。——所以他们不相往来，只偶尔在音乐会里远远地看到，还有孩子难得的访问使他们之间有点儿联系。

冬天过去了。葛拉齐亚很少来信。她对克利斯朵夫始终保持着忠实的友谊。但因为是真正的意大利女子，很少感伤气息，只关心现实，所以她即使不一定要看到了朋友才会想起他们，至少要看到了他们才会想起跟他们谈天的乐趣。为了保持心中的记忆，她非要把眼睛的记忆常常更新一下不可。因此她的信变得简短而稀少了。她从来不怀疑克利斯朵夫的友谊，好似克利斯朵夫从来不怀疑她的友谊一样。但这种信念所能给人的，多半是光明而不是热度。

克利斯朵夫对于这些新的失意不觉得怎么难过。音乐方面的活动尽够消磨他的光阴。到了相当的年龄，一个强毅的艺术家大半在艺术中过活，实际生活只占了很少的一部分；人生变了梦，艺术倒反变了现实。和巴黎接触之下，他的创造力又觉醒了。只要看到这个大家都在埋头工作的都市，你就受到极大的刺激。便是最冷静的人也会感染它的狂热。克利斯朵夫在健康的孤独生活中休息了几年，养精蓄锐，又有一笔精力可以拿来消耗了。法国人的不知餍足的好奇心，在音乐的技术方面有了新的收获；克利斯朵夫拿着这笔新的财产，也开始去搜索他的新天地；他比他们更粗暴，更野蛮，比他们走得更远。但他现在这种大胆的尝试，再也不是凭本能去乱碰的事了。克利斯朵夫一心一意追求的是“清楚明白”。他的天才，一辈子都跟着缓一阵急一阵的流水的节奏；它的规则是每隔一个时期就得从这个极端转换到另一个极端，而把两端之间的空隙填满。前一个时期，他把自己整个儿交给“在秩序的面网底下闪烁发光的一片混沌”，甚至还想撕破面网看个真切；可是他忽然感到要摆脱混沌的诱惑，重新把理性盖住人生的谜了。罗马那股征略天下的气息在他身上吹过了。像当时的巴黎艺术一样（那是他不免有所感染的），他也渴望着秩序。但并非依照那般疲倦不堪的开倒车的人的方式，他们只能拿出最后一些精力保护他们的睡眠；——也不是华沙城中的秩序。① 那般好好先生回到了圣·桑与勃拉姆斯的路上，——回到了一切艺术上的勃拉姆斯，把学校里的功课做得

① 一八三一年华沙被俄军占领时，波兰外长塞巴斯蒂尼答复议员质问，声称：“华沙城中秩序很好。”实际是俄军在城内镇压波兰民族之反抗，以求“恢复秩序”。

挺好，因为求安静而回到平淡无味的新古典派去了。他们的热情不是消耗完了吗？哼！朋友们，你们疲倦得真快……我所说的可不是你们的秩序。我的秩序不是这一类的，而是要靠自由的热情与意志之间的和谐建立起来的……克利斯朵夫在自己的艺术中竭力想做到一点，就是使生命的各种力量得到平衡。那些新的和弦，那些被他在音乐的深渊中挑起来的妖魔，他是用来建造条理分明的交响乐的，建造阳光普照的大建筑的，像盖着意大利式穹隆的庙堂一样。

这些精神的游戏与斗争，消磨了他整个的冬天。而冬天过得很快，虽则有时候，克利斯朵夫在黄昏时做完了一天的工作，回顾着一生的成绩，也说不出冬天究竟是短是长，他自己究竟是少是老……

于是，人间的太阳射出一道新的光明，透过幻梦的幕，又带来了一次春天。克利斯朵夫收到葛拉齐亚一封信，说预备带着两个孩子到巴黎来。她早已有这个计划，高兰德几次三番地邀请过她。可是要她打破习惯，离开心爱的家，走出懒洋洋的恬静的境界，回到她所熟识的巴黎漩涡中来，是需要打起精神的，而她就怕打起精神，便一年一年地拖了下来。那年春天，有种凄凉的情绪，也许是什么暗中的失意——（一个女人心里藏着多少为别人不知道而自己也否认的可歌可泣的故事！）——使她想离开罗马。恰好当时有传染病流行，她便借此机会带着孩子们赶快动身了。写信给克利斯朵夫不多几天之后，她人也跟着来了。

她才到高兰德家，克利斯朵夫就去看她。他发觉她迷迷惘惘的，仿佛心还不在这儿。他看了有点难过，却不表示出来。现在他差不多把他的自我牺牲完了,所以变得心明眼亮,懂得她有一桩极力想隐藏的伤心事;他便不让自己去探索,只设法替她排遣,嘻嘻哈哈地说出他不如意的遭遇,他的工作,他的计划,一方面不着痕迹地把一腔温情围绕着她。她被这股不敢明白表露的柔情渗透了,知道克利斯朵夫已经猜着她的苦闷,大为感动。她把自己那颗哀伤的心依靠着朋友的心,听它讲着两人心事以外的别的事。久而久之,怅惘的阴影在朋友的眼中消失了,两人的目光更接近了,越来越接近了……终于有一天,他和她谈话的时候突然停下来望着她。

“什么事啊?”她问。

“今天你才算是回来了。”

她微微一笑,轻轻地回答说:“是的。”

要安安静静地谈话不是件容易的事。两人难得有单独相对的时间。高兰德常常陪着他们表示殷勤,使他们觉得太殷勤了些。她虽则有许多缺点,人倒是挺好,很真心地关切着葛拉齐亚和克利斯朵夫;但她万万想不到自己会使他们厌烦。她的确注意到——(她把什么都看在眼里)——她所谓克利斯朵夫与葛拉齐亚的调情:调情是她生活中的一个重要节目,她看了只会高兴,只想加以鼓励。但这正是人家不希望她做的,他们但愿她别过问跟她不相干的事。只要她一出现,或是对两人中的一个说一句心照不宣的话(那已经是冒失了),暗示他们友谊,就会使克利斯朵夫与葛拉齐亚沉下脸来,把话扯开去。高兰德看到他们这样矜持,不禁竭力寻思,把种种可能的理由都想遍了,只漏掉了一个,就是那真正的理由。还算两个朋友的运气,高兰德不能坐定在一个地方。她来来往往,进进出出,监督家中所有的杂务,同时有几十件事情在手里。在她一出一进之间,只剩下克利斯朵夫与葛拉齐亚单独跟孩子们在一起的时候,他们才能继续那些无邪的谈话。两人从来不提到彼此的感情,只交换一些身边琐事。葛拉齐亚拿出她的女人脾气,盘问克利斯朵夫的日常生活。他在家里把什么都搞得很糟,老是和打杂的女仆吵架,她们对他虚报账目,无所不为。她听着不由得哈哈大笑;同时因为他不会管事,她有点像母亲可怜孩子那样的心情。有一天,高兰德把他们纠缠得比平时格外长久;等到她走开了,葛拉齐亚不禁叹了口气:"可怜的高兰德!我很喜欢她……她把我闹得多烦!……"

"如果你是因为她把我们闹得心烦才喜欢她,那么我也喜欢她。"克利斯朵夫说。

葛拉齐亚听着笑了:"告诉我……你允许不允许……(在这儿真没法谈话)……我上你那边去一次?"

他听了浑身一震。

"上我那边?你会上我那边去吗?"

"那不会使你不高兴吧?"

"不高兴!啊!天哪!"

"那么星期二行不行?"

"星期二,星期三,星期四,哪一天都行。"

"那么准定星期二,下午四点。"

"你真好,你真好。"

"别忙。我还有一个条件呢。"

"条件?干什么?随你罢。你知道,反正你要我怎么办都可以,不管有没有条件。"

"我喜欢有个条件。"

"我答应你就是了。"

“你还没知道是什么条件呢。”

“那有什么相干？我答应了就完了。什么条件都依你。”

“也得先听一听呀，你这个死心眼儿的！”

“说罢。”

“就是从现在起，你家里不能有一点儿变动，——听清没有？一点儿都不能变动。你屋子里每样东西都要保持原状。”

克利斯朵夫立刻拉长了脸，愣住了。

“啊！这算是哪一门呢？”

她笑了：“你瞧，我早告诉你别答应得太快。可是你已经答应了。”

“你为什么要？……”

“因为我要看看你家里的情形，你平时并不等我去的时候的情形。”

“可是你得允许我……”

“不。我什么都不允许。”

“至少……”

“不，不，不，不。你说什么我都不爱听。或者我干脆不上你那儿去倒也没关系……”

“你知道我什么都会答应的，只要你肯去。”

“那么你答应了？”

“是的。”

“一言为定了？”

“是的，专制的王后。”

“她好不好呢？”

“专制的王后不会好的；只有被人喜欢和被人恨的

两种。”

“我是两者都是的，对不对？”

“不！你只是被人爱的。”

“那你真是哭笑不得了。”

到了那天，她来了。克利斯朵夫素来把答应人家的话看得挺认真的，在乱七八糟的屋内连一张纸都不敢收拾，觉得移动一下便是失信。但他心里很难过，一想到朋友看了这情形作何感想，就非常难为情。他好不心焦地等着。她来的时间很准，只迟到了四五分钟，很稳健地迈着小步踏上楼梯。打铃的时候，他已经站在门背后，马上开了。她穿得朴素大方。从她的面网中间，他看见她眼神很镇静。两人低声道了一声好，握着手。她比平时更沉默了；又局促又激动，一声不出，免得显出心里的慌乱。他请她进来，早先预备下对于屋子的杂乱向她说几句道歉的话，结果也没说。她坐在一张最好的椅子里，他坐在旁边。

“这就是我工作的屋子。”他所能说的就是这么一句。

大家静默了一会儿。她从容不迫地望着，非常慈爱地微微笑着，她也有些心慌意乱呢。（后来她告诉他，她还是个女孩子的时候，曾经想到他家里去；但正要进门又吓得跑掉了。）她看到屋子里凄凉的景象大为感触：过道又窄又黑，环堵萧然，到处是寒酸相。她很同情这位老朋友一辈子做了多少工作，受了多少痛苦，也有了点名气，而物质生活还是这么清苦！同时她也注意到他不在乎起居的舒服不舒服。房间里四壁空空，没有一张地毯，没有一幅图画，没有一件艺术品，没有一张沙发；除了一张桌子、三张硬椅、一架钢琴而外，再没别的家具；和几册书乱堆在一起的是许多纸张，而且到处都是纸,桌上,桌下,地板上,钢琴上,椅子上,——她看到他这样诚心地守约,不禁微微地笑了。

过了一会儿,她指着他的座位问:“你是在这里工作的吗?”

“不,在那边。”

他指着室内最黑的一角和背光摆着的一张矮矮的椅子。她走过去有模有样地坐着,一声不响。两人默然相对了几分钟,不知道说什么好。他在钢琴前面坐下了,临时即兴地弹了半小时,觉得自己整个儿被朋友的精神包围了,心里只有一片欢乐的感觉。他闭着眼睛,弹着一些奇妙的东西。于是她体会到这个房间的美,其中充满了出神入化的音乐;她也听到了这颗热爱的苦恼的心,仿佛就在自己胸中跳动。

音乐完了,他还对着钢琴一动不动地待了一会儿,随后听见朋友在背后抽噎的声音,才掉过身来。她走来抓着他的手,轻轻地说了句:“谢谢你。”

她嘴巴有点儿哆嗦,闭着眼睛。他也把眼睛闭上了。两人这样地握着手过了几秒钟;时间停止了……

她重新睁开眼睛;为了压制心中的惶乱,她问:“能让我瞧瞧别的屋子吗?”

他也很高兴能避免感情的激动,便打开隔室的门,可是他马上觉得很难为情。里头摆着一张又窄又硬的铁床。

(后来他告诉葛拉齐亚,说他从来没带过一个情妇到他家里去;她挖苦他说:“那也是想象得到的;她要有极大的勇气才行呢。”——“为什么?”——“睡在这样一张床上,不是要有勇气的吗?”)

卧室里还有一口乡下人家用的五斗柜,墙上挂着一个贝多芬的头像，近床的地方，值不了几个钱的框子里放着他母亲和奥里维的照相。五斗柜上另外有张葛拉齐亚十五岁时的相片，那是在她罗马的照相簿里偷来的。他当时对她招认了，请她原谅。她瞧着相片说："在这张像上你居然认得我吗？"

"认得，我还记得你那时的模样呢。"

"两个人中，你更喜欢哪一个？"

"你始终没有变。我总是一样地爱你。我到处都认得你，便是在你小时候的照片上也认得。我在这个幼虫身上已经能感到你整个的灵魂了。单凭你的灵魂，我就知道你是不朽的。我从你出生的时候起，出生以前起，就爱你了，直爱到你……"

他不说了。她也一言不答，心中充满了爱，不胜惶惑。她回到书室，他指给她看窗外的一株小树，说是他的朋友：许多麻雀在树上聒噪。

她说："现在咱们来吃点心罢。茶叶跟蛋糕，我都给捎来了，因为我知道你不会有的。并且我还带着别的东西。把你的大衣给我。"

"我的大衣？"

"是的，是的，给我罢。"

她从手提包里掏出针和线。

"怎么？你……"

"前天我看见有两个扣子快掉下来了。现在到哪儿去了？"

"不错，我还没想到缝上去。太麻烦了！"

"可怜的孩子！拿来给我罢。"

"那多难为情！"

"别管，你去沏茶。"

他把水壶跟酒精灯端进来，一忽儿都不肯离开朋友。她一边缝一边很俏皮地在眼梢里觑着他笨拙的举动。喝茶的杯子都是残缺的，用的时候不能不小心；她认为这些茶具简直要不得，他却一本正经地辩护，因为那是他和奥里维同居时代的纪念物。

她快走的时候，他问："你不笑我吗？"

"笑什么？"

"屋子里搞得这样乱糟糟的。"

她笑了："我慢慢会把它整理好的。"

她走到门口预备开门了，他忽然跪在地下亲了亲她的脚。

"你干什么啊？"她叫起来，"疯子，亲爱的疯子。再会罢。"

她约定以后每星期在同一天上到这儿来，要他答应不再做出癫狂的行为，不再跪在地下亲她的脚。克利斯朵夫被她温柔安静的气息感化了，便是在情绪激动的日子也同样受到影响。他一个人私下想到她的时候，往往热情冲动得厉害；但见了面，他们永远像两个不拘形迹的好朋友。他从来没有一个字或一个举动会引起葛拉齐亚不安的。

到了克利斯朵夫的节日，她把奥洛拉穿扮得跟自己初遇克利斯朵夫的时代一模一样；又教孩子在琴上弹着克利斯朵夫当初教她弹的曲子。

这种情意，这种温柔，这种深厚的友谊，和许多矛盾的心情混在一起。她是轻浮的，喜欢交际，受人奉承，就是被傻瓜们奉承也觉得高兴；她会卖弄风情，除掉和克利斯朵夫，——甚至和克利斯朵夫也不免。他要对她表示温柔的话，她便故意装做冷淡，矜持。倘若他表示冷淡与矜持的话，她却装出温柔与亲热的态度挑引他了。不用说,她是女人之中最规矩的女人。但就在最规矩的女人身上有时也会露出风骚的本相。她要敷衍人,适应社会习惯。她很有音乐天分,懂得克利斯朵夫的作品,但不十分感兴趣,——他也很知道。对于一个真正的拉丁女子,艺术的妙处是在于能够归纳到人生,再由人生归纳到爱情……而所谓爱情是藏在肉感的,困倦的身体中的那种爱情……至于波澜起伏的交响乐,英勇壮烈的思想,北欧人那种醉心于理想的热情,对她是不相干的。她需要的音乐,是能使她费最少的力量,把藏在心里的欲念舒展出来的那种音乐,是有热情而不至于使她精神疲劳的那种歌剧,总之是感伤的、有刺激性的、懒洋洋的艺术。

她性格软弱,很容易变化;凡是正经的研究工作,只能断断续续地做;她需要消遣,今天说明天要做某一件事,到了明天不一定会做。幼稚和使性的地方不知有多少!女人的骚乱的天性,病态的不讲理的脾气常常会发作……她也感觉到这些,便想法躲起来让自己孤独几天。她知道自己的弱点,恨自己脾气压制得不够,既然那些弱点使朋友伤心;有时她为了他做着很大的牺牲,他根本没觉得;但归根结底,天性总是强于一切。并且葛拉齐亚受不了克利斯朵夫有支配她的神气;有一两次,为了表示独往独来,她故意做了跟克利斯朵夫要求的完全相反的事。过后她懊悔了,清夜扪心,埋怨自己没有使克利斯朵夫更快乐。她爱他的程度,远过于面上所表示的;她觉得这场友谊是她一生最可宝贵的一部分。两个性格完全不同的人,一朝相爱之下,往往在分离的时候精神上最接近。克利斯朵夫与葛拉齐亚的没有能结合,固然是由于小小的误会,错处却也不像克利斯朵夫所想的完全在他这方面。便是从前葛拉齐亚爱着克利斯朵夫的时代，她会不会嫁给他也是问题。也许她肯把生命为他牺牲；可是她能一辈子和他过共同生活吗？她明知道（当然不告诉克利斯朵夫）自己爱着丈夫，即使到了今天，丈夫使她受了那么多的痛苦之后，她仍旧像从前一样地爱着他，而那种爱的程度是她从来没爱过克利斯朵夫的。那是感情的神秘，肉体的神秘，自己觉得并不体面而瞒着心爱的人的，一则为了敬重他们，二则也为了觉得自己可怜……克利斯朵夫因为是纯粹的男人脾气，决不能猜到这些，但有时也会灵机一动，发觉最爱他的人其实并不把他放在心上，——可见一个人在世界上对谁都不能完全依靠。他心中的爱并不因此受到影响，甚至也没有什么牢骚。他被葛拉齐亚的和平的气息笼罩了，对什么都平心静气地接受了。噢，人生，有些东西原来是你不能给的，为什么要怪怨你呢？你的本来面目不是已经很美很圣洁了吗？育公特①，我们应当爱你的微笑……

克利斯朵夫把朋友的优美的脸长时间地打量着，看到许多过去未来的事。在他幽居独处的悠长的岁月中，在旅行中，观察多于说话的结果，使他学会了揣摩脸相的本领，懂得面部的表情是多少世纪培养成功的丰富复杂的语言，比嘴里讲的更复杂到千百倍的语言。整个民族性都借它来表白了……脸上的线条和嘴里的说话是永远成为对比的。譬如某个少妇的侧影，轮廓清楚，毫无风韵，像柏恒·琼斯②一派的素描，像个悲剧的角色，似乎有股秘密的热情，妒忌的心理，莎士比亚式

① 《育公特》一名《蒙娜·丽莎》，为达·芬奇画的有名的女像，鉴赏家均谓画上的笑容象征人生之谜。

② 柏恒·琼斯为十九世纪英国画家，作品带有象征、神秘、感伤的意味。

的苦恼，把她侵蚀着……但一开口明明是个小布尔乔亚，愚蠢无比，连她的风骚与自私也是平凡的，根本没意识到自己在相貌上表现的那种可怕的力量。然而那热情，那暴戾之气，的确在她身上。将来用什么形式发泄出来呢？是孜孜为利的性格吗？是夫妇之间的嫉妒吗？还是了不起的毅力，或是病态的凶恶？我们无从知道。甚至这些现象在本人身上来不及爆发，倒先遗传给她的后人了。但这个因素老是无形中罩在那种族的头上，像宿命一样。

葛拉齐亚也承受着这份乱人心意的遗产，在古老家庭的所有的遗产中，这一份是保存得最完整的。她至少认识这一点。一个人真要有很大的力量，才能知道自己的弱点，才能使自己即使不能完全做主，至少能控制自己的民族性，——（那是像一条船一样把你带着往前冲的）——才能把宿命作为自己的工具而加以利用，拿它当做一张帆似的，看着风向把它或是张起来或是落下去。葛拉齐亚闭上眼睛的时候，便听见心中有好几个令人不安的声音，那音调都是她熟悉的。但在她健全的心灵中，所有的不谐和音终于融和了；它们被她和谐的理性作成了一个深邃的、柔和的乐曲。

不幸，我们没法把自己最好的部分传给我们的骨肉。

在葛拉齐亚的两个孩子中间，十一岁的小姑娘奥洛拉是像她的：没有她好看，比较粗糙一点，略微有些瘸腿。她脾气很好，性情快活，对人亲热，身体非常强壮，很有志气，可惜缺少天分，只想闲着，一事不做。克利斯朵夫很疼她，看她挨在葛拉齐亚身旁，等于看到了两个年龄不同的葛拉齐亚……那是一根枝干上的两朵花，达·芬奇笔下的《圣家庭》，——圣母与圣·安娜①,——是同一个笑容变化出来的。你一眼之间把女性的两个阶段,含苞欲放和花事阑珊的景象,同时看到了;这是多美多凄凉的景象,因为你眼睁睁地看着花开花落……所以一个热情的人会对姊妹或母女同时抱着热烈而贞洁的爱。克利斯朵夫便是在爱人的子女身上爱他的爱人。她的一颦一笑,脸上的每一条皱纹,岂非都是她眼睛没睁开以前的生命的回忆吗?岂非也是她眼睛闭上以后的未来的生命的预告吗?

男孩子雷翁那罗刚好九岁。他像父亲,比姊姊俊俏得多,因为父系的血统更细气,太细气了,已经因贫血而衰败了。他很聪明,很有些恶劣的本能,会奉承,会作假。大蓝眼睛,淡黄的长头发像女孩子的,皮色苍白,肺很娇弱,近于病态的神经质,那是他一有机会就利用的;因为他天生地会做戏,特别能抓住别人的弱点。葛拉齐亚偏疼着他:第一是做母亲的对身体单薄的孩子总要宠爱一些,其次,她像那些老实而善良的女人一样,觉得既不老实又不善良的儿子特别可爱,因为自己一向压制着的某些性格可以在他们身上发泄一下。同时这种儿子教她回想到那个使她又痛苦又快乐,也许被她瞧不起但私下仍旧爱着的丈夫。那都是些异香扑鼻、令人心醉的花木,在下意识的暧昧而温暖的花房中生长的。

葛拉齐亚虽是尽量地对两个孩子一视同仁,奥洛拉仍感觉到有高低厚薄之分,因此心里不大舒服。克利斯朵夫猜到她的心事,她也猜到克利斯朵夫的心事;两人不知不觉地互相接近,不像在克利斯朵夫与雷翁那罗之间暗中有股反感,——

① 圣·安娜是圣母玛利亚的母亲。

那反感在孩子方面是用撒娇的方式来遮盖的，在克利斯朵夫方面是认为可耻而抑捺着的。他克制自己，硬要自己喜欢这个另外一个男人的孩子，把他当做葛拉齐亚生的。他不愿意找出雷翁那罗的恶劣的天性，和令人想起另外一个男人的特征；他竭力在孩子身上只看到葛拉齐亚的灵魂。心明眼亮的葛拉齐亚，的确把儿子看得清清楚楚，但反而因之更爱他。

在孩子身上潜伏了多年的肺病终于爆发了。葛拉齐亚决意带着孩子去躲在阿尔卑斯山中的一所疗养院里。克利斯朵夫要求陪她一同去。她为了顾虑舆论，把他劝阻了。他看到她这样过分地重视礼教，心里很不舒服。

她走了，把女儿留在高兰德家里。但她不久就感到孤单得可怕：周围的病人只讲着自己的疾苦，气象森严的自然界似乎对那些残废的人扮着一副冰冷的脸。那般可怜虫手里捧着痰盂，偷偷地你瞧着我，我瞧着你，眼看死神的影子在邻居身上渐渐地扩大。葛拉齐亚为了躲避他们，从巴拉斯旅店搬出来，租了一所木屋和她的小病人单独住下。海拔的高度非但没有减轻雷翁那罗的病势，反而把它加重了。热度更高起来。夜里，葛拉齐亚焦急万状。克利斯朵夫远远地凭着直觉感到了，虽则朋友信上只字不提。她硬着头皮撑着，心里很希望有克利斯朵夫做伴；但她当初不许他跟着来，现在也不敢告诉他说："我支持不住了，我需要你……"

一天傍晚，她站在木屋外边的走廊里。心中苦闷的人最怕这黄昏日落的时间……她看见，自以为看见，在架空铁道的小站通到屋子来的小路上，有个男人急匆匆地走着，走一会儿停一会儿，有点儿踌躇，微微伛着背，抬起头来望着木屋。她赶紧躲到屋子里不让他看见，把手压着胸口，激动到极点，笑了出来。虽则她对宗教并不热心，却也跪在地下，拿手捧着脸，觉得需要感谢什么人……可是他还不上门。她回到窗口，躲在窗帘后面张望。他背对着一片空地外边的栅栏，在靠近木屋大门的地方停着，不敢进来。而她心里比他更慌乱，一边微笑一边轻轻地说着："喂，你来呀……来呀……"

终于他下了决心，打铃了。她早已到了门口，把他让了进来。他的眼睛好似一头怕挨打的狗，嘴里说着："对不起，我是来……"

"多谢你！"她回答。

然后她说出自己是多么急切地盼望他来的。

克利斯朵夫全心全意地，帮助她看护病势日渐沉重的孩子。孩子对他非常凶暴，说出许多恶毒的话，不再掩饰仇恨的心理。克利斯朵夫认为是疾病所致。他那时的耐性是从来未有的。他们俩在孩子床头一连过了好几天痛苦的日子，尤其是情势危急的一夜。过了那一夜，似乎没有希望的雷翁那罗居然得救了。两人守在睡着的孩子旁边，觉得快乐到极点。——她突然站起来，拿着大衣，拉着克利斯朵夫往外跑，在雪地里走着。静寂的夜里，天上亮着瑟缩的星。她搀着他的胳膊，欣欣然呼吸着那股凛冽的、和平的气息。两人难得开口，根本没有一句隐射他们爱情的话。回来的时候，她站在门外的阶沿上，因为孩子得救而眼中闪着幸福的光芒，叫了声：

"亲爱的，亲爱的朋友！……"

除此以外再没有别的表示。但两人都觉到彼此的关系变为神圣的了。

经过了长时期的休养以后，她回到巴黎，在巴西区租了一所屋子，不再顾虑什么舆论。她觉得自己颇有勇气为了朋友而冒犯舆论了。从此以后，他们亲密的程度使她觉得，倘若因为怕人议论（那是不可避免的）而把两人的友谊再藏起来，未免太懦怯了。她随时招待克利斯朵夫，和他一起出去，散步，上戏院，当着众人跟他挺亲热地谈话。谁都以为他们俩是一对情侣了。甚至高兰德也觉得他们过于招摇，和葛拉齐亚隐隐然提了一句，葛拉齐亚微微一笑拦住了她的话，若无其事地扯到别的问题上去了。

可是她并没给克利斯朵夫什么新的权利。他们不过是朋友而已；他和她说话的时候，口气老是那么亲切，恭敬。两人之间再没有什么隐瞒的事，一切都彼此相商。克利斯朵夫不知不觉地在她家里有了相当的权威：葛拉齐亚常常听从他的劝告。自从在疗养院中过了一冬以后，她完全变了：忧虑和疲劳损害了她素来结实的身体。便是精神也受到了影响。虽然以前那种使性的脾气还留着一部分，她可另外有一点儿更严肃更沉着的气息，更加想努力进修，慈爱待人，不教旁人痛苦。克利斯朵夫的无所为而为的温情，纯洁的心地，把她感动了；她预备将来把克利斯朵夫已经不敢再希望的幸福给他，就是说跟他结婚。

他自从被她拒绝以后，从来没向她再提那个话，也不敢再提。但他对于这个不可能的梦想始终抱着遗憾。尽管他尊重朋友的话，但她把婚姻看做完全虚空的议论并没使他信服；他还是相信，两个相爱的人，用一种深刻而虔敬的爱情相爱的人的结合，是人生最大的幸福。——等到他和亚诺夫妇相遇之下，心里更觉得遗憾了。

亚诺太太五十多岁，她的丈夫已经到了六十五六。两人的外貌都似乎不止这个年龄。他发胖了；她又瘦又小，皮肤有点儿打皱；从前已经那么弱不禁风，现在更只剩一丝气了。从亚诺退休以后，夫妇俩隐居在内地。在死气沉沉的小城市中与他们半睡半醒的麻痹生活中，他们已经和时代隔绝了，只有报纸还把世界上的喧扰带来一些明日黄花的回声。有一回在报上看到克利斯朵夫的名字，亚诺太太写了一封亲热的短信给他，稍微带着客套，表示他们知道他的成功很高兴。克利斯朵夫接到信，也不通知他们，立刻搭着火车动身了。

他到的时候，他们正在园子里，坐在一株槐树底下蒙眬出神。时方盛夏，天气很热。像鲍格林笔下的老夫妻一般，两人手握着手在花棚下面打盹。阳光，睡眠，衰老，使他们觉得重甸甸的，掉在另外一个世界的梦境中，大半个身子已经埋了进去。两人的温情始终如一，那是生命最后的微光：彼此手拉着手，渐渐熄灭下去的肉体中还有一阵暖气互相交流……——克利斯朵夫的访问使他们想起了所有的往事，欢喜极了。他们谈着过去的日子，回顾之下，那才显得多么光明。亚诺很有兴致说话，却记不起这个那个的姓名。亚诺太太在旁提他。她不大开口，更喜欢听人家说；但当年的许多形象在她沉默的心中保存得很新鲜；它们一闪一闪地透露出来，像一条小溪中的乱石子。她那么亲切那么同情地望着克利斯朵夫，克利斯朵夫明明觉得她那时想的是谁，可是大家都没说出奥里维的名字。亚诺老人对太太表示那种絮烦而动人的关切，不是怕她冷了，就是怕她热了，又用着非常操心的、不胜怜爱的神气，端相着那张心爱的憔悴的脸；她却堆着疲倦的笑容努力安慰他，教他放心。克利斯朵夫瞧着他们，又感动，又羡慕……这便是所谓白头偕老的景象。丈夫在太太身上连岁月的磨蚀都爱到家了。他们彼此说着:“你眼睛旁边的,鼻子上面的那些小皱纹,我是认得的,看着它一条条地刻下来的,我知道它们是什么时候来的。这些可怜的灰灰的头发一天天地褪色了,和我的一同褪色了,并且一部分也是为了我!这张细腻的脸,被煎熬我们的疲劳苦难磨得虚肿了,发红了。我的灵魂,因为你和我一起痛苦,一起衰老,所以我更爱你了!你的每一条皱纹,为我都是过去的一阕音乐。”……可爱的老人们,战战兢兢地在一块儿过了一辈子,快要在和平恬静的黑夜中一块儿睡下去了!看到他们,克利斯朵夫悲喜交集。噢!这样的生命多有意思,这样的死也多有意思!

他回去不免把这次的访问告诉葛拉齐亚,并没说出自己的感想。但她体会到了。他说话之间常常出神,把眼睛向着别处,话也是断断续续的。她望着他,微微笑着,克利斯朵夫心里的骚乱把她传染了。

那天晚上她独自在卧室里的时候,不由得胡思乱想起来。她把克利斯朵夫的叙述温了一遍;但眼前的形象不是那对在槐树底下打盹的老夫妻,而是她朋友不敢吐露而热烈希望着的梦境。于是她心里充满了爱,躺上了床,熄了灯,想道:

“是的,错过这样的幸福是荒唐的,罪过的。能使你所爱的人快乐,不是世界上最大的幸福吗?怎么!难道我爱着他吗?”

她静下来,不胜激动地听见她的心回答说:“是的,我是爱他的。”

正在这个时候,隔壁孩子的卧室里忽然有一阵急促的、声音嘶嗄的咳呛。葛拉齐亚马上竖起耳朵。从儿子害病以后,她老担着心事。她问他。他不回答,只继续咳呛。她便赶紧下床,走到他身边去。他气哼哼地抱怨,说是不舒服,一句话没说完,又咳了。

“什么地方不舒服呢?”

他不回答,只是哼哼唧唧地叫苦。

“好宝贝,你说呀,哪里不舒服呢?”

“不知道。”

“是这儿吗?”

“是的。——唗,不是的。我不知道。我浑身都不好过。”

说到这里,他又剧烈地、过分夸张地咳起来,把葛拉齐亚吓坏了;她觉得他是故意要咳嗽,但看着孩子浑身是汗,上气不接下气的模样,又觉得冤枉了他,便抱着他,和他说些好话。他渐渐安静了;可是只要母亲想走开去,孩子就会立刻咳起来。她不得不打着寒噤留在床头,因为他不许她去穿衣服,要她抓着他的手,他也要拿着她的,到完全睡着为止。那时她才冻得冰冷地上床,又是急,又是累,没法再把刚才的梦做下去。

那孩子有种特别的本领会猜透母亲的心。我们往往发现——但很少到这个程度——血统相同的人有这种本能:只要眼睛一扫,就能知道对方的思想,从无数不可捉摸的征兆上猜到。这种天赋,经过共同生活的训练当然更有进步,而在雷翁那罗是被他处心积虑的恶意琢磨得愈加尖锐了。阴损别人的欲望,使他眼睛格外明亮。而他又是恨极了克利斯朵夫。为什么呢?为什么一个孩子会对这一个或那一个从来没得罪过他的人怀着仇恨呢?往往是由于偶然。只要孩子有一天自以为恨某人,这个恨就能成为习惯;而且人家越是开导他,他越固执;起先他不过是玩弄仇恨,结果却真的恨起来了。但有时还有些更深刻的理由，超过儿童的想象力的，儿童自己也不觉得的……从看到克利斯朵夫的最初几天起，裴莱尼伯爵的儿子对于他母亲曾经爱过的人就有了恨意。后来葛拉齐亚心里想嫁给克利斯朵夫的时候，仿佛孩子在直觉上是当场感觉到的。从此他就一刻不停地监视他们，紧跟着他们。只要克利斯朵夫来了，他就不肯离开客室，或者正当他们在一起的时候出其不意地闯进去。更厉害的是，倘若母亲独自在家而暗中想着克利斯朵夫的话，他会坐在旁边用眼睛盯着她，直把她看得非常难堪，几乎脸红了。她只得站起来遮盖慌乱的心绪。——他又顶高兴当着母亲的面用难听的话提到克利斯朵夫。她要他住嘴。他偏偏说个不停。要是她想惩罚他，他就用害病来威吓。这是他从小用惯而极有效力的手段。他还很小的时候，有一天挨了骂，就想出报复的办法：脱光了衣服，赤裸裸地躺在砖地上教自己受凉。——有一回，克利斯朵夫带来一个曲子，特意为葛拉齐亚的生日作的，不料被雷翁那罗拿去弄得不见了。后来人家在一口柜子内发现，已经给撕成一条条的了。葛拉齐亚冒了火，把孩子狠狠地训了一顿。于是他又哭又叫，跺着脚，躺在地下打滚，大大地发了一场神经病。葛拉齐亚吓坏了，只得抱着他，哀求他，答应了他所有的要求。

从此他成为主人了，因为他看清了这一点，并且几次三番拿出这个有效的武器。人家简直弄不明白他的神经病有几分是真的，有几分是假的。后来他也不限于在人家违拗他的时候用作报复，而只要母亲和克利斯朵夫想一块儿消磨一个黄昏，他就纯粹凭着恶意来捣乱了。他甚至于因为闲得无聊，因为想做戏，因为要试试自己的威力能够到什么程度而玩着这个危险的把戏。他极巧妙地发明许多古怪的、歇斯底里的花样：有时饭吃到一半突然抽搐起来，把玻璃杯翻倒，或是把盘子打破；有时在楼梯上用手抓着栏杆，手指拘挛，说是伸不开了；再不然，他肩膀底下像针刺一般地疼，直叫直嚷地打滚；或者是要闭过气去了。自然，他结果也闹了一场真正的神经病。但他的辛苦并没白费。克利斯朵夫和葛拉齐亚都被他骇住了。他们再也不得安静，——悠闲的谈话，看书，音乐，所有这些微薄的幸福，为他们当做天大的乐事的，从此都给破坏完了。

每隔许多时候，小坏蛋把他们略微放松一下，或是因为玩得腻了，或是因为恢复了孩子脾气，想着别的事。（现在他知道能控制他们了。）

于是，他们赶快利用。凡是这样偷来的时间，每小时都显得特别宝贵，因为没把握是否能从头至尾不受扰乱。他们觉得彼此多亲近！为什么不能长此下去呢？……有一天葛拉齐亚自己也表示这种遗憾。克利斯朵夫便抓着她的手问：

“是啊，为什么呢？”

“你是知道的，朋友。”她不胜怅惘地笑了笑。

不错，克利斯朵夫是知道的。他知道她为了儿子把他们的幸福牺牲了，知道雷翁那罗的手段并没有瞒过她，可是她还是心疼自己的儿子。他知道那种盲目的骨肉之爱，使最优秀的人把所有的牺牲精神都为了要不得的或是没出息的儿女消耗完了，以至于对一般最有资格消受的，自己最爱的，但不是同一血统的人，倒反没有什么可给了。克利斯朵夫虽则很气，有时想杀死这个破坏他们生命的小妖魔，结果仍旧默默无声地忍了下去，懂得葛拉齐亚不得不这么做的苦衷。

于是他们俩都放弃了心中的念头，不再作无益的反抗。他们分内的幸福固然被剥夺了，可是什么也不能阻止他们两颗心的结合。并且就为了放弃幸福，为了共同的牺牲，他们之间的关系比肉体的关系更密切。各人都对朋友倾吐心中的苦闷，也听着朋友的苦闷：互相交换之下，连悲哀本身都变做欢乐了。克利斯朵夫把葛拉齐亚叫做“忏悔师”。凡是他的自尊心感到屈辱的弱点，他都毫不隐瞒，同时又过分地责备自己；她一边笑着，一边劝解这个老孩子的过虑。他甚至对她说出物质方面的窘况。但那是先要她答应了不给他任何帮助，他也声明不接受任何帮助之后才说的。这是他非维持不可而她也加以尊重的最后一道骄傲的防线。她因为不能使朋友的生活过得舒服一点，便尽量把他最重视的东西——她的温情——给他。他没有一个时间不是觉得被她温柔的气息包裹着；早上睁开眼睛之前，夜里闭上眼睛之前，他都要先做一番爱情的默祷。在她那方面，醒来的时候或是夜里几小时的睡不着的时候，她总想着：

“我的朋友在想念我。”

于是他们周围布满了和平恬静的气息。

葛拉齐亚的健康受了损害。她老是躺在床上，或者整天睡在一张躺椅里。克利斯朵夫每日来跟她谈天，念书给她听，把他的新作品给她看。于是她从椅子上站起来，撑着虚肿的脚，一拐一拐地走到琴前，弹他拿来的音乐。这是她所能给他的最大的快乐。在他的学生中间，她和赛西尔两人最有天赋。但在赛西尔是本能地感觉到而并不了解的音乐，对于葛拉齐亚是一种懂得很透彻的美妙和谐的语言。她完全不知道人生与艺术中间有什么恶魔的因素，只拿自己玲珑剔透的心把音乐照亮了，把克利斯朵夫的心也给照亮了。朋友的演奏，使他对自己所表白的暧昧的热情了解得更清楚了。就在自己的思想的迷宫中，他闭着眼睛听着她，跟着她，握着她的手。从葛拉齐亚的心中再去领会自己的音乐，等于和这颗心结合了，把它占有了。这种神秘的交流又产生出新的音乐，有如他们生命交融以后的果实。有一天，他送给她一册选集，都是他和朋友的生命交织起来的乐曲，他对她说："这是咱们的孩子。"

不管是否在一起，两人的心永远息息相通。在幽静的古屋中消磨的夜晚又是多么甜蜜！周围的环境似乎就为了衬托葛拉齐亚而安排的，轻声轻气而非常亲切的仆役对她竭尽忠诚，同时又把他们对女主人的敬意与关切转移一部分到克利斯朵夫身上。两人一同听着时间的歌曲，看着生命的水波流逝，觉得其乐无穷。葛拉齐亚的身体虚弱不免使他们的幸福染上一点不安的影子。但她虽则有些小小的残废，心胸却是那么开朗，那些不说出来的疾苦反而增加了她的魅力。她是"他的亲爱的、痛苦的、动人的、脸上放射光明的朋友"。有些夜晚，克利斯朵夫从她家里出来，胸中的热爱要溢出来了，等不及明天再跟她说，便写信给"亲爱的亲爱的亲爱的亲爱的亲爱的葛拉齐亚……"

他们享了几个月这种清福，以为能永久继续下去了。孩子似乎把他们忘了，注意着旁的事。但放松了一个时期，他又回过头来，这一回可抓着他们不再放手。阴狠险毒的小子非要把他母亲和克利斯朵夫分离不可。他又做起戏来：没有什么预定的计划，只逞着每天的性子做到哪里是哪里。他想不到自己对人家的损害，只想拿捣乱作消遣。他缠绕不休地逼着母亲，要她离开巴黎到远方去旅行。葛拉齐亚没有力量抵抗。而且医生也劝她上埃及去住些时候，不应当再在北方过冬。最近几年来精神上的刺激,永远为了儿子健康问题的担心,长时期的踌躇,面上不露出来的内心的斗争,因为使朋友伤心而伤心:总之,影响她身体的事太多了。克利斯朵夫对这些都很明白,而且不愿意再增加她的烦恼;所以虽然离别的日子一天天地逼近使他很悲伤,他也一句话不说,也不想法延缓她的行期,两人都强作镇静,但互相感应之下,他们真的变得心平气和了。

日子到了。那是九月里的某一个早上。他们先在七月中一同离开巴黎,到和他们六年前相遇的地方很近的安加第纳,消磨了离别以前的最后几星期。

五天以来,淫雨不止,他们不能再出去散步,差不多单独留在旅馆里;大部分的旅客都溜了。最后一天早上,雨停了,但山顶上还盖着云。两个孩子和仆人们先坐了第一辆车动身。随后她也出发了。他把她送到山路曲曲弯弯往着意大利平原急转直下的地方。潮气透进车篷。他们俩紧紧靠在一起,一声不出,也不彼此瞧一眼,四周是半明半暗的异样的天色……葛拉齐亚呼出来的气在面网上凝成一片水雾。他隔着冰冷的手套紧紧压着她温暖的小手。两人的脸靠拢了。隔着潮湿的面网,他吻了吻那张亲爱的嘴。

到了山路拐弯的地方,他下来了。车辆埋在雾中不见了。他还听到车轮和马蹄的声音。一片片的白雾在草原上飘浮,织成密密层层的网,寒瑟的树木似乎在网底下哀吟。没有一丝风影。大雾把生命窒息了。克利斯朵夫气吁吁地停下来……什么都没有了。一切都过去了。

他深深地吸了一口浓雾,重新上路。对于一个不会过去的人,什么都不会过去的。

第 三 部

一朝离别,爱人的魔力更加强了。我们的心只记着爱人身上最可宝贵的部分。远方的朋友传来的每一句话,都有些庄严的回声在静默中颤动。

克利斯朵夫和葛拉齐亚通信的口吻变得沉着,含蓄,好似一对已经受过爱情磨炼的夫妇,因为过了难关,手搀着手走着,对于他们的前途和脚力很有把握了。各人都相当的强,足以支持对方,领导对方;也相当的弱,需要受对方的支持与领导。

克利斯朵夫回到巴黎。他本来不愿意再去,可是自己发的这些愿有什么用呢!他知道在那边依旧能找到葛拉齐亚的影子。情势的发展,仿佛和他暗中的愿望串通一起,把意志推翻了,使他看到在巴黎还有一件新的义务等着他。消息灵通的高兰德告诉克利斯朵夫,说他的小朋友耶南正在胡闹。素来溺爱儿子的雅葛丽纳不想管束他了。她精神上也在经历一个苦闷的时期,自顾不周,没有心思再管儿子。

自从那次可悲的情变把她的婚姻和奥里维的生活一齐毁掉以后,雅葛丽纳闭门不出,过着很稳重的生活。巴黎社会扮着伪君子面孔,把她当做瘟疫一般隔离了相当时间,又来亲近她,她可是拒绝了。她不觉得为了自己的行为在这些人前面有什么惭愧，也认为无须向他们负责；因为他们比她更要不得；她坦坦白白做的事，在她所认识的女子中，有半数是无声无息地、戴着家庭的假面具做的。她觉得痛苦的只有一件事，就是害了她最好的朋友，她唯一的爱人。她不能原谅自己在这么贫弱的世界上失去了像他那样的爱。

这些遗恨和痛苦慢慢地减淡了，剩下来的仅是一种郁闷，一种瞧不起自己瞧不起别人的心理，还有是对儿子的爱。她因为所有的爱没有地方可发泄了，便统统倾注在母爱里面，使她对儿子一无办法，没有力量抵抗他的任性。为了譬解自己的懦弱，她硬要相信这是向奥里维补赎罪过。在某个时期内她可以对儿子温柔到极点，然后又厌倦了，马上不闻不问；一忽儿她用着苛求的、过分烦心的爱和乔治纠缠不清；一忽儿觉得腻烦了，什么都由他做去。她明白自己教子无力，心里懊恼得很，但并不改变方法。等到她偶尔想要把做人之道依着奥里维的精神改塑一番的时候，结果真是可叹；奥里维的悲观主义对她母子俩都不合适。她想只用感情来控制儿子。这当然是对的：因为两个人不管怎么相像，除了感情以外究竟没有别的联系。乔治·耶南很受母亲的吸引，喜欢她的声音、她的姿态、她的动作、她的柔媚、她的爱。但他觉得精神上和她是完全陌生的。在母亲方面，直要到青春期的第一阵风吹起来，把儿子吹远去了，她才发觉这情形。于是她惊异，愤慨，以为他的疏远是由于别的女性的影响，便很笨拙地想消灭那些影响，结果反而使他离得更远。其实他们一块儿生活的时期，素来各转各的念头，对于双方的分歧点抱着自欺欺人的幻想，因为有些表面上的共同的好恶而以为彼此相同；但等到孩子从模棱两可的、留着女性气息的阶段转入成人的阶段，那些共同的情感就没有了。雅葛丽纳很心酸地对儿子说:“我不知道你究竟像谁:既不像你父亲,也不像我。”

这样她更使他体会到两人之间的不同;他暗中还因之骄傲,同时也有点焦躁不安的情绪。

上一代跟下一代对于彼此格格不入的成分,永远比对于彼此接近的成分感觉得更清楚;他们都需要肯定自己的生命,即使要用不公平的行为或扯谎做代价也在所不惜。但这种感觉的强弱是看时代而定的。在古典时代,因为文化的各种力量在某一个时期内得到了平衡,——好比由陡峭的山坡围绕着的一块高地,——所以在上一代和下一代之间,水准并不相差太大。可是在一个复兴的时期或颓废的时期,那些或是往上攀登或是往陡峭的山坡冲下去的青年,往往把前人丢得很远。——而乔治和他年龄相仿的人正在攀登山峰。

在思想上、性格上,他没有过人的地方:无论学什么,能力都差不多,成绩没有一样是超过中上的。可是他入世的时候,已经毫不费力地比他的父亲,——比那个在短短的一生中消耗了一笔不可估计的智慧与毅力的父亲,高出了几级。

他的理智在世界上才睁开眼来,就看到了周围这一片仅仅有几点炫目的微光的黑暗,一大堆的可知与不可知,敌对的真理,矛盾的错误,为他的父亲不胜烦躁地摸索过来的。但同时他意识到自己有一件武器可以使用,那是奥里维从来没认识的:他的力。

他的力?从哪儿来的?……那是一种神秘的现象:一个疲弱到昏昏入睡的民族突然复活起来,好似山中的一道急流到了春天突然泛滥一样……他怎么使用这股力呢?是不是也要拿去开发现代思想这个迷离扑朔的丛林呢？不，那对他毫无吸引力。他还觉得有许多潜伏的危险在那里威胁他。它们曾经把他的父亲压倒了。与其再来一次同样的经验而回到悲惨的森林中去，他宁可放一把火把它烧了。凡是奥里维为之着迷的，讲着明哲的理论或是表现神圣的疯狂的书，例如托尔斯泰那种虚无主义的怜悯，易卜生那种以破坏为能事的骄傲，尼采的那种狂热，瓦格纳的那种壮烈的富于刺激性的悲观主义：他才看了一眼就又愤怒又惊骇地掉过头去了。他恨写实派的作家在半世纪中把艺术中间欢乐的成分都消灭了。可是笼罩着他童年的凄凉的梦影，究竟不能完全抹掉。他不愿意向后回顾，但明明知道影子就在后面。因为太健康了，他不能用上一个时代的懒惰的怀疑主义把不安的心绪引到别的路上去；他痛恨勒南和阿那托·法朗士一派的玩世气息，认为是自由思想的没落，没有快乐的笑，没有气魄的幽默：那种可耻的方法只适用于做奴隶的人，因为不能斩断铁索，就拿着铁索玩儿。

他太刚强了，不能拿怀疑来满足自己，同时又太懦弱了，不能由自己来确定什么；但他需要确定，一心一意地追求着。而社会上永远有些沽名钓誉的人，空头的大文豪，投机的思想家，利用青年们这个顽强的、苦苦追求的欲望，大吹大擂地叫卖他们的解毒剂。这些大医生个个都在台上喊着说，只有他的补药是好的，别人的全是不好的。其实他们的秘方都是半斤八两，没有一个卖药的肯费心去找什么新方子。他们都在柜子里搬出些破烂的药瓶。所谓万应灵丹，有的是旧教教会，有的是正统的王室，有的是古典的传统。还有一般开玩笑的家伙，说只要恢复拉丁文化就能把所有的病都给治好。另外一批说些教傻子们听了发呆的大话,一本正经地提倡地中海精神,(过一晌也可以提倡大西洋精神呢!)俨然以新罗马帝国的继承人自命,以反抗北方与东方的蛮子自命……说来说去无非是废话,东拣西拾的废话。那好比图书馆中的底货,被他们拿来随便往四下里播送。——年轻的耶南像他所有的同伴一样,到一个一个的贩子那边去听他们的夸口,有时也受着诱惑,走进棚子,然后大失所望地退出来,有点儿羞愧,因为糟蹋了金钱与时间,只看到衣衫破烂的老丑角。可是青年人的迷梦不容易醒,相信确定的事一定会找到的,所以听见一个新的贩子说有什么新的希望出卖,又跑去上当了。他是真正的法国人:天生的爱好秩序,但非常挑剔。他需要一个领袖,可是对无论哪个领袖都受不了:他的铁面无情的讥讽把他们一个一个都批驳得体无完肤。

在他还没有找到一个能告诉他谜底的人的时候,他等不及了。他不像父亲肯一辈子以探求真理为满足。他的烦躁的年轻的力需要消耗。不管有无理由,他要打定主意,要行动,要使用他的精力。先是旅行,艺术,尤其是他拼命吸收的音乐,成为他间歇的如醉如狂的消遣。人长得很俊,又是早熟,又受到许多诱惑,早就发现了外表那么迷人的爱情的天地,便用一种富有诗意的、贪馋的、兴奋的心情跳进去。但这个善于钟情的少年,天真与贪得无厌的程度简直没有分寸,所以不久就对女人厌倦了,需要行动了。于是他对体育着了迷:每样都要试,每样都要玩。凡是斗剑和拳击的比赛,他无不参与,又是赛跑与跳高的全国冠军,当着某足球队的队长。他和几个像他一类的青年疯子,有钱而抖搂的家伙,在汽车竞赛中比胆量;其荒唐激烈的情形等于死亡的比赛。随后他又丢下一切去搞新的玩意儿。群众的飞机狂把他传染了。在兰斯举行的航空大会中,他和三十万人一齐呐喊着,快乐得哭了,觉得自己在这个庆祝欢呼的场合和全人类结合了。人和鸟一样地在他们头上飞过,把他们也带到了空中。自从大革命的黎明时期以来,破题儿第一遭,这些民众举眼望着天空,看到另外一个世界给打开了……——年轻的耶南说要加入征略天空的队伍,使母亲听了大吃一惊。她哀求他,甚至于命令他放弃这个危险的野心。他却只管独断独行。雅葛丽纳以为克利斯朵夫一定是站在她一边的,不料他只嘱咐孩子小心一点;其余的话,他断定乔治决不会听,要是他处在乔治的地位也不会听的,他认为即使能够,也不可以阻挠那些年轻的力量,不让它们有健康而正常的活动:要是这么办了,它们可能回过来毁灭自己。

雅葛丽纳不能听天由命地让儿子逃出掌握。她真心以为自己已经把爱情放弃了,可是没用,她仍少不了爱情的幻象;她所有的感情,所有的行为,都染着爱的色彩。多少做母亲的人,都把不能在夫妇之间或情人之间发泄的热情移在儿子身上;一朝看到儿子对自己居然满不在乎了,不再需要她们了,精神上的痛苦就跟情人的欺骗和爱情的幻灭没有分别。——这一下对于雅葛丽纳又是一个新的打击。乔治可完全没觉得。青年人万万想不到周围发生着什么感情的悲剧:他们来不及看到;自私的本能教他们头也不回地往前直冲。

雅葛丽纳自个儿把这个新的痛苦吞了下去。直到日子久了,痛苦慢慢地解淡了,她才得到释放。同时她的爱也跟着解淡了。当然她始终爱着儿子;但那是一种远远的、没有幻想的情爱,因为明知这情爱是无用的,所以她对于自己的感情和儿子都不以为意了。她这样忧忧郁郁地挨了一年,他一点没注意。然后,这颗遭逢不幸的心既不能死,也不能没有爱情而活下去,就得造出一个对象来让自己爱。于是她忽然有了一种奇怪的热情;这个情形,在某些女性,特别是一般最高尚最不容易让人高攀的心灵,到了成熟时期而没有采到人生的美果的话,常常会发生的。她认识了一个女子,一见之下就被她神秘的吸引力抓住了。

那是一个女修士,年纪和她差不多,专做救济事业的。人长得高大,强壮,有点儿臃肿;褐色的头发,脸上的线条很好看,很鲜明;眼睛极精神,一张阔大而细腻的嘴巴老是在微笑,下巴的长相表示性格专横。她聪明过人,没有一点感伤气息,像乡下女人那么狡猾,对实际的事务很精明,再加上南方人的想象力,目光远大,必要时也会把尺度看得很准;神秘主义的气息和老公证人那样的阴险混在一起,特别有种韵味。她是惯于支配人的,而且支配得不着痕迹。雅葛丽纳立刻被她迷住了,对救济事业热心得不得了。至少她自己这么相信着。女修士安日尔知道这股热情为的是谁;挑起这一类的情绪原是她最拿手的本领;表面上装做没注意到对方的热情,骨子里她却是很冷静地拿它去献给她的上帝和她的救济事业。雅葛丽纳把金钱、意志、感情,统统捐献了出来。她变得慈悲了,因为需要爱而变得有信仰了。

大家很快就注意到她着了魔。只有她自己没觉得。乔治的监护人开始担心了。连一向很慷慨、糊涂、不注意金钱问题的乔治,也发觉了母亲被人利用,大为懊恼。他想和她恢复从前的亲密,可是太晚了;两人中间已经隔了一重幕。他把这个情形归咎于妖术作祟,对于那个他称为阴谋家的女人,甚至也对于母亲,公然表示气愤至极。他认为母亲的感情是他的私产,决不能让一个不相干的女子侵占。他可没想到那是自己放弃了才被人侵占的。这时他非但不想法把它争回来,反而对付得很笨拙,使人难堪。母子两个都是脾气急躁、性情激烈的人,不免交换一些难堪的话,加深了原有的裂痕。而安日尔左右雅葛丽纳的力量倒反因之更加巩固。乔治便像脱缰的野马一般往外跑了,只管忙着玩儿。他去赌博,输了很多的钱;并且一边乱搞,一边还故意在人前招摇,为了好玩,也为了报复母亲的胡闹。——他和史丹芬·台莱斯德拉特家里的人是熟的:高兰德早就注意到这个漂亮青年,想在他身上再试一试她风韵犹存的魔力。她知道乔治的种种荒唐事儿,觉得挺有意思。表面上她虽很轻佻,人确是通情达理,好心也是真的:由于这两点,她发觉了这个疯疯癫癫的青年所冒的危险。又因为她知道自己决计救不了他,便通知了克利斯朵夫。他接到信就赶回来了。

克利斯朵夫是唯一对年轻的耶南有点儿影响的人。影响并不大,而且是断断续续的,但因为无法解释,所以这影响尤其值得注意。克利斯朵夫属于昨日的一代,正是乔治和他的伙伴们以非常激烈的态度反抗的一代。克利斯朵夫又是那个暴风雨时代的最高代表之一,而青年人对于暴风雨时代的艺术和思想都存着猜忌的敌意。凡是新的《福音书》,小型的先知和老魔术师嘴里的符咒,向一般老实的年轻人布送的、连罗马连法国连全世界都能挽救过来的灵验如神的秘方,都与克利斯朵夫无缘。他忠于自由的信仰,不受任何宗教的拘束,不受任何党派的影响,不受任何国家的限制,——可是这种信仰已经不时行了,或者还没有重新时行。最后,他虽然已经把国家问题摆脱干净,但在巴黎究竟是个外人,因为照当时的风气,每个国家的人都是把外国人看做蛮子的。

年轻的耶南,轻浮,快活,最恨扫兴的人,一味喜欢作乐,喜欢剧烈的游戏,极容易受当时那一套花言巧语的骗,因为筋骨强壮、思想懒惰而偏向于法兰西行动派①的暴力主义,同时又是国家主义者,又是保王党,又是帝国主义者,——(他自己也不大弄得清)——心里却只佩服一个人:克利斯朵夫。凭着早熟的经验和得之于母亲的灵敏的感觉,他早已认出克利斯朵夫是了不起的,他自己的社会是一文不值的,虽然依旧割舍不得这个社会,也不因为它一文不值而减少自己的兴致。他白白地拿运动和行动来麻醉自己,父亲的遗传始终没法摆脱。他常常会突然之间有一阵空泛的不安,觉得需要替自己的行动确定一个目标:这便是从奥里维身上来的。还有使他去接近奥里维曾经爱过的人的,那种神秘的本能,也是得之于奥里维。

他去探望克利斯朵夫。生性爱说话,甚至有点儿嘴碎,他喜欢讲自己的事,从来不管克利斯朵夫有没有时间听他。克利斯朵夫可听着他,毫无不耐烦的表示。但逢着乔治突如其来地上门,打断了他的工作的时候,他就心不在焉了。他的精神会溜走几分钟,把胸中的作品润色一下,然后再回到乔治旁边。他对于这种情形觉得很好玩,正如一个人提着脚尖回到屋里,没人听见。但也有一两次,乔治注意到了,愤愤地说:“你怎么不听我啊?”

① 《法兰西行动》为近代法国最反动的日报,创于一九〇八年。

于是克利斯朵夫不好意思了，马上很温柔地听下去，并且听得格外用心，借此表示歉意。乔治说的故事颇有发噱的地方，克利斯朵夫听到某些胡闹的事不由得笑了：因为乔治无话不谈，并且坦白的程度使人对他毫无办法。

可是有些笑话在克利斯朵夫是觉得笑不出来的。乔治的行为往往使他很难过。克利斯朵夫不是一个圣人，并不自以为有教训别人的资格。乔治的风流韵事和挥金如土的作风，还不是克利斯朵夫最愤慨的事。他最难宽恕的，是乔治把自己的过失看得轻描淡写，非但不以为意，还认为挺自然。他对于"道德"的观念和克利斯朵夫的完全不同。对于他那一类的青年，男女关系只是一种自由的游戏，无所谓道德不道德。只要相当坦白，只要心地好（也不用顾虑周详），就够得上称为诚实君子了。他决不像克利斯朵夫那样认真，给自己找麻烦。克利斯朵夫看了大不以为然。尽管不愿意强迫别人跟他一样看法，他究竟不是个宽容的人，从前那种火气不过减掉了些，有时照旧会发作的。他不能不把乔治的某些手段看做卑鄙，老实不客气对他说出来。乔治不比他更有耐性。两人常常吵得很凶，接着便几星期的不见面。克利斯朵夫发觉自己这样的生气决不能改变乔治的行为，而硬要一个时代的道德去适合另一个时代的标准也有些不公平。但他不由自主，一有机会又发作了。对于我们依靠了一辈子的信仰，怎么能怀疑呢？那简直是放弃人生了！干吗要假装想着自己没有的思想，去学邻人或敷衍邻人呢？这是毁灭自己而对谁都没有好处的。最要紧的是保持我们的本来面目，应当有胆量说："这是好的，那是坏的。"一个人要帮助弱者，应当自己成为强者，而不是和他们一样变做弱者。对于已经做了的坏事，不妨宽大为怀,如果你愿意。对于将做未做的坏事可决不能放松。

这态度当然是对的;但乔治决不肯把将要做的事和克利斯朵夫商量,——他将要做些什么恐怕连自己都不知道,——只等事后才告诉他。——那时……那时,除掉不声不响地存着责备的心,像一个明知不会有人听的老伯老叔一般,望着这个淘气的孩子,耸耸肩膀笑笑以外,还有什么办法?

逢着这样的日子,他们就要沉默好一会儿。乔治瞧着克利斯朵夫那双出神的眼睛,觉得自己完全变了个小孩子。克利斯朵夫的俏皮的深刻的眼光赛似一面镜子,照出了乔治的本相,使他看了也不觉得体面。克利斯朵夫难得搬出乔治告诉他的心腹话来埋怨他,仿佛根本没听见。两人在眼睛里默默地交换了几句以后,他气哼哼地摇了摇头,然后讲一桩似乎跟刚才的事渺不相关的故事:或者是他自己的历史,或者是别人的,有时是真实的,有时是虚构的。乔治慢慢地看到,在可恼与可笑的情境中,明明白白地显出他的"副本"(那是他认得的),经历着一些和他类似的错误。他看了不由得要笑自己,笑他那副可怜的面目了。克利斯朵夫不加按语,这种洒脱的态度倒反加强了故事的作用。他提到自己像提到旁人一样,用着同样满不在乎的神气,同样达观同样安定的心情。这点儿安静的气息把乔治感动了。他就是来找这种气息的。等到絮絮叨叨地招供完了,他仿佛一个人在溽暑熏蒸的下午,扎手舞脚地躺在大树底下。火辣辣的阳光使人头晕眼花的刺激没有了。和平恬静的气氛像翅膀一样张盖在他身上。眼看身边这个人心平气和地挑着那么重的人生的担子,乔治自己的骚动也平静了。听着克利斯朵夫说话,他整个的人都得到休息。他也和克利斯朵夫一样不是始终听着的,往往让自己的精神溜出去;但不管游魂到哪里,克利斯朵夫的笑声老是在他的周围。

可是,老朋友的思想对他仍旧是陌生的。他心里奇怪克利斯朵夫怎么能忍受那种精神上的孤独,怎么能跟艺术团体、政治党派、宗教党派、任何集团都不生关系。他问他:“你从来不觉得需要把自己关在一个阵地里吗?”

“把自己关在一个阵地里!”克利斯朵夫笑道,“我们在外面不是很好吗?你整天跑在外边的人,倒说要把自己关起来!”

“啊!精神是和肉体不同的,”乔治回答说,“精神需要肯定,需要和别人一同思想,接受同时代所有的人都接受的原则。我羡慕从前的人,古典时代的人。我的朋友们要恢复过去美妙的秩序是对的。”

“没勇气的家伙!”克利斯朵夫说,“从来没见过像你这样灰心的人!”

“我并不灰心,”乔治愤愤地争辩,“我们中间没有一个是灰心的。”

“不灰心又怎么会怕你自己?怎么!你们需要一种秩序而不能自己来创造吗?你们要吊在曾祖母的裙角上!天哪!你们不能自个儿走路吗?”

“先得把自己的根种在土里。”乔治非常得意地说出这句当时流行的话。

“要把根种在土里,难道树木就得给装在箱子里吗?这儿有的是泥土,大众可用。把你的根插进去罢。找出你的规则来罢。在你自己身上找罢。”

“我没有时间。”乔治说。

“你这是害怕。”克利斯朵夫回答。

乔治先是不服，后来终于承认，要他瞧自己的内心的确没劲。他不懂人家怎么会对此津津有味：靠在这个漆黑的窟窿上面张望，不是有掉下去的危险吗？

“那么把你的手让我拿着好了。”克利斯朵夫说。

他说着便好玩地揭开窟窿的盖子，让乔治对人生的现实而悲壮的境界看了一眼。乔治马上倒退了一步。克利斯朵夫笑着把风洞重新关上。

“你怎么能这样过活的？”乔治问。

“我不是活着吗？并且很快乐呢。”克利斯朵夫说。

“我要是老看到这个，我会死的。”

克利斯朵夫拍拍他的肩膀。

“啊，啊，我们的运动健将原来不过如此！……好吧，你别瞧就是了，倘使觉得头脑不够结实的话。反正没有谁强迫你。向前罢，孩子！可是要向前，也用不着要一个主子在你肩膀上打印，像对付牲口一般。你等什么？信号早已发出。装鞍的军号已经吹过，马队已经在前进了。你只要管着你的马。快快地归队，向前奔罢！”

“往哪儿去呢？”

“往你的队伍所去的地方，去征服世界。抓住空气，降伏元素，冲破自然界的最后一批堡垒，你得逼空间后退，逼死神后退……

台太尔已经把天空试探过了……①

① 神话载：台太尔为希腊大建筑家，被囚于克兰德迷宫，乃以羽毛与蜜蜡造成翅翼而遁。

“你拉丁文很好，可知道下面这句话吗？能不能把它解释给我听？

他已经渡过了阿希龙……①

“……瞧，这便是你们的命运，你们这般幸运的征略者！……”

他把新的一代应当负的英勇的责任说得明明白白，乔治不禁诧异地问道：“既然你感觉到这些，干吗不跟我们一起来呢？”

“因为我另有任务。去罢，孩子，去干你的事。尽管追出我，只要你能够。我吗，我留在这儿，我要担任警戒……你读过《天方夜谭》，该记得其中有一个精灵，像山一般高，被关在压着所罗门印玺的箱子里……哎，你知道没有，精灵就在这儿，在我们的灵魂深处，就是你不敢低下头去瞧一瞧的那颗灵魂。我跟我同时代的人，和它搏斗了一辈子，我们没有把它打败，它也没把我们打败。如今我们和它都在透一口气，彼此瞪着眼，可没有怨恨，没有恐惧，对咱们的战斗都很满意，等着休战期满。你们哪，你们该利用休战的机会养精蓄锐，预备去摘取世界上的美果！你们尽量地快活罢，享受这个短时期的休息罢，可是千万记住，你们，或是你们的儿子们，有一天从征略大业中回来的时候，应当回到我现在所站的地方，拿出新的力量跟留在那边而为我在旁监视的精灵搏斗。这搏斗，虽则中间可能有多少次的休战，但直要等到两者之间有一个被打倒的时候才能结束。你们应当比我们更强，更幸福！……——

① 神话载：阿希龙为地狱之河，今作死亡解。

目前，你尽管玩你的运动，如果你愿意；你得活动你的筋骨，锻炼你的心志；别发傻劲，把你跃跃欲试的精力为一些无聊的事浪费掉：放心，你现在所处的时代早晚会用到你的精力的。”

克利斯朵夫说的话，乔治并没记着多少。他胸襟相当宽大，足够容纳克利斯朵夫的思想；但他一只耳朵进，一只耳朵出，还没走完楼梯已经把什么都忘了。可是他仍旧有种甜美的畅快的感觉，即使在产生这种感觉的事情早已想不起的时候也是这样。他对克利斯朵夫非常尊敬，却完全不信克利斯朵夫所信仰的东西。（他心里一无信仰，对什么都是一笑置之。）但要是有谁敢毁谤他的老朋友，他是会拼命的。

幸而没有人在他面前说克利斯朵夫的坏话，否则他什么事都会干出来。

克利斯朵夫把风向看得很准，不久它果然转变了。年轻的法国音乐的理想是和他的理想不同的。这一点使克利斯朵夫对法国音乐的好感多添了一个理由，但法国音乐界对他绝对不表同情。他在群众之间那么时行，决不能使那些闹饥荒闹得最厉害的青年和他携手；他们肚子里没有多少东西，所以牙齿格外的长，格外地要咬人。克利斯朵夫可不把他们的凶恶放在心上。

“他们多么认真啊！”他说，“这些孩子正在磨炼牙齿呢……”

比较之下，他几乎更喜欢他们，而讨厌那般因为他的声名而来巴结他的小狗，——好似杜皮尼①说的：“一头猛犬把头

① 杜皮尼为十六至十七世纪的法国诗人，讽刺作家。

伸在一只奶油钵里时，就有小狗们来舐它的胡子表示庆贺。”

他有一部作品被歌剧院接受了。才接受，人家就开始排练。有一天，克利斯朵夫看到报上有攻击他的文章，说为了他的作品，人家把预定上演的一个青年作家的剧本无限期地搁下去了。那记者不胜愤慨，认为这种滥用势力的事应当由克利斯朵夫负责。

克利斯朵夫跑去见经理，对他说：“你没预先通知我。那怎么行呢？你该把那部先收下的歌剧先上演。”

经理大惊小怪地嚷着，嘻嘻哈哈地拒绝了。他把克利斯朵夫的人品、作品、天才，竭力恭维了一阵，对另外一部作品表示轻蔑到极点，一口咬定它一文不值，绝对不能卖座。

“那么你干吗收下来呢？”

“一个人不能每样事都逞着自己的心思去做。每隔一些时候，我们不能不敷衍一下舆论。从前，那些青年尽管叫叫嚷嚷，谁也不理会的。此刻他们找到了一个方法，挑拨一般国家主义派的报纸来攻击我们，把我们叫做卖国贼，劣等法国人，倘使我们不幸而没对他们的少壮派表示钦佩的话。哼！少壮派！就谈少壮派罢！……要不要我告诉你是怎么回事？我真是够受了！群众也是够受了。他们用那种挽歌来叫你头痛！……脉管里没有一滴血，对你老唱着弥撒祭，描写爱情的二重唱简直像追思祈祷……倘若我糊里糊涂拿人家硬要我接受的剧本上演，要不把我的戏院亏完才怪！我把作品接受下来就完了，人家不能要求我——唉，谈咱们的正经罢。你呀，你的大作是准会叫座的。”

接着又是一大篇恭维。

克利斯朵夫直截了当地打断了他的话，气冲冲地说：“我决不上当。如今我老了，‘成功’了，你们便利用我来压倒青年人。我年轻的时候，你们也会用同样的手段压倒我。要不先上演那个青年的剧本，我就把我的撤回。”

经理举起胳膊向着天，回答说：“你难道不明白，倘使我们听了你的话，人家岂不以为我们被报纸的攻击屈服了吗？”

“那对我有什么相干？”

“随你罢！第一个吃亏的还是你。”

于是人家开始排练青年音乐家的作品，同时也不中止练习克利斯朵夫的作品。一部是三幕的，一部是两幕的；戏院决定拿它们在同一晚上演出。克利斯朵夫和他所提拔的人见了面。他要亲自报告这个消息。那青年说了许多感激的话，表示没齿不忘。

经理全副精神地对付克利斯朵夫的剧本，克利斯朵夫当然没法阻止。另一部作品的演出没有被照顾到，克利斯朵夫却一点都不知道，只参加了几次排练，觉得作品很平常，随便表示了一些意见，人家也不表欢迎；他便至此为止，不再顾问。此外，经理又要那位新进作家把作品删节一部分，倘若他愿意马上演出的话。这种牺牲，作者先是很乐意地答应的，不久却大不痛快了。

上演那晚，新作家的剧本完全失败，克利斯朵夫的大为成功。有几家报纸竭力攻击克利斯朵夫，说那是故意做的圈套，要陷害一个年轻而伟大的法国作家；他们说歌剧院为了巴结德国大师而把法国作家的音乐割裂了；而这个德国大师是妒忌一切新兴的明星的。克利斯朵夫耸耸肩膀，想道：“他会答复他们的。”

“他”可是一声不出。克利斯朵夫把这些批评剪了一部分寄给他，附了一句话："你看到没有？"

他回信说："遗憾之至！那位新闻记者太关切我了！真是，我很抱歉。最好还是别放在心上。"

克利斯朵夫笑了，心里想："他说得对，这个胆怯鬼。"

于是他把这件事像他所谓地"置之脑后"了。

但那个难得看报，而且除了体育新闻以外都看得很马虎的乔治，这一回竟一眼看到了抨击克利斯朵夫最剧烈的文字。他认得那个记者，便跑到一家准可以找到他的咖啡店去，果然找到了，打了他嘴巴，跟他决斗，一剑刺伤了他的肩膀。

第二天，克利斯朵夫一边吃中饭一边从一封朋友的信中知道了这件事，马上气都塞住了，饭也没吃完，就赶到乔治家里。出来开门的就是乔治。克利斯朵夫像一阵狂风般卷进去，抓着他的胳膊，愤愤地摇着，破口大骂。

"畜生！你为了我去跟人打架！谁允许你的？你这个小子，你这个糊涂虫，居然来管我的事！难道我自己管不了吗，嗯？你以为占了便宜！你给这个坏蛋面子，跟他决斗。那正是他求之不得的呢。这一下他变了一个英雄了，知道没有，傻瓜？而且要是不巧……（我断定你是依着你的老脾气，冒冒失失地去干的）……要是你送了命！……可怜虫！我简直一辈子都不能原谅你！……"

乔治早已笑得像疯子一般，听了最后一句威吓的话，更是捧腹大笑，把眼泪都笑出来了："老朋友，你真是怪了！太滑稽了！因为我替你出了气，你这样地骂我！下回我攻击你，也许你会跟我拥抱了。"

克利斯朵夫住了嘴，把乔治搂在怀里，亲着他的脸，然后又说："我的孩子！……对不起。我老糊涂了……可是这个消息把我吓坏了。跟人打架，亏你想得出！我们犯得上跟这种人打架吗？答应我，以后不能再这样胡闹。”

“我什么也不答应你，”乔治说，“我爱做什么就做什么。”

“我可不许，听见没有？倘使你再闹这种事，我就不要再看到你了，我要登报否认你，我要把你……”

“取消继承权是不是？好，随你罢。”

“得啦，乔治，我是央求你呀……你这么来一下有什么用呢？”

“亲爱的老朋友，你人比我好几千倍，比我多知道的事简直数不清；但对于那些流氓，我比你认得更清楚。你放心，那是有用的；现在他们要侮辱你，先要把他们的毒舌掂掂斤量了。”

“嘿！那些小子对我有什么相干？他们说的话，我都一笑置之。”

“可是我并不一笑置之。你只管你自己的事罢。”

这样以后，克利斯朵夫唯恐再有什么新的文章引起乔治猜疑。事情真滑稽：以后的几天，从来不看报的克利斯朵夫，居然扑在咖啡店的桌子上翻着所有的日报，预备看到一篇辱骂的文章，就想尽方法（不管是怎么卑鄙的方法）不让它落在乔治眼里。过了一星期，他才放了心。孩子果然说得不错。乔治的举动教那些叫叫嚷嚷的家伙都要想一想了，——而克利斯朵夫一边尽管埋怨小疯子耽误了他八天的工作，一边觉得自己也没有资格教训他。他想到从前——还不算怎么长久呢——自己为了奥里维而跟人决斗的事。于是他仿佛听见奥里维对他说着：

“由他去罢，克利斯朵夫，我欠你的债也得还你的。”

人家的攻击，克利斯朵夫固然不以为意，另外一个人却没有看破一切的涵养。那便是爱麦虞限。

欧洲的思想界演变得非常快。它仿佛跟机械方面的新发明和新的引擎同时加增了速度。偏见与希望这种存粮，从前足够维持人类一二十年的，此刻在五年之中就被消化掉了。几代的思想都在那里飞奔，一代跟着一代，往往还是一代踏着一代：时间已经下了冲锋令。——爱麦虞限被人追出了。

讴歌法兰西毅力的诗人从来没否认他宗师奥里维的理想主义。尽管爱国心那么热烈，他依旧崇拜精神上的崇高伟大。他在诗歌中提高着嗓子预告法兰西的胜利，乃是要借此表示自己的信仰，表示他的爱法兰西是因为它代表今日欧罗巴最高的思想，代表那个向暴力反攻而得胜的权利。不料权利本身就染上了暴力的气息，暴力又赤裸裸地出现了。新兴的一代，结实，耐苦，渴望战斗，在没胜利之前就存着胜利者的心理。他凭着他的肌肉，凭着他宽阔的胸脯，凭着他的强烈而渴求享受的感官，凭着他像鸷鸟一般翱翔于平原之上的巨翼而得意扬扬，迫不及待地想扑下来试试他的利爪。民族的英武，超越海洋超越阿尔卑斯的飞翔，横跨非洲沙漠的驰骋，新时代的十字军（神秘气息不比菲利浦二世和维尔哈杜伊昂为少，功利观念也不比他们多），①把民族的头脑冲昏了。那些年轻人对于战争的认识都是从书本上来的，以为是壮美的。他们气势汹汹，取着挑衅的态度。什么和平，什么思想，他们都厌倦了；他们所宣扬的是战争，说法兰西的威力将来可以在战争

① 菲利浦二世为十二至十三世纪时的法王，第三次十字军领袖之一。维尔哈杜伊昂为十二至十三世纪时法国史家、政治家，曾发动第四次十字军。

的洪炉中锻炼出来。因为种种的学说无非是可厌的空谈,他们便存了反抗的心,瞧不起以信仰为主的理想。他们大吹大擂,提倡狭窄的见识,粗暴的现实主义,也提倡民族的自私自利,露骨的自私自利,只要能增加本国的光荣,不惜把别人和别的民族踩在脚下。他们排斥外族,反对民主,极力主张——连最无信仰的人在内——恢复旧教的势力,因为他们需要把"宇宙万物的本体"集中在一处,需要把"无穷无极"交给维持秩序而掌权的人监督。昨天那些温和的饶舌家,空洞的理想主义者,人道主义的思想家,不但受到轻视,并且还被认为社会的罪人。在青年人眼中,爱麦虞限便是属于这一类的。而爱麦虞限为之非常痛苦,也非常愤慨。

他知道克利斯朵夫像自己一样受到这种不公平的待遇,而且更厉害,便同情克利斯朵夫了。他的恶劣的心绪早已使克利斯朵夫灰心,不再去看他。现在他的骄傲仍旧不允许他去找克利斯朵夫,使人看出他后悔。但他想出办法,好像是无意中遇到的,而且还使对方先来迁就他。这样以后,他的小心眼儿的脾气总算满足了,不再隐藏他欢迎克利斯朵夫的访问。从此两人时常见面,不是在这个家里,就是在那个家里。

爱麦虞限把心中的牢骚都对克利斯朵夫说了。他被那些批评惹得气愤至极;又因为克利斯朵夫不怎么动心,就拿报上评论克利斯朵夫的文字给他看,人家说克利斯朵夫不懂他本行的文法,不懂和声,剽窃同行,亵渎音乐,叫他做"老疯子";又说:"这些大发神经的表演,我们受够了!我们是代表秩序,代表理智,代表古典的平衡……"

克利斯朵夫看了只觉得好玩,他说:"这是应有的事。青年人总把老年人丢在臭沟里的……不错,在我的时代,一个人要到六十岁才被认为老。如今大家跑得快多了……无线电，飞机……每一代的人都疲倦得更快……可怜的家伙，他们的得意也不会久的！让他们赶快瞧不起我们，在太阳底下耀武扬威罢！”

但爱麦虞限不是像克利斯朵夫那样健康的人。他思想上是刚强的，却受着有病的神经控制；心是热烈的，身体是残废的；他需要战斗，却生来不是个战斗的人。某些恶毒的批评竟使他痛彻心扉。

“啊！”他说，“要是批评家们知道，他们随便说的一句不公平的话使艺术家受到怎样的痛苦，他们也要觉得那套本领可耻了。”

“他们何尝不知道！他们就靠这个过活的。世界上不是大家都得生存吗？”

“那简直是一般刽子手。我们被生活折磨到浑身是血，为了跟艺术斗争而筋疲力尽。他们非但不伸出手来，不用慈悲的态度提到你的弱点，不用友善的心情帮你补救那些弱点，倒反双手插在袋里，眼睁睁地看你挑着重担上坡，说：‘哼！他到不了的！……’等到你上了山顶，有的说：‘上是上去了，可是方法不对！’有些更固执的还说：‘他并没爬到呀！……’——他们不把石子摔在你腿上教你倒下来，已经是你的大幸了。”

“话得说回来，有时他们中间也有两三个好人，那给你的好处才大呢！毒蛇猛兽到处都有，不论哪一行。没有慈悲心的艺术家，抱着一肚子虚荣和牢骚，把世界当做他的战利品，因为不能细细咀嚼而暴跳如雷：这样的人不是也有吗？那不是最要不得的吗？你得耐着性子。不论什么祸害都还有点儿好处。最凶恶的批评家对我们也是有益的；他好比一个练马的人,不许我们在路上闲逛。每次我们自以为达到了目的,就有猎狗来咬我们的腿。往前罢!得跑得更远一点,爬得更高一点!我还在向前,它已经不耐烦再来追我了。别忘了那句阿拉伯的名言:'不结果的树是没人去摇的。唯有那些果实累累的才有人用石子去打。'我们应该可怜那般不受骚扰的艺术家。他们将来会留在半路上,懒洋洋地坐着。等到他们想站起来,两条蜷曲的腿已经挪不动了。我的敌人其实是朋友,我欢迎他们。他们在我一生中给我的好处,远过于我的朋友,因为所谓朋友其实倒是敌人。"

爱麦虞限不由得微微地笑了。随后他说:"可是像你这样一个老战士,受一般刚出头的小子教训,不觉得难过吗?"

"我只觉得他们好玩,"克利斯朵夫回答,"这种傲慢表示他们热血奔腾,只想往外流。从前我自己就是这样的。这是三月中的骤雨,下在刚刚复活的土地上……让他们来教训我们罢。归根结底,他们是对的。应当由老年人去学青年人!他们利用了我们,忘恩负义是应有之事!……但他们凭了我们的努力,可以比我们走得更远,可以把我们尝试的事去实地做出来。倘若咱们还有点儿朝气,那么也来学一学,想法子脱胎换骨。要是办不到,要是咱们太老了,那么瞧着他们,咱们心里也高兴。看到萎靡不振的人类永远会开出鲜花来,看到这些青年人的乐天气息多么有生气,看到他们欢天喜地地去冒险,看到这些为征略世界而再生的种族:不是挺有意思吗?"

"没有我们,哪里会有他们!他们的欢乐是我们的眼泪给培养出来的。那骄傲的力量是整整一代人的痛苦开出来的花。你们就是这样地为人作嫁……"

"这句古话是不对的。我们创造一个超出我们的种族,其实还是为了我们自己。我们把他们的储蓄收起来,在一间四面通风的小屋子里保护它,拼命地抵着门才能挡住死神。我们亲手开辟了胜利的路,让儿子们走。我们的苦难把前途挽救了。我们把方舟驶到了福地的进口。它将来会驶进港去,带着他们一起,同时也靠了我们的力量。”

“我们横渡沙漠,拿着神圣的火把,捧着我们民族的神明,把这批在今日已经成人的孩子背着走,可是他们还会有一天记得我们吗?……忧患痛苦,忘恩负义,这些滋味我们已经尝够了。”

“那么你后悔吗?”

“不。一个像我们这样轰轰烈烈的时代,为了它所创造的一个时代作牺牲,的确有一种悲壮的伟大,使你感到醉意。舍身忘我的欢乐,现代的人是体会不到的了。”

“我们还是最幸福的人。我们爬上了尼波山,山脚下展开着我们不会进去的地带。① 但我们比那些将来进去的人更能欣赏那风景。凡是下降到平原中去的,就看不见平原的广大与遥远的天边了。”

克利斯朵夫给乔治和爱麦虞限的那种令人安定的影响,是从葛拉齐亚的爱情中汲取来的。由于这股爱情,他才感到自己和一切年轻的东西密切相连,才对于生命的一切新的形式永远抱着同情。不管使大地昭苏的是什么力量,他总是跟这力量在一起,哪怕在和他对立的时候。看到那些新兴的民

① 据《旧约·申命记》,摩西去世以前,曾登此眺望上帝预示他不能进去的福地。

主政治，一小部分的特权阶级为了自私自利而惊呼狂叫，克利斯朵夫可是不怕；他决不把衰老的艺术死抓不放，决不奉那些陈言俗套为金科玉律；他深信不疑地等着，等一种比以前更有力量的艺术，从虚无缥缈的幻境中，从科学与行动已经兑现的梦想中产生出来；他欢迎世界上新的曙光，不管旧世界的美是否要跟自己一同死灭。

葛拉齐亚知道她的爱情给克利斯朵夫的好处：因为知道了这一点，她精神上达到了更高的境界。她用书信来对他发挥力量。并非她有什么可笑的念头，想在艺术方面指导他：她太聪明了，对自己的界限看得很清楚。但她那个准确而纯粹的声音好比一只音叉，给他拿去调准灵魂的。只要克利斯朵夫觉得那声音说出来的就是他自己所想的，他就能想到一些完全准确、纯粹，而值得说出来的思想。一架美妙的乐器的声音，对于音乐家正像他的梦境所寄托的一个美丽的肉体。两颗相爱的心灵自有一种神秘的交流：彼此都吸收了对方最优秀的部分，为的是要用自己的爱把这个部分加以培养，再把得之于对方的还给对方。葛拉齐亚不怕告诉克利斯朵夫说她爱他了。因为大家不在一起，也因为她知道永远不会嫁给他，所以她说话倒更自由了。这爱情有股宗教般的热诚感染了克利斯朵夫，使他能永久保持和平的心情。

葛拉齐亚固然给克利斯朵夫领会到和平，但她自己早已没有和平了。身体完全磨坏了，精神的平衡也受到严重的损害。儿子的情形并无起色。两年来她老是惴惴不安地过日子，而雷翁那罗还要玩那种致人死命的手段，增加她的恐惧。他使爱他的人整天提心吊胆的本领，简直到了最高峰；为了要人注意，为了折磨坏人，他空闲的头脑里装满了奇妙的念头，结果竟变成一种狂病。最惨的是，在他装病的时候，真正的病慢慢地加深了，死神来到门口了。真是惊心动魄的讽刺！葛拉齐亚几年来被儿子假装的病磨够了，等真病来的时候倒反不再相信……一个人的感情是有限度的。她的慈悲心被谎话透支完了。临到雷翁那罗说出了实话，她却以为他做戏；而她一朝明白真相之后，又一辈子地悔恨不尽。

雷翁那罗恶毒的心理始终不变。他对谁都不爱，却不答应周围的人除他以外再喜欢别人。他唯一的情欲是妒忌。他把母亲和克利斯朵夫隔离了还不满足，还想毁掉他们之间始终如一的亲密的关系。他已经拿他常用的武器——害病——教母亲发誓不再嫁人，但仍旧不放心，更要逼母亲和克利斯朵夫停止通信。这一下她忍无可忍了。儿子的滥用威权把她解放了。她揭穿他的谎话，狠狠地骂了他一顿，过后又责备自己，像犯了罪似的；因为雷翁那罗狂怒之下，真的病倒了。而他的病势因为母亲不愿意相信而更加严重。他愤恨至极，只希望快快死去，好对母亲出气，可没想到这希望真会实现。

赶到医生告诉葛拉齐亚，说她的儿子没救的时候，她好似中了霹雳一般。但她还得把绝望的心情藏起去，骗那个屡次骗她的儿子。他自己也觉得这一回真的严重了，可不愿意相信，拼命瞅着母亲的眼睛，只盼望像他说谎的时候一样能看到责备他的表情。终于到了不能不信的时间。那对他跟他的家属都是可怕到极点：因为他不愿意死！

看到儿子终于长眠不起的时候，葛拉齐亚没有一声叫喊，没有一声怨叹；她的沉默使人奇怪，其实她连痛苦的气力都没有了；唯一的愿望是死。她继续干着日常的事，表面上照旧很镇静。过了几星期，她更加沉静的脸上甚至也会堆起笑容来了。谁也没想到她内心的悲苦,尤其是克利斯朵夫。她只把消息通知他,完全没提到她自己,对于克利斯朵夫又不安又恳切的来信置之不复。他想赶来,她教他不要来。过了两三个月,她又恢复了以前那种严肃而恬静的口吻,认为把自己的弱点交给他负担是桩罪过。她知道她所有的感情都会在他心中引起回声,也知道他需要依傍她。她并没怎么苦苦地压制自己。她的能够得救是靠一种精神上的纪律。在倦于生活的情形之下,使她还能活下去的只有两点,就是克利斯朵夫的爱情和她那种意大利女子的宿命观念,——快乐也罢,痛苦也罢,骨子里她都是这个性格。这宿命观不是从智慧来的,而是一种动物的本能;凭着这本能,一头困惫至极的野兽会不觉得自己的困惫而眼睛发呆着往前走,像做梦一样,忘了路上的石子,也忘了自己的身体,直走到倒在地下为止。宿命观支持着她的肉体。爱情支持着她的心。她自己的生命已经消耗完了,只因为有克利斯朵夫可以给她寄托而活着。然而她那时更小心地避免在信中表白她的爱。没有问题,这是因为她的爱情比从前更强了,但也因为老记着亡儿的反对,使她的爱情受着良心的责备。于是她缄默了,强迫自己在某一个时期内不再写信。

克利斯朵夫不明白这缄默的道理。有时,他在一封语气单纯而平静的信中听到一些出人意料的口吻,表示有一股硬压着的热情在那里哀号。他吓坏了,却一句话都不敢提,好比一个人屏着气,生怕那个幻象消失。他知道她下一封信一定是特别冷淡的,因为要遮盖这一次的感情……然后又是一片恬静……

一天下午，乔治和爱麦虞限在克利斯朵夫家里。两人都想着自己的烦恼：爱麦虞限是对于文坛的牢骚，乔治是为了某次运动比赛的不如意。克利斯朵夫心平气和地听着，很亲热地跟他们打趣。忽然有人打铃，乔治去开了。原来高兰德的当差送一封信来。克利斯朵夫坐在靠窗的地方看信。两个朋友继续讨论，没看到背对着他们的克利斯朵夫。他走出了房间，他们根本没觉察，而等会发觉了也不以为意。但因为他老是不出来，乔治就去敲隔壁的门。没有回音。乔治知道老朋友的怪脾气，便不再坚持。过了几分钟，克利斯朵夫进来了，神色很镇静，很疲倦，很温和。他因为冷淡了客人表示很抱歉，又把刚才打断的话接下去，提到他们的烦恼，说了许多安慰的话。他的语气使他们莫名其妙地非常感动。

然后他们走了。乔治跑到高兰德家，看见她哭得泪人儿似的。她第一句就问：

“他受到这个打击怎么样啦，那可怜的朋友？真是太残酷了！”

乔治听了莫名其妙。高兰德向他解释，说她才送信去把葛拉齐亚故世的消息通知克利斯朵夫。

葛拉齐亚来不及向任何人告别就去了。几个月来，她的生命差不多已经连根拔起，只要轻轻的一阵风就能把她吹倒。这次的流行性感冒发作的上一天，她接到克利斯朵夫一封温柔的信，大为感动，想要叫他来，觉得一切把他们分隔的理由都是虚伪的，罪过的。因为没有精神，她把写信的事拖到下一天。到了下一天，她又不得不躺在床上，写了几行就头昏脑涨，而且也踌躇着不敢写出自己的病状，怕惊动克利斯朵夫。他那时正忙着练习一阕带有合唱的交响曲，根据爱麦虞限的一首叫做福地的诗写的:两人都很喜欢这个题材,因为有点象征他们的命运。克利斯朵夫把这作品向葛拉齐亚提过好几回。第一次的演奏定在下星期内……那当然不该打搅他。葛拉齐亚在信中只说起自己伤风,后来还以为说得太过分,便撕掉了,又没气力再写。她预备晚上再动笔。不料到晚上已经太迟了。要他来已经太迟了。连给他写信也太迟了……死真是来得多快!要几百年才能培养起来的东西,不出几小时就被毁灭了……葛拉齐亚只来得及把手上的戒指交给女儿,要她转交克利斯朵夫。她一向和奥洛拉不大亲近,现在要离开世界的时候,才抱着一腔热情瞅着这张留在世界上的脸,紧紧地握着女儿的手,这只手将来可以代表她去握她朋友的手的;她快乐地想道:

"我没有完全离开世界。"

> 怎么?我说,气势这样伟大的,充满着我耳鼓的,
> 同时又这样温柔的声音,是什么声音?……
>
> ——《西比翁之梦》①

乔治热情冲动之下,从高兰德家里出来又回到克利斯朵夫那里。高兰德平日冒冒失失的话,早已给他知道葛拉齐亚在他老朋友心中所占的地位,甚至——(青年人是不知轻重的)——他还当做打哈哈的资料。但那时他又同情又紧张,体会到这样一件祸事所能给克利斯朵夫的痛苦;他要跑到他前面,拥抱他,可怜他。因为知道克利斯朵夫的感情非常激烈,所以看了他刚才那种镇静的态度不大放心。他打了铃。

① 《西比翁之梦》为古罗马作家西塞罗所著《共和国》第六卷内的一篇。

没有动静。他再打铃，又照着跟克利斯朵夫约定的暗号在门上敲了几下，才听见一张椅子移动的声音，又听见沉重而迟缓的脚声。克利斯朵夫把门开了，脸上那么平静，使本来预备扑到他怀里去的乔治呆住了，不知道说什么好。克利斯朵夫很和气地问："是你吗，孩子。可是忘了什么东西吗?"

乔治心慌意乱，结结巴巴地回答说："是的。"

"那么进来罢。"

克利斯朵夫过去坐在乔治没有来以前就坐着的椅子里：靠着窗口，把头仰在椅背上，瞧着对过的屋顶和傍晚天上的红光，根本不理会乔治。乔治假装在桌上找东西，偷偷对克利斯朵夫瞅了一眼。老人脸上毫无表情，夕阳照着他上半部的腮帮和一部分额角。乔治走到隔壁屋里，好似继续找着什么。刚才克利斯朵夫便是拿了信把自己关在这儿的。此刻信还在床上，被褥上清清楚楚有个身体躺过的痕迹。另外有本打开的书掉在地毯上，正翻在褶皱的一页。乔治捡起来一看，原来是《福音书》里叙述玛特兰纳遇到园丁的一段。①

他又回到外面的屋子，东翻翻，西找找，免得手足无措，觑空又对一动不动的克利斯朵夫望了一眼。他很想告诉他，他替他多么难过。但克利斯朵夫神色那么开朗，使乔治觉得说什么都不大得体。那时的情形仿佛倒是他需要人家安慰了。他怯生生地说了句："我走啦。"

克利斯朵夫头也不回过来，只说："再会吧，孩子。"

乔治走了，轻轻地带上了门。

---

① 据《新约·约翰福音》第二十章，玛特兰纳于耶稣葬后到墓上去，发现墓穴已空，回头看到一个人，以为是园丁，其实便是复活的耶稣。此处隐指一个人见到了真主而不认识。

克利斯朵夫这样地待了好久。天已经黑了。他没有痛苦，没有思想，没有一个确切的形象。他好比一个困顿不堪的人，听着一阕模糊的音乐，并不想了解。赶到他弯着腰站起来，时间已经到了深夜。他往床上一倒，呼呼睡熟了。音乐继续在那里响着。

于是他看见了她，她，那个心爱的人……她对他伸着手微微地笑着说：

"现在你已经越过了火线。"

他的心融化了。一片和平充塞着明星密布的空间，各个星球的音乐展开着它静止的、深沉的洪流……

他醒过来的时候，天已经大亮，极乐的境界却依旧存在，听到的话始终在那里，像遥远的微光。他下了床。一种无声无息的、神圣的热诚鼓动着他的心。

……现在我看到了，我的儿子，
在俾阿特利斯和你之间只有这堵墙壁……

可是他已经跨过了他和俾阿特利斯①之间的墙壁。

他一半以上的灵魂久已到了那一边。一个人越是生活，越是创造，越是有所爱，越是失掉他的所爱，他便越来越逃出了死神的掌握。我们每受一次打击，每造一件作品，我们都从自己身上脱出一点，躲到我们所创造的作品里去，躲到我们所爱的而离开了我们的灵魂中去。最后，罗马已经不在罗马了；自己最好的一部分已经在身外了。在墙垣的这一边，只有一

① 俾阿特利斯为但丁终生倾慕的爱人，上引诗句见《神曲·净罪界》第二十七。

个葛拉齐亚把他留着。而她也去了……现在,痛苦世界的门已经给关上了。

他心里非常兴奋地过了一个时期,不觉得再有什么束缚,不再等待什么,不再依靠什么。他解放了。斗争已告结束。走出了战场,他望着燃烧的荆棘在黑夜中熄灭了。它已经离得很远。荆棘的火光替他照着路的时候,他自以为差不多到了山顶。可是从那时起,他又走了多少的路,而山顶并不见得更近。现在他才知道,即使永远走下去,也到不了那里。但是一个人进了光明的区域而没有把所爱的人丢在后面,那么即使跟着他们永远走下去,你也不会觉得时间太久。

他闭门不出,也没有一个人来敲门。乔治把所有的同情一下子发泄完了:回到家里,放了心,第二天就把这件事忘得干干净净。高兰德上罗马去了。爱麦虞限一点都不知道。他老是那么小心眼儿,不声不响地生着气,因为克利斯朵夫没有去回拜他。克利斯朵夫因此尽可以安安静静地和他心坎里的人做着无声的谈话;——从今以后,她像母腹中的婴儿一般不会再跟他分离的了。而他们的谈话又是多么动人,非言语所能形容,便是音乐也不大能表达出来。克利斯朵夫感情洋溢的时间,只能闭着眼睛,一动不动地听着自己的心歌唱。或者他坐在琴前,让他的手指几小时地说着话。在这一个时期,他的临时即兴比一生任何时期为多。他不把自己的思想写下来。写下来干吗呢?

过了几星期,他重新出门和大家相见:除了乔治以外,跟他亲近的人谁也没想到他那些经过的情形。临时即兴的习惯还保留了一些日子,往往在意想不到的时候出现。一天晚上,在高兰德家里,克利斯朵夫在琴上弹了差不多有一小时,他尽量地发泄，忘了客厅里都是些不相干的人。他们都不想笑他。这些惊人的即兴把大家听得惶惶然不知所措。连那般不懂其中意义的人，心里也难过极了；高兰德甚至含着眼泪……克利斯朵夫弹完了，突然转过身来，看到大家激动的情形，便耸了耸肩膀，大声笑了出来。

他到了一个境界，便是痛苦也成为一种力量，——一种由你统治的力量。痛苦不能再使他屈服，而是他教痛苦屈服了：它尽管骚动，暴跳，始终被他关在笼子里。

这个时期产生了他的最沉痛同时也是最快乐的作品。其中有《福音书》里的一幕，那是乔治一听就知道的：

> "女人，你为什么哭？"
>
> "因为有人把我主挪走了，不知道放在哪里。"
>
> 她说完之后转过身来，看见耶稣站在面前：而她不知道就是耶稣。

——另外有一组悲壮的歌，依着西班牙的通俗歌谣写的，其中特别有一首情歌，凄怆的情调好比一朵黑色的火焰：

> 我愿成为那座埋葬你的坟墓，
> 使我的手臂可以永远抱着你。

——还有两阕交响曲，题目叫做《平静的岛》和《西比翁之梦》。在约翰-克利斯朵夫·克拉夫脱的全集中，这两件作品是把当时音乐上所有最高的成就，结合得最完满的：德意志的那种亲切，深奥，富有神秘气息的思想，意大利的那种热情的曲调，法兰西的那种细腻而丰富的节奏，层次极多的和声，都被他融合在一起了。

这种从"生离死别的悲痛中发生的热情"，维持了两三个月。然后,克利斯朵夫怀着坚强的心,踏着稳实的步子,又回到人生的行列中去了。悲观主义的最后一些雾雰,苦修的心灵的灰暗之气,半明半暗的神秘的幻境,都被死亡的风吹开去。纷纷四散的乌云中显出一条长虹。天色更明净,好像被泪水洗过了似的,堆着微笑。这是山峰上恬静的黄昏。

第四部

潜伏在欧罗巴森林里的火开始往上冒了。这儿给你扑灭了，它在别处又烧起来。浓烟滚滚，火星四射，从这一处跳到那一处，燃着干枯的荆棘。在东方，前哨战揭开了国际战争的序幕。整个的欧罗巴，昨天还带着怀疑色彩而萎靡不振的，像死了的树林一般的，今天已经被大火包围了。每个人的心里都有厮杀的欲望。战争随时可以爆发。你把它压下去了，它又抬头了。最无聊的借口也能成为它的养料。大家觉得受着偶然的支配，偶然就能发动争端。连一般最和平的人也感到事情不可避免了。那些理论家正扯着蒲鲁东的旗号讴歌战争，认为可以发挥人类最高的德性……

西方民族的身心复活，原来归结到这个结果！热情的行动与信仰，竟然把民族逼上了屠杀的路！要使这个乱冲乱撞的行动有个预定的，经过选择的目标，唯有一个拿破仑式的天才才能办到。但欧洲无论哪里都没有这种行动的天才。仿佛大家特意挑了一批最庸碌的人当家。人类的聪明不在这方面。——你只有听任那个带着你往前冲的巨潮摆布。统治的和被统治的都是一样。欧罗巴的局势是普遍的紧张。

克利斯朵夫回想起那次跟惶惶不安的奥里维一同经历的，差不多一样紧张的情形。但那时战争的威胁不过像转瞬即逝的乌云。现在,威胁的影子可罩着整个的欧洲了。而克利斯朵夫的心情也改变了。他不能再参加这些民族的仇恨。他的心境正像一八一三年代的歌德:没有恨,怎么能厮杀?过了青春,又怎么能恨?他早已走出仇恨的区域。他对于这些相持不下的民族完全一视同仁,不分轩轾。各个民族的价值,对世界的贡献,他都认识清楚了。一个人在精神上到了相当程度,就"不再分什么民族,而对于邻族的祸福会感觉得像同胞的祸福一样亲切"。暴雨的乌云已经沉到你脚底下,周围只有天空,——"给鹏鸟飞翔的无边无岸的天空"。

然而有时候,克利斯朵夫也觉得四周的敌意有点儿难堪。在巴黎,大家表示得那么露骨,使他随时感到自己属于敌对的民族;便是他心爱的乔治也忍不住在他面前表白他对德国的心情,使他悲伤。于是他走开了,推说要看看葛拉齐亚的女儿,到罗马去住了一阵。但那边的环境也并不安静。民族主义的骄傲已经像瘟疫一般地蔓延到了,改变了意大利人的性格。那些素来被克利斯朵夫认为麻木而懒散的人,现在也只想着武功,想着战争,想着侵略,想着罗马的鹰隼在利比亚沙漠的上空飞翔;他们自以为回到了罗马帝国时代。① 最了不起的是,各个对立的党派,社会党,教会派,保王党,都极真诚地受着这种狂热的感染,而并不以为反叛自己的主义。可见各个民族一旦被传染病式的热情扫荡之下,所谓政治,所谓人类的理智,都会变得无足重轻。那些热情还不屑于消灭个人的热情,只是利用它们,使一切都集中到同一个目标。在功业

① 公元前一世纪时,利比亚为罗马帝国领地;一九一二年后,又曾沦为意大利的殖民地。

彪炳的时代,情形一向是这样的。亨利第四的军队,路易十四的内阁,那些建立法兰西的丰功伟业的先民,富于理智与坚于信仰的,和追求名利与享乐的一样的多。不论是扬山尼派还是好色之徒,是清教徒还是情欲强烈的人,在满足他们的本能的时候,连带也为共同的使命出了力。在将来的战争中,国际主义者与和平主义者一定都会参加;像他们国民议会时代的祖先一样,各人都深信这是为了求自己民族的幸福,为了求永久的和平……

克利斯朵夫站在罗马耶尼居峰的平台上,带着嘲弄的笑容,眺望这个又杂乱又和谐的城市,正好象征山峰底下的世界:古时的废墟,巴洛克式的屋面,现代的建筑,虬结在一处的杉树与蔷薇,——各个世纪,各个作风,被聪明的头脑融成一个坚固而连贯的整体。同样的,人类的精神会把它本身所具备的秩序与光明,照在纷争不已的世界上。

克利斯朵夫留在罗马的时期很短。这个城市给他的印象太强了,他有点儿害怕。要能利用这种和谐,他必须站得远远的;在这儿留下去颇有被吞没的危险,好似多少与他同种的人一样。——他不时上德国去住一下。但虽然德法二国的冲突迫在眉睫,结果还是巴黎永远在吸引他。那边有他当做儿子一般的乔治。而且他不但受着感情方面的影响,思想方面的理由对他也有作用。一个思想活跃的,热烈参与一切精神生活的艺术家,不容易再习惯德国的生活。并非那边缺少艺术家。而是艺术家在那边缺少空气。他们和自己的民族隔离了;大家对他们不感兴趣,都忙着别的事,或是社会方面的或是实际方面的。诗人们因为人家瞧不起他们的艺术,也就存着瞧不起人的心躲到他们的艺术中去了;他们一气之下,干脆把自己和群众生活的最后一些联系斩断，而只为了几个人写作。他们都是很有天分的、精练的、贫弱的小贵族，本身也分化为许多敌对的小组，在狭小的天地中喘不过气来；因为不能扩大范围，他们便拼命地往下挖，把泥土翻来翻去，直到把里头的精华吸尽为止。于是他们在一片混乱的梦境中迷失了，甚至不想把梦境彼此沟通。各人站在原位上在大雾中挣扎。没有一道共同的光明指引他们。各人只能在自己身上找光明。

反之，在莱茵河那一边，每隔一些时候必有些集体的热情，群众的骚动，在艺术上面吹过。像巴黎被铁塔威镇着一样，照在欧洲平原上的也有那座永远不熄的灯塔，那个古典的传统，靠着几百年的辛苦与光荣培养起来而一代一代地传到现在的。它既没有把精神奴役，也没有加以拘束，只是指出了几世纪以来所遵循的大路，使整个民族都受到它的光明。德国的思想家像黑夜里迷失的鸟一般投向遥远的灯塔的，已经不止一个。可是把邻国多少慷慨的心引到法兰西来的那股声气相求的力量，法国有谁想得到呢？伸手乞援而与政治的罪行毫不相干的人又不知有多少！……而你们德意志的弟兄们看不见我们，没听见我们说着："瞧，我们在这儿伸着手啊。不论什么谎言与仇恨，都不能教咱们分离。为了求我们精神的伟大，民族的伟大，我们需要你们，你们也需要我们。我们是西方的一对翅膀，缺了一个就飞不起来。战争要来就来罢！咱们的手始终紧紧地握着，像兄弟般契合的心灵始终在一块儿飞跃。"

克利斯朵夫这么想着。他感觉到两个民族是怎样的相得益彰，也感觉到倘若彼此不相助的话，他们的精神、艺术、行动，又是怎样的残缺不全。他因为出身于莱茵河流域，正是两股文明合流的地方，所以从小就本能地感觉到它们需要联合一致，而他的天才一辈子都在无意中求两翼的平衡。他越富于日耳曼民族的梦想，便越需要拉丁民族的秩序与条理。法兰西对他显得那么可贵，就为了这一点；而他在法国也更加能认识自己，控制自己，保持自己的完整。

他能对付那些与他有害的成分，也能吸收与他不同的力量。一个元气旺盛的人健康的时候，能吞下所有的力量，连有害的在内，而且能把它们化为自己的血肉。甚至有的时候，一个人会觉得跟自己最不相像的成分倒反最有吸引力，因为其中可以找到更丰富的养料。

克利斯朵夫喜欢的倒是那些和他对立的艺术家的作品，而不是他的摹仿者的作品；——因为他也有了摹仿者，自命为他的信徒，使他大为懊恼。那是一批老实的、用功的、品德兼备的青年，对他很恭敬的。克利斯朵夫很愿意能喜欢他们的音乐，可是没有办法，他只觉得那些作品一无价值。倒是另外一般对他个人表示反感，在艺术上代表与他对立的倾向的音乐家，能够使克利斯朵夫赏识他们的才具……反感，对立，那有什么关系呢？这等人至少是活的！生命本身是最主要的德性。一个人缺乏了生机，即使他有一切其他的德性，也不能称为有道之士，因为他不是一个完全的人。克利斯朵夫开玩笑地说过，他只承认那些攻击他的人是他的信徒。有一回一个青年音乐家对他诉说自己的志愿，把他恭维了一阵，以为能讨他喜欢。克利斯朵夫问他："我的音乐使你满足吗？你就是用我的方式来表白你的爱或恨吗？"

"是的，大师。"

“那么你还是免开尊口！你根本没有什么可说的。”

因为痛恨那些只知道服从的人，因为需要吸收别人的思想，所以他受着和他的主张完全相反的人吸引。他所交的朋友都是把他的艺术、把他理想主义的信仰、把他的道德观念看做已经过去的人；他们对于人生、爱情、婚姻、家庭，一切的社会关系，另有一套看法，——他们都是好人，但精神上是发展到另一个阶段的；把克利斯朵夫的生命消磨了一部分的那种悲痛与苦闷，对他们简直是不可解的。这当然更好！克利斯朵夫也不愿意教他们懂得。他不要求人家和他一般思想来证实他的思想：他对自己的思想很有把握。他所求的是要有机会认识别的思想，爱别的心灵。要爱，要认识，越多越好。要看，要想法子会看。他现在不但能容忍别人抱有他从前攻击过的思想，而且还觉得有意思，因为这样才能使世界更丰富。因为乔治不像他那样把人生看做悲剧，他才更喜欢乔治。倘若所有的人都道貌岸然，或者都像克利斯朵夫一般有那种英雄式的克制功夫，那么人类也太贫弱了，太灰色了。人类需要欢乐，需要无所顾忌，需要敢于大胆地亵渎偶像，包括最神圣的在内。但愿高卢民族的诙谑精神永远不灭！怀疑与信仰，两者都是必需的。怀疑能把昨天的信仰摧毁，替明日的信仰开路……一个人渐渐地离开人生的时候，一切都显得明白了，好比离开一幅美丽的画的时候，凡是近处看来是互相冲突的色彩都化成了一片和谐。

克利斯朵夫对于物质世界的无穷的变化，也像对于精神世界一样地看清楚了。这是他第一次意大利旅行的收获。在巴黎，他特别和画家雕塑家来往，觉得法国民族的精粹都在他们那方面。他们非常大胆地追逐一切动的现象。抓住那些颤动的色彩，把遮蔽人生的网扯下来，使你的心快乐得直跳。在一个真有眼睛的人，一滴光明等于汲取不尽的宝藏。有了这种精神上的极乐境界，无聊的喧闹与战争还算得什么！……便是这些喧闹与战争也成为世界奇观中的一部分。应当把什么都抓在手里，把积极的力与消极的力，把人生所有的材料都投入我们的心中让它们融化。结果便是在我们胸中锻炼出来的塑像，精神的美果；凡是能使这个美果更美的都是好的，哪怕需要我们牺牲也无妨。从事于创造的人是不足道的。只有创造出来的成绩才是真实的……想要伤害我们的敌人休想接触到我们。我们是受不到你们攻击的了……你们只咬到一件空的衣服，我的身体早已不在那里。

他创作的音乐，境界变得恬静了。当年的作品像春天的雷雨，在胸中积聚，爆发，消灭的雷雨。现在的作品却像夏日的白云，积雪的山峰，通体放光的大鹏缓缓地翱翔，把天空填满了……创造！就像在八月里宁静的太阳底下成熟的庄稼……

先是模模糊糊的，元气充沛的，迷惘的境界，像丰满的葡萄，饱绽的麦穗，像怀孕的妇女一般有种说不出的欢畅的感觉。管风琴隆隆地响着，蜂房里的蜜蜂唱着歌……从这片沉着响亮的音乐中间，渐渐地显出主要的节奏；行星的轨迹分明了，开始打转……

于是意志出现了。它抓着风驰电掣的梦境，像驯服野马一般地把它紧紧夹着。创作的灵感，懂得带着它飞奔的节奏自有它的规则，非服从不可；它约束那些疯狂的力，替它们定下目标，指定行程。理智与本能开始合作了。黑洞洞的影子开朗了。前面的路上还有一团团的光明，它们也会在未来的作品中酝酿为互相关联的小天地……

画上的稿图已经勾勒停当。晓色朦胧中露出了它的面目。色彩的和谐，脸上的线条，都变得明确了。为了完成作品，他拿出自己所有的宝藏。记忆的仓库也给打开，冲出一阵阵的香气。精神解放了感官，让它们如醉如狂；它自己可不声不响地伏在一边等着，预备挑选对象。

一切都已准备就绪：工人们用着从感官方面抓来的材料，把头脑所设计的作品开始去做了。一个大建筑家是需要一批技术纯熟而肯卖力的工人的。大教堂便这样地完工了。

“而上帝瞧着他的作品，觉得还不够好。”

建筑家把整个作品打量了一番，再亲自修改一下，使它更和谐。

幻梦完成了。噢，我的上帝！……

夏日的白云，通体放光的大鹏，缓缓地翱翔；整个天空被它们的巨翼掩蔽了。

然而他的生活并不限于艺术。像他这一类的人不能不有所爱；他要的不但是一视同仁的爱，为艺术家散播给一切生灵的爱：而且还需要有所偏爱；他需要把自己给一般由他亲自挑选的人。这是树木的根须。他心中所有的血都是靠这个爱更新的。

克利斯朵夫的血还没到枯竭的时候，还受着爱的培养，——那是他最大的快乐。他的爱是双重的：一方面是对葛拉齐亚的女儿，一方面是对奥里维的儿子。他心中已经把两个孩子结合了，以后还要在实际上把他们结合起来。

乔治和奥洛拉是在高兰德那儿见到的。奥洛拉住在她的表姨母家里；每年在罗马住几个月，余下的时间都待在巴黎。她十八岁，比乔治小五岁。个子很高，身子很直，姿态优美，头不大而脸盘很宽，淡黄头发，皮肤给太阳晒得黑黑的，上嘴唇有些薄髭的影子，明净的眼睛，笑盈盈的老是若有所思，肥胖的下巴，褐色的手，又美又圆又结实的胳膊，长得很好看的脖子：她很快活，爱享受，精神非常饱满。没有书卷气，也很少感伤情调，她性情像母亲一样的懒散，能一口气睡十一小时。余下的时间，她荡来荡去，嘻嘻哈哈，似乎还没完全醒。克利斯朵夫叫她睡美人，常常使他想起萨皮纳。她上床也唱歌，起床也唱歌，没来由地哈哈大笑，像儿童一样地傻笑，格格的笑声像打嗝。谁也说不出她把日子怎么消磨的。高兰德千方百计想教她一套漂亮的功架，那对一般的姑娘像油漆一样很容易涂上去，对奥洛拉可完全没用。她什么都不想学，一部书可以看上几个月，觉得作品挺有意思，但过了八天连名字题材都记不起了。她满不在乎地写别字，谈到高深的问题常常闹大笑话。她的年轻，她的兴致，她的没有书卷气，甚至她的缺点，近于麻木的糊涂，天真的自私，都使人觉得耳目一新。并且她老是那么自然。但这个老实而懒惰的女孩子有时也会挺无邪地卖弄风情，勾引一般青年，居然到野外去写生，或者弹弹肖邦的《夜曲》，拿着从来不念的诗集，说些想入非非的话，戴着同样想入非非的帽子。

克利斯朵夫留神看着她，暗中好笑。他对奥洛拉的感情近于父亲的慈爱，宽容的，带点儿打趣的意味；同时也有一种虔敬的心理,因为这个预备接受另外一个人的爱的女孩子,便是他当年的爱人的化身。谁也不知道克利斯朵夫的情爱深到什么程度。唯一能猜到的是奥洛拉。她从小看见克利斯朵夫差不多老是在她身边,简直把他当做家族中的一分子了。以前不像兄弟那样受宠爱而感到痛苦的时期,她不知不觉地跟克利斯朵夫亲近,猜到他有同样的苦恼,而他也看到她的悲伤;两人并不明言,却把彼此的苦闷放在一起。后来她一发现母亲和克利斯朵夫之间的感情,便自以为参与了他们的秘密,虽则他们从来没告诉她什么。葛拉齐亚临死付托给她的使命,和此刻戴在克利斯朵夫手上的戒指,她都懂得其中的意义。所以她暗中和克利斯朵夫不知有多少的联系,用不着了解清楚就能感觉到它们的复杂。她很真心地喜欢那个老朋友,虽则从来不能花点儿精神把他的作品弹一遍或看一遍。她颇有音乐天分,可是连把题献给她的乐谱裁开来的好奇心都没有,只喜欢跟他不拘礼数地聊天。而自从知道在他那儿可以碰到乔治·耶南以后,她来的次数更多了。

在乔治那方面,也从来没觉得和克利斯朵夫在一块竟会这样有趣。

可是两个年轻人直过了好久才体会到自己真正的感情。他们先用着讥讽的眼光相看。两人没有一点相像的地方。一个是流动不已的水银,一个是沉沉酣睡的死水。但没有多少时间,水银变得平静了些,而酣睡的死水也似乎清醒了些。乔治指摘奥洛拉的装束,指摘她的意大利口味,——不大懂得细腻的层次,喜欢对比的颜色。奥洛拉却挖苦乔治,学他那种老气横秋而有些装腔作势的谈吐。尽管互相揶揄,两人依旧很高兴——可不知为什么高兴,是为了能互相讥讽呢,还是为了能借此搭讪？他们甚至把克利斯朵夫也拉进去了，他也俏皮地替他们传递冷箭。他们假装不在意；其实正是相反，他们对冷嘲热讽的话太注意了，而且绝对隐藏不了心里的怨恨，尤其是乔治，所以一见面就免不了斗嘴。那些口角并不怎样剧烈，因为大家怕伤害对方，觉得打在自己身上的手非常可爱，所以挨打也比打人更有意思。他们非常好奇地互相观察，睁着眼睛搜寻对方的缺陷，不料结果反而更加着迷。他们决不承认这一点。跟克利斯朵夫单独在一起的时候，各人都说那一个讨厌极了。但只要克利斯朵夫给他们一个碰面的机会，他们都不肯轻易放过。

有一天，奥洛拉在老朋友家里，说星期日上午再来看他。过了一会儿，乔治照例像一阵风似的卷进来，对克利斯朵夫说他星期日下午再来。星期日早上，克利斯朵夫空等了一场奥洛拉。赶到乔治约定的时间，她却出现了，道歉说她有事相阻，不能早来，接着又编了一个小故事。克利斯朵夫觉得她这种无邪的手段挺好玩，便说："可惜。你本来可以遇到乔治；他来过了，我们一块儿吃了中饭；下午他没空，不能待在这儿。"

奥洛拉大失所望，不再听克利斯朵夫的话了。他却高高兴兴地和她谈着。她心不在焉地对答，差不多要恨他了。忽然有人打铃。原来是乔治。奥洛拉不由得大为惊愕。克利斯朵夫笑着，望着她。她这才懂得他是要弄她，便红着脸笑了。他又俏皮地用手指做着威吓的姿势。突然她感情冲动之下，跑去拥抱他。他在她耳畔轻轻用意大利文说着："小顽皮，小坏蛋，小奸刁……"

她把手堵着他的嘴。

乔治看着他们又是笑又是拥抱，觉得莫名其妙。而他的诧异的，甚至有点儿着恼的神色，愈加使他们俩乐开了。

克利斯朵夫便是这样地暗中使两个孩子接近。等到成功了，他又差不多埋怨自己。他不分高低地爱着他们，但把乔治批判得更严，因为他看出他的缺点；而另一方面他把奥洛拉看得非常理想，自认为对奥洛拉的幸福比对乔治的负有更大的责任：因为乔治近乎他的儿子，可以说代表自己的一部分。所以他不敢决定，把天真无邪的奥洛拉交给一个并不怎么天真无邪的同伴是不是罪过。

他们俩订婚之后不久，有一天在树荫底下谈话，碰巧克利斯朵夫在后面走过，听见奥洛拉一边说笑一边向乔治问起他以前的一桩私情，克利斯朵夫不禁吓了一跳，乔治却很痛快地说了出来。此外，他们俩还坦然说些别的话，表示奥洛拉对于乔治的道德观念并没像克利斯朵夫那么重视。两人虽则非常相爱，却并不把彼此看做是永远分不开的。在爱情与婚姻问题上，他们那种洒脱的精神固然也有它的美，但和旧制度的白头偕老、“至死勿渝”的结合是大不相同了。克利斯朵夫望着他们，不免有点儿惆怅……他们和他离得很远了！载着我们儿女的船驶得多快！……可是耐着点罢，早晚大家都会在彼岸相遇的。

目前，那条船并不怎么考虑它的航路，只是随风飘荡。——使当时的风俗慢慢改变的自由精神，在思想与行动的别的方面照理也应当有所表现。可是并不：人类的天性是不在乎矛盾的。一方面风俗变得更自由了，一方面思想倒反变得不自由了，居然要求宗教替它戴上枷锁。而这两种各走极端的情形尽管极不合理，竟会在同一批心灵中出现。复兴旧教的潮流正在使一部分上流人物和知识分子着迷,把乔治和奥洛拉也迷住了。最有意思的是看到这个天生好辩的乔治,从来不信宗教,从来不理会什么上帝与魔鬼的,——对一切都冷嘲热讽的真正的小高卢人,——会突然之间说出真理就在基督旧教中间的话。他的确需要有一个真理,而这一个真理正好和他的需要行动,和他的法国布尔乔亚的间歇遗传,和他对于自由的厌倦相配合。小马游荡得够了;他走回来,自动地把自己缚在民族的犁上。只要看到几个朋友的榜样就够了:对于思想界的气压特别敏感的乔治立刻成为第一批的俘虏。奥洛拉跟着他,——无论他到哪儿,她都会跟着走的。他们一下子就非常地自信,瞧不起一切不和他们一般思想的人。噢,那真是大大的讽刺!这两个轻佻的孩子居然变了真诚的信徒;而葛拉齐亚与奥里维,凭着他们的纯洁、严肃、努力,和那样的苦心孤诣,倒反从来没得到信仰。

克利斯朵夫很好奇地观察着这些心灵的演变,可不像爱麦虞限那样想对抗;因为爱麦虞限抱着自由的理想主义,看到从前的敌人重新得势非常气恼。但我们不能对抗吹过的风,只能等它过去。人的理智太疲劳了。它才做了一次巨人般的努力,昏昏欲睡,像一个熬了一天的疲倦不堪的儿童,在睡觉之前做着祈祷。梦乡的门又给打开了:除了宗教,还有那些通神的、神秘的、玄妙的理论,跑到西方人的头脑里来。连哲学也有些动摇了。被奉为思想上的神明,如柏格森,如威廉·詹姆斯,都踉踉跄跄地步履不稳了。甚至在科学里面也表现出理智的困乏。这种时间是会过去的。让他们喘一口气罢!明天,精神会清醒过来,变得更敏锐,更自由……辛辛苦苦地工作以后,睡眠是甜蜜的。难得有时间歇一下的克利斯朵夫,很高兴看到他的孩子们能代他享受这个清福，心定神安，自以为信仰坚固，相信着他们的美梦。他不愿意，也不能够和他们易地而处。他心里想，葛拉齐亚的哀伤和奥里维的烦闷在儿女身上居然解脱了，也是很好的事。

“我们所有的痛苦，我，我的朋友们，多少在我们以前的人所受的痛苦，不过是使这两个孩子能够得到快乐……这快乐，安多纳德，你是应该享受而被剥夺了的！啊！一般不幸的人对于他们的牺牲所能产生的幸福，倘若能预先体会到的话，那可多么好！”

为什么要反对这种幸福呢？我们不应该要人家依着我们的方式幸福，他们应该依着他们的方式幸福。充其量，克利斯朵夫不过很温和地要求乔治和奥洛拉，别太轻视像他一样不和他们一般信仰的人。

他们却是连跟他讨论都有所不屑，神气之间仿佛说：“他是不会了解的……”

在他们眼中，克利斯朵夫是个过去的人。而他们并不重视过去！他们中间常常很天真地谈着他们将来要做的事，等克利斯朵夫“不在”的时候……——但他们的确很爱他……真是两个目空一切的孩子！他们在你身旁像蔓藤一般地生长。这股自然界的力把你推着，赶着……

“去罢！去罢！你走开呀！现在轮到我了！……”

克利斯朵夫听到他们这种没有说出来的话，很想对他们说：“别这么急！我在这儿觉得很好呢。别把我当做死人看呀！”

他觉得他们天真的专横的脾气很好玩。有一天他们对他表示轻蔑，他就满不在乎地告诉他们：“你们痛快说出来罢，说我是个老糊涂罢。”

“不,老朋友,”奥洛拉哈哈大笑地回答,“你是世界上最好的好人;可是有些事你不知道。”

“而你又知道些什么,姑娘?你算是大贤大哲了吗?”

“别嘲笑我,我知道的事固然很少,可是他,乔治,他知道呢。”

克利斯朵夫笑了:“是的,孩子,你说得不错。爱人永远是无所不知的。”

要克利斯朵夫承认他们思想上比他高明还不难,要忍受他们的音乐可不容易。他们尽量磨他的耐性。只要他们一到,钢琴就不得休息了。仿佛小鸟似的,他们唱歌的兴致被爱情鼓动了,但不像小鸟那样会唱。奥洛拉对自己的音乐天分并不自负,可是对未婚夫的才具,看法就不同了;她不觉得乔治的演奏和克利斯朵夫的有什么高低,或许她还更喜欢乔治的呢。而乔治虽则很聪明,很会自嘲自讽,也差点儿被爱人的信心说服了。克利斯朵夫不和他们争,反而卖弄狡狯,跟奥洛拉说着一样的话。有些时候他厌烦死了,只能走出房间,把门关得特别响一些。他又恳切又怜悯地微微笑着,听乔治在琴上弹《特里斯坦》。那小子拿出全副精神,把这个壮烈的曲子表现得像少女一般温柔。克利斯朵夫不由得哈哈大笑,可不愿意说出他好笑的缘故,只拥抱着乔治。他就是喜欢他这样,说不定更喜欢他了……可怜的孩子!……噢,有了爱,艺术也无足轻重了。

他时常和爱麦虞限谈起他的孩子们,——(他是这样称呼他们的。)很喜欢乔治的爱麦虞限,开玩笑似的说克利斯朵夫已经有了奥洛拉，应该把乔治让给他，克利斯朵夫垄断一切太不公平了。

虽是两人很少和外界往来，他们的友谊在巴黎社会中差不多已经成为美谈。爱麦虞限对克利斯朵夫抱着热情，只为了骄傲而不表示出来；为了要遮掉这点儿感情，他还故意喜怒无常，有时对克利斯朵夫很粗暴。但这也瞒不过克利斯朵夫。他知道这颗心现在对他多么忠诚，也知道这忠诚是多么可贵。没有一个星期他们不是见两三次面的。逢着身体不好，不能出门的时候，他们便写信，都是一些好像来自远方的信。世事的变化，远不及思想在科学与艺术方面所表现的进步使他们感兴趣。他们老是在自己的思想中过活，对着他们的艺术苦思默想，或者在混沌的事实中间辨别出一些无人发现的，可是在人类的思想史上留下痕迹的微光。

更多的时候是克利斯朵夫上爱麦虞限那儿去。虽然从最近一次病后，他的身体也不见得比朋友的强，但他们早已认为爱麦虞限的健康需要更多的将养。要克利斯朵夫轻而易举地爬上爱麦虞限住的六层楼也不可能了，走到的时候要歇好一会儿才能喘过气来。他们俩都一样地不知保重。尽管两人的支气管有病，时常会气塞，却都是烟瘾很大。克利斯朵夫宁愿自己上爱麦虞限家，这也是原因之一：因为奥洛拉往往为他抽烟的嗜好和他闹，使他不得不躲开。两个朋友在谈话中间时常会剧烈地咳呛，停下来相视而笑，好比两个做了错事的小学生。有时，一个会教训另外一个正在咳呛的人：但只消一口气平了下去，受教训的一个就坚决抗议，说咳嗽与抽烟无关。

爱麦虞限堆满纸张的书桌上有个空的地位，蹲着一只灰色的猫，一本正经地瞅着两个抽烟的人，带着责备的神气。克利斯朵夫说它是代表他们的良心;因为不要跟良心照面,他便把帽子盖在它身上。那只猫非常虚弱,也不是什么贵种,当时爱麦虞限在街上把它在半死状态中捡来的;它受了那次磨难从来没复原,吃得很少,难得玩儿,没有一点儿声响;性情极温和,睁着聪明的眼睛盯着主人,他不在家的时候显得挺可怜,他在家的时候便心满意足地待在他身边,不是沉思默想,便是几小时地对着可望而不可即的笼中的鸟出神。只要你对它表示一点儿关切,它就很有礼地打鼾。爱麦虞限兴之所至地摩它几下,克利斯朵夫下手很重地摩它几下,它都耐着性子接受,永远留着神不抓人,不咬人。它身体娇弱,一只眼睛老在淌眼泪,常常咳呛;倘若它能说话,一定不会像两个朋友那样厚着脸说"抽烟与咳嗽无关";但他们的行为,它一律忍受,仿佛心里在想:"他们是人,他们不知道他们所做的事。"

爱麦虞限很疼它,觉得这个可怜的动物的命运和他的有些相像。克利斯朵夫还认为他们连眼睛的表情都是相同的。

"那也不足为奇。"爱麦虞限说。

动物往往反映它们的环境,相貌会跟着主人而变的。一个糊涂人养的猫,目光决不跟一个有思想的人养的猫相同。家畜的和善或凶恶,坦白或阴险,聪明或愚蠢,不但依着主人给它的教训,还跟着主人的行为而定。甚至也用不着人的影响,单是环境就可以改变动物的长相:山明水秀的风景可能使它的眼睛特别有神采。——爱麦虞限的灰色猫,是和没有空气的顶楼、主人的残废,以及巴黎的天色调和的。

爱麦虞限变得和气多了,跟最初认识克利斯朵夫的时期大不相同。一桩平凡的悲剧给了他很深的刺激。有一回他脾气来了,很露骨地向他的女朋友表示受不了她的感情。于是她突然失踪了。他找了一夜,急得不得了,终于在一个警察分局里把她找到。原来她想跳在塞纳河里,正在跨过桥栏的时候被人扯住了衣角;她不肯说出姓名住址,还想去寻死。看到这个情形,爱麦虞限大吃一惊:自己受过了磨难以后再去磨难别人,那是他绝对受不了的。他把绝望的女子带回家,竭力安慰,要她相信她所要求的感情,他一定给她。他把她的气平下去了,无可奈何地接受了她的爱,拿自己生命中仅存的一部分交给了她。这样以后,所有他天性中的精华又在心中涌起来了。主张行动的使徒此刻竟相信只有一桩行动是好的:就是勿加害于人。他的使命已经完成。掀起人间的巨潮的那些力,只拿他当做触发行动的工具。一旦完成了任务,他就一无所用:行动继续在那里进行,可不需要他了。他眼看着它向前,对于加在他个人身上的侮辱差不多已经不以为意,但对于诋毁他信仰的行为还不能完全无动于衷。因为他这个自由思想者虽则自命为摆脱了一切宗教,还取笑克利斯朵夫是个伪装的教士,但像所有强毅的思想家一样,他究竟有他的祭坛,把梦想作为神明一般地供奉着,不惜拿自己做祭礼。现在这祭坛没人去礼拜了,爱麦虞限为之很痛苦。那些神圣的思想,大家千辛万苦才把它们捧上台的,一百年来最优秀的人为之受尽磨折的,现在却被后来的人踩在脚下:怎么能不伤心呢!所有这个法兰西理想主义的辉煌的遗产,——对于自由的信念,为了它有过多少圣徒、多少英雄、多少殉道者的,还有对于人类的爱,对于天下为一家、四海皆兄弟的境界的渴望,——都被现代的青年们闭着眼睛糟蹋完了!他们中了什么疯魔,竟会追念那些被我们打败的妖怪,竟会重新套上被我们砸得粉碎的枷锁,大声疾呼地要求武力的统治,在我的法兰西心中重新燃起仇恨与战争的疯狂？

“这不但在法国，整个世界都变得这样了，”克利斯朵夫笑容可掬地说，“从西班牙到中国，都受到同样的暴风吹打。没有一个地方可以让你避风了！连我的瑞士也在高唱民族主义，不是滑稽吗？”

“你看了这个情形觉得放心吗？”

“有什么不放心的？我们在这儿看到的潮流不是少数人的可笑的情欲激发起来的，而是操之于一个支配宇宙的看不见的神明。在这个神明之前，我知道低头了。倘若我不懂得，那是我的过失，不是他的过失。你得想法去了解他。可是你们之中谁肯操心这个问题？你们得过且过，只看见近边的界石，以为那就是路程的终点；你们只看见鼓动你们的浪，看不见汪洋大海！今日的浪潮，是昨天的浪潮、我们的浪潮推动起来的。而今日的浪还得替明日的浪开路，使明日的浪忘记今日的浪，正如今日的浪忘记昨天的浪。我对于眼前的民族主义既不称赏，也不害怕。它会跟时间一同过去的，它正在过去，已经过去了。它是梯子上的一级。咱们爬到顶上去罢！输送给养的军曹自会来的。听呀，他已经在打鼓吹笛了！……

（克利斯朵夫拿手指在桌上打起鼓来，把猫吓了一跳。）

“……现在每个民族都有个迫切的需要，要集中自己的力量，立一张清单。因为一百年来各个民族都改变了，而这改变是由于相互的影响，由于世界上一切聪明才智之士做了巨大的投资，建立了新的道德、新的科学、新的信仰。每个民族和其余的民族一同踏进新世纪之前，的确需要把自己考察一番，清清楚楚地知道自己的面目和财产。一个新时代来了。

人类要和人生订一张新的契约。社会将根据新的规则而再生。明天是星期日。各人都在那里结算一星期的账目，扫除房屋，希望把它整理得有条有理，而后站在共同的上帝面前和别人联合起来，跟上帝订一分新的同盟公约。”

爱麦虞限眼睛里反映着过去的梦境，望着克利斯朵夫。他等克利斯朵夫说完了，停了一会儿，才说：“你是幸福的，克利斯朵夫！你看不见黑夜。”

“我能在黑夜里看到东西，”克利斯朵夫回答，“在黑夜里日子过得久了，我变了一头猫头鹰了。”

那个时期，他的朋友们发觉他的举动态度有了改变。他往往心不在焉，人家说的话也不留神听。他笑容可掬，若有所思。人家一提醒他这种漫不经心的态度，他就忙着道歉。有时他用第三人称代表自己：

“克拉夫脱会替你把这件事办了的……”

或者是：

“克利斯朵夫才不在乎呢……”

一般不深知他的人说，那是他的自溺狂。

其实正是相反。他是站在旁人的地位上，从外面来看自己。他已经到了一个时期，对于为了美的奋斗也不在乎了，因为自己的任务已经完成，相信别人也会完成他们的任务；而且归根结底，像罗丹所说的，“美永远会得胜的”。社会的恶意与不公平也不能再使他反抗。——他笑着说反抗是不自然的，而且生命已经渐渐地离开他了。

的确他没有从前那么壮健了。一点儿体力的劳动，走了一段长路，或是跑得快一些，都使他感到疲乏，立刻会喘不过气来,心跳得厉害。有时他想起老朋友苏兹。他这些感觉从来不跟别人提,提了有什么用呢?只能教人担忧,同时你的健康又不会有起色。何况他对这些不愉快的事也并不当真。他不怕害病,倒是怕别人强迫他保重。

由于一种神秘的预感,他想再见一见故乡。这是他一年一年拖下来的计划。他老是想,等下年再说罢……这一回他可不再延期了。

他对谁也不通知,偷偷地走了。在故乡逗留的时间很短。克利斯朵夫要去找的景象都没有能找到。上次他回来看到城里刚开始有点儿变动,现在大功告成,小城一变而为大工业城市了。古老的屋子不见了,公墓也不见了。原来是萨皮纳的农庄,此刻盖了一所烟囱高耸的工厂。河水把宽利斯朵夫童时玩耍的那片草原给冲完了。一条全是古怪的建筑物的街道题着克利斯朵夫的名字。过去的一切都完了……好罢!生命还是在继续下去,或许在这条题着他名字的街上,破屋子里有别的小克利斯朵夫在出神,在痛苦,在奋斗。——规模宏大的市政厅中,人家奏着他的一件作品,意义完全给颠倒了,他简直认不出来……好罢!音乐受到了误解,也许会把新的力量刺激起来。我们已经播了种子。你们爱把它怎么办就怎么办罢,把我们去做你们的养料罢!——黑夜将临的时候,克利斯朵夫在城市四周的田野中漫步,大雾在田上飘浮,他想着快要罩着他的生命的大雾,想着那些他心爱的,离开了世界的,躲在他心坎里的人,为将临的黑夜快要把他们和他一齐盖住的人……好罢!好罢!黑夜,我不怕你,你是孵育阳光的!一颗星熄了,无数的星会亮起来。好似一杯沸腾的牛乳,空间的窟窿里都洋溢着光明。你不能把我熄灭的。死神的气息会使我的生命重新冒起火焰……

从德国回来,克利斯朵夫想在当初遇到阿娜的城中耽搁一下。自从离开她以后,他完全不知道她的消息。他不敢写信去问:多少年来,一想到她的名字就会发抖……现在他安静了,什么都不怕了。可是晚上在靠着莱茵河的旅馆里,听到熟悉的钟声预告下一天的节日,过去的印象又复活了。河上传来当年那股危险的气息,他此刻已经不大了解。他整夜回想着那件故事,觉得自己躲过了可怕的主宰,不由得悲喜交集。他不知道下一天究竟怎么办,一忽儿又想——("过去"不是离得那么远了吗!)——去拜访勃罗姆夫妇。但到了第二天,勇气没有了;他甚至不敢向旅馆打听一下医生和他的太太还在不在。他决意动身了……

正要动身的时候,有股不可抵抗的力量逼着他走到阿娜从前去做礼拜的教堂,掩在一根柱子背后,——那儿可以望见她以前常来下跪的凳子。他等着,相信要是她来的话,一定还是坐在这个位置上。

果然有一个女人来了;他可认不得。她和别的妇女完全一样:胖胖的身材,饱满的脸,滚圆的下巴,淡漠与冷酷的表情。她穿着黑衣服,坐在凳上一动不动:既不像在祈祷,又不像在听,只向前望着。在这个女人身上,丝毫没有教克利斯朵夫想起他所等待的那个女人的影子。只有两三次,有一个古怪的姿势,好似要抹平膝上的衣褶。从前她是有这个姿势的……出去的时候她在他身边慢慢地走过,双手抱着放在胸前,捧着一本《圣经》。阴沉而烦闷的眼睛对克利斯朵夫瞅了一下,闪出一点儿微光。他们彼此都没认出来。她挺着身子,直僵僵地走过了,头也不回。直到一忽儿以后,他才心中一亮，在那冰冷的笑容底下，在嘴唇的某些皱纹中间，认出那张他曾经亲吻过的嘴……他的气塞住了，腿也软下来了，心里想：

“主啊，这就是我曾经爱过的人吗？她在哪儿呢？她在哪儿呢？而我自己又在哪儿？爱她的人在哪儿？我们的身体，吞噬我们的残酷的爱情，现在留下些什么？——不过是一堆灰烬。那么火在哪里？”

他的上帝回答道：“在我身上。”

于是他抬起眼睛，看着她挤在人堆里，走出大门，走到了太阳底下。

回到巴黎以后不久，他跟多年的敌人雷维-葛讲和了。雷维-葛是凭着诡计多端的本领和恶毒的用意，老是攻击他的，后来雷维-葛功成名就，心满意足了，倒还有那点儿聪明，暗中承认克利斯朵夫了不起，想法去接近他。可是攻击也罢，殷勤也罢，克利斯朵夫只装没看见。雷维-葛终于灰心了。他们住在一个区里，常常在街上遇到，都装作不相识的神气。克利斯朵夫走过的时候可以若无其事地对雷维-葛瞧一眼，仿佛根本没看见他这个人。这个目中无人的态度把对方气坏了。

他有一个女儿，大概在十八至二十岁之间，长得好看，细气，大方，侧影像小绵羊，一头金黄的鬈发，一双极有风情的眼睛，笑容像意大利画家吕尼笔下的人物。父女两人时常一同散步；克利斯朵夫在卢森堡公园的走道上碰见他们，神气很亲密，女儿挺可爱地靠在父亲臂上。克利斯朵夫为了消遣，对优美的脸素来是注意的，而看到这一个尤其觉得喜欢。他想到雷维-葛,对自己说着:“这混蛋运气倒不坏!”

但一转念他又得意起来:“可是我也有一个女儿呢。”

于是他把她们俩作比较。当然他存着偏心,认为所有的长处都在奥洛拉方面。但这个比较终于使他把两个并不相识的女孩子假定为一对朋友,并且他精神上也不知不觉地跟雷维-葛接近了。

从德国回来,听说“小绵羊”死了,他那种为父的自私心理马上想到:“要是我的一个倒了霉,那还了得!”

这一下他对雷维-葛非常同情,当时就想写信给他,起了两次稿都不满意,而且还觉得不好意思,没有把信寄出。过了几天,他又遇到雷维-葛,一看对方那副痛苦的神气,可忍不住了,径自走过去伸出手来。雷维-葛也不假思索地握了他的手。克利斯朵夫说:“你那个孩子多可惜!”

雷维-葛被他激动地口吻深深地打动了,觉得说不出地感激……两人胡乱说了几句伤心的话。等到分手的时候,他们之间的隔膜完全没有了。他们是打过架的:没有问题,那是命中注定的;各有各的性格,各有各的使命,非完成不可!但悲喜剧演到了终场,各人都把在台上当做面具用的情欲丢开了,——以本来面目相见之下,便发觉谁也不比谁高明;所以演过了自己的角色应当互相握手。

乔治和奥洛拉的婚期定在春初。克利斯朵夫的健康很快地往下坡路上走。他注意到孩子们很焦急地把他打量着。有一回他听见他们低声地谈话。

乔治说:“他脸色多不好!很可能病倒的。”

奥洛拉回答:“但愿他别耽误了我们的婚期!”

他记着这几句，暗中答应他们的愿望。可怜的孩子们，放心罢！他决不妨碍他们的幸福的！

可是他的确不知保重。婚期前两天，——(最近他紧张得有点儿可笑，好像他自己要结婚似的)——他竟糊里糊涂地让旧病复发了，远在节场时代发作的那个肺炎似乎又回来了。他骂自己不小心，决意要撑到婚礼结束的时候。他一方面回想起临死的葛拉齐亚，在他举行音乐会的前夕不愿意把病倒的消息通知他，免得妨碍他的正事与快乐；一方面又想到现在要把她从前对他做的事还给她的女儿，不禁非常快慰。所以他把自己的病瞒着人；但要硬撑下去的确不容易。幸而看着两个孩子的幸福，他欢喜极了，居然把长时期的教堂仪式挨了过去。从教堂回来，一到高兰德那里，他就精力不济，赶紧躲在一间屋里。过了一会儿，有个仆人发觉他晕倒了。克利斯朵夫醒来之后，不许人家跟当晚要出发去旅行的新夫妇提起。而他们也太注意自己了，根本没留神旁的事。他们快快活活地和他告别，答应写信给他，不是明天准是后天……

他们一走，克利斯朵夫立刻躺在床上。热度又来了，再也不退下去。他孤零零地没有人陪。爱麦虞限也闹着病，不能来。克利斯朵夫不看医生，并不认为自己的病势严重，同时也没有仆人可以去请医生。打杂的女人只有早上来两个钟点，根本不关心他；而他还更进一步，完全不要她服侍。她收拾屋子的时候，他嘱咐过几十次，别移动他的纸张。她却顽固得厉害，这一回他上了床，她认为机会到了，可以照自己的意思大大地清除一下。克利斯朵夫从衣柜的镜子里望见她在隔壁屋里把什么都搅乱了，不由得勃然大怒，——(真的，老人的脾气依旧没改！)——立刻从被窝中跳出来，从她手里抢下了一卷纸，把她推出大门。他这一怒，马上发了一场高热；而那个老妈子气恼之下，从此不来了，也没通知一声"这个老疯子"（她是那样称呼他的）。于是他害着病，没人侍候。早上他起来拿门外的牛奶瓶，再瞧瞧看门女人有没有把那对爱人答应他的信塞在门下。结果是没有。他们快乐得把他忘了。他不怪怨他们，想到自己处在他们的地位也是一样的。他想着他们那种无愁无虑的快乐，又想到那是他给他们的。

等到奥洛拉的信终于来到的时候，他病已经好了一些，开始起床了。乔治只在信尾签了一个名。奥洛拉很少问起克利斯朵夫的近况，报告的消息也不多；但另外倒托他办一件事，要求把她忘在高兰德家的一条围巾寄给她。虽然这不是一件要事，——（还是奥洛拉没话找话，临时想起的）——克利斯朵夫却因为还能帮他们忙而很高兴，赶着出去了。外面下着骤雨，又来了个寒潮，下过了雪，刮着冰冷的风。街上连车辆都没有。克利斯朵夫在寄包裹的地方等着。职员又无礼又故意把手续办得很慢，使他生气，可是生气也解决不了问题。他早已心神安定，照理不会让自己动火的，近来的脾气一部分是由于疾病所致；他的身体根本上已经动摇了，好似快要倒下来的橡树，挨了一斧，不由得发出一阵最后的颤抖。他哆哆嗦嗦地回家。看门女人在楼下递给他一段从杂志上剪下来的文字。他瞧了一眼，原来是一篇把他痛骂一顿的文章。这些东西现在是难得有的了。打一个不觉得挨打的人是没劲的！便是一些最顽强的敌人，尽管讨厌他，也不由自主地对他有了敬意，唯其如此，他们心里很气。俾斯麦曾经说过，似乎带着点遗憾的意味："人家以为爱是最不由自主的。其实敬重更不由自主……"

但那篇文章的作者是一个比俾斯麦更强的强者,爱和敬都沾染不到他。他对克利斯朵夫信口谩骂,预告下半个月还要发表几篇攻击他的文字。克利斯朵夫看着笑了,一边上床一边对自己说:“哼,他要大吃一惊呢!那时他找不到我了。”

人家劝他雇一个看护,他执意不肯。他说他一向过着孤独的生活,这个时候请看护不是剥夺了他的清福吗?

他并不觉得无聊。近年来,他老是跟自己谈着话,仿佛一个人有了两个灵魂。而最近几个月,他心中的同伴愈加多了;他的灵魂不但有了两个,而且有了十个。它们互相交谈,但唱歌的时候更多。他有时参与他们的谈话,有时不声不响地听着它们。床上,桌上,就在随手抓得到的地方,他老放着空白的五线谱,可以把那些心灵和他自己的谈话记下来,一边听着针锋相对的议论发笑。他已经养成一个不假思索的习惯,“想”和“写”这两个动作差不多是同时的了;对于他,写下来等于想得更明白些。凡是打扰他和这些灵魂谈话的,都惹他厌烦和生气。有的时候,连他最心爱的朋友也不免使他有这个感觉。他竭力不对他们表示;但这种强制功夫使他非常疲倦。等到事后又能跟自己单独相对的时候,他高兴极了:因为他刚才是迷失了;人间的絮语把内心的声音盖掉了。他的静默是通神的静默!……

他只允许看门女人或是她的随便哪个孩子,每天来两三次看看他有什么事没有。他也托他们送字条,因为直到最后几天还跟爱麦虞限有书信来往。两位朋友差不多病得一样重,对自己的情形也看得很清楚。克利斯朵夫的有信仰的自由的心灵,和爱麦虞限的无信仰的自由的心灵,殊途同归,都到了物我不分的清明恬静的境界。笔画颤抖的字迹越来越不容易认了，但他们从来不提到自己的病状，只谈着那些永远谈不完的题目：他们的艺术，他们的思想的前途。

直到有一天，克利斯朵夫用着颤巍巍的手，写出瑞典王在战场上临死时的一句话：

"我目的达到了，兄弟，你自个儿想办法罢！"

好似对着一座重重叠叠的楼阁，他把自己的一生整个儿看到了……青年时期拼命地努力，为的要控制自己；顽强地奋斗，为的要跟别人争取自己生存的权利，为的要在种族的妖魔手里救出他的个性。便是胜利以后，还得夙夜警惕，守护他的战利品，同时还不能让胜利冲昏了头脑。友谊的快乐与考验，使孤独的心和全人类有了沟通。然后是艺术的成功，生命的高峰。他不胜骄傲地以为把自己的精神征服了，以为能够主宰自己的命运了。不料峰回路转，突然遇到了神秘的骑士。遇到了丧事，情欲，羞耻，——上帝的先锋队。他倒下去了，被马蹄践踏着，鲜血淋漓地爬着，爬到了山顶上：锻炼灵魂的野火在云中吐着火焰。他劈面遇到了上帝，他跟他肉搏，像雅各跟天神的战斗一样。战斗完了，筋疲力尽。于是他珍惜他的失败，明白了他的界限，努力在主替我们指定的范围内完成主的意志。为的是等到播种，收获，把那些艰苦而美妙的劳作做完以后，能有权利躺在山脚下休息，对阳光普照的山峰说：

"祝福你们！我不欣赏你们的光明。但你们的阴影对我是甜美的……"

这时候，爱人出现了，握着他的手；死神摧毁了她肉体的障碍，把她的灵魂灌输到了他的灵魂里面。他们一同走出了时间的洪流，到了极乐的高峰，——在那儿，过去，现在，将来，手挽着手围成一个圆周;平静的心同时看到了悲哀与欢乐的生长,发荣,与枯萎,——在那儿,一切都是和谐……

他太急了一些,自以为已经到了彼岸。可是胸口的剧痛,脑子里乱哄哄的人影,使他明白还有最后而最不容易走的一程路……好,向前罢!……

他一动不动地躺在床上。一个蠢女人在上一层楼上几小时地弹着琴。她只会弹一个曲子,翻来覆去地弹着些同样的乐句,觉得其乐无穷。这些句子对于她是代表一种欢乐,代表千变万化的情绪。克利斯朵夫懂得她这种快乐的意义,可是听得厌烦至极,几乎要哭出来。要是她不弹得这么响倒还罢了!克利斯朵夫恨吵闹,像恨一个人的恶习一样……终于他也忍耐了,要能够听而不闻不是件容易的事。但也不见得像他想象中的那么难。他已经慢慢地离开他的肉体,离开这个又病又猥琐的肉体……在里头关了多少年也够受了!他看着它渐渐地坏掉,心里想:

"好罢,它把我关也关不多久了。"

他又想看看人究竟自私到什么程度,便问自己:"你究竟更喜欢哪一样?是克利斯朵夫的姓名永久流传而让他的作品消灭呢,还是作品永久存在而让他的姓名消灭?"

他毫不迟疑地回答道:"让我的作品永生而我自己消灭罢!在这种情形之下,我留存的只有我的最真实的,唯一真实的部分。让克利斯朵夫去死灭罢!……"

但过了一会儿,他觉得作品跟自己一样地没有意思。相信他的艺术会永生,未免太可笑了!他不但明白看到自己的作品的命运,并且还见到一切现代音乐的命运。音乐的语言比什么都消耗得更快;一两百年之后,它只有少数的专家才懂得。现在能有几人了解蒙特威尔第与吕利的？藓苔已经在侵蚀古典森林中的橡树了。那些音响的建筑，我们在里头唱出我们的热情，可是将来都得成为空虚的庙堂，结果只剩下一片瓦砾……克利斯朵夫很奇怪，怎么自己能瞧着这些废墟而竟无动于衷。

"难道我并不怎样地爱生命吗？"他不胜惊讶地问自己。

但他立刻懂得，这正是表示他更爱生命……对着艺术的废墟痛哭吗？那是犯不上的。艺术是人类反映在自然界中的影子。让它们一齐消灭罢，被阳光吞没罢！它们使我看不见阳光……自然界无穷的宝藏都在我们手指中间漏过。人类的智慧想在一个网的眼子里掏取流水。我们的音乐只是幻象。我们的音阶是凭空虚构的东西，跟任何活的声音没有关联。这是人的智慧在许多实在的声音中勉强找出来的折中办法，拿韵律去应用在"无穷"上面。人需要用这个谎言去了解那个不可解；因为他要相信这个谎言，所以他就相信了。但它究竟不是真的，不是活的。精神从自己创造的音乐上所得到的快感，其实是把对于现实的直觉加以颠倒混乱的后果。不时有个天才，偶尔和大地接触了一刹那，居然看到了真正的流水；那是超乎艺术之外的。于是堤岸崩溃了。现实从一个隙缝里透了进来。但这裂痕不久就被填补了。人的理智必须有那个堤做保障。要是理智遇到了耶和华的目光，它就完了。所以它要把自己的牢房再涂上一阵水泥，使外边的东西一进来就给它消化掉。这个办法对于一般不愿意睁开眼睛的人也许是美的……可是我，我是愿意看到耶和华的面目的。即使我会消灭，我还是要听你打雷似的声音。艺术的声音使我感到局促。精神别出声罢，人类别出声罢！……

但这段高论才说过了几分钟，他又到散在被单上的纸堆里去摸索，还想写下几个音符。一发觉自己的矛盾，他就微笑着说：

"噢，我的老朋友，我的音乐，你真好。我是个忘恩负义的人，我把你赶走，可是你，你绝对不离开我；尽管我使性，你却并不灰心。原谅我罢，你很明白，这不过是些废话。我从来没欺骗你，你也从来没欺骗我，我们彼此都是很信任的。朋友，咱们一起走罢。有始有终，留在我身边罢。"

然后咱们一同解脱……

他长时期地昏迷了一阵，发着高热，做着乱梦。等到他醒过来，奇奇怪怪的梦境还印在心头。他瞧着自己，摸着自己的身子，找自己，可是找不到了。他似乎变了"另外一个人"了。另外一个，比他更可宝贵的一个……谁啊？……仿佛梦中另外有个人化身在他身上了。是奥里维吗？葛拉齐亚吗？……心脏和头脑都那么衰弱，他在所爱的人中分不出是哪一个了。而且分辨出来有什么用？他对他们都是一样爱的。

他精神酣畅，浑身酥软。他也不愿意动弹。他知道痛苦潜伏在一边，像猫等着耗子一样。他便装死。怎么！已经死了吗？……屋里没有一个人，楼上的琴声缄默了。孤独。静默。克利斯朵夫叹了口气。

"到了生命的终点而能够说就在最孤独的时候也从来没有孤独，那才教人安慰呢！我一路上遇到的灵魂，在某一个时期帮助过我的弟兄们，在我思想中的神秘的精灵，死的与活的，——全是活的，——噢！我所爱的一切，我创造的一切，你们都这样热烈地抱着我，守着我，我听到你们美妙的声音。因为我能得到你们，我要祝福我的命运。我是富有的，富有的……我的心都给装满了！……”

他望着窗子……没有太阳，但天气极好，像一个美丽的瞎子姑娘……克利斯朵夫望着掠在窗上的一根树枝出神。树枝膨胀起来，滋润的嫩芽爆发了，小小的白花开满了。这个花丛，这些叶子，这些复活的生命，显得一切都把自己交给了苏生的力。这境界使克利斯朵夫不再觉得呼吸艰难，不再感到垂死的肉体，而在树枝上面再生了。那生意有个柔和的光轮罩着他，好似给他一个亲吻。在他弥留的时间，那株美丽的树对他微微地笑着；而他那颗抱着一腔热爱的心，也灌注在那株树上去了。他想到，就在这一刹那，世界上有无数的生灵在相爱。为他是临终受难的时间，为别人是销魂荡魄的良辰；而且永远是这样的，生命的强烈的欢乐从来不会枯涸。他一边气急，一边大声哼着一阕颂赞生命的歌，——声音已经不听他的思想指挥，也许喉咙里根本没发出声音，但自己不觉得。

他忽然听到一个乐队奏起他的颂歌，不由得心里奇怪：

“他们怎么会知道的呢？我们又没练习过。希望他们把曲子奏完，别弄错了才好！”

他挣扎着坐在床上，要教整个乐队都能看到他，舞动着粗大的手臂打拍子。但乐队奏来一点不错，很有把握。多神妙的音乐！啊！他们竟自动替他奏出下文来了！克利斯朵夫觉得很有趣：

“等一等，好家伙！我一定追上你。”

于是他把棍子一挥，逞着兴致痛快把船驶了出去，向左，向右，穿过危险的水道。

“这一句，你们能接下去吗？……还有那一句，赶快啊！……这里又是一句新的了……”

他们老是把路摸得很清楚；你给他们一些大胆的乐句，他们的答句却是更大胆。

“他们还会搞出些什么来呢？这些坏东西！……”

克利斯朵夫高声叫好，纵声大笑。

“该死！要跟上他们倒不容易了！难道我要给他们打败吗？……你们知道，这个玩意儿是不能作准的！今天我累了……没关系！谁胜谁负还不一定呢……”

但乐队所奏的想入非非的东西，层出不穷，而且都是那么新奇；结果他只能张着嘴听他们，听得连气都喘不过来……克利斯朵夫觉得自己可怜极了。

“畜生！”他对自己说，“你完了。住嘴罢！你的本领不过如此。这个身体已经完了！需要换一个的了。”

可是身体跟他反抗。剧烈的咳嗽使他听不见乐队。

“你还不安静下来吗！”

他掐着喉咙，用拳头捶着胸部，好似对付一个非打倒不可的敌人。他看到自己在那儿混战。一大堆的群众在那儿呐喊。一个人使劲把他抱着。他们俩一齐滚在地下。那人压在他身上。他窒息了。

“你松手啊，我要听！……我要听！要不然我就杀了你！”

他把那人的脑袋撞在墙上，但他始终不放……

“那究竟是谁啊？我跟谁扭做一团地打架啊？我抓着的这个火辣辣的身体是什么呢？”

昏迷狂乱。一片混沌的热情。狂怒，淫欲，池塘里的污泥最后一次地泛了起来……

“啊！难道还不马上完吗？粘在我皮肉上的水蛭，难道拉不下来吗？……好，你这个臭皮囊，跟水蛭同归于尽罢！”

克利斯朵夫挺着腰，撑着肩，突着膝盖，把那看不见的敌人推开……行了，他挣脱了！……那边，音乐老是在演奏，慢慢地远去。克利斯朵夫浑身淌着汗，向它伸着手臂：

“等等我呀！等等我呀！”

他跑上去追它，摇摇晃晃，碰到什么都得撞一下……跑得太急了，没法呼吸了。心跳得厉害，血在耳朵里响：一列火车在隧道中驶过……

“天哪！这不是胡闹吗？”

他无可奈何地对着乐队挥手，要他们别把他丢下来……终于出了隧道……一切都静下来了。他又听到了。

“多美！多美！再来一次！弟兄们，放大胆子……这是谁作的？……你们说是约翰-克利斯朵夫·克拉夫脱作的？得了罢！别胡说！那我可能认得的。这样的东西，他从来写不了十节……谁又来咳嗽了？静下来行不行！这个是什么和弦？……还有那一个呢？……别这么快，等等我呀……”

克利斯朵夫发出一些不成音的叫喊，用手抓着被单，做着写字的姿势，而困乏的头脑还不由自主地推敲这些和弦是怎么配合的，下面又应该是什么和弦。无论如何想不起来：心里一急，他不得不放手……又接着再来……啊！这一回，那可太……

“停下来，停下来，我跟不上了……”

他的意志完全涣散了。克利斯朵夫合上眼睛。紧闭的眼皮内淌着幸福的眼泪。门房的小姑娘瞧着他，很虔诚地替他抹着眼泪，他可没觉得。这个世界上的一切，他都感觉不到了。乐队的声音没有了，他耳朵里昏昏沉沉地只留下一片和声。谜始终没解决。固执的头脑还在那里反复地想：

“这个是什么和弦呢？怎么接下去呢？我很想找出个答案来，趁我还没死以前……”

那时有许多声音响起来了。有一个热烈的声音。阿娜那双凄惨的眼睛……但一忽儿又不是阿娜了。又是一双那么仁慈的眼睛了……

“啊，葛拉齐亚，是你吗？……究竟是你们中间的哪一个呢？哪一个呢？我再也看不清你们了……为什么太阳这样地姗姗来迟？”

三座钟恬静地奏鸣着。麻雀在窗前鼓噪，提醒他是给它们吃东西的时候了……克利斯朵夫在梦中又见到了童年的卧房……钟声复起，天已黎明！美妙的音浪在轻快的空中回旋。它们是从远方来的，从那边的村子里……江声浩荡，自屋后上升……克利斯朵夫看到自己肘子靠在楼梯旁边的窗槛上。他整个的生涯像莱茵河一般在眼前流着。整个的生涯，所有的生灵，鲁意莎，高脱弗烈特，奥里维，萨皮纳……

“母亲，爱人，朋友……他们叫什么名字呢？……爱人，你们在哪儿？我的许多灵魂，你们都在哪儿？我知道你们在这里，可是抓不到你们。”

“我们和你在一起。你安息罢，最亲爱的人！”

“我再也不愿意跟你们相失了。我找你们找得好苦呀！”

“别烦恼了。我们不会再离开你了。”

“唉！我身不由主地给河流卷走……”

“卷走你的河流，把我们跟你一起卷走了。”

“咱们到哪儿去呢？”

“到咱们相聚的地方。”

“快到了吗?”

“你瞧罢!”

克利斯朵夫拼命撑着,抬起头来,——(天哪,头多重!)——看见盈溢的河水淹没了田野,庄严地流着,缓缓的,差不多静止了。而在遥远的天边,像一道钢铁的闪光,有一股银色的巨流在阳光底下粼粼波动,向他直冲过来。他又听到海洋的声音……他的快要停止的心问道:

“是他吗?”

他那些心爱的人回答说:

“是他。”

逐渐死去的头脑想着:

“门开了……我要找的和弦找到了!……难道这还不完吗?怎么又是一个海阔天空的新世界了?……好,咱们明天再往前走罢。”

噢,欢乐,眼看自己在上帝的至高的和平中化掉,眼看自己为上帝效劳,竭忠尽力地干了一辈子:这才是真正的欢乐!……

“主啊,你对于你的仆人不至于太不满意吧?我只做了一点儿事,没有能做得更多。我曾经奋斗,曾经痛苦,曾经流浪,曾经创造。让我在你为父的臂抱中歇一歇罢。有一天,我将为了新的战斗而再生。”

于是,潺潺的河水,汹涌的海洋,和他一齐唱着:

“你将来会再生的。现在暂且休息罢!所有的心只是一颗心。日与夜交融为一,堆着微笑。和谐是爱与恨结合起来的庄严的配偶。我将讴歌那个掌管爱与恨的神明。颂赞生命！颂赞死亡！”

当你见到克利斯朵夫的面容之日，
是你将死而不死于恶死之日。

（古教堂门前圣者克利斯朵夫像下之拉丁文铭文）

圣者克利斯朵夫渡过了河。他在逆流中走了整整的一夜。现在他结实的身体像一块岩石一般矗立在水面上，左肩上扛着一个娇弱而沉重的孩子。圣者克利斯朵夫倚在一株拔起的松树上；松树屈曲了，他的脊骨也屈曲了。那些看着他出发的人都说他渡不过的。他们长时间地嘲弄他，笑他。随后，黑夜来了。他们厌倦了。此刻克利斯朵夫已经走得那么远，再也听不见留在岸上的人的叫喊。在激流澎湃中，他只听见孩子的平静的声音，——他用小手抓着巨人额上的一绺头发，嘴里老喊着：“走罢！”——他便走着，伛着背，眼睛向着前面，老望着黑洞洞的对岸，削壁慢慢地显出白色来了。

早祷的钟声突然响了，无数的钟声一下子都惊醒了。天又黎明！黑沉沉的危崖后面，看不见的太阳在金色的天空升起。快要倒下来的克利斯朵夫终于到了彼岸。于是他对孩子说；

“咱们到了！唉，你多重啊！孩子，你究竟是谁呢？”

孩子回答说：

“我是即将来到的日子。”

“外国文学名著丛书”书目

第一辑

书名	作者	译者
伊索寓言	〔古希腊〕伊索	周作人
源氏物语	〔日〕紫式部	丰子恺
堂吉诃德	〔西班牙〕塞万提斯	杨　绛
泰戈尔诗选	〔印度〕泰戈尔	冰　心　石　真
坎特伯雷故事	〔英〕杰弗雷·乔叟	方　重
失乐园	〔英〕约翰·弥尔顿	朱维之
格列佛游记	〔英〕斯威夫特	张　健
傲慢与偏见	〔英〕简·奥斯丁	王科一
雪莱抒情诗选	〔英〕雪莱	查良铮
瓦尔登湖	〔美〕亨利·戴维·梭罗	徐　迟
欧·亨利短篇小说选	〔美〕欧·亨利	王永年
特利斯当与伊瑟	〔法〕贝迪耶	罗新璋
巨人传	〔法〕拉伯雷	鲍文蔚
忏悔录	〔法〕卢梭	范希衡 等
欧也妮·葛朗台　高老头	〔法〕巴尔扎克	傅　雷
雨果诗选	〔法〕雨果	程曾厚
巴黎圣母院	〔法〕雨果	陈敬容
包法利夫人	〔法〕福楼拜	李健吾
叶甫盖尼·奥涅金	〔俄〕普希金	智　量
死魂灵	〔俄〕果戈理	满　涛　许庆道

书　名	作　者	译　者
当代英雄	〔俄〕莱蒙托夫	草　婴
猎人笔记	〔俄〕屠格涅夫	丰子恺
白痴	〔俄〕陀思妥耶夫斯基	南　江
列夫·托尔斯泰中短篇小说选	〔俄〕列夫·托尔斯泰	草　婴
怎么办?	〔俄〕车尔尼雪夫斯基	蒋　路
高尔基短篇小说选	〔苏联〕高尔基	巴　金等
浮士德	〔德〕歌德	绿　原
易卜生戏剧四种	〔挪〕易卜生	潘家洵
鲵鱼之乱	〔捷〕卡·恰佩克	贝　京
金人	〔匈〕约卡伊·莫尔	柯　青

第二辑

荷马史诗·伊利亚特	〔古希腊〕荷马	罗念生　王焕生
荷马史诗·奥德赛	〔古希腊〕荷马	王焕生
十日谈	〔意大利〕薄伽丘	王永年
莎士比亚悲剧五种	〔英〕威廉·莎士比亚	朱生豪
多情客游记	〔英〕劳伦斯·斯特恩	石永礼
唐璜	〔英〕拜伦	查良铮
大卫·科波菲尔	〔英〕查尔斯·狄更斯	庄绎传
简·爱	〔英〕夏洛蒂·勃朗特	吴钧燮
呼啸山庄	〔英〕爱米丽·勃朗特	张　玲　张　扬
德伯家的苔丝	〔英〕托马斯·哈代	张谷若
海浪　达洛维太太	〔英〕弗吉尼亚·吴尔夫	吴钧燮　谷启楠
哈克贝利·费恩历险记	〔美〕马克·吐温	张友松
一位女士的画像	〔美〕亨利·詹姆斯	项星耀
喧哗与骚动	〔美〕威廉·福克纳	李文俊
永别了武器	〔美〕欧内斯特·海明威	于晓红

书　名	作　者	译　者
波斯人信札	〔法〕孟德斯鸠	罗大冈
伏尔泰小说选	〔法〕伏尔泰	傅　雷
红与黑	〔法〕司汤达	张冠尧
幻灭	〔法〕巴尔扎克	傅　雷
莫泊桑中短篇小说选	〔法〕莫泊桑	张英伦
文字生涯	〔法〕让-保尔·萨特	沈志明
局外人　鼠疫	〔法〕加缪	徐和瑾
契诃夫小说选	〔俄〕契诃夫	汝　龙
布宁中短篇小说选	〔俄〕布宁	陈　馥
一个人的遭遇	〔苏联〕肖洛霍夫	草　婴
少年维特的烦恼	〔德〕歌德	杨武能
德国,一个冬天的童话	〔德〕海涅	冯　至
绿衣亨利	〔瑞士〕戈特弗里德·凯勒	田德望
斯特林堡小说戏剧选	〔瑞典〕斯特林堡	李之义
城堡	〔奥地利〕卡夫卡	高年生

第三辑

埃斯库罗斯悲剧二种	〔古希腊〕埃斯库罗斯	罗念生
索福克勒斯悲剧二种	〔古希腊〕索福克勒斯	罗念生
欧里庇得斯悲剧二种	〔古希腊〕欧里庇得斯	罗念生
神曲	〔意大利〕但丁	田德望
西班牙流浪汉小说选	〔西班牙〕克维多 等	杨　绛 等
阿拉伯古代诗选	〔阿拉伯〕乌姆鲁勒·盖斯 等	仲跻昆
列王纪选	〔波斯〕菲尔多西	张鸿年
蕾莉与马杰农	〔波斯〕内扎米	卢　永
莎士比亚喜剧五种	〔英〕威廉·莎士比亚	方　平
鲁滨孙飘流记	〔英〕笛福	徐霞村

书　名	作　者	译　者
彭斯诗选	〔英〕彭斯	王佐良
艾凡赫	〔英〕沃尔特·司各特	项星耀
名利场	〔英〕萨克雷	杨　必
人性的枷锁	〔英〕威廉·萨默塞特·毛姆	叶　尊
儿子与情人	〔英〕D. H. 劳伦斯	陈良廷　刘文澜
杰克·伦敦小说选	〔美〕杰克·伦敦	万　紫　等
了不起的盖茨比	〔美〕菲茨杰拉德	姚乃强
木工小史	〔法〕乔治·桑	齐　香
恶之花　巴黎的忧郁	〔法〕波德莱尔	钱春绮
萌芽	〔法〕左拉	黎　柯
前夜　父与子	〔俄〕屠格涅夫	丽　尼　巴　金
卡拉马佐夫兄弟	〔俄〕陀思妥耶夫斯基	耿济之
安娜·卡列宁娜	〔俄〕列夫·托尔斯泰	周　扬　谢素台
茨维塔耶娃诗选	〔俄〕茨维塔耶娃	刘文飞
德国诗选	〔德〕歌德　等	钱春绮
安徒生童话选	〔丹麦〕安徒生	叶君健
外祖母	〔捷〕鲍·聂姆佐娃	吴　琦
好兵帅克历险记	〔捷〕雅·哈谢克	星　灿
我是猫	〔日〕夏目漱石	阎小妹
罗生门	〔日〕芥川龙之介	文洁若

第四辑

一千零一夜		纳　训
培根随笔集	〔英〕培根	曹明伦
拜伦诗选	〔英〕拜伦	查良铮
黑暗的心　吉姆爷	〔英〕约瑟夫·康拉德	黄雨石　熊　蕾
福尔赛世家	〔英〕高尔斯华绥	周煦良

书　名	作　者	译　者
月亮与六便士	〔英〕威廉·萨默塞特·毛姆	谷启楠
萧伯纳戏剧三种	〔爱尔兰〕萧伯纳	潘家洵 等
红字　七个尖角顶的宅第	〔美〕纳撒尼尔·霍桑	胡允桓
汤姆叔叔的小屋	〔美〕斯陀夫人	王家湘
白鲸	〔美〕赫尔曼·梅尔维尔	成　时
马克·吐温中短篇小说选	〔美〕马克·吐温	叶冬心
老人与海	〔美〕欧内斯特·海明威	陈良廷 等
愤怒的葡萄	〔美〕约翰·斯坦贝克	胡仲持
蒙田随笔集	〔法〕蒙田	梁宗岱　黄建华
悲惨世界	〔法〕雨果	李　丹　方　于
九三年	〔法〕雨果	郑永慧
梅里美中短篇小说选	〔法〕梅里美	张冠尧
情感教育	〔法〕福楼拜	王文融
茶花女	〔法〕小仲马	王振孙
都德小说选	〔法〕都德	刘　方　陆秉慧
一生	〔法〕莫泊桑	盛澄华
普希金诗选	〔俄〕普希金	高　莽 等
莱蒙托夫诗选	〔俄〕莱蒙托夫	余　振　顾蕴璞
罗亭　贵族之家	〔俄〕屠格涅夫	陆　蠡　丽　尼
日瓦戈医生	〔苏联〕帕斯捷尔纳克	张秉衡
大师和玛格丽特	〔苏联〕布尔加科夫	钱　诚
茨威格中短篇小说选	〔奥地利〕斯·茨威格	张玉书 等
玩偶	〔波兰〕普鲁斯	张振辉
万叶集精选	〔日〕大伴家持	钱稻孙
人间失格	〔日〕太宰治	魏大海

第五辑

书　名	作　者	译　者
泪与笑　先知	〔黎巴嫩〕纪伯伦	冰　心 等
华兹华斯 柯尔律治 诗选	〔英〕华兹华斯 柯尔律治	杨德豫
济慈诗选	〔英〕约翰·济慈	屠　岸
汤姆·索亚历险记	〔美〕马克·吐温	张友松
大街	〔美〕辛克莱·路易斯	潘庆舲
田园三部曲	〔法〕乔治·桑	罗　旭 等
金钱	〔法〕左拉	金满成
果戈理小说戏剧选	〔俄〕果戈理	满　涛
奥勃洛莫夫	〔俄〕冈察洛夫	陈　馥
谁在俄罗斯能过好日子	〔俄〕涅克拉索夫	飞　白
亚·奥斯特洛夫斯基戏剧六种	〔俄〕亚·奥斯特洛夫斯基	姜椿芳 等
复活	〔俄〕列夫·托尔斯泰	草　婴
静静的顿河	〔苏联〕肖洛霍夫	金　人
谢甫琴科诗选	〔乌克兰〕谢甫琴科	戈宝权　任溶溶
维廉·麦斯特的学习时代	〔德〕歌德	冯　至　姚可崑
叔本华随笔集	〔德〕叔本华	绿　原
艾菲·布里斯特	〔德〕台奥多尔·冯塔纳	韩世钟
豪普特曼戏剧三种	〔德〕豪普特曼	章鹏高 等
铁皮鼓	〔德〕君特·格拉斯	胡其鼎
加西亚·洛尔卡诗选	〔西班牙〕加西亚·洛尔卡	赵振江
你往何处去	〔波兰〕亨利克·显克维奇	张振辉
显克维奇中短篇小说选	〔波兰〕亨利克·显克维奇	林洪亮
裴多菲诗选	〔匈〕裴多菲	孙　用

书　名	作　者	译　者
轭下	〔保〕伐佐夫	施蛰存
卡勒瓦拉(上下)	〔芬兰〕埃利亚斯·隆洛德	孙　用
破戒	〔日〕岛崎藤村	陈德文
戈拉	〔印度〕泰戈尔	刘寿康
三个火枪手(上下)	〔法〕大仲马	李玉民
约翰-克利斯朵夫(上下)	〔法〕罗曼·罗兰	傅　雷
都兰趣话	〔法〕巴尔扎克	施康强